김남주 산문

전집

맹문재 엮음

푸른사상
PRUNSASANG

엮은이 맹문재

편저로『박인환 전집』『김명순 전집-시·희곡』『박인환 깊이 읽기』『김규동 깊이 읽기』『한국 대표 노동시집』(공편)『이기형 대표시 선집』(공편), 시론 및 비평집으로『한국 민중시 문학사』『패스카드 시대의 휴머니즘 시』『지식인 시의 대상애』『현대시의 성숙과 지향』『시학의 변주』『만인보의 시학』『여성시의 대문자』등이 있음. 고려대 국문과 및 같은 대학원 졸업. 현재 안양대 국문과 교수.

김남주 산문 전집

인쇄 · 2015년 2월 5일 | 발행 · 2015년 2월 13일

지은이 · 김남주
엮은이 · 맹문재
펴낸이 · 한봉숙
펴낸곳 · 푸른사상
주간 · 맹문재 | 편집 · 지순이, 김선도 | 교정 · 김수란 | 감수 · 이승철

등록 · 1999년 7월 8일 제2-2876호
주소 · 서울시 중구 충무로 29(초동) 아시아미디어타워 502호
대표전화 · 02) 2268-8706(7) | 팩시밀리 · 02) 2268-8708
이메일 · prun21c@hanmail.net / prunsasang@naver.com
홈페이지 · http://www.prun21c.com

ⓒ 맹문재, 2015

ISBN 979-11-308-0283-1 03810
값 38,000원

▲ 김남주 시인의 초상(김호석, 수묵, 206×141cm, 1995)

▲ 김남주 시인 생가. 전남 해남군 삼산면 봉학리 535번지(봉학길 98).   ▲ 해남중학교 시절.

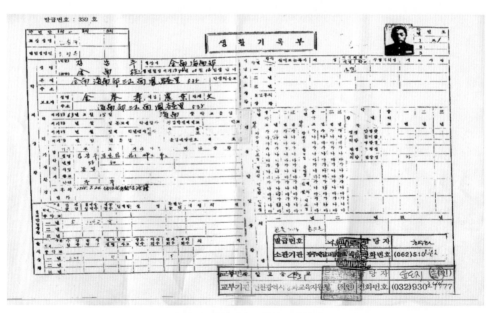

▲ 광주제일고등학교 생활기록부

▲ 1974년경 민청학련 관계자들. 왼쪽부터 박형선, 최권행, 한 사람 건너 윤한봉, 김남주.

▲ 1977년 7월 무등산 계곡에서.
왼쪽부터 김남주, 이강, 황석영, 황병하, 고은. 오른쪽 끝 박석무.

▲ 1977년 민중문화연구소 개소식 기념 강연회를 마치고. 위 오른쪽부터 박석무, 송기숙, 문병란, 황석영, (여성), 백기완, 고은, 박세정, 아래 왼쪽부터 김남주, 최권행.

▲ 1979년 10월 9일 일간지 1면에 발표된 남민전 사건 기사.

▲ 1980년 5월 2일 남민전 사건 관련자들이 서울형사지법 법정에서 재판을 받고 있다. 두 번째 줄의 오른쪽 첫 번째가 김남주.

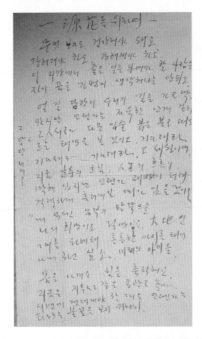

▲ 1980년 7월 8일 김남주 시인이 박광숙 여사에게 보내온 편지.

▲ 1985년 광주교도소에서. 왼쪽부터 김남주, 이수일, 안재구, 정종회.

◀ 영치물 원표.
▼ 접견원.

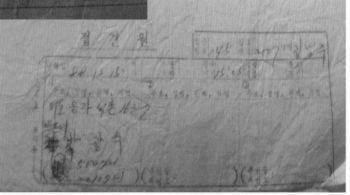

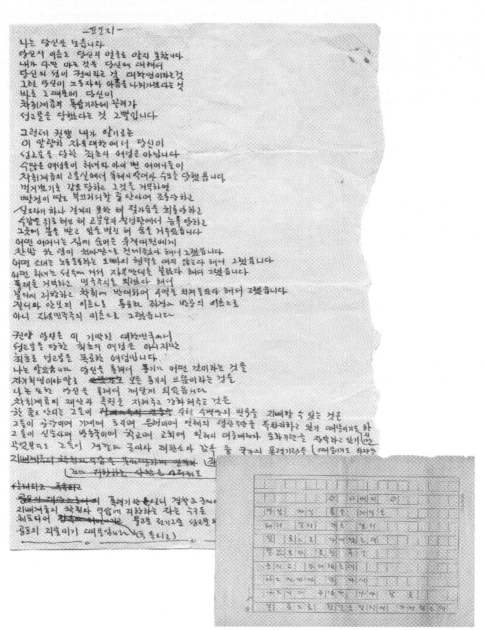

▲ 광주교도소에서 쓴 「편지」와 「아버지」 시 원고.

▲ 1985년 1월 30일 '자실' 주최로 서울 장충동 분도회관에서 열린 '민족문학의 밤' 행사. '김남주, 이광웅 시인 석방하라!'는 대형 현수막이 걸려 있다. 민주 열사 추모굿을 추고 있는 이애주 무용가.

▲ 1987년 2월 '자실' 정기총회에서 채광석 시인이 김남주 시인 등 구속 문인의 석방을 촉구하고 있다.

▲ 1988년 5월 4일 광주 가톨릭센터 강당에서 광주전남민족문학인협의회, 광주민중운동연합 공동 주최로 열린 김남주 석방 결의 대회.

▲ 1988년 5월 10일 서울 여의도 여성백인회관에서 열린 '김남주 문학의 밤'에서 김남주 시인의 석방을 촉구하며 만세삼창을 하고 있는 김규동 · 문익환 · 고은 시인.

▲ 1988년 12월 21일 남민전 사건으로 복역하다가 형집행 정지로 전주교도소에서 석방되던 날. 어머니의 모습이 보인다.

▲ 전주교도소에서 출옥 직후 윤상원 열사의 영정을 들고 5·18묘역을 둘러보고 있다.

▲ 전주교도소 앞에서 지인들과 함께. 왼쪽부터 김준태, 최권행, 박석무, 박광숙, 이승철, 김남주, 이영진.

▲ 1989년 1월 민족문학작가회의 신년 하례식. 왼쪽부터 이시영, 현기영, 강승원, 김남주, 고은, 백낙청, 문익환.

▲ 1989년 1월 7일 서울 인사동에서 김대중 선생과 자리를 함께한 문화예술인들. 앞줄 오른쪽부터 구중서, 이기형, 김대중, 강연균, 남정현. 뒷줄 오른쪽부터 박석무, 강형철, 임진택, 박용수, 김남주, 원동석, 김영현, 염무웅, 송영, 홍일선, 이승철, 권노갑.

▶▼ 1989년 1월 29일 광주 문
빈정사에서 박광숙과 결혼.

▶ 신혼여행 후 본가를 찾아.

▲ 1990년 5월 한국민족예술인 총연합 주최 광주민중항쟁 10주년 행사에서 시낭송.

▲ 인천민중연합 초청 강연 모습.

▶ 1990년 7월 민족문학작가회의
　여름 수련회.

◀ 1990년 8월 28일 서울 여의도
　여성백인회관에서 열린 고은·
　앨런 긴즈버그 합동 시낭송회.
　왼쪽부터 김남주, 신경림, 고은,
　앨런 긴즈버그, 백낙청.

▶ 1991년 제9회 신동엽 창작기
　금을 받고. 김남주, 인병선,
　윤정모, 조선희.

◀ 1992년 4월 26일 민족문학작가회의 청년위원회 수련회에서. 왼쪽부터 심호택, 강태형, 현준만, 양문규, 김남주, 이재현, 한 사람 건너 최인석.

▶ 1992년 5월 20일 제6회 단재상 시상식에서. 왼쪽부터 고은, 최일남, 김남주, 이만열, 김중배.

◀ 1992년 5월 20일 제6회 단재상 시상식에서. 왼쪽부터 이시영, 김남주, 이광웅 시인.

▲ 1992년 9월 30일 민족문학작가회의 시분과 합평회 모습.
왼쪽부터 (여성), 박몽구, 정희성, 김윤태, 김남주.

▲ 1992년 11월 27일 만해문학상 시상식에서 이기형, 김남주, 김명수 시인.

▲ 1992년 목동아파트 시절. 부인 박광숙과 아들 토일.

▲ 자택에서 컴퓨터로 원고를 쓰고 있다.

▲ 1992년 제주에서. 마지막 여행이었다.

▲ 1993년 3월 황석영 소설가의 귀국 문제를 협의하기 위해 미국에서 온 이충렬, 김영현 소설가와 한강 둔치에서.

▶ 1993년 5월 15일 제3회 윤상원
　상 시상식에서.

◀ 1993년 민족문학작가회의 상임
　이사 시절. 서울 인사동 '평화
　만들기'에서.

▶ 1993년 7월 시와사회사 주최
　'여름문학학교' 초청 강연. 생전
　의 마지막 강연이었다.

▲ 여권(1993년 10월 22일). 일본작가회의의 초청을 받았지만 정부는 행사가 끝난 뒤 여권을 내주어 실제로 사용되지 못했다.

▲ 1993년 11월 췌장암 투병 중 광주 '빛고을자연
건강회' 뒷산에서. 왼쪽부터 최권행, 윤한봉,
김남주, 김현장.

▲ 1993년 12월 23일 서울 여의도 여성백인회관에서
'김남주 문학의 밤'이 개최될 때 육성으로 낭독된
원고.

▲ 1993년 12월 23일 서울 여의도 여성백인회관에서 열린 '김남주 문학의 밤'행사. 시를 낭송하고 있는 김사인 시인.

▲ 1994년 2월 14일 빈소가 마련된 서울 고려병원(현 강북삼성병원) 영안실에서 분향을 마친 김대중 아태재단 이사장이 박광숙 여사에게 위로의 말을 건네고 있다.

▲ 영결식 행사 유인물.

▲ 1994년 2월 16일 오전 8시 경기대 민주광장에서 '민족 시인 고 김 남주 선생 민주사회장'으로 거행된 영결식.

▲ 박광숙 여사와 아들 토일.

▲ 전남대 5월광장에서 거행된 노제.

▲ 운구 행렬이 광주시내 금남로에 진입하자 경찰이 막고 있다.

▲ 1994년 2월 16일 밤 하관식.

▲ 광주 망월동 5·18묘역(구묘역)에 안치된 묘.

▲ 1995년 2월 김남주 시인 1주기 '추모 문학의 밤'에서 추도사를 하고 있는 송기숙 민족문학작
가회의 회장.

▲ 2000년 5월 20일 광주 비엔날레공원 안에 새워진 시비.

▲ 2003년 7월 3일 제1회 아시아 청년작가 워크숍에 참가한 작가들이 김남주 시인 묘소 앞에서 '아시아 작가 평화선언' 뒤 만세삼창을 하고 있다. 김준태 시인, 리명한 소설가를 비롯한 아시아 작가들.

▲ 2007년 5월 27일 복원된 생가 안에 설치된 흉상 및 시비.

▲ 2008년 11월 2일 한국문학평화포럼 주최로 열린 해남문학축전 행사. 왼쪽부터 황영선, 이승철, 김덕종, 박선욱, 강기희, 박희호, 박중재, 김영현, 나해철, 홍일선, 이기형, 김녹촌, 김기홍, 윤재걸, 김이하, 윤정현, 김선태, 이소리, 용환신, 김사이, 박광숙, 김규철 등이 보인다.

▶ 인사말을 하고 있는 김남주 시인의 친동생 김덕종.

▲ 2010년 6월 8일 전남대 개교 58주년을 맞아 김남주 시인에게 명예졸업장 수여. 전달받는 박광숙 여사.

▲ 2013년 7월 박광숙 여사를 찾은 시인들.
앞줄 오른쪽부터 맹문재, 정원도, 심창만, 최기순. 뒷줄 오른쪽부터 신미균, 배성희, 전영관, 박민규, 신승철, 박광숙, 성향숙, 서안나, 이주희, 정경용, 김은희.

▲ 2013년 8월 박광숙 여사를 찾은 광주전남작가회의 회원들.
오른쪽부터 박관서, 나종영, 박광숙, 양원, 조진태, 전용호, 이지담, 백정희, 김완.

▶ 2014년 2월 28일 이시영 한국
작가회의 이사장이 '김남주를
생각하는 밤' 행사에서 박광
숙 여사와 아들 토일을 소개
하고 있다.

▲ 2014년 9월 21일 김남주 시인 20주기를 맞아 생가를 찾은 작가들. 앞줄 오른쪽부터 김창규, 김경윤, 나종영, 박광숙, 윤재걸, 최기종, 전용호, 정세훈. 중간줄 왼쪽부터 정우영, (건너) 조동례, 이원화, 최종천, 김재석, 백정희, 이규석, 이설야, 뒷줄 김해화, 이원규, 김여옥, 정원도, 백정희, 이승철, 이철송 등.

▲ 2014년 9월 26일 광주에서 열린 김남주 20주기 추모 행사에서 시를 낭송하고 있는 광주의 시인들. 왼쪽부터 고영서, 서승현, 조성국, 서애숙.

▲ 2014년 9월 20일 해남문화예술회관에서 열린 김남주 아카이브전 개막식.
왼쪽부터 서해근, 양재승, 박석무, 박광숙, 김경윤, 윤재걸, 김창진, 이강, 박동인, 김미희.

▲ 2015년 1월 3일 김남주 시인의 광주일고 생활기록부 등을 건네 받으며.
왼쪽부터 박광숙, 맹문재, 최종천, 박설희.

✽ 사진 제공 : 김문호(사진작가), 김이하(시인), 김호석(화가), 박광숙(부인),
박광의(극단 신명 대표), 박용수(시인), 이상술(출판인), 이승철(시인).

김남주 산문 전집

1

김남주 시인은 분단 조국에서 가장 치열하게 작품 활동을 하다가 타계했다. 이와 같은 평가가 과장되지 않는 것은 그가 분단의 극복과 정치의 민주화를 위해 온몸으로 실천하다가 옥고를 치른 기간이 장장 10년이나 된다는 사실에서, 그리고 행동과 일치된 작품 세계를 일관되게 보여주었다는 점에서 증명된다. 그리하여 김남주 시인은 해방 이후의 한국 시문학사에서 큰 거울로 서 있는 것이다.

이 전집에 수록된 산문은 『산이라면 넘어주고 강이라면 건너주고』(삼천리, 1989), 『시와 혁명』(나루, 1991), 『불씨 하나가 광야를 태우리라』(시와사회사, 1994)에 실려 있는 것을 원본으로 삼았다. 다른 매체에 발표되었거나 개인이 소장한 원고들은 출처를 밝히고 수록했다. 한 작품이 다른 매체에 다시 수록된 경우는 원본의 중요성을 고려하면서 한 가지를 선택해 실었으며, 그 사항을 각주로 설명했다.

이 산문 전집은 『산이라면 넘어주고 강이라면 건너주고』에 수록된 옥중 서신들을 가운데에 놓고 나머지 원고들을 주제나 장르로 나누어 배열하는 식으로 엮었다. 옥중 서신들은 대부분 시인의 아내(당시는 약혼녀)인 박광숙에게 보낸 것이어서 사적인 면을 띠지만, 그 의의는 결코 개인적인 차원에 머무르지 않는다. 오히려 모순된 시대를 향해 온몸으로 저항한 시인의 내밀한 모습을 여실하게 보여주고 있어 감동을 준다. 옥중 서신들은 양이 많은 점을 고려해서 아내(약혼녀)에게 보낸 것, 가족에게 보낸 것, 지인에게 보낸 것 등으로 다시 분류했고, 각각 연대기 순으로 배열했다. 발신의 날짜를 알 수 없는 서신은 해당하는 영역의 마지막에 놓았다.

그리고 새롭게 발굴한 5편의 시 작품을 부록으로 실었다. 지난해에 간행한 『김남주 시전집』에 수록되지 않은 작품들로 김남주 시인의 초기 시세계를 이해하는 데 귀중한 자료가 될 것이다.

그리하여 이 산문 전집은 제1부 문학, 제2부 정치, 제3부 서신, 제4부 일기, 제5부 대담, 제6부 강연, 그리고 연보, 찾아보기, 부록 등으로 차례를 마련했다.

이 산문 전집에서는 김남주 시인의 연보를 정확하게 작성하려고 노력했다. 그리하여 기존의 저서들에 소개된 김남주 시인의 출신 학교를 비롯한 여러 사항들을 수정하거나 보충했다. 아울러 사진도 많이 실어 김남주 시인의 일대기를 나름대로 정리하는 한편 그와 함께하고 있는 우리들의 모습을 담았다.

2

김남주 선생님께서 타계한 지 21년이 되었다고 생각하니 가슴이 먹먹하다. 선생님은 나에게 전태일문학상을 주신 분이다. 뵐 때마다, 특히 병상에 계실 때 아픈 몸인데도 불구하고 환하게 맞아주시던 모습이 엊그제의 일 같다. 박민규 시인과 함께 병상을 돌봐드리기로 했는데 바쁘다는 핑계로 약속을 지키지 못해 지금도 고개를 들 수가 없다.

이 산문 전집이 나올 수 있는 기회를 주시고 귀중한 자료들을 건네주신 박광숙 선생님, 대담 원고를 찾아주신 김준태 선생님, 옥중 서신을 건네주시고 격려의 말씀을 해주신 염무웅 선생님, 김남주 선생님과 함께한 시간들을 들려주신 이강 선생님, 『아랍 민중과 문학』 및 한국문학학교에 관한 말씀을 들려주신 임헌영 선생님, 사진과 연보와 시 작품들을 챙겨준 이승철 선배님께 감사의 인사를 올린다. 책을 만드느라고 애쓴 푸른사상사의 식구들에게도 고마움을 표한다.

지난해 세월호 참사의 유족들이 단식 투쟁하고 있는 광화문 광장에 나갔다가 김남주 선생님의 말씀을 떠올렸다.

"사랑은 눈물과 증오의 통일이다."

2015년 2월
맹문재

일러두기

  1. 맞춤법과 띄어쓰기는 작품의 특성을 살리는 것이 필요하다고 판단한 경우를 제외하고 현행 맞춤법 규정에 따랐다.

  2. 한자와 외래어는 한글로 바꾸어 표기하는 것을 원칙으로 했고, 필요한 경우는 괄호 안에 넣어 병기했다.

  3. 명백한 오자는 바로잡았다.

  4. 부호는 책과 잡지와 신문은 『 』, 문학 및 예술 작품은 「 」, 대화 및 인용은 " ", 강조는 ' '으로 통일했다.

  5. 연도 표기는 네 자리로 통일했다.(가령 '80, 80년 → 1980년)

  6. 본문에 인용된 시 작품은 글의 특성을 고려하여 최종본으로 바꾸었다.

  7. 『산이라면 넘어주고 강이라면 건너주고』(삼천리, 1989), 『시와 혁명』(나루, 1991), 『불씨 하나가 광야를 태우리라』(시와사회사, 1994)를 각주로 달 때는 편의상 저서명과 쪽수만을 밝혔다.

제1부 문학

제2부 정치

제3부 서신

아내

가족

제1부

문학

보리밥과 에그 후라이*

　1970년으로 기억됩니다. 『창작과비평』에 실린 김준태 시인의 「보리밥」이란 시를 읽고 저는 '나도 한번 시를 써볼까. 이런 것이 시라면 나라도 쓰겠다'는 엉뚱한 생각을 품은 적이 있습니다. 그 시의 일부를 읽어보겠습니다.

　　나는 뜨끈뜨끈하고도 달착지근한 보리밥이다
　　남도 끝의 툇마루에 놓인 보리밥이다
　　금이 가고 이빠진 황토빛 툭사발을
　　끼니마다 가득 채운 넉넉한 보리밥이다
　　파리 떼 날아와 빨기도 하지만
　　흙 묻은 입속으로 들어가는 보리밥이다
　　누가 부러워하고 먹으려 하지 않은
　　노랗디노오란 꺼끌꺼끌한 보리밥이다
　　누룽지만도 못하다고 상하로 천대를 받는
　　푸른 하늘 밑의 서러운 보리밥이 아닌가
　　개새끼야 에그 후라이를 먹는 개새끼야

---

* 엮은이 주 : 1991년 '신동엽창작기금' 수혜자로 선정된 김남주 시인이 소감을 밝힌 글임. 『시와 혁명』(48~52쪽)에 수록되었다가 『불씨 하나가 광야를 태우리라』(377~381쪽)에 재수록됨.

물결치는 청보리밭 너머 폐허를 가려면

나를 먹어다오 혁대를 풀어제쳐

땀나게 맛있게 많이 씹어다오

노을녘 한참때나 눈치채어 삼키려는

저 엉큼한 놈들의 무변(無邊)의 혓바닥을 눌러 앉아

하늘 보고 땅을 보며 억세게 울고 싶은데

　이 시는 그 당시 저에게 통쾌한 맛과 재미를 주었습니다. 저는 읽을 줄도
쓸 줄도 모르는 완전한 까막눈이신 제 어머니에게 이 시를 읽어드렸습니다.
어머니는 저보다 더 재미있어 하는 눈치였습니다. "영락없이 꼭 우리 밥 먹
고 사는 꼬락서니다" 하며 천연덕스럽게 웃기까지 했습니다. 저는 이 시와
같은 시를 흉내내어 시라는 것을 처음 쓰게 되었는데, 나중에 주로 "보리밥
은커녕 보리죽도 제때에 먹지 못하는 사람이 수두룩한 판국에 버젓이" 부끄
러워할 줄도 모르고 "에그 후라이를 먹는 자들을 골려주고 저주하고 마침내
때려눕히는 데 문학적으로 일조"하고자 의도적으로 시를 써왔습니다. 20여
년 전 김준태 시인의 시 「보리밥」을 내가 읽어드릴 때 그것을 귀담아 들으시
고 좋아하셨던 제 어머니의 모습이 오늘 새삼 떠오릅니다.

　문학의 일차적인 관심사는 생활의 기본적인 요소들입니다. 이를테면 인간
에게 잠시도 없어서는 아니 될 밥이라든가 김치라든가 된장국 같은 것이고,
옷이며 집 같은 것도 당연히 거기에 포함되어야겠지요. 그리고 우리 인간에
게 생활의 이런 요소들을 제공해주는 자연과 노동도 문학의 주요한 관심거
리가 되어야 할 것입니다.

　문학의 한 갈래로서 시에 대한 저의 생각은 바로 여기서 나옵니다. 한마디
로 말해서 제 시의 기반은 삶의 터전이고 노동의 대상인 인간의 대지여야 하
는 것입니다. 다시 말해서 제 시의 일차적인 관심은 우리 인간에게 먹고 입
고 사는 가장 기본적인 생활의 요소들을 마련해주는 농부의 괭이와 낫과 호

미이고, 어부의 배와 그물이고, 노동자들의 대패와 망치, 광부들의 다이너마이트 등에 있어야 하는 것입니다. 한 시인이 노동의 대상이고 삶의 터전인 인간의 대지에서 떨어져 있으면 그가 쓴 시는 아마, 아니 틀림없이 어떤 힘도 갖지 못할 것입니다. 문학이 노동과 생활의 기반을 잃게 되면 바로 그 순간부터 그것은 깃털 하나 들어올릴 수 없는 존재가 되고 말 것입니다.

그런데 제가 지금까지 써온 대부분의 시는 앞에서 언급한 시에 대한 저의 생각과는 사뭇 거리가 멀었던 것이 사실입니다. 그래서 당연하게도 문학을 바르게 알고 제대로 읽는 독자들은 제 시를 좋게 보아주지 않습니다. 그들의 제 시에 대한 비판 같은 것을 한두 가지 열거하자면 그것은 제 시가 생활의 구체성이 없는 현실의 관념적인 반영이었다는 것, 현실의 인간을 가진 자와 그렇지 못한 자로, 누르는 자와 눌리는 자로 너무 단순하게 대립시켜 적대적인 관계로만 설정했다는 것이 그것입니다. 제 시는 목소리만 높았지 문학적 성과는 별무였다는 것도 그들의 비판의 대상이기도 합니다. 저는 이에 전적으로 동의합니다.

그러나 저도 저의 시에 대한 독자들의 이러저러한 비판에 할말이 없는 것은 아닙니다. 그러나 이 자리는 그럴 자리가 아님을 알고 그만두겠습니다. 다만 한 가지 하고 싶은 말은 문학에 먼저 관심을 두고 제가 시라는 것을 써보겠다고 덤빈 것이 아니고 현실에 먼저 눈을 뜨고 문학을 하게 되었다는 사실입니다. 다른 사람은 어떻게 인식하고 있었는지 모르지만 제가 문학으로써 감히 현실을 바꾸는 데 이바지하겠다고 시를 쓰기 시작할 무렵의 우리 현실은 암담한 것이었습니다. 문학의 본령인 생활을 제 시의 내용으로 하기에는 그런 생활을 짓누르는 정치적 현실이 나를 온통 사로잡았던 것입니다. 그래서 제 시는 현실을 바꾸려고 노력했던 역사적인 인물이나 그들의 사회적인 실천을 주로 반영했는데 그게 관념적이라 해서 못마땅한 독자가 있다면 19세기 초에 독일의 철학자들과 일부 시인들이 그들 나라의 비참한 현실을 염두에 두고 철학과 시에서 프랑스혁명을 관념적으로밖에 반영할 수 없었던 딱한 사정을 제 시에도 적용하여 이해해주시면 고맙겠습니다.

끝으로 시인으로서 나에게 많은 것을 가르쳐주었던 파블로 네루다의 일화 한 토막을 인용하겠습니다.

처음에 나는 나 자신을 불안하게 생각하고 있었다. 그날 나는 노동조합으로부터 강연 초청을 받아놓고 있었던 것이다. 그곳은 칠레에서도 재정적으로 가장 어려운 항만 노조였다. 집회는 음산하고 침침한 홀에서 열렸다. 그곳에 모인 사람들은 닳아떨어진 옷에 한기를 막기 위해 마다리푸대를 뒤집어쓰고 있었다. 내 수중에는 『내 가슴 속에 새겨진 스페인』이라는 시집 한 권밖에 없었다. 그것은 결코 이해하기 쉬운 시집이라고 할 수는 없었다. 헤엄치는 법을 배우는 사람처럼 나는 주의깊게 시를 읽어내려갔다. 항만 노동자들은 꼼짝도 하지 않고 앉아 있었다. 내가 시를 다 읽자 그들은 서로의 얼굴만 바라보고 있을 뿐 말이 없었다. 한참이 지나서야 제일 나이가 많은 노동자가 동료들 사이를 헤치고 내 앞으로 걸어나왔다. 그리고 그는 나에게 이렇게 말하는 것이었다. '네루다 동지, 우리들은 세상으로부터 잊혀진 사람들입니다. 당신이 와주셔서 우리 같은 사람들에게 시를 읽어주셨습니다. 이렇게 비참하게 살아오면서 오늘처럼 강렬하게 마음이 흔들린 적은 지금까지 없었습니다.' 이렇게 말을 마치고 그는 갑자기 소리내어 울기 시작했다. 그러자 그의 주위를 에워싸고 있던 거칠고 억세 보이는 사내들도 서로 부둥켜안고 흐느꼈다. 나는 이 장면을 영원히 잊지 못할 것이다. 그리고 이 순간부터 나는 나의 시에 대해서 요지부동의 확신을 갖게 되었던 것이다. 이런 사람들로부터 내가 동지라고 불리워지는 것이야말로 내가 갖고 싶어하는 꽃다발이고 명예일 것이다.

인용이 너무 길어졌습니다. 오늘을 계기로 해서 나의 시도 생활에 뿌리를 박고 그 뿌리가 세상의 무관심 속에 방치된 채 외롭고 힘겹게 노동하며 살아가는 사람들의 가슴을 적시는 이슬이 되어야 할 것 같습니다. 감사합니다.

암울한 대학생활을 비춘 시적 충격

— 나의 문학 체험 1

1972년 10월 초순 늦은 오후의 교정은 스산했다. 대학을 4년 동안 다녔으되 졸업장을 받을 형편이 못 된 나에게는 가을의 풍경이 황량하기까지 했다.

나는 문리대 앞뜰의 등나무 밑에 놓여 있는 딱딱한 나무의자에 앉아서 담배를 꼬나물었다. 이른 봄부터 여름까지 건물의 붉은 벽돌을 기어오르며 싱싱한 힘을 자랑하던 담쟁이 넝쿨은 그 푸른 잎새를 죄다 떨궈버리고 줄기만 앙상하게 드러내고 있었다. 수업이 없을 때나 점심시간 때면 하릴없이 누워서 또는 앉아서 잡담을 하여 시간을 죽이고는 했던 문리대 앞의 푸른 잔디밭도 잿빛으로 변해 있었다. 이따금씩 알 만한 학생들이 건물 입구에서 나와서는 도서관 쪽으로 난 돌계단을 내려갔다. 아마 그들은 취직 시험에 대비하기 위해서 그곳으로 갈 터이다. 영문과 동기생들은 한 사람도 눈에 띄지 않았다. 나를 제외하고 모두가 교직 과목을 이수했는지라 지금쯤 그들은 시내 여기저기 중학교, 고등학교에서 교생 실습을 하고 있을 터이니까.

나는 의자에서 엉덩이를 떼고 일어났다. 어디로 갈까 뼈만 남은 나뭇가지 사이로 거대한 사과처럼 빨갛게 익은 해는 벌써 저 멀리 서쪽 산허리를 넘고 있었다. 황혼, 그것은 사람의 경우에도 아름다움의 극치일 것이라는 생각이 문득 뇌를 스쳐갔다. 위대한 삶을 산 사람에게 있어서 그것은 장엄하다고 해야 더 적절한 표현일지도 모른다.

지는 해의 잔광을 옆으로 받으며 나는 법대 쪽으로 어슬렁어슬렁 발걸음을 옮겼다. 농대 쪽으로 갈라지는 황톳빛 샛길에는 벌레 먹은 가랑잎이 한 잎 두 잎 떨어지고 있었다.

벌레 먹은 가랑잎, 그렇다 나는 흠집 하나 없이 미끈한 잎새의 질긴 삶보다 네게 더 가까워지고 싶다. 나는 허리를 굽혀 상처 입은 가랑잎 하나를 주워들고 만지작거리며 법대 쪽으로 갔다. 법대는 내 제일의 친구 이강(李鋼)이가 적을 두고 있던 곳이다. 그는 지금 군대에 가고 없다. 전남대에 입학하자마자 그는 나와 데모를 주동했다. 그 탓으로 그는 강제 징집되었던 것이다. 나는 무등산과 광주 시내를 한눈으로 조망할 수 있는 법대 앞의 가파른 언덕에 자리잡고 있는 한 무덤가에 기대어 팔베개를 하고 누웠다. 파란 바탕의 드넓은 하늘에는 하얀 뭉게구름이 군데군데 떠다니고 있었다. 나는 지그시 눈을 감았다. 주마등처럼 지난 4년 동안의 일들이 어둠 속에서 껌벅껌벅 빛나다가 자취도 없이 사라져갔다.

대학 생활 4년, 그것은 실망과 좌절의 세월이었다. 1, 2학년까지 이른바 교양 과목이라는 것이 있었는데, 이를테면 영문학 교수는 영미 작가의 단편소설이나 시를 교단에 서서 한 문장 한 구절씩 해석하는 것이 고작이었고 학생들은 그 해석을 한 자도 빠뜨림없이 그대로 노트에 베끼는 것이었다. 그것은 문학 수업이 아니었다. 번역 수업이라고도 할 수 없었다. 남의 나라 말을 그냥 읽고 해독하는 것일 뿐이었다. 독문학 수업의 내용은 더욱 한심한 것이었다. 고등학교 1학년 초에 배우던 독어 교과서의 수준을 넘지 못했다. 교양 국어라는 것이 있었는데 담당 교수의 수업 내용은 대학 입학 시험에 대비하기 위해서 이골이 나도록 외우고는 했던 「처용가」, 「동동」, 「정과정」 등이라든가 「청산별곡」, 「가시리」, 「만전춘」 따위를 자구 풀이하는 데 그치고 있었다.

이런 유의 수업이라면 고등학교에서 신물이 나도록 받은 바가 있어서 나는 여간 실망하지 않았을 뿐만 아니라 대학 교육 자체에 대해 회의를 갖기까지 했다.

그러나 그 어떤 것보다도 나를 실망시키고 한심해 하게 했던 것은 영어회화 수업 시간이었다. 이 과목의 담당자는 미국의 문화를 주로 제3세계에 전파하는 것을 목적으로 미국 정부에서 파견되었다고 하는 이른바 '평화봉사단'의 요원들이었다. 그들은 대체로 대학 휴학생이거나 갓 졸업한 사람들로서 내가 적을 두고 있던 영문학과에만도 서너 명이나 배속되어 있었는데, 그들이 학생들을 상대로 하는 수업 내용이란 게 미국식 생활 양식과 용어를 기계적으로 외우게 하거나 문답 형식의 문장을 입으로 주고받고 하는 것이어서, 그런 그들과 영어로 수작하는 것도 과히 모양 좋은 편이 아니었고 영어회화를 해서 어디 써먹을 데도 있을 것 같지 않다는 내 나름으로의 판단이 있고 해서 그들이 하는 수업 시간에 한두 번 나가다가 그만두어버렸다.

아무튼 이런저런 이유로 학교 수업에서 재미와 보람을 느끼지 못한 나는 다른 데에 관심을 갖게 되었다. 그것은 독서와 데모였다. 대학 4년을 다니는 동안 나는 해마다 한두 차례 데모에 관계했는데 이에 대한 언급은 마땅한 기회가 생기면 하기로 하고 여기서는 내가 훗날에 시를 쓰게 된 계기와 도움을 주었던 독서에 관한 이야기나 하기로 하자.

대학에 적을 두면서 내가 관심을 가지고 읽었던 책은 문학 계간지 『창작과 비평』과, 데모를 주동했다는 탓으로 강제 징집되었다가 우연히 미군부대(카투사)에 배속되어 군대 생활을 하고 있던 나의 친구 이강이 보내주고는 했던 영문 서적이었다. 그 서적들은 당시로서는 시중에서 구하기 힘들었을 뿐만 아니라, 그것을 가지고 있다는 사실이 당국의 어떤 사람들에게 발각되기라도 하면 그 사람은 무시무시한 죄명을 뒤집어쓰고 쇠고랑을 차고 감옥에 처넣어질 금서들이 대부분이었다. 『들어라, 양키들아』, 『스페인 내란』, 『레닌의 생애』, 러시아 혁명을 다룬 『붉은 10월』, 레오 휴버만*의 『인간의 세속 재산』 등이 그것들이었는데, 이런 책들은 세계 역사와 현실의 인간 관계에 대한 과학적 인식이 전무했던 나에게 새로이 눈을 뜨게 했고, 미국을 비롯한 제국주의 국가들의 세계 전략과 그들이 내세우는 자유·평등·박애의 정체를 제3세계 인민의 입장에서 파악하는 데 도움을 주었다. 뿐만 아니라 그 책들 속에는 시도 가끔 인용되어 있었는데 이들 시는 훗날 나로 하여금 전투적이고 계급적인 구도로 현실의 인간을 시로 쓰는 데 적잖은 영향을 끼치기까지 했다.

그러면 우선 내가 국정 교과서(중학교에서 대학교까지)에는 나오지 않던 시를 처음 읽게 된 계기와 그 시들을 읽고 내가 느꼈던 소감을 이야기하여 보기로 하자.

1969년 내가 대학에 입학하고 처음 소개받은 선배는 당시 전남대 법대 대학원생이던 박석무(朴錫武, 지금은 국회의원이다)라는 인물이었다. 나와 나의 친구 이강에게 그를 소개해준 사람은 나의 고등학교 동기동창이고 당시 영문학과 2학년에 재학중이던 송정민(현재 전남대 신문방송학과 교수이다)이었는데, 그는 송정민의 집에서 하숙하고 있었다. 나와 이강이 그와 처음 대면한 곳은 학기 초의 어느 날 그의 하숙방에서였는데, 내가 박 선배를 '인물'이라 지칭한 까닭은 그날 밤새도록 그가 우리에게 입 밖으로 토해낸 이야기의 내용으로 판단할진대는 당시 천학비재하고 세상 물정에 까막눈이었던 나에게 그는 백과전서였기 때문이다. 한문학, 우리 고전문학, 여러 문사들의 거명과 작품 소개, 4·19 이후의 학생 운동의 전개 과정, 한일회담 반대 투쟁 당시 자신이 겪은 경험담, 쿠바 혁명의 지도자의 한 사람인 체 게바라에 관

---

* 엮은이 주 : 리오 휴버먼(Leo Huberman, 1903~1968). 미국의 언론인, 학자, 노동운동가. 주요 저서 『자본주의 역사 바로 알기』, 『휴버먼의 자본론』.

한 전설적인 무용담 등 모르는 것이 없었고, 당시 내로라 하는 사람들 중에서 모르는 사람이 없었다.

그날 밤 박 선배가 들려준 이야기 중에 지금까지 내 기억에 가장 생생하게 남은 대목은 그의 시낭송이었다. 박 선배는 문인들에 관한 이야기를 하다가 책꽂이에서 무슨 책을 한 권 뽑아내어 여기저기 뒤적거리더니 "야 너희들 한번 들어봐, 이게 우리 현실이야. 이게 4·19가 남겨준 우리 문학의 유산이야. 너 이름이 남주라고 했니? 너 영문과 다닌다고 했지, 너 한번 들어봐." 하고 대뜸 시를 읽기 시작하는 것이었다. 입에 침을 튀기고 손짓을 해가며 시를 낭독하는 그의 모양은 차라리 분노였고 절규였다. 나중에야 안 사실이지만 그가 그날 밤 읽은 시는 김수영의 「그 방을 생각하며」, 「푸른 하늘을」, 「사령(死靈)」, 「거대한 뿌리」 등이었고, 이들 시가 실린 책은 『창작과비평』 1968년 가을호였다. 나는 그때까지만 해도 이런 잡지가 있는 줄 몰랐다.

그러니까 내가 시라는 것에 관심을 가지고 읽게 된 계기를 제공해준 사람은 박석무라는 위인인 셈인데, 그러나 정작으로 내가 시의 맛을 재미있게 본 것은 1970년 『창비』 여름호에 실린 김준태(金準泰)의 시에서였다.

> 산골의 고(高)영감네 집은 가득하다네
> 처마 밑에 고사리 다발이 걸려 있고
> 부엌엔 갈치 두 마리 먹음직하게 매달려 있고
> 마당귀에 돼지오줌을 엎지른 두엄이 쌓여 있고
> 헛간엔 어제 만든 싸리비가 세워져 있고
> 뒷 울안엔 감나무 잎이 바람을 말아올려 소곤거리고
> 변소간의 망태엔 종이 아닌 지푸라기가 들어 있고
> 여덟 자 정도의 방엔 풍년초 한 봉이 놓여 있고
> 식구란 고영감과 그의 늙어빠진 아내뿐이고
> 책 한 권도 먼지 묻은 족보도 없지만
> 밤마다 산딸기 소롯소롯 배인 빨간 꿈속마다

여순반란 사건 때 죽은 아들이 울고 오나니
가득한 집안을 참쑥 냄새의 울음으로 텅 비우고 가나니
꼭 핏줄을 이을 아들 하나 남기고자
피마자기름을 머리에 바르고 빗질을 한다네
고영감은 곰보인 젊은 과부를 홀리기 위하여.
— 「산중가(山中歌)」 전문

　이 시를 비롯해서 같은 호에 게재된 「보리밥」, 「감꽃」 등을 읽고 내가 먼저 떠올린 생각은 '야, 이런 것이 시라면 나도 쓰겠는 걸'이었다. 그의 시에서는 농촌에서 일하고 궁색하게 사는 농민들의 생활의 냄새가 물씬물씬 풍겨났다. 거기에는 내가 그때까지 배웠던 시인들만이 사용한다는 특유의 어법도 상상력도 없었다. 생활인의 사는 꼬락서니를, 생활인이 일상적으로 이름하고 사용하는 말을 있는 그대로 적어놓았을 뿐이었다. 적어도 시에 대한 나의 상식적인 판단으로는 그랬다. 그럼에도 불구하고 그 시들은 내가 교과서나 시화집 같은 데서 읽었던 이른바 명시류의 시에서는 맛본 적이 없는 재미와 감동을 안겨주는 것이었다. 도대체 이런 재미와 감동은 어디에서 오는 것일까? 당시 문학에 문외한이던 나로서는 그 이유를 알 수 없었다. 지금이라면 다음과 같이 말할지도 모른다. '한 개인의 구체적인 삶을 통해 농민들이 처한 농촌 현실과 농민의 정서를 전형적으로 그려놓았기 때문이다'라고.
　나는 그해 겨울방학 때 고향에 가서 김준태의 시를 나의 어머니와 글자는 모르되 시조 따위를 읊을 줄 아는 나의 아버지에게 읽어주었다. 읽을 줄도 쓸 줄도 모르거니와 평생 단 한 번도 손에 연필 토막을 잡아본 적 없고 지금도 숫자를 몰라 전화기 다이얼을 돌릴 줄 모르는 어머니는 "영락없이 꼭 우리 사는 꼬락서니를 써놨다이" 하면서 우습고 재미있다는 표정을 지었다. 아마 어머니에게는 이들 시가 자기 사는 모양을 고스란히 비춰주는 거울이었는지도 모른다. 아버지의 반응은 엉뚱한 것이었다. "내가 너를 대학까장 가르치는 것은 이렇게 구차하고 고달픈 삶을 살지 않게 하기 위해서여. 나도 니가 대학 나와 관에 출입하게 됨으로써 내가 무슨 공문서 같은 것을 띠러 면이나 군청 같은 곳에 가게 되면 뉘 아부지 오셨습니까 하면서 관리들로부터 인사도 받고 의자에 앉아보는 그런 사람 대접 한 번 받고 사는 것이 소원인께"였다. 아버지의 이런 말씀을 듣고 나는 착잡한 생각이 들었다. 나는 어린 시절이나 중고등학교 다닐 때 어른들로부터 "너 커서 뭣 되고 싶으냐"고 그 흔해빠진 물음을 받을 때면 이상하게도 딱히 무엇이 되겠다고 대답한 기억이 없다. 막연한 기억이긴 하지만 남의 간섭 받지 않고 내 좋아하는 일이나 하고 사는 것이 아니었을까 한다. 그러나 그 좋은 일이라는게 시를 쓰고 사는 일은 결코 아니었다. 아무튼 나는 아버지가 구체적으로 바라고 있던 면서기라든가 검판사 같은 사람이 될 생각은 추호도 가져본 적이 없었던 것은 틀림없는 사실인 것 같다.

그러나 당시 나로서는 비록 시인이 되겠다는 생각은 꿈에도 가져본 적은 없었으되 계절마다 나오는 문학지 『창비』를 없는 돈까지 주고 사서 거기에 실려 있는 시에 끌렸던 것은 숨김없는 사실이고, 그들 시 중에서 마음에 든 것이 있으면 외우기까지 했다. 학교 생활에 별로 관심과 기대를 갖지 않았던 나는 방학 때 말고도 틈만 나면 시골에 내려가 농사일을 돕고는 했는데, 들에 나가 소를 먹이면서 또는 땔나무를 하러 산에 가서 시를 소리 높여 읽고 가슴의 후련함을 느끼고는 했다. 그런데 지금에 와서 이상하게 생각되는 것은, 내가 읽은 시 중에서 외우기까지 했던 것은 김수영의 일련의 시와 그가 번역하여 1968년 여름호 『창비』에 게재했던 파블로 네루다의 시였다는 점이다. 그중에도 나의 출생과 성장의 배경과 감성과는 사뭇 다른 그런 시들이 있는 바, 이를테면 김수영의 「푸른 하늘을」, 「그 방을 생각하며」, 「거대한 뿌리」(이 시만은 어쩌면 내 정서와 뿌리를 같이 하고 있는지도 모른다) 등 정치적인 시라든가, 네루다의 「야아, 얼마나 밑이 빠진 토요일이냐!」, 「도시로 돌아오다」, 「다문 입으로 파리가 들어온다」 등이었다. 이는 어쩌면 그들의 시의 내용과 정서, 현실에 대한 관심과 지향이 나의 그것과 일치된 데가 있었기 때문인지도 모른다. 나는 지금도 「야아, 얼마나…」를 달달 외울 수 있고 또 도시의 밤길을 걸으면서, 불려간 어떤 집회장이나 강연장 같은 데서 외우고 다니는데, 아마 이는 내가 대학 다닐 당시에 처했던 사회 정치적 상황과 사람 사는 꼬락서니들이 오늘의 그것들을 보아도 별로 변한게 없기 때문이 아닐까 한다.

야아, 얼마나 밑이 빠진 토요일이냐!

하구 많은 사람들이 움직이고 있는,
이 매력적인 유성(遊星).
호텔마다의 물결치는 발들,
성급한 오토바이 주자들,
바다로 달리는 철로들,
폭주하는 차륜을 타고 달리고 엄청난 부동자세의 여자들.

매주일은 남자들과, 여자들과
모래에서 끝난다,
무엇 하나 아쉬워하지 않고, 계속해서 움직이고,
종잡을 수 없는 산으로 올라가고,
의미도 없이 음악을 틀어놓고 마시고,
기진맥진해서 콘크리트로 다시 돌아온다.

나는 토요일마다 정신없이 마신다,
잔인한 벽 뒤에 감금되어 있는
죄수를 잊지 않고,
죄수의 나날은 이미 이름을 갖고 있지 않다.

그래서, 그 엇갈리고, 내달리는, 웅성거림은
바다처럼 그의 주변을 적시지만,
그 파도가 무엇인지, 축축한 토요일의
파도가 무엇인지를 그는 모른다.

야아, 이 분통이 터지는 토요일,
제멋대로 날뛰고, 소리 소리 지르고
억병이 되게 마시는,
입과 다리로 철저하게 무장한 토요일—
하지만 뒤끓는 패들이 우리들과 사귀기를
싫어한다고 불평은 하지 말자.

학교 교육에 등한했던 나에게 그때까지 읽었던 시와는 그 내용과 격조에
있어 사뭇 다르면서 시에 대한 나의 시야를 넓히는 계기를 마련해준 것은 앞
에서 언급했던 나의 친구가 보내준 영문 서적들에 인용된 일련의 시들이었
다. 그중에서 한두 편을 여기에 소개하고자 한다. 먼저 소개될 「인민의 자식
들」의 원문은 스페인어로 되어 있는데, 영어로 번역된 것을 우리 글로 옮긴
것임을 밝혀둔다.

인민의 자식들이여, 쇠사슬이 그대들을 짓누르고 있다.
이 부당성은 더 이상 계속되어서는 안 된다!
그대들의 삶이 고통의 세계라면
노예이기를 거부하고 차라리 죽음을 택하라!
노동자들이여,
이제 그대들은 더 이상 고통을 당해서는 안 된다!
압제자들은 타도되어야 한다!
일어나라
성실한 인민들이여

사회 혁명의 이름으로!

── 「인민의 자식들」 전문

영국의 인민들이여, 누구를 위해 당신들은 밭을 가는가,
당신들을 삶의 밑바닥에 때려눕히는 영주들을 위해선가?
누구를 위해 당신들은 근심에 싸여 땀흘려 옷감을 짜는가,
폭군들이 걸쳐입고 위세를 부리는 호화스런 의상을 위해선가?
당신들이 요람에서 무덤까지
먹여주고 입혀주고 살려주는 저들은 누구인가,
당신들의 땀을 짜고─ 아니 당신들의 고혈을 빨아먹는
더 배은망덕한 게으름뱅이들이 아닌가?

일벌처럼 마냥 일만 하고 사는 영국의 노동자들이여,
무엇에 쓰려고 당신들은 그 많은 무기와 쇠사슬과 채찍을 만드는가,
양심의 가책을 느끼지 못하는 저 건달패들이
당신들이 창조한 고역의 성과를 약탈하는 데 사용토록 하기 위해선가?

여가, 안락, 평온, 안식, 식량, 감미로운 사랑의 향기,
이런 삶을 당신들도 맛보고 누린 적이 있는가?
고통과 두려움, 고귀한 노동의 대가로
당신들이 얻은 것은 도대체 무엇인가?

   씨를 뿌리는 사람은 당신들이었고, 그 열매를 따먹는 자는 다른 사람
이었다.
   부를 찾아내는 사람은 당신들이었고, 그것을 차지하는 자는 다른 사람
이었다.
   옷감을 짜내는 사람은 당신들이었고, 그것을 입는 자는 다른 사람이
었다.
   무기를 버리는 사람은 당신들이었고, 그것을 거머쥐고 사용하는 자는
다른 사람이었다.

씨를 뿌려라, 그러나 폭군이 그 열매를 따먹지 못하게 하라.

부를 찾아라, 그러나 사기꾼이 그것을 축적하지 못하게 하라.

옷감을 짜라, 그러나 놈팽이가 그것을 입지 못하게 하라.

무기를 버려라, 그러나 당신을 방어하기 위해 무장하라.

　　　　　　　　— P. B. 셸리*, 「영국의 인민들에게」 전문

　앞에 이용된 시는 스페인 내란(1936~1939) 당시 토지 귀족과 대자본가와 고위 성직자들의 두목격인 프랑코 파시스트 일당들이 저지른 야수적인 약탈과 비인간적인 학살에 영웅적으로 저항한 스페인 인민들(아나키스트파)의 노래이고, 뒤의 것은 영국의 시인 셸리(1792~1822)가 소위 산업혁명의 과정에서 신흥 귀족으로서 역사의 무대를 장악한 자본가들의 패악과 그들에 의해 짓밟힌 인민들의 비참한 삶을 노래한 작품의 전문이다.

　나는 이들 시를 읽으면서 나 자신에게 다음과 같은 질문을 던졌다.

　왜 이 나라에서 씌어진 시에는 현실의 비인간적인 대상에 대한, 압제와 착취에 대한 적극적이고, 직정적이고, 전투적으로 대응한 시가 없을까? 왜 이 땅의 시인들은 그들이 관심과 애정을 가지고 있는 민중들의 삶과 그 정서를 소극적이고, 방관자적이고, 소시민적인 의식으로만 노래하는가? 왜 그들은 지배 계급이 강요하는 민중들의 궁색한 삶과 슬픔과 한의 정서만 노래하는가? 시가 사회적이고 역사적인 인간 생활의 정서를 노래하는 것일진대 생활의 오만가지 정서 중에서 왜 그들은 인간다운 삶을 짓밟고 시달리게 하는 자들에 대한 민중들의 격앙된 정서와 죽음을 불사하는 행동은 노래하지 않는가? 그런 정서와 행동을 노래하는 시인이 있기는 있되 왜 그들은 민중들의 정서와 행동을 있는 그대로 노래하지 않고 지식인으로서 자기 존재의 의식

---

* 엮은이 주 : 퍼시 비시 셸리(Percy Bysshe Shelley, 1792~1822). 영국의 시인. 주요 작품 「서풍부(西風賦)」 「종달새」 「구름」 등.

의 체에 일단 한 번 걸러서 노래하는가? 민중들의 투박한 정서와 거칠기 짝이 없는 행동을 그대로 노래하면 시가 되지 않기 때문인가? 물론 나도 알고 있다. 수천 년 동안 외세의 침탈과 그들과 한패거리가 된 국내 지배 계급의 압박과 착취에 시달려왔던 우리 민족 구성원의 절대 다수인 민중의 지배적이고 일상적인 정서가 한과 슬픔이라는 것쯤은. 그러나 그들에게는 이런 한과 슬픔을 극복하고자 하는 적극적인 정서와 전투적인 행동이 없었단 말인가? 있었다면 왜 시인들은 민중의 삶을 고달프게 하고 동물적인 삶을 강요했던 대상들에 대한 저주와 증오와 분노와 투쟁의 정서를 노래하기를 등한시하거나 심지어는 터부시하기까지 했던가? 나는 또한 알고 있다. 불의에 대한 저항을 노래했다고 해서 그 자체가 모두 다 좋게 또는 높게 평가되어서는 안 된다는 것쯤은. 그러나 내가 읽은 1970년 이전까지 씌어진 우리 시는 현실(특히 민족적, 정치적, 사회적)에 대한 시적 대응에서 너무나 소극적이었고 '인간적'이었다.

시에 대해서 거의 아는 바도 없고, 한 편의 시도 쓴 적이 없던 당시의 내가 이런 질문을 했다는 것은 무얼 몰라도 한참은 모르는 애송이의 투정이었는지도 모른다. 그러나 지배 계급이 강요한 삶의 중압에 끝내는 견뎌내지 못하고 한 노동자가 제 몸에 석유를 뿌리고 불을 질러야 했고, 그들의 포악한 통치 형태에 모기 소리만한 소리로라도, 지렁이만큼한 몸짓으로라도 저항하는 자가 있으면 쥐도 새도 모르게 불귀의 객이 되고 생활의 현장 도처에서 인간성이 파괴되던 그런 시절에, 그래서 한 시인의 절망적인 목소리처럼 "하루도 술 없이는 잠들 수 없었고/하루도 싸움 없이는 살 수 없었다/삶은 수치였다 모멸이었다 죽을 수도 없었다/남김없이 불사르고 떠나갈 대륙마저 없었다"(김지하 「결별」)는 그런 시대에, 현실에 대한 문학적인 접근 이전에 불의의 세계에 민감한 반응을 보일 수밖에 없었던 한 젊은이로서 그런 질문을 던지지 않을 수 없었다.

지금까지 나는 내 4년 동안의 대학 생활에서 경험했던 독서와 그 소감을 두서없이 길게 늘어놓았다. 나는 이 글의 어떤 대목에서 나의 대학생활은 실망과 좌절의 세월이었다고 했다. 나는 1972년 이른바 '10월유신'이 자행되기 며칠 전에 낙향했다. 나를 대학에 보내놓고 이제 졸업할 때가 되어 한껏 기대가 부풀어 있을 고향의 아버지를 떠올리면서. 다음의 시는 당시의 내 심정을 그대로 노래한 파블로 네루다의 「도시로 돌아오다」이다. 1968년 『창비』 여름호에 게재된 것으로 김수영 시인이 번역한 것이다.

나는 무엇에 도착했나? 나는 그들에게 물어본다.

이 생명 없는 도시에서 나는 누구인가?

나는, 지난날 나를 사랑해준
미치광이 아가씨의 거리도
지붕도 발견할 수 없다.

꾸부러진 나뭇가지, 푸른빛의
끓는 듯한 계절풍
부식된 거리의
진홍빛 침,
무거운 공기, 이런 것들은 분명히 있다— 하지만 어디에,
어디에 내가 있었느냐, 내가 누구였었느냐?
나는, 재(灰)밖에는, 다른 것은 거의 아는 것이 없다.

후추 장수가 나를 쳐다본다.
그는 내 구두도, 얼마 전에 부활한
내 얼굴도 알아보지 못한다.
아마 그의 할머니라면 나를 보고
공손히 절을 했을 텐데, 필경

그녀는, 내가 여행한 동안에, 병이 들어
죽음의 깊은 우물 속으로 빠져버렸을 것이다.

나도 그런 건물 속에서 14개월인지
14년인지를 잠을 잤다.
나는 나의 비참을 모조리 겪었다.
나는 천진난만하게
신랄한 것을 마구 깨물었다.
이제 나는 지나간다, 그런데 나갈 문이 없다,
비가 너무 오랫동안 오고 있다.

이제 나는 알겠다, 내가 단 한 사람이
아니라 여러 사람이라는 것을,
너무나 여러 번, 어떻게 재생해야 할지는
생각지도 않고, 죽었다는 것을,
흡사 옷을 갈아 입을 때마다 다른
생애를 살지 않으면 아니 되었던 것처럼.
그리고 여기에 나는, 어째서 내가 한 사람도
알아보지 못하고 있는가를,
어째서 아무도 나를 알아보지 못하는가를, 조금도 생각하지 않고 서
있다.
흡사 여기의 모든 사람들이 다 죽고,
그런 망각의 한복판에 내가 혼자 살고 있는 것처럼,
맨 끝까지 살아남은 한 마리의 새처럼―
아니, 그와 반대로, 도시가 나를 바라보고,
내가 죽은 사람이라는 것을 인식하고 있는 것처럼.

나는 비단옷 전시회를,
비참한 시장을 지나서 걸어간다.

이 거리들을 똑같은 거리라고 생각할 수가 없다.
손톱끝처럼 아픈,
나의 눈초리를 되쏘아보는
까만 눈들을 믿을 수가 없다.
모든 얼어붙은 우상이 새겨진
창백한 '금탑(金塔)'을 믿을 수가 없다.
도시는 이제 눈도 없고, 손도 없고,
이미 아무런 불도 갖고 있지 않다.
잘 있거라, 시간에 더럽혀진 거리들,
잘 있거라, 잘 있거라, 가버린 사랑아.
나는 집에 있는 술을 찾아 돌아간다,
나의 애절한 사랑을 찾아 돌아간다,
지난날의 나를 찾아 오늘의 나를 찾아,
바다와, 능금이 익은 가라앉은 대지와,
입술을 갖고, 이름을 가진 세월을 찾아,
나는 돌아오지 않으려고 돌아간다,
더 이상 내 자신을 나는 그르치고 싶지 않다.
과거를 향해 뒤로
방황하는 것은 위험한 일이다,
갑자기 그것은 감옥으로 변할 테니까.

(『불씨 하나가 광야를 태우리라』, 18~33쪽)

반유신 투쟁의 대열에 서서

— 나의 문학 체험 2

광주에서 버스를 타고 두세 시간 달리면 해남읍에 도착한다. 거기서 완도로 가는 국도를 한 시간 정도 걸으면 외로 꺾이는 샛길이 나온다. 거기서 밭과 밭 사이로 또는 솔밭과 솔밭 사이로 난 길을 한 10여 분 걷다보면 아트막한 산자락에 길다랗게 자리잡은 마을이 한눈에 들어온다. 우리집은 그 마을 가운데쯤에 있다.

대학교 1학년 여름 어느 날의 일이다. 방학을 해서 고향을 찾아 마을로 들어서는데 밭에서 김을 매던 늙수그레한 동네 아줌마가 일손을 놓고 일어서더니 머릿수건을 벗고는 "유순이 오빠 오시오" 하고 공손하게 절을 하는 것이었다. 나는 엉겁결에 "예" 하며 맞절은 했지만 여간만 당황한 게 아니었다. 또 얼마쯤 가다가 길가에서 풀을 베고 있는 마을 어른도 벌떡 일어서더니 "어이 오신가, 방학해서"라고 공대말을 하는 것이었다. 나는 너무 무안해서 대답도 제대로 못하고 그 자리를 피해버렸다. 다음날 아침에 고샅에 나와 산이며 들이며 마을 주위를 둘러보고 있는데 아랫마을 처녀들이 물동이를 머리에 이고 오르락내리락하면서 나에게 고향에 왔냐는 시늉을 눈으로 해보이고는 얼굴을 붉히는 것이었다. 그들은 내가 말을 걸 틈도 주지 않고 황급하게 지나가버렸다. 고등학교 다닐 때만 해도 너냐 나냐 하며 스스럼없이 놀고 지냈던 깨복쟁이 친구들까지도 나를 함부로 대하지 않았다. 그들은 전처럼 "야, 남주야, 어성교로 고기 잡으러 가자." 그렇게 말하지 않고 "남주, 오늘밤 우리가 술자리를 마련하기로 했는데 자네 꼭 와주게." 이런 식이었다. 이전과는 달리 나를 대하는 그들의 태도에 나는 여간만 곤혹스럽지가 않았고 부끄럽기까지 했다. 흙이나 파먹고 사람 대접도 받지 못하는 무지렁이들이라고 늘 자기를 비하하며 살고 있는 그들의 눈에 대학생인 나는 딴세상의 사람으로 보였던 것일까.

이런 당황스럽고, 무안하고, 부끄러운 장면을 피하기 위해 나는 그 후 고향을 찾게 되면 주로 밤을 이용했다. 피하지 못할 사정이 있어 낮에 고향에 갈 경우에는 마을 앞길로 해서 가지 않고 야트막한 뒷산을 넘어 대숲 사이로 난 좁다랗고 가파른 길을 택해 우리집으로 들어갔다. 1972년 '10월유신'이 있기 며칠 전의 낙향 때도 나는 밤을 도와 고향집을 찾았다.

나는 고향에 내려와서 식구들에게 나의 처지(학점 부족으로 졸업을 못하게 됐다는)와 속마음(시골에서 농사를 짓고 살겠다는)을 차마 털어놓지 못했다. 며칠 동안 나는 그냥 들에 나가 식구들과 함께 가을걷이도 하고 산에 가서 이미 베어놓은 땔나무를 묶어 지게에 지고 집에 나르기도 했다. 이러는 내가 아버지는 못마땅한 눈치였다. 방학철이 아닌데도 내가 집에 와 있는 것이 수상한 모양이기도 했다. 아버지는 내가 또 무슨 데몬가 하다가 강제로 귀향 조치를 당했다고 생각하고 있는지도 몰랐다. 전에 몇 차례 그런 경우가 있었기 때문이다. 그러나 아버지는 어떤 말도 내게 걸어오지 않았다.

아무튼 나는 나의 처지와 속마음을 식구들에게 털어놓을 기회를 엿보면서 낮에는 들에 나가 농사일도 거들어주고 밤에는 나 혼자 거처하는 작은 방에서 틈틈이 책을 읽곤 했다. 당시 나는 파블로 네루다에 많은 관심을 가지고 있었기 때문에 항상 그의 시집이 내 곁을 떠나지 않고 있었다. 그 무렵에 내가 가지고 있던 그의 시집은 평론가 임중빈씨가 편역한 『네루다 서정시

집』이었다. 우리나라에서 네루다의 시가 한 권의 시집으로 묶여 나온 것으로
는 아마 이것이 처음일 것이다. 이 시집에는 다음과 같은 건강한 사랑의 시
가 주로 수록되어 있었으나 스페인 내란과 자국의 정치적인 현실을 노래한
시도 몇 편 섞여 있었다. 우선 사랑을 노래한 시를 한 편 읽어보자.

여자의 육체, 하얀 언덕, 하얀 허벅지,
몸을 맡기는 네 모습은 이 세계를 닮았다
거칠기 짝이 없는 농부의 육체가 너를 파헤쳐
땅속 저 깊은 곳에서 아이 하나 세차게 솟아나오게 한다

나는 터널처럼 고독했다 새들은 도망치듯 날아가버리고
침략처럼 밤은 그 막강한 힘으로 나를 파고들었다
그러나 나는 살아남기 위해 너를 단련시켰다 무기처럼
화살처럼 투석기의 돌처럼

이제 복수의 시각은 다가오고 나는 너를 사랑한다
피부와 이끼와 우유로 만들어진 갈증과 욕망의 육체여
오 가슴의 두 컵이여! 오 딴전을 부리고 있는 두 눈이여!
오 불두덩의 장미여! 오 느리고 슬픈 목소리여!

나는 너의 매력에 사로잡히리라, 오 여자의 육체여
이 목마름, 끝없는 이 욕망, 정처 없는 나의 길이여!
영원한 갈증이 흐르고, 피로가 흐르고,
밑 모를 고통이 흐르는 검은 하상(河床)이여.
　　　　　　　　―「스무 편의 사랑의 시와 하나의 절망의 노래・1」

　이는 네루다가 스무 살 무렵에 쓴 시이다. 당시 육체적인 사랑의 경험이
없었던 나에게 이 시는 매우 충격적이었다. 이전에 내가 읽었던 사랑을 주

제로 한 시들은 대체로 남녀의 얼굴과 몸뚱이에서 입술, 가슴, 허리, 엉덩이, 허벅지 따위는 떼어내버리고, 이른바 정신적인 사랑의 지고함만을 다루는 것들이었기에 더욱 그랬다. 다시 말해서 그런 시들은 지상에서 일하고, 밥 먹고, 술 마시며 하루하루를 사는 남녀의 사랑을 노래한 것이라기보다는 바람과 꽃과 구름을 먹고 아득한 별나라를 꿈꾸며 사는 천상의 연인들을 노래한 것들이었다. 그리고 또 그런 시들도 육체의 사랑을 다루지 않는 것은 아니었지만 그 표현이 너무나 많은 비유로 장식되어 있고 신비화되어 있어서 겉으로는 신비롭고 아름답게 보이기는 했으되 읽고 나면 어딘지 모르게 공허했고 별다른 감흥을 주지 않았다. 물론 네루다의 이 시에도 돌이라든가 화살, 길, 하상 등 비유가 없는 것은 아니다. 그러나 이들 비유는 시상에서의 생활과 아주 가깝고 친숙한 것들이어서 사랑의 구체성을 보다 돋보이게 할망정 관념적인 사랑으로 전락시키지는 않고 있었다.

『네루다의 서정시집』에는 사랑을 주제로 한 시 외에도 단편적이긴 하지만 자본주의 사회의 문명과 삶의 질서에 대한 예리한 비판과 북아메리카(남미에서는 미국을 이렇게 부른다) 제국주의자들에 의해서 왜곡된 중남미의 정치 현실과 그들에 의해서 짓밟힌 민중들의 참담한 삶을 고발한 시들도 섞여 있었다. 그런 시들 중에서 내가 우리의 정치 현실을 이해하는 데 도움을 주었던 시는 「연합 청과물회사」이었다.

> 트럼펫이 울려퍼지고 있을 때
> 지상에서는 모든 것이 준비되어 있었다
> 그곳에서 여호와는 이 세계를 분할했다
> 코카콜라 아니콘다
> 포드모터스 그 외의 회사로
> 연합 청과물회사는
> 가장 비옥한 토지를 손에 넣었다

우리나라의 중부연안지방을
아메리카의 감미로운 허리 부분을

그들은 손에 넣은 토지를
새롭게 '파나나 공화국'이라 이름 붙였다
그리고 잠자고 있는 사자(死者)들 위에서
또는 제 조국의 위대함과 자유와 깃발을 쟁취하면서
편안하게 잠들 수 없는 영웅들 위에서
그들은 휘황찬란한 희극을 상연했다
그들은 기업정신을 부채질하여
독재자에게 월계관을 씌워주고
탐욕스럽게 이윤추구를 사주하여
파리떼들의 왕국을 수립하였다
토르지로스 다코스
카리아스 마르티네스
그리고 우비코……
이들 천박한 피와 마아말레이드 잼으로 더럽혀진 파리떼들은
민중의 고혈에 취해 웅성대고 있는
이 똥파리들은
곡마단의 곡예사처럼
착취와 압제에 뛰어나
오만 가지 사기와 재주를 부렸다

이들 피투성이 똥파리들의 전송을 받으며
'청과물회사'호는 약탈한 커피와
과일을 싣고 바야흐로 출항을 서두르고 있다
침식당한 우리나라의 보물을
화물선은 배가 터지게 가득 싣고
미끄러져간다

그러는 동안에 우리들의 항구
달콤하고 새콤한 지옥에서는
안개에 싸인 아침 무렵이면
인디언들이 쓰러져간다
인간의 육체가 한 개 떼굴떼굴 굴러간다
그것은 이미 이름도 없는 잡동사니다
땅에 떨어진 하나의 번호다
쓰레기장에 내던져버린
썩은 과일 한 송이일 뿐이다.

　　　　　　　　　　　　　　　　—「연합 청과물회사」 전문

　이 시에 나오는 코카콜라, 아나콘다, 포드모터스, 연합 청과물회사 등은 미국의 다국적 기업이고, 토르지로스, 타코스, 카리아스, 마르티네스, 우비코 등은 미제국주의자들의 손아귀에 놀아나며 자국의 민중 위에 군림하고 있는 중남미의 독재자들이다. 나는 이 시를 읽으면서 자연스럽게 당시 아시아 국가의 대통령들, 이를테면 인도네시아의 수하르토, 필리핀의 마르코스, 남베트남의 티우, 대한민국의 박정희 등을 떠올렸다. 나는 또한 이 시를 통해 제3세계 국가에 주둔하고 있는 미군이 자유와 평화의 수호자로서 그 역할을 하고 있다는 주장이 허위라는 사실을 깨닫게 되었다. 다시 말해서 그들은 제3세계 국가에서 자기들이 내세운 독재자를 매개로 하여 자국에서 생산하는 상품을 팔아먹고 자본을 투하하여 값싼 노동력으로 초과 이윤을 얻기 위해, 그리고 상품과 자본의 시장을 안전하게 지키기 위해 존재할 것이라는 인식에 이르렀던 것이다. 이런 깨달음과 인식은 미국의 사회학자 리오 휴버먼의 『인간의 세속 재산』을 읽고 나서 더욱 확고해졌다. 그 책의 제18장에는 다음과 같은 미 해병대 장교 새뮤얼 버틀러의 고백이 인용되어 있다.

나는 우리나라에서 가장 기민한 군대인 해병대의 일원으로서 아주 적극적으로 33년 4개월 동안을 복무했다. 나는 소위에서 소장까지 모든 직위를 다 거쳤다. 그 기간 동안에 나는 대기업과 월가의 금융업자와 은행가들을 위해 폭력단의 두목으로서 나의 대부분의 시간을 보냈다. 한마디로 말하자면 미국 자본주의의 이익을 위해 공갈과 협박을 일삼았던 것이다…….

이를테면 나는 미국의 석유 이익을 위해 멕시코, 특히 탐피코를 안전하게 평정하였다. 나는 아이티와 쿠바에서 내셔널시티 은행의 행원들이 좋은 수익을 올릴 수 있도록 입지를 마련해주었다……. 1909년에서 1912년까지 나는 브라운 브라더스 국제금융회사를 위해 도미니카 공화국에서 활동했으며, 1903년에는 온두라스에 가서 미국의 청과물회사가 이권을 따도록 좋은 여건을 만들어주었다. 그리고 나는 1972년에 중국에 가서 스탠더드 석유회사가 방해를 받지 않고 사업을 하도록 해주었다.

말하자면 나는 암흑가의 폭력배들 사이에서 불리워지고 있는 거물급 협박꾼이었던 셈이다. 나는 그 보상으로 명예와 훈장을 받았고 진급을 했다. 과거를 돌이켜보건대 어쩌면 나는 알 카포네에게 몇 가지 암시를 주었을지도 모른다. 그러나 그는 겨우 세 개의 도시에서 공갈을 치고 협박을 하고 다녔을 뿐이다. 우리 해병대는 세 개의 대륙에서 그런 짓을 하고 다녔는데 말이다.

새뮤얼 버틀러의 이 고백은 그가 활동했던 20세기 초엽에만 한정해서 적용되지 않을 것이다. 제2차 세계대전 이후 자본주의 국가의 두목이 된 미국은 지구의 거의 모든 나라, 특히 아시아, 아프리카, 라틴아메리카에 군대를 파견하고 주둔시키면서 꼭두각시 정권을 수립하여 자국의 물질적 이익을 관철시켜왔다. 뿐만 아니라 그들은 제3세계 국가의 민중들이 민족의 독립과 자주성을 요구하면 그곳이 어디건 지구 끝까지라도 쫓아서 짓밟아버렸다. 바로 지금 이 순간에도 리비아, 이라크, 이란, 쿠바, 북조선 등은 끊임없이 미국의 막강한 군사력에 민족의 자주성이 위협받고 있으며 이라크 같은 나라는 침략까지 당하고 있다.

1972년 10월 18일 나는 다시 광주로 올라왔다. 이유는 다음과 같다.

17일 저녁 무렵으로 기억된다. 식구들과 함께 보리밭을 일구고 집에 와서 저녁밥을 먹고 있는데 라디오에서 '대통령 특별 선언'이 나오고 있었다. 그 내용은 비상계엄령 선포, 국회 해산, 정당 및 정치 활동 금지 등이었다. '이런 싸가지 없는 새끼가 있나' 나는 속으로 이렇게 중얼거렸다. 박정희에 대해서 나는 좋지 않은 감정을 평소에 가지고 있었는데 그것은 아주 단순한 데서 왔다. 그는 일제 때 우리 독립군을 잡으러 다니고 죽이는 것을 일삼았던 일본군 장교였다. 이런 자가 한 나라의 대통령으로 앉아 있다는 사실은 나에게 치욕이었다. 그는 또 수많은 청년학생들의 희생으로 이승만 정권이 무너지고 들어선 지 얼마 안 되는 민주당 정권을 폭력으로 때려눕힌 자였다. 그는 쿠데타로 정권을 강탈하면서 사회가 안정되면 다시 군인으로 돌아가겠다고 약속해놓고 그것을 깨뜨린 자였다. 그는 정권의 부당성과 정치의 잘못에 대해 야당이나 학생들이 항의한다거나 저항하면 그것을 탄압하는 수단으로 위수령, 비상사태 선포를 밥먹듯이 했으며 걸핏하면 휴교령, 조기 방학 등을 통해 학생들의 시위를 중단시켰다. 그는 영구 집권을 위한 3선 개헌을 국회 별관에서 날치기 통과시키고, 오만가지 사건을 조작하여 진보적인 인사들을 투옥시키고 죽이기까지 했다. 한마디로 말해서 그는 한 나라의 대통령이기 이전에 민족의 반역자였고, 정치가라기보다는 사기꾼, 협잡꾼 폭력배의 두목격이었다. 적어도 나에게는 그렇게 보였다. 이런 그가 다시 정치적인 폭거를 자행했던 것이다. 나는 방송을 듣고 이 폭거에 저항하지 않고는 참을 수가 없었다. 이것은 한 인간으로 자존심의 문제였다. 내가 고향에 내려간 지 얼마 안 되어서 다시 광주로 올라온 까닭은 바로 여기에 있었다.

광주로 올라와서 나는 나의 친구 이강의 자취방을 찾았다. 그와 나는 박정희의 폭거에 반대하는 유인물을 만들어 살포하기로 합의했다. 우리는 유인물을 만드는 데 필요한 도구— 가리방, 철필, 묵지 등 —를 마련하기 위해 주머니돈을 털고 책을 팔았다. 모든 것이 대중 갖추어졌을 무렵에 우리는 1894년 갑오농민전쟁의 전적지를 답사하러 갔다. 우리의 다짐을 더욱 단단하게 하기 위해서였는지도 모른다. 그런데 이상한 일이었다. 우리가 황토현에 갔을 때 그곳에 갓 쓰고 흰옷 입은 대여섯 명의 노인들이 이미 와 있었던 것이다. '이 풍진 세상'에 착잡한 마음을 달래려고 그들도 여기 왔는가. 그들은 비문을 손바닥으로 쓸 듯이 어루만지기도 하고, 물끄러미 들과 하늘을 펴다보기도 하며 한숨을 짓고는 했다. 나중에 나는 이때의 심정을 시라고 쓴 것이 있는데 그것을 여기에 적어본다.

> 이 두메는 날라와 더불어
> 꽃이 되자 하네 꽃이
> 피어 눈물로 고여 발등에서 갈라지는
> 녹두꽃이 되자 하네
>
> 이 산골은 날라와 더불어
> 새가 되자 하네 새가
> 아랫녘 윗녘에서 울어예는
> 파랑새가 되자 하네
>
> 이 들판은 날라와 더불어
> 불이 되자 하네 불이
> 타는 들녘 어둠을 사르는
> 들불이 되자 하네
>
> 되자 하네 되고자 하네
> 다시 한번 이 고을은

반란이 되자 하네
청송녹죽(靑松綠竹) 가슴으로 꽂히는
죽창이 되자 하네 죽창이

                                           — 「노래」 전문

    친구와 나는 황토현에서 백산으로 갔다. 백산은 갑오년의 농민들이 썩어 문드러지고 타락할 대로 타락한 봉건 정부와 그 관리들과의 싸움을 선포한 곳이다. 우리는 백산에 올라 당시 농민군들이 읽었다는 창의문을 소리 높여 읽으면서 감개무량해 했다.

우리가 의를 들어 여기에 이르니
그 본의가 다른 데 있지 아니하고
창생을 도탄 중에서 건지고
국가를 반석 위에 두고자 함이라
안으로는 탐학한 관리들의 머리를 베고
밖으로는 횡포한 강적의 무리를 구축하고자 함이다
양반과 부호 밑에서 고통받는 민중들과
방백 수령 밑에서 굴욕을 당하고 사는 소리들은
우리와 같이 원한이 깊은 자라 주저치 말고 일어나라
만약 기회를 놓치면 후회하여도 미치지 못하리라.

    나는 지금까지 역사에서 이렇게 당당하고 이렇게 간명하게 시대정신을 표현한 글을 읽은 적이 없다. 이것은 차라리 한 편의 시였다. 나는 1987년 무렵에 감옥에서 이 창의문에 의탁해서 다음과 같은 시를 쓴 적이 있다.

우리가 해방의 칼을 세워 그 주위에 모이니
그 본의가 다른 데 있지 아니하고
민중을 자본의 굴레에서 벗어나게 하고

조국을 이민족의 억압에서 해방시키고자 함이라
안으로는 정상모리배들의 머리를 베고
밖으로는 제국주의 신식민지 세력을 몰아내고자 함이라
재벌과 군벌 밑에서 고통받는 노동자 농민들과
고급관리들 앞에서 기를 펴지 못하는 말단관리들은
우리와 같이 원한이 깊은 자라 일어나라 주저치 말고
만약 기회를 놓치면 후회하여도 미치지 못하리라.

갑오농민전쟁의 전적지를 돌아보고 광주에 와서 나는 곧장 '유신'을 반대하는 유인물 작성에 착수했다. 그때가 아마 1972년 12월 중순께였을 것이다. 그런데 격정적인 성격의 소유자인 친구가 나더러 시를 한 편 써서 유인물에 싣자는 것이었다. 박정희의 반민족적 행각과 비민주적인 정치 행태를 폭로하여 유인물을 읽는 사람의 가슴에 분노의 감정을 불러일으키는 데는 산문보다는 시가 더 효과적이라는 것이 그 이유였다. 사실 나는 대학교 다닐 때 데모용으로 선언문 따위를 쓴 경험은 있었지만 습작으로라도 시 같은 것을 써본 적이 없었다. 그래서 나는 남의 시를 본떠서 써보려고 내가 가지고 있는 나라 안팎의 시집이나 책 중에서 정치적인 내용을 담은 선동적인 시를 찾아보았다. 국내 시인의 시집으로 내가 가지고 있었던 것은 한용운의 『님의 침묵』, 이육사의 『육사시집』, 김수영의 『새로운 도시와 시민들의 합창』*과 『달나라의 장난』, 김지하의 『황토』 등이었다. 나는 이들 시집에 실린 시들 중에서 내 취향에 맞는 몇 개의 시들은 거의 외우다시피 하고 있었지만 유인물용으로 본뜨기에 마땅한 것은 없었다. 그들 시들은 대중의 정서에 호소한다기보다는 지식인으로서 자기 성찰의 시가 대부분이었기 때문에 그랬지 않았

---

* 엮은이 주 : 실제로는 김경린, 임호권, 박인환, 양병식, 김수영이 1949년 '도시문화사'에서 간행한 동인 시집임.

나 싶다. 김지하의 「들녘」이나 「사월」 같은 것을 흉내내서 쓰려고도 했으나 그 예술적 감각이 나로서는 감당하기 어려웠을 뿐만 아니라 일반 대중의 가슴에 불을 놓기에는 그 서정이 너무나 복잡하고 지적이라는 생각이 들어 그만두었다. 『창작과비평』에 실린 김수영의 「푸른 하늘을」이 단순하고 명쾌한 데가 있어서 그대로 게재할까도 생각했지만 너무 추상적이라는 친구의 반대에 부딪혔다. 그래서 나는 외국 시인의 시집을 들췄다. 그런 시집이래야 내가 가지고 있었던 것은 일본의 평범사에서 나온 『세계명시집대성』 중의 '러시아 편' 한 권과 『네루다 서정시집』, 월트 휘트먼의 『풀잎』 등 두 권뿐이었다.

러시아 시집에 나오는 푸슈킨의 시를 읽고 나는 깜짝 놀라지 않을 수 없었다. 이전까지만 해도 나는 그가, "생활이 그대를 속일지라도/서러워하거나 노여워하지 말라!/설움의 날을 참고 견디노라면/기쁨의 날이 오리니……" 어쩌고 저쩌고 하는 서정시의 대가인 줄만 알았었다. 그런데 그게 아니었다. 그는 압제에 대한 분노와 자유에 대한 동경을 격정적으로 노래한 저항 시인이었고, 차르 전제 정치를 타도하고 공화정의 수립을 위해 반란을 일으켰던 12월 당원들(데카브리스트)과 그 뜻을 같이한 동반작가이기도 했다. 1819년에 씌어진 그의 시 「자유」는 필사되어 독자들의 손으로 옮겨지면서 읽혀졌다고 하는데 그의 압제자에 대한 분노의 격렬함이 어떠했는지 여실히 보여주고 있다. 긴 시이기 때문에 한 연만 여기에 인용하고자 한다.

> 전제 정치로 권력을 휘두르는 악당아
> 나는 증오하노라 너와 너의 옥좌를
> 나는 바라보겠노라 잔혹한 기쁜 마음으로
> 너의 파멸과 네 자식들의 죽음을
> 민중의 네 이마 위에서
> 저주의 낙인을 읽으노라
> 너는 세계를 공포에 떨게 하고 자연을 더럽히고

지상에서 너는 신을 모독했다.

　나는 그때까지 이처럼 증오에 찬 시를 본 적이 없었다. 러시아 시집에 실린 일련의 시들, 이를테면 푸슈킨, 레르몬토프, 네크라소프 등의 저항시들을 읽으면서 나는 시가 개인의 정서와 성장에 미치는 영향력이 아주 클 것이라는 생각을 갖게 되었다. 나는 이들의 시를 읽고 우리말로 번역된 외국의 시가 단편적이고 편견에 차 있다는 것을 알았다. 이를테면 압제, 불의, 부정한 수단으로 재산을 모은 자들에 대한 저항과 투쟁을 노래한 시들은 제외하고 사랑과 이별, 죽음 등을 노래한 시들만을 선택해서 번역했다는 것이다. 그 결과 독자로 하여금 한 시인을 단편적으로밖에 알 수 없게 하고 시에 대한 다양하고 폭넓은 이해를 방해했던 것이다. 하이네가 그 좋은 예일 터이다. 그는 우리나라 대부분의 독자들에게 연애시의 대가로만 알려져 있는 시인이다. 그러나 그는 "삼십 년 동안 나는/자유를 위한 투쟁의 최전선을 충실하게 지켜왔다"고 노래한 것처럼 압제와 착취에 저항하는 시를 수없이 많이 썼던 것이다. 위에서 언급한 러시아의 세 시인도 하이네의 경우와 마찬가지이다. 푸슈킨의 시는 그래도 단편적으로나마 우리나라에 소개되기라도 했지만 레르몬토프와 네크라소프의 시는 단 한 편도 번역되어 있지 않다.

　아무튼 나는 유인물용으로 사용하기 위해 이런저런 시집을 읽는 과정에서 많은 것을 느끼고 배우기까지 했다. 어려운 시대에 한 인간에게 있어서 어떤 삶이 참다운 것이고 시는 또 어떻게 씌어져야 한다는 것을 내 나름으로 바르게 아는 계기가 되었다. 여기서 내가 어떤 시를 써서 유인물에 실었는가에 대해서 언급할 필요는 없을 것이다. 다만 러시아 시인들의 삶과 이러저러한 작품들이 나의 삶과 그리고 나중에 내가 시를 쓰게 되었을 때 지대한 영향을 끼쳤다는 점만 말해둔다. 끝으로 당시 사랑을 앓고 있었던 나에게 감동을 준 시 「그대는 방문하려고 하지만」을 소개한다. 이 시의 저자는 1825년 '12월 당

원'의 반란에 참가했다가 주모자로 몰려 사형당했던 르이레프*(1795~1826)
이다. 그는 차르 체제를 무너뜨리고 공화정의 수립을 주장하여 당시로서는
가장 진보적이고 급진적인 변혁 운동가였다. 많은 시인들이 12월 당원에 직
접적으로 또는 간접적으로 참가하였지만 르이레프가 그들 중에서 가장 빼어
난 시를 썼고, 작품 수도 많았다고 한다. 그의 시는 거의 전부가 전제 군주에
대한 저주와 분노, 자유에 대한 동경으로 가득 차 있다. 특히 조국과 민중에
대한 그의 사랑은 격렬한 혁명적 정열로 넘쳐 흐르고 있다.

> 그대는 사랑하는 이여
> 적막한 내 집을 방문하려고 하지만
> 숙명적인 병고와의 싸움으로
> 혼이 괴로움을 당하고 있는 때에
>
> 그대의 부드러운 눈길 그대의 아름다운 시선은
> 수난자에게 생기를 불어넣어주려 하고
> 그대는 효험을 가져오는 평온을
> 소란스런 혼에 부어넣으려고 한다
>
> 진실로 고마운 그대의 동정
> 그대의 마음 씀씀이는 사랑하는 이여
> 다시 나에게 행복을 되돌려주고
> 나의 병을 치유하여준다
>
> 그러나 나는 그대의 사랑을 바랄 수 없다
> 나는 그것을 받아들일 수가 없다

---

* 엮은이 주 : 릴레예프(Kondratii Fyodorovich Ryle'ev, 1795~1826). 러시아의 시인, 혁명가. 러
  시아 최초의 혁명 운동인 12월당(Dekabrist)의 최고 지도자. 데카브리스트 봉기의 밤(1825.
  12. 26)에 체포되어 이듬해 사형당함.

나는 그것에 답할 수도 없다
나의 혼은 그대의 사랑에 값할 수 없다

그대의 혼에는 언제고 다만
아름다운 감각만이 가득 차 있다
폭풍과 같은 내 마음을 그대는 모른다
과격한 내 견해를 그대는 알지 못한다

그대는 나의 적을 용서한다
그 고운 마음을 나는 이해 못한다
나를 모욕하는 자에게는
나는 피할 수 없는 복수로 앙갚음한다

내가 심약하게 보이고
혼의 움직임을 제어하는 것은 오직 순간일 뿐
그리스도 신자도 노예도 아닌 나는
치욕을 용서할 수는 없는 것이다

나에게 지금 필요한 것은 사랑이 아니다
나에게는 별개의 일이 필요하다
나에게 즐거운 것은 오직 싸우는 것
오직 투쟁의 소란뿐이다

사랑은 결코 이성에는 맞지 않다
아 내 조국은 고통을 당하고 있다
혼은 짓눌린 마음의 격동 속에서
지금은 다만 자유만을 갈구한다

(『불씨 하나가 광야를 태우리라』, 34~49쪽)

---

* 엮은이 주 : 본문에서 인용된 외국시들은 김남주 시인이 번역한 것임.

시인의 일 시의 일*

　시의 사회적 기능이라든지 변혁 운동에서 시가 노는 역할을 이야기할 때 필자는 자주 『삼국유사』의 수로부인 설화와 거기에 나오는 노래 「구지가」를 입에 올리고는 한다. 설화가 그리 길지 않고 우리 고전을 이런 기회에 한번쯤 읽어본다는 것도 동시대를 살아가고 있는 우리들에게 어떤 의의가 있으리라 생각되어 여기에 그 전문을 인용한다.

　　성덕왕 때에 순정공(純貞公)이 강릉태수로 부임하는 도중 바닷가에서 점심식사를 하고 있었는데 바로 곁에 바위벽이 있어 병풍처럼 바다를 둘러싸고 있었다. 높이가 천 길이나 되고 그 꼭대기에는 철쭉꽃이 만개해 있었다. 공(公)의 부인 수로(水路)가 그것을 보고 좌우에게 이르기를 '누가 있어 저 꽃을 꺾어오겠느냐' 하니 종자들이 대답하되 '인적(人跡)이 미치지 못하는 곳이오니 불가하옵니다' 했다. 마침 그때 한 노인이 암소를 끌고 가다가 부인의 말을 듣고 꽃을 꺾어 바치면서 노래까지 하나 지어드렸는데 그 노인이 어떤 사람인지는 알지 못했다. 또 순행(順行) 이틀째에 임해정(臨海亭)이란 데서 점심식사를 하는데 해룡(海龍)이 홀연 나타나 부

* 엮은이 주 : 『시와 혁명』(37~47쪽)에 수록되었다가 『불씨 하나가 광야를 태우리라』(311~321쪽)에 재수록됨.

인을 끌고 바닷속으로 들어가버렸다. 공이 안절부절 어쩔 바를 모르면서 발을 굴렀으나 계책이 서지 않았다. 이때 또 한 노인이 나타나 고하되 '옛 사람의 말씀에 입이 여럿이면 쇠도 녹인다 했거늘 바닷속에 산 것인들 어찌 여러 입을 두려워하지 아니하랴. 역내(域內) 사람들을 모아 노래를 지어 부르고 막대기로 언덕을 쳐라. 그러면 부인을 찾을 수 있으리라.' 했다. 공이 그 말을 듣고 그대로 하였더니 용이 부인을 받들고 나와 바쳤다. 공이 부인에게 바닷속에서 일어난 일을 물으니 부인이 대답하기를 칠보궁전(七寶宮殿)에 음식이 맛있고 향기롭고 깨끗한 것이 인간의 것이 아니라 했다. 부인이 걸치고 있는 옷에서는 또한 인간 세상에서는 맡아본 적이 없는 이상한 향기가 풍기어났다. 본래 수로부인의 자태와 용모는 절세미인의 그것인지라 깊은 산과 큰 못을 지날 때마다 늘상 물신(物神)들의 엄습을 받고는 했다. 여러 사람[衆人]이 불렀던 창해가사(唱海歌詞) 「구지가」는 다음과 같다.

거북아 거북아 수로를 내놓아라
남의 아내 앗아간 죄 얼마나 크냐
네 만약 거역하고 내놓지 않으면
그물로 널 잡아 구워먹으리라

그리고 노인이 바친 「헌화가」는 "자줏빛 바위가에 잡은 손 암소 놓고 나를 아니 부끄러워하면 꽃을 꺾어 바치오리다"라고 되어 있다.

설화나 신화는 까마득하게 먼 옛날의 이야기이고 그것을 낳았던 사회적 성격과 생활 양식이 오늘날과는 판이하게 다른 것이어서 그 해석은 구구하고 다양할 수밖에 없는 것이고, 바로 그 때문에 신화와 설화는 후세 사람들에게 풍부한 상상력을 제공하는 보고이기도 하다.

그러면 우선 수로부인 설화를 낳았던 사회적 · 역사적 배경을 『삼국유사』와 설화의 내용에 기초해서 간단하게 언급하고 이 설화의 계급적 구도와 그것이 의도하고 있는 바를 필자의 상상력에 의탁하여 서술해보자.

『삼국유사』의 수로부인 설화는 바로 앞 장인 「성덕왕(聖德王)」에 나오는데 그 첫 문장은 다음과 같이 시작된다. "성덕왕 때인 시룡(神龍) 2년 병오년에 흉년이 들어 인민들의 기근이 심하였다.(聖德王 神龍二年丙午 歲禾不登 人民飢甚)". 그리고 다음에 이어지는 글의 내용은, 인민을 구제하기 위하여 한 사람에 하루 세 홉씩의 곡식을 나누어주었는데 일을 마치고 계산해보니 30만 5백 석이었다는 것과 왕이 태종대왕을 위하여 봉덕사(奉德寺)를 세우고 7일 동안 인왕도량(仁王道場)을 베풀고 대사(大赦)하였다는 것이다.

여기서 우리는 성덕왕 때에 기근으로 말미암아 민심이 흉흉해지고 그런 속에서 나라에서 혼란이 일고 그것을 무마하기 위해 국가에서는 곡식을 풀어 인민들에게 나누어주었는데 그것이 잘못되어 혼란은 더욱 가중되고 그 결과 많은 사람들이 투옥되기에 이르렀다가 마침내 왕이 인정을 베풀어 대사면령을 내렸다는 것을 쉽게 상상할 수 있다. 그리고 이를 뒷받침해주는 사실로서 「성덕왕」 맨 끝에 '이때부터 시중(侍中)의 직(職)을 두었다'는 문장이 나오는데 여기서 말하는 '시중'이란 정부의 한 관직 이름으로서 인민들의 생활을 보살피기도 하고 또 그들의 언행을 통제하고 감시하는 역할을 맡고 있었음도 어렵지 않게 추측할 수 있다.

그리고 또 나라에 혼란이 일고 민심이 흉흉하여 많은 사람들이 투옥되기에 이르지 않을 수 없었던 원인으로서 궁정의 사치와 부패를 들어야 할 것이다. 궁정의 부패와 타락의 근거는 수로부인 설화의 다음과 같은 글에 그대로 나타나고 있다. "공이 부인에게 바닷속의 일을 물으니 부인이 대답하기를 칠보궁전에 음식이 맛있고 향기롭고 깨끗한 것이 인간의 것이 아니라 했다. 부인이 걸치고 있는 옷에서는 또한 인간세상에서 맡아본 적이 없는 이상한 향기가 풍기어났다."

이상으로 필자는 수로부인 설화의 역사적·사회적 배경에 관한 상상을 마치고 이제 이 설화의 계급적 구도와 그것이 의도하는 바를 역시 상상력에 기초해서 서술하고자 한다.

　수로부인 설화의 계급적 구도는 분명하다. 그것은 왕을 정점으로 하는 지배 계급과, 이들과 물질적 이해 관계를 달리하는 피지배 계급과의 투쟁의 구도이다. 설화에서는 이와 같은 구도가 상징적으로 표현되고 있는 바 지배 계급은 용, 거북이, 칠보궁전, 쇠 등으로 대표되어 있고, 피지배 계급은 노인, 여러 입[衆口], 인민 등으로 대표되어 있다. 그리고 설화 속의 두 주인공 순정공과 그의 부인 수로는 피지배 계급의 이익을 대변하다가 지배 계급의 미움을 사서 변경으로 좌천되어가는 중앙 정부의 관리로서 설화의 서사적 전개에 필요 불가결한 문학적 장치 역할을 하고 있다. 이런 문학적 장치는 근대 부르주아 서사시인 장편소설에서도 그대로 활용되고 있는 바『춘향전』에서의 이몽룡과 성춘향, 톨스토이의『부활』에서의 네퓨르도프와 카츄사가 그것이다.

　이제 이 설화가 의도하는 바가 무엇인가 하는 문제로 넘어가자.

　앞에서 필자는 수로부인 설화의 계급적 구도에 관해서 언급했다. 그것은 물질적 이해 관계를 둘러싼 지배 계급과 피지배 계급과의 투쟁의 구도라고 했다. 그런데 정작으로 이 설화의 작자가 노린 바는 피지배 계급의 지배 계급에 대한 투쟁의 방식인 것이다. 어떻게 싸울 것인가? 노동하는 근로 대중이 노동의 성과물을 지배 계급에게 약탈당하고 있는 현실에서 피지배 계급은 어떻게 대응해야 할 것인가? 이 문제의 바른 해결을 제시해주고자 하는 것이 이 설화의 의도인 것이다.

　근로 대중이 흘린 피와 땀의 결정인 노동의 산물은 고귀하고 아름다운 것이다. 설화에서는 이것이 천 길 높이의 바위산에 피어 있는 철쭉꽃으로 상징되어 있기도 하고 그 자태와 용모가 절세의 미인인 수로부인으로 상징되어 있기도 한다. 그런데 근로 대중은 이 아름답고 고귀한 것을 해룡으로 상징되는 지배자에게 빼앗김당하고 있는 것이다. 이런 상황에서 설화는 어떻게 대처하라고 가르치는가? 설화는 우선 지배 계급의 폭력(쇠)에 평화적으로 대응하라고 가르친다. 그 평화적인 대응이란 다름 아닌 여러 사람의 입[衆口]인 것이다. 여러 사람의 입, 이것은 부당한 권력의 폭력에 맞서서 근로 대중이 최초로 취하는 평화적인 저항 형태를 상징하는 것만은 아닐 것이다. 그것은 어떤 저항도 대중을 사로잡아 그들을 하나로 묶어 세웠을 때만이 어떤 힘을 행사한다는 것을 가르쳐주고 있는 것이다. 다시 말해서 압제와 착취를 일삼는 불의의 세력을 때려눕히고 자유와 평등에 기초한 정의의 세계를 건설하려는 변혁 운동은 불가피하게 수백 수천만이 참가하는 대중 운동일 수밖에 없다는 역사적 교훈이 아닐 수 없는 것이다. 지배 계급에게 빼앗긴 피지배 계급의 고귀하고 아름다운 것을 되찾는 일은 지혜와 용기를 겸비한(설화에서는 노인으로 상징되어 있다) 지도자 한 사람이 할 수 있는 것도 아니고 또 소수의 뛰어난 사람들로 이루어진 당파가 해낼 수 있는 것도 아닌 것이다. 그런 일은 당파를 중심으로 해서 지도자와 근로 대중이 조직적으로 통일되었을 때만이 가능한 것이다. 그러나 수로부인 설화의 작자는 쇠로 상징되는 지배 계급의 폭력에 대해서 평화적인 저항만을 고집하지 않는다. "역내(域內)의 사람들을 모아 노래를 지어 부르고 막대기로 언덕을 쳐라" 하는 문장과 "네 만약 거역하고 내놓지 않으면 그물로 널 잡아 구워먹으리라" 하는 문장에 나오는 '막대기'와 '그물'은 물질적인 힘에는 물질적인 힘으로 대응한다는 강력한 의지가 표현되어 있는 것이다. 그러나 여기서 유의해야 할 것은 문제의 해결을 위해서 근로 대중은 어디까지나 평화적인 방법을 우선하되 만약 부당한 권력이 이것을 거절할 경우에는 불가피하게 물질적인 힘에는 물질적으로 대응할 수밖에 없다는 점을 강조하고 있다는 것이다.

수로부인 설화에 대한 필자의 해석은 여기서 그치고 이제 이 글의 본래의 목적인 시의 사회적 기능과 변혁 운동에서 시가 노는 역할에 대해서 이야기해보자.

앞에서 인용한 설화의 전문에 "역내(域內) 사람들을 모아 노래를 지어 부르고"라는 대목이 있는데 여기서 말하는 노래는 다름 아닌 설화 속의 창해가사(唱海歌詞), 이른바 「구지가」이다.

필자는 우리 문학사에서 「구지가」처럼 당당하고 전투적인 저항시를 본 적이 없다. 보라, 부당한 권력을 상징하는 거북이를 단죄하는 우리 민중들의 당당한 소리와 죄를 뉘우치기를 거절하였을 때 부당한 권력에 가하는 우리 민중들의 가차없는 응징을. 우리 민중들은 옛날부터 지배 계급에게 고귀한 것, 아름다운 것을 빼앗기고 가만 있지 않았으며 그것을 되찾기 위해 구차하게 애걸복걸하며 허리를 굽히며 사정한다든지 무릎을 꿇고 빌지 않았다. 그들은 싸웠다. 평화적으로 싸웠을 뿐만 아니라 그것으로 안 될 경우에는 물질적인 힘도 불사하겠다며 싸웠다. 그리고 그들은 이 싸움에서 싸우는 사람들의 감정을 고양시키고 투지를 북돋아주기 위해 노래를 지어 불렀다.

그렇다. 변혁 운동에서 시의 한 기능과 역할은 변혁 운동에 참가하는 사람들의 정서를 전투적인 것으로 고양시켜주고 그들에게 투쟁의 의지를 북돋아주어 승리를 향해 용기를 잃지 않고 전진하도록 하는 데 있다. 또한 변혁 운동에서 시는 변혁의 대상에 대한 증오와 적개심을 불러일으키고 변혁 운동에 동참한 사람의 마음과 마음을 엮어 강고한 연대를 이루게 한다. 바로 이런 역할과 기능을 다하기 위해 변혁 운동에 헌신해야 할 시는 모름지기 전투적이어야 하고 그 가사와 곡조가 단순 명료하여 여러 사람들이 금방 쉽게 부를 수 있어야 한다. 물론 변혁 운동을 하는 사람은 간단없이 싸움만 하는 것이 아니고 휴식도 필요한 것이다. 그렇기 때문에 이 휴식의 시간에 어울리는 노래가 또한 필요하기도 하는 것이다. 그때 노래의 가사는 낙천적이면서도 곡조는 꼭 전투적일 것까지는 없을 것이다. 고양된 전투적인 감정을 차분하게 가라앉혀 심신을 잠시 쉬도록 해주는 것이 좋을 것이다. 그리고 변혁 운동의 과정에서는 수많은 동지들이 불가피하게 죽어가야만 하는바, 동지의 죽음을 애도하는 시와 노래가 또한 없어서는 안 될 것이다. 그러나 동지의 죽음을 애도하는 시나 노래는 슬픔은 자아내되 절망에 빠지게 해서는 안 될 것이다. 오히려 그 슬픔을 극복하고 나아가서는 동지의 죽음 앞에서 승리를 다짐하는 새로운 각오를 맹세하도록 투지를 높여줘야 할 것이다.

변혁 운동의 역사에서 우리는 수없이 많고 다양한 시와 노래를 볼 수 있다. 시에서는 하이네의 「경향」과 같은 것이 있다.

독일의 시인이여 노래하고 찬양하라
독일의 자유를 그대의 노래야말로
우리들의 마음을 사로잡아 고무시키고
우리들을 행동으로 나아가게 한다
마르세유 찬가처럼

로테 한 사람에게 가슴을 태웠던
베르테르처럼은 이제 탄식하지 말아라
종을 어떻게 울릴 것인가 그것을 그대는
민중에게 고하지 않으면 안 된다
비수를 말하라 검을 말하라!

이제 감상에 젖은 피리소리일랑 그만둬라
목가적인 기분도 집어치우고──
조국의 나팔이 되어라
캐논포가 되고 박격포가 되어라
불어라 울려퍼져라 우르렁 쾅쾅거려라 죽여라!

불어라 울려퍼져라 우르렁 쾅쾅거려라 매일처럼

최후의 압제자가 도망칠 때까지——
노래하라 오직 이 방향으로만
그러나 명심하라 그대의 시가
만인에게 통하도록 가능한 한.

그리고 노래로는 프랑스혁명 당시 공화파 민중들이 불렀던 「라 까르마뇰」과 같은 것을 예로 들 수 있다.

공화당원에게 필요한 것은?
마음이다. 검이다. 약간의 빵이다!
마음은 복수를 위해
검은 적을 무찌르기 위해
빵은 동지를 위해 필요한 것이다!

그리고 우리나라에도 위와 같은 시와 노래는 수없이 많이 있다. 그러나 그 존재가 지배 계급의 역사에 눌려 아직 대중 앞에 그 모습을 드러내지 못하고 있는 것도 적지 않다. 그 일부가 활자화되어 있으나 그것 역시 책 속에 갇혀 대중의 눈에 비쳐진다거나 입에 오르내리기에는 아직도 까마득하다. 모름지기 시와 노래는 특정 개인의 사유물이 되어서는 결코 안 된다. 사회적 노동과 민족적 현실의 자연스런 산물로서, 시와 노래는 민족의 공동 유산으로서 마땅히 전체 근로 대중의 재산이 되어야 하고 그러기 위해서는 문헌 속에 묻혀 있는 민족 시가를 발굴해내고 책 속에 갇혀 있는 시와 노래를 대중이 쉽게 접할 수 있도록 어떤 작업을 수행해야 할 것이다.

지금 우리 민족은 그 자주성을 이민족에게 빼앗기고 있고, 나라는 진정한 독립을 되찾지 못하고 있고, 조국의 반쪽은 외래 침략군에 의해 점령된 채 분단의 고통을 당하고 있고, 그 반쪽 지역의 근로 대중들은 외래 침략자들과 정치적 경제적 이해 관계에서 한통속인 지배 계급에게 신체의 자유, 표현의 자유, 집회 결사의 자유 등 인간으로서 당연히 누려야 할 기본권을 빼앗김당하고 있다. 뿐만 아니라 우리의 근로 대중들은 고귀하고 아름다운 피와 땀의 결실인 노동의 성과를 그들에게 빼앗김으로써 인간으로서 최저한의 생활도 보장받지 못하며 끊임없이 생존의 위협에 시달리고 있는 실정이다.

　문학 예술을 한다는 사람들은 이러한 민족의 현실과 사회적 현상에서 눈을 돌릴 권리가 없는 것이다. 공동체의 한 구성원으로서 민족의 자주성을 되찾는 일에, 나라의 진정한 독립을 되찾는 일에 동강난 조국을 하나로 잇는 일에 그리고 압제와 착취에 시달리고 있는 근로 대중들의 정치적 자유와 경제적 평등에 기초한 인간다운 삶을 살 수 있는 세계를 건설하는 일에, 동참해야 할 의미와 책임이 있는 것이다. 따라서 시인은 폐쇄된 공간에 처박혀 시간과 장소를 초월하여 영원히 살아남을 시 한 편을 쓰겠다고 골머리를 썩힐 것이 아니라 공동체의 현실에 의무와 책임을 가지고 인간적인 대응을 함으로써 근로 대중이 참된 삶을 살 수 있는 세계를 건설하는 데 이바지하는 시를 쓰려고 노력해야 할 것이다. 그러기 위해서 시인은 현실의 비인간적인 대상들, 반민족적인 대상들, 반민주적이고 반통일적인 대상들, 한마디로 말해서 변혁의 대상들을 척결하려는 투지를 근로 대중들의 구체적인 생활을 바탕으로 해서 노래해야 할 것이다.

　그러나 여기서 우리가 유의해야 할 점은 대중의 구체적인 삶을 바탕으로 해서 변혁의 대상들을 척결하려는 의지를 담는 시를 쓰되 민족적 현실과 사회적 현실을 계급적인 관점에서 보아야 한다는 것이다. 왜냐하면 그러한 현실 자체가 물질적 이해 관계를 서로 달리하는 제 계급, 제 계층간의 갈등과 투쟁을 내포하고 있기 때문이다. 우리가 세계와 인간을 객관적인 눈으로 본다고 할 때 그 '객관적'이라는 어의 속에는 당파성이 배제되는 것이 아니라 오히려 담보되어 있는 것이다.

우리가 어떤 문학 작품을 읽고 감동하는 것은 무엇보다도 거기에 진실이 있기 때문이다. 그리고 그 진실은 세계와 인간의 운명에 대한 객관적인 반영에 다름 아니다. 노동자와 자본가의 모순과 갈등이 첨예하게 대립되어가고 있는 현실에서 시인은 그 대립의 축을 기본으로 하여 우리 시대의 중대한 사회적·민족적 문제를 바르게 설정하고 바르게 해결하는 데 있어서 변혁 운동의 한가운데 자기 자신을 전면적으로 투입함으로써 변혁 운동의 승리에 이바지하는 시를 써야 할 것이다. 이것이야말로 시인이 현실에서 할 수 있는 유일한 인간적인 행위인 것이다.

시와 혁명*

> 과거의 시는 표현이 내용을 능가했다
> 그러나 미래의 시는 내용이 표현을 능가할 것이다
> ― 맑스

당신은 묻습니다
언제부터 시를 쓰게 되었느냐고
나는 이렇게 대답할 수밖에 없습니다
투쟁과 그날그날이 내 시의 요람이라고

당신은 묻습니다
웬 놈의 시가 당신의 시는
땔나무꾼 장작 패듯 그렇게 우악스럽고 그렇게 사납냐고
나는 이렇게 반문할 수밖에 없습니다

싸움이란 게 다 그런 거 아니냐고
하다보면 목청이 첨탑처럼 높아지기도 하고
그러다보면 차마 입에 담지 못할 욕도 나오는 게 아니냐고

---

* 엮은이 주 : 『시와 혁명』(15~36쪽)에 수록되었다가 『불씨 하나가 광야를 태우리라』(337
~360쪽)에 재수록됨.

저쪽에서 칼을 들고 나오는 판인데
이쪽에서는 펜으로 무기 삼아 대들어서는 안 되느냐고
세상에 어디 얌전한 싸움만 있기냐고
제기랄 시란 게 무슨 타고난 특권의 양반들 소일거리더냐고

당신은 묻습니다
시를 쓰게 된 별난 동기라도 있느냐고
나는 이렇게 말할 수밖에 없습니다
혁명이 나의 길이고 그 길을 가면서
부러진 낫 망치 소리와 함께 가면서
첨으로 시라는 것을 써보게 되었다고
노동의 적과 싸우다보니 농민과 함께 노동자와 함께
피 흘리며 싸우다보니
노래라는 것도 나오더라고 저절로 나오더라고
나는 책상머리에 앉아 시라는 것을 억지로 써본 적이 없다고
내 시의 요람은 안락의자가 아니고 투쟁이라고 그 속이라고
안락의자야말로 내 시의 무덤이라고

— 「시의 요람 시의 무덤」 전문

　당신은 묻습니다 나에게, 시와 혁명의 관계를. 시는 혁명을 이데올로기적
으로 준비하는 문학적 수단입니다. 시가 혁명의 목적에 봉사하는 문학적 수
단임에는 틀림없겠으나 그렇다고 해서 혁명에 종속되는 것은 아닙니다. 시는
그 자체의 독자적인 형식과 내용을 가지고 혁명에 봉사하는 것이지 기계적으
로 혁명의 종속적인 도구가 되는 것은 아닙니다. 한마디로 말해서 시와 혁명
의 관계는 서로 자기의 독자성을 유지하면서도 밀접하게 상호 보완하는 선상
에 있다고 말할 수 있겠습니다. 그러나 여기서 유의할 것은 시의 내용이 혁명
의 내용을 규정하는 것이 아니고 혁명의 내용이 시의 내용을 규정한다는 것
입니다. 물론 여기서도 상대적인 규정이지 절대적인 규정은 아닙니다. 이런

관점에서 시인과 혁명의 관계도 바르게 설정되어야 할 것입니다. 시인이 혁명 투쟁에 직접적으로 참가해야 하느냐, 아니면 혁명의 실천을 간접적으로 경험하고 객관적인 입장에서 관찰하는 것으로 족하느냐의 문제 말입니다. 이런 문제는 나중에 다루기로 하고 우선 시가 어떻게 혁명을 이데올로기적으로 준비하느냐에 대해서 이야기해봅시다.

블라디미르 일리치*는 다음과 같이 말했습니다.

> 예술은 대중의 것이다. 그것은 자기의 가장 깊은 뿌리를 광범위한 프롤레타리아 계급의 중심부에 내리지 않으면 안 된다. 그것은 이들 대중에 의해 이해되고 사랑받지 않으면 안 된다. 그것은 이들 대중의 감정과 사고 및 의지를 통일하고 이들을 고양하지 않으면 안 된다. 그것은 이들 대중에게 잠재된 예술성을 자각시키고 그것을 발전시키지 않으면 안 된다.

시가 예술의 한 범주라고 할 때 일리치의 이 말에는 시의 원리가 밝혀져 있습니다. 그것은 대중성의 원리입니다. 이것을 혁명과의 관계에서 고찰하면, 시에 있어서 대중성이란 시가 혁명의 편에 서서 대중의 이익을 옹호한다는 뜻입니다. 그것은 대중의 생활 현실과 투쟁을 당파성의 원리에 입각해서 표현함으로써 가능합니다. 그것은 대중에 의해 쉽게 이해되고 사랑받음으로써, 대중의 감정과 사고와 의지를 혁명적으로 통일시켜주고 고양시켜줌으로써 혁명을 이데올로기적으로 도와주는 것입니다. 시가 당파성의 원리에 입각해서 대중의 감정과 사고와 의지를 혁명적으로 고양시켜주고 통일시켜준 예를 하이네의 「슐레지엔의 직조공」에서 찾아봅시다.

---

* 엮은이 주 : 레닌(Vladimir Ilich Lenin, 1870~1924). 러시아의 정치철학자, 정치인, 혁명가. 마르크스의 사회주의 사상을 발전시켜 공산주의 국가를 건설함.

침침한 눈에는 눈물도 마르고
베틀에 앉아 이빨을 간다
독일이여 우리는 짠다 너의 수의를
세 겹의 저주를 거기에 짜넣는다
　　　우리는 짠다 우리는 짠다

첫 번째 저주는 신에게
추위와 굶주림 속에서 우리는 기도했건만
희망도 기대도 허사가 되었다
신은 우리를 조롱하고 우롱하고 바보취급을 했다
　　　우리는 짠다 우리는 짠다

두 번째 저주는 왕에게 부자들의 왕에게
우리들의 비참을 덜어주기는커녕
마지막 한 푼마저 빼앗아 먹고 그는
우리들을 개처럼 쏘아 죽이라 했다
　　　우리는 짠다 우리는 짠다

세 번째 저주는 그릇된 조국에게
오욕과 치욕만이 번창하고
꽃이란 꽃은 피기가 무섭게 꺾이고
부패와 타락 속에서 구더기가 살판을 만나는 곳
　　　우리는 짠다 우리는 짠다

북이 날고 베틀이 덜거덩거리고
우리는 밤낮으로 부지런히 짠다
낡은 독일이여 우리는 짠다 너의 수의를
세 겹의 저주를 거기에 짜넣는다
　　　우리는 짠다 우리는 짠다.
　　　　　　　　　　　　　　—「슐레지엔의 직조공」 전문

이 시에는 1840년대 독일의 비참함이 소름이 끼칠 정도로 극명하게 그려져 있습니다 1844년에 하이네가 이 시를 발표하자 엥겔스는 독일에서 최초로 혁명을 고지하는 정치시의 모범이라고 격찬했는데, 여기에서 우리는 전제군주·부자들·성직자들에 의해서 착취받고 억압당하는 독일 노동자들의 감정과 사상과 의지의 통일을 감동의 전율과 함께 인식하게 됩니다. 다시 말해서 피지배 계급인 노동자들이 지배 계급에 대해서 가지는 감정은 저주의 감정이고 사상은 말할 것도 없이 혁명 사상이며 의지는 지배 계급을 살해함으로써만 끝장이 나는 투쟁의 의지입니다.

다시 시에 있어서의 대중성의 원리로 돌아갑시다. 위의 하이네의 시에서 보는 것처럼 대중성이란 계급적인 개념임과 동시에 전투적인 개념입니다. 극소수의 지배 계급에 의해 억압과 착취를 받고 사는 절대 다수의 대중은 정치의 객체로서 즉자적으로만 존재하는 것이 아닙니다. 지배 계급의 허위적인 이데올로기의 주입으로 대자적인 존재로서의 대중의 의식은 마비되고 지배 계급의 잔혹한 폭압 기구에 의해서 그 의식의 성장과 발전이 억눌리게 되지만, 그러나 어떤 계기만 주어지면 그것은 폭발적으로 고양되는 것입니다. 그 계기는 객관적으로는 지배 계급의 허위성과 기만성이 폭로되고, 지배 계급이 정치적·경제적으로 위기에 몰렸을 때입니다. 그리고 피지배 계급 쪽에서는 극도의 착취와 억압에 더 이상 참지 못하고 지금까지와 같은 방식으로는 도저히 살아갈 수 없다고 느꼈을 때입니다. 다시 말해서 전 국민적인(착취 계급과 피착취 계급을 포함하여) 위기가 도래했을 때입니다. 주관적으로는 피지배 계급의 선진적인 부분이나 혁명적인 당이 교육과 선전·선동에 의해 대중에게 지배 계급의 이데올로기의 허위성과 기만성을 폭로하고 동시에 대중에게 혁명의 이데올로기적 보편성과 진보성을 가르쳐주었을 때입니다. 그러면 시가 전투적인 개념으로서 대중의 투쟁 의식을 고양시켜주는 예를 다시 하이네의 「경향」이란 시에서 찾아봅시다.

독일의 시인이여 노래하고 찬양하라
독일의 자유를 그대의 노래야말로
우리들의 마음을 사로잡아 고무시키고
우리들을 행동으로 나아가게 한다
마르세유 찬가처럼

로테 한 사람에게 가슴을 태웠던
베르테르처럼은 이제 탄식하지 말아라
종을 어떻게 울릴 것인가 그것을 그대는
민중에게 고하지 않으면 안 된다
비수를 말하라 검을 말하라!

이제 감상에 젖은 피리소리일랑 그만둬라
목가적인 기분도 집어치우고—
조국의 나팔이 되거라
캐논포가 되고 박격포가 되거라
불어라 울려퍼져라 우르렁 쾅쾅거려라 죽여라!

불어라 울려퍼져라 우르렁 쾅쾅거려라 매일처럼
최후의 압제자가 도망칠 때까지—
노래하라 오직 이 방향으로만
그러나 명심하라 그대의 시가
만인에게 통하도록 가능한 한.

— 「경향」 전문

　전투적인 개념으로서의 시의 대중성은 대중으로 하여금 진취적이고 혁명적인 정서를 배양하도록 하는 것입니다. 시는 생활의 궁핍과 고달픔에서 오는 대중의 자포자기적인 감정의 부산물인 푸념과 넋두리 따위를 대중의 정서에서 없애야 할 뿐만 아니라 그들이 인습적으로 몸에 지니고 있는 봉건적·가부장적인, 개인주의적인, 패배주의적인, 무정부주의적인, 자유주의적인 정서도 배제시켜야 합니다. 그 대신 시는 그들이 가지고 있는 다른 감정, 다른 정서를 주도적으로 표현하고 그것을 바른 방향으로 이끌고 가야 합니다. 여기서 다른 정서, 다른 감정이란 말할 필요도 없이 대중의 진보적이고 전투적인 측면입니다. 이런 의미에서 시는 투쟁을 호소하는 나팔소리입니다. 징소리, 북소리입니다.

내가 지금까지 시의 대중성과 계급성과 전투성을 강조한 것은 혁명 자체가 그러하기 때문입니다. 혁명은 한두 사람의 혁명적 인텔리겐치아가 하는 것도 아니고 특정 계급의 선진적인 분자들이 하는 것도 아니며 이런 사람들로 이루어진 당이 하는 것도 아닙니다. 마르크스가 "역사적인 운동은 대중적인 운동이다."고 말했듯이 혁명 운동은 수천만, 수백만의 대중 운동인 것입니다. 대중이야말로 혁명이 제 발을 딛고 일어서는 기반일 뿐만 아니라 '역사의 기관차'로서 혁명을 밀고 가는 원동력인 것입니다. 그러나 우리는 여기서 대중이라는 개념을 무분별하게 사용해서는 안 됩니다. 우리가 사회학적으로 대중을 말할 때는 그것은 근로 대중 일반을 뜻합니다. 그러나 우리가 혁명적인 관점에서 대중을 말할 때는 거기에 특별한 의미가 있습니다. 즉 그것은 계급으로서의 집단을 의미하는 것입니다. 왜냐하면 혁명이란 다름 아닌 계급 투쟁이기 때문입니다. 가령 마르크스가 "어떤 이론도 대중을 사로잡았을 때, 그때 비로소 물질적인 힘으로 된다."고 했을 때 그 대중은 계급적인 성격을 가지는 것입니다. 시와 혁명의 관계에 있어서 시가 혁명을 이데올로기적으로 준비하는 문화적 수단으로써 대중적·계급적·전투적인 성격을 가져야 한다 함은 바로 여기에 그 까닭이 있는 것입니다.

시와 혁명의 관계에서 또 하나의 시의 원리는 폭로의 원리입니다. 왜냐하면 지배 계급의 이데올로기 그 자체가 허위의 이데올로기이기 때문입니다. 지배 계급의 이데올로기는 역사적 사실을 왜곡하거나 날조하는 경향이 지배적인데 시인은 이 왜곡되고 날조된 사실을 바로잡아주어야 합니다. 가령 8 · 15 이후 몇 개의 정권이 이남에 들어섰는데 그 정권의 성격을 바르게 인식하고 있는 사람이 많지 않습니다. 마찬가지로 6 · 25에 대한 인식도 그렇습니다. 사회과학자들이 그들의 과학적 분석으로 이에 대한 올바른 해석을 내려야겠지만 시인은 대중의 구체적인 생활을 매개로 하여 그 일을 해내야 합니다. 특히 중점을 두고 사회과학자와 시인이 해야 할 일은 미국과의 관계에 있어서 이남 정권의 올바른 성격 파악과 이북에 대한 이데올로기적 편견과 허위성의 불식입니다. 최근에 이북에서 이남으로 내려온 쌀을 소재로 하여 여러 시인들이 남북의 민족적 동질성을 규명하려고 애를 쓰는 것을 보았는데 그것은 참으로 고무적인 작업입니다. 우리는 지배 계급의 이북에 대한 허위 정보와 편견, 철저한 봉쇄 때문에 이북 대중들의 삶에 대해서 완전한 무지 상태에 있습니다. 이런 이유로 해서 많은 시인들이 분단과 통일을 노래하지만 그 대부분이 감상적이고 추상적일 뿐만 아니라 어떤 경우에는 반동적이기까지 합니다. 여기서 반동적이라고 하는 것은 시인이 이남과 이북 정권의 성격에 대해 바르게 인식하고 있지 못하다는 것과 두 정권의 대외관계에 대한 인식도 불투명하다는 것과 관계 있습니다. 더욱 한심스러운 것은 독재의 개념에 대한 무지입니다. 독재라는 개념을 역사적 · 계급적 범주로 파악하지 못하고 무계급적인 자유주의적 입장에서 그것을 판단하고 있기 때문인 것입니다. 계급 사회에서 지배 계급은 인간과 역사와 사물을 초계급적 · 초역사적인 개념으로 파악하고 그것을 대중에게 끊임없이 주입시키며 대중이 인간과 역사와 사물에 대해 올바른 이해를 가지는 것을 방해합니다. 이것은 지배 계급이 자기들의 이익과 특권을 유지하기 위한 이데올로기적 기만이고 속임수입니다. 이 속임수, 이 기만성을 청천백일하에 드러내어 대중에게 보여주는 일, 그것이 시인의 일 중의 하나입니다.

다음과 같은 시를 예로 들어보겠습니다.

매국의 칼로
나라의 허리를 잘라 그 아랫도리를
이민족의 코앞에 바치고 그 대가로
제 동포의 머리 위에 군림하는 자
이에 분노하여 사람들이
주먹을 치켜들면 그 팔목을 자르고
이에 격노하여 사람들이
발을 굴러 땅을 치면 그 발목을 자르고
자르고 잘라 능지처참으로 잘라
애국투사들을 역적으로 묶어
지하의 세계로 내모는 자

그런 자를 나는 무어라 불러야 하나

이민족의 용병으로 고용살이하면서
어느날 갑자기 반공 쿠데타로 일어나
살아 숨 쉬는 활자 하나가
자유를 노래하면 그 입술에
꽃잎 대신 재갈을 물리고
살아 움직이는 몸짓 하나가
노동자 농민 쪽으로 기울어지면
좌경이라 하여 왼쪽 어깻죽지를 자르는 자
그런 자를 나는 무어라 불러야 하나
아메리카의 우방에서 흔해빠진 이름
독재자라 불러야 하나
뒷골목의 주먹깡패들도 거들떠보지 않는
군사깡패라 불러야 하나
백악관에서 입안되고
CIA에서 변조되고
미8군에서 급조되어

제국주의 총구에서 튀어나온 상품
새 시대 새 인물이라 불러야 하나

그 이름 입에 올리면
내 이름이 먼저 더러워지는 이름
나는 부르지 않겠다
독재자라고도 부르지 않겠다
군사깡패라고도 부르지 않겠다
새 시대 새 인물이라고도 부르지 않겠다
극우다 뭐다 반동이다 뭐다
그따위 이름으로도 부르지 않겠다

나는 부르겠다 그들을
민중의 고혈에 취해 갈팡질팡하다가
여차하면 한 보따리 돈 보따리 챙겨들고
나라 밖으로 도망치는 산적들이라고
민족을 팔아 제 배 속을 채우다가 들통이 나면
허겁지겁 미제 비행기를 타고 줄행랑을 놓는 매국노들이라고

—「매국」 전문

　　지배 계급의 생활 본질은 부패와 타락과 퇴폐이고 그들의 통치 본질은 폭력입니다. 기껏해서 잘한다는 것이 통치의 기술인데 그것은 사기극 연출의 교묘함이고 음모의 미궁 정도입니다. 그리고 그들의 계급적 모순에 대한 사고는 타협과 협조의 이데올로기입니다. 아니 그들은 계급 자체를 인정하지 않습니다. 계급을 계급이라고 인정하지 않을 뿐만 아니라 한술 더 떠서 피지배 계급을 형제라 부르고 동포라 부르고 제 가족이라 부르기까지 하는 뻔뻔스런 거짓말을 합니다. 노동자·농민이 뼈 빠지게 일하여 창조해 놓은 것을 그들은 빈둥거리며 놀고 처먹으면서 말입니다. 노동을 하지 않기 때문에 손

바닥이 비단결같이 부드러운 놈들이 가혹한 노동으로 손에 못이 박힌 노동자·농민들을 형제고 가족이라고 부릅니다. 이들 유한 계급들의 본질이 부패와 타락과 퇴폐인 것은 그들이 인간의 살과 뼈를 건강하게 하고 정신을 건전하게 하는 노동을 하지 않기 때문입니다. 그들 통치의 본질이 폭력인 것은, 노동이야말로 모든 가치의 창조자인데 그들은 노동을 통해서 어떤 것도 창조하지 않고 남의 노동의 성과를 훔쳐야 하는 약탈자일 수밖에 없기 때문입니다.

시인은 마땅히 노동하는 인간을 찬양하고 노동의 적을 저주해야 합니다. 그리고 노동의 성과를 약탈해가는 노동의 적들의 잔인성·비인간성을 폭로해야 하며 그들의 타락과 부패와 퇴폐적인 생활을 폭로해야 합니다.

> 날이면 날마다 비단을 짜지만
> 고운 옷 한 벌 해입지 못하네
> 천 날을 하루같이 가난으로 헐벗고
> 마시지도 먹지도 못하는 우리들은
> 아무리 악착같이 벌어도
> 배부르게 한 번 먹은 적이 없네
> 어제도 오늘도 모자란 빵
> 아침에는 세 입 저녁에는 한 입으로 끝나는
> 참새 눈물만큼의 임금으로
> 겨우겨우 살아갈 수밖에 없네
> 아무 일도 되는 일이 없네
> 한 주일 일해서 모기 눈물만큼의 벌이로는
> 아 사람들은 알기나 하는지
> 말로는 이를 수 없는 이 쓰라린 삶을
> 죽자 사자 일해서 우리가 벌어들인 것은 20원
> 그 이상은 아무도 받지 못하네
> 그 이상은 몽땅 영주가 가져가네

우리는 찌꺼기로 밑바닥 인생을 살고
주지육림에 피둥피둥 살이 찐 사람은
우리를 혹사시키는 주인 나으리
우리는 밤마다 밤중까지 일하여
아무리 벌어도 따라가지 못하고
쉬고 싶어도 쉴 수가 없네
쉬고 싶은 사람이 있으면 손발의 뼈를 꺾어
쉬게 해주겠다고 주인이 협박하니

　위의 시는 12세기 프랑스의 음유 시인이 노래한 것입니다. 공장제 수공업 단계의 노동 조건에서 영주에게 착취당하는 노동자들의 비참한 상태가 묘사되어 있습니다. 이런 상태는 기계공업이 고도로 발달한 오늘의 산업사회에도 해당되리라 생각합니다. 특히 제국주의의 신식민지 사회에서 나라 안팎의 착취자들로부터 시달리고 있는 우리나라의 많은 노동자들은 이보다 더 비참한 노동을 강요당하고 있습니다. 최근에 나는 어느 공장 노동자를 우연히 만나 이야기를 주고받은 적이 있는데 그의 말에 의하면 감옥 생활이 차라리 따뜻하고 배부르다는 것이었습니다. 그가 어떤 노동 환경에서 일했길래 담 밖의 생활보다 징역살이가 더 낫다고 하는지 구체적인 말을 해주지 않았기 때문에 알 수 없는 일이지만 우리나라 노동자들은 세계에서 가장 장시간 노동한다는 것, 산업재해율이 세계에서 제일 높다는 것, 최저 임금도 정해져 있지 않고 대부분의 노동자들이 기아 임금으로 허덕이고 있다는 것, 노동 삼권은 물론 일체의 인간적 권리가 박탈되어 있고 인간으로서 노동자가 조금이라도 반항하면 투옥되거나 살해되기 일쑤이고 거기에까지는 이르지 못하더라도 경찰의 블랙리스트에 올라 어디에서도 노동할 자유마저 박탈당한다는 것 등은 객관적으로 잘 알려진 사실입니다.
　다음에는 고은 시인의 「아르헨의 어머니」란 시를 통해 지배 계급 통치의 본질인 폭력의 잔학상을 읽어봅시다. 이 시는 남미의 아르헨티나에서 군사 정권이 저지른 범죄를 파헤쳐 만천하에 드러내놓고 있으나 이는 다름아닌 1980년 5월의 광주 시민학살을 겨냥하고 있음에 틀림없습니다. 우리는 고은 시인의 이 시를 통해 시가 지배 계급이 저질러놓은 범죄를 폭로하는 뛰어난 무기라는 것을 전율적인 감동을 가지고 인식하게 됩니다. 이 시는 또한 지금까지 착취 계급에 시달려왔던 민중들이 언젠가는 맞이하게 될 해방의 축제를 예고해줍니다. 길지만 그 전문을 인용하겠습니다.

새야 새야 아르헨티나는 너무 멀구나
땅을 뚫어야 가겠구나
아르헨티나에는 새 세상이 왔단다
새 세상이란
지난 날이 하나하나 밝혀지는 세상 아니냐

아르헨티나에서는
해골 구덩이가 파헤쳐졌다
몇 만 개의 뼈들이 햇빛에 드러났다
새 세상이란 파묻은 것이 밝혀지는 세상 아니냐
사람들은 입을 다물고 뼈들이 말하는 세상 아니냐

아르헨티나의 어디에서는
어린애들의 해골 구덩이도 파헤쳐졌다
엄마 엄마 엄마 울음소리가 파헤쳐지자
새 세상 아르헨티나에 온 세상이 다시 메아리쳤다
이 세상 기막히구나 어린애가 적이 되어 처형되다니
7년 동안 병정들은 오로지 쐈다 파묻었다
어린애들이 무죄가 죄가 되어 파묻혔다

아르헨티나의 어머니들은

꺼이꺼이 살아남은 어머니들은
이제부터 제 자식의 해골을 하나하나 파내어야 한다
삽을 들고 달려가서
남편과 아들딸의 손발 잘린 시체 더미를 파헤쳐서
뼈 한 개 부둥켜안고 우는 어머니에게
그 아르헨티나에 새 세상이 왔다
새 세상이란
새 세상이란
꼭 이렇게 와야 하는 것이냐

아르헨티나에는 새 세상이 왔단다
아르헨티나에는 새 세상이 왔단다

계급 사회에서는 어떤 형태의 사회적 의식도 계급의 낙인이 찍혀 있습니
다. 일상적인 생활에서부터 고도한 사고의 형태에 이르기까지, 즉 생활 습
관·감정·기분 등에서부터 사상·이론·견해 등에 이르기까지 사람들은
의식적이건 무의식적이건 자기의 계급적 성격을 드러내기 마련입니다. 심지
어 사람들이 일상적으로 사용하는 몸짓 하나하나, 말투 하나하나에까지 계
급의 성격이 배어 있습니다. 우리가 영화에서나 텔레비전에서 자주 보게 되
는 양반의 언행과 상놈의 행동거지가 그런 것인데 이것은 결코 과장된 것이
아닙니다. 그런데 이러한 사회적 의식의 총체로서 계급 사회의 이데올로기
는 언제나 지배 계급의 이데올로기였습니다. 여기에 바로 이데올로기의 허
위성이 있는 것입니다. 그렇기 때문에 피지배 계급인 노동 대중은 자기도 모
르게 또는 자기의 정치적·경제적 이해 관계와는 반대로 지배 계급의 허위
이데올로기를 진실인 양 받아들이게 되는 것입니다. 이와 같이 허위가 진실
로 둔갑하여 노동 대중이 그것을 마치 자기의 세계관인 것처럼 의심 없이 수
용하게 되는 것은 무엇 때문일까? 하나는 지배 계급의 강제에 의한 것입니

다. 지배 계급은 노동자·농민의 자식들이 태어나 사물의 이치를 분별할 나이가 되면 학교 교육을 통해서 그들의 세계관을 주입시킵니다. 가장 흔해빠진 예가 '충효'의 이데올로기입니다. 이것은 모든 인간 관계가 수직적 신분 관계로 굳어져 있었던 봉건사회의 이데올로기였는데 인간 관계가 수평적인 자유로운 인격 위에 기초해 있다고 법적으로 보장되어 있는 자본주의 사회에서도 여전히 지배 계급에 의해서 이용되고 있습니다. 또 하나의 예는 화해와 용서와 협조와 타협의 이데올로기입니다. 이것은 계급 사회인 자본주의 사회에서 자본가 계급이 자기의 이익과 특권을 유지하기 위해서 이용하는 기만의 이데올로기입니다. 왜냐하면 자본가 계급과 적대 관계에 있는 노동자에게는 노예적인 삶을 영속시키는 이데올로기이기 때문입니다. 노동자 계급은 자기의 적인 자본가 계급을 전복함으로써만 진정한 자유인이 되기 때문입니다. 그것은 화해와 용서와 타협과 협조로써가 아니고 비타협적인 가차 없는 투쟁을 통해서만이 가능합니다.

피지배 계급이 지배 계급의 허위 이데올로기를 저항 없이 받아들이는 다른 하나의 이유는 물질적인 부를 장악하고 있는 계급이 정신적인 부를 지배한다는 원리 때문입니다. 앞에서도 언급했지만 물질적인 부를 지배하고 있는 계급은 학교 등 일체의 이데올로기 기관을 지배하고 있습니다. 신문사·방송국·잡지사 등 대중매체뿐만 아니라 '문협', '예총' 또 무슨 연구소 따위를 장악하고 지배하고 조종하는 것은 물질적인 힘을 소유하고 있는 지배 계급입니다.

이들 모든 대중매체들과 기관, 연구소들은 끊임없이 지배 계급의 경제적·정치적 이익을 대변해주고 선전해주는 데 혈안이 되고 있습니다. 그들은 노동자·농민·청년학생들이 사회적 모순을 근본적으로 해결하기 위한 어떤 발언이나 행동을 하면 '급진적'이다, '좌경적'이다, '용공적'이다 하며 터무니없는 비판을 가합니다. 그들은 이들의 혁명적인 발언이나 행동을 '이성을 벗어난 광태'라 하고 '정상적인 사회 발전에서 이탈한 폭도'들이라 매도합니다. 그러면서 그들 부르주아적 자유주의 반동 이데올로그들은 정치 발전이라든가 경제 발전 같은 것은 '점진적', '단계적'으로 되어야 한다며 지배 계급의 이데올로기를 앵무새처럼 지껄입니다. 이럴 경우 시인은 부르주아적 자유주의 이데올로기의 허위성과 천박성을 폭로하여 노동자·농민을 이로부터 해방시키고 노동 대중의 머릿속에서 해방 투쟁의 혁명적 이데올로기를 심어주는 것을 자기의 사명으로 해야 합니다.

네루다의 시를 하나 읽어봅시다.

"압제자의 법률을 파기하고
폭군에게 죽음을" 외치면서
우리나라에 새로운 씨를 뿌렸던 이는
마뉴엘 베르트란이었다
그것은 누에바 그라나다에 있는
소코로 읍에서였다
봉기자들은 압제를 타도하자 호소하면서
왕국을 뒤흔들었다

그들은 독재에 반대하고
더러운 특권에 반대하여 단결하고
당연한 권리를 달라고
요구서를 내흔들었다
그들은 무기와 돌로써 단결하고
민병과 여자들로 구성된 민중들은
대오를 지어 의기도 양양하게
보고타와 그 귀족령 위를 전진했다

그때 대주교가 나타났다

"여러분들의 요구는 이루어질 것이오
신의 이름으로 내가 약속하겠소"

다시 민중은 광장에 모였다
대주교는 엄숙하게 미사를 드리고
신의 이름으로 선서를 했다
그는 민중에게 평화이고 정의였다
그는 명령했다 "자 무기를 버리고
모두 각자의 집으로 돌아가시오"

봉기자들은 무기를 버렸다
보고타의 지배자들은 대주교를 기꺼이 맞아들여
위선의 미사를 드리고
그 배신과 배반을 극구 찬양해 마지않았다
그리고 그들은 빵과 권리를 주는 것을 거부하고
주모자들을 총살하여
쓰러뜨렸다 그 생모가지를
마을마다 보내 효수시키고
동시에 사교에게는 축복을
마을마다 전하는 것도 잊지 않았다
그리고 나라 전체에 무도회를 개최했다

우리나라에 뿌려진
최초의 중대한 씨앗이여
당신들은 적의에 찬 밤 속에서
이삭과 같은 민중의 봉기를
은밀하게 재촉하고 있다
당신들 눈에 보이지 않는 입상들이여
                              —「소코로의 봉기자들」전문

나는 네루다의 이 시를 읽을 때마다 16세기 독일 농민전쟁 때 루터가 한 농민에 대한 배신을 떠올립니다. 그는 조금 전까지만 해도 인간은 그리스도 앞에서 자유이고 평등이라고 설파해 놓고 농민들이 영주의 착취와 억압으로부터 해방 투쟁을 벌이자 농민들을 지칭하여, 저것들은 인간이 아니라 짐승이나 쥐새끼 같은 동물이라며 쏘아 죽이고 찔러 죽이고 밟아 죽이고 때려 죽이라고 했습니다. 봉건 귀족들에게 말입니다. 그래야 천국에 간다고 말입니다. 루터에 대해서 조금이라도 아는 사람은 나의 이런 말이 믿기지 않을 것입니다. 그러나 이것은 역사적 기록으로 남아 있는 것입니다.

역사적으로 볼 때 기독교인의 상층부 인사들은 항상 지배 계급의 편에 섰습니다. 그들은 평상시에는 하층 계급을 다독거려주는 인사를 밥 먹듯이 하기는 하지만 결정적인 순간, 그러니까 지배 계급과 하층 계급이 물리적으로 대결하고 있을 때는 화해와 용서의 이데올로기로 후자를 설득하여 전자의 이익을 보장해주다가 두 계급 간의 승패를 결정하는 판가름 싸움에서는 하층 계급을 배신했습니다.

화해와 용서의 이데올로기가 항상 나쁜 것은 아닙니다. 사회의 여러 세력이 비적대적인 관계에 있을 때 그것은 오히려 좋은 측면을 갖기도 하는 것입니다. 그러나 한 계급이 다른 계급을 전복함으로써만이 자기 계급의 해방뿐만 아니라 상대편 계급은 물론 전체 인류의 해방까지 가져다주는 것일 때 두 계급 간의 투쟁을 저해하는 타협과 화해와 용서의 이데올로기는 반인류적인 것이 됩니다. 적대적인 계급 관계는 투쟁에 의해서만이 해결되는 것이기 때문입니다. 이런 의미에서 시인은 종교적인 이데올로기를 어떤 측면에서는 긍정적으로 받아들이되 그것을 온전한 것으로 무비판적으로 수용해서는 안 되겠습니다. 특히 계급 간의 갈등이 첨예화되어가고 있는 작금의 현실에서 종교계의 이데올로기가 사람들의 주목을 받고 있는데 이에 대한 세심한 대응이 있어야겠습니다.

지금까지 엉성하게나마 시와 혁명의 관계에 대해 언급했습니다. 그러나 이것은 시의 성격과 내용에 관한 것이었지 혁명적인 시는 어떻게 씌어져야 하는가 하는 문제는 남아 있습니다. 다시 말해서 시의 형식에 관한 문제가 남게 되는데 이에 대해서는 나중에 좋은 기회가 주어지면 이야기해보기로 합시다. 여기서는 다만 시의 형식 문제를 이야기할 때 유의해야 할 한두 가지 원칙을 제시해 놓는 것으로 그치겠습니다.

첫째, 시와 혁명의 관계에서 시의 형식은 민족적인 형식을 취해야 한다는 것입니다. 이것은 혁명의 개념이라든가 내용과 성격 및 형식 그리고 혁명의 기본 문제 등이 교조주의적으로 고정되어 있는 것이 아니고 각 나라의 특수한 역사적 구체성의 다름에 의하여 그것들도 다르게 적용되어야 하기 때문입니다. 이와 관련해서 시는 또한 민족적 정서와 문화 유산, 사고 관습 등을 비판적으로 받아들여 계승하고 발전시켜야 한다는 것입니다. 특히 민중 정서를 비판적인 자세로 수용해야 합니다. 그 이유는 많은 사람들이 민중 정서라면 모든 것을 그냥 무비판적으로 받아들이는 경향이 있기 때문입니다. 그 내용에 있어서는 봉건적인 것, 식민지 노예 근성에서 생긴 것, 퇴영적인 것, 보수적인 것이 그 형식에 있어서는 굿이라든가, 무당놀음이라든가, 사당패 놀음이라든가, 탈놀음 등이 단지 우리 것이라 해서 마구잡이로 수용되고 있는데 이는 신중한 검토와 세심한 연구를 거쳐야 할 것입니다.

둘째는 시 일반에도 적용되는 문제인데 특히 혁명적인 시에 있어서는 시가 그 생명으로 하고 있는 긴장과 압축을 잃어서는 안 되겠다는 것입니다. 이것은 혁명의 준비기·고양기·퇴락기·침체기 등과 관련지어서 고찰해야 할 문제로서, 때로는 시가 좀 느긋하고 길게 풀어지는 경향도 있을 수 있겠으나, 그러나 혁명 그 자체가 긴장과 시간의 압축을 의미하는 것이기 때문에 혁명적인 시 또한 거기에 의존할 수밖에 없습니다. 그래서 나는 혁명의 적과 혁명의 원동력인 노동 대중의 관계에 대한 전략적인 고려에서, 구체적으로 말하면 혁명의 적의 노동 대중에 대한 착취와 탄압의 강도, 그리고 노동 대중의 궁핍과 시간 없음을 고려해서 시는 가능하면 짧아야 한다고 생각합니다. 이것을 전투적인 개념으로서의 혁명과 연관시켜서 표현하면 시는 촌철살인의 풍자여야 하고 백병전의 단도이어야 하고, 밤에 써서 붙였다가 아침에 떨어지는 벽시여야 하고, 치고 달리는 유격전의 형식이어야 한다고 생각합니다. 물론 이것은 적의 탄압이 최악의 상태일 때이고 혁명적 분위기가 최고의 절정에 달하는 때입니다. 혁명의 퇴조기 · 침체기 · 준비기에는 또 그에 상응하는 시의 형태가 있겠습니다.

셋째는 혁명의 대중적 성격과 연관지어서 생각해볼 문제로서 시의 난이도 문제입니다. 글에는 그 표현법이나 문장의 길고 짧음에 따라 이해하기가 쉬운 것도 있고 어려운 것도 있습니다. 흔히 사람들 사이에서 사용되는 표현법이나 짧은 문장으로 이루어진 글은 이해하기 쉽고 보통 사용되지 않는 표현법이나 긴 문장으로 이루어진 글은 그 반대가 된다는 것은 상식입니다. 그러나 이 문제는 꼭 그렇지만은 않습니다. 표현 기법이 생소하고 문장이 긴 글도 쉽게 읽혀지는 것이 있고 그 반대의 경우도 얼마든지 있음을 우리는 독서를 통해 경험합니다. 정도의 차이는 있겠으나 한마디로 말해서 자기와 이해 관계가 있는 글은 표현이 낯설고 문장의 구성이 복잡해도 어렵지 않게 그것을 이해합니다. 그와 반대로 표현이 익숙한 것이고 문장 구성이 단순한 글일지라도 그 글의 내용이 자기와 어떤 이해 관계도 없는 글은 쉽게 이해 안 되는 경우가 있는 것입니다. 어떤 글의 이해의 난이도는 반드시 표현 기법의 다름이나 문장의 장단에만 있는 것이 아니라는 것입니다.

혁명은 그 이데올로기가 대중을 사로잡을 때 그 힘을 발휘하는 것입니다. 시인은 시라는 문학의 한 장르를 통해서 혁명의 이데올로기를 대중에게 전하는 것을 자기의 임무로 합니다. 이때 시인이 시를 창작하면서 사용하는 언어는 대중의 이해를 돕는다는 이유로 반드시 상투적이고 일상적인 말투나 어법을 고집할 필요는 없습니다. 대중은 자기의 계급적 이해관계를 다루는 글이면 표현 기법이 조금 낯설고 문장 구성이 복잡하여도 어렵지 않게 이해하는 것입니다. 대중이 이해 못하는 글은 갈등하는 사회 세력에 대한 불분명한 태도와 동요를 나타내는 그런 사람들의 글입니다. 시인은 독자인 대중에게 복잡하게 보이기만 하는 사회 현상이나 계급 관계를 선명하게 부각시켜 줌으로써 자기 시의 이해를 돕는 것이지 사회 현상을 무분별하게 자연주의적으로 나열한다거나 계급에 대한 애매한 태도를 보임으로써 자기 시의 이해를 돕는 것은 아닙니다. 그리고 현실을 구체적으로 묘사한다는 것의 의미가 현장의 다양성을 모조리 그린다는 것으로 이해되어서는 안 되겠습니다. 구체적이란 말의 철학적 개념은 사물 하나하나를 끊임없이 나열한다거나 사물의 제 측면을 모조리 드러낸다는 것이 아닙니다. '구체성이란 다양성의 통일'이고 어떤 현상이나 사물의 주요한 측면이나 경향을 일컫는 말입니다. 즉 전형성의 동의어라고도 할 수 있겠습니다. 엥겔스의 '전형적인 상황에서의 전형적인 성격'이란 말은 이런 의미에서 이해되어야 할 것입니다.

아무튼 시의 형식에 관한 이야기는 나중에 좋은 기회에 주어지면 좀 자세하게 하기로 하고 오늘은 끝으로 시인과 혁명의 관계를 간략하게 다루고 이 글을 마치기로 합시다.

시인과 혁명의 관계에 대해서 나는 여러 말 하지 않겠습니다. 결론적으로 말해서 시인은 혁명 투쟁에 몸소 참가함으로써 가장 혁명적인 시를 쓸 수 있는 것입니다. 시인이 혁명 투쟁에 깊이 관여하면 할수록 그가 쓰는 시는 그만큼 깊이가 있을 것이고 폭넓게 참가하면 할수록 그만큼 그가 쓴 시도 폭이 넓어지리라는 것입니다.

사회 혁명에는 순수한 혁명이란 없는 것입니다. 혁명의 과정에는 숱한 사회적 운동이 다양하게 전개됩니다. 이 다양한 운동 하나하나가 큰 흐름에서 합류해 가지고 혁명의 승리를 향해 전진하는 것입니다. 큰 흐름이란 말할 것도 없이 한 계급이 다른 계급을 때려눕히고 정치 권력을 장악하는 계급 투쟁인 것입니다. 혁명의 과정에서 다양하게 전개되는 사회운동에는 농민 운동·민족해방 투쟁·노동운동·학생운동·종교운동·여성운동·인권 운동 등 수없이 많은 운동이 있습니다. 시인을 이들 운동 중 한 개 또는 몇 개의 운동에 참가함으로써 전체 혁명 운동에 봉사하게 되는 것입니다.

요즘 민중문학의 주체가 누구여야 하느냐가 가끔 논의되는 것을 보는데 나는 이에 대해 다음과 같이 생각합니다. 민중의 해방을 진정으로 바라는 사람이면 그의 사회적 지위가 어떻건 누구나 민중문학의 주체가 될 수 있다는 것입니다. 문제는 민중문학의 혁명적 실천입니다. 민중을 구성하는 노동자나 농민이라 할지라도 그가 민중 해방을 위한 혁명적 실천과 관계없이 문학 행위를 한다면 그는 민중문학의 참된 주체가 될 수 없는 것입니다. 이에 반해서 어떤 시인이 민중은 아니지만 민중의 해방을 위한 투쟁에 헌신적으로 참가하고 해방 투쟁의 이데올로기를 바르게 이해하고 실천하고 있다면 그는 민중문학의 주체인 것입니다.

오늘날 우리 사회에서 민중문학을 하고자 하는 사람은 적어도 혁명의 개념과 혁명의 기본 문제에 대해서 과학적인 인식을 가지고 있어야 한다고 생각합니다. 문학은 독자의 이성에 호소하는 것이 아니라 감성에 호소하는 것이라는 데는 이의가 없으나 그러나 감성도 이성의 밑받침 없이는 제 길을 바르게 가지 못합니다. 시인이 직관이나 감각에 너무 치우치면 현실의 표면만 보기 쉽습니다. 현실의 본질을 파악하기 위해서는 사회의 역사 발전의 기본 법칙에 대한 과학적인 지식이 있어야 합니다. 이런 의미에서 나는 현실을 이해하는 기초 과학으로서 경제학·변증법·역사·정치에 대해서 지식을 쌓으려고 합니다. 담 밖에서는 이런 서적들이 제법 출판되고 있는 모양인데 여기서는 구입해볼 수가 없습니다. 딱한 노릇입니다.

내 시를 읽는 독자들에게

눈을 감고도 찾아갈 수 있는 우리 집
목소리만 듣고도 난 줄 알고 얼른 나와
문을 열어주는 우리 집
조그만 들창으로 온 하늘이 다 내다뵈는 우리 집*

이것은 내가 어린 시절에 자주 불렀던 동요이다. 삼십 년, 사십 년이 지난 지금도 나는 가끔 이 동요를 입에 올리곤 하는데 그때마다 나는 그 무렵 집 없이 남의 집 행랑살이를 했던 깨복쟁이 동무 생각에 가슴이 아프다.

뭐니 뭐니 해도 사람에게 가장 서러운 일 중에 하나는 집 없는 서러움일 것이다. 그런데 우리나라에는 집 없는 아이들이 너무 많다. 학교가 파하면 어머니 아버지를 부르며 찾아들 집이 없는 아이들을 생각하면 내 어린 시절의 아픔이 되살아나 가슴이 미어진다.

나는 소박하고 단순한 사람들을 위해 시를 쓰고 싶다. 생활의 가장 기본적인 요소들, 배를 채울 밥과 입을 옷과 안심하고 잠자리에 들 수 있는 집을 갖

---

* 엮은이 주 : 윤석중의 「우리 집」.

고 싶어하는 그런 사람들을 위해 나는 시를 쓰고 싶은 것이다. 그런데 현실에는 이런 단순하고 소박한 사람들의 작은 소망을 무참하게 짓밟아버리는 족속들이 있다. 가난한 사람들의 노고를 희생으로 하여 거재를 쌓아올린 날치기 부자들이 그들이다. 그들은 필요 이상의 밥과 옷과 집을 갖고 있다.

그들은 교활한 수법으로 재산을 모으고 그런 재산을 지키기 위해 못된 권력과 손을 잡고 끊임없이 음모를 꾸미고 있다. 나는 이 따위 족속들을 증오하는 시를 쓰고 싶다. 독점 재벌들, 정상모리배들, 사기꾼들, 땅투기꾼들 이런 족속들은 집 없어 서러운 가난뱅이들한테는 불구대천의 원수인 것이다.

그러나 인류의 공동 재산이어야 할 땅이며, 집이며, 밥이며, 옷 따위를 독점하고 있는 족속들에게 인간적인 선의를 기대한다는 것은 환상이다. 역사상 가진 자들이 기왕에 소유한 재산과 권력을 스스로 내놓는다거나 조금이라도 양보한 적은 없었다. 그들이 가끔 인간적인 얼굴을 내비친 적이 없지 않아 있기는 했었는데 그런 경우도 그들의 자발성이 그렇게 한 것이 아니었던 것이다. 그들은 또한 가난한 이들이 역경을 당했을 때 자선냄비에 동전 몇 푼을 던지고는 하는데 거기에도 앞날을 내다보는 교활하고 치밀한 계산이 깔려 있다는 것을 잊어서는 안 될 것이다. 시인은 이들이 가면 뒤에 감추고 있는 것을 꿰뚫어볼 수 있는 혜안을 가져야 할 것이다. 현상만 보고 본질을 보지 못하는 것은 눈뜬 봉사와 다를 바가 없는 것이다.

그러면 어떻게 해야 시인은 사물과 인간과 현실의 본질을 꿰뚫어볼 수 있을까? 어떤 사회가 계급 사회라면 계급적인 시각에서 보아야 그것은 가능한 것이다. 계급 사회에는 인간 일반 따위는 없는 것이다. 자본가면 자본가, 노동자면 노동자, 소시민이면 소시민 등 구체적인 인간이 있을 뿐이다. 사람의 생각이나 의식도 그가 사회나 생산에서 차지하고 있는 지위가 다름에 따라 각양각색인 것이다.

문학의 다른 갈래와 마찬가지로 시도 현실의, 인간의 구체적인 삶을 그 토대로 삼기 마련이다. 그러나 온전한 시는 현실의 구체적인 삶만으로 되는 것이 아니다. 현실의 삶에 직·간접적으로 영향을 미치는 사회적인 문제, 정치적인 문제, 역사적인 문제 등과 유기적으로 결합되었을 때 그것은 가능한 것이다.

집 없는 사람이 집을 갖지 못하는 데는 사회적인 이유가 있는 것이다. 많은 이유가 있겠지만 가장 근본적인 것은 자본의 그칠 줄 모르는 이윤 추구에 있는 것이다. 그리고 자본가의 이익을 대변해주는 것을 최우선으로 하는 정치권력의 계급성에 있는 것이다. 그렇기 때문에 가난한 이들이 집을 마련하기 위한 지름길은 재산과 정치의 독점에 저항하는 것뿐이다.

나는 나의 시가 가난한 이들의 동무가 될 수 있다면 그것으로 만족한다.

(『시와 혁명』, 53~55쪽)

사랑은 눈물과 증오의 통일이다

시인은 시인이기 전에 수많은 날을 울어야 합니다
시인은 서너 살 때 이미
남을 위하여 울어본 일이 있어야 합니다

시인은 손길입니다 어루만져야 합니다
아픈 이
슬픈 이
가난한 이에게서 제발 손 떼지 말아야 합니다
고르지 못한 세상
시인은 불행한 이 하나하나의 동무입니다

시인은 결코 저 혼자가 아닙니다
역사입니다
민주의 온갖 직관입니다

마침내 시인은 시 없이 죽어 시로 태어납니다
추운 날 밤하늘의 거짓 없는 별입니다
　　　　　　　　　　　　　　　　── 고은의 「시인」 전문

이 나라에는 시인의 손길이 어루만져야 할 대상이 지천에 깔려 있다. 훼손된 산과 들, 더럽혀진 강과 들, 파괴된 인간 그 어느 하나 본연의 모습을 되찾지 못하고 있다. 그 본연의 모습을 뿌리에서부터 되살리려는 한 인간의 몸부림은 원천 봉쇄에 포위되어 있거나 적어도 어떤 위험을 감수해야 한다. 무서운 세상이다.

그러나 어느 시대에나 이 무서운 세상에 굴복하지 않고 목숨을 걸고 저항하는 사람은 있는 법이다. 그는 결국, 자연과 인간을 훼손시키고 더럽히고 파괴하는 것을 일삼음으로써 부귀영화를 누리려는 인간 집단의 폭력에 목숨을 빼앗기게 되는데 살아남은 사람들은 그를 의인이라 부르기도 하고 열사라 추모하기도 한다.

이 땅에는 이런 열사, 이런 의인이 헤아릴 수 없이 많다. 그들은 자기들이 목숨을 걸고 아끼고 사랑했던 조국의 산하에 묻혀 있거나 감옥의 잔인한 벽 속에 갇혀 있거나 탄압의 눈을 피해 밤길을 헤매고 있다. 악화가 양화를 구축한다는 말이 있더니 이 나라의 현실이야말로 그것을 여실히 증명하고 있다고나 할까, 거꾸로 된 세상이다.

왜 이 나라는 이런 거꾸로 된 현상이 일어나고 있을까. 그것도 하루 이틀이 아니고, 그것도 한두 해가 아니고, 그것도 일이십 년이 아니고 삼십 년 사십 년, 아니 반세기 동안이나 거듭되고 있을까. 단 하루도 영일 없이 계속되고 있는 것일까. 까닭은 많이 있을 것이다. 어떤 사람은 그 까닭을 민족이 자주성을 회복하지 못한 데서 찾을 것이다. 또 어떤 사람은 이런저런 데서 그 까닭을 찾으려고 할 것이다. 그 어느 것 하나 틀리지 않고 타당하고 그럴 듯하게 생각될 것이다.

그러나 거꾸로 된 사물과 현실을 바르게 세우는 일에 있어서 가장 중요한 것은 그것의 본질을 바르게 이해하는 혜안이다. 어떤 사물, 어떤 현실이나 다양한 측면을 갖고 있는 것이다. 이 다양한 측면을 모조리 알고 있다고 해서 사물 현상의 본질을 바르게 인식했다고 볼 수는 없다. 중요한 것은 사물 현상의 주요한 측면을 놓쳐서는 안 되는 것이다. 그 주요한 측면의 깊은 통찰이야말로 본질을 인식하는 열쇠인 것이다.

우리가 살고 있는 이 사회는 계급 사회이다. 다양한 계급과 계층의 사람들이 때로는 은밀하게 때로는 공공연하게 물질적 이해를 둘러싸고 싸우고 있다. 물론 그들은 서로를 헐뜯으며 싸우고 있는 것만은 아니다. 그들은 때로 손을 잡고 웃으면서 화해하기도 한다. 그러나 그 화해는 일시적이고 싸움은 항구적이다. 적어도 한 사회의 주민들이 다양한 계급과 계층으로 갈라져 있는 한은 이것은 진리이다.

최근 한 달 사이에(4월 26일 강경대 학생의 죽음에서 시작하여 5월 25일 김귀정 학생의 죽음에 이르기까지) 수많은 죽음과 싸움이 있었다. 그 죽음과 싸움의 가장 본질적인 원인은 '고르지 못한 세상'에서 찾아야 할 것이다. 다른 이유가 없는 것은 아니다. 그러나 근본은 독점 자본의 탐욕 그리고 비인간성이 만들어낸 이 '고르지 못한 세상'에 있다. 민족이 자주성을 되찾지 못하고 두 동강난 조국을 하나로 잇지 못하는 것도 자본의 탐욕 그리고 비인간성과 가장 밀접하게 연관되어 있는 것이다. 소위 권력이란 것은 일차적으로 자본의 안정과 질서를 담보해주는 물리적인 힘에 다름 아니다. 그렇기 때문에 권력은 이 토대를 잃게 되면 어떤 힘도 쓰지 못한다. 이것은 천하장사도 모래판에서 발을 떼게 되면 힘을 쓰지 못하는 것과 다를 바 없는 것이다.

하루도 영일 없이 반세기에 걸쳐 혼란이 거듭되고 그 과정에서 최근 겨우 한 달 사이에 열세 명의 젊은이가 자본과 권력의 집단 세력이 휘두른 폭력에 목숨을 빼앗겼다. 그들 중 어떤 이는 쇠파이프에 머리가 찍혀 피를 흘리며 죽었고, 어떤 이는 최루탄에 숨통이 막혀 질식사했다. 그리고 그들 중 대부분은 이 폭정의 물리력에 살해된 사람들의 죽음을 헛되이 하지 않기 위하여 제 몸에 불을 질러 타 죽었다. 또 어떤 이는 쥐도 새도 모르게 의문의 죽음을 당해야 했다.

어떻게 해야 할 것인가, 살아남은 자들은. 모름지기 울어야 할 것이다. 죽음 앞에는 앞강물 뒷강물이 없다. 강물이 철철 넘쳐흐르도록 울어야 할 것이다. 살해된 청년과 처녀 앞에서, 그 유족 곁에서 동무가 되어 통곡해야 할 것이다. 특히 시인인 자는 더욱 서럽게 울고불고해야 할 것이다. 왜냐하면 시인은 한 시대의 끝과 처음이고 새 세상을 알리는 고지자이기 때문이다.

    어매 어매 그만 우오
    그러다가 목이 쉬면
    내일 장은 어쩌려고
    그러다가 눈물샘 마르면
    귀정이 살아오는
    좋은 날은 어쩌려고
    좋은 날은 어쩌려고
    ……
    한평생 고생으로
    돌뎅이로 굳은 당신 손
    뿌리칠 수 없으니
    어매 어매 그만 우오
    ……
    어매 평생 소원
    선생님자 소리도 못 들려주고
    그 놈들 손에 죽은
    귀정이 서럽소
    서러워 눈물이 앞을 가리오
    ……
    오늘은 많이 팔았소
    떨이라도 못 치워

어매 맘처럼 짓물러버린
야채는 없소
불쌍한 우리 어매

— 오철수의 「어매 어매 그만 우오」에서

필자가 학교 다닐 때만 해도 그것이 늙어 병든 죽음이건 창창한 나이의 비명횡사건 사람이 죽으면 동네가 온통 초상이었다. 그날이 오줌 눌 참도 없이 일손이 바쁜 농사철이어도 마을 사람들은 일제히 노동의 손을 놓고 북망산천으로 떠나는 망자의 뒤를 따라가며 서럽게 서럽게 울었다. 그들의 울음 속에는 이승을 떠나 다시는 돌아오지 못할 저승으로 가는 망자에 대한 슬픔만이 있었던 게 아니었다. 천 날을 하루같이 일하고도 호강 한 번 못하고 이승을 등지게 한 세상에 대한 원망도 섞여 있었던 것이다. 그러나 요즘은 어떤가. 같은 집에 세들어 사는 사람이 죽어도 모르고 사는 세상이다. 설사 알았다고 해도 안됐다고 혀나 한 번 끌끌 차면 그만인 것이다. 워낙에 인심이 없어서가 아니다. 이웃의 삶과 죽음에 관심을 가지면서 살다가는 생활의 전선에서 낙오자가 되기 십상이기 때문이다. 삶의 터전이 잠시의 한눈팔이도 허용하지 않는 약육강식의 싸움터이기 때문이다. 출퇴근 시간에 전철역으로 한 번 가보라. 아수라장도 그런 아수라장이 없을 것이다. 아비규환도 그런 아비규환이 없을 것이다. 오죽했으면 지하철을 지옥철이라 이름했겠는가. 배부른 사람은 필자의 이 표현이 과장이라며 탐탁치 않아 할 것이다. 그는 여유까지 가지고 멀리서 못난이들의 사는 꼬락서니를 바라보며 한심해 할 것이다. 그는 또 못난이들의 어떤 죽음을 눈앞에서 보게 되는 경우가 있으면 죽은 개를 피해 가듯 고개를 돌릴 것이다. 이것이 오늘의 현실이다.

이런 현실에 눈을 뜨고 이런 현실이 부끄러워서 이런 현실을 극복하기 위해 제 나름으로 인간적인 몸부림을 치다가 한 처녀가 죽었다. 그것이 배부른 사람들의 안녕과 질서를 해치는 행위라고 규탄의 대상이 되어 살해되었다.

이 처녀의 죽음을 자기의 죽음이라고 애통해 할 사람이 몇 명이나 되겠는가. 죽은 처녀의 어머니가 자기 어머니라고 슬퍼할 사람이 몇이나 되겠는가. 시인은 울고 있는 것이다, 죽은 처녀의 가슴이 되어. 시인은 통곡하고 있는 것이다, 자식을 먼저 저 세상으로 보낸 어머니의 모진 삶 속으로 들어가서.

그러나 시인은 울음보만 터뜨리고 있을 수는 없다. 최루가스에 질식사한 처녀의 주검 앞에서, 쇠파이프에 파괴된 스무 살 젊은이의 피묻은 머리맡에 앉아서 애무의 손으로 망자의 넋을 어루만지고 있을 수만은 없다. 시인은 떠난다. 살해된 처녀가 마지막 숨을 거두었던 투쟁의 거리, 민중의 바다로. 그리고 그는 투쟁의 한가운데서 폭정의 검은 심장을 향해 분노와 저주의 화살을 날린다. 그리하여 마침내 민중의 해일 속에 저 폭정의 망나니들을 익사시키기 위해. 시인은 또한 떠난다. 설움 많고 아픔 많은 한 노동자의 곁으로. '노동자에게 고향이 있던가. 기계 따라, 공장 따라, 먹이 따라, 식구 따라 사는 곳이 고향이지.' 이렇게 노래하며, 살기 위해 발버둥치다가 쥐도 새도 모르게 살해당한 민중의 자식 곁으로.

> 창수의 꿈은
> 민중의 대지를 흘러
> 불기둥처럼 솟구칠 것이다
> 산맥으로 어우러진 공장과 아기들 뛰노는 마을
> 강철 태양으로
> 노동의 열매를 영글게 할 것이다
> 천만 노동자가 우리의 심장으로 뭉쳐
> 쿵! 쾅!
> 노동의 새 세상
> 우렁차게 돌릴 것이다
> ― 오철수의 「노동열사 박창수 동지의 영전에」에서

보지 못한 사람은 말할 수 없을 것이다
지금 무엇이 일어나고 있는지
빌딩을 박차고
무엇이 쏟아져
오월의 거리를 일렁거리는지
쏜살같이 달려가
전단지로
화염병과 짱돌로
독재의 봉분이 쌓여가는
이 거리
보지 못한 사람은 상상할 수 없을 것이다
지금 무엇이 일어나고 있는지
거리에서 저 밑바닥까지
뒤집고 일어나 춤으로 솟는
거대한 파도
거대한 반역
거대한 탄생 일순간에 먹어치울
사람의 바다
……

— 오철수의 「보지 않는 사람은 말할 수 없을 것이다」에서

　필자는 이 글머리에서 노시인의 시를 빌려 '시인은 시인이기 전에 수많은
날을 울어야 합니다'라고 했다. '시인은 손길입니다. 어루만져야 합니다. 아
픈 이, 슬픈 이, 가난한 이에게서 제발 손떼지 말아야 합니다'라고 부탁했다.
'고르지 못한 세상 시인은 불행한 이 하나하나의 친족입니다'라고 호소했다.
그러나 노시인은 울음만으로, 어루만지는 손길만으로 '고르지 못한 세상'에
서 시달리며 사는 이들의 설움과 아픔과 불행이 끝나지 않을 것이라는 것을
알기에 '다시 증오에 대하여' 노래하지 않을 수 없다. 노시인은 다시 목청을

가다듬고 외친다. '한반도에 사랑이 없는 것이 아니라 증오의 과학이 없다. 술 마시는 사나이여, 사나이라면 사랑의 적을 물리치는 증오까지 사랑이어라'라고.

그렇다. 사랑은 눈물과 증오의 통일이다. 그 어느 쪽 하나만 있어 가지고는 사랑의 적을 물리칠 수 없다. 강약의 통일, 이것이 인간성의 본바탕이다. 이 인간의 본바탕에서 발을 떼고 원수를 사랑하라느니 적을 증오하라느니 호소하고 외쳐봤자 그 사랑의 무기는 별로 힘을 쓰지 못할 것이다. 본바탕에서 일탈한 것은 일체가 허위이다. '즈믄 날 밤하늘의 거짓 없는 별'만이 칠흑의 세상을 밝히는 보석이고 불행한 이들의 희망이다.

그렇다. 사랑이란 바로 눈물과 증오의 통일이다.

(『시와 혁명』, 56~63쪽)

난생처음 꽃다발을 받고

— 『사랑의 무기』 발간에 부쳐

이 무슨 괴변이냐 천지개벽이냐
간첩에게 나라 팔아 조진 역적에게 그 가슴에
진달래꽃 개나리라니 꽃다발이라니
십년 전에 나는 무엇이었던가 이들 농부들에게
지금 나에게 꽃다발을 안겨주고 있는 이 아줌마에게
때려죽이고 찢어죽여야 할 대상이 아녔던가
수상하면 신고하고 간첩 잡아 저금하자가 아녔던가

이건 또 무슨 날벼락이냐 천둥소리냐

"인자 나쁜 사람들한테서 놓여났으니
우리한테 돌아왔으니……"

이들 농부들이 말하는 '나쁜 사람들'은 누구이고
이들 농부들이 '우리'라고 감싸는 사람은 누구냐
십년 전에 역적으로 몰렸던 내가 오늘 와서 애국자라도 되었단 말인가

십년 전에 애국자였던 자들이
이제 와서 역적으로 몰리고 있단 말인가

그동안 십년 동안 이렇게 많이 변했단 말인가
　　우리 마을 농부들 그 생각이 그 마음이
　　이렇게도 많이 바뀌었단 말인가*

　그렇다, 농부들은 본능적으로 혁명적이다. 누가 자기편이고 누가 자기들 적인가를 본능적으로 알아내고야 만다. 역사의 잠시 동안 적은 그들을 속일 수는 있어도, 속여먹고 있다고 생각할지는 몰라도 농민들은 그것까지 알고 있는 것이다. 다만 잠시 속는 셈치고 속아주고 있는 것이다.

　내 시는 근본적으로는 이들 농민들에게 바쳐진다. 농민들의 자식이고 동무인 노동자들에게도 바쳐진다. 노동자와 농민과 어깨동무하고 '우리'가 되어, '나쁜 사람들', 노동의 적 자본가들을 향해 전진하는 혁명 전사들에게도 바쳐진다.

　그래서 당연하게도 내 시의 내용은 맑은 공기, 깨끗한 물, 따뜻한 불, 밥이며 집이며 옷이며 학교며 노래며, 이런 것들을 갖고 싶어하되 그것을 제 뼈와 살의 노동으로 만들어내는 노동자 농민에 대한 애정이고, 기본적인 그런 것들을 갖고 싶어하면서도 그것을 남의 노동의 대가를 착취함으로써 독점하려는 자들에 대한 증오이고, 증오의 대상 '나쁜 사람들'을 찾아 무기를 벼리는 사람들에 대한 찬가이다.

---

* 엮은이 주 : 김남주 시 선집 『사랑의 무기』(창작과비평사, 1989)의 '후기'로 쓸 때는 산문으로 사용했는데, 『시와 혁명』(75~77쪽)에 재수록할 때는 인용문으로 바꾸었다. 이 전집에서는 시인이 생존할 때 바꾼 것이기에 후자를 따른다. 시작품(「난생처음 꽃다발을 받고」)으로도 볼 수 있을 것이다.

노동자 농민에 대한 이 애정이야말로, 노동자 농민의 적에 대한 이 증오야말로, 증오의 대상 '나쁜 사람들'을 찾아 무기를 벼리는 전사들에 대한 찬가야말로 내 가슴에 꽃다발을 안겨준 사람들에게 답례하는 꽃다발이 될 것이다.

파블로 네루다의 시집을 읽고[*]

필자가 '파블로 네루다'란 이름을 처음 알게 된 것은 1969년 『창작과비평』
에 실린 그의 아홉 편의 시를 통해서였다. 우리나라 문단에 최초로 소개된
그 일련의 시들은 고 김수영 시인이 영역된 것을 우리말로 옮긴 것이었는데
그 무렵 시에 관심을 가지기 시작했던 필자에게 유별난 바가 있었다. 이를테
면 「다문 입으로 파리가 들어온다」, 「유성」, 「고양이의 꿈」 등은 모더니즘 계
통의 작품들이었는데 세계와 인간에 대한 비판 의식이 예리하면서도 조금
은 자조적으로 형상화되어 있었다. 그러나 나머지 작품들 「야아, 얼마나 밑
이 빠진 토요일이냐」, 「다시 도시로 돌아와서」 등에서 시인은 정치적 현실에
대한 일반 사람들의 무관심을 나무라면서도 정작 시인 자신은 거기에 적극
적으로 대응하지 못한 데 대한 자책감 같은 것을 솔직하게 토로해 놓고 있었
다. 당시 정치적 현실에 민감했던 필자가 주목했던 것은 바로 이 후자의 시
였다. 다시 말해서 현실에 대한 인간 일반과 시인의 반응을 노래한 그런 작
품들이었다.

---

* 엮은이 주 : 「사랑과 혁명의 시인 파블로 네루다」(『시와 혁명』, 81~100쪽)로 수록되었다가
『불씨 하나가 광야를 태우리라』(142~161쪽)에 수정되어 재수록됨.

우리나라에서 네루다의 시와 그에 관한 간단한 약력 등이 단행본으로 출간된 것은 1971년 10월 21일에 그가 노벨문학상을 받은 직후였다. 같은 해 10월에 한얼문고에서 나온 『네루다 서정시집』이 그것이었는데 그 시집에 실린 두세 편의 시는 필자를 완전히 사로잡았다. 그 시들은 지금까지 우리나라 시인들이 발표한 시작품과는 사뭇 다른 바가 있었다. 특히 「연합 청과물회사」는 북아메리카(라틴아메리카 사람들은 미국이란 나라를 자기들의 조국과 구별하여 이렇게 부른다) 제국주의자들의 남미 제국에 대한 정치 · 경제적 침략과 약탈을 가차없이 비판한 시인데 이 시는 필자에게 우리나라의 현실을 이해하는 한 계기를 마련해주었다. 그 시를 여기에 적어보자.

트럼펫이 울려퍼지고 있을 때
지상에서는 모든 것이 준비되어 있었다
그곳에서 여호와는 이 세계를 분할했다
코카콜라 아니콘다
포드모터스 그 외의 회사로
연합 청과물회사는
가장 비옥한 토지를 손에 넣었다
우리나라의 중부연안지방을
아메리카의 감미로운 허리 부분을

그들은 손에 넣은 토지를
새롭게 '파나나 공화국'이라 이름 붙였다
그리고 잠자고 있는 사자(死者)들 위에서
또는 제 조국의 위대함과 자유와 깃발을 쟁취하면서
편안하게 잠들 수 없는 영웅들 위에서
그들은 휘황찬란한 희극을 상연했다
그들은 기업정신을 부채질하여
독재자에게 월계관을 씌워주고

탐욕스럽게 이윤추구를 사주하여
파리떼들의 왕국을 수립하였다
토르지로스 다코스
카리아스 마르티네스
그리고 우비코……
이들 천박한 피와 마아말레이드 잼으로 더럽혀진 파리 떼들은
민중의 고혈에 취해 웅성대고 있는
이 똥파리들은
곡마단의 곡예사처럼
착취와 압제에 뛰어나
오만 가지 사기와 재주를 부렸다

이들 피투성이 똥파리들의 전송을 받으며
'청과물회사'호는 약탈한 커피와
과일을 싣고 바야흐로 출항을 서두르고 있다
침식당한 우리나라의 보물을
화물선은 배가 터지게 가득 싣고
미끄러져간다

그러는 동안에 우리들의 항구
달콤하고 새콤한 지옥에서는
안개에 싸인 아침 무렵이면
인디언들이 쓰러져간다
인간의 육체가 한 개 떼굴떼굴 굴러간다
그것은 이미 이름도 없는 잡동사니다
땅에 떨어진 하나의 번호다
쓰레기장에 내던져버린
썩은 과일 한 송이일 뿐이다.*

---

* 엮은이 주 : 김남주 시인은 작품에 나오는 코카콜라, 아나콘다, 포드모터스, 연합 청과물

이런 계기(『창작과비평』에 실린 시와 한얼문고의 『네루다 서정시집』)로 필자는 네루다의 시와 생애에 관심을 갖고 지금까지 그의 작품을 읽어왔는데 여기서는 지면의 제한 때문에 그에 관한 자세하고 깊은 언급은 피할 수밖에 없을 것 같다. 다만 네루다의 시에 관심이 있는 독자의 이해를 돕기 위하여 그의 탄생과 어린 시절에 관해서만 간략하게 서술해놓고자 한다.

네루다는 칠레 남부의 파랄이라고 하는 곳에서 태어나 그곳에서 얼마 떨어져 있지 않는 테무코에서 어린 시절을 보냈다. 그의 아버지는 철도원이었고 그의 어머니는 그가 네 살 때에 세상을 떠났다. 네루다가 어린 시절을 보냈던 테무코는 기계 문명에 아직 파괴되지 않은 처녀림 속의 작은 도시였는데 그는 나중에 어떤 글에서 그곳의 풍경을 다음과 같이 회상하고 있다.

> 테무코의 자연은 강렬한 위스키처럼 나를 취하게 했다. 겨우 열 살 때에 나는 이미 시인이었다.

사실 네루다의 시가 최초로 테무코의 신문에 실린 것은 그의 나이 겨우 열세 살 때였다. 그 무렵 자식을 둔 모든 아버지들과 마찬가지로 네루다의 아버지도 자기 아들이 시 나부랭이나 긁적이고 있는 것을 좋아하지 않았다. 아버지는 아들이 의사라든가 건축가라든가 기술자 등이 되어 출세하기를 바랐다. 그래서 네루다는 신문이나 잡지에 계속 시를 투고하기 위해서 아버지의 눈을 속이지 않으면 안 되었다. 마침 그 무렵 우연하게 그는 어떤 주간지에서 체코슬로바키아의 작가 얀 네루다라는 이름을 보게 되는데 그 작가의 이름을 따서 파블로 네루다로 필명을 정했다. 그의 본명은 네프탈리 리카르도

회사 등은 미국의 다국적기업 이름이고, 토르지로스, 다코스, 카리아스, 마르티네스, 우비코 등은 미국이 세워 놓은 중남미 나라들의 군사 독재자들이라고 밝히고 있다. 김남주 옮김, 『은박지에 새긴 사랑』, 푸른숲, 1995, 252쪽.

레이스였다.

산티아고에서 보낸 학창 시절

1921년 3월 네루다는 칠레의 수도 산티아고에 와서 대학 생활을 시작한다. 대학에서 불문학을 전공한 그는 보들레르, 랭보 등 상징주의 시인들의 작품을 탐독하기도 하고 비속화된 낭만주의 무취미와 거친 형식에 반대하여 섬세하고 다양한 형식, 새롭고 대담한 운율을 시에 도입한 모더니즘 시운동에 참가하기도 한다. 그러나 그 성격이 세기말적이고 예술을 위한 예술을 추구했던 이 운동은 제2차 세계대전을 고비로 하여 흐지부지되고 만다.

네루다가 산티아고에 와서 최초로 시를 발표한 잡지는 『클라리다』였다. 이 잡지는 프랑스의 공산주의자 앙리 바르뷔스가 제창한 '클라르테'에서 그 이름을 따온 것인데 1917년 러시아 10월 혁명의 영향을 받아 사회주의 휴머니즘을 운동의 중심 과제로 삼고 있었다. 네루다는 학생 신분으로 프랑스 사회주의자들의 저작을 번역하기도 하고 조합운동에 참가하면서도 프랑스 상징주의 시와 니카리과의 위대한 시인이며 모더니즘 시운동의 기수이기도 한 루벤 다라오의 영향을 받아 수많은 시를 쓴다. 특히 1924년에 나온 『스무 편의 사랑의 시와 하나의 절망의 노래』는 칠레에서는 말할 것도 없고 남미 대륙에서 가장 많이 읽히는 시집이 되었다. 그는 이 시집 한 권으로 당대의 가장 유망한 시인으로 떠오르게 되었던 것이다.

> 여자의 육체, 하얀 언덕, 하얀 허벅지,
> 몸을 맡기는 네 모습은 이 세계를 닮았다
> 거칠기 짝이 없는 농부의 육체가 너를 파헤쳐
> 땅속 저 깊은 곳에서 아이 하나 세차게 솟아나오게 한다

(중략)

영원한 갈증이 흐르고, 피로가 흐르고
밑 모를 고통이 흐르는 검은 하상(河床)이여

『스무 편의 사랑의 시와 하나의 절망의 노래』의 맨 앞에 실린 이 시에는 사랑의 언어가 구체적인 모습을 띠고 있다. 구릉, 허벅지, 술잔, 하상 같은 언어는 인간의 손이 만질 수 있는 물질의 한 형태로서 사랑의 추상성을 거부하고 있다. 여기서 사상은 생명의 근원인 대지에 비유되고 이 생명의 근원에서 살아 숨쉬는 사랑의 구체적인 대상이 자연 그대로 묘사되어 있다. 네루다의 시에 나타나는 이 구체성은 그의 나이 예순 살 전후해서 쓰여진 「사랑의 소네트 백 편」에서도 그대로 관철된다. 그의 세 번째 부인 마틸드에게 바치는 이 백 편의 사랑의 시는 아침, 낮, 저녁, 밤의 4부로 구성되어 있다. 다시 말해서 사랑의 탄생으로부터 청춘, 장년, 노년을 거쳐 죽음에 이르는 인생과 사랑의 행로가 변증법적으로 통일되어 있다. 마흔네 번째의 소네트는 이 통일을 가장 극명하게 보여주고 있다.

행복한 두 연인은 이미 하나의 빵이고
풀잎 속에서 달에 비친 한 방울의 이슬이다.
걷고 있는 두 그림자조차 하나가 되어
침대에는 오직 하나의 태양만이 남아……

사랑을 주제로 한 네루다의 시는 소위 순수시의 옹호자들이 사랑의 대상으로 또는 비유로 삼고 있는 자연의 현상이나 신화 속의 미남미녀 따위를 인간의 노동과 물질적인 삶에서 떼어내어 노래하지 않는다. 네루다는 하이네가 그랬던 것처럼 궁둥이 없는 비너스, 유방 없는 천사, 관념적인 천상의 여인 등을 노래하지 않는다. 그의 시에는 수없이 많은 꽃들의 이름과 이슬, 바람, 별, 달, 태양이 등장하나 노동의 대지와 인간의 투쟁이 없는 자연 따위는 나오지 않는다. 한마디로 말해서 그의 시는 정신과 육체, 물질과 의식이 때로는 싸우고 때로는 합일하는 유물론적인 통일 속에서 하나로 용해되어 있다. 그렇다고 해서 그가 노래한 사랑에는 자본주의 사회에서 흔해빠진 경박하고 천박한 연애놀이라든가 이기심과 물질적인 이해 관계에 사로잡혀 성을 상품처럼 매매하는 결혼의 시장 따위는 없다. 그의 시는 아직 파괴되지 않은 처녀림 속에서 자연의 대상과 인간의 생활이 구체적인 노동을 매개로 해서 이루어지면서 가장 순결하게 꽃을 피우고 있는 것이다.

지금까지 필자는 네루다의 출생, 어린 시절, 청년 시절을 간략하게나마 소묘했다. 앞에서도 언급했듯이 네루다는 스페인 내란을 경험하기 전에는 프랑스의 상징파 시인과 모더니즘 시풍에 영향을 받아 사회적인 내용을 주제로 한 시보다는 인간의 원초적이고 유물론적인 존재로서 남녀간의 사랑을 주제로 한 시를 주로 썼다. 그렇다고 해서 나중에 네루다가 사회적 정치적인 문제에 관심의 초점을 맞추고 시를 썼다 해서 사랑의 시를 소홀히 했다고 말하려는 것은 아니다. 그는 '나의 시가 민중의 칼이 되고 그들의 손수건이 되어 고통의 땀을 닦아주기를, 빵을 위한 투쟁의 무기가 되어주기를' 바라면서 전투적인 혁명의 시를 쓰면서도 꾸준히 사랑을 노래하고 사랑의 순결성과 위대함을 옹호했다. 그는 또한 '시와 가장 밀접한 것은 빵 한 조각이요, 질그릇 접시오, 서투른 솜씨로나마 정성스럽게 다듬은 한 조각의 나무다'라고 말하면서 인간에게 소중한 생활의 기본적인 요소들에 관심을 가지고 옷이며 집이며 신발이며 책상 등에 얽힌 기쁨과 슬픔을 노래하는 수많은 시를 썼다. 그러면 이제 네루다 자신이 토로했듯이 그의 삶을 새로운 경지에 이끌었던 스페인 내란의 소용돌이 속으로 들어가보자.

프랑코 파시즘과의 투쟁

그런데 어느 날 아침 그 모든 것들에 불이 붙었다
어느 날 아침 화톳불처럼 시뻘건 불이
땅속으로부터 솟구쳐올라
존재하는 모든 것을 집어삼켰다
그리고 그때부터 전화(戰火)가 타올랐고
그리고 그때부터 화약이 작렬했다
그리고 그때부터 피가 흘렀다
그리고 그때부터 비행기에
무어인들을 태운 악당들은
반지를 낀 공작부인들을 태운 악당들은
기도를 드리고 있는 검은 성직자들을 태운 악당들은
하늘에서 내려와 아이들을 살해했다
그리고 거리는 온통 어린아이들의 피가 넘쳐 흘렀다
오 승냥이도 경멸해 마지않을 이 승냥이들아
목이 타는 엉겅퀴까지도 물어뜯으며 침을 뱉을 돌멩이들아……
살모사까지도 혐오해 마지않을 이 살모사들아!
나는 보았다 네놈들 앞에서
스페인의 피가 솟구쳐오르는 것을
긍지와 단도의 파도 속에서
네놈들을 질식시키기 위해

(중략)

그래도 당신들은 물을 것인가── 왜 나의 시는
꿈에 관해서 나뭇잎에 관해서 노래하지 않느냐고
내 조국의 위대한 화산에 관해서 노래하지 않느냐고

와서 보라 거리의 피를

와서 보라
거리에 흐르는 피를
와서 보라 피를
거리에 흐르는!

                      — 「그 이유를 말해주지」에서

이 시는 네루다가 스페인 내란의 와중에서 쓴 반파시즘 저항시집 『마음 속의 스페인』에 실린 시들 중의 하나이다. 네루다는 이 내란을 계기로 해서 이전의 삶과 시에 종지부를 찍고 새로운 삶, 새로운 시의 길을 걷게 된다. 그가 고백한 것처럼 이제 그는 흐르는 시간이나 물을 노래할 수도 없고, 창백한 죽음의 모습과 그 설움을 노래할 수도 없게 된다. 그는 더 이상 거대한 하늘을 노래하고 사과를 노래할 수 없고 타오르는 사랑의 불꽃을 손수건에 살짝이 쌀 수도, 황혼에 여자의 옷을 애무할 수도 없게 된다. 그는 이제 외롭고 가난하고 학대받는 이들의 형제가 되고 박해를 받으면서도 저항을 포기하지 않는 불굴의 전사들의 동지가 된다.

> 순수시에 흠뻑 젖어 일찍이 노쇠해버린 청년 2세들, 그들은 가장 중요한 인간의 의무를 망각해 버렸다. 지금 싸우지 않는 사람은 비겁자이다. 과거의 유물을 되돌아본다거나 꿈의 미로를 답사하는 일 따위는 우리들 시대에는 어울리지 않는 것이다. 인간의 생활과 투쟁은 우리들 시대에서만이 투쟁 속에서 예술의 원천을 끌어낸다는 전례 없는 위대함에 도달했던 것이다.

그러면 스페인 내란이 어떠했기에 네루다로 하여금, 아니 한 시인으로 하여금 이와 같은 고백을 하게 했을까.

네루다는 1927년에 시작한 아시아에서의 외교관 생활을 마치고 1934년에 마드리드 주재 영사로 부임한다. 그 무렵 스페인은 인민의 합법적인 선거에 의해 부르봉 왕조가 붕괴하고 공화정이 시작된 지 겨우 3년을 경과하고 있었다. 공화정에 불만을 품은 왕당파들은 갓 태어난 공화정을 때려눕히기 위해 군부 장성들, 가톨릭의 고위 성직자들, 대지주들, 자본가들을 규합하여 음모를 꾸미기에 영일이 없는 나날을 보낸다. 마침내 이들 왕정복고파들은 1936년 7월 프랑코 장군을 두목으로 앞세워 스페인 전역에서 반란을 일으킨다. 그들은 나라 밖으로부터는 히틀러와 무솔리니의 지원을 받는다. 다시 말해서 스페인은 자유와 민주주의를 사랑하는 공화파와 그것을 붕괴시키려는 국내외 파시스트간의 전쟁으로 아비규환의 생지옥이 된다. 이 전쟁에서 네루다는 스페인의 가장 뛰어난 시인들, 페데리코 가르시아 로르카, 미겔 에르난데스, 라파엘 알베르티* 등과 동지가 되어 시를 무기로 삼아 파시스트의 야수적인 인간 학살에 저항한다. 그들 중 로르카는 전선에서 총살당하고 에르난데스는 옥사한다. 파시즘의 인간 파괴를 눈앞에서 목격하고 순수시에 반대하여 명예보다는 피의 저항을 택했던 네루다는 내란의 경험을 회상하는 글에서 다음과 같이 쓰고 있다.

나는 마드리드에서 생애의 가장 중대한 시기를 보냈다. 우리들은 모두 파시즘에 대한 위대한 레지스탕스에 참가하고 있었다. 그것이 스페인 전쟁이었다. 이 체험은 나에게 체험 이상의 것이었다. 스페인 전쟁이 일어나기 전에 나는 많은 공화파 시인들을 알고 있었다. 공화국은 스페인의 문화, 문학 예술의 르네상스였다. 페데리코 가르시아 로르카는 이 스

---

* 엮은이 주 : ① 페데리코 가르시아 로르카(Federico Garcia Lorca, 1898~1936). 스페인의 시인, 극작가. 시집 『시 모음』, 『집시 이야기 민요집』 등. 스페인 내전 당시 체포되어 소련의 스파이란 죄목으로 총살당함. ② 미겔 에르난데스(Miguel Hernandez, 1910~1942). 스페인의 시인, 극작가. 시집 『달의 감식가』, 『끝나지 않는 번개』 『잠복하고 있는 사람』 등. 스페인 공산당에 가입해 내전에 참가. 내전 후 민족주의자들에 의해 투옥되어 옥사함. ③ 라파엘 알베르티(Rafael Alberti Merello, 1902~1999). 스페인의 시인, 극작가. 시집 『뭍의 뱃사람』, 희곡 「거주하지 않는 사람들」 등. 작품의 사회성 및 정치성 강조.

페인 사상 가장 빛나는 정치적 세대의 상징이었다, 이들 인간을 물리적으로 파괴한다는 것은 나에게는 공포의 드라마였다. 이리하여 나의 이전 생활은 마드리드에서 끝났다.

네루다의 스페인 내란 체험은 그의 시의 발전에 결정적인 영향을 끼친다. 로르카가 그를 '잉크보다 피에 가까운 시인'이라고 이름했던 것처럼 네루다는 파시즘에 저항하는 전투적인 휴머니스트가 되어 자기의 시를 무기로 삼아 스페인 인민의 자유와 평화를 지키는 전사가 된다. 그의 시집 『마음 속의 스페인』은 피카소의 「게르니카」, 엘류아르의 「1936년 11월」, 「게르니카의 승리」와 나란히 저항 예술의 대표적인 작품으로 꼽히게 되어 그는 일약 세계적인 시인으로 추앙받는다. 특히 이 시집에 수록된 「죽은 의용병의 어머니들에게 바치는 노래」는 병사들의 필수적인 휴대품이 된다.

아니다 아니다! 그들은 죽은 것이 아니다 그들은 초연한 가운데에
우뚝 서 있다
타오르는 촛불의 심지처럼

구릿빛 벌판 속에서
그들의 청량한 그림자는 서로 겹쳐 있다
적을 차단하는 바람의 장막처럼
분노의 빛을 띤 철책처럼
마치 가슴처럼 눈에 보이지 않는 하늘의 가슴처럼

어머니들이여! 그들은 보리밭 한가운데 서 있다
넓은 들판을 내려다보는
깊은 정오처럼 높게
울려 퍼지는 종소리처럼
살해된 사람들을 선발하여

승리를 단련하는 검은 목소리처럼

초연처럼 기가 죽은 형제들이여
갈기갈기 찢어진 마음의 어머니들이여
믿어다오 당신들의 죽은 자식들을

그들은 피로 물든 돌 밑에서 나무뿌리가 되어 있는 것만은 아니다
그들의 흩어진 서글픈 뼈는
흙투성이가 되어 있는 것만은 아니다
그들의 입은 아직도 마른 흙덩이를 물고
철의 바다처럼 부들부들 떨면서
높게 치켜올린 주먹으로 죽음에 항거하고 있는 것이다

수없이 많이 쓰러진 육체로부터
불굴의 생명이 하나 태어난다
어머니들이여 자식들이여 깃발이여
생명처럼 살아 있는 오직 하나의 육체가—
죽음의 눈을 가진 얼굴이 어둠을 지켜보고 있는 것이다
그의 칼은 지상의 희망으로 부풀어 있다
그러니 벗어다오
당신들의 검은 상복을 벗어다오
당신들의 모든 눈물을 하나로 뭉쳐다오
그 눈물이 금속의 탄환이 될 때까지
그때 가서 우리들은 밤이고 낮이고 두들겨 패자
그때 가서 우리들은 밤이고 낮이고 짓밟아대자
그때 가서 우리들은 밤이고 낮이고 침을 뱉어주자
증오의 문짝이 넘어질 때까지

어머니들이여 당신들의 고통을 나는 잊지 않고 있다
나는 당신들의 자식들을 알고 있다

그들의 죽음이 긍지인 것처럼
그들의 삶 또한 자랑인 것이다
그들의 웃음소리는
어둡고 칙칙한 작업장을 활짝 피어나게 했던 것이다
지하철에서 그들의 발걸음 소리는
나의 곁에서 매일처럼 울리고 있었던 것이다
레반의 오렌지 밭에서 남부의 방직공장에서
잉크 냄새가 나는 인쇄공장에서 건축현장에서
나는 보았던 것이다 에네르기와 불이 되어 타오르는 그들의 마음을

니들이여 당신들 마음속처럼
나의 마음속에도 이렇게 많은 슬픔이 있고 죽음이 있다
그것은 당신들의 웃음을 약탈한 피로 살이 찐 숲과도 같다
그리고 눈을 뜨면 매일처럼 가슴이 찢어지는 듯한 고독과 함께
애타는 안개가 마음속으로 밀어닥치는 것이다

피에 굶주린 하이에나의 소리를 듣기보다는
아프리카에서 짖어대는 야수의 더러운 천식을
그 모욕과 신음소리와 분노를 듣기보다는
오 죽음과 슬픔으로 가슴이 미어졌던 어머니들이여

보아다오 새로 태어나는 드높은 생명의 마음을
그리고 알아다오 당신들의 죽은 자식들이 이 나라를 비웃고
치켜올렸던 그 주먹이 보리밭 위에서 떨고 있는 것을.
　　　　　　— 「죽은 의용병의 어머니들에게 바치는 노래」 전문

민중 속으로

그러나 스페인 공화국과 의용군 및 국제 의용군의 영웅적인 투쟁은 미국,

영국, 프랑스 등 서방 제국주의 세력의 배신으로 패배하고 만다. 그리고 네루다는 스페인 인민전선을 지지했다는 이유로 칠레 정부에 의해 본국으로 소환된다. 네루다는 귀국하자마자 곧 정치 투쟁에 참가한다. 그는 전국을 순회하면서 노동자, 광부, 어부, 농민들과 이야기를 나누고 시를 낭송한다. 민중과의 이 접촉에서 네루다는 새로운 시의 세계를 발견하고 앞으로는 오직 민중의 사상과 감정을 노래해야겠다고 다짐한다. 네루다가 그 무렵 체험했던 일화 하나를 소개한다.

　칠레의 어느 탄광에서 있었던 일이다. 한낮의 찌는 듯한 태양 아래서 수천 명의 광산노동자들이 세 시간이 넘게 조합의 활동가나 지도자의 연설을 듣고 있었다. 마침내 네루다가 연단에 오를 차례가 되었다. 그 당시만 해도 그는 아직 시인으로서 오늘날처럼 명성이 자자했던 것도 아니고 더구나 산속에서 거의 유폐된 생활을 하고 있었던 광부들에게는 거의 이름조차 알려져 있지 않았던 상태였다. 다시 말해서 지금 네루다 앞에 앉아 있는 수천 명의 노동자들, 착취와 굶주림 그리고 어쩌면 읽을 줄도 쓸 줄도 모를 것 같은 이들 광부들 앞에서 네루다가 시를 낭송한다는 사회자의 소개가 있자 수천 명의 탄광 노동자들은 이글거리는 검은 태양 아래서 일제히 모자를 벗으며 일어나는 것이 아닌가. 그것은 지금까지 전례가 없었던 극히 새로운 감동적인 장면이었다. 즉 노동자들은 민중에게 봉사하는 새로운 시인과 시에 감사의 인사를 보냈던 것이다. 그리고 민중의 이 인사야말로 시인에게는 더없이 큰 기쁨이고 명예였던 것이다. 나중에 네루다는 이 기쁨을 그의 대작 『보편적인 노래 (Canto General)』의 「커다란 기쁨」이란 제목의 시에서 다음과 같이 노래한다.

> 옛날에 추구하고 있었던 그림자 따위는 이제 소용없다
> 나에게는 저 돛대가 가지고 있는 이중의 기쁨이 있는 것이다
> 숲의 유산에 대해서 해로(海路)의 바람에 대해서 아는 것과

그리고 어느 날 나는 결의했던 것이다 이 세상의 빛 아래서

나는 감옥에 처넣어지기 위해서 쓰는 것은 아니다
백합꽃을 꿈속에서 찾아헤매는 젊은 승려를 위해서 쓰는 것도 아니다
나는 쓰는 것이다 소박한 사람들을 위해서
변함없는 이 세상의 기본적인 요소들—물과 달을
학교와 빵과 포도주를
기타나 연장류 등을 갖고 싶어하는
소박한 사람들을 위해서 쓰는 것이다

나는 민중을 위하여 쓰는 것이다 가령
그들이 나의 시를 읽을 수 없다 하더라도
나의 생활을 일신시켜주는 대기여
언젠가 내 시의 한 줄이
그들의 귀에 다다를 때가 올 것이다
그때 소박한 눈동자는 눈을 들 것이다
광부는 바위를 깨면서 웃음을 머금고
삽을 손에 쥔 노동자는 이마를 닦고
어부는 손 안에서 뛰노는 고기가
언제나와 마찬가지로 반짝반짝 빛나는 것을 볼 것이며
산뜻하게 갓 닦은 몸에
비누 향기를 뿌린 기관사는
나의 시를 찬찬히 들여다볼 것이다
그리고 그들은 틀림없이 말할 것이다
"이것은 동지의 시다"라고

그것만으로 충분하다
그것이야말로 내가 바라는 꽃다발이다 명예다

바라건대 공장이나 탄광 밖에서도
나의 시가 대지에 뿌리를 내려 대기와 일체가 되고
학대받은 사람들의 승리와 결합되기를
바라건대 내가 천천히
금속으로 만들어낸 견고한 시 속에서
상자를 차츰차츰 열 수 있기를
젊은이가 생활을 발견하고
그곳에 마음을 다져넣어
돌풍과 부딪쳐주기를

그 돌풍이야말로 바람 센 고지에서
나의 기쁨이었던 것이다.

—「커다란 기쁨」 전문

    네루다의 이 시는 그가 1945년 칠레 공산당에 입당하고 난 후에 씌어진 것으로 그의 시적 발전에 또 하나의 변모를 나타내고 있어 주목할 만하다. 스페인 내란이 그의 시와 인생에 큰 변화를 가져다준 것은 사실이지만 그 변화는 철학적 사상적 변화까지 동반한 것은 아니었다. 불의와 압제에 저항하는 극히 순수한 자유주의적인 휴머니스트 이상의 변화는 아니었다. 그러나 서방 세계가 스페인 인민전선을 지원하기는커녕 자국의 부르주아지 편에 서서 반동적인 정책을 펴는 것을 보고, 또 1939년 제2차 세계대전이 일어나자 히틀러의 침략에 양보를 거듭하고 약소 국가의 운명을 자국의 안전과 이익에 종속시키는 것을 보고 네루다는 자본주의 세계 질서에 회의를 갖기 시작한다. 그러던 중 소련의 적위대가 히틀러 파시즘에 영웅적으로 싸우는 것을 목도하고 소비에트만이 파시즘의 인간 말살로부터 세계를 수호하리라는 확신을 갖기에 이른다. 물론 소비에트에 대한 네루다의 신뢰는 스페인 내란에서도 경험되었다. 오직 소비에트만이 자국의 이해 관계를 떠나서 인민전선을 헌신적으로 지원하는 것을 눈으로 직접 보았던 것이다. 그래서 그는 1942년 멕시코 주재 영사로 재직하면서 '싸우는 러시아 구원위원회'의 한 지도자로서 적극적으로 소비에트를 지원한다. 뿐만 아니라 네루다는 1945년 3월에 실시된 총선에 칠레 공산당의 공인 후보로 출마하여 상원의원에 당선된다. 그리고 7월에 정식으로 당에 입당한다. 현실 정치인으로의 이 변신은 네루다의 시에도 커다란 변화를 가져온다. 그는 이때부터 당원의 한 사람으로서 의회 연단에서 노동자의 권리를 옹호하고 토지 개혁의 실시를 주장하기도 하고 전국 각지, 특히 노동자 지구를 돌아다니면서 자작시를 낭송하기도 하면서 민중의 생활을 구체적으로 체험한다. 네루다의 이 체험은 스페인 내란에서 겪은 체험과는 질적으로 다른 것이었다. 후자의 체험은 민중의 일상적인 삶을 토대로 한 것은 아니었다. 그것은 물질적인 토대의 상부구조에 대한, 다시 말해서 정치 제도, 사회 질서의 모순에 대한 다분히 추상적인 개념이었다. 그러나 전자의 체험은 빵이라든가 집, 옷, 가구, 신발 등 민중의 일상적이고 구체적인 생활에 바탕을 둔 것이었다. 이 새로운 체험은 당연하게도 네루다의 시에 영향을 미친다. 그 결과 그는 인간의 노동에 의해 창조된 생활의 기본적인 요소들을 시의 주제로 삼기에 이른다. 네 권의 시집, 『기본적인 것에 대하여 노래함(Odas Elementales)』은 이 체험의 성과물로서 거기에는 인간이 사는 데 기본적으로 필요한 대상인 물, 불, 흙, 해와 달과 별과 구름과 비, 온갖 과일, 술 등이 노동과 투쟁의 삶 속에 녹아들어 구체적인 모습으로 형상화되어 있다.

도피와 망명 생활

1946년 칠레 대통령 선거에서 공산당은 우익 반동인 파랑헤당을 패배시키기 위해 급진당의 후보 곤잘레스 비델라를 지원하여 그를 당선시킨다. 그러나 미제국주의자들은 대통령 비델라에 압력을 가해 급진당 정부에 입각한 세 공산당 각료를 추방케 하고 선거 공약으로 공산당과 함께 내걸었던 광산의 국유화를 취소시키고 공산당마저 비합법화의 길로 내몰리게 한다. 1948년 1월 네루다는 상원에서 조국의 이익과 인민의 신뢰를 배신한 비델라를 고발하고 탄핵한다. 이에 비델라는 네루다를 투옥하라는 체포 영장으로 맞서고 네루다는 지하로 잠적한다.

이 지하 생활 속에서 네루다는 '보편적인 노래'를 계속해서 쓴다. 그가 쓴 시는 복사되어 손에서 손으로 경찰의 눈을 피해 칠레 곳곳에 뿌려진다. 이 시집은 이름 그대로 현실의 모든 대상이 시의 주제가 되고 특히 아메리카 대륙의 자연, 민족의 영고성쇠, 서방 세계의 정복과 약탈에 저항했던 전사들의 영웅담이 대서사시적으로 그려져 있다. 네루다가 이런 시를 쓰게 된 목적은 아메리카의 역사와 외래 침략자들에 대한 투쟁 등을 표현하여 민족과 역사를 재발견하고 그것을 다른 사람들에게 이해시키기 위해서였다.

1945년에 간행된 이 시집은 「지상의 등불」, 「마추 피추」, 「나무꾼이여 눈을 뜨라」 등 모두 9장으로 구성되어 있다. 여기서는 지면 관계상 제9장 「나무꾼이여 깨어나라」에서 그 한 부분을 인용하는 것으로 만족할 수밖에 없다. 네루다는 이 장에서 빈농의 자식으로 태어나 어린 시절에는 나무꾼으로서 어려운 삶을 살았고 변호사를 거쳐 대통령까지 되었던 아브라함 링컨을 인민의 옹호자라 찬양하고 2차대전 이후의 미제국주의의 본질을 파헤친다. 그는 이렇게 인민과 그 대변자를 긍정적으로 노래하는 대신 스스로 세계의 헌병임을 자처하면서 제3세계 인민의 자유와 민족의 자주성을 여지없이 짓밟는 미제국주의자들에게는 가차없는 증오의 화살을 쏘아붙인다.

> 그런 일이 하나도 일어나지 않도록
> 나무꾼이여 깨어나라
> 아브라함이여 민중들과 함께 식사를 하기 위해

도끼와 그릇을 가지고 오라

야코비야 삼보다 높게

숲의 그림자를 기어오르고

나무껍질과 같은 머리를 들고

평상 위의 떡갈나무 결을 응시하고 있는 눈을 들고

다시 한 번 세계를 보기 위해 오라

약국에 들어가 약을 사고

탄바행 버스를 타고

노란 사과를 베어 먹으면서

영화관에 들어가

소박한 모든 사람들과 이야기를 나눠라

나무꾼이여 깨어나라

아브라함이여 오라

와서 옛날의 빵을 부풀게 하라

일리노이의 황금과 녹색의 대지를 되살려라

민중 속에 서서 도끼를 휘둘러라

새로운 노예주의자를 향해

노예를 내리치는 채찍을 향해

독을 흩뿌리는 인쇄소를 향해

그들이 개척하려고 하는

피투성이의 시장을 향해

젊은 백인도 젊은 흑인도

노래하면서 미소 지으면서 전진하라

달라의 벽을 무너뜨리고

증오를 부채질하는 자들에 항거하여

그들의 피로 살찐 상인들에게 항거하여

노래하면서 미소 지으면서 전진하라

승리를 향해 당당하게

나무꾼이여 깨어나라.*

— 「나무꾼이여 깨어나라」 전문

　네루다는 도피와 망명 생활을 하면서 서방 세계의 진보적인 문인 예술가들과 폭넓은 교제를 한다. 그들 중에는 피카소, 아라공, 엘류아르 등 금세기의 가장 위대한 사람들이 포함되어 있다. 그는 또한 사회주의 나라의 문학 예술인은 물론 정치가들과도 다양한 접촉을 갖는다. 이런 그의 교제와 접촉은 그의 회고록에 인간적이고 유머러스한 필치로 생생하게 묘사되어 있다.

　네루다가 다시 조국 칠레의 땅을 밟은 것은 망명 생활 3년 5개월 후인 1952년 8월이다. 그러나 조국에 머무는 시간도 잠시의 일, 그는 다시 소련, 쿠바, 이탈리아, 프랑스 등을 돌아다니면서 자유와 평화를 열망하는 각종의 집회에 참석한다. 그는 가는 곳마다에서 위대한 시인으로서 또 용기 있는 자유의 전사로서 사랑과 꽃다발을 받는다. 이를테면 1953년에 그는 소련에서 스탈린 평화상을 수상하고, 1950년에는 바르샤바에서 개최된 제2회 평화옹호대회에서 피카소와 함께 국제평화상을 받는다. 그는 또 1961년에 멕시코를 방문, 투옥되어 있는 혁명 화가 시케이로스의 석방을 위한 운동에 참가하고, 쿠바를 방문하여 미제국주의에 반기를 들고 쿠바를 자주 독립 국가로 만들었던 남미의 영웅이요, 제3세계 민중의 희망인 카스트로와 체 게바라를 만난다. 피델 카스트로와 체 게바라를 만나 미제국주의에 시달리고 있는 중남미 피압박 민족의 해방과 자유를 위해 연대 투쟁할 것을 다짐하기도 한다. 그는 또한 이런 바쁜 일정 속에서도 시인으로서 자기 임무를 소홀히 하지 않고 『포도밭과 바람』, 『기본적인 것에 대하여 노래함』, 『항해와 귀

---

* 엮은이 주 : 김남주 시인은 "나무꾼"을 아브라함 링컨으로 해석했다. 김남주 옮김, 『은박지에 새긴 사랑』, 푸른숲, 1995, 261쪽.

환』 등의 시집을 연달아 출간하여 세인을 놀라게 한다.

칠레 혁명의 찬가

『닉슨의 대량 학살 권고와 칠레 혁명의 찬가』는 네루다 최후의 시집이다. 1969년 대통령 선거를 일년 앞두고 우익은 미국을 비롯한 서방 제국주의자들의 강력한 지원을 등에 업은 전 대통령 호르헤 알렉산도르를 후보로 내고, 좌익은 '인민연합'을 결성한다. 인민연합의 제 정당은 각각 예비 후보를 지명하게 되는데 공산당은 파블로 네루다를 후보로 정한다. 결국 살바도르 아옌데가 인민연합의 통일 후보로 확정되자 네루다는 입후보를 사퇴한다. 1970년 9월 4일 선거에서 아옌데가 유권자의 38퍼센트의 지지를 얻고 대통령에 당선된다. 아옌데 정부는 곧 제국주의와 자본과 토지의 독점적 지배를 청산하기 위한 혁명적 작업에 착수한다. 뿐만 아니라 의회는 구리광산의 국유화법을 의원 전원일치로 통과시킨다. 이와 때를 같이하여 우익의 도발도 시작된다. 이 와중에 네루다는 프랑스 대사에 임명되어 칠레를 떠난다. 이때가 1971년 3월이고 10월에 네루다는 노벨평화상을 수상한다.

날이 가고 해가 갈수록 서방 제국주의의 지원을 받은 우익 반동의 인민연합 정권에 대한 음모와 공격은 노골적으로 되어간다. 전국 곳곳에서 테러가 횡행하고 자본가들이 집단으로 공장을 폐쇄하는가 하면 우익의 조직적인 동원으로 중산층이 연일 시위를 벌인다. 네루다는 이 무렵 병 때문에 대사직을 사임하고 귀국하여 전 세계의 인민과 특히 지식인들에게 연합 정권의 위기를 호소하는 한편 백만 인이 넘는 대중집회에 나가서 내란의 위협에서 조국을 구하자고 청중들에게 읍소한다. 군부의 무력에 의한 협박과 미국의 대 칠레 경제 봉쇄에 아옌데는 최후의 결전을 각오하지만 역부족이다. 결국 칠레에 사회주의 정권이 들어서고 꼭 3년 만에 인민연합 좌익 정권은 붕괴되고 만다. 1973년 9월 10일의 일이다. 아옌데는 대통령 궁전에서 우익 군대의 총 칼과 맞서 싸우다가 마지막 숨을 거두고 네루다는 후일 아옌데 부인이 말한 것처럼 육체적인 고통과 정신적인 고통에 협공당해 69세를 일기로 생을 마 감한다.

네루다는 그의 생애에 두 차례의 파시즘을 경험했다. 하나는 그가 1936년 마드리드 주재 영사로 있을 때 히틀러와 무솔리니의 지원을 받은 프랑코 일당 의 파시즘이었다. 네루다는 이 체험을, 다시 말해서 스페인 민주주의를 압살하 는 파시즘의 천인공노할 만행을 눈앞에서 목도하고 이전의 자기 삶과 시를 일 신시켜 전투적인 휴머니스트로서 저항 시인의 첫발을 내딛었다. 다른 하나는 미제국주의의 음모와 조종을 받은 피노체트 일당이 저지른 파시즘의 만행이 다. 그는 이 만행에 항거하다가 최후의 숨을 거둔다.

네루다의 최후의 시집 『닉슨의 대량 학살 권고와 칠레 혁명의 찬가』는 인 민연합이 선거에서 승리하고 그것을 파괴하려는 미제국주의와 그 앞잡이 피 노체트 일당과의 3년에 걸친 칠레 인민의 투쟁 속에서 씌어졌다. 이제 필자 는 네루다가 죽기 직전인 1973년 9월 15일에 채 완성하지 못하고 절필했던 시 하나를 소개하고 이 글을 서둘러 마치고자 한다.

> 닉슨과 플레이와 피노체트
> 보르다벨리와 가라스타소와 반세르
> 오늘 이 1973년 9월은 얼마나 잔혹한 날이냐
> 오 탐욕스런 하이에나들
> 피와 불로 쟁취한 깃발을 물어뜯는 쥐새끼들
> 대농장에서 실컷 처먹고 배가 튀어나온 놈들
> 극악무도한 약탈자들
> 천 번 만 번 몸을 팔았던 음흉한 놈들
> 뉴욕의 승냥이들에게 사주받은 배신자들

우리 인민의 피와 눈물을 짜내고
우리 인민의 피로 더럽혀진 기계들
미국의 빵과 공기를 팔아먹는 매춘부 같은 놈들
매음굴의 보스들, 사기꾼들
인민을 고문하고 아사케 하는 법률밖에 없는 사형 집행자들!

장편 풍자시 「아타 트롤」을 읽고*

거의 절망에 빠져서 나는 마지못해
성스러운 땅 프랑스를 떠났다
자유의 조국이요
내 사랑하는 여인의 나라를

　　　　　　　　　　　— 「아타 트롤」 제11장 6연

　하이네는 1841년 여름 '사랑하는 여인' 마틸드를 데리고 프랑스를 떠나 스페인과 국경을 이루는 피레네 산맥의 한적한 온천마을 꼬뜨레에 도착한다. 그가 '절망에 빠져서' '자유의 조국' 프랑스를 뒤로하고 이곳을 찾은 것은 하이네가 이 시집 서문에서 언급했듯이 '유형무형의 적들이' 벌이는 '대소동'을 피하기 위해서다. 하이네는 꼬뜨레 마을에 도착하자마자 한 친구에게 편지를 쓴다.

---

* 엮은이 주 : 「경향문학과 시의 자율성」(H. 하이네, 김남주 옮김, 『아타 트롤』, 창작과비평사, 1991, 182~196쪽. '해설')로 발표되었다가 「경향문학과 시의 자율성─하이네의 「아타 트롤」을 중심으로」(『시와 혁명』, 122~135쪽) 및 『불씨 하나가 광야를 태우리라』(186~193쪽)에 수정되어 재수록됨.

창밖으로는 르 가뻬라는 이름을 가진 계곡의 분류가 바위를 씻으며 세차게 흐르는 모습이 보이고 간단없이 흐르는 물소리는 모든 사상을 잠재우고 온화한 감정이 피어오르게 한다네. 그리고 하늘을 찌를 듯한 주위의 산들은 유유자적하고 적막한 분위기를 자아내고 있고. 이런 분위기는 적어도 영일 없이 이어지고 있는 우리들의 고통과 당파심의 경쟁과는 무연하다네.

하이네는 이 편지에서 이곳 주민들이 나무처럼 자연 그대로의 환경에 뿌리를 내리고 조용하고 평화롭게 사는 모습도 이야기하고 있다.

하이네가 풍자시 「아타 트롤」을 구상한 것은 꼬뜨레 마을의 바로 이런 분위기에서였다. 그리고 그가 '대소동'을 피해 이곳에 온 것은 '유형무형의 적들'을 때려눕히기 위해서였다. 그러면 우선 풍자문학으로서 세계 문학에서 독특한 위치를 차지하고 있는 「아타 트롤」을 바르게 이해하기 위해 '유형무형의 적들이' 벌이는 '대소동'의 진상을 살펴보기로 하자.

1830년 프랑스 7월 혁명을 전후해서 수많은 독일인들이 파리를 비롯하여 프랑스 각지로 몰려들었다. 독일의 토지 귀족들과 신흥 부르주아지의 봉건적 착취와 수탈로 인해 극심한 가난에 시달렸던 농민과 노동자는 보다 나은 생활의 터전을 찾아 국경을 넘었고 7월 혁명의 이념을 독일에 전파하려다가 뜻을 이루지 못한 문필가들은 전제군주의 정치적 탄압을 피해 자유의 도시 파리로 발길을 돌렸다. 이들 문필가들은 그 경향이 다양하기는 했으나 한 가지 점에서는 일치했다. 그것은 조국의 정치적 후진성과 경제적 비참함을 극복하기 위해서는 독일에서도 혁명이 일어나야 한다는 것이었다. 이들 중에는 그 이념이나 방법에서 급진적 경향을 띤 뵈르네, 구츠코, 플라텐 등 좌익 민주주의자들도 있었다. 특히 뵈르네는 파리에서 활동하고 있었던 독일 망명 작가들의 지도적인 인물로서 전 생애를 통해 민주주의 사상에 초지일관성을 보인 뛰어난 문필가였다. 하이네는 7월 혁명 이전에는 그러니까 프랑스로 망명하기 이전에는 뵈르네의 사상적 동지이기도 했고 두 사람은 인격적으로 서로 존경하는 사이이기도 했다.

하이네가 독일을 뒤로하고 혁명의 도시 파리에 도착한 것은 1831년 5월이었다. 그리고 하이네와 뵈르네가 다시 만난 것은 그해 가을이었다. 그들은 이야기를 주고받으면서 상대방이 이전과는 다른 사람으로 변해 있다는 것을 느꼈다. 이를테면 하이네 쪽에서는 뵈르네가 사상적인 면에서 교조적으로 경색되어 있는 것 같았고 뵈르네 쪽에서는 하이네가 어딘가 나약한 데가 있고 동요의 흔적이 있다고 보았다. 그럼에도 불구하고 얼마동안 둘 사이의 교제는 대체로 원만했다. 그런데 하이네가 독일 망명자들의 모임에는 모습을 나타내지 않고 프랑스 금융자본가의 두목 로스쉴드가의 사람들과 친숙하게 지내는 것을 보고 뵈르네는 하이네를 몹시 못마땅하게 여겼다. 그 후 망명 작가로서 하이네의 이런저런 언동에 불만을 가졌던 뵈르네는 그의 『파리 통신』에서 하이네를 다음과 같이 규정했다.

> 자주 시인 이상의 존재가 되려고 하기 때문에 하이네는 자기 자신을 망각해버린다……. 그가 진리를 말할 경우에도 사람들은 그를 믿으려고 하지 않는다. 왜냐하면 사람들은 그가 진리 속에서 아름다운 것만을 사랑한다는 것을 알고 있기 때문이다……. 전투가 그렇게 아름답지 않았다면, 그리고 쫓기고 붙잡히는 공화주의자들이 전혀 다른 곳에 있었다면 하이네는 그들을 우스갯거리로 만들었을 것이다.

뵈르네의 눈으로 보았을 때 하이네는 시인으로서 현실의 정치적인 문제나 사건에 관심을 가진 사람이었지 실제로 그 현실을 변혁하려고 하는 인간은 아니었던 것이다. 뵈르네의 이와 같은 하이네에 대한 규정은 마침내 하이네의 인격을 건드리는 발언까지 하기에 이르렀다.

우리와 같은 비참한 별종의 인간에게 자연은 다행스럽게도 하나의 등밖에 주지 않았습니다. 그래서 우리는 운명의 타격을 한쪽으로부터만 받습니다. 그러나 가엾게도 하이네는 두 개의 등을 가지고 있습니다. 그는 귀족주의와 민주주의 양쪽으로부터 타격을 받습니다. 그리고 이것을 피하기 위해 그는 동시에 전방으로 또는 후방으로 도망치지 않으면 안됩니다.

하이네가 이런 모욕적인 비판을 받은 데에는 물론 이유가 없었던 것은 아니었다. 앞에서도 언급했듯이 그는 망명가들의 정치적인 모임에 참여하는 대신 프랑스 부르주아지들이 개최하는 연회에 자주 드나들었고 파리에 도착하자마자 찾은 곳이 프랑스혁명을 이데올로기적으로 준비했던 루소, 볼테르 등의 무덤이나 혁명의 성지가 아니고 왕실 도서관, 루브르박물관 등이었다. 심지어 그는 매춘부들이 우글거리는 환락가에도 자주 모습을 나타냈다. 이런 하이네가 당시 파리에 이주해서 어렵게 살아가고 있는 노동자·상인·점원 등 이른바 민중들과 가깝게 지내고 있던 뵈르네에게 좋게 보일 리 없었다.

그러나 하이네는 뵈르네의 모욕적인 언사에 공개적으로 즉각적인 반응을 보이지는 않았다. 그가 비록 프랑스에 와서 상류층의 인사들과 교제를 하고 미술 전람회를 구경하고 심지어는 환락가를 드나들기도 하는 나날을 보내고 그래서 정치적 망명가들의 눈살을 찌푸리게 하고 더럽게 입에 오르내리기도 했지만 정치적인 문제와 사건에 전혀 무관심한 것은 아니었다. 그는 프랑스 인민들의 구체적인 생활에서 7월 혁명의 한계를 꿰뚫어본 혜안의 시인이었다. 그는 7월 혁명의 본질을 밝히는 한 편지에서 '혁명의 목표는 귀족이나 성직자들만이 아니라 부르주아지를 더 많이 대상으로 해야 한다'고 역설하면서 다음과 같이 역사상의 혁명을 바르게 이해하고 있었다.

아주 옛날부터 인민이 피를 흘리는 고통을 감수한 것은 자기 자신들을 위해서가 아니고 다른 사람들을 위해서였다. 1830년 7월 인민은 저 부르주아지를 위해 싸우고 승리했던 것이다. 귀족과 매한가지로 게으름뱅이들이며 이기적인 부르주아지가 귀족과 교체되었을 뿐이다. 인민이 승리로 얻은 것은 후회와 더 극심한 고난뿐이었다. 그러나 믿어다오. 다시 경종이 울리고 인민이 총을 잡을 때가 오면 그때야말로 인민은 자기 자신을 위해 싸울 것이며 정당한 보수를 요구할 것이다.

그는 또 1832년 6월사건(혁명의 영웅 라마르크의 장례식을 계기로 하여 자연발생적으로 일어난 민중 봉기) 때 하이네는 금융자본가의 두목 필립왕이 군대를 동원하여 무자비하게 인민을 학살하는 것과, 이에 항거하여 공화정 만세를 외치며 쓰러져가는 인민들의 장엄한 죽음을 보고 '개인의 업적이 탁월했던 시대는 지나갔다. 국민과 당파와 집단 등이 근대의 영웅이다'라고 썼다. 하이네는 미래 역사의 담당자들이 바로 무명의 인민들이라는 것을 현실의 생생한 생활과 투쟁 속에서 아주 정확히 발견했던 것이다.

아무튼 하이네와 뵈르네 사이의 불미스러운 관계는 후자가 1837년 세상을 떠날 때까지 이어지기는 했지만 큰 문제는 없었다. 그런데 1840년 7월에, 그러니까 뵈르네 사후 3년 뒤에 '대소동'을 일으킨 한 권의 책이 발간되었다. 그것은 다름아닌 하이네의 『루드비히 뵈르네에 관한 각서』였다. 하이네는 이 책으로 인해 사방팔방으로부터 공격을 받았다. 그가 「아타 트롤」 서문에서 표현한 것처럼 '썩은 사과'가 그의 머리를 향해 날아들었던 것이다. 필자는 여기서 이 문제의 책에 관해서 언급할 필요는 없다고 본다. 다만 이 책의 어떤 내용은 전혀 근거도 없이 하이네의 개인적인 감정에 기초해서 썩어진 부분도 있고 심지어는 사교계의 한 여성의 사생활까지 확실한 증거도 제시하지 않고 모욕적으로 폭로한 부분이 있기도 하지만 그러나 '대소동'을 일으키게 한 핵심은 뵈르네 추종자들에 대한 가차 없는 비판에 있었다는 점만 밝혀두고자 한다. 다시 말해서 7월 혁명 이후 우후죽순처럼 나타난 속류 혁명가들, 낡은 독일의 전통을 맹목적으로 고수했던 몽매한 애국주의자들, 천박한 자유사상에 사로잡혀 모든 것을 한꺼번에 뒤엎으려고 날뛰는 급진적 속물들, 그리고 1840년대 초에 정치적 신념과 주장을 그대로 문학의 내용으로 삼았던 경향적인 문필가들이 하이네가 쏜 화살의 과녁이었다. 그러나 하이네는 '유형무형의 적들이 벌이는 대소동'의 소용돌이 속에서 지칠 대로 지치다가 결국 더 이상 배겨내지 못하고 프랑스를 떠나 스페인과의 접경 지대에 있는 피레네 산맥으로 피신하게 된다.

이상으로 필자는 하이네가 그의 장편 풍자시 「아타 트롤」을 쓰게 된 배경과 동기를 적어 보았다. 이제 작품에 관해 이야기하자.

하이네 문학의 연구가들은 대부분 그의 풍자시 「아타 트롤」이 프랑스 7월 혁명 이후에 우후죽순처럼 나타난 속류 유물론자들, 급진적인 자유주의자들, 반동적인 국수주의자들, 다시 말해서 주의·주장만을 호언장담하는 경향적인 문필가들을 조롱하기 위해 씌어졌다고 한다. 그리고 이 장편 풍자서사시의 주인공이야말로 이들의 상징이라고 한다. 역자는 이러한 견해에 일단 수긍한다.

1831년 하이네가 독일을 등지고 망명지 파리로 떠날 무렵에 나라 안팎(독일과 프랑스)에는 대체로 두 개의 정치적 집단이 있었다. 하이네가 그의 『루드비히 뵈르네에 관한 각서』에서 분류한 것처럼 하나는 복고적인 국수주의자들과 막연한 애국주의를 표방한 학생 조합 운동가들이었고, 다른 하나는 1789년 프랑스 대혁명의 대의에 충실한 각양각색의 민주주의자들과 이른바 '혁명당'이라고 불리는 급진적 속류 유물론자들이었다. 하이네가 그의 시에서 풍자의 표적으로 삼으려고 했던 집단은 주로 전자, 즉 '조국 독일 선조의 신념' 등을 구호로 내걸었던 국수주의자들과 편협한 애국주의자들이었다. 물론 후자의 조잡하고 경색된 속물적 유물주의자도 하이네의 풍자의 대상이었다. 하이네는 또 중세 기독교적 사상에 사로잡혀 도덕적, 종교적 의상을 걸치고 점잖은 체하는 애국적 인사들을 조롱의 과녁으로 삼았다. 그러나 과연 앞에서 언급한 풍자의 대상이 하이네의 의도대로 작품에 그대로 적용되었던 것일까? 이들 '현대의 영웅'을 상징하는 곰(아타 트롤)은 앞에서 언급한 풍자의 대상들에만 국한되는 것일까? 만약 그렇다면 독자들은 이 시의 여러 군데서 혼란을 겪을 것이다. 한두 개의 예를 들어보자.

이 풍자시의 주인공 아타 트롤은 제10장에서 오늘날에 벌어지고 있는 인간들 사이의 유혈 참극은 환상적인 신앙심 때문도 아니고 광신이나 정신착란 때문도 아니고 오직 사리사욕 때문이라며 자본주의적 사유재산과 소유권의 본질과 그것이 초래하는 결과를 바르게 이해한다. 그리고 그는 이런 자본주의적 인간을 호주머니를 달고 있는 도적놈으로 규정하고 그런 인간을 타도하라고 그의 막내 자식에게 맡긴다.

> 나는 인간을 증오한다 격렬하게!
> 아들아 나는 증오를 네게 상속시키고 싶다
> 여기 이 제단 위에서 선서해라
> 인간을 영원히 증오한다고!
>
> 저 간악한 압제자의
> 불구대천의 원수가 되라
> 용서하지 마라 네가 죽는 최후의 그날까지
> 선서하라 선서하라 여기서 나의 아들아!

아타 트롤은 또 제6장에서 인간 불평등의 근원을 재산과 권력의 독점에서 찾고 독점 지배의 타도는 단결에 있다면서 그의 자식들에게 다음과 같이 호소한다.

> 단결 단결이야말로 이 시대의 절실한 요구다
> 고립분산이 우리를 노예로 만들었다 그러나

단결만 하면 우리들은
폭군들을 타도할 수 있는 것이다

단결이다! 단결이다! 그러면 승리한다
그러면 저 야만적인 독점 지배도 붕괴될 것이다!
그때 가서 우리는
정의의 동물왕국을 건설하자

그 가락과 음조에 있어서 셰익스피어의 비극에 나오는 어떤 대사를 연상케 하는 야타 트롤의 사유재산에 대한 독설과 독점 지배를 타도하라는 호소력은 가히 혁명적이고 통쾌하기까지 하다.

여기서 하이네가 기계적 내지는 속류 유물론자들을 풍자하기 위해서 야타 트롤의 입을 빌어 이 독설적이고 호소력 있는 표현을 구사했을까? 현실의 바른 이해와 통찰에 기초한 더할나위 없이 뛰어난 이 시적 표현이 '정치적 연설'에 불과한 것이고 초기 사회주의자들의 '완전한 평등'에 대한 망상만을 풍자한 것일까? 물론 하이네는 기계적 유물론자들의 획일적인 평등관을 비판적인 시각으로 볼 줄 알았던 혜안의 소유자였고 그것이 실현된 지상의 삶에 두려움을 가진 사람이기도 했다. 그러나 하이네의 이러한 시각과 두려움은 아직 과학적 사회주의가 확립되지 않았을 당시에는 누구나 가질 수 있는 한계이기도 했다.

이를테면 제6장 12연에 종파의 차별이나 가죽과 체취의 차별 없이 엄격한 평등만이 있어야 한다는 문구와 당나귀가 최고 지도자가 되고 사자가 포대를 짊어지고 물방앗간을 간다는 표현이 나온다. 그러나 문학 작품에 나오는 그런 문구나 표현을 해석하는 데 있어서 유의해야 할 점은 그런 것들을 작품의 전체적인 내용에서 떼어내어 단순하게 판단해서는 안 된다는 것이다.

분명히 하이네는 엄격한 평등주의자이고 일상 생활에서 편협한 금욕주의

자였던 뵈르네와 그 추종자들을 조롱하기 위해서 「아타 트롤」을 쓰게 되었다
고는 하지만 그러나 그들만을 풍자의 대상으로 삼은 것은 아니었다.

1842년 하이네는 코타에게 보낸 편지에서 「아타 트롤」은 일체의 경향문학
에 대한 의도적인 대립물'이라고 썼다. 하이네의 이 말은 그가 「아타 트롤」을
쓴 의도가 경향문학의 반대에 있는 것이 아니라 그것의 비판에 있음을 암시하
고 있다. 그는 결코 경향문학을 반대한 적은 없었다. 그가 반대했던 것은 현실
의 대지를 떠나 공상적인 세계를 노래하거나 인간과 생활의 구체성을 현실의
변화 · 발전 속에서 폭넓고 깊게 파악하여 그것을 예술적인 형상화를 매개로
하여 노래하지 않고 일면적이고 직접적으로 토해내는 그런 문학이었다. 다
시 말해서 하이네는 이 시집에서 풍자의 과녁으로 내세웠던 시인들(40년대
전후에 소위 경향시의 대가들이라고 일컬어지고 있었던 3월 혁명 전기의 경
향시인들 헤어베크, 딩켈슈테트, 팔러스레벤)이 주장하고 있었던 정치적인
신념 그 자체는 아니었다. 이러한 신념에 있어서는 그들보다 하이네 쪽이 더
확고하고 현실적인 데가 있었다. 특권 계급과 귀족 정치의 굴레로부터 독일
인민을 해방시키고 독일의 정치적 봉건성과 경제적 비참함을 극복하기 위한
일이라면 시인의 명성도 돌아보지 않겠다며 선언적으로 자기 자신의 포부를
밝힌 다음과 같은 문장은 하이네의 이 점을 웅변적으로 설명해주고 있다.

> 나는 알지 못한다. 나의 관이 언젠가 월계수로 장식될 가치가 있을지
> 어떨지는. 내가 아무리 문학을 사랑한다 하더라도 그것은 항상 신성한
> 완구라든가 천국에 들어가기 위한 신성한 수단에 불과했다. 지금까지 나
> 는 단 한 번도 시인의 명성에 가치를 둔 적이 없었다. 나는 내 시가 칭찬
> 을 받건 비방을 받건 거의 문제가 되지 않는다. 그러니 여러분, 나의 관
> 위에 꽃다발 대신 검을 놓아주게나. 왜냐하면 나는 언제나 인류 해방을
> 위한 싸움터에서 두려움을 모르는 병사였으니.

하이네는 또 「결사적인 보초병」이란 시에서 '삼십 년 동안 나는/자유를 위한 투쟁의 최전선을 충실하게 지켜왔다'고 노래한 것처럼 인류 해방의 병사였다. 이런 그를 일부 산문이나 편지에서 예술의 자율성 운운하는 발언을 했다고 해서 경향문학의 반대자라거나 현실 정치와는 무관한 시인이었다고 하는 사람이 있다면 거기에는 틀림없이 교활한 의도가 숨어 있을 것이다. 이런 의도와 왜곡은 소위 순수문학의 대변자들이 흔히 하는 버릇이기도 하다. 당연히 하이네는 '예술을 위한 예술'과는 거리가 먼 사람이었다. 그는 한 번도 자기 시대의 중심적인 문제와 정치적인 상황을 떠나서 문학 행위를 한 적이 없었다. 물론 그는 예술이 문학 외적인 것에 구속되거나 스스로 종속되는 것을 반대하고 그 자율성을 옹호했다. 이를테면 1837년 5월에 빅토르 위고의 작품을 평하는 글에서 '나는 예술의 자율성을 찬성합니다. 예술은 종교나 정치의 시녀로 봉사해서는 안 됩니다. 세계 역시 그렇듯이 예술은 그 자체가 최종 목적입니다'라고 쓴 것이라든가, 1838년 8월 구츠코에게 보낸 편지에서 '사랑이 사랑의 목적이고 생활 그 자체도 생활의 목적인 것처럼 예술은 예술의 목적입니다'라고 말한 것은 하이네의 예술에 대한 기본적인 인식의 한 예이다.

그리고 「아타 트롤」 제3장에도 이와 맥락을 같이한 다음과 같은 시론적인 부분이 있다.

여름밤의 꿈이여 나의 노래에는
공상이 있을 뿐 목적은 없다
연애처럼 생명처럼 신과 자연처럼
나의 시에 목적 따위는 없다

나의 연인 페가수스는
땅을 박차고 하늘을 날면서
전설의 세계를 돌아다닌다

오직 자기 자신의 환희를 찾아서

나의 페가수스는 부르주아 계급에게 유용한
짐마차를 끄는 경건한 말도 아니고
격렬하게 대지를 박차고 울며
당파심에 불타는 군마도 아니다!

확실히 여기에는 '예술을 위한 예술'을 옹호하는 사람들이 즐겨 사용하는 단어나 문장 등이 나와 있다. 그러나 이러한 단어나 문장을 곧이곧대로 받아들여 하이네가 순수 문학을 옹호하고 목적 문학을 배척하고 있다고 해석한다면 독자는 「아타 트롤」을 읽는 과정에서 매번 혼란을 겪지 않을 수 없을 것이다. 왜냐하면 이런 단어와 문장과는 모순된 부분이 이 작품의 곳곳에서 발견될 것이기 때문이다. 코타에게 보낸 편지에서 하이네가 '일체의 경향문학에 대한 의도적인 대립물'로서 「아타 트롤」을 썼다는 말과 '나의 시에는 목적 따위는 없다'는 발언 사이의 모순은 언어상의 모순일 뿐 실제 작품에서는 전혀 문제가 되지 않는다. 다시 말해서 하이네는 독일 문학에서 그릇된 경향시를 비판하고 시의 자율성을 회복하기 위해 이 시를 썼던 것이고 그 목적을 문학적으로 달성하기 위한 하나의 방법으로써 낭만주의 문학의 시법을 차용했던 것이다. 그렇기 때문에 하이네의 경향시에 대한 시의 자립성의 옹호는 경향문학 그 자체를 배척한 것이 아님은 물론이고 예술을 위한 예술의 옹호와는 전혀 관계가 없는 것이다.

그러면 하이네 문학의 기본선은 무엇인가? 필자는 이에 관해서 간략하게 언급하고 이 글을 마치고자 한다.

하이네는 전 생애에 걸쳐서 종교적 선택이나 세계관에서 우여곡절을 겪고 동요하기는 했지만 문학에 있어서만은 변함없는 생각을 갖고 있었다. 하이네의 문학관은 그의 저서 『낭만파』에서 찾을 수 있다. 하이네는 독일 낭만주의 문학을 비판하는 대목에서 자기의 문학적 견해를 그리스 신화에 나오는 거인 안테우스에 비유하여 다음과 같이 말한다.

> 거인 안테우스는 그의 발이 어머니인 대지에 닿아 있는 동안에는 무적의 막강한 힘을 쓸 수 있었지만 헤라클레스가 그를 들어 올리자마자 그 힘을 잃어버리고 말았다. 시인도 마찬가지이다. 그가 현실의 대지를 떠나지 않는 한 막강한 힘을 내지만 공상에 빠져서 이리저리 푸른 하늘을 떠돌아다닌다면 바로 그 순간에 무력해지고 말 것이다.

이런 문학관에 기초하여 하이네는 평생 동안 크게 두 종류의 문학 유파와 싸웠다. 하나는 생활의 뿌리가 없이 '푸른 하늘'을 날아다니는 문학, 다시 말해서 어깨에 노래의 날개를 달고 중세의 종교적 질서를 찾아 과거로 도피하는 낭만주의 문학이다. 하이네는 「아타 트롤」에서 이 문학의 이론적 지도자 슐레겔을 풍자의 대상에 올려놓는다. 다른 하나는 이 시집 「아타 트롤」에서 풍자의 도마에 올랐던 경향문학이다. 그러나 앞에서 필자가 언급했듯이 하이네의 경향문학에 대한 풍자는 경향문학 그 자체의 반대는 아니었다. 하이네는 상황과 구체적인 생활에 뿌리를 내리지 않고 특정의 이념과 사상을 공허하게 외치는 그런 문학의 경향성을 반대했지 사상과 이념이 시대적 상황과 생활의 구체성 속에서 자연스럽게 드러나는 문학의 경향성을 반대한 것은 아니었다는 것이다. 이런 맥락에서 경향적 성격의 연작 장편시 「독일 겨울 동화」에 관해서 하이네는 '이것은 정치적으로 낭만주의적이고 산문적 호언장담을 일삼는 경향시에 반드시 치명적인 타격을 가할 것이다'라고 공언했을 것이다. 이 공언은 「아타 트롤」에도 그대로 적용되리라 생각한다. 다시 말해서 그가 「아타 트롤」에서 풍자한 것은 정치적 신념을 노래한 경향시 자체가 아니라 산문적 호언장담을 일삼는 그런 경향시라는 점을 분명히 말해 주고 있다.

소설 『파란 노트』를 읽고[*]

이곳은 세계적인 10월 혁명의 최고 지도자가 1917년 7월부터 8월까지
나뭇가지로 엮은 오두막집에 숨어 부르주아지의 추적을 피하며 『국가와
혁명』을 집필한 곳이다. 이것을 기념하기 위하여 여기에 대리석 오두막
집을 짓는다.

— 레닌그라드 노동자, 1927년

『파란 노트』는 세계 노동자 계급의 해방 투쟁에 있어 마르크스 이래 가장
탁월한 이론가이며 용기 있는 실천가인 레닌의 어떤 피신 생활을 소설화한
것이다. 그러면 우선 위 인용에서 '이곳'이란 어떤 곳이며 레닌이 몸을 숨기게
된 사건의 배경은 무엇인가에 대해서 간략하게 살펴보기로 하자.

1917년 레닌은 조국 러시아에서 혁명(2월 혁명)이 일어났다는 소식을 접하
고 귀국을 서두른다. 그는 4월 2일 밤 마침내 조국 러시아의 수도 페트로그
라드에 도착하게 된다. 그 무렵 짜르 전제정부는 2월 혁명으로 타도되고 이
중 권력, 즉 임시 정부와 소비에트가 서로 협력하기도 하고 견제하기도 하면

---

* 엮은이 주 : 「예멜리아노프의 오두막집—『파란 노트』에 부쳐」(『시와 혁명』, 136~148쪽)로
수록되었다가 『불씨 하나가 광야를 태우리라』(199~211쪽)에 수정되어 재수록됨.

서 병존하고 있었다. 레닌은 귀국 직후인 4월 4일에 저 유명한 「4월 테제」를 발표한다. 테제의 중요한 골자는 볼셰비키의 슬로건에 집약적으로 표현되어 있는 바, 그것은 '임시정부를 지지하지 말라! 조금도 신뢰하지 말라!'와 '모든 권력을 소비에트로!'였다.

레닌의 「4월 테제」는 다른 정파들로부터 공격을 받는다. 멘셰비키와 사회혁명당은, "러시아의 혁명적 민주주의는 좌익으로부터 '무정부주의적 반혁명'이라는 '적'을 맞이하게 되었다. 그것은 레닌을 위시한 볼셰비키들이 몰고 온 위험이다."라고 비방한다.

이러한 비방에 더하여 부르주아 출신의 정상배들은 레닌과 볼셰비키가 '무정부 상태'와 '내란'을 획책하고 있다고 터무니없는 소문을 퍼트린다. 심지어 한때는 진정한 혁명가였으며 레닌에게는 선배이기도 했던 플레하노프조차 「4월 테제」를 무정부주의적이며 블랑키주의적이라고 비난한다. 이런 비방과 날조에 대해 레닌은 다음과 같이 응수한다.

> 무지몽매한 무리들이나 마르크스주의의 배교자들이 무정부주의라든가 블랑키주의라고 떠든다 해도 대수로울 게 없다. 사물을 생각하고 사물을 배울 준비가 되어 있다면 블랑키주의가 소수에 의한 권력 탈취라는 것을 모를 리가 없을 것이다. 그러나 나는 분명히 다수 인민의 직접적인 조직인 소비에트에 모든 권력이 집중되어야 한다고 주장했다. 이것이 첫 번째 답변이다.
>
> 두 번째로 블랑키주의는 부르주아지의 지배로부터 프롤레타리아트의 지배로 이행하는 과도기에 국가와 국가 권력이 필요하다는 것을 부정한다. 그러나 나는 이 과도기에 국가가 필요하다는 것을 너무나도 분명하게 주장하고 있다. 다만 그것은 보통의 의회제 부르주아 국가가 아닌, 상비군이 없는, 인민에 대립하는 경찰이 없는, 그리고 인민 위에 군림하는 관료가 없는 국가를 말한다……

레닌의 「4월 테제」에 관한 논쟁은 날이 갈수록 격렬해진다. 임시 정부와 소비에트에서 다수를 차지하고 있었던 부르주아지와 멘셰비키와 사회혁명당은 전쟁과 토지 문제, 민족 문제 등에서 노동자·농민의 지지를 받고 있는 볼셰비키와 태도를 달리한다. 멘셰비키 등은 조국 방위를 내세워 전쟁의 계속을 주장하고 레닌은 전쟁 당사국과 무병합 무배상의 강화조약을 체결하고 유혈 사태를 종식시켜 인민이 겪고 있는 빈곤과 기아를 일소해야 한다고 호소한다. 권력 문제에서도 두 정치 세력은 견해를 달리한다. 레닌은 소비에트가 권력을 장악할 필요가 있다고 주장한다.

우리는 1905년과 1917년을 경험한 바 있다. 따라서 혁명은 주문으로 이루어지지 않는다는 것, 다른 나라에서는 '봉기'라고 하는 유형의 길을 걸었지만 러시아에는 소비에트 권력에 저항할 수 있는 어떤 그룹도 어떤 계급도 없다는 것을 우리는 잘 알고 있다. 러시아에서는 예외적으로 이 혁명이 평화적으로 진행될 가능성이 있는 것이다.

이와 반대로 사회혁명당이나 멘셰비키 대표들은 모든 민주주의적 정파들을 강화하여 연립정부를 구성해야 한다고 주장한다.

현재 러시아에는 우리에게 권력을 넘겨받아, '저리 가라! 우리가 당신들을 대신할 것이다'라고 말할 수 있는 당은 하나도 없다.

페트로그라드의 노동자들 중 대다수는 레닌의 주장을 지지한다. 이런 사실은 6월 10일 임시 정부의 전쟁 계획에 반대하라는 볼셰비키 중앙위원회의 호소에 60만 이상의 노동자와 병사들이 '전쟁을 중지하라! 평화 만세!', '모든 권력을 소비에트로!' 등의 슬로건을 들고 페트로그라드 거리에 쏟아져나온 것으로 입증된다. 이에 당황한 부르주아 신문과 멘셰비키, 사회혁명당 신문은 볼셰비키에 대해 터무니없는 중상을 퍼부으면서 이들이 '빌헬름 2세(독일의 황제)를 위해 일하고 있다'고 비난했다. 심지어 그들은 레닌이 독일의 '첩자'라고까지 모함한다.

이런 와중에서 케렌스키를 수상으로 하고 있는 임시 정부가 6월 18일 전선에서 무모한 공세를 개시했다가 곧 실패하여 제국주의자들의 말대로 희생양이 되었다는 소식을 접한 노동자와 병사들은 7월 3일 '모든 권력을 소비에트로!' 이양시키라는 슬로건을 내걸고 페트로그라드 거리로 뛰쳐나온다. 이것이 나중에 레닌이 '혁명의 전환점'이라고 기록한 '7월 사건'이다. 레닌은 결국 이 사건으로 반혁명 세력의 중상과 모략의 과녁이 되어 '독일의 첩자'라는 누명을 쓰고 현실의 정치 무대에서 자취를 감추게 된다.

소설 『파란 노트』는 레닌이 핀란드 농부로 위장하고 '이곳'에 도착하면서부터 시작된다. 소설의 첫 문장은 다음과 같다.

> 창백한 북녘 하늘에 희미한 달빛이 비치고 있었다. 작은 배 두 척이 호수를 가로질러 나아갔다.
> 레닌은 첫 번째 배의 고물에 앉아 멀리 떨어진 호숫가의 은빛으로 빛나는 미광에 시선을 고정시키고 있었다. 그는 호수를 가로질러 건너편 습지에 조용하고 안전하게 도달한다면 그의 파란 노트를 부치게 하여 오랫동안 염두에 두었던 대단히 중요한 소책자를 완결할 수 있을 것이라고 생각하고 있었다.

그곳은 당 중앙위원회에서 결정한 레닌의 피신처로 라쯜리프역 근처에 있는 노동자 출신 혁명 전사 예멜리아노프의 집이다. 처음에 예멜리아노프는 건초장으로 사용하고 있는 창고에 레닌의 거처를 마련한다. 그러나 레닌은 창고에서도 오래 머무르지 못한다. 목에 거액의 현상금이 걸린 레닌을 찾으려고 임시 정부의 경찰, 방첩대, 헌병, 밀정, 사복 형사들이 혈안이 되어 있었기 때문이다. 게다가 호수 근처인지라 소부르주아지들의 별장이 여기저기에 있었는데 레닌은 이들 소부르주아지들을 믿을 수가 없었던 것이다. 사실 그들은 레닌이 도피 중이라고 사방에 소문을 퍼뜨리고 있었다. 하는 수 없이 예멜리아노프는 역에서 5~6킬로 떨어진 라쯜리프호의 맞은편에 있는 오두막집 하나를 빌렸다. 이 오두막집이 바로 이 글의 서두로 인용한 문장에 나오는 '이곳'인 것이다.

이곳 오두막집은 나뭇가지로 얽어 그 위에 건초를 덮어놓은 것이었다. 집 주위에 건초더미가 쌓이다 보니 그 가운데가 움푹 패여 추운 밤이면 침실로 사용하기에 안성맞춤이었다. 레닌은 근처의 관목 숲을 개간하여 작업실을 만들어 놓고 그곳을 '나의 푸른 서재'라고 불렀다. 레닌은 이곳에서 책을 읽기도 하고 글을 쓰기도 했다. 레닌은 '7월 사건' 이후의 정세를 분석한 논문에서 다음과 같이 쓰고 있다.

> 7월 사건은 혁명의 전환점이었다. 이중 권력은 종말을 고했다. 반혁명적인 부르주아지는 조직을 갖추어 기반을 굳히고 사실상 국가 권력을 장악하여 이를 군벌의 손에 넘겨줬다. 멘셰비키와 사회혁명당은 혁명 사업을 완전히 배반하고 반혁명 진영으로 이탈해갔다. 그들이 지도하는 소비에트는 부르주아 임시정부의 무력한 부속물로 전락해버렸다.

레닌은 이 오두막집에서 피신 생활을 하다가 8월 8일 밤 다른 피신처로 떠날 때까지 연락 책임을 맡은 동지들을 통해서 당 중앙위원들과 정규적으로 연락하기도 하고 직접 그들과 만나서 정치 정세를 논하기도 한다. 그들 중에는 레닌이 가장 신뢰하고 있었던 오르조니키제, 스베르들로프, 제르진스키 등도 있었다. 지노비에프도 있었는데 그는 애초부터 레닌과 함께 피신하여 생활을 줄곧 같이하고 있었다. 이 소설에서 레닌과 지노비에프는 혁명의 제 문제와 권력의 장악에 대해서 의견의 일치를 보지 못한다. 이 점에 관해서 나중에 언급하기로 한다.

스베르들로프는 여러 혁명 동지들 중에서 레닌이 가장 신뢰하고 나아가서는 격찬한 대상이기도 하다. 레닌에 관해 스베르들로프와 제르진스키가 이 소설에서 나눈 대화를 들어보자.

스베르들로프는 아직도 레닌에 대해 생각하고 있었다. 레닌을 생각하면서 그는 비상한 기쁨의 무엇을 본 사람들의 얼굴에 나타나는 길고 부드러운 미소를 지었다.

제르진스키도 역시 분명히 레닌을 생각하고 있었다. 어둠을 깨며 갑자기 그는 혼잣말처럼 말을 던졌다.

"그는 꺾을 수 없는 불요불굴의 사나이야."

스베르들로프가 재빨리 대답했다.

"핵심을 찌른 말입니다. 루나차르스키에게 들었는데, 그가 파리에 있을 때 로망 롤랑에게 얘기하면서 바로 그 말을 썼답니다. '레닌은 꺾을 수 없는 불요불굴의 사람으로 단지 죽을 수 있을 뿐이다'라고."

잠시 쥐죽은 듯한 침묵이 계속됐다. 그러다가 스베르들로프가 목소리를 바꿔 결론을 맺었다.

"그런데 내가 두려워하는 게 바로 그것입니다. 고백하건대 나는 레닌이 살해되는 악몽을 곧잘 꿉니다."

그들은 레닌에 대해 이야기를 계속했다. 그들은 서로 레닌에게서 가장 가치 있다고 생각하는 장점에 대해 이야기했다.

"그는 겸손하고 자만심과는 아주 거리가 멉니다. 그것은 지도자에게는 매우 드문 일이지요."

스베르들로프가 말했다.

"그는 횃불처럼 불타고 있습니다. 순수한 빛을 발하면서."

제르진스키가 말했다.

"그는 인간적이고 친절합니다."

다시 스베르들로프가 말했다.

그러자 또 제르진스키가 말했다.

"그는 적에게는 단호합니다. 오직 적에게만은."

　루카치는 그의 저서 『레닌』에서 레닌의 인간적인 특징을 '준비성'과 '초지일관성'이라고 규정했다. 레닌에 대한 루카치의 이 규정은 옳았다. 레닌은 '행동할 수 있도록, 그러나 올바른 행동을 할 수 있도록, 항상 무장 채비를 갖추어라.'고 했고 그것을 자기의 평생 신조로 삼았다. 레닌이 이런 신조를 평생 동안 갖게 된 것은 어떤 사태에 대한 인간의 실패 가능성을 염두에 두고 있었기 때문이었을 것이다. 그러나 그는 또한 어떤 대상을 모든 측면에서 검토하고 분석하고 그것을 다시 종합하는 철두철미한 준비를 하면, 해결할 도리가 없는 상황이란 이 세상에 없는 것이라고 확신하고 있었다. 그래서 그는 성공했다고 기고만장하지도 않았고 실패했다고 의기소침하지도 않았다. 레닌에게 자기 만족은 없었던 것이다.

　레닌은 또한 이념과 사상에서 초지일관했다. 그는 한 동지가 좌절한 나머지 혁명의 길에서 망설이거나 이탈하려고 했을 때 다음과 같은 말로 위로하기도 하고 채찍질하기도 했다.

　　현명한 사람이란 실수하지 않는 사람이 아니다. 그런 사람은 있지도
　　않고 있을 수도 없다. 총명한 사람이란 근본적인 실수를 저지르지 않는
　　사람, 자신의 잘못을 신속하고 고통없이 고칠 수 있는 사람이다.

"예스냐, 노우냐, 양자택일을 하라. 그러나 어느 것을 택하건 확고부동하라. 사내가 되어라. 바람개비가 되지 말고."

　레닌이 제일 못마땅하게 생각했던 사람은 동요하는 사람이었다. 그들은 대개 사회적 존재의 성격 때문에 그럴 수밖에 없는 소시민적 지식인과 자유주의자들이었다.

　그러나 혁명가로서 레닌의 인간적인 특징을 하나 더 들라고 한다면, 그것

은 '단호함'과 '과단성'일 것이다. 레닌의 이 인간적인 특징은 이 소설 『파란 노트』에서 상당한 지면을 차지하고 있는 지노비에프와의 대화에서 극명하게 나타나고 있다.

레닌은 '7월 사건' 이후 국내 정세를 면밀히 검토하고 분석한 나머지 상황의 변화가 급격하게 진행되고 있음을 인식하고 당의 전술을 새롭게 세운다. '7월 사건' 이전에는 '모든 권력을 소비에트로!'라는 슬로건을 내세우면서 권력이 평화적으로 이행될 가능성을 배제하지 않았으나, 사건 이후의 정세는 인민의 무장 봉기에 의한 권력의 장악이어야 한다는 것이 레닌의 주장이다. 이런 레닌의 주장에 지노비에프는 그것은 '전술적 오류', '부질없는 공상', '무책임성'이라 비판하면서 반대 입장에 선다. 그러면서 지노비에프는 레닌이 대중과의 접촉을 잃어버리고 너무 앞서 나아간다며 지금은 기다릴 때라고 한다. 그러나 레닌은 지노비에프에게 다음과 같이 반문한다.

> 기다리라구요? 우리 러시아 마르크스주의자보다 기다리는 법을 더 잘 아는 사람이 누가 있습니까? 우리는 오랫동안 충분히 기다리지 않았습니까? 과학적 사회주의를 통달하고, 고난을 통해 지식을 습득하고, 노동자 계급에 대한 믿음과 궁극적 승리에 대한 신념을 획득한 우리가 이전에는 그 누구도 할 수 없었던 방식으로 기다리는 법을 배워왔다는 것에 대해 어떤 의구심이라도 있는 겁니까? 우리는 스스로 적의와 절망으로 가득 찬 공격을 자제해오지 않았습니까? 적의 비열한 부당성에 비추어 인간적인, 즉각적인 행동과 테러리즘을 향한 본능적인 충동을 억제해오지 않았습니까? 그리고 우리가 힘을 모으고 우리의 확신을 널리 알리고 우리의 신념을 확고히 할 때까지 기다리는 법을 아는 것이 얼마나 중요한가 깨달았기 때문에 우리는 그 충동을 자제하지 않았습니까? 많은 당 동료들이 가장 극단적인 폭력, 무정부주의, 블랑키즘으로 간주한 지난 4월 테제에서조차 나는 주요한 과업이 '설명하는 것'이라고 천명하지 않았던가요? 즉 다시 말해 우리의 작업 방향을 가리키는 것은 기다리는 것이다,

하고 나는 말하지 않았습니까…….

끝으로 7월 사건 중에, 또 그 이후에 내가 대중의 혁명적 분위기를 과소평가한 듯도 하지만, 전투를 즉시 취소하고 평화적인 시위로 전환할 것을 주장하지 않았습니까? 그것은 우리가 기다리는 법을 알고 있었다는 것을 뜻하는 것이 아닙니까? 그러나 기다리는 것이 치명적일 때가 있는 법입니다. 그리고 그때도 마찬가지로 우리가 즉각적인 행동을 회피한다면, 우리는 보통의 쁘띠부르주아 사회주의자들, 수다쟁이들, 허풍쟁이들과 마찬가지로 보이게 될 것이고 노동자 계급은 우리에 대한 신뢰를 잃어버릴 것입니다. 그때 우리가 기다린다면, 그때 우리가 파우스트가 전에 했던 것과 달리 '인내'를 타기하지 않는다면, 우리는 비겁한 인간이 되거나 쓸모 없는 쓰레기가 될 것이고, 그에 대해 역사는 우리를 결코 용서하지 않을 것입니다…….

그래요, 우리 노동자들은 서유럽의 노동자들과 비교하여 문화와 교육 수준이 매우 뒤떨어져 있습니다……. 그게 우리의 어려움을 가중시키기도 하겠지요. 그러나 긍정적인 측면도 있습니다. 러시아 노동자들은 서유럽에서 계속되고 있는 일상적이고 잘 조직되고 정신을 오염시키는 부르주아지의 선전— 사적 소유와 이윤 충동과 잘난 체하는 쁘띠부르주아지의 안락함을 찬미하는 선전에 물들어 있지 않습니다. 착취하는 인간에 대한 위대한 적의가 노동자들의 가슴속에 불타고 있습니다. 그리고 이 적의는 실제로 '모든 지혜의 시작'이고 모든 혁명적 행동의 기초입니다.

레닌은 어떤 행동이 역사의 지평선에 올라 있다고 판단되었을 때 승리와 패배를 염두에 두고 망설인다거나 주저하지 않았다. 그는 이런 때 프랑스 혁명의 영웅적인 지도자의 한 사람인 당통의 말을 자주 입에 올리고는 했다. '과감하라, 과감하라, 그리고 또 과감하라'고. 루카치는 『레닌』에서 혁명이 하나의 현실태로 나타났을 때 혁명의 현실성(the actuality of revolution)을 과감하게 실천하는 것이야말로 레닌적인 인간의 요체이며 마르크스주의자의 핵심적인 사상이라고 했다. 그리고 그는 혁명의 현실성을 파악하는 데는 전래의 대담무쌍한 예지가 필요하다며, 이론상으로는 혁명의 분위기가 성숙되었다고 떠들다가도 그 분위기를 과감하게 활용하지 않고 동요하거나 발뺌을 했던 비겁한 인간들과 레닌을 구별했다.

끝으로, 혁명의 최고 지도자를 안전하게 보살폈던 예멜리아노프 일가의 헌신적인 노력에 대한 언급이 있어야겠다. 그러나 지면 관계상 그에 대한 자세한 언급을 피할 수밖에 없다. 다만 여기서는 레닌이 혁명의 이론을 개진하고 정책을 수립하는 데 있어서 근로 대중의 구체적인 삶과 생활상의 요구를 얼마나 세심하게 관찰했으며 현실의 객관적인 조건을 얼마나 중요하게 검토했는가를 하나의 일화를 통해서 밝히고자 한다.

1917년 '7월 사건'으로 레닌이 한 노동자의 집에 숨어 살 때, 그는 우연히 그 집의 식구들이 주고받는 대화의 한 토막에 주목한다. 그것은 '그래, 놈들은 이제 감히 우리들에게 질 나쁜 빵을 주지는 못할 거야'였다. 레닌은 빵에서 간파한 노동자들의 계급적 평가에 깜짝 놀라며 기쁨을 감추지 못한다. 그리고 레닌은 혼잣말로 이렇게 중얼거린다. '빵에 관한 한 나는 그것의 부족을 몰랐으므로 거기에 조금도 생각이 미치지 못했다. 지성은 극히 복잡하고 우회적인 길을 거친 정치적인 분석을 통해서만 모든 것의 근본, 그러니까 빵을 쟁취하기 위한 계급 투쟁에 접근한다.' 그리고 나서 레닌은 '이제 혁명의 반은 이루어졌다.'고 감탄해 마지않는다.

훗날 독일의 시인 베르톨트 브레히트는 레닌의 이 일화를 자료로 하여 「1917년 여름 스몰니에서 볼셰비키는 민중의 대표를 취사장에서 발견하다」*라는 긴 제목의 시를 썼다. 그 시를 인용하면서 이 글을 마치고자 한다.

---

* 엮은이 주 : 김남주 옮김, 『아침 저녁으로 읽기 위하여』(푸른숲, 1995, 166~168쪽)에서는 「취사장에서」라고 번역했다.

혁명의 2월이 지나고 대중이
행동을 정지했을 때
전쟁은 아직 계속되고 있었다 농민에게는 토지가 없고
공장 노동자는 압제 밑에서 굶주리고 있었는데
다수에 의해서 선출된 평의회는 소수를 대변하고 있었다
이리하여 모든 것이 구태의연하게 무엇 하나 달라진 것이 없을 때
볼셰비키는 평의회에서 백안시당했다
왜냐하면 그들은 끊임없이 요구했기 때문이다 총구를
프롤레타리아의 진짜 적 지배 계급에게
향하라고

그들은 그래서 배신자로 간주되고 반혁명이라 욕을 얻어먹고
강도 무뢰배 쓰레기라 일컬어졌다 그들을 지도하는 레닌은
매국노 스파이라 불리고 창고에 숨어 있어야 했다
어디를 가나 그들과 눈이 마주치면
상대편은 눈을 돌리고 그들을 맞이한 것은 침묵이었다
대중은 그들과는 별개의 깃발 아래서 행진하고 있었다
장군과 부호와 부르주아지들이 활개치고 다녔으며
볼셰비키 운동은 패배한 것처럼 보였다

그러나 이 시기에 그들은 끊임없이 활동했다
고함치는 소리에도 당황하지 않고 그들의 편이었던 대중의
공공연한 이반에도 주눅들지 않고
끊임없이 반복하여 새롭고
새로운 노력을 거듭하여
최하층의 대중을 대표했다
그들이 유의했던 것은 그들에 의하면 이런 것이었다
스몰니* 식당에서 그들은 알아차렸다.

---

* 짜르 시대에는 귀족 자녀들의 여학교였는데 2월혁명 후 임시 혁명 정부가 사용하고 있었

빵이나 배추나 수프나 차를 건넬 때
집행위원들에게 서비스를 해주고 있는 병사가 다른 누구보다도
볼셰비키에게 보다 따뜻한 차를 보다 부드러운 빵을
건네주고 있음을, 건네주면서 병사는
눈을 다른 데로 돌리고 있었는데 그것으로 그들은 인식했던 것이다 이
병사는
우리들에게 공감하고는 있으나 상관 앞에서는
그것을 숨기고 있다고 마찬가지로
스몰니에 있는 하급 직원은 모두가 분명히
위병도 전령도 보초병도 그들에게 기울어지고 있었다
이것을 보고 그들은 말했다
"우리들의 운동은 그 반은 이루어졌다"고
즉 이와 같은 사람들의 사소한 움직임이나
발언과 시선과 침묵 그리고 눈의 방향 등이
그들에게는 중요하게 생각되었던 것이다 이와 같은 사람들로부터
친구라고 불리는 것
그것이야말로 그들에게는 제일의 목표였던 것이다.

다. 김남주 옮김, 위의 책, 168쪽.

나의 소원*

최근에 필자가 경험한 이야기다.

달포 전에 필자는 가리봉동의 노동자 모임에 불려가서 그곳의 사람들에게 다음의 시를 읽어준 적이 있었다.

어제도 오늘도 비단을 짜지만
고운 옷 한 벌 입을 수 없네.
어제도 오늘도 헐벗고 가난하여
제대로 마시지도 못하고 먹지 못한 우리들.
아무리 악착같이 벌어도
만족하게 먹은 적이 없네.
어제도 오늘도 모자라는 빵
아침에 세 입 저녁에 한 입
참새 눈물만큼의 임금으로는
도무지 어떻게 해볼 수가 없네.
도대체 무엇 하나 되는 일이 없네.

---

* 엮은이 주 : 「노예는 노예시대에만 있었던 게 아니다」(『시와 혁명』, 176~182쪽)로 수록되었다가 『불씨 하나가 광야를 태우리라』(58~64쪽)에 수정되어 재수록됨.

일주일 내내 벌어서 얻은 것은 모기 눈물만큼의 임금
말로써는 이루 다 설명할 수 없는 이 쓰라림을
알고나 계신지요, 여러분들은
기껏 해서 손에 쥔 것은 고작 20전
그 이상은 아무도 받지 못하네
그 이상은 전부 영주의 것이네!
밑바닥 삶을 살고 있는 우리들
단물을 빨아먹고 살찐 자는
우리들을 혹사시킨 주인 나으리
밤이면 밤중까지 일하여
아무리 악착같이 벌어도 생활을 따라갈 수 없네.
쉬고 싶어도 쉴 수 없고
쉬고 싶은 놈이 있으면
팔다리를 꺾어 쉬게 해주겠노라 협박하네.
— 12세기 프랑스 시인 크레티앵 드 트루아*의 「셔츠의 노래」

필자가 이 시를 읽고 노동자들을 둘러보자 그들은 꿈쩍도 않고 있었다. 하나같이 그들의 표정은 어두웠고 장내 분위기는 침울했다. 얼마나 지났을까. 한 여성 노동자가 자리에서 일어나더니 울음 섞인 목소리로 필자에게 다음과 같은 엉뚱한 질문을 하는 것이었다.

"선생님은 무슨 일로 십년 간이나 옥살이를 했어요?"

순간 필자는 여간 난감하지 않았다. 그래서 필자는 속으로 자문해봤다. 도대체 내가 무슨 죄를 저질렀기에 0.7평의 감방에 10년 동안이나 갇혀 있어야 했을까? 헐벗고 가난한 이들에게 진실을 노래하고 그들에게 단결을 호소했

---

* 엮은이 주 : 크레티앵 드 트루아(Chrétien de Troyes, 1135 추정~1190 추정). 프랑스 중세 시
  인. 궁정문학을 대표함.

기 때문일까? 앞의 시에 나오는 '영주' 같은 사람들의 가슴에 증오의 화살을 날렸기 때문일까? 필자는 대답 대신에 또 한 편의 시를 읽어나갔다.

폭군의 모가지에 숨통이 붙어 있는 한
자유는 질식한다 이것은 진리다
이 진리를 거부한 자 있으면 그는 필시 겁보일 터

부자의 배때기가 불룩불룩 숨을 쉬고 있는 한
가난뱅이 창자는 쪼르륵 소리를 면치 못한다 이것은 진리다
이 진리를 거부한 자 있으면 그는 필시 사기꾼일 터

그래 나는 묻겠다 겁보에게
그 모가지에 칼이 들어가지 않고
폭군이 억압의 사슬을 놓은 적이 있었던가
역사 이래 있었던가

그래 나는 묻겠다 사기꾼에게
그 배때기에 칼이 들어가지 않고
부자들이 착취의 손아귀를 놓은 적이 있었던가
역사 이래 있었던가

대답하라
대답하라
대답하라

— 필자의 시 「대답하라 대답하라 대답하라」

대답하는 사람은 아무도 없었다. 다만 한 중년 노동자가 앉은 자리에서 상기된 얼굴에 조금은 불만스런 목소리로 필자를 향해 질문을 던졌다.

"선생님 시는 무서워요. 선생님 시를 많이는 못 읽었지만 낫 놓고 ㄱ자도

모른다고 주인이 종을 경멸하니까 종이 주인의 모가지를 베버렸다는 그런 시가 있잖아요. 정말 섬뜩해요. 선생님은 소원이 무엇입니까? 어떤 세상을 바라고 있어요?"

필자는 금방 그가 인간 관계에 대해서 품고 있는 생각을 짐작할 수 있었다. 나중에 뒤풀이를 할 때 술좌석에서 그와 주고받았던 대화에서도 확인된 것이었지만, 그는 기독교 신자였고 평화주의자였다. 그는 일체의 폭력을 거부했다. 그는 노사간에 문제가 발생했을 때 기업주 쪽에서 불러들인 경찰의 폭력도 부정했고 거기에 대항한 노동자들의 폭력에도 못마땅해 했다. 말하자면 그는 이상주의자였다. 그래서 필자는 다음과 같이 「낫」이란 내 시에 대해서 변호를 했다.

"「낫」이 상징하는 것은 반드시 폭력만은 아닙니다. 한 인간이 다른 인간으로부터 인격적인 수모를 당했을 때 그냥 참아서는 안 된다고 생각합니다. 용납해서는 안 됩니다. 당장에서 가차없는 대응이 있어야 합니다. 그게 인간으로서 가장 바른 자세이고 태도입니다. 노예시대에 있어서 노예라고 해서 다 노예인 것은 아니었습니다. 자기가 노예임을 깨닫지 못하고 주인 밑에서 말없이 살아가는 자, 그는 틀림없이 노예인 것입니다. 그가 비록 배부르게 먹고 좋은 옷을 입고 멋진 집에서 살아 현재의 상태에 만족하고 있어도 독립된 하나의 인격체로서 인정받지 못하면 그는 행복한 돼지일지언정 인간이라고 할 수 없는 것입니다. 이와는 반대로 자기가 노예임을 인식하고 그게 부끄러워서 그런 것을 참지 못해 그것을 벗어나려고 어떤 몸짓을 했던 사람은 이미 노예가 아닌 것입니다. 그는 이제 해방자인 것입니다. 고대 로마제국시대에 노예 반란의 주모자였던 스파르타쿠스와, 그와 행동을 같이했던 동지들이 그런 해방자였습니다. 우리나라에서도 고려시대에 노예 신분이었던 망이와 망소이 등이 '칼에 맞아 죽을지언정 항복은 하지 않겠다. 기어코 개경까지 쳐들어가 권귀들의 목을 베고 빼앗긴 재물을 도로 찾아야겠다.'고 들고 일어났는데, 이런 그들은 이미 노예가 아니었던 것입니다. 그들은 해방자였습니다. 또 같은 고려시대에 무인정권 두목들의 사병(私兵) 노릇을 하면서 그런 대로 잘먹고 잘살았던 '만적'이라고 이름하는 노예가 있었는데, 그는 자기와 같은 처지에 놓여 있는 사람들을 규합하여 반란을 일으켰습니다. '왕후장상에 씨가 따로 있었던가. 때를 만나면 누구나 할 수 있는 것이다. 우리 노비들은 모진 매질 밑에서 일만 하고 살라는 법은 없는 것이다. 노비 문서를 불살라버리고 이 땅에서 천민을 없애고 나면 우리도 왕후장상이 될 수 있다.' 이렇게 외치며 자기 주인들에게 대들었던 것입니다. 이들 역시 이미 노예가 아니었던 것입니다. 그들은 해방자였습니다. 노예가 노예인 것은 자기가 노예이면서도 그것을 깨닫지 못한 자나, 그것을 깨닫고는 있으면서도 주인이 무서워서 노예이기를 거부하지 못하고 그냥 눌려 사는 그런 경우입니다. 이런 경우는 예나 이제나 다름이 없습니다. 다시 말해서 노예시대에만 노예가 있었던 것이 아닙니다. 신분의 상하가 없고 법률상으로는 인격의 자유가 보장되어 있는 현대인 오늘날에도 노예는 있는 것입니다. 착취와 수탈과 억압을 당하고 살면서도 그것을 깨닫지 못한 자는, 그것을 깨닫고는 있으면서도 무엇이 두려워 거기에 저항하지 못하고 주인이 던져주는 밥덩이의 크기에 만족하고 사는 자는 노예나 다름없는 존재인 것입니다. 노예가 노예 아닌 것은 밥덩이의 크기에 있는 것이 아니고 경제적 평등에 기초한 인격의 평등에 있는 것입니다. 거꾸로 인격의 평등만 법률상으로 보장되고 물질적인 평등이 현실적으로 이룩되지 않으면 그 평등은 허구일 뿐입니다. 자유라는 개념도 마찬가지입니다. 우리나라 헌법에는 모든 국민은 균등하게 교육을 받을 기회를 갖고 있다고 규정되어 있습니다. 그러나 보십시오. 돈 없는 사람은 그런 기회가 균등하게 주어져 있어도 대학에 들어갈 수 없지 않습니까. 대한민국 국민이라면 누구나 해외 여행을 즐길 수 있습니다. 법률로 여행의 자유를 보장하고 있습니다. 그런데 여러분들 중에 누가 미국이나 중국이나 소련으로 가서 여행을 즐길 수 있는 경제적인 여유가 있습니까?

장내의 분위기는 다시 숙연해졌다. 필자는 이쯤 해서 이야기를 마치려고 했다. 그런데 앞서 질문한 중년 노동자가 필자의 소원을 꼭 한 번 들어보고 싶다는 것이었다.

　물론 나에게도 소원이 있다. 모든 사람들이 꿈꾸며 노래하는 조국의 통일이 하루바삐 이루어졌으면 하는 소원도 있고, 민족이 자주성을 되찾아 나라의 운명과 국민의 생활을 독자적으로 결정했으면 하는 그런 꿈도 있다. 그러나 당장에 필자가 이루고자 하는 소원은 법률이 보장하고 있는 대로 인간의 기본적인 자유만이라도 침해받지 않았으면 하는 것이다. 조국을 사랑하고 통일을 꿈꾸는 청년 학생들이 아닌 밤중에 기관원에 납치되다시피 하여 끌려가는 일이 없었으면 한다. 생존권 보장을 요구하는 노동자 농민 등 근로 대중이 어딘지도 모르는 곳에 연행되어 육체적인 가혹 행위를 당하는 그런 일이 없었으면 한다. 허위의 세계를 폭로하고 진실을 노래한 시인이 체포와 고문과 투옥의 공포로부터 해방되어 잠이나마 좀 편하게 잘 수 있는 그런 세상이 되었으면 한다. 한민족 한겨레인 이북 동포들을 해롭게 이야기하지 않고, 헐뜯고 욕하고 증오하지 않고 단 한마디라도 이롭게 이야기했다 해서 피해를 보는 경우가 없어졌으면 한다. 정말이지 재산과 권력을 독점하고 있는 사람들을 비판적인 눈으로 보는 사람을 법의 절차를 밟아 잡아가고 수사를 하고, 재판을 하고, 감옥에 가두되 제발 그 사람의 인격을 훼손하는 일, 그 사람의 육체에 고통을 가하는 일이 없어졌으면 한다. 원시적이고 야만 시대에나 있을 법한 그런 짓거리가 이 땅에서 다시는 행해지지 않았으면 한다. 그렇다. 필자의 소원은 아주 작은 것이다. 한 사람의 인간이 요구할 수 있는 최소한의 것이다. 상식적인 것이고 기본적인 것 중에서도 가장 기본적인 것이다. 신체의 자유만이라도 고문의 공포 없이 누리고 살 수 있는 그런 세상에서 한 번 살고 갔으면 하는 것이 필자의 소박한 심정이다. 그뿐이다.

아버지, 우리 아버지*

그는 이름 석 자도 쓸 줄 모르는 무식쟁이였다
그는 밭 한 뙈기 없는 남의 집 머슴이었다
그는 나이 서른에 애꾸눈 각시 하나 얻었으되
그것은 보리 서너 말 얹어 떠맡긴 주인집 딸이었다

그는 지푸라기 하나 헛반 데 쓰지 못하게 했다
어쩌다 내가 그릇에 밥태기 한 톨 남기면 죽일 듯 눈알을 부라렸다

그는 내가 커서 어서어서 커서
사람이 되어주기를 바랐다
농사꾼은 그에게 사람이 아니었다
뺑돌이 의자에 앉아 펜대만 까딱까딱하고도
먹을 것 걱정 안 하고 사는 그런 사람이 되어주기를 바랐다
그는 못돼도 내가 면서기쯤은 되어야 한다고 했다
그러면 자기도 면에 가면 누구 아버지 오셨냐며

---

* 엮은이 주 : 「마침내 땅의 주인이 되신 아버지」(『시와 혁명』, 183~190쪽)로 수록되었다가
『불씨 하나가 광야를 태우리라』(50~57쪽)에 수정되어 재수록됨.

인사도 받고 사람대접을 받는다 했다
그는 내가 고등학교 대학교 다닐 때
금판사가 되면 돈을 갈퀴질한다고 늘상 말해왔다
금판사가 아니라 검판사라고 내가 고쳐 일러주면
끝내 고집을 꺾지 않고
금판사가 되면 장롱에 금싸라기가 그득그득 쌓일 거라고 부러워했다

그는 죽었다 화병으로
내가 자본과 권력의 모가지에 칼을 들이대고
경찰에 쫓기는 몸이 되었을 때
식구들에게 둘러싸여 마지막 숨을 거두면서
그는 손을 더듬거리고 나를 찾았다 한다

— 졸시 「아버지」 중에서

이 땅에서 농사 짓고 사는 농부이면 누구나 할 것 없이 자기 자식들이 자기처럼 농사 짓고 살기를 바라지 않는다. 이것은 현실이다. 나의 아버지도 예외는 아니어서 내가 검판사쯤이 되어주기를 평생 소원했다. 적어도 면서기 정도는 되어주었으면 했다. 그런데 나는 그런 아버지의 간절한 소원을 들어주기는커녕 그와는 정반대의 방향으로 치달아버렸다. 다시 말해서 나는 아버지가 되어주기를 바랐던 그런 사람들, 검판사들, 재벌들, 권력을 손아귀에 쥐고 멋대로 휘두르고 있는 놈들, 그런 놈들에게 칼을 들이대다가 그놈들이 만들어놓은 감옥에 갇히는 신세가 되어버렸던 것이다. 결국 나의 아버지는 지배 계급의 적이 되어 내가 이곳저곳을 헤매일 때 돌아가셨다. 돌아가실 때 아버지는 어떤 생각을 하셨을까? 나는 나의 아버지의 소원을 풀어주지 못했지만 나의 원수, 아버지의 원수를 갚아야 할 의무가 있는 것이다. 이것은 사적인 악감정이 아니다. 이 땅에는 나의 아버지와 같은 사람들이 수없이 많이 있는 것이다. 그것은 갑오농민전쟁 때 수백 수천만 농민들이 지배 계급

인 양반들에게 품었던 감정이고, 일제시대에 수백 수천만 농민들이 왜놈들과 그 앞잡이들인 친일 매국노들에게 품었던 감정이고 또한 양키 제국주의 시대인 오늘날 천만 농민들이 양놈과 그 앞잡이들인 친미 매국노들에게 품고 있는 감정인 것이다. 그런데 이런 감정을 가진 수천만 농민 중 한 사람인 나의 아버지는 왜 농민이 원수로 삼아야 할 그런 사람이 되어주기를 내게 바랐을까? 그 이유를 말하기에 앞서 우선 나의 아버지의 성장 과정부터 알아보자.

나의 아버지는 이완용 등 친일 매국노들과 제국주의 일본이 을사조약이라는 매국 조약을 체결하던 치욕의 1905년에 태어났다. 일본이 한 발 앞서 제 나라를 팔아먹은 조선의 매국노들과 조약을 체결했지만 당시의 상황은 강대국들이 조선이란 땅덩이를 두고 혈투를 벌이던 시기였다.

이런 시기였으니 아버지가 살아가야 할 길이란 뻔했다. 아버지는 가난하기 짝이 없는 식민지 농사꾼의 아들로서 설움받고 억압받으며 살았고 끼니를 잇기 위해선 남의 집 종살이 머슴살이로 소년 시절과 청년 시절을 보내야 했다.

그가 옹골차고 대차게 일해주자 아버지가 머슴살던 주인집 어른이 그를 사위로 맞아들였다. 주인이 보기에 아버지가 비록 머슴이기는 했지만 사람 됨됨이와 농사꾼으로서의 바지런함이 눈이 성치 않은 딸과 짝을 맞춰주기에는 안성맞춤이라고 생각한 모양이었다.

아버지는 종살이 머슴살이에서 이제는 장인이 된 주인집 어른이 떼어준 손바닥만 한 땅뙈기의 주인이 되었다. 드디어 땅의 주인이 되었던 것이다. 노동을 팔아, 젊음을 팔아 얻은 금싸라기보다 소중한 그의 땅이 그가 갈아엎어주기를 기다리고 있었다. 아버지는 허리가 휘도록 밤이고 낮이고 일했다. 가난하던 서너 마지기 땅의 주인은 이제 마을 어귀의 문전옥답, 산자락 밑 천둥지기 논배미를 가리지 않고 한 뼘씩 한 뼘씩 사들이며 농토를 늘려가고 있었다.

그래 그런 사람이었다 나의 아버지는
날이 새기가 무섭게 나를 깨워 사립문 밖으로 내몰았다

"남주야 해가 중천에 뜨겄다 일어나 깔 비러 가거라"

그래 그런 사람이었다 나의 아버지는
학교에 늦을까봐 아침밥 뜨는 둥 마는 둥 책보 매고 집을 나서면
내 뒤통수에 대고 냅다 고함을 쳤다

"너 핵교 파하면 핑 와서 소 띤겨야 한다
길가에서 놀았다만 봐라 다리몽댕이를 분질러놓을 팅께"

그래 그런 사람이었다 나의 아버지는
방학 때라 내가 툇마루에서 낮잠 한숨 붙이고 있으면
작대기로 마룻장을 두드리며 재촉했다

"아야 해 다 넘어가겄다 빨랑 일어나 나무하러 가거라"

그래 그런 사람이었다 나의 아버지는
저녁 먹고 등잔불 밑에서 숙제 좀 하고 있으면
어느새 한숨 자고 일어나 다그쳤다

"아직 안 자냐 섹유 닳아진다 어서 불 끄고 자거라"

그래 그런 사람이었다 나의 아버지는
소가 병이 나면 어성교로 약을 사러 간다
읍내로 수의사를 부르러 간다 허둥지둥 몸 둘 바를 몰랐으되
횟배를 앓으며 내가 죽을상을 쓰면 건성으로 한마디 뱉을 뿐이었다

"거시기 뭐드라 거 뒤안에 가서 감나무 뿌리나 한두 개 캐다가 델여 멕여"

그래 그런 사람이었다 나의 아버지는
공책이란 공책은 다 찢어 담배말이 종이로 태워버렸다
내가 학교에서 상장을 타오면
"아따 그놈의 종이때기 하나 빳빳해 좋다"면서
씨앗 봉지를 만들어 횟대에다 매달아놓았다

그는 이름 석 자도 쓸 줄 모르는 무식쟁이었다
그는 밭 한 뙈기 없는 남의 집 머슴이었다
그는 나이 서른에 애꾸눈 각시 하나 얻었으되
그것은 보리 서너 말 얹어 떠맡긴 주인집 딸이었다

그는 지푸라기 하나 헛반 데 쓰지 못하게 했다
어쩌다 내가 그릇에 밥태기 한 톨 남기면 죽일 듯 눈알을 부라렸다
— 졸시 「아버지」 중에서

아버지는 이렇게 무섭게 사셨다. 종이때기 하나 쌀 한 톨 버리지 않고 소중히 여기며 부를 일구셨다. 그러나 땅의 주인이 되어도 걷어채이기는 역시 매일반이었다. 일제시대에도 면서기, 산감, 순사들에게 빼앗기고 걷어채이더니 해방이 되고 일본으로부터 나라를 되찾았다고 말은 그래도 면서기, 산감, 순사들은 땅 파먹고 버러지처럼 일하는 농투산이들을 발길질하고 걷어차고 빼앗아갔다. 아버지도 여기에서 예외는 아니었다.

아버지는 원통하고 설움에 복받칠 적마다 주먹을 부르르 쥐었고 커가는 아들에게 당부에 당부를 했다. 너는 커서 '사람'이 되어라. 면서기 군서기가 되어, 순사가 되어 아버지 당신의 원통함을 갚아주고 당신의 땅을 온전히 지켜줄 것을 소원했다. 군서기 면서기가 되면, 아니 그보다 더 높은 검판사가 되면 손에 흙 안 묻히고 살면서 펜대만 까딱해도 온갖 사람이 와서 허리를

굽실거리고, 그래서 일 안 하고도 돈더미를 무릎 위에 수북히 쌓아놓고 살게 될 그런 아들이 되어야 한다고 생각했다.

그러면 아버지가 바라는 그런 사람이 되었으면 나란 사람은 지금 어떤 사회적인 위치에 있을까. 그 위치를 상상만 해도 나는 소름이 끼친다. 아버지가 바라던 그 위치에 선 사람이 되어 있었다면 아버지와 같은 가난하고 짓눌린 사람 위에 군림하고 이리 해라 저리 해라 하고 힘없는 사람들을 밟고 서 있을 것이다.

> 그러나 나는 잘된 일인지 못된 일인지
> 그 무엇이 되어 그들의 원을 들어주지 못했다
> 판검사는커녕 면서기 근처에도 가지 못했다.
> 적어도 내가 면서기쯤 되어 있다면 지금쯤
> 들에 나가 반말에 삿대질깨나 써가며
> 콩 심어라 팥 심어라 유신벼에 통일벼 심어라
> 내 아버지뻘 되는 농부에게 반말에 삿대질깨나 하고 있을 게다
> 정말로 내가 판검사가 되어 있다면
> 이놈 네 죄를 네가 알렷다
> 빵 한 조각 훔쳐먹은 열세 살 소년에게 호통깨나 치고 있을게다
>
> — 졸시 「이야기」* 중에서

---

* 「어린 시절을 생각하며」로 완성되는데, 전문은 다음과 같다. "내 또래 아이들/책보 차고 학교에 갈 때/나는 망태 차고 뒷산으로 갔다/걸상에 앉아 공부할 동무들을 생각하며/풀밭에 앉아 나는/낫으로 대꼬챙이를 깎아 땅바닥에/ㄱ ㄴ도 써보고 ㅏ ㅑ ㅓ ㅕ도 써봤다// 일곱 살 때 봄이었다/울타리 너머 화자네 집에서/한배 동생 두배가 3×3은 9 구구셈 외우는 소리를 듣고/나도 따라 구구셈을 했다/장독에 떨어진 감꽃을 지푸라기에 꿰면서// 열 살이 되어서야 아버지는 나를/학교에 넣어주었다/재주가 아깝다고 외할머니의 성화에 못 이겨/나이가 남보다 많아서였을까/나는 공부도 잘하고 싸움도 잘했다//이런 나를 두고 아버지는 물론/집안 대소가가 한마디씩 했다/"우리 문중에서도 사람 하나 내야겠다"고/(지금도 그렇지만 그 당시에 농민들은/땅이나 파먹고 사는 자기들을 사람이라 여기지

어찌 내가 그런 짓을 하고 있을 수 있겠는가. 흔히 목구멍이 포도청이라고 변명들을 한다만 인간이 인간을 짓밟고 눌러타고 앉아 그 짓을 한단 말인가.

결국 나는 아버지가 바라던 그런 사람이 되지 못했다. 아버지가 들판에 벌레처럼 엎드려 일할 때 모판을 짓뭉개고 뒤엎던 면서기 근처에도 가지 않았을뿐더러 공부 잘하던 아들이라고 금판사가 되기를 그토록 소원했던 그런 나는 권력의 하수인들인 그들 금판사들이 벌이는 재판놀음의 주인공이 되어 무기다, 15년이다. 제멋대로 입놀림에 따라 15년의 징역살이에서 10여 년을 감옥에 갇혀 있다가 몸뚱이에는 가석방이란 오랏줄을 그대로 감고 잠시 잠깐 이렇게 나와 이 글을 쓰고 있다.

나는 끝끝내 아버지께는 불효자가 되었다. 내가 적들의 발톱을 피해 이리

않았다)//땅골재 민씨의 문중산에서/멍에감으로 참나무 한 가지 베다가/지서에까지 끌려가 똥줄이 탔던 아버지는/내가 커서 어서어서 커서는/순사 나으리가 되어주기를 바랐고/모내기철에 농주 한 항아리 해 먹다 들켜/면서기한테 씨암탉을 빼앗겼던 사촌형님은/내가 군서기쯤 되어야 한다고 우기셨고/끼니 거르기를 밥 먹듯이 했던 작은아버지는/우리도 사람대접 받고 살려면/못되어도 내가 금판사 정도는 되어야 한다고 큰기침을 했다//그런데 나는/잘된 일인지 못된 일인지 그 무엇이 되어/집안 어른들의 소원을 풀어주지 못했다/판사는커녕/면서기 근처에도 가지 못했다//어떻게 하고 있을까/지금쯤 내가 면서기 같은 것을 하고 있다면/농활 나온 학생들 몹쓸 놈들이라고/마을마다 집집마다 돌아다니며 유세하고 다닐까/들에 나가 논둑길 밭둑길에 서서/콩 심어라 팥 심어라 유신벼에 통일벼 심어라/내 아버지뻘 되는 농부의 면상에다/반말에 삿대질깨나 하고 있을까/아이고 무서워라 아이고 무서워라/운수대길하여 내가 검판사 나으리가 되어 있다면/떨어진 고추값 좀 올려달라고 떼를 쓰는/농부를 잡아다가 오랏줄로 엮어놓고/"이놈 네 죄는 네가 알렷다"/눈을 부라려 호통깨나 치고 있을까//예나 이제나 우리 농부들/사람 된 적 없다/논에 나가 나락을 키우고/밭에 나가 보리를 키우고/농사짓고 살겠다 하면/총각들은 시집올 처녀를 구하지 못한다/지금이 어느 세상인데 오죽 못났으면/촌구석에 남아 두더지처럼 땅이나 파고 살겠냐며/지금이 어느 세상인데 병신 아니면/씽씽한 다리로 흙이나 이기고 살겠냐며/아예 사람 축에도 껴주지 않는다"

저리 피하는 몸이 되었을 때 아버지는 몇몇 년이고 적들로부터 아들의 소재를 대라는 시달림을 당하다 돌아가셔야 했고, 운명의 순간에도 내 이름을 부르며 눈을 감지 못하셨다.

황혼에 들에 쓰러져
뼈만 남아 앙상한 가지로 누워 있는 나무
이 나무를 나는 좋아했습니다
삭풍에 헐벗어 팔과 다리는
마디마디 아픔처럼 못이 박히고
가뭄의 논바닥처럼 가로세로 금이 간 살가죽
이 나무를 나는 사랑했습니다
낫으로 손등이 긁히고 도끼에 발등이 찍혀
상처투성이로 누워 있는 말없는 고목이여
나는 그대를 존경했습니다

그대가 내 아버지를 닮았기 때문이 아닙니다
노동에 시달린 농부의 모습을 그대가 하고 있었기 때문입니다
......

— 졸시 「상수리나무」 중에서

나는 지난 석방 후 아버지가 돌아가신 십수 년 만에 아버지의 무덤으로 가서 아버지를 뵈었다. 아버지는 한 줌 흙이 되어, 자신이 그토록 되고자 했던 그 한 뼘 땅의 영원한 주인이 되어 나뭇가지 끝을 스치는 찬겨울 바람소리로 나를 맞이해주셨다.

나는 마른 풀잎에 뒤덮여 누워 계신 아버지께 내 마음을 전해드렸다. 쓰러지고 쓰러져도 다시 살아나는 풀잎처럼 아버지 저는 다시 돌아왔습니다. 아버지가 숫돌에 낫을 벼르던 그 마음처럼 저의 마음도 벼려져 있습니다. 아버

지를 누르던 그 착취의 손길, 아버지와 같은 노동과 노동으로 삶을 이어가는 형제와 형제들을 위해 다시 일어서 싸우려고 아버지의 땅으로 이렇게 살아서 돌아왔습니다라고.

내가 처음으로 쓴 시

며칠 전에 저는 청년 학생 노동자들로부터 어려운 부탁을 받았습니다. 그것은 문학을 지망하는 청년 학생 노동자들에게 몇 마디 해달라는 것이었습니다. 저는 그것을 당장에서 거절하고 마음이 편했어야 하는데 그렇지 못하고 지금 여간만* 괴로운 게 아닙니다. 내 나이 겨우 마흔 살을 갓 넘은 주제에 청년들에게 어쩌고 저쩌고 어른스런 말을 한다는 게 건방진 일이라 생각되었기 때문입니다. 그렇다고 이제 와서 "에라 내 몰라라" 할 수도 없는 노릇이었습니다. 그래서 이런저런 궁리 끝에 내린 결론이 내가 몸소 겪은 체험담이나 늘어놓자는 것이었습니다.

내가 처음 시라는 것을 써본 것은 감옥에서였습니다. 그때가 1973년의 일로 박 아무개가 정권의 유지를 위하여 미친 개처럼 설칠 때였는데 그때 저는 제가 감금되어 있는 감방의 벽에 다음과 같은 문자를 새겨놓았습니다.

이 벽은
나라 안팎의 자본가들이

---

* 엮은이 주 : '여간'으로 고치는 것이 필요하지만 시인의 특성을 살리는 차원에서 그대로 둔다.

그들의 재산 그들의 특권을 지키기 위해
쌓아올린 벽이다
놈들로 하여금
놈들의 손톱으로 하여금
철근과 콘크리트로 무장한
이 벽을 허물게 하라
언젠가는 꼭

　당시 저는 이게 시라고는 생각하지 않았습니다. 나는 다만 나의 감정을 직설적으로 토해놓고는 어떤 쾌감을 맛보았습니다. 내가 가난한 이들에게 진실을 말하고 단결하라! 호소했다고 해서 나를 0.7평 남짓한 비좁은 공간에 쑤셔넣은 자들에 대한 저주의 감정이 이런 문자를 벽에 새겨넣게 했을 것입니다.

　제가 소위 시인으로서 문단에 나온 것은 1974년 여름호의 『창작과비평』을 통해서였습니다. 그때 『창비』에 실린 제 시의 내용은 제가 태어나고 자란 농촌의 생활과 감옥에서 겪은 체험이었습니다. 사실 저는 그때까지 누구로부터 문학 수업을 받아본 적도 없고 제 스스로 학습한 적도 없었습니다. 고작해야 가끔씩 『창작과비평』을 사서 시나 소설 등을 몇 편 읽은 정도였습니다. 그 무렵 『창작과비평』에 실린 이 사람 저 사람의 시를 읽고 이런 것이 시라면 나라도 쓰겠다고 생각했는데, 이런 것도 시라면 하는 그 시들은 우리들 일하는 노동자나 농민들의 일상적인 생활의 모습들을 알기 쉬운 말로 써놓은 것이었습니다. 소위 문단에 등단하고 나서 저는 제법 시인 행세를 하면서 여기저기 잡지에 몇 편의 시를 발표하기도 했으나 당시 제게 있어서 관심거리는 현실을 변혁시키는 작업이었기 때문에 시 쓰는 일에는 자연히 게을러질 수 밖에 없었습니다. 그러나 사실을 말씀드려서 그 당시 저는 변혁 사업에는 충실하지 못하고 시 쓰는 일에도 성실하지 못하는 그런 어정쩡한 상태에서 헤어나지 못하다가 어떤 결단을 내리게 되는 계기를 맞이하게 되었습니다. 그게 1978년의 일로써 남조선민족해방전선에의 가입이었습니다. 그 결단의 내용은 대충 이런 것이었습니다. "문학은 현실을 변혁하는 사상적 무기가 될 수 있다. 문학이 사상적 무기가 될 수 있기 위해서는 그것이 노동자 농민 등 근로 대중의 삶을 궤적으로 담아내야 한다. 그리고 내 경험이 가르쳐주는 바는 세계를 인간이 살기에 좋은 것으로 변혁시키기 위한 노동과 투쟁에 작가가 몸소 참가함으로써 그것은 가능하다."

되풀이해서 말씀드립니다만 문학의 토양은 노동자 농민 등 근로 대중의 구체적인 삶이고, 그것의 예술적 원천은 세계를 변혁시키려는 인간의 투쟁과 노동에 있습니다. 그래서 제가 문학을 하고자 하는 청년 학생 노동자들에게 드리고 싶은 유일한 말은 "세계를 변혁시키는 노동과 투쟁 그 한가운데에 너 자신을 전면적으로 참가시키라." 이것입니다. 그러면 좋은 문학 작품이 그 가운데서 저절로 나오게 될 것이라 확신합니다.

그러면 지금 우리가 몸을 담고 있는 세계는 어떤 것입니까? 달포 전에 저는 현대그룹 서울 본사 건물 앞마당에서 농성하고 있는 울산 현대중공업 노동자들을 찾아간 적이 있습니다. 그곳에서는 오백 명에 이르는 노동자들이 시멘트 바닥에 천막을 쳐놓고 먹고 자고 하며 민주 노조의 설립과 생존권 보장을 요구하고 있었습니다. 그들 노동자들에게는 먹을 물이 없었습니다. 대소변을 볼 화장실도 없었습니다. 그래서 그들은 지하철 화장실로 가서 똥도 누고 오줌도 싸고, 거기서 나오는 물을 떠가지고 와서 밥을 해먹고 있었습니다. 노동자들이 물을 못 쓰도록, 대변을 보지 못하도록 자본가 쪽에서 건물을 원천 봉쇄하고 있었기 때문이었습니다.

저는 노동자들이 농성하면서 밥 해먹으라고 쌀 서너 말을 가지고 갔는데 그것을 농성 대표자에게 전해주고 노동자들이 자본가의 담벼락에 붙여 놓은 유인물과 포스터를 하나씩 하나씩 읽어 보았습니다. 그중에는 다음과 같은 것이 있었습니다.

우리도 인간이다
식수 좀 사용하자

우리도 인간이다
화장실 좀 사용하자

우리도 인간이다
비 좀 피하자

그리고 또 담벼락에는 "보라! 이 살인 폭력 테러의 처참한 현장을"이라고 크게 제목을 붙인 포스터가 있었습니다.

거기에는 자본가의 식칼에 찢겨 피투성이가 된 노동자의 머리가 있었습니다. 거기에는 자본가의 식칼에 찔려 피투성이가 된 노동자의 등이 있었습니다.

거기에는 자본가의 식칼에 찔려 생명이 위독한 노동자의 옆구리가 있었습니다.

거기에는 자본가의 각목에 맞아 실명된 노동자의 눈이 있었습니다. 거기에는 자본가의 쇠파이프에 난타당한 노동자의 머리가 있었습니다.

거기에는 자본가의 몽둥이에 부서진 노동자의 다리뼈가 있었습니다. 우리가 사는 세상은 나 혼자만 잘먹고 잘살면 되는 그런 세상입니다. 이웃도 좀 돌보면서 아픔이 있으면 함께 아파하고 함께 잘사는 세상을 꿈꾸거나 언행을 하면 좌경용공으로 몰려 투옥되거나 살해되는 세상입니다. 저기 저만큼에 맛있는 것, 아름다운 것, 값나가는 것이 있으면 너도 나도 죽기 아니면 살기로 다투어 가서 내것으로 독점해버리는 것이 우리 사회입니다. 뒤에 처지는 사람은 저만 불쌍하고 그 불쌍한 사람의 불행을 딛고 행복해지는 것이 우리 사회입니다. 우리 사회에서는 가장 고되게 일하는 사람에게는, 노동자들에게는 집이 없습니다. 토지에 노동을 가해 우리 인간에게 없어서는 아니 될 곡식을 제공해주는 농민은 장가를 들지 못합니다. 그 대신 몇 안 되는 자본가에게는 나라가 온통 제것이고 여기저기 대궐 같은 집이 있고 언제고 맘대로 사용할 수 있는 수천 수만 개의 호텔 방이 있습니다. 그들 자본가들은 수백 수천만 노동자 농민의 딸들을 언제고 생각만 나면 쾌락의 도구로 즐길 수 있습니다. 그래서 우리 사회는 자본가들에게는 천국일지 모르지만 우리 노동자 농민에게는 지옥입니다.

이런 세상에서 문학은 일차적으로 변혁의 무기일 수밖에 없습니다. 이는 곧 노동이 적대자와 싸우는 사회적 실천의 예술적 반영에 다름아닙니다. 이런 의미에서 문학하는 사람은 싸우는 사람과 동의어라고 할 수 있겠습니다.

그러면 문학이 변혁의 무기이고 문학을 하는 사람은 싸우는 사람과 동의어라고 했을 때 싸움의 대상과 주체의 문제가 당연히 제기됩니다. 이 문제는 우리 사회의 성격 문제와 직접적인 관련을 가지고 있습니다. 그래서 간단하게나마 저는 우리 사회의 성격에 관해 몇 마디 해야겠습니다.

우리 사회는, 생산은 수천만 노동자 농민 등 근로 대중이 하고 소유는 몇 안 되는 자본가들이 하는 독점 자본주의 사회입니다. 그런데 이 독점 자본주의는 자립적인 확대 재생산 구조를 갖지 못하고 선진 자본주의에 예속되어 있습니다. 다시 말해서 우리 사회의 성격은 신식민지 국가 독점 자본주의입니다.

이렇게 우리 사회의 성격을 규정할 때 변혁의 대상은 제국주의 신식민지 세력과 독점 자본가, 그리고 이들의 물질적 이익을 정치적 폭력으로써 관철시켜주는 파쇼 집단이라고 할 수 있습니다. 그리고 변혁의 주체 즉 싸움의 주체는 말할 필요도 없이 이들 제국주의 신식민지 세력과 독점 자본가, 파쇼 집단 때문에 경제적으로 가장 가혹하게 핍박받고 정치적으로 가장 심하게 억압당하고 사는 근로 대중이어야 합니다.

저는 감히 말하겠습니다. 문학의 내용과 변혁 운동의 내용은 동의어입니다. 그래서 우리 시대의 최고의 문학은 혁명 문학입니다. 나라의 구성원 중 절대 다수의 노동자 농민이 몇 안 되는 세력의 착취와 억압 때문에 노예적이고 비인간적인 삶을 살고 있는 때에 민족의 해방과 민주주의를 위한 투쟁의 문학 말고 또 다른 위대한 문학은 있을 수 없습니다. 따라서 문학을 지망하는 청년 학생 노동자들은 민족 해방과 민주주의를 위한 싸움의 최전선에 복무함으로써 자기의 시대적 사명을 다하게 되는 것이고 뛰어난 문학 작품도 창조하게 되는 것입니다.

앞에서도 말씀드렸지만 문학의 토양은 노동자 농민 등 근로 대중의 구체적인 삶이고 그것의 예술적 원천은 세계를 변혁시키려는 인간의 투쟁과 노동입니다. 노동자 농민 등 근로 대중의 삶을 토대로 하여 세계를 변혁시키려는 이 노동, 이 싸움에 작가가 동참할 때 위대한 문학 작품은 창조되는 것입니다. 이 토대, 노동과 투쟁이 벌어지고 있는 이 토대에서 문학이 멀어지면 그 문학은 아무런 힘도 발휘하지 못합니다. 그것은 마치 힘센 장사가 제 발이 땅에서 떨어지면 아무런 힘을 못 쓰는 경우와 같습니다.

끝으로 저는 문학을 지망하는 청년 학생 노동자들이 노동을 사랑하고 노동의 적대자를 증오하며 싸우는 해방 전사로서 자기 존재를 규정하고 실천하는 그런 사람이 되기를 바라면서 이 글을 끝마칩니다.

시와 변혁 운동

'시인은 싸우는 사람이다.'

'시인은 현실에 굳건히 발을 딛고 시대의 중대한 문제와 싸우는 해방 전사와 같은 사람이다.'

이것은 시에 대한 제 평소의 소견이고 지금에 와서는 주장이기도 합니다. 제가 이런 소견과 주장을 갖게 된 까닭은 인간과 사회에 대한 저의 상식적인 인식에 기초하고 있습니다.

시인은 그가 시인이기 이전에 먼저 사회적인 인간으로서 이 세상에 태어나는 것입니다. 그리고 세상이란 혼자서는 아무래도 살 수 없는 곳으로써 좋든 싫든 이웃과 함께 살아야 하는 공동체인 것입니다. 그렇기 때문에 시인은 우선 공동체의 일원으로서 자기가 몸담고 있는 사회적 현실과 시대의 중대한 문제에 등을 돌리고 자유로울 수 없는 존재입니다. 소위 순수예술을 표방하는 예술지상주의자들은 '내면의 자유' 운운하면서 현실로부터의 도피를 미화하고 있습니다만 그것은 자기의 기만일 수밖에 없는 것입니다. 왜냐하면 사회적 존재로서 시인은 현실에 등을 돌리고서는 시를 쓰는 행위 이전에 그 존재 자체가 불가능하기 때문입니다.

그러면 우리의 현실과 이 시대의 중대한 문제에 관해서 이야기해봅시다.

먼저 현실에 대해서 알아봅시다. 저는 현실을 이해하는 데 있어서 사회과학적인 용어를 사용하지 않겠습니다. 왜냐하면 시인에게 있어서 중요한 것은 추상적인 세계 인식이 아니라 생활의 구체성이기 때문입니다.

저는 또한 몰가치성이니 가치 중립이니 하는 객관주의자의 입장에서 현실을 나타내지 않겠습니다. 우리가 살고 있는 사회가 무계급 사회가 아닌 한, 시인은 좋든 싫든 의식하든 의식하지 못하든 불가피하게 시대와 환경의 자식으로서 특정 계급의 이익에 봉사할 수밖에 없는 것입니다. 그래서 저는 당파성을 배제하지 않는 계급적인 시각에서 현실을 객관적으로 보고자 합니다.

자, 그러면 노동자의 현실부터 한번 알아봅시다.

우리나라 노동자들은 세계에서 가장 긴 노동 시간을 강요당하고 있습니다. 그리고 노동 조건의 열악성 때문에 우리나라는 세계에서 산업재해율이 제일 높아 한 해에 14만 명의 노동자들이 노동의 현장에서 죽거나 불구자가 되어가고 있습니다.

지금 우리 농촌에서는 농가부채의 압력에 시달리다가 더는 견뎌내지 못하고 자살하는 농민이 매일 두세 명씩 나오고 있습니다. 농사 짓고 산다고 해서 시집올 처녀를 구하지 못해 비관 자살하는 총각이 또한 수두룩합니다. 뿐만 아니라 한 해에 1천5백 명에 이르는 우리 농민들이 농약에 중독돼 시름시름 앓다가 끝내 죽어가고 있습니다.

이런 극한 상황에 놓여 있는 우리 노동자 농민들이 최소한의 인간적인 삶과 정치적인 자유를 요구하며 몸부림치면 권력과 재산을 독점하고 있는 자들은 그들을 감옥에 쑤셔넣고 무자비하게 짓밟아버립니다.

그리고 농촌에서 쫓겨나 도시로 도시로 몰려와서 집도 없이 거리에서 행상을 하거나 달동네 꼬방동네에서 항상적으로 생존의 위협을 받고 있는 빈민들의 숫자는 무려 4백만에 이르고 있습니다. 백수십만을 헤아리는 우리 노동자 농민, 도시 빈민 등 근로 대중들의 딸들은 하루 세끼 밥과 잠자리를 위해서 자기의 몸뚱어리를 쾌락의 도구로써 가진 자들에게 팔고 있습니다.

이것이 우리가 매일처럼 눈으로 보고 귀로 듣고 하는 현실의 적나라한 모습입니다. 왜 이런 현상들이 일어나는 것입니까. 이런 저런 이유가 있겠지만 가장 기본적이고 중요한 것은 다음 두 가지에 있습니다. 하나는 생산은 수백 수천만 노동자 농민 등 근로 대중이 하는데 소유는 한줌도 안 되는 자본가들이 독점하고 있기 때문입니다. 어떤 시인의 시구를 빌려 말하자면 '총 인구 0.3%가 절반 이상을 독점하고 그 나머지로 99.7%가 아귀다툼을 하고 있기' 때문입니다.

다른 하나는 나라와 민족이 정치적으로 경제적으로 군사적으로 남의 나라에 예속되어 국가의 독립성과 민족의 자주성을 상실하고 있기 때문입니다.

한마디로 말해서 지금 우리의 현실은 민족의 해방을 요구하고 나라가 독립을 요구하고 조국은 통일을 요구하고 노동자 농민 등 근로 대중은 정치적인 자유와 경제적인 평등에 기초한 인간다운 삶과 행복을 요구하고 있는 것입니다.

이러한 요구에 시인이 어떻게 대응해야 하느냐 하는 문제가 생기는데 역사적으로 볼 때 시인이 사회적 현실과 자기 시대의 중대한 문제에 대응하는 방식에는 대체로 세 가지가 있는 것 같습니다.

하나는 시인이 현실과 시대의 중대한 문제에 등을 돌리고 시의 소재를 사랑과 죽음 등 초역사적인, 구체성이 없는 인간 일반과 자연에서 구하는 경우입니다. 이들은 시인이기 이전에 공동체 일원으로서 인간의 임무를 포기한 사람들입니다. 역사적인 예로써 일제 말기의 청록파 시인들이 그런 사람들입니다.

또 하나는 노골적으로 지배 계급의 편에 서서 그들의 이익을 대변해주는 어용 문인들입니다. 일제시대 때 지배 계급에 봉사했던 친일 문필가들이 이에 속하는 사람들입니다.

끝으로 좌절과 패배를 거듭하면서도 부단히 자기 시대의 중대한 문제를 바르게 설정하고 바르게 해결하기 위해서 사회적 현실에, 변혁 운동에 어떤 형태로든 참가하는 사람들입니다. 우리는 이런 사람들의 예를 한용운·이육사·이상화·윤동주·심훈 등에서 찾을 수 있습니다.

시인이 자기가 몸담고 있는 공동체의 현실을, 시대의 중대한 문제를 바르게 이해하고 바르게 해결해보겠다고 결단을 내리기까지에는 많은 우여곡절과 심리적 갈등을 경험하게 되는 것 같습니다.

젊은 시절에 초현실주의자로서 끊임없이 현실로부터 도피를 꿈꾸다가 마침내 사회주의 리얼리스트가 되었던 프랑스 시인 루이 아라공은 고뇌에 찬 길고 긴 자기 변혁의 도정에서 다음과 같이 고백합니다.

"모로코 전쟁은 나와 나의 친구에게 커다란 충격과 균열을 안겨주었다. 우리나라의 부르주아가 입으로는 평화를 제창하면서도 제 조국의 독립을 위하여 싸우는 모로코인들을 조직적으로 학살하려고 기도했을 때, 상아탑의 식자들의 지지를 받아 우리 자신의 나라에서 전쟁이 개시되는 것을 보았을 때, 그것은 우리들에게 있어서 청천의 벽력이었고 나의 인생에 있어서는 하나의 분기점이었다."

이 모로코 전쟁을 계기로 해서 사회적 현실에 눈을 뜬 아라공은 초현실주의자로서 낡은 사회에 대한 무정부적인 반항아로서의 젊은 시절에 막을 내리고 새로운 세계의 건설을 전망하는 혁명적 인간으로 탈바꿈하게 되었습니다.

마야코프스키와 네루다도 아라공과 같은 역사적인 사건을 계기로 해서 인생과 시에 있어서 극적인 전환을 경험하게 됩니다. 젊은 시절에는 상징주의 시인들, 보들레르와 랭보에 심취했던 파블로 네루다도 스페인 내란을 겪고 외롭고 가난하고 학대받는 사람들의 형제가 되어 파시스트들의 박해와 탄압을 받으면서도 저항을 포기하지 않는 불굴의 전사가 되고 유물론적인 리얼리스트가 되었는데 그는 나중에 그의 회고록에서 스페인 내란이 자기에게 미친 영향에 대해서 다음과 같이 고백합니다.

"나는 마드리드에서 생애의 가장 중대한 시기를 보냈다. 우리들은 모두 파시스트에 저항하는 위대한 레지스탕스에 빨려들어갔다. 이것은 스페인 전쟁이었다. 이 체험은 나에게 있어서 체험 이상의 것이었다. 스페인 전쟁이 터지기 전에 나는 많은 공화파 시인들을 알고 있었다. 공화국은 스페인에 있어서 문화, 문학, 예술의 르네상스였다. 페데리코 가르시아 로르카는 이 스페인 역사에서 가장 빛나는 정치적 세대의 상징이었다. 이들 인간을 물리적으로 파괴하는 것은 나에게 있어서 무시무시한 드라마였다. 이것으로서 나의 낡은 생활은 마드리드에서 끝났다."

한때는 모더니스트로서 난잡한 사생활과 데카당스적인 시풍 때문에 칠레 변혁 운동에 참가한 젊은이들로부터 비판의 대상이기도 했던 네루다가 스페인 내란이라고 하는 역사적인 사건을 계기로 해서 전투적인 휴머니스트가 되고 혁명적인 민주주의자가 되고 나서는 이제 거꾸로 젊은이들을 향해 다음과 같은 교훈적인 말을 하게 됩니다.

"순수시에 흠뻑 젖어 일찍이도 노쇠해버린 청년 2세들, 그들은 가장 중요한 인간의 임무를 망각하고 있다. 지금 싸우지 않는 자는 비겁자다. 과거의 유물을 되돌아본다거나 꿈의 미로를 답사하는 일 따위는 우리 시대에는 어울리지 않는 것이다. 우리 시대는 전례가 없는 인간적인 위대함에 도달했는데 그것은 인간의 생활과 투쟁이야말로 예술의 원천이라는 사실이다."

저도 마찬가지로 사회적 현실에 눈을 뜨면서 변혁 운동에 참가하게 되었고 그리고 그런 과정 속에서 우연히 시단에 등단하여 시인으로서 행세하게 되었는데 변혁 운동에서 시의 역할에 회의를 하게 되었습니다. 왜냐하면 나는 애초부터 변혁 운동에 이바지하기 위해서 시를 썼기 때문에 나에게 있어서 시는 부차적인 것이었기 때문입니다.

이런 회의 속에서 저는 제 주요한 관심사인 변혁 운동에도 충실하지 못하고 시 쓰는 일에도 성실하지 못하다가 어느 날 다음과 같은 결정을 내렸습니다.

'나는 우선 혁명하는 사람이다. 그리고 나의 시는 내가 수행하는 혁명적 실천의 자연스런 산물로써 그것은 다시 혁명에 이바지할 것이다.'

이런 결정을 내린 것은 남조선민족해방전선 준비위원회에 가입하기 직전인 1978년 여름이었는데 그 계기가 된 것은 제가 직접적으로 체험한 현실과 간접적으로 체험한 변혁 운동과 문학과의 관계였습니다. 특히 아프리카의 저명한 문학자이며 민족 해방 전사이기도 한 쎄꾸 뚜레의 다음과 같은 말은 제가 시와 혁명과의 관계를 이해하는 데 많은 도움을 주었습니다.

"아프리카 혁명에 참가하기 위해서는 혁명적 시를 쓰는 것만으로 충분치 않다. 바로 아프리카 민중들과 더불어 혁명을 만들어내어야 한다. 민중들과 더불어 혁명을 할 때 그때 비로소 시와 노래는 저절로 나올 것이다.

진정한 활동가가 되기 위해서는 그 자신이 아프리카 사상의 살아 있는 한 부분이 되어야 하고 아프리카의 해방과 진보와 행복을 위한 전 민중적 에네르기의 한 요소가 되어야 한다.

아프리카와 고뇌하는 인류의 위대한 투쟁 속으로 민중과 더불어 그곳에 전면적으로 돌입하지 않고, 또 자기 자신을 투쟁의 한가운데로 동원시키지 않는 예술가와 지식인에게는 다른 어떤 투쟁의 장도 존재하지 않는다."

그럼 이제 제 개인적인 사실은 여기서 그치고 시와 변혁 운동에 대해서 이야기합시다.

시는 변혁 운동을 이데올로기적으로 준비하는 문화적 행위입니다. 바로 그렇기 때문에 사회과학과는 달리 시는 생활의 구체성을 기초로 해서 변혁 운동을 사상적으로 형상화시켜야 합니다. 그러나 여기서 우리가 유의해야 할 것은 시가 변혁 운동에 복무하는 문학적 행위라고 해서 변혁 운동에 종속되는 것은 아니라는 것입니다. 시와 변혁 운동에 있어서 가장 바람직한 관계는 서로가 자기 존재의 독자성을 가지면서도 상호 침투, 보완하는 것이어야 합니다.

블라디미르 일리치는 예술과 변혁 운동과의 관계에 대한 글에서 예술의 기능을 다음과 같이 말했습니다. "예술은 대중의 것이다. 그것은 자기의 가장 깊은 뿌리를 광범위한 프롤레타리아 계급의 중심부에 내리지 않으면 안 된다. 예술은 이들 대중에 의해서 이해되고 사랑받지 않으면 안 된다. 예술은 또한 대중의 감정과 사고의 의지를 통일하고 이들을 고양시키지 않으면 안 되며, 이들 대중에게 잠재되어 있는 예술성을 자각시키고 그것을 발전시키지 않으면 안 된다."

시가 예술의 한 범주라고 규정할 때 일리치의 이 말에는 변혁 운동에 대한 시의 역할이 담겨 있습니다. 그것은 변혁 운동에 있어서의 시의 대중성을 의미하는 것입니다.

변혁 운동은 한두 사람의 뛰어난 영웅호걸이 하는 것도 아니고, 특정 계급의 분자들로 똘똘 뭉친 당이 하는 것도 아니고 수백 수천만 대중이 하는 역사적인 운동인 것입니다. 마르크스가 모든 역사적인 운동은 대중적인 운동이다라고 말한 것도 바로 이런 맥락에서일 것입니다. 실로 대중이야말로 변혁 운동이 제 발을 딛고 일어설 수 있는 기반일 뿐만 아니라 역사의 기관차로서 운동을 밀고 가는 원동력이며 변혁 운동이 궁지에 몰려 있을 때 그것을 보호해 주는 철옹성이기도 합니다. 바로 그렇기 때문에 변혁 운동에 이바지하려는 시를 쓰고자 하는 시인은 대중들 속에 들어가서 그들의 절박한 요구가 무엇인가를 파악해야 합니다. 다시 말해서 시인은 대중의 감각 기관이 되어서 그들의 생활상의 요구를 예민하게 포착해야 합니다.

변혁 운동에 있어서 시의 대중성과 연관지어서 생각해볼 때 시의 난이도 역시 문제가 됩니다. 시에는 그 표현 기법이나 문장의 길고 짧음에 따라 이해하기 쉬운 것도 있고 어려운 것도 있습니다. 사람들 사이에서 흔히 사용되는 표현법이나 짧은 문장으로 이루어진 시는 이해하기 쉽고 낯선 표현법이나 긴 문장으로 이루어진 시는 그 반대가 된다는 것은 상식인 것 같지만 그러나 문제는 그렇게 단순한 것만은 아닙니다. 표현 기법이 낯설고 문장이 긴 시도 쉽게 읽혀지는 것이 있고, 표현 기법이 익숙하고 짧은 문장도 어렵게 읽혀지는 경우를 우리는 독서를 통해서 자주 경험하게 됩니다. 정도의 차이는 있으나 우리가 어떤 글의 표현이 낯설고 문장의 구성이 복잡해도 어렵지 않게 이해하는 것은 그 글이 자기와 이해 관계가 있을 때이고 아무리 문장의 구성이 단순하고 표현이 익숙한 것일지라도 그 글의 내용이 자기와는 아무런 이해 관계가 없으면 쉽게 이해되지 않는 것입니다.

이것은 글을 이해하는 데 있어서의 난이도의 표현 기법이나 문장의 장단에 있는 것이 아니라는 것을 우리들에게 말해줍니다. 그렇기 때문에 시인이 시를 창작할 때 사용하는 언어는 대중의 이해를 돕는다는 이유로 반드시 상투적이고 일상적인 말투나 표현법을 고집할 필요는 없습니다. 대중은 자기의 계급적 이해 관계를 다루고 있는 글이면 표현 기법이 조금 낯설고 문장의 구성이 복잡하여도 어렵지 않게 이해하는 것입니다. 대중이 정작 이해를 못하는 글은 갈등하는 사회 세력에 대한 불투명한 태도와 동요를 나타내는 그런 사람들의 글입니다. 시인은 복잡하게 보이는 사회 현상이나 계급적인 이해 관계를 선명하게 부각시켜줌으로써 대중에서 자기 시의 이해를 도와주는 것이지 사회 현상을 무정부적으로 나열하거나 계급에 대한 애매한 태도를 보임으로써 자기 시의 이해를 돕는다는 것은 아닙니다. 우리가 현실을 구체적으로 묘사한다고 할 때 그것이 뜻하는 바는 현상의 다양성을 자연주의적인 수법으로 무분별하게 그려낸다는 것으로 이해돼서는 안 되겠습니다. 구체적이란 말의 수사학적 개념은 현상 하나하나를 끊임없이 나열한다거나 현상의 여러 측면을 남김없이 드러낸다는 뜻이 아닙니다. 구체성이란 다양성의 통일이고 사물의 주요한 측면이나 경향을 일컫는 말입니다.

그러나 우리는 여기서 대중이라는 개념을 무분별하게 이해해서는 안 되겠습니다. 우리가 보통 대중을 말할 때 계급적인 의미로서가 아니라 근로 대중 일반으로 이해합니다. 그러나 변혁 운동의 관점에서 대중을 논할 때 거기에는 각별한 의의가 있는 것입니다. 즉 그것은 계급으로서의 사회적인 집단을 의미하는 것입니다.

계급 사회에서는 인간 일반이란 있을 수 없는 것입니다. 노동자, 자본가, 농민, 소시민 등 구체적인 인간만이 있는 것입니다. 의식이 존재를 규정하는 것이 아니고 사회적 존재가 의식을 규정한다는 마르크스의 명제는 인간과 사회의 이러한 유물론적 해석에 기초하고 있습니다. 계급 사회에서는 어떤 형태의 사회적 의식도 계급의 낙인이 찍혀 있습니다. 일상적인 생활에서부터 고도로 발달한 사고의 형태에 이르기까지, 즉 생활 습관, 감정, 기분 등에서부터 사상, 이론, 정치적 견해 등에 이르기까지 사람들은 의식적이건 무의식적이건 자기의 계급적 성격을 드러내게 마련입니다. 심지어 사람들이 일상적으로 사용하는 몸짓 하나하나에, 말투 하나하나에도 계급적 성격이 배어 있습니다. 그런데 이러한 사회적 의식의 총체로써 계급 사회의 이데올로기는 지배 계급의 이데올로기인 것입니다.

여기에 바로 이데올로기의 허구성이 있는 것입니다. 그렇기 때문에 피지배 계급의 근로 대중은 자기의 정치적·경제적 이해와는 반대로 지배 계급의 허위 이데올로기를 진실인 양 받아들이도록 길들여져 있는 것입니다.

피지배 계급이 지배 계급의 허위 이데올로기를 저항 없이 받아들여 거기에 길들여진 것은 물질적인 부를 장악하고 있는 지배 계급이 신문사, 방송국 등 대중매체뿐만 아니라 학교, 무슨 무슨 연구소 따위의 정신적인 부도 장악하고 있기 때문입니다.

이들 모든 대중매체들과 학교, 문화연구소들에 종사하는 사람들은 끊임없이 지배 계급의 경제적 정치적 이익을 대변해주고 옹호해주고 선전해주고 있습니다. 그들은 노동자 농민 등 근로 대중들이 자기들의 계급적 입장에서 사회를 이해하고 그 모순을 해결하기 위해 어떤 말이나 행동을 하면 급진적이다, 좌경적이다, 용공적이다 하며 터무니없는 비난을 합니다.

그들은 근로 대중이 현실의 변혁을 위한 혁명적인 행동을 이성을 벗어난 광태라 하고 정상적인 사회 발전에서 이탈한 폭도들이라 매도합니다. 그러면서 비단결처럼 부드러운 손바닥을 가진 이들 지배 계급은 노동자 농민이 뼈 빠지게 일하여 생산해놓은 것을 빈둥거리며 놀고 처먹으면서 가혹한 노동으로 인해 손에 못이 박힌 노동자 농민들을 때로는 형제라고, 때로는 가족이라고 부르면서 화해와 용서와 협조의 이데올로기를 날조해내고 있습니다.

시인은 이럴 경우 지배자의 지배 이데올로기가 갖고 있는 허위성과 천박성을 폭로하여 노동자 농민을 이로부터 해방시키고 근로 대중의 머릿속에 해방 투쟁의 과학적 이데올로기를 심어주는 것을 자기 사명으로 해야 합니다.

시와 변혁 운동과의 관계에서 시의 대중성이 가지는 전투적인 경향에도 우리는 각별한 관심을 두어야겠습니다. 변혁 운동에 복무하는 시인은 자기 시에서 생활의 궁핍과 고달픔에서 오는 자포자기적인 감정인 푸념과 넋두리 따위를 대중의 정서에서 없애야 할 뿐만 아니라 대중이 인습적으로 몸에 지니고 있는 봉건적이고 패배주의적이고 보수적인 정치적 성향도 배제시켜야 합니다. 그 대신 대중의 진보적이고 전투적인 정서를 변혁 운동의 방향으로 이끌고 감으로써 새로운 세계에 대한 전망을 가지게 해야 합니다.

시가 전투적인 개념으로서 대중의 투쟁 의식을 고양시켜 주는 예를 하이네의 「경향」이란 시에서 찾아보겠습니다.

독일의 시인이여 노래하고 찬양하라
독일의 자유를 그대의 노래야말로
우리들의 마음을 사로잡아 고무시키고
우리들을 행동으로 나아가게 한다
마르세유 찬가처럼

로테 한 사람에게 가슴을 태웠던
베르테르처럼은 이제 탄식하지 말아라
종을 어떻게 울릴 것인가 그것을 그대는
민중에게 고하지 않으면 안 된다
비수를 말하라 검을 말하라!

이제 감상에 젖은 피리소리일랑 그만둬라
목가적인 기분도 집어치우고—
조국의 나팔이 되거라
캐논포가 되고 박격포가 되거라
불어라 울려퍼져라 우르렁 쾅쾅거려라 죽여라!

불어라 울려퍼져라 우르렁 쾅쾅거려라 매일처럼
최후의 압제자가 도망칠 때까지—
노래하라 오직 이 방향으로만
그러나 명심하라 그대의 시가
만인에게 통하도록 가능한 한.

—「경향」 전문

　시인은 마땅히 노동하는 인간을 찬양하고 노동의 적을 저주해야 합니다. 그리고 노동의 성과를 약탈해가는 착취자들의 잔인성과 비인간성을 폭로해야 하고 부패와 타락이 본질인 그들의 비도덕성을 만천하에 드러내야 합니다. 한마디로 말해서 피지배 계급이 지배 계급에 대해서 가지는 감정과 정서는 증오와 저주 그것이어야 하고, 사상은 말할 것도 없이 변혁 사상이고 의지는 물질적인 힘에 의해서만 끝장이 난다는 투쟁 의지입니다.

　지금까지 엉성하게나마 시와 변혁 운동의 관계에 대해서 언급했습니다. 그러나 그것은 시의 성격과 내용에 관한 것이었지 변혁 운동에 복무하는 시인이 어떻게 시를 써야 하는가 하는 형식에 관한 문제는 남아 있습니다. 저는 여기서 시의 형식 문제를 이야기할 때 참고해야 할 한두 가지 원칙을 제시하는 것으로 그치겠습니다.

하나는 시와 변혁 운동의 관계에서 시의 형식은 민족적인 형식을 취해야 한다는 것입니다.

이와 관련하여 시는 또한 민족적인 정서와 문화 유산 등을 비판적으로 받아들여 계승 발전시켜야 하되 민중적 형식이라고 해서 모든 것을 무비판적으로 수용하는 자세는 고쳐져야 한다고 봅니다.

또 하나는 시 일반에도 적용되는 문제인데 변혁 운동에 있어서 시가 생명을 갖는 것은 긴장감, 압축이라는 사실을 잊지 말아야 합니다. 이것은 변혁 운동의 준비기, 고양기, 침체기 등과 관련지어서 고찰해야 할 문제지만 그러나 변혁 운동 그 자체가 긴장과 시간의 압축을 요구하고 있기 때문에 변혁 운동에 이바지하는 시 또한 거기에 의존할 수밖에 없습니다. 그래서 저는 변혁 운동의 적과 변혁의 원동력인 노동 대중과의 전술적인 고려에서, 또 노동 대중에 대한 지배 계급의 착취와 탄압의 강도, 그리고 노동 대중의 궁핍과 시간 없음을 고려해서 가능하면 시가 짧아야 한다고 생각합니다. 이것은 전투적인 측면으로써 변혁 운동과 연관시켜서 표현하면 시는 촌철살인의 풍자이어야 하고, 백병전의 단도이어야 하고, 밤에 붙였다가 아침에 떼어지는 벽사이어야 하고, 치고 도망치는 유격전의 형식이어야 합니다.

물론 이것은 피지배 계급 쪽에서는 극도의 착취의 억압에 더 이상 견뎌내지 못하여 지금까지와 같은 방식으로는 도저히 살아갈 수가 없다고 느껴지고, 지배 계급 쪽에서는 지금까지와 같은 통치의 방식으로는 더 이상 지배가 불가능하다고 느껴졌을 때, 다시 말해서 피지배 계급과 지배 계급이 다 함께 위기의식을 느끼는 변혁 운동의 분위기가 최고의 절정에 달하는 경우입니다.

변혁 운동의 준비기, 침체기에는 거기에 상응하는 시의 형태가 있겠습니다.

그때에도 시는 아무리 길어야 백 행을 넘지 않는 게 좋다는 생각입니다.

끝으로 변혁 운동에 이바지하는 시를 쓰고자 하는 시인은 적어도 변혁 운동의 근본 문제에 대해서 과학적인 지식을 가지고 있어야 합니다. 문학은 독자의 이성에 호소하기보다는 감성에 호소한다는 데에는 이의가 있을 수 없겠으나 그러나 감성도 이성의 지도 없이는 제 길을 바르게 가지 못합니다. 시인이 직관과 감각에 너무 의존하면 현실의 겉모습만 보고 속은 보지 못합니다. 현상의 본질을 파악하기 위해서는 사회의 발전 법칙에 대한 과학적인 지식이 필요합니다. 이런 의미에서 시인은 현실을 이해하는 기초 과학으로써 정치경제학, 변증법적 유물론, 역사 등에 관한 지식을 가져야 할 것입니다.

그리고 이러한 과학적 지식으로 무장한 시인은 두 발을 현실에 확고하게 내딛고 서서 자기 시대의 중대한 문제를 바르게 설정하고 바르게 해결하는 변혁 운동에 조직적이고 대중적으로 참가함으로써 시의 내용을 보다 풍부하고 다양하게 해야 할 것입니다. 제가 경험한 바에 의하면 변혁 운동에 시인이 깊게 참가하면 할수록 시의 내용은 그만큼 깊이가 있고, 폭넓게 참가하면 할수록 그만큼 시의 내용은 폭이 넓어지리라는 것입니다.

우리 민족은 지금 외세의 신식민지 지배로부터 해방을 요구하고, 조국은 통일을, 그리고 노동자 농민 등 근로 대중은 정치적인 자유와 경제적인 평등에 기초한 인간적인 삶과 행복을 요구하고 있습니다. 이 요구에 등을 돌리는 사람은 그가 시인이기 이전에 인간으로서 직무를 유기하는 행위자입니다. 시인은 그가 시인이기 이전에 사회적이고 정치적인 존재로서 이 요구에 능동적으로 자주적으로 대응함으로써 민족 해방 조국의 통일 사업에 봉사해야 할 것입니다.

(『불씨 하나가 광야를 태우리라』, 322~336쪽)

나의 창작 습관과 창작 태도[*]

창작 습관

> 1) 평소에 시작 메모를 하는 편인가, 아니면 메모 없이 바로 창작에 임하는 편인가?
>
> 2) 시를 쓰는데 특별한 환경이나 분위기를 필요로 하는가?
>
> 3) 생활의 어떠한 계기에서 시가 씌어지는가?
>
> 4) 작품을 쓰고 난 후 수정을 자꾸 하는 편인가, 아니면 그대로 발표하는가?

창작 습관 : 슬픔, 분노, 절망, 투쟁, 증오, 원한 등 어떤 사태로 인해 감정이 최고조에 달했을 때, 바로 그때 소위 시상이란 것이 전광석화처럼 머리에 떠오르곤 한다. 그렇기 때문에 나는 평소에 시작 메모를 하지 않는 편이고, 감정이 고양된 상태에서 시의 내용과 형식을 머릿속으로 정리하다가 윤곽이 대충 잡히면 단숨에 써내려간다. 수정은 별로 하지 않는다. 잘못된 글자나 문장을 손질하거나 적절하지 못한 시어를 한두 군데 고쳐쓰는 것으로 그런다.

---

* 엮은이 주 : 「나는 이렇게 쓴다」(『시와 혁명』, 64~74쪽)로 수록되었다가 『불씨 하나가 광야를 태우리라』(215~226쪽)에 수정되어 재수록됨.

나는 누가 옆에 있거나, 보이지는 않아도 누가 나를 엿보거나 엿듣는다고 생각되면 시가 씌어지지 않는다. 다시 말해서 숨어서 쓴다고 할 수 있는데 이런 나의 버릇은 감옥에서 비롯된 듯하다. 그리고 나는 감옥에서 나와 있으면서도 누구의 감시를 받고 있다는 피해의식이랄까 공포의식에 사로잡혀 있지 않은 날이 없다. 이런 의식은 사상과 표현의 자유는 물론 인간의 기본권마저 보장되어 있지 않은 나라에서 내가 살고 있다는 인식에서 오는 것 같다. 최근의 우리 현실을 진실을 말해놓고 아무도 체포와 구금과 고문의 공포로부터 자유로울 수 없다는 것을 매일처럼 보여주고 있는 것이다.

창작 조건

> 1) 시 창작만을 가지고 생계를 유지하기는 힘들 것이라고 생각한다. 그렇다면 문필 활동만으로 생계를 유지하는가? 아니면 다른 직업을 갖고 있는가?
> 2) 독자, 발표 지면의 성격, 비평가의 비평 등을 어느 정도 의식하며 시를 쓰는가?
> 3) 자신의 세계관의 한계를 극복하기 위해 어떤 노력을 하는가?
> 4) 창작 기량을 향상시키기 위해 어떤 노력을 기울이는가?

창작 조건 : 굶어죽을지언정 나는 고용살이는 하지 않는다. 적어도 그럴 작정이다. 자본주의 사회에서 생계의 수단으로써 직업을 갖는다는 것은 인간성과는 양립할 수 없는 자본의 노예가 된다는 것과 마찬가지이다. 생계의 수단으로써가 아니고 자본의 비인간적인 논리와 싸우기 위한 방편으로써 나는 어떤 직업도 마다하지 않을 각오도 또한 되어 있다. 자본주의 사회에서 유일한 인간적인 행위는 자본의 비인간성에 저항하는 것이다.

비평가보다 나는 독자들을 의식하는 편이다. 독자들 중에서도 소부르주아 출신의 지식인보다 근로 대중들을 더 의식한다. 내가 시를 쓰는 가장 큰 이유 중의 하나는, 변혁 운동의 사회적 토대이며 원동력인 대중의 정서와 이성에 어떤 변화를 일으켜 대중들 스스로가 현실에 대한 바른 이해와 변혁 의지를 갖도록 하려는 데 있다.

나는 발표 지면의 성격에 별로 까다롭지 않다. 변혁 운동에 관심을 갖고 있는 시인으로서 나는 대중과 만날 수 있는 곳이라면 그곳이 어디라도 그곳에 가야 할 의무가 있는 것이다. 가서 지배 계급의 허위 이데올로기를 폭로하고 그들이 저질러놓은 범죄를 파헤쳐 청천백일하에 드러내고 변혁 운동의 이념과 사상을 대중들 사이에 전파해야 한다. 뿐만 아니라 변혁 운동가로서의 시인인 자는 대중에게 단결을 호소하고 그들을 하나의 강고한 조직으로 묶어세우는 작업까지 해야 한다.

인간은 목적 의식적인 노동을 통해서 다른 동물과는 다른 인간이라는 동물이 되었다. 바로 이 때문에 인간은 노동을 떠나서는 인간으로서의 본성을 잃고 동물의 본성으로 다시 다가서게 된다. 다시 말해서 노동에서 멀어질수록 인간은 짐승에 가까워지는 것이다.

세계관이란 것도 인간의 본성인 노동을 떠나서는 어떤 의미도 가질 수 없다. 인간은 자연과 사회, 즉 자기의 주위 환경을 노동을 통해 변형시킴으로써 자기 자신도 변하게 했다. 다시 말해서 인간의 자기 인식은 사회적인 노동과 실천의 산물인 것이지 정지된 상태에서의 관념론적인 자기 성찰과 분석의 결과가 아닌 것이다. 그 때문에 시인은 인류의 해방과 인간다운 삶을 위한 줄기찬 노력과 투쟁이라고 하는 사회적인 실천을 통해서 자기 한계의 끊임없는 극복과 쇄신의 계기를 마련해야 할 것이다.

창작 기량을 향상시킨답시고 나는 문장론이라든가 수사학이라든가 문예이론 서적 따위를 일부러 읽은 적은 없다. 명시적으로 정평이 나 있는 고전을 읽음으로써 시작의 도움 같은 것을 얻곤 한다. 그리고 나는 표현 능력, 기발한 발상법, 완벽한 형식 따위가 뛰어난 문학 작품을 생산해내는 기본적인 요인이라든가 시적 재능이라고는 생각하지 않는다. 위대한 작품을 창조해내는 유일한 길은 위대한 삶인 것이다. 그 길이란 적어도 자본주의 사회에서는 자본의 비인간성, 부패와 타락에 대한 전면전에 시인 자신이 몸소 참가하는 길밖에는 없는 것이다.

창작 태도

> 1) 당신을 시인이 되도록 한 삶의 계기는 무엇인가?
> 2) 시인으로서의 사명감을 느끼는가? 그렇다면 그 내용은 무엇인가?
> 3) 시 창작의 자기 인식적 측면과 사회적 기능의 측면 중 어느 측면을 더 의식하는가?
> 4) 가장 크게 영향받은 시인 혹은 시집이 있다면 밝혀달라.
> 5) 무명의 습작 시절, 가장 큰 어려움은 무엇이었으며 어떻게 극복하였는가?
> 6) 스스로의 창작 태도상의 단점을 솔직히 밝혀달라.
> 7) 자기 시세계의 대표적 특징을 무엇이라고 생각하며, 그 특징은 어디에서 연유하는가?

창작 태도 : 낡은 세계를 종식시키고 새로운 세계를 건설하는 데 이바지하려고 나는 시를 쓰기 시작했다. 새로운 세계를 이룩하는 작업은 근로 대중이 집단적이고 조직적으로 참가하는 역사적인 운동인 바, 문학은 이 역사적인 운동의 사상과 이념에 생활의 구체성을 입혀서 대중을 사로잡아 그 결과로써 낡은 세계에 종지부를 찍은 물질적인 힘을 결집시킬 수 있는 것이다. 이 때문에 나는 시의 사회적 기능을 우선해서 의식하지 않을 수 없고 새로운 세계의 창조에 임하는 시인으로서의 사명을 절감하지 않을 수 없다.

내 시세계의 특징이라면 사회적 현실과 인간 관계를 유물론적이고 계급적인 관점에서 보는 데 있을 것이다. 이런 특징은 나의 경우에만 국한되는 것은 아닐 것이다. 내가 이런 관점에서 현실과 인간을 보게 하는 데 큰 작용을 한 것은 자본주의의 발전 법칙과 유물론적 세계관에 관한 내 나름대로의 교양일 테고 구체적인 시작상에 영향 준 시인은 하이네와 브레히트, 네루다 등일 것이다.

나에게는 이른바 습작 시절이란 게 없었다. 심심파적으로 『창작과비평』에 실린 시를 읽는 것이 고작이었고 거기에 실린 시 같으면 나라도 쓰겠다는 생각을 하게 되었는데, 그런 생각이 나로 하여금 감히 시라는 것을 처음 써보도록 한 계기를 마련해준 것 같다.

창작 태도상의 내 단점이라면 시의 사회적 기능, 즉 변혁 운동에 이바지해야 한다는 생각에 너무 사로잡혀 있는 나머지 사고의 폭과 생활의 다양성에의 접근을 못하고 있다는 점이다. 어쩌면 이 나라의 절박한 현실이 이것을 강요하고 있는지도 모른다. 또 하나의 단점은 한 번 쓴 시는 두 번 다시 보고 싶지 않다는 것이다. 보고 또 보고 하여 적절한 시어에 대한 천착, 형식의 완결성에 세심한 배려를 게을리해서는 안 될 터이다.

창작 실제

1) 시의 얼개를 완벽하게 짜놓고 시를 쓰는가, 아니면 시상의 자연스러운 흐름에 맡기는 편인가?

2) 시어의 선택에 나름대로의 원칙이 있다면 밝혀 달라.

3) 시의 리듬이나 형식을 어느 정도 중시하는가?

4) 타 장르(음악, 미술, 영화, 연극 등)가 주는 예술적 효과를 어떻게 활용하는가?

5) 작품을 쓰면서 형상화의 한계에 봉착했을 때 어떻게 이를 극복하는가?

6) 시를 쓰기 위한 직·간접적 체험을 목적 의식적으로 수행하는 편인가?

창작 실제 : 일이란 게 다 그렇듯이 시도 쓰다보면 의외로 잘 씌어지는 경우가 자주 있다. 나에게 있어서 시상은 섬광처럼 떠오르는 경우가 많은데 대체로 나는 그 시상의 자연스런 흐름에 맡겨 두는 편이다. 만약에 시에 번뜩이는 섬광과도 같은 지혜와 발견이 없다면 그것은 산문처럼 지루하고 시의 고유한 맛도 없을 것이다. 이런 이유에서 시는 터무니없이 길어지는 것을 용납하지 않는지도 모른다.

시어의 선택에 있어서 나는 지나친 비유와 낯선 표현을 삼간다. 근로 대중들이 생활 속에서 흔히 사용하는 언어를 그대로 사용하고자 한다. 그렇다고 대중의 이해를 돕기 위해서 일부러 상투적인 말투나 어법을 고집하지는 않는다. 대중은 문장의 난이도와 언어의 낯설고 친숙함과 관계없이 자기들의 물질적인 이해 관계를 담고 있는 글은 어렵지 않게 이해한다.

인간 만사의 아름다움은 형식과 내용의 통일에 있다. 내용과 형식 중 어느 것을 더 중시하고 어느 것을 덜 중시할 수는 없는 것이다. 문제는 내용과 형식의 변증법적인 관계이다. 내 경우에 있어서 내용이 먼저 있고, 형식은 나중에 있다. 상식적인 이야기지만 물론 그것들은 상호침투한다. 시에 있어서 리듬을 나는 생활의 자연스런 흐름에 다름아니라고 본다. 그것은 겉으로 드러나기도 하지만 내재해서 보이지 않게 속으로 흐르기도 한다.

음악에 있어서의 대위법, 미술에 있어서의 명암법, 영화나 연극에 있어서의 사건의 전개와 발전 과정 및 파국 등과 같은 예술적 효과를 시의 창작에 활용할 수 있을 것이다. 나의 경우 시가 잘 되지 않을 때, 예를 들면 형식과 내용이 잘 맞아떨어지지 않는다거나 형상화의 한계에 부딪치거나 할 때 음악을 듣기도 하고 미술첩을 펼쳐보기도 하고 영화나 연극을 구경하기도 한다. 사실 이런 일들이 크게 도움은 안 된다. 오히려 나는 이런 경우에 소설이나 시집을 읽음으로써 가끔씩 도움을 받는다.

작가에게 있어서 체험은 작품을 쓰는 데 가장 큰 재산이다. 나는 변혁 운동을 사상적으로 준비하기 위해서 애초에 시를 쓰기 시작한 사람이지만 시를 쓰기 위해서도 변혁 운동에 동참해야 된다고 주장한 사람이기도 하다. 물론 체험은 책을 통해서 또는 타인과의 대화를 통해서 간접적으로 할 수도 있지만 중요한 것은 몸소 하는 체험이다. 그것도 고통스런 시련이 거듭된 그런 체험이다. 체험의 폭이 넓고 깊으면 그만큼 독자에게 깊고 폭넓은 감동을 줄 것이다. 작가는 생활의 내용과 형식에 있어서 평범한 사람과는 달라야 하는 것이다. 그렇다고 그것이 괴팍하고 기상천외한 생활을 의미하는 것은 아니다.

평론가 염무웅 씨는 당신의 시가 각박한 도식성을 지니고 있으며 이는 시의 뼈대에 삶의 일상성이라는 살을 입힘으로써 극복될 수 있을 것이라는 견해를 기회 있을 때마다 피력해왔다. 이에 대해 어떻게 생각하는가?

지금 우리 사회는 물질적인 이해 관계를 둘러싸고 치열한 싸움을 하고 있다. 그 싸움은 때로는 은밀하게 때로는 공공연하게 행해지고 있다. 나는 이런 현실을 시에서 있는 그대로 그려놓았다. 계급 사회에서는 인간 일반이란 존재하지 않는다. 남의 노동을 착취함으로써만이 그 존재가 가능한 자본가라는 인간이 있고 자기 노동력을 자본가에게 팔지 않고는 그 존재가 불가능한 노동자가 있다. 그리고 이 두 계급 사이에 언제 어디서고 최종적으로는 지배 계급의 재산과 생명을 지켜주는 폭력 기구로써 존재하는 것이다. 우리 현실에서 이것은 이제 상식이 되어 있기도 하다.

그러나 나의 시는 이러한 객관적인 현실을 있는 그대로 그리기는 했으되 생활의 구체성을 담아내지 못함으로써 여러 사람들로부터 비판의 대상이 되고 있다. 나는 이 비판을 사실로서 받아들일 뿐만 아니라 그들이 제시한 극복을 위한 방법도 받아들인다.

그러나 나에게도 그들의 비판에 대해 할 말이 없는 것은 아니다. 내가 시에서 계급 사이의 적대적인 관계를 '도식적'으로 설정한 것은 우리 사회의 인간 관계를 계급적인 시각으로 부각시켜 독자에게 보여줘야겠다는 의도에서였고, 그리고 내 시가 각박하고 메마른 정서만 있고, 파괴적인 전투성과 이념의 급진성만 있다고 하는데 이는 그들이 우리 사회 현실의 절박성, 특히 노동자, 농민들, 도시 빈민들이 겪고 있는 삶의 비참함과 비인간성에 대해 별로 아는 바가 없는 데서 오지 않나 한다. 배울 만큼 배우고 그래서 적당히 노력하면 그래도 괜찮게 살 수 있는 사람들의 눈으로 보는 문학과, 매일 죽기 아니면 살기로 일을 해도 생존의 위협에서 벗어날 수 없는 사람들의 눈으로 보는 문학은 사뭇 다른 것이다. 지금 이 땅에서 가장 건강한 문학, 가장 인간적인 문학은 자본의 폭력과 비인간성에 저항하는 문학이다. 저항의 한 수단으로써 시는 그렇기 때문에 뼈처럼 단단하기 위해서 생활의 군더더기살을 빼야 한다. 무기로서의 시가 생활의 구체성을 매개로 할 때 더 효과적인 저항을 할 것이라고들 흔히 말하지만 그게 그렇게 간단한 문제만은 아닐 것 같다는 것이 나의 생각이다. 특히 시에 있어서는.

당신의 시가 계급성, 당파성을 지니고 있음은 주지의 사실이다. 그러나 오랜 옥중 생활로 인하여 그 계급성, 당파성이 구체적인 형상의 매개, 즉 살아 있는 현실의 우리 노동 계급의 삶, 노동, 투쟁과 시 속에서 직접 결합되지 못하고 있다. 이 문제를 어떻게 해결할 생각인가?

앞의 설문과 중복되기 때문에 길게 답하지 않겠다. 시는 현실을 구체적으로 묘사한다는 점에서 소설을 따라가지 못한다. 이는 시가 압축과 긴장을 그 생명으로 하고 있기 때문이다. 시에 있어서 구체성이란 그러니까 소설에서의 그것과는 구별해야 할 것이다. 소설은 대상의 세세한 모습까지를 낱낱이 담아낼 수 있지만, 또 그렇게 해야 삶의 구체성이 확보되지만 시는 다양한 현상의 총체성 중에서 그 전형적인 것, 상징적인 것을 발견해내어야만 구체성이 확보되는 것이다. 그렇기 때문에 이런 구별에 익숙하지 못한 시인은 자 첫하면 관념적이라는 비판을 받기 십상인 것이다.

계급성, 당파성이 구체성을 확보하기 위해서는 당연하게도 살아 있는 현 실 속에서 시인이 노동자, 농민 등 근로 대중의 삶과 함께 있어야 하고 그뿐 만 아니고 그들과 더불어 사고하고 행동까지도 같이해야 할 것이다. 현실에 대한 간접적인 또는 시각적인 관찰만으로 구체성은 확보되지 않을 것이다.

바로 이런 판단에서 나는 시작에 앞서 생활과 사회적 실천을 나 자신에게 요구한다.

당신의 시세계의 어느 한 줄기가 무정부주의적 경사를 갖는다는 평가가 있다. 당신의 시에 나타나는 농촌 공동체의 복원에 관한 집착, 허무주의적이고 파괴적인 전투성 등은 그 의의에도 불구하고 그러한 평가를 가능하게 하고 있다. 이에 대한 당신의 견해는?

내 시의 어디에 무정부주의적인 경사가 있다고 그러는지 도무지 이해가 안 간다. 더구나 '농촌 공동체의 복원에 관한 집착, 허무주의적이고 파괴적 인 전투성' 등이 그런 평가를 가능하게 하고 있다니, 이거야말로 터무니없는 지적이 아닐 수 없고 이는 거의 모함에 가깝다.

무정부주의란 변혁 운동의 역사에서 볼 때 파괴적인 전투성을 그 속성으 로 갖고 있기는 하다. 그러나 그 전투성에 허무주의적인 데가 있다고는 들은 적이 없다. 다만 무정부주의자들 중에는 그들의 궁극의 현실을 소생산자적 인 경제적 평등에 기초한 사회로 보는 사회주의자도 있었고, 새로운 사회의 건설 과정에서나 변혁 운동의 과정에서나 일체의 권위를 부정한 나머지 전 위당의 존재와 당의 계급적 독재까지도 부정해버리는 이른바 허무주의적인 경향을 가진 자들도 없지 않았다.

분명히 말할 수 있지만 나의 시 어디에도 위에서 언급한 그 따위 경향은 없다. 나는 변혁 운동의 승리를 담보하는 데 있어서 직업 혁명가들로 구성된 전위당의 존재와 역할을 높이 평가하고 있으며 그에 못지않게 변혁 운동의 동력으로서 근로 대중의 역할도 높이 평가하고 있다. 혹시 내 시의 전투성을 두고 무정부주의적이라든가 허무주의적인 경사 운운하는지도 모르겠는데 내 시에서 보이는 '전투성'을 그렇게 이해하는 것은 잘못이다.

사물에서 적대적인 모순은 투쟁에 의해서만 해결된다든지 물질적인 힘은 물질적인 힘에 의해서만 전복된다든지 하는 마르크스주의자의 명제가 있는데 내 시의 '전투성'도 그런 명제에 비추어보면 크게 틀리지 않을 것이다.

끝으로 내 시의 어디에도 '농촌 공동체의 복원에 관한 집착' 따위는 없다. 나는 자본의 비인간성과 자본이 지배하는 사회의 부패와 타락을 누구보다도 격렬하게 증오하고 저주하지만 그렇다고 해서 자본주의 이전 사회를 그리워하는 순진한 낭만주의자는 아니다. 나는 다만 내가 지향하는 미래 사회의 건설에 이바지하기 위해 또는 독자들에게 미래의 전망을 암시하기 위해 옛 사람들의 삶과 언어와 무기 등을 차용했을 뿐이다. 이를테면 내 시에 자주 등장하는 녹두꽃, 죽창, 낫 등이 그런 것이다.

당신은 어느 인터뷰에서, 영향받은 외국의 시인으로 브레히트, 네루다, 아라공, 마야코프스키, 하이네 등을 들었다. 좀 더 구체적으로 그들의 영향을 밝혀주기 바란다.

나는 지배 계급의 억압과 착취에 시달리며 비인간적인 삶을 강요당하고 있는 근로 대중들의 생활과 투쟁을 그린 문학 작품을 깊은 관심을 가지고 읽어왔다. 이런 작품을 쓴 사람들 중에서 특히 내가 동지적인 애정을 가지고 관심을 기울였던 시인들은 하이네, 브레히트, 아라공, 마야코프스키, 네루다 등이었다.

나는 이들의 작품과 생애를 통해서 유물론적이고 계급적인 관점에서 세계와 인간 관계를 문학적으로 형상화하는 창작 기술을 배웠으며 전투적인 휴머니스트로서 그들의 인간적인 매력에 압도되기도 했다. 그리고 나중에야 알게 된 사실이지만 그들의 작품을 내가 번역함으로써 마르크스가 「루이 보나파르트의 브뤼메르 18일」에서 언급했던 다음과 같은 말에 납득이 갔다.

　　새로운 언어를 배우기 시작한 초보자는 항상 외국어를 일단 모국어로 번역하지만 그가 새로운 언어의 정신에 동화되고 그래서 그 언어로 자신을 자유롭게 표현할 수 있게 되는 것은 새로운 언어를 떠올리는 데 모국어를 떠올림이 없이 그 언어 속에서 나름대로의 길을 찾고 새로운 언어를 사용하는 데 있어서 자신의 모국어를 망각하는 경우일 뿐이다.
　　그러나 무엇보다도 그들이 나에게 준 위대한 교훈은 인류에서 유익하고 감동적인 작품을 쓰기 위해서는 작가 자신이 진실된 삶을 살아야 하고, 자기 시대의 중대한 문제를 해결하는 데 있어서 착취와 억압에 저항하는 불굴의 전사가 되어야 한다는 것이었다. 여기서 내가 전사라고 한 것은 꼭 무기를 들고 거리에 나서거나 산에 들어간다는 뜻만은 아니다. 싸우는 사람은 그 싸움의 형태에 관계없이 전사인 것이다.

투옥 작가 황석영을 생각하며

저는 정치가도 아니고 무슨 뚜렷한 이념을 따르고 있는 사람도 아닌, 분단된 우리 한반도의 작가입니다. 따라서 저는 분단시대 남한의 작가로서 통일을 절실하게 바라며 또한 실천할 의무가 있습니다. 저는 한반도에서 같은 땅에 살면서도 서로 만나지 못하는 우리 대중의 편이며 미국에 반대하는 아시아 대중의 편이며 무엇보다도 반세기 동안이나 헤어져서 피눈물의 세월을 보내고 있는 이산가족들의 편입니다. 지금부터 우리네 강산은 봄입니다. 봄꽃은 우리나라 남쪽 끝의 한라산에서부터 피어나기 시작하여 아무런 장애도 없이 휴전선 철조망을 넘어서 북의 백두산 기슭에 피어납니다. 저와 저의 동료들과 민중들은 우리나라의 산야에 흐드러지게 피어나는 여린 풀꽃들을 눈물이 나도록 사랑합니다. 바로 저들의 재생력이야말로 이 무렵이면 우리 국토를 뒤덮는 외국군의 탱크와 미사일을 이겨낼 위대한 힘이라고 확신하기 때문입니다. 그래서 저는 오늘 북으로 향합니다.

1989년 3월 18일 황석영

「북을 방문하는 나의 입장」이라는 이 감동적인 글을 발표하고 또 하나의 조국을 찾아나섰다가 그 길로 곧장 남으로 오지 못하고 이국을 전전해야만 했던 우리 시대의 가장 뛰어난 작가 황석영씨가 4년여 만에 남한에 돌아와서

'모국의 품'에 안기는 대신 쇠고랑을 차고 저 잔인한 벽 속에 갇혀 있다. 한마디로 어처구니없고 가슴 아픈 일이다.

며칠 전에 나는 선배 작가 두 분을 따라 서울구치소에 수감되어 있는 황석영씨를 보러 갔다. 우리가 서로 얼굴을 마주하고 만난 곳은 유리로 칸막이를 한 비좁은 일반 면회실이 아니고 '특별한' 사람과 사람에게만 허용되는 특별 면회장이었다. 일행 중에는 국회의원 한 분이 섞여 있었기 때문이다.

작가 황석영씨는 하얀 고무신에 하얀 한복 차림으로 우리 앞에 나타났다. 겉으로 보기에 그는 건강하고 차분해보였다. 긴장된 기색은 전혀 찾아볼 수 없었다. 벌써 이곳 생활에 익숙해졌나? 바깥 사람들은 '황구라'(그의 별명이다) 그 사람 감옥 체질이 아니라고 하면서 걱정들을 하고 있는데 그의 특유의 몸짓하며 말투로 보건데 전혀 그렇지가 않았다. 수감된 지 불과 한 달도 채 안 되는데 교도관들과의 사이도 여간 좋지가 않는 눈치였다.

두 선배 작가와 황석영씨는 거의 한 시간 동안 그의 방북과 그 후의 해외체류 기간 중에 그가 활동한 것 가운데서 염려되는 부분을 놓고 이리 묻고 저리 답하고 했다. 이를테면 안기부가 발표한 '공작금 25만 불'의 건, 범민련 결성에 관한 건, 김일성 주석 회고록 『세기와 더불어』에 관한 건 등등.

황석영씨의 답은 안기부의 발표와는 거리가 먼 것이 태반이었다. 물론 수사관과 피의자와의 사이에는 사건을 보는 시각과 해석은 다를 수밖에 없는 노릇이기는 하다. 황석영씨도 이 점을 인정하고 있었다. 그런데 문제는 일반 독자다. 그들은 신문이나 텔레비전에 보도된 안기부의 발표만을 보고 사건의 내용을 알고 그에 기초해서 그 성격을 판단하기 일쑤이기 때문이다. 피의자의 반론이 전혀 보도되지 않는 우리의 현실에서 이는 어쩔 수 없는지도 모른다.

그러나 정치적인 사건이나 이른바 공안사건 수사 결과를 사직 당국에서 발표할 때 그것을 곧이곧대로 믿지 않을 뿐만 아니라 의심부터 하는 사람이 있다는 것도 엄연한 현실이다. 이런 맹신과 불신은 일차적으로 공안 당국에 그 책임이 있을 터이고 다음으로는 사실 여부를 따지지 않고 당국의 발표를 그래도 보도하는 언론에 있다.

나는 여기서 황석영씨 사건에 대한 안기부의 수사 발표 내용을 황석영씨의 반론과 비교하여 하나하나 따질 여유도 없으려니와 그럴 필요도 느끼지 않는다. 그럴 필요조차 없는 것은 이런 류의 사건에 대한 재판은 실정법에 준거해서 기계적으로 처리되는 것이 관례이고 피의자의 유무죄라든가 형량 같은 것도 판사의 재량이 있다기보다는 그때그때의 정치적인 고려, 남북관계의 호불호, 나라 안팎의 여론 따위에 영향을 받아 결정되는 것이 상례이기 때문이다.

황석영씨도 나와 같은 생각을 하고 있는지 안기부의 발표나 재판에 대해 별로 신경을 쓰지 않는 눈치였다. 그래서 그렇게 차분하고 두 선배 작가와 이야기하는 도중에 가끔씩 여유작작한 장난말을 나에게 던지고는 했던가. 아무튼 나는 황석영씨와 두 선배 작가가 사건의 내용을 놓고 이러쿵저러쿵 말을 주고받는 동안에 한마디도 않고 딴 생각에 사로잡혀 있었다. 그 딴생각이란 게 대충 다음과 같은 것이다.

1945년을 전후해서 일제가 이 땅에서 물러나고 대신 미군이 진주했다. 그후 나라는 남과 북으로 두 동강났고 지금까지 미군은 남쪽의 국토 곳곳에 주둔하면서 군사 작전권을 손아귀에 쥐고 있다. 이는 어떤 나라의 군대가 우리 나라에 쳐들어왔을 때 우리 국군은 그들을 물리칠 권한이 없다는 것을 의미한다. 다시 말해서 주둔군의 허락 없이는 자국을 외국의 침략으로부터 수호할 수 없는 것이다. 뿐만 아니라 미국은 남한 정권의 등장과 퇴진 그리고 그 성격을 규정하는 데 있어서도 가히 절대적인 작용을 하여 왔다는 것은 주지의 사실이다. 이는 나라 밖으로는 부끄러운 일이고 나라 안의 사람들에게는 자존심을 상하게 하는 일이다.

그래서 뜻 있는 인사들은 이런 부끄러움을 떨치고 자존심을 회복하기 위해 여러 가지로 노력해왔다. 어떤 이는 글로써 하고, 어떤 이는 말로써 하고, 어떤 이는 행동으로 하고, 그러나 그런 사람들은 하나같이 소위 '국가보안법'이라는 법망에 걸려들어 죽거나 투옥되거나 생활에서 불이익을 당하고 있다. 작가 황석영씨도 이런 사람들 중의 한 사람일 따름이다. 이런 현실을 안타까워한 나머지 그는 지난 4월 23일 귀국을 앞두고 뉴욕에서 발표한 성명서에서 "내가 마지막 국보법의 피의자가 되어 처벌되는 것으로 국보법 철폐의 당위성이 대중화되기를 바란다."고 했다.

민족이 자주성을 요구하고 분단된 조국이 통일을 요구하고 있는 이 시대에 황석영씨는 말과 글과 행동으로 대응한 우리 시대의 가장 빼어나고 영향력 있는 작가들 중의 한 사람이다. 1989년 3월 그의 방북도 그가 귀국 성명서에서 언급했던 것처럼 "정치가나 관리가 아닌 민중의 보편적 정서를 감당해야 할 작가로서" 결행되었다고 할 수 있다. 여기서 보편적 정서란 민족의 자주성과 통일을 바라는 남북 민중의 염원을 일컫고 있을 터이다.

그는 또한 성명서에서 "핵을 빌미로 한 북에 대한 자주성의 위협과 남의 통일정책에 대한 끊임없는 견제와 개입은 양날의 칼로 한반도의 전 민족적인 자주성을 억압하려는 외세의 부당한 개입"을 못마땅하게 생각하고 있다. 이 부당성은 최근의 남북관계에도 그대로 관철되고 있는 바 민족 구성원의 한 사람으로서 부끄러움이라든가 비애를 넘어 분노의 감정마저 치밀어오른다.

황석영 작가의 투옥은 지금 나라 밖의 양식 있는 인사들에게 비상한 관심의 대상이 되고 있다. 영국 런던에 있는 국제사면위원회(엠네스티)는 지난 1993년 4월 27일 그가 구속되자 곧 성명을 내고 전세계 사면위원회 회원들에게 그의 석방을 촉구할 것을 지시했으며 그 후 각 나라의 회원들은 황석영 작가의 구속에 항의하는 서한을 한국 정부와 공안 기관 등에 보내고 있다.

국제 펜클럽 본부 투옥작가위원회는 지난 달 21일 민족문학작가회의 앞으로 전세계 펜클럽이 구속된 작가의 구명 운동을 동시적으로 전개하고 있으며 그의 문학 세계와 투옥 생활을 소개하는 책자를 준비 중이라고 전해왔다. 또 미국과 독일 펜클럽은 황석영 작가를 명예회원으로 받아들였고, 특히 미국 펜클럽은 "동시대를 사는 제3세계 작가의 운명에 깊은 관심을 갖고 미국의 문화예술계와 인권 기관 등과 협조하여 작가 황석영의 구명 운동을 벌이고 있다. 이밖에도 전세계의 수많은 문학예술 단체와 인권 단체에서 황석영씨의 조속한 석방을 한국 정부에 촉구하고 있으며 일본 펜클럽 본부는 황석영씨 구속 사건에 대한 진상조사단을 7월초에 파견한다."고 알려왔다.

황석영씨 구속 사태에 대한 나라 밖의 이런 움직임과는 달리 나라 안에서는 안기부 발표를 보도하는 것 외에는 어떤 관심도 보이지 않고 있다. 한국에도 국제 펜클럽 지부가 있고 그 회원들이 있는 바 그들은 지금까지 어떤 반응도 보이지 않고 있다.

다만 민족문학작가회의와 한국민족예술인총연합이 공동으로 '작가 황석영 석방대책위원회'의 구성을 추진 중이다. 대책위는 앞으로 나라 밖의 문화예술 단체 등과 연대하여 작가가 자유의 몸이 될 때까지 다방면으로 운동을 펼칠 것이며, 그의 '문학의 밤' 행사와 석방 서명 작업 등도 이른 시일 안에 범문단·범시민을 상대로 착수할 예정이다.

그러나 우리의 이러한 운동과 행사 등은 작가 황석영의 석방에만 한정되지는 않을 것이다. 민간 차원의 자주적이고 창조적인 통일운동과 연계하여 전개될 것이며 이 운동에 부정적으로 작용하는 국가보안법의 철폐와 시대착오적 적용에 항의하는 운동으로 발전할 것이다. 이는 작가 황석영씨의 신념과도 일치하는 것이다.

우리는 또한 그가 수감되어 있는 동안에도 자유로운 창작 활동을 할 수 있도록 그에게 펜과 종이를 줄 것을 정부 당국에게 촉구하는 운동도 펼칠 것이다. 문명 사회에서 펜과 종이는 밥과 숟가락과 더불어 생활의 필수불가결한 기본적인 요소이다. 그래서 동서고금을 막론하고 투옥된 인사에게서 펜과 종이를 앗아간 민족과 정권은 없었다. 사실 어떤 사람의 사회적인 활동이 통치 집단의 탄압 대상이 되어 그가 투옥을 당하게 되면 감옥의 벽이 인간의 자질구레한 세속적인 욕망을 차단시켜주기 때문에 그의 두뇌는 맑아진다. 그래서 감옥은 한 인간이 자기의 실천을 아주 객관적으로 성찰할 수 있는 최적의 거처가 되는 것이다.

이런 이유에서 투옥된 문학 예술가에게서 창작 활동의 자유를 박탈하게 되면 민족 문화의 커다란 손실을 가져온다는 말이 있는 바 이는 정치권자는 물론 관계 당국이 깊이 새겨두어야 할 사안인 것이다. 그런데 대한민국이 수립되고 서너 개의 정권이 들어섰는데 그 어떤 정권도 수감된 정치범에게 필기 도구를 주지 않았다. 이는 문명 이전의 시대에나 있을 수 있는 야만적인 처사로서 민족의 치욕인 것이다. 일제 통치하에서 일본 군국주의자들도 투옥된 우리 독립 투사들에게서 펜과 종이만은 앗아가지 않았다는 사실을 우리는 부끄럽게 인식해야 할 것이다.

나는 거의 한 시간 동안 황석영씨와 두 선배 작가가 주고받는 이야기를 잠자코 듣고만 있었다. 나는 그가 방북 이후의 활동에 책임을 지고 떳떳하고 당당하게 법정에 서기를 속으로 바랄 뿐이다. 오랜만에 '모국어의 품'으로 돌아온 선배 작가에게 서운하고 실례가 될 말일지는 모를 일이로되 나는 그가 감옥의 벽을 사이에 두고 그동안 극적인 삶을 살았던 자기 체험을 차분하고 객관적으로 성찰할 수 있는 충분한 시간을 가졌으면 한다. 그 시간이 길면 어떻고 짧으면 어떠랴. 서둘러서 좋을 것이 세상에는 별로 없는 법이다.

작가 황석영과 헤어지면서 나는 정색을 하고 말했다. "형, 독자를 실망시키지 마시오잉." 나의 말에 그는 주먹으로 내 머리에 알밤을 먹이는 시늉을 해보이며 "요게, 날 겁주고 가네. 그래 그래 알았어, 걱정 마."라고 대꾸했다.

(『불씨 하나가 광야를 태우리라』, 382~388쪽)

내 입만 입인감?

십여 년 전 어느 봄날의 일이다. 경찰의 눈을 피하기 위해 친구가 소개해
준 절을 찾아 산길을 걷고 있는데 저만큼 골짜기에서 한 노인이 집 앞에서
무엇인가를 심고 있었다. 나는 절로 가는 길을 묻고자 노인이 있는 쪽으로
발걸음을 옮겼다.

노인은 내가 아주 가까이 다가가도 인기척을 알아채지 못했는지 나에게서
등을 돌린 채 무슨 나무인가를 심고 있었다. 귀가 먼 늙은이일지도 모른다고
생각하면서 나는 노인 곁으로 바싹 다가가서 꽤 큰소리로 말을 걸었다.

"할아버지 안녕하셔요?"

노인은 앉은 채 고개만 내 쪽으로 돌렸다.

"뉘시오. 이른 아침부터 이 산중에?"

노인은 이곳에 사는 산지기였다. 그의 말에 의할 것 같으면 그는 거의 30
여 년 동안 '낼모레 저승사자가 잡아갈 날만 기다리고 있는 할망구'와 함께
산지기 생활을 하고 있었다. 노인이 심고 있는 나무는 감나무였다.

"할아버지, 따먹을 사람도 없는 것 같은데 이런 산중에다 감나무는 뭣하려
고 심어요?"

노인의 대답은 간단했다.

"내 입만 입인감? 아무라도 와서 따먹으면 그만이제."

나무라는 듯한 노인의 대꾸에 나는 여간만 부끄럽지 않았다. 내 깐에는 사람들이 협동하여 한 해의 노동을 끝내고 콩알 하나라도 수확한 것이 있으면 그것을 둘로 쪼개 나눠가지는 세상을 꿈꾸며 살아왔는데, 그런 내가 노인의 생각에도 미치지 못하는 질문을 하여 설익은 내 속을 내비쳤던 것 같아서였다.

노인의 말에 의하면 원래 이곳에는 십여 년 넘게 자란 감나무가 너댓 그루 있었다. 그래서 절을 찾는 사람들이 고개를 넘기 전에 여기서 잠시 쉬면서 감 몇 개씩을 따먹고는 했는데, 노인에게는 그게 그렇게 모양이 좋을 수가 없더라는 것이다. 그런데 지난겨울에 혹독한 추위를 만나 그 나무들이 모두 얼어 죽어버렸다.

노인은 다시 감나무를 심을 양으로 호미를 잡았다. 나는 노인의 허락을 묻지도 않고 괭이를 집어들고 구덩이를 파기 시작했다. 정말이지 오랜만에 하는 육체 노동이었다.

　　가을을 끝낸 들녘에서
　　감 하나 둘로 쪼개 나눠가질 때
　　그때 사람 사이 좋은 사이
　　그때 우리 사이 아름다운 사이

이 따위 생각을 떠올리면서 나는 노인과 헤어져 절을 찾아 고개를 넘었다.

(『시와 혁명』, 191~192쪽)

역자의 말

이 글은 억눌린 자의 단순한 통한의 기록이 아니다. 절규도 아니다.

다만 소외당한 인간이 스스로 완전한 인간에 이르는 길, 해방에의 길로 가고자 자신의 모습을 적나라하게 파헤친 탁월한 민족해방가, 정신분석학자의 자서전격 비평서이다.

프란츠 파농(Frantz Fanon)은 1925년 7월 20일, 당시 프랑스 식민지였던 서인도제도의 한 섬인 마르티니크의 포르 드 프랑스에서 태어나 자신을 교육시킨 프랑스에 대항하여 알제리의 해방을 위해 싸웠던 혁명가이다. 그의 조상들은 아프리카에서 강제 이주된 흑인 노예들로서 이들은 흑인 부르주아로 자립하여 식민 세력에 동화되고자 하였다.

그는 1943년 마르티니크군에 입대하여 알제리의 부지에 체류하였는데 이 기간 중에 그는 앞으로 그가 선택할 자신의 미래의 조국 아프리카를 최초로 만났다. 전쟁이 끝나고 제대한 그는 1946년 3월 프랑스 리용에 있는 의과대학에 입학하여 신경정신병학, 신경외과학에 관심을 기울이는 한편 키에르케고르, 니체, 헤겔, 마르크스, 훗설, 하이데거, 사르트르 등을 읽었다.

졸업 후 1953년 11월 알제리 쥬앵빌의 정신병원 원장직을 얻어 1957년까지 일했는데 이 기간 동안 그는 많은 체험을 한다.

즉 알제리인들로 하여금 사회에 재적응하여 민주적인 사회를 만들어 나가게 하기 위하여 여러 가지 〈사회적 치료〉를 하던 중 이들에게는 백인의 방식으로는 치료될 수 없는 사회적 환경이라는 것이 지배하고 있음을 알았다. 여기에서 그의 정치의식이 싹트게 되고, 당시 일어나기 시작한 알제리 해방운동에 가담하게 된다.

그로부터 1961년 12월 6일 백혈병으로 죽을 때까지 그는 알제리뿐만 아니라 앙골라, 콩고 등 여러 아프리카의 해방운동에 관여한다.

말할 필요도 없이 인종차별 정책이란 19세기 제국주의 국가들이 식민지 통치 수단으로 사용하면서 등장한 제국주의 국가 본위의 정책으로서 현재까지 경제적 문화적 식민지 국가가 존재하는 한 유색인의 백인에 대한 소외 의식은 사라지지 않을 것이라고 파농은 간파하고 있는 것이다.

그의 사상은 사르트르에게서 많은 영향을 받고 있는 것이 사실이나, 사르트르가 적극적으로 활동하지 않고 평범하게 글을 쓰고 살아가는 것을 비난하면서, 그가 전쟁이 끝날 때까지 글을 쓰지 않겠다고 선언하거나 순교자의 길을 선택하기를 요구하기도 했다.

여기 번역된 글은 그의 저서 『검은 피부, 흰 가면(Peau Noir, Masque Blanc)』을 완역한 것으로 자신을 포함한 흑인들이 식민지 상황하에서 소외와 좌절을 극복하고 나아가야 할 방향을 제시하고 있다.

1978년 8월
옮긴이

(프란츠 파농, 김남주 역, 『자기의 땅에서 유배당한 자들』, 청사, 1978, 3~4쪽)

못된 세상 그래도 바르게 살아보려고
애쓰시는 분들에게

옥중에서 내가 담 밖으로 써보낸 편지들을 한데 묶어 책으로 내자는 출판사 쪽의 제의를 받고 나는 잠시 망설이기는 했지만 그 제의를 받아들이기로 했다. 출판사 쪽의 제의에 내가 잠시 망설였다고 했는데 그것은 아마 편지가 가지고 있는 속성과 통념 때문이었을 것이다. 편지란 게 워낙 사적이고 어딘가 은밀한 데가 있기 마련이어서 외부로 드러나기를 꺼려하고 쑥스러워하는 것이다. 그것이 선남선녀 사이에 오고간 것임에 있어서랴.

그러나 그럼에도 불구하고 내가 출판사 쪽의 제의를 어렵지 않게 받아들인 데에는 내 나름대로 이유가 있어서였다. 그 하나는 대부분의 편지가 사적이기보다는 공적인 내용을 담고 있기 때문이고 다른 하나는 못된 세상에서 그래도 바르게 살아보려고 애쓰시는 이들과 어떤 공감대를 형성하지 않을까 하는 판단 때문이었다.

사적인 부분 때문에 자기 체면이나 인격이 손상을 입는다고 해서 공적인 부분이 제 역할을 못하게끔 망설여서는 안 되겠다는 것이 내 생각이다. 나는 나의 생각이 객관적으로 어느 정도 바르다고 판단되면 그것이 어떻게 해서든지 여러 사람 속으로 갖고 들어가야 한다고 생각하는 사람이다. 바르지 못한 부분은 비판받아야 하고 비판받는 쪽은 그것을 겸허하게 받아들여야 한다.

1989. 3. 18.
김남주

(『산이라면 넘어주고 강이라면 건너주고』, 10~11쪽)

후기

감옥에서 나와서 이 사람 저 사람들 덕분에 나로서는 잘 먹고 잘사는 편이다. 한 달에 월세 8만 9천 원하는 임대아파트이긴 하지만 이른바 '내 집'이 있는 셈이고 작은 방에는 책상 연필 종이 등 글을 써먹고 사는 사람에게 필요한 것은 죄다 갖추어놓고 있다.

이런 나의 거처에 어느 날 독자 한 분이 찾아왔다. 이런 질문 저런 질문을 하다가 마침내 그는 다음과 같은 질문을 하는 것이었다

"선생님, 감옥에 계실 때와 밖에 나와 계시는 지금과 어느 경우에 더 많은 자유를 행사하고 있다고 생각하십니까?"

나는 속이 뜨끔했다. 이 질문에는 가시가 돋혀 있었기 때문이다. 신체의 자유에서야 감옥에서보다는 더 많은 자유를 누리고 있지만 사실 나는 사상이라든가 표현이라든가 창작이라든가 하는 정신적인 자유에서는 감옥에서보다 훨씬 적은 자유밖에 누리지 못하고 있는 것이다.

노동자 계급의 편에 서 있는 사람 또는 서 있다고 생각하는 사람들은 이 땅에서, 자유 대한에서 아무도 자유롭지 못할 것이라고 나는 늘 여겨오는 터이다. 언제 노동자들의 반대편에 서 있는 사람들의 습격을 받을지 모르기 때문이다. 노동자들의 정치적인 자유와 경제적인 평등에 기초한 인간다운 삶을

위해 생각하거나 행동하는 사람에게는 사상, 표현, 창작 등 고상한 자유는커녕 인간 사회에서 그 체면 유지로서 최소한 갖추고 살아야 할 신체의 자유 등 기본권도 보장이 되어 있지 않은 나라가 이 나라인 것이다. 그런 사람은 법 밖에 놓여 있어서 항상 어떤 공포에 사로잡혀 있는 것이다.

이 시집은 내가 감옥에 있을 때 출소하는 사람들에게 맡겼던 것이 모아져 이루어진 것이다. 나는 그들의 이름과 얼굴을 기억하지 못한다. 험악한 세상이라 일부러 그런다. 그러나 그들은 어떻게 알았는지 내 주소로 그 시들을 우송해주었다. 정말 고마우신 분들이다. 이 시집에는 또 메시지가 강한 축시, 창간시도 몇 편 들어 있으며 10여 년 만에 세상 속으로 돌아와 사람들의 틈바구니에서 쓰여진 시편들도 모아져 있다. 한마디로 해서 이 시집은 내 감옥시의 연장선상에 있으면서 생활 현장으로 돌아온 내 삶과 문학의 새로운 출발이 될 것이다.

보잘것없는 시들을 정성스레 묶어준 풀빛 여러분에게 감사한다.

1989년 10월 16일
김남주

(김남주, 『솔직히 말하자』, 풀빛, 1989, 203~204쪽)

책을 내면서

내일 모레면 광주항쟁 10주년이다. 그때나 지금이나 이 땅의 현실은 별로 달라진 게 없다. 그 본질에서 뿐만 아니라 그 겉도 그렇다. 그러나 달라진 게 전혀 없는 것은 아니다. 미국에 대한 시각과 8 · 15이후 역대 정권의 성격에 대한 이해가 새로워진 것이 그것이다. 이것은 피의 교훈이다, 광주 시민들이 흘린.

여기 실린 시들은 광주 시민이 흘린 피의 교훈의 활자화 외에 아무 것도 아니다. 필자가 새삼스럽게 이미 이 시집 저 시집에 실린 시들을 한데 모아 세상에 내놓는 것은 피의 이 교훈을 오늘에 되살려 볼 만한 가치가 있다고 판단했기 때문이다.

한마당 식구들과 그림을 그려준 김경주 화백에게 감사드린다.

1990. 4. 26
김남주

(김남주, 『학살』, 한마당, 1990, 5쪽)

시인의 말*

　나의 시는 보릿고개에서 태어났다. 보리밥으로는 배가 차오르지 않아 보리 알을 맷돌에 갈아 멀겋게 죽을 쑤어 꾸룩꾸룩 들이켜야 헛배라도 불러 어지럼증이 가시고 고꾸라지지 않고 남의 일을 해주며 목숨을 이어가는 사람들이 수두룩한 마을에서 태어났다. 나의 시는 또한 이웃이 보리밥은커녕 보리죽도 천신 못하고 허덕이는 판에 버젓이 에그 후라이를 먹고 부끄러워하지 않는 자들에 대한 저주의 마당에서 태어났다.

　그래서 내 시의 관심거리는 밥상 위에 오른 밥 한 그릇이고 김치 한 접시이고 된장국이고 그것을 마련하기 위한 노동이다. 그래서 내 시는 이 노동의 과실을 훔쳐먹는 자들에 대한 투쟁의 정서이다.

　노동과 투쟁 이것이 내 시의 시작이고 끝이다.

김남주

(김남주, 『함께 가자 우리 이 길을』, 미래사, 1991, 3쪽)

---

* 엮은이 주 : . 원래는 '시인의 말'이란 제목이 없으나 엮은이가 임의로 달았다.

후기

내일 모레 시집이 나올 모양인데 할말도 생각나지 않고 어떤 감회도 떠오르지 않는다. 왜 그럴까 하고 눈을 감고 그 까닭을 헤아려보지만 실마리 하나 잡히지 않는다. 지난 3년 동안의 내 삶이 갈피를 잡을 수 없어 헝클어진 실 꾸러미처럼 어지러울 뿐이다.

사실 나는 최근 3년 동안 담 밖의 현실에서 하는 일이 없었다. 그러니 내가 쓴 시가 내 마음에 들 리가 없을 뿐만 아니라 독자의 가슴에 닿을 턱이 없다. 생활이 있어야겠다. 생활의 중요한 구성인자인 노동과 투쟁이 있어야겠다. 노동과 투쟁이야말로 콸콸 흐르던 시의 샘이 아니었던가!

자본은 인간성과는 양립할 수 없다. 자본은 인간의 탈은 쓰되 스스로 인간의 얼굴을 한 적은 없다. 이것은 철칙이다. 이 철칙이 전일적으로 관철되고 있는 현실에서 시와 시인의 일차적인 일은 저항의 몸짓일 터이다. 이 몸짓 없이 시를 쓰고자 하는 자에게 도피 있어라, 허위 있어라, 저주 있어라. 나와 나의 시에 도피 있어라, 허위 있어라, 저주 있어라.

1991년 늦가을
김남주

(김남주, 『사상의 거처』, 창작과비평사, 1991, 161쪽)

시인의 말

시집 『사상의 거처』가 나온 지 서너 달밖에 되지 않았는데 또 시집 한 권을 세상에 내놓는다. 좋은 시집이라면 한 달에 열 권을 내놓아도 누가 탓하랴만 보잘 것 없는 것이 되니 나 자신에게나 독자들에게나 조금은 부끄럽다.

이번 시집에 실린 거의 모든 시는 『사상의 거처』를 내기 훨씬 이전에 씌어졌다. 그러니까 이른바 최근작이라고 볼 수 없다. 어떤 것은 감옥에서 내보냈던 것을 이제 와서 정리한 것이고 어떤 것은 1989년 복간된 『다리』지에 연재되었던 것을 개작한 것이고 어떤 것은 출옥 후에 우리 주변에서 일어났던 사건 따위들을 소재로 해서 씌어진 것이다. 이처럼 씌어진 시기가 다르기 때문에 시들의 주제에 일관성이 없고 시집의 구성에 있어서도 산만하기 짝이 없다. 또 하나이 시집 제4부에 실린 「대통령 지망생들에게」와 「유세장에서」는 창작과비평사에서 선집으로 나온 『사랑의 무기』에 실렸던 것이다. 단행본에 끼지 못해서 재수록하기로 했지만 선거철을 염두에 두고 그렇게 한 측면도 있다.

그동안 내 시의 독자들은 나의 시가 현실의 상황을 매개로 해서 형상화하지 않고 이념과 사상, 다시 말해서 관념을 가지고 현실의 여러 관계를 도식적으로 설명하려 했다고 지적하곤 했다. 나는 이 지적에 감사하고 이 시집을 끝으로 해서 그런 지적들로부터 해방되어야겠다. 그러기 위해서는 노동과 투쟁이 행해지고 있는 농촌 · 어촌 · 광산촌 · 공장지대 등으로 부지런히 발걸음을 옮겨야겠다.

이 시집을 내는 데 수고가 많았을 박남현 『한길문학』 편집장 및 직원들에게 감사의 말씀 드린다.

1992년 3월 13일
김남주

(김남주, 『이 좋은 세상에』, 한길사, 1992, 155~156쪽)

머리말

　이 전집은 나의 두 번에 걸친 옥살이에서 씌어진 시들을 모두 모아서 한데 엮은 것이다. 「눈을 모아 창살에 뿌려도」 「편지 1」 「진혼가」 등의 시는 1973년 3월에서 12월까지 광주교도소에 투옥되었을 때 씌어진 것이고 나머지는 1980년에서 1988년까지 내가 옥살이 했던 광주와 전주 교도소에서 씌어진 것이다.

　이미 시집으로 묶여서 나온 시들을 새삼스럽게 '옥중시 전집'이라는 이름으로 다시 세상에 내놓는 데는 그럴 만한 이유가 있다. 하나는 『나의 칼 나의 피』 『조국은 하나다』 등 내가 투옥되어 있을 당시에 나온 시집의 시들에 오자가 많아 그것을 바로잡자는 것이고, 표현이나 구성이 엉망인 데가 있어서 그것을 고치자는 것이다. 다른 하나의 이유는 감옥에서 씌어진 300여 편의 시들이 앞의 두 시집 외에도 『솔직히 말하자』 『사상의 거처』 『이 좋은 세상에』 등의 시집에 아무렇게나 흩어져 수록되어 있는 것을 주제별로 나눠 한데 모아놓음으로써 나의 시를 읽어주는 독자들에게 편의를 제공하자는 데 있다.

　1972년 10월 17일 박아무개(나는 그의 이름을 입에 올리면 내 입이 더러워질까봐 그의 이름을 올리지 않는다)는 소위 '유신'이라는 것을 선포했다. 그해 겨울 나와 나의 친구는 그에 반대하는 유인물을 만들어 전남대학교와 광주 시내의 몇 개의 고등학교에 뿌렸다. 그 일로 해서 나와 나의 친구는 이듬해 3월 체포되었다. 당국은 유인물의 제작과 살포에 전혀 관련이 없는 열한 명의 사람들을 엮어 '반국가 단체 예비음모죄'로 국가보안법과 반공법을 적용시켜 기소했다. 반국가 단체의 '수괴'인 나의 선배는 2심에서 무죄로 석방되었고 후배들은 원심에서 집행유예로 풀려났다. 친구와 나는 1973년 12월 2심에서 징역 2년, 집행유예 3년으로 금보석되었다.

나는 사상범만을 수용하는 사동(일명 '특사'라고 불린다)에서 한 10개월 동안 옥살이를 했다. 내가 시라는 것을 처음 써보겠다고 작심한 곳이 바로 그곳이었는데 교도소 당국은 수감자에게 연필, 종이 등 필기구를 지급하지 않았다. 그래서 나는 시 몇 편을 써서 머리 속에다 담아놓았다. 출옥하여 그걸 끄집어내 원고지에 옮겨 『창작과 비평』에 투고한 「진혼가」와 「편지 1」 「눈을 모아 창살에 뿌려도」 등 내 초기 시들이 그것이다.

앞에서도 언급했듯이 나의 두 번째 옥살이는 1979년 말에 시작되어 1988년 말에 끝났다. 거의 10년을 옥에 갇혀 산 셈인데 이 전집에 수록된 시들 중에서 첫 감옥에서 씌여진 세 편을 제외하고는 모두 그 10년을 옥살이했던 광주와 전주교도소에서 씌어진 것이다. 물론 두 번째의 옥살이 때도 당국은 나에게 연필과 종이를 주지 않았다. 그래서 나는 교도관 몰래 시를 쓸 수밖에 없었다. 감옥살이 초기에는 우유곽을 해체하여 은박지에 못 끝으로 눌러썼고, 교도관의 은밀한 도움을 받으면서부터는 밑씻개용으로 하루에 스무 장씩 지급되는 손바닥만한 크기의 똥색 종이에 볼펜으로 쓰기도 하고 인쇄되지 않은 책의 페이지를 뜯어서 그 위에도 썼다. 그리고 씌어진 시는 출옥하는 사람이나 나에게 도움을 준 교도관을 통해서 바깥세상으로 내보냈다.

이 전집에 수록된 '관념적'이고 '도식적'인 시를 위해 군말을 좀 해야겠다. 애초에 나는 시인이 되기 위해 시를 쓰지 않았다. 왜곡된 역사와 현실을 바르게 설정하고 지배계급의 허위 이데올로기를 폭로하여 진실을 밝히기 위한 방편으로 나는 시라는 무기를 잡았다. 다시 말해서 나는 혁명을 이데올로기적으로 준비하기 위해 시를 썼다. 그러나 내 시는 역사와 현실을 구체적으로 반영해야 한다는 문학적 요구에 효과적으로 대응하지 못했다. 이것은 내 능력의 부족이 그 주된 탓이겠지만 다른 한편으로는 혁명의 경험이 거의 전무했고 그것의 문학적 실천 또한 전무할 수밖에 없었던 시대에서는 불가피하지 않았을까 하는 생각도 든다.

내 시의 정서가 너무 전투적이라는 독자의 역겨운 반응에 대한 나의 대답은 이렇다. 1980년대는 '피와 학살과 저항의 연대'였고 나는 그 연대에 '인간성의 공동묘지'인 파쇼의 감옥에 있었다고. 일부의 시인들과 평론가들이 이제 와서 1980년대의 시문학을 전면적으로 부정하고 반성하자고 하는데 나는 그들의 앞날을 의심스러운 눈으로 바라보고 있다. 오늘의 현실이 어제와는 다르다고 해서 어제의 역사적인 실천과 그것의 문학적 대응을 오늘의 잣대로 잰다는 것은 무책임할 뿐만 아니라 어떤 저의마저 감지케 한다. 하이네적인 의미에서 우리의 현실도 '예술시대의 종언'을 고했다고 감히 선언한다. 오늘의 우리 현실을 괴테 시대의 그것으로 착각하는 시인에게 '개꿈' 있어라.

끝으로 상품 가치가 별로 없을 이 전집의 간행을 맡은 창비와 꼼꼼하게 원고를 검토하느라고 여간만 성가시지 않았을 정해렴 선생과 유용민 형에게 감사드린다.

깜박 잊고 두 교도관으로부터 욕을 바가지로 얻어먹을 뻔했다. 이 전집은 오로지 그들의 모험적인 도움과 배려의 산물이다. 그들은 나에게 바깥 소식을 전해주고 볼펜을 건네주고 내가 쓴 시를 담 밖으로 내보내주었다. 그들에게 머리 숙여 절한다. 또 하나 내 감사의 말씀을 받아야 할 대상이 있다. 그는 대한민국이다. 연필 한 토막 종이 한 쪼가리 주지 않는 야만적이고 절박한 상황을 그가 만들어주지 않았다면 아마 나는 죽자살자하고 시 같은 것을 쓰지 않았을 것이다. 시는 비인간적이고 절박한 상황에서 잘 씌어지는 것이기 때문이다. 대한민국에 영광 있어라.

1992년 9월 13일
김남주

(김남주, 『저 창살에 햇살이 1』, 창작과비평사, 1992, 3~5쪽)

제2부

정치

녹두의 피와 넋을 되살려라!*

오늘도 새벽을 알리는 첫닭이 캄캄한 암흑의 밤을 깨우친다. 그때 갑오년 정월, 동진강변의 찬바람 속에 말없이 모여든 흰옷의 당신들이 보인다.

논밭의 푸르른 때는 날카로운 징벌의 죽창이 되어 탐관오리의 심장을 겨누었고 당신들의 부릅뜬 눈과 움켜쥔 주먹은 훨훨 타는 횃불과 철퇴가 되었다.

봉건왕조는 안으로 더러운 관리 등의 협잡과 착취와 압제로서 스스로 썩어가고 있었으며 밖으로는 호시탐탐 무력과 강압으로 침략을 노리는 강도, 제국주의 열강들에 의하여 무너져가고 있었다.

무능한 왕조는 간악한 외세를 물리치기는커녕 오히려 개항이라는 미명하에 허약하게 강탈당했으며, 그와 합세하여 당신들을 짓밟고 속이고 빼앗았다.

벼슬아치와 부자들은 온갖 기름진 땅을 차지한 반면 당신들은 송곳 하나 꽂을 땅도 없었다. 수령 방백들은 터무니없는 명목과 가증스런 협박으로 태산 같은 세금을 거두었으나, 당신들은 그것을 거부할 한줌의 힘도 없었다.

---

* 엮은이 주 : 『김남주 농부의 밤』(기독생활 동지회, 57~60쪽)에 수록되었음. 비매품 책자로 출간 연도를 알 수 없음. 책에 수록된 '김남주 연표'가 1984년 12월까지 되어 있는 것으로 보아 그 이후로 보임.

악랄한 관료들의 부정부패를 보았으나, 당신들은 그것을 말할 한치의 혀도 없었다. 그리고 강도 일본의 상품이 당신들의 시장을 유린하고 곡식을 훔쳐가도, 당신들은 그것을 막아낼 무기가 없었다.

하늘 아래 같은 사람으로 태어나, 당신들은 흙 속의 굼벵이처럼 꿈틀거리고 기어다니고 허우적거리면서, 드디어는 피와 땀의 결정인 당신 자신의 쌀이 간악하고 게으른 자들의 매끄러운 손으로 실려가는 것을 몇 천 번의 가을마다 보았던가?

그 수많은 가을의 밤마다 당신들은 짓밟혀 터진 흙벌레였다.

그러나 돌연 새벽을 알리는 먼동이 터올 때에, 들끓던 분노는 당신들을 하늘로 향하여 굳건히 일어선 인간이 되게 하였다.

무기를 들고 부활뜬 이웃들과 함께 모이자마자 당신들은 그제서야 벌레로부터 인간으로 탈환되었다.

"우리가 의를 들어 이에 이으나 그 본의가 단연코 다른 데 있지 아니하고 창생을 도탄 중에서 건지고 국가를 반석 위에다 두고자 함이라 안으로는 탐학한 관리의 머리를 베고 밖으로는 횡포한 강적의 무리를 구축하고자 함이라. 양반과 부호의 앞에 고통받는 민중들과 방백 수령 밑에 굴욕을 받는 작은 관리들도 우리와 같이 원한이 깊은 자라 조금도 주저치 말고 이 시각으로 일어서라. 만일 기회를 잃으면 후회를 해도 미치지 못하리라."

어느 한 사람의 원한으로서가 아니라 팔도의 차고 넘쳤던 불의와 폐악을 모든 백성들과 더불어 제거하고, 이 땅에서 양놈과 왜놈을 한꺼번에 몰아내자는 민의 결단으로서 분기했던 녹두장군과 당신들의 함성이 오늘 우리의 가슴에 사무쳐온다.

백산과 황토재의 빛나는 승리는 이 땅에서 살다가 피맺힌 한을 머금고 숨져 수없는 농민 혼의 승리였다. 예부터 지금까지 면면히 흘러내려오는 농민 항쟁 전통은 사람으로서 도저히 살 수 없다는 생존권의 밑바닥으로부터 분화구와 같이 폭발해오던 것이 아니던가?

"났네 났어 난리가 났어! 에이 참 잘되었지, 그냥 이대로 지내서야 백성이 한 사람이나 어디 남아 있겠나."

농민 생존권의 위협은 곧바로 민족 생존의 위협이며, 이러한 투쟁이야말로 잃은 것을 찾으려는 정정당당한 인간적 권리요 의무가 아니던가?

그것은 무슨 거창하고 알량한 주의나 사상도 아니며, 구체적이고 현실적인 자각이었다. 그러므로 어느 배운 자나 가진 자의 뇌수와 책에서 나온 어떠한 정책보다도 과학적이고 탁월한 정치의식이 아니었던가?

당신들의 집강소 설치는, 바로 민중의 속에서 민중을 위한 정책이 실현된다는 근대적 이념의 훌륭한 근거가 되었다. 민족 근대화는 수백년 동안 세계사의 요구였고 오늘날까지도 그치지 않는 과제이다.

바로 그것은 저 생존의 밑바닥에서 치솟아 오르는 동녘에 의하여 추진되어야 할 과제인 것이다. 그러나 우리는 언제나 밖으로부터, 그리고 위로부터 내리누르는 불가항력적이고 낯선 힘에 의하여 근대화를 강요당했다.

곧 그것은 남의 종살이나 반쯤 종살이로 머무는 근대화를 의미하는 것이다. 아 당신들의 집강소는 아직도 우리 민족의 염원으로 저 미지의 앞날에 그려져 있다. 비굴한 봉건 주구와 음흉한 일제는 드디어 당신들을 압살하기 위하여 손을 잡았고, 우금치의 피는 캄캄한 식민지 시대를 지나 오늘의 참담한 반쪽 국토 곳곳에 스며 있다.

나라와 백성을 지키고 왜놈을 몰아내겠다는 녹두장군과 당신들은, 배반한 동족과 간교한 오랑캐에 의하여 무참하게 뜻이 꺾이게 되었으니, 이제 녹두장군의 마지막 말이 떠오른다.

"다른 할 말은 없다. 그러나 나를 죽일진대, 네거리에서 목을 베어 오가는 사람들께 내 피를 뿌려주라."

영원히 기억하고 못다 이룬 한을 맺어달라는 당신들의 준엄한 호통이 오늘 우리들의 혈관을 뛰게 한다. 당신들이 지나간 땅위에 살고 있는 오늘의 우리는 갑오년 정의 당신들처럼 흙 속에 꿈틀거리는 벌레가 아닌가?

농민의 생존권은 날이 갈수록 위협을 받고 있다. 보릿고개는 면했으나 농민이 잘살게 되었다는 것은, 누구를 위한 달콤한 선전 문구인가?

겨우 지붕만 갈아덮고 변함없는 삼칸집에 늙어 죽도록 일해야 하는 우리들은 진정 새마을의 주인들인가?

저 찬란한 도시의 번창과 풍요한 타락은 무엇으로 이루어졌는가?

초라한 땅 몇 마지기와 헛수고의 수확과 뼈빠지는 농업 노동은 우리의 이웃으로 하여금 정든 고향을 버리게 했고 오늘도 누군가 떠나고 있다. 우리를 고향에서 내쫓는 자들은 어디에 있는가?

농민이 없는 농업 정책은 드디어 우리가 게으르기 때문에 가난하다는 역설로 오히려 저들의 특권을 정당화시키고 있다. 우리가 창의력이 없다고 몰아치고 무지하다고 비웃는다.

수지타산은커녕 기본적으로 먹고 입고 살아야 할 비용에도 미달되는 농업 소득의 적자는 그 누가 가져갔기 때문인가?

이른바 고도성장이라는 헛개비의 발아래 짓밟혀 일방적 희생만을 강요당하는 저농산물 가격 정책을 이제는 참지 못하겠다.

아! 아! 우리는 정말로 갑오년 이전의 당신들처럼 으깨져 버린 흙벌레이다. 우리는 사람이 아니다.

올해도 풍년이라는 기묘한 신기루가 메마른 우리들의 목젖을 건드리며 사막 건너편으로 사라져간다. 이것은 감쪽같은 마술이다. 추곡 수매라는 요사스런 눈속임 앞에 허공으로 사라져버린 희극이다.

아! 아! 우리를 황금의 노예로 떨어뜨리지 말라. 위대한 자연의 조화를 대지의 아들인 우리에게 들려주어야 한다.

우리는 흙벌레가 아니라 바로 사람이라는 인간적 존엄을 일으켜 세우고,

나아가 모든 농민의 편에 서서 새로운 질서를 세우기 위한 과감한 실천의 마당으로 뛰어들어라. 보아라 녹두의 피의 넋이 우리들 육신에 되살아난다.

우리들의 생존권을 스스로 찾아야겠다. 우리들의 등 뒤에는 공동 운명체인 전국의 농민과 우리의 참다운 형제인 근로자의 불타는 눈길이 지켜보고 있다.

생존권을 되찾으려는 우리의 발걸음은 창조주의 뜻이며, 역사의 의지이며 민족의 순수한 이념이다.

단기 4310년 11월 21일*

녹두장군 위령제에서

---

* 엮은이 주 : 1977년 11월 21일

대한민국은 누구에게 살기 좋은 나라인가?

19세기 중엽, 러시아의 한 시인은 「러시아는 누구에게 살기 좋은 나라인가」라는 시를 썼다. 시인은 그 시의 서문에 '누더기', '맨발', '풍찬노숙', '벌거숭이', '전소된 집', '허기진 배', '흉작의 소작쟁이' 등 일곱 명의 백성을 등장시켜 놓고, '러시아에서 누가 가장 마음놓고 행복하게 살고 있는가?'라는 물음에 답하도록 했다.

이 일곱 명의 백성들— 자연과 토지에 제 노동을 가해 인간의 기본적인 삶의 터전과 행복의 물질적인 조건을 창조해내면서도 정작 자기 자신들은 그런 삶의 터전과 행복의 조건으로부터 소외된—은 러시아에서 마음놓고 행복하게 살고 있다고 생각되는 사람을 각자 한 사람씩 거명하여 일곱 명을 내놓았는데, 공교롭게도 그들은 하나같이 빵과 옷과 집을 만들어내는 생산적인 노동과는 거리가 먼 사람들이었다. 즉 그들은 당시 가장 기본적이고 중요한 생산수단인 토지를 독점하고 있는 지주와 귀족, 지주와 귀족들의 재산을 관리해주는 관원과 고관대작, 백성들이 직접적인 노동으로 창조해놓은 농산품이며 공산품을 거래하는 상인, 지상에서 천국행 복권을 팔고 사는 신부, 그리고 앞에서 거명한 '마음놓고 행복한' 사람들의 우두머리격인 황제 등이었다.

필자는 「러시아는 누구에게 살기 좋은 나라인가」라는 시의 서문을 읽으면서 자연스럽게 우리나라의 현실을 떠올렸고 러시아의 현실을 대한민국의 현실에 한 번 적용시키고 싶은 강한 유혹을 뿌리칠 수 없어서 다음과 같이 중얼거려보았다.

"대한민국은 누구에게 살기 좋은 나라인가?"

"대한민국에서 누가 가장 마음놓고 행복하게 살고 있는가?"

우선 내 머리에 떠오른 사람들은— 돈 몇 십만 원이 없어서 살 집을 빼앗기고 자살한 셋방살이들, 바위 같은 무게의 농가 부채에 시달리다 끝내 목숨을 끊은 농투산이들, 끊임없이 삶의 터전을 위협받으면서 쫓겨다니는 노점상들, 세 끼 밥과 하룻밤 잠자리를 놓치지 않기 위해 제 육체의 어딘가를 쾌락의 도구로 팔아야 하는 어떤 여성들, 일자리가 없어 거리를 헤매는 실직자들, 세계에서 가장 긴 시간을 노동하고 세계에서 산재율이 가장 높다는, 그렇게 죽기 아니면 까무러치기로 일하고도 그 75%가 제 집을 마련할 수 없다는 노동자들 등이었는데, 그들에게 필자가 '대한민국에서 누가 가장 마음놓고 행복하게 살고 있는가?'라는 물음을 던지면 그들은 어떤 사람들을 입에 올릴까.

아마 그들이 맨 먼저 입에 올리는 사람은 독점 재벌일 것이다. 다음으로 그들의 입에 올려지는 사람들은 재벌의 물질적 이익을 관철시켜주는 정부 고위층, 국회의원, 행정직과 공안직의 간부들, 이들의 우두머리라고 할 수 있는 대통령일 것이다. 그들 중 또 어떤 이들은 의사, 약사, 변호사, 판사, 교수 등을 입에 올릴지도 모른다. 다시 말해서 그들이 입에 올리는, 대한민국에서 마음놓고 행복하게 살고 있는 사람들은 자기들처럼 손에 낫이며 괭이며 망치 등 생산적인 노동의 연장을 들고 인간의 기본적인 삶의 요소들과 행복의 물질적인 조건을 만들어내는 그런 사람이 아니고, 손에 펜이며 돈자루며 칼자루 등을 쥐고 생산적인 노동자들이 이룩해놓은 재화를 독점하는 사람들, 그들의 독점 재산을 관리해주고 지켜주는 사람들일 것이다.

　그런데 필자는 러시아에서 또는 대한민국에서 마음놓고 행복한 사람들의 행복이 과연 진실한 행복이고 그 행복이 과연 마음놓고 누려지는 그런 행복일 수 있을까 하고 자문해보지 않을 수 없다. 왜냐하면 타인의 자유를 억누르고는 어떤 사람도 자유로울 수 없고, 타인의 불행을 딛고 얻어지는 어떤 행복도 인간적인 행복일 수 없다고 판단되기 때문이며, 그런 자유 그런 행복은 마음놓고 누려지는 것이 아니라 백척간두의 칼 끝 위에서 떨고 있을 것이라 생각되기 때문이다.

(『시와 혁명』, 151~153쪽)

공포로부터의 해방을 위하여*

　지금으로부터 꼭 16년 전의 일이다. 그러니까 1973년 3월 밤 12시 무렵에 나는 느닷없는 경찰의 습격을 받았던 것이다. 경찰관의 숫자는 다섯 명이었는데 그들은 신발을 신은 채로 내가 임시로 거처하고 있는 친구의 자취방으로 쳐들어왔다. 그리고 그들은 다짜고짜로 내 손을 등 뒤로 재끼더니 오랏줄로 묶었다. 그리고 그들은 방 여기저기를 샅샅이 뒤졌다. 그들이 압수한 것은 책 몇 권과 내가 습작해놓은 시 원고지 뭉치였다.

　경찰들이 몰고온 검은 승용차에 실려 내가 도착한 곳은 북부 경찰서 어딘가였다. 나는 당시 서울의 지리를 못 익혔는지라 어디가 어딘지 잘 분간을 못하였고, 나는 경찰서 건물의 계단 몇 갠지를 올라가다가 한밤의 비명소리에 그만 고꾸라질 뻔했다. 그것은 내 심장에 칼날처럼 꽂히더니 내 다리의 힘을 쏙 빼버리는 것이었다. 내 양쪽 겨드랑이를 부축하고 있던 경찰관들이 이런 나를 보고 한마디씩 했다.

　"이렇게 겁 많은 놈이 혁명은 무슨 혁명이야."

---

* 엮은이 주 : 『시와 혁명』(154~159쪽)에 수록되었다가 『불씨 하나가 광야를 태우리라』(361
　~366쪽)에 재수록됨.

"여기에 한 번 들어오면 벙어리도 입을 열고 나가는 곳이야."

이들이 나를 데리고 간 곳은 자 모양의 실내였다. 실내에는 다른 경찰관들이 나 같은 것은 아랑곳도 하지 않고 시끌벅적 상소리며 전화벨 소리를 내며 일에 열중하고 있었다. 나는 실내의 귀퉁이 쪽의 긴 나무의자에 앉혀졌다.

한참 동안 나는 내버려져 있었다. 나는 눈을 내리깔고 실내 이곳저곳을 훑어봤다. 특별히 이상한 데는 없었다. 가끔씩 아까 들었던 그 비명소리가 때로는 희미하게 내 귀청을 울렸다. 그러나 나는 이제 그 비명에 놀라거나 겁먹지는 않았다. 마음이 좀 안정되는 것 같았다. 긴장이 풀어지는지 졸음까지 왔지만 그러나 나는 이곳이 내가 져서는 안 될 곳이라는 자각에 이르렀다. 뭔가 머릿속에 정리해둬야 할 것이 있었다.

얼마나 지났을까. 혼자 내버려진 채 내가 그동안 했던 일의 과정과 인간관계를 정리하고 있는데 갑자기 주위가 적막강산처럼 조용해지더니 더 멀리서 들리는 것처럼 발자국 소리가 또박또박 들려왔다. 그러더니 다른 경찰관들과는 달리 사복 차림의 중년 신사를 호위하듯 하고 경찰서장인 듯한 사람과 간부들이 내가 앉아 있는 나무의자 쪽으로 오는 것이었다. 나는 직감적으로 저들이 아마 내게로 오는구나 하고 벌떡 일어나 차려 자세를 하고 섰다. 가만히 앉아 있기에는 저들의 태도가 너무 당당하고 위압적인 데가 있었던 것이다.

"이 새끼가 그 새끼야."

이것이 사복 차림의 신사가 내뱉은 첫마디였다. 그리고 그는 내 뺨을 후려갈겼다.

"야 이 새끼야, 내 큰 자식은 연세대 다니면서도 아무 일없이 공부하고 있어. 너 같은 새끼가 뭘 안다고 지랄이야."

이것은 내가 지방대 출신이라는 것을 알고 같잖다는 투로 내뱉은 말이었다.

그리고 그는 나무의자 옆에 세워져 있던 나무막대기(각목)로 내 몸 이곳저곳을 마구잡이로 두들겨댔다. 나는 꿈쩍않고 맞아주었다.

"야 째끼 군대도 안 갔다 왔어? 순 빨갱이 새낀데, 어이 서장, 6·25참상을 찍은 사진 있지? 그걸 이 째끼 눈앞에 보여줘. 이런 째끼를 뭣 할라고 여기까지 끌고와, 도봉산 골짜기 어디다 꼬라박아버리지 않고. 이런 것들에게는 대한민국 법이 아까워."

그리고 그는 안호주머니에서 손바닥만한 권총을 꺼내더니 내 머리통에 댔다. 나는 나도 모르게 무릎을 꿇었다. 나는 내가 인간이라는 사실에 혐오감을 느꼈다. 나는 나 자신을 저주했다.

사복 차림인 그가 가고 다시 실내는 활기를 되찾았다. 그가 있는 동안에는 아무도 숨소리를 오래 내쉬지 못한 것 같았다. 누가 밖에서 오는 전화를 받다가 그에게 호통을 맞기까지 했다. 시끄럽다고 그가 버럭 화를 냈던 것이다.

그는 누구일까?

경찰서장이 그 앞에서 옴짝달싹 못하는 사복 차림의 신사, 그는 누구일까? 그 의문을 풀어준 것은 아까 건물 계단을 오르면서 내게 '여기에 한 번 들어오면 벙어리도 입을 열고 나가는 곳이야'라고 말했던 경찰관이었다. 그의 말에 의하면 사복 차림의 신사는 '남산 신사'라는 것이다. '남산 신사'가 무엇을 의미하는지 나는 처음에는 알아듣지 못했지만 나중에야 그가 정보부 고위층이라는 것을 알 수 있었다.

정말이지 그는 신사였다. 차림새가 우선 그랬다. 위아랫도리는 검은 '세비로'였고 머리는 가지런하게 뒤로 넘겨져 있었다. 다만 말투 하나만은 신사의 그것이 아니었다. 주먹깡패의 그것이었다. 그것도 두목의 말투가 아니고 똘마니의 그것이었다.

내가 본격적으로 수사관의 취조를 받은 것은 다음날 밤이었다. 그동안, 스물네 시간 동안 나는 밥 먹고 대소변 보는 시간을 제외하고는 쇠사슬에 묶여 있었다. 잠은 긴 나무의자에서 웅크리고 잤는데 쇠사슬 한쪽 끝은 의자에 묶여 있었다. 나는 영락없는 개 신세였던 것이다.

나를 본격적으로 취조한 수사관은 체격은 장대한데다 덩치가 또한 당당했다. 그는 검은 안경을 쓰고 내 앞에 나타났는데 내게 던진 첫소리는 아주 다정한 목소리였다.

"남주, 난 말이야 점잖은 편으로 말이 적은 사람이야. 말이란 게 귀찮은 게 아녀? 말하자면 나는 말 대신 그냥 주물러주는 사람이야. 어때 뼈다귀가 노골노골하게 놀아나기 전에 우리 신사협정을 맺을까? 난 말 많은 사람은 싫어. 남주는 싫은 사람을 어떻게 하지? 나도 사람이야, 가능하면 웃는 낯으로, 신사적으로, 인간적으로 너를 대하고 싶어."

말이 적고 말많은 사람을 싫어한 수사관은 계속해서 위협적인 말을 늘어놓고는 내 안색을 살폈다. 나는 그에게 아무 대꾸도 하지 않았다. 그랬더니 말이 적은 그 사내는 내 윗도리를 벗기고, 겨울내의까지 벗기고, 내 대갈통을 자기 사타구니에 처박아 놓더니 뭔가 까끌까끌한 것으로 내 등을 긁기 시작했다. 그것은 나중에 안 사실이지만 철판에 못 구멍을 내서 농부들이 소의 진드기를 떼기 위해 만들어 놓은 그런 기구였다. 끔찍했다. 그가 얼마나 심하게 내 등가죽을 긁었는지 나는 일주일 후에 손바닥만한 피딱지를 떼어냈던 것이다. 무서운 일이었다. 그리고 나는 감옥에서 시라는 것을 써보게 되었는데 그 중에서 이런 시구가 있다.

'공포야말로 인간의 본성을 캐내는 데 가장 좋은 무기다.'

나는 수사관이 가한 이 말기의 공포에 굴복했던 것이다. 참담했던 것이다.

그렇다. 공포야말로, 체포와 고문과 투옥의 공포야말로 가진 자들의 재산과 특권과 생명을 지켜주는 무기인 것이다. 이 무기 앞에서 한 인간이 무릎을 꿇지 않고 의연하게 서 있을 수 있을까? 총구 앞에서 한 인간의 양심이, 육체의 허리가 구부러지지 않을 수 있을까? 나는 감옥에서 이렇게 다짐했다.

참기로 했다.
어설픈 나의 양심
미지근한 나의 싸움은
참기로 했다.
양심이 피를 닮고
싸움이 불을 닮고
피와 불이 자유를 닮고
자유가
시멘트 바닥에 응고된
피 같은 붓 같은 꽃을 닮고
있다는 것을 배울 때까지는
응고된 꽃이 죽음을 닮고
있다는 것을 알 때까지는
만질 수 있을 때까지는
온몸으로 죽음을
포옹할 수 있을 때까지는
칼자루를 잡는 행복으로
자유를 잡을 수 있을 때까지는
참기로 했다.*

---

* 엮은이 주 : 「진혼가」로 완성되는데, 당시 시인의 심정을 살리는 차원에서 그대로 둔다.
「진혼가」의 전문은 다음과 같다. "1//총구가 내 머리숲을 헤치는 순간/나의 신념은 혀가
되었다/허공에서 허공에서 헐떡거렸다/똥개가 되라면 기꺼이 똥개가 되어/당신의 똥구
멍이라도 싹싹 핥아주겠노라/혓바닥을 내밀었다//나의 싸움은 허리가 되었다/당신의 배
꼽에서 구부러졌다/노예가 되라면 기꺼이 노예가 되겠노라/당신의 발밑에서 무릎을 꿇었
다//나의 신념 나의 싸움은 미궁이 되어/심연으로 떨어졌다/삽살개가 되라면 기꺼이 삽
살개가 되어/당신의 발가락이라도 핥아주겠노라//더 이상 나의 육신을 학대 말라고/하
찮은 것이지만/육신은 나의 유일한 확실성이라고/나는 혓바닥을 내밀었다/나는 무릎을
꿇었다/나는 손발을 비볐다//2//나는 지금 쓰고 있다/벽에 갇혀 쓰고 있다/여러 골이 쑥
밭이 된 것도/여러 집이 발칵 뒤집힌 것도/서투른 나의 싸움 탓이라고/사랑했다는 탓으

그러나 나의 이런 다짐은 무기의 공포에 대한 인식으로 끝나는 것은 아니다. 인간은 끊임없이 반복되는 사회적 실천을 통해서 정상보다 높은 인식에 이르고 그 인식의 토대 위에서 다시 실천했을 때 새로운 인식에 도달하는 것이다. 그래서 변혁 운동에 가담하여 사회적 실천을 하는 사람은 구체적인 투쟁을 통해서 공포의 무기로부터 해방되는 자기 훈련을 쌓는 것이고 그리하여 불굴의 전사가 되는 것이다. 바로 이렇기 때문에 인간이 인간답게 살 수 있는 세상을 만드는 데 조금이나마 이바지하고자 하는 사람은 무기의 공포를 이겨낼 수 있도록 평상시에 신체를 단련해야 하고 고통을 이겨내는 기술을 연마해야 하는 것이다. 일상 생활에서 자기 건강을 소홀히 한다거나 망치는 일을 하는 사람은 자기도 모르게 자기 상대편을 이롭게 하는 것이다. 다시 말해서 자기 건강을 해치는 사람은 변혁의 대상을 이롭게 하는 이적 행위자인 것이다.

로 애인이 불려다니는 것도/숨겨줬다는 탓으로 친구가 직장을 잃은 것도/어설픈 나의 신념 탓이라고/모두가 모든 것이 나 때문이라고/나는 지금 쓰고 있다/주먹밥 위에/주먹밥에 떨어지는 눈물 위에/환기통 위에 빵끼통 위에/식구통 위에 감시통 위에/마룻바닥에 벽에 천장에 쓰고 있다/손가락이 부르트도록 쓰고 있다/발가락이 닳아지도록 쓰고 있다/혓바닥이 쓰라리도록 쓰고 있다//공포야말로 인간의 본성을 캐는 가장 좋은 무기이다라고/3//참기로 했다/어설픈 나의 신념 서투른 나의 싸움은 참기로 했다/신념이 피를 닮고/싸움이 불을 닮고/자유가 피 같은 불같은 꽃을 닮고 있다는 것을 알 때까지는/온몸으로 온몸으로 죽음을 포옹할 수 있을 때까지는/칼자루를 잡는 행복으로 자유를 잡을 수 있을 때까지는/참기로 했다//어설픈 나의 신념/서투른 나의 싸움/신념아 싸움아 너는 참아라//신념이 바위의 얼굴을 닮을 때까지는/싸움이 철의 무기로 달구어질 때까지는"

철창에 기대어*

　며칠 전에 나는 민주주의라든가 민족의 자주성이라든가 조국의 통일이라든가 하는 문제에 관심을 갖고 있는 사람들의 모임에 불려가서 서로 이야기를 주고받다가 젊은 여성으로부터 엉뚱한 질문을 받고 여간 곤혹스러워하지 않을 수 없었던 적이 있었다. 그 여성의 질문 내용은 다음과 같은 것이었다.

　"선생님 저는요, 하찮은 요리사인데요. 선생님도 존경하지만 저는 선생님의 사모님을 더 존경해요. 어떻게 한 여자가 감옥에 갇힌 한 남자를 십 년씩이나 참고 기다리며 옥바라지할 수 있었는지 그게 참 궁금하고 그걸 한 번 사모님한테 직접 여쭤보고 싶은데 선생님 집으로 찾아가서 물어봐도 돼요?"

　나는 한참이나 망설이다가 그냥 한 번 놀러오라고만 했다. 사실 나는 이런 질문을 이 젊은 여성한테서만 받았던 게 아니다. 내가 출감하고 나서 문학이나 변혁 운동에 관심을 갖고 있는 사람들의 모임에 가서 강연 비슷한 것을 하고 뒤풀이를 할 때 자주 받고는 했던 질문이었던 것이다.

　과연 일주일 후에 요리사라고 자기 소개를 했던 그 젊은 여성이 내가 살고

---

* 엮은이 주 : 『시와 혁명』(160~165쪽)에 수록되었다가 『불씨 하나가 광야를 태우리라』(129 ~134쪽)에 재수록됨.

있는 아파트에 왔다. 다음은 요리사와 내 마누라와 내가 나누었던 대화를 요약한 것이다.

　지금으로부터 꼭 십년 전에 나는 무슨 사건에 연루되어 쇠고랑을 차고 법정에 서게 되었는데 1심 재판에서 징역 15년을 언도받고 서대문 구치소에 수감되어 있었다. 그런데 하루는 담당 교도관이 내게 편지를 건네주면서 "애인한테서 온 편지인 모양이지요? 좋겠습니다." 하고는 사람 좋게 웃는 것이었다. 나에게는 애인 같은 것이 없었기 때문에 이름이 여자 이름 같은 친구한테서 온 것이겠지 하고 생각하며 나는 편지의 발신인을 보았다. '박광숙 드림'이라고 씌어 있었다.

　박광숙이란 여자라면 나와 같은 사건에 연루되었다가 1심 재판에서 집행유예로 출소한 사람이었다. 그녀와 나는 조직의 한 부서에서 한두 달 동안 함께 일을 한 적이 있었다. 일이란 게 유인물의 문안을 작성하거나 그것을 인쇄하는 것이 전부였다. 어쩌다가 주말 같은 때는 인적이 드문 산이나 술집에서 사람들의 눈과 귀를 피해 조직의 상층 사람과 '사업'에 관한 이야기를 나눈 적이 있기도 했으나 그런 경우는 자주 있지 않았다. 그러다가 나는 조직의 다른 부서로 옮기게 되었는데 그동안 우리는 서로 얼굴이나 알았지 헤어질 때까지 이름을 밝히지 않았다. 그도 그럴 것이 조직의 성원들 사이에는 가명으로 통하고 있었기 때문이다. 내가 그녀의 본명과 나이와 그 외의 것을 알게 된 것은 재판을 받는 과정에서였다. 여기서 한 가지 밝혀둘 것은 한두 달 동안 그녀와 함께 일하면서 나는 그녀를 동지 이상으로 생각한 적이 없었다는 것이었다. 다시 말해서 나는 그녀를 이성으로 생각한 적이 없었다는 것이다. 그녀가 나를 어떻게 생각했는지에 대해서는 생략하기로 한다.

　그건 그렇고, 그녀가 나에게 보낸 편지의 내용은 간단했다. "옥바라지를 해드리고 싶어요. 허락해주세요." 그뿐이었다. 나는 그녀의 모습을 머릿속에 그려보았다. 허약했다. 나는 또한 계산해봤다. 그녀 나이 서른 살, 내 나이 서른네 살. 내가 15년의 징역을 다 살고 나가면(당시 사건의 성격으로 봐서 우리 사건의 관련자들은 일반 시국사건의 관련자와는 달리 만기를 다 채우리라는 판단을 내리고 있었다.) 내 나이 마흔아홉 살, 그녀 나이 마흔다섯 살. 캄캄했다. 결국 나는 그녀의 제의를 받아들이지 않기로 결정했다. 내가 옥바라지를 해주겠다는 그녀의 제의를 물리치기로 결정한 것은 그녀가 허약한 여자였기 때문은 결코 아니었다. 출옥 후의 캄캄한 나이 때문만도 아니었다. 나는 평소에 결혼의 대상으로서 여자를 생각해보지 않았던 것이다. 나는 내가 가는 길에 거칠 것이 없기를 바라왔고 여자는 애물일 것이라고 여겨왔다. 그녀의 옥바라지를 받아들일 수 없다는 나의 결정을 나는 면회온 가족을 통해서 그 여자의 귀에 들어가도록 했다.

그러나 여자는 나의 결정을 따르지 않았다. 여자는 일방적으로 자기의 의사를 관철시켜 나갔다. 처음 며칠 동안은 책과 돈을 구치소에 차입하더니 나중에는 속옷까지 넣는 것이었다. 나는 가족을 통해서 그러지 말라고 했다. 그러나 여자는 막무가내였다. 여자는 내게 보내는 책갈피에 자기의 감정과 일치되는 문장에 볼펜으로 줄을 그어 내 눈에 띄도록 했다. 솔직히 말해서 여자의 이런 행위에 내 마음이 전혀 움직이지 않는 것은 아니었다. 그러나 나는 거기에 개의치 않으려 하면서도 다음과 같은 상상을 해보게 되었다. 그것은 2심 재판에서 내 형량이 10년이나 7년쯤으로 감형되면 내 마음 한 구석에 어떤 변화의 바람이 불어서 그녀의 옥바라지를 받아들이게 될지도 모른다는 것과 만약에 15년의 내 징역이 그대로 확정되면 그녀의 생각 또한 바뀌어져서 나를 포기하게 될지도 모른다는 것이었다. 왜냐하면 사람의 마음이라든가 의식 따위는 주변의 환경과 관계없이 고정불변한 것이 아니라 상황에 따라 변화하기 때문이다. 한 유물론자의 말을 빌어 정식화해보라면 '의식이 존재를 규정하는 것이 아니라 사회적 존재가 의식을 결정하는 것이다.'

2심 재판에서 판사들은 15년의 내 징역 보따리를 들었다가는 그냥 놔둬버렸다. 사실상 내 형량은 확정된 셈이었다. 왜냐하면 제3심인 대법원의 재판은 유죄냐 무죄냐를 따지는 것이지 형량을 줄이고 늘이는 것이 아니기 때문이다.

그러나 여자의 생각은 바뀌지 않았다. 그녀는 계속해서 내 옥바라지를 해주는 것이었다. 어쩌자고 이러는 것일까. 그녀가 측은하기도 했다. 깊이 사귀던 남자가 무슨 일로 재판을 받게 되어 3년 이상을 받으면 그동안에 옥바라지를 열심히 하던 여자도 교도소 문자로 고무신을 거꾸로 신는 것이 통례라고 하는데 손목 한 번 서로 잡아본 적이 없는 것이 그녀와 나의 관계인데 무슨 생각으로 그녀는 15년의 징역쟁이인 나를 옥바라지 해주겠다고 고집을 부리는 것일까. 아무튼 나는 이 지경에서 다시 나에 대한 그녀의 옥바라지를 단호하게 거절하든지 아니면 그것을 받아들이든지 양자택일을 해야만 했다. 그것이 그 여자에게도 좋을 것이었고 나에게도 마음 편할 일이었다. 애매모호한 것처럼 사람의 마음을 괴롭히는 것은 없는 것이다.

나는 여러 날을 이 문제로 고심했다. 그러던 중에 대학 시절엔가 보았던 어떤 영화의 한 장면이 내 머릿속에 떠올랐다. 이태리 영화로 기억된다.

한 젊은 사내가 전쟁의 와중에서도 조국의 해방과 인민의 행복을 위해 침략국과 결탁한 파쇼정권에 저항하여 싸우다가 관헌의 수배를 받게 된다. 그는 나라 곳곳을 헤매다가 어느 날 산골 외딴 마을의 농가에 몸을 숨긴다. 그 농가에는 아버지와 처녀가 살고 있다. 젊은이는 이들의 보살핌으로 한동안 안정된 피신 생활을 한다. 그러다가 결국 어느 날 관헌에 의해 채포된다. 청년은 그 길로 압송차에 실려 마을을 떠나 재판정에 선다. 젊은이는 최종심에서 15년의 징역 언도를 받고 감옥에 수감된다. 영화의 마지막 장면은 농부의 딸인 처녀가 청년이 수감되어 있는 감옥으로 면회 가는 것으로 끝난다.

나는 이 영화의 한 장면을 떠올리면서 나와 박광숙이라는 여자와의 관계를 객관화시켜 보았다. 어려운 시대에 한 젊은이가 있어 조국과 인민의 앞날을 걱정하면서 제 나름으로 열심히 싸우다가 투옥된다. 이런 사내를 한 여자가 옥바라지를 한다는 식으로.

나는 남녀 사이의 이런 관계를 아름답다고 생각했다. 아름다움을 위해서는 나는 남자와 여자는 고통을 감수해야 한다고 생각했다. 세상에는 남녀간에 있어서 행복의 모습이 여러 가지로 존재할 것이다. 의식주 같은 것이나 명예, 지위 따위가 행복의 세속적인 조건임에는 틀림없겠지만 그러나 그것이 전부는 아닐 것이다. 가족이라는 울타리 안에서 자기의 삶을 가둬놓고 울타리 밖에서 일어나고 있는 사회적인 문제에는 전혀 관심을 두지 않고 누리는 사람들의 행복도 있겠다. 그러나 한 번 생각해보라. 그게 얼마나 편협하고 천박한가를. 울타리 밖에는 자기의 삶과 직결되어 있는 공동체의 문제가 산재해 있는데 그것에 등을 돌리고 달팽이처럼 가정이라고 하는 움막에 자기의 삶을 가둬놓고 사는 삶이 과연 행복한 삶이라고 할 수 있겠는가를.

사람은 싫거나 좋거나 칡나무처럼 서로 얽혀서 살 수밖에 없는 사회적인 존재이다. 사회적인 존재로서 그는 공동체의 운명과 떼려야 뗄 수 없이 결합되어 있다. 이것은 인간의 숙명이기도 한 것이다. 이 숙명에서 한 인간이 벗어나려고 한들 그게 가능한 일도 아닐뿐더러 설혹 가능하다 하여도 그게 행복한 인간의 모습이라고 말할 수는 없을 것이다. 공동체의 한 구성원으로서 인간은 보다 인간다운 삶의 터전을 준비하기 위해 공동체의 다른 성원들과 생사고락을 나눠가질 때 진정한 의미에서 행복을 누리는 것이다. 그럴 때 한 인간은 주·객관적으로 행복한 존재가 되는 것이다. 한마디로 말해서 개인의 행복은 가정의 안락의자에 있는 것이 아니라 이웃과 더불어 인간다운 세상을 만들기 위한 공동의 노력에 몸소 참가하는 데에 있는 것이다. 안락의자, 그것은 인간의 성장과 발전을 잠재우는 무덤이다. 살아 있는 송장이 누워 자는.

끝으로 나는 그녀의 옥바라지를 받아가면서 옥살이를 하면서도 가끔씩 괴로워하기도 했다. 언제 끝날지 모르는 내 징역살이와 그녀의 나이를 생각하면서. 다음 시는 그런 나의 심경을 적어 놓은 것이다.

잡아보라고
손목 한 번 주지 않던 사람이
그 손으로 편지를 써서 보냈다오.
옥바라지를 해주고 싶어요. 허락해주세요.

이리 꼬시고 저리 꼬시고
별의별 수작을 다해도
입술 한 번 주지 않던 사람이[*]

---

* 엮은이 주 : 「철창에 기대어」로 완성되는데, 전문은 다음과 같다. "잡아보라고/손목 한 번 주지 않던 사람이/그 손으로 편지를 써서 보냈다오/옥바라지를 해주고 싶어요 허락해주세요//이리 꼬시고 저리 꼬시고/별의별 수작을 다해도/입술 한 번 주지 않던 사람이/그 입으로 속삭였다오 면회장에 와서/기다리겠어요 건강을 소홀히 하지 마세요//십오년 징역살이를 다하고 나면/내 나이 마흔아홉 살/이런 사람 기다려 무엇에 쓰겠다는 것일까/오년 살고 벌써/반백이 다 된 머리를 철창에 기대고/사내는 후회하고 있다오/어쩌자고 여자 부탁 선뜻 받아들였던고"

거짓 통일운동과 참통일운동*

십여 년 전 필자는 8·15 이후에 들어선 역대 정권의 반민족적, 반통일적, 반민주적 성격을 폭로하고 뜻 있는 사람들에게 단결과 저항을 호소한 유인물 몇 장을 작성하였던 바, 그것이 죄가 되어 경찰에 쫓기는 몸이 된 적이 있었다. 그 무렵에 필자는 경찰의 눈을 피해 도시의 뒷골목을 헤매어 돌아다니면서 한 외국 시인의 시를 자주 입에 올리곤 했는데 그것의 전문은 다음과 같은 것이다.

야아, 얼마나 밑이 빠진 토요일이냐!

하구 많은 사람들이 움직이고 있는,
이 매력적인 유성(遊星).
호텔마다의 물결치는 발들,
성급한 오토바이 주자들,
바다로 달리는 철로들,

---

* 엮은이 주 : 『시와 혁명』(166~175쪽)에 수록되었다가 『불씨 하나가 광야를 태우리라』(367
~376쪽)에 재수록됨.

폭주하는 차륜을 타고 달리고 엄청난 부동자세의 여자들.

매주일은 남자들과, 여자들과
모래에서 끝난다,
무엇 하나 아쉬워하지 않고, 계속해서 움직이고,
종잡을 수 없는 산으로 올라가고,
의미도 없이 음악을 틀어놓고 마시고,
기진맥진해서 콘크리트로 다시 돌아온다.

나는 토요일마다 정신없이 마신다,
잔인한 벽 뒤에 감금되어 있는
죄수를 잊지 않고,
죄수의 나날은 이미 이름을 갖고 있지 않다.
그래서, 그 엇갈리고, 내달리는, 웅성거림은
바다처럼 그의 주변을 적시지만,
그 파도가 무엇인지, 축축한 토요일의
파도가 무엇인지를 그는 모른다.

야아, 이 분통이 터지는 토요일,
제멋대로 날뛰고, 소리 소리 지르고
억병이 되게 마시는,
입과 다리로 철저하게 무장한 토요일—
하지만 뒤끓는 패들이 우리들과 사귀기를
싫어한다고 불평은 하지 말자.*

십여 년이 지난 오늘 필자는 이제는 소위 자유의 몸이 되어 파블로 네루다

* 엮은이 주 : 「야아, 얼마나 밑이 빠진 토요일이냐!」. 번역의 일관성 차원에서 이 책의 58~
59쪽의 것으로 대체했음.

의 이 시를 거의 매일처럼 머릿속에 떠올린다. 앉아 있는 사람이나 서 있는 사람이나 돌아보면 일제히 스포츠 신문을 읽고 있는 지하철에서, 주말이면 꾸역꾸역 도시의 혼잡을 빠져 나와 자가용을 타고 산으로 바다로 바퀴벌레처럼 기어가는 행락객들의 틈바구니에 끼어서, 술집과 다방과 여관과 옷가게와 음식점뿐인 대학가에서 필자는 칠레 민중시인의 이 분통이 터지는 시를 떠올린다. 잔인한 벽 뒤에 감금되어 있는 천여 명을 헤아리는 이 땅의 죄수들을 잊지 못하고!

그렇다. 그들은 죄수들인 것이다. 민족의 자주성을 되찾고자 고민하고, 몸부림치고 행동했던 사람들인 청년 학생들이 주한 미군 사령관에게는 죄수인 것이다. 38선 이남 국토에 120개의 군사 기지를 보유하고 4만 6천여 명의 미군이 주둔함으로써만 재산과 생명과 권력이 보장되는 어떤 사람에게는 민족의 자주성 운운하는 자의 말과 행위는 범죄가 되는 것이다.

그렇다. 그들은 죄수인 것이다. 45년 동안 두 동강난 채 피를 흘리고 있는 나라의 허리를 하나로 이어보고자 또 하나의 조국을 방문하고 군사분계선을 넘었던 한 종교 인사와 한 처녀의 행위가 분단의 벽이 단단함으로써만 잠자리가 편한 어떤 사람에게는 범죄 행위가 되는 것이다.

그렇다. 그들은 죄수인 것이다. 45년 동안 대한민국에서, 아니 자유 대한에서 죄수인 것이다. 민족이 자주성을 되찾고 두 쪽으로 찢겨진 조국이 하나로 이어지는 그날까지 그가 독점자본가가 아닌 바에야, 그가 우익 인사가 아닌 바에야 관헌에게 체포되어 쇠고랑을 차고, 검사 앞에 끌려가 심문을 받고, 판사 앞에서 유죄 판결을 받아 잔인한 벽 속에 감금되어야 하는 죄수가 되어야 하는 것이다.

뿐만 아니다. 대한민국에서는, 아니 자유 대한에서는 정부측 인사 아닌 그 누구도, 독점 재벌측 아닌 그 누구도, 친미 인사 아닌 그 누구도 이북의 어떤 점에 대해서 좋게 말한다거나 글을 쓴다거나 하면 자유로울 수 없는 것이다.

그 누구도 무사히 집으로 들어가 잠자리에서 편할 수 없는 것이다. 소위 '해방'이란 것이 되고, 미군이 38선 이남에 진주하기 시작하고 그와 거의 때를 같이해서 나라가 두 쪼가리로 갈라진 이후 45년 동안 쭉 그래왔던 것이다.

필자의 이런 생각에 대해서는 혹자는 그것은 주관적인 편견이고 특히 최근에 와서는 남북관계에 있어서 정부 당국의 태도가 많이 달라져가고 있지 않느냐고 이의를 제기할지도 모른다. 그러나 그것은 그렇지 않다. 먼저 주관적인 편견이 아니라는 것을 6공화국이 들어선 이후 구속된 출판인의 숫자를 놓고 살펴보자.

사상과 표현의 자유는 민주주의의 근간을 이룬다. 사회의 구성원이 물질적인 이해 관계에 의해서 사고와 견해를 서로 달리할 수밖에 없는 자본주의 나라에서는 그런 자유가 민주주의의 필수불가결한 전제가 된다고 해야 할 것이다. 그래서 이른바 자유민주주의를 내세우고 있는 세계 어느 나라치고 사상의 표현을 범죄 행위로 단죄하고 출판인을 구속하는 나라는 없는 것이다. 왜냐하면 사상과 표현의 자유에 대한 탄압 자체가 자유민주주의의 토대를 파괴하고 부정하는 범죄 행위이기 때문이다.

그런데 자유민주주의 아니면 금방 죽을 듯이 호들갑을 떠는 대한민국의 위정자들은 이러한 범죄 행위를 밥 먹듯이 하고 있는 것이다. 이런 사실을 예증하기 위해서는 멀리 갈 것도 없이 5공화국 7년 동안 구속된 출판 관계 인사들이 33명이었던 데 반해 6공화국 2년여 동안 구속된 인사가 89명을 헤아리고 있다는 것으로 충분하다. 정부 당국의 이와 같은 범죄 행위는 주로 국가보안법상의 이적 표현물을 소지했다는 혐의로 자행되고 있는 바, 이런 죄목으로 사람을 구속시킬 양이면 대한민국 사람 중에서 친정부적인 인사를 제외하고는 걸리지 않는 사람이 없을 것이다.

다음으로 남북관계에 대한 정부의 최근 태도에 관해서 살펴보자.

1988년 대한민국 정부의 최고 책임자는 어느 날 갑자기 텔레비전에 나타나 이른바 7·7선언'을 했다. 선언의 내용은 한마디로 북한을 경쟁과 대결과 적대의 대상이 아니라 화해하고 협력하는 민족 공동체의 일원으로 규정하는 것이었다. 정부의 최고 책임자는 또한 이와 같은 선언의 내용을 유엔에까지 가서 세계 만방에 밝혔다. 그런데 그 후의 결과는 어떠했는가? 남북관계의 개선에 이바지하기는커녕 그 선언의 정신에 입각하여 분단된 조국의 통일에 헌신적으로 노력한 인사들을 감옥에 넣어버림으로써 오히려 남북관계를 악화시켰던 것이다. 이는 선언의 발상이 남북관계를 개선시켜 통일을 앞당기겠다는 진실성에서 나왔던 것이 아니고 정략적인 어떤 불순한 의도가 숨어 있었기 때문일 것이다. 그 불순한 숨은 의도의 하나는 당시 열화같이 타오르고 있었던 민중들의 통일에 대한 열망과 의지를 일거에 제압하고 꺾어버리겠다는 것이었고 다른 하나는 다가올 서울올림픽을 겨냥한 선전용 대외전략의 일환이었다. 그리고 국내에서의 그 현실적인 양태는 방북 인사의 구속을 계기로 한 공안 정국의 조성과 민주 인사의 대량 구속으로 나타났음은 모르는 사람이 없는 사실인 것이다.

대한민국 정부의 최고 책임자는 또 어느 날 느닷없이 텔레비전에 나타나 시청자를 깜짝 놀라게 하는 담화를 발표했다. 그것은 바로 얼마 전 7월 20일에 나온 '남북 대교류 기간'의 선포이다. 그러나 깜짝쇼를 보고 놀라는 사람은 많지 않았을 것이다. 어느 날 갑자기 연출되는 깜짝쇼는 지금까지 그 예로 봐서 대부분이 예상되는 것이었고 현실의 세계에서는 그 실현이 불가능한 것이었기 때문이다.

7월 20일의 깜짝쇼 '남북 대교류 기간'의 선포도 예외일 수는 없었다. 며칠 전에 북한이 남북 왕래와 접촉을 '성과적으로 보장하기 위해' 판문점 공동 경비 구역 안의 북쪽 지역을 개방한다고 발표했을 때 필자는 점을 쳤다. 남한에서도 그에 대응하여 뭔가를 내놓을 것이다. 북한보다 더 큰 것, 북한으로서는 도저히 감당할 수 없는 것, 아니 감당할 수 없을 것이라고 확실한 검증을 거친 것을 꽝! 하고 큰소리가 나도록 내놓을 것이다'라고. 이번의 '남북 대교류 기간'의 선포도 내 점괘가 적중한 것에 불과한 것이다.

또 하나의 깜짝쇼가 연출되리라고 예상케 하는 대목은 국내의 정치 상황이었다. 국군조직법, 방송관계법 등을 집권당이 국회에서 날치기로 통과시킴으로써 야당이 총사퇴를 결의하고 나선 마당에 뭔가 터져야 하는 것이다. 다시 말해서 집권 여당은 자기들에게 불리하게 전개되어가고 있는 정국을 타개하기 위해 비상수단을 사용해야 할 절박한 상황에 처해 있었던 것이다. 그래서 여당은 국민적 관심의 대상이 되고 있었던 평민당과 민주당의 두 총재가 회동하는 날을 잡아서 꽝! 한방 먹였던 것이다. 그리고 계속해서 정부 당국은 평민당과 민주당과 재야가 보라매공원에서 대중집회를 가질 예정이던 7월 21일에, 야당의원 전원이 국회의장에게 의원 사직서를 제출하던 7월 23일에 각각 남북 대교류 후속 조치를 위한 청와대 당정 고위급 회담과 3부 장관 기자회견을 가졌던 것이다.

이런 일련의 사태를 두고 최근 정부가 남북관계의 개선에 '인내와 끈기'를 가지고 대처한다고 믿을 사람은 아마 많지 않을 것이다. 또한 정부의 대 북한 접근 방식이 최근에 와서 많이 달라지고 있다고 믿는 사람도 없을 것이다.

민족이 해방되고, 해방과 동시에 미군이 진주하고, 미군의 진주와 때를 같이하여 나라가 두 동강나고 45년! 반세기에 맞먹는 세월! 역대 대한민국 정권은 통일을 위하여 노력하지 않는 바가 없었다.

제1공화국의 정권은 '북진통일'을 위하여 '평화통일'을 주장한 사람을 가두고 또 죽이기까지 했고, 3공화국, 4공화국 정권은 통일을 한답시고 7·4 남북공동성명을 발표하더니 유신 쿠데타를 일으켜 권력을 독점했고, 6공화국 정권 또한 통일을 위하여 7·7선언을 발표하였고 그 선언을 받아들여 통일을 위하여 고난을 무릅쓴 인사들을 감옥에 처박아놓고 있다.

솔직하자, 이제 대한민국 정부야. 선언으로만 '북한을 경쟁과 대결과 적대의 대상이 아니라 화해하고 협력하는 민족 공동체'라고 하지 말고 북한을 반국가 단체라고 규정한 법도 그에 상응하게 뜯어고쳐라. 이제 한 손은 칼을 쥔 채 뒤로 숨기고 다른 한 손으로는 화해하자고 손을 내미는 술수는 그만두어라. 그리고 또 대한민국 정부야, 남북의 긴장을 완화하기 위해 어느 쪽의 제안이 더 타당성을 갖고 있느냐. 신뢰가 우선 구축된 뒤에 군사력을 감축하자는 것과 상호 신뢰를 얻기 위해서는 먼저 군사력을 줄이자는 것 중에서. 상호 신뢰와 군축이라는 함수 관계는 말이나 믿음만으로 보장되지 않는다는 것은 국제 관계의 역사에서 상식이 아니냐. 군축이 먼저냐 신뢰가 먼저냐 하고 남북이 구체적으로 논의하고 있는 마당에 우리 정부가 여전히 120대의 현대식 전투기를 30억 달러에 사들여야 하는 이른바 한국 전투기 구매 개획(KEP) 협상이 진행되어 이제 막바지 단계에 이르고 있다는 소식을 들었을 때 북한은 남한의 선신뢰 후감축 제안을 어떻게 받아들이겠느냐. 필자가 이런 비교를 한 것은 북한 쪽 제안을 두둔하기 위해서가 아니다. 다만 객관적인 입장에서 냉정하게 한 번 따져보고 싶어서이다.

또 하나 짚고 넘어가야 할 것은 통일을 위한다는 정부의 접근 방식이다. 최근 정부는 남북한 인적, 물적 교류와 협력을 촉진시키기 위한 국가보안법 등 다른 법률에 우선하여 적용되는 특별법으로서 '남북교류협력법'이라는 것을 제정하여 국회에서 통과시켰다. 필자는 북한을 반국가 단체로 규정하고 북한 사람과 접촉하는 것을 범죄 행위로 다스리고 있는 국가보안법을 그대로 둔 채 이런 특별법을 만드는 데는 어떤 저의가 숨겨져 있지 않느냐 하는 의구심을 떨쳐버릴 수 없다. 왜냐하면 자본과 권력을 독점하고 있는 사람들은 한편으로 이 특별법을 통해서 법적인 하자 없이 자기들의 정치적, 물질적 이익에 맞게 통일 논의를 독점하고 다른 한편으로는 노동과 농민 등 근로 대중이 그들의 정치적 물질적 이익에 맞게 통일 논의를 하거나 운동을 펴면 국가보안법으로 다스릴 소지가 있기 때문이다. 물론 정부는 필자의 이런 우려가 기우에 지나지 않는다고 가볍게 넘겨버릴지도 모른다. 그러나 무릇 인간이란 동물은 어떤 사상, 철학, 정치, 종교, 예술 등 관념적인 것을 추구하기에 앞서 먼저 먹어야 할 밥, 입어야 할 옷, 거처해야 할 집 등을 마련하여 자기의 기본적인 욕구를 채우는 일에 사로잡히는 법이다. 그렇기 때문에 현실의 인간은 나라의 장래와 민족의 운명 따위 또는 자기가 살고 있는 시대의 중대한 문제에 대해서도 그가 사회적 생산에서 차지하고 있는 위치에서 우선적으로 사고하고 행동하는 것이다.

통일 문제에 대해서도 마찬가지일 터이다. 남한 사회의 각 구성원들은 각자의 사회적 위치와 생산에서 차지하고 있는 지위에서 통일에 관해 생각하고, 논의하고 나아가서는 통일된 후의 사회를 머릿속에 그려볼 것이다. 그런데 중요한 것은 그들의 통일에 대한 생각, 논의, 전망들은 특정한 이데올로기에 사로잡혀서 하는 것이 아니고 각자의 물질적인 이해 관계에 기초해서 한다는 것이다. 그렇기 때문에 가진 자나 그렇지 못한 자가 통일을 논의하고 운동을 펴는 데 있어서 그 어느 쪽에 편향해서 진행되어서는 안 된다는 것이다. 사회 각 구성원들의 다양한 욕구를 통일적으로 구현할 수 있는 그런 통일운동이 이루어져야 하고 통일된 후에도 통일된 욕구가 실현되는 사회가 이룩되어야 할 것이다. 이렇게 되기 위해선 먼저 현실의 각계 각층의 인간이 골고루 정치적인 자유와 물질적인 행복을 누리는 사회가 전제되어야 함은 말할 필요도 없을 것이다.

끝으로 통일된 후에 어느 한 사람도 불행한 사람이 있어서는 안 되겠기에 여담으로 채만식의 단편 「논 이야기」에 나오는 한생원에 관한 이야기를 적어본다.

'8·15해방' 이듬해에 쓴 채만식의 단편소설 「논 이야기」에 한생원이라는 인물이 나온다. 소설의 주인공인 그는 자기 논 일곱 마지기를 자작하면서 남의 논 몇 마지기를 소작하여 칠팔 명이나 되는 식솔들을 근근이 먹여 살리는 가장인데 사람됨이 조금 헤프고 허황한 데가 있어 빚을 지게 된다. 결국 그는 소위 '경술합방' 바로 다음해에 일본 사람에게 자기 논 일곱 마지기를 팔아넘기고 토지 없는 농민으로 전락하게 되는데 주위 사람들이 그의 이런 처지를 딱하게 여겨 위로 비슷한 말을 몇 마디씩 하면 그는 천연덕스럽게 다음과 같이 대꾸한다.

"일인들이 다 쫓겨가면 그 땅 도로 내 것 되지 갈 데 있겠나?"

한생원이 자기와 식솔들의 유일한 밥줄인 논을 팔고도 그런 배포 있는 장담을 한 것은 그에게 장차 일인들이 쫓겨갈 것이라는 무슨 확실한 근거가 있어서가 아니다. 허풍이 좀 심한 그도 논을 팔게 된 것이 어리석기도 하고 부끄러워 그것을 적당히 넘겨버리기 위한 희떠운 수작에서 나온 소리일 뿐이었다.

그 후 35년이 지나고 소위 '해방'이란 것이 와서 일인들은 토지와 그밖의 온갖 재산을 죄다 그대로 내어놓고 보따리 하나에 몸만 쫓기어 조선 땅을 떠나게 된다.

사람들은 빼앗긴 나라를 되찾았다는 기쁨에 들뜨기도 하지만 한생원은 그러나 자기 논 일곱 마지기의 향방에 관심이 쏠린 나머지 들뜬 분위기에 쉽게 휩쓸리지 못한다. 마을 친구 송생원이 "우리도 독립만세 한 번 부르실까?" 해도 "남 다아 부르고 난 댐에 건 불러 무얼 허우?" 이렇게 시큰둥하게 대할 따름이다.

'해방'이 되고 얼마 지나지 않아서다. 일인의 재산을 조선 사람에게 판다는 소문이 한생원의 귀에 잡힌다. 한생원의 가슴은 철렁 내려앉는다. 그도 그럴 것이 자기에게는 일곱 마지기 논을 살 돈도 없을 뿐더러 임자 있는 논을 아무에게나 판다는 것이 도무지 불합리한 처사인 것이다. 결국 한생원은 35년 전의 자기 논 일곱 마지기를 차지하지 못하고 소설은 한생원이 뱉아낸 다음

과 같은 말로 끝난다,

"일없네, 난 오늘버틈 도루 나라 없는 백성이네. 제길, 36년두 나라 없이 살아왔을러드냐. 아니, 나라가 있으면 백성한테 무얼 좀 고마운 노릇을 해주어야 백성도 나라를 믿구 나라에다 마음을 붙이고 살지. 독립이 됐다면서 고작 그래 백성이 차지할 땅 뺏어서 팔아먹는 게 나라 명색야?"

그러고는 털고 일어서면서 혼잣말로,

"독립됐다구 했을 때 만세 안 부르기 잘했지."

세상살이

　몇 년 전의 일이다. 민족문학작가회의에 근무하는 한 간부의 특별한(?) 배려로 나는 영화 시사회 초대권 두 장을 손에 넣을 수 있었다. 시사회 상영 시간인 저녁 8시에 맞추려고 마누라와 나는 저녁밥도 거르고 정류장으로 달려갔다.

　그러나 30여 분 기다려도 우리가 타야 할 버스가 오지 않아, 하는 수 없이 택시를 잡아탔다. 그런데 계속되는 교통 체증으로 인해 택시는 속도를 내지 못하고 굼벵이 걸음을 흉내내고 있었다. 이렇게 가다가는 영화 상영시간에 영락없이 늦겠다 싶어 우리는 전철역이 그다지 멀지 않은 지점에서 내렸다.

　그야말로 허둥지둥 서둘러서 전철 속으로 쳐들어간 우리는 아비규환과 같은 차내의 혼란스런 분위기에 시달려 거의 녹초가 된 상태에서 약속된 극장 근처에 닿았다.

　영화관 입구에 와서 손목시계를 보니 8시 3분 전이었다. 극장 앞마당은 줄을 지어 표를 사는 사람들, 포스터를 구경하는 사람들, 입장하는 사람들로 혼잡을 이루고 있었다. 우리는 상영 시간에 맞췄다는 안도의 숨을 길게 내쉬며 초대권을 꺼내들고 검표원 앞으로 다가섰다. 그런데 우리는 순간 절망에 가까운 표정을 짓지 않을 수 없었다.

"아, 이거 죄송하게 되었습니다. 오늘은 입추의 여지가 없을 정도로 초만원 상태라서, 내일 아무 때라도 오시면 관람하실 수 있도록 해드리겠습니다."

이렇게 정중하게 부탁하는 검표원의 말에 우리는 여간 실망하지 않을 수 없으면서도 천신만고 끝에 여기까지 당도해서 이렇게 쉽게 사절을 당하는 것이 조금은 분하기도 하고 조금은 야속하기도 해서 어떻게 좀 들어갈 수 없느냐고 사정했다. 그러나 극장측은 완강했다.

그런데 이상한 것은 '입추의 여지가 없을 정도로 초만원'이라고 해서 우리의 입장을 간곡하고 정중하게 사절한 그 검표원이 다른 사람들은 전혀 스스럼없이 바로 우리가 보는 앞에서 입장시키는 것이었다.

그 어떤 사람이란 돈을 내고 입장권을 산 사람이었다.

또 다른 어떤 사람들은 우리와 같이 초대권을 갖고 왔다가 사절당하면서도 끈질기게 입장을 고집하면서 극장측의 부당성을 성토하기도 하고 삿대질에 욕설까지 퍼부어가면서 극장 관계자들을 윽박지른 사람들이었다.

마지막으로 또 다른 어떤 사람들이란 극장측 직원들과 평소에 안면이 있는 그런 부류의 인사들이었다.

이런 작태를 한참 동안이나 구경하다가 우리는 괘씸한 생각도 들어 차별 대우에 항의할까 말까 망설이다가 그냥 지나쳐버렸다. '오늘 꼭 봐야 되는 것도 아니다. 거기다가 지금 우리는 지쳐 있다. 내일 아무 때라도 오면 보여준다고 하지 않는가' 하는 생각으로 우리는 그날 영화 관람을 포기했던 것이다.

다음날 우리는 다시 그 극장에 갔다. 오후 3시쯤 되어서였다. 아무런 생각 없이 나는 어제의 그 검표원에게 초대권을 내밀었다. 그는 초대권을 볼 것도 없다는 시늉으로 퉁명스럽게 말했다.

"이거 어제 8시 것이잖아요?" 검표원의 이 말에 나는 뒤통수를 얻어맞은 사람마냥 멍청해져서 우두커니 옆에 서 있는 마누라를 쳐다봤다. 속았다 싶었다. 속이 대차지 못하고 억척스럽지 못한 마누라는 돌아가는 낌새를 대충

눈치 챘는지

"장삿속이란 게 다 그런 거 아니겠어요?"

하며 금방 포기하는 표정이었다.

이렇게 사기를 당한 순진한 사람들은 우리만이 아니었다. 극장 앞마당 여기저기에는 같은 처지의 사람들이 두세 명씩 모여 저 나름대로 분통을 터뜨리기도 하고, 불만스런 표정을 짓고, 또 어떤 사람들은 '×새끼들' 하며 욕을 씨부렁대면서 돌아서 제 갈 길을 가기도 했다.

나는 아예 포기 상태인 마누라의 권유를 따라 돌아설까 하다가 갑자기 무슨 악마가 내 머릿속에 끼었는지 다짜고짜로 그 여자 검표원한테 가서 대들었다. 나는 벌써 화가 치민 상태라 전후좌우를 살펴 극장측의 잘못을 따지기보다 그냥 큰소리로 떠들어대기만 했다.

내가 생각해봐도 자신이 한심스러웠다. 그런데 이게 어떤 효력을 발휘했다. 두서없는 나의 항의에 귀찮아졌는지 여자 검표원이 자리에서 일어나 잠깐 어딘가로 사라지더니 그 사라진 쪽에서 나이가 지긋한 한 사내가 내 앞에 나타났다. 그는 아주 점잖을 빼면서 나에게 이런 식으로 말을 하는 것이었다.

"선생님, 어제 분명히 8시 이후에 오셨지요? 정각 8시에 오신 분들은 제가 직접 모두 입관시켰습니다. 이제 와서 선생님이 떼를 쓰시면 우리는 어떻게 하란 말씀입니까?"

이제 내가 거꾸로 사기꾼으로 몰리고 있었다. 사기꾼에 의해서 사기꾼으로 몰리고 있다는 생각이 내 머리를 완전히 돌게해버렸다. 나는 소리를 버럭 지르며 있는 욕 없는 욕을 다 동원해서 극장 주변을 떠들썩하게 했다.

사람들이 모이기 시작했다. 모인 사람들 중에는 나와 같은 처지의 사람들도 섞여 있었다. 그들 중 몇몇이 나의 광기를 응원했다. 극장측을 향한 욕설과 삿대질로 주위는 아수라장이 되어갔다. 유리창이 깨지고 피가 나고…….

결국 소란을 가라앉히기 위해 극장의 전무란 사내가 나타났다. 소란의 두

목격인 내가 그와 자리를 같이했다. 나에게 던진 그의 첫마디는 '대화를 통해서 문제를 해결할 만한 양반 같으신데……' 어쩌고 저쩌고였다.

"여보시오 당신이 성자요. 이 나라에서 말로 되는 것 봤소. 총으로 되는 세상 아니요? 말, 말, 말 하고 대화다, 용서다 화해다 하지만 그따위 말은 힘센 자들이 일 저질러 놓고 급할 때나 느긋할 때 써먹는 속임수일 뿐이오. 이리 속이고 저리 속여도 안 되면 힘센 놈들이 들이댄 것은 몽둥이고 총구가 아니오?"

나는 이 따위 말을 전무에게 던져놓고 초대권을 꺼내어 북북 찢어버렸다.

(『시와 혁명』, 203~206쪽)

무엇을 하자는 전경협인가?

　내년 초로 예정된 전노협의 결성을 앞두고 지난 17일 독점 재벌의 우두머리들이 이른바 '전경협'을 구성하고 노동 운동 세력에 대항하여 공동 전선을 펴기로 했다. 전선의 참가자들은 현대, 삼성, 대우, 럭키금성 등 30대 재벌 그룹과 경총, 전경련, 대한상의, 무역협회, 중소기업중앙회은행연합 등 경제 6단체장들이다. 그리고 당연하게도 독점 자본의 이익과 요구가 어떤 저항에 부딪혀 순조롭게 관철되지 않을 때 항상 투쟁의 최전선에서 물리적인 힘을 동원하여 돌파구를 내주어왔던 국가 권력은 경제계 두목들의 대 노동자 투쟁 연대 선언을 전후하여 엄포 터뜨리기를 잊지 않았다. 14일의 총리 주재로 열린 치안 관계 장관회의의 내용과 18일의 노동부장관이 근로감독관들에게 내린 지시 따위가 그것이다.

　그러면 입버릇처럼 노사 관계를 '형제 관계'라느니 '친척 관계', '가족 관계'라고까지 떠벌리면서 화해와 협상과 타협의 이데올로기를 선전해왔던 그들이 이제 와서 엉뚱하게 노동자들의 노동운동 세력을 자유시장 경제 체제를 전복시키려는 급진 폭력 집단으로 규정하고 노동운동 세력에 대항하여 연대 투쟁을 선언한 저의는 어디 있으며, 자본가들이 투쟁의 대상으로 삼고 있는 노동자들의 현실은 과연 어떠한 것인가?

우선 자본가들에 의해서 급진 폭력 세력으로 규정된 노동자들의 현실과 그들의 운동 경향에 대해서 알아보자.

우리나라 노동자들은 세계에서 가장 긴 노동 시간을 자본가들에 의해 강요당해왔다. 이것은 오래 전부터 잘 알려진 객관적인 사실이다.

우리나라는 산업재해율이 세계에서 가장 높다. 노동 조건의 열악성 때문에 산업 현장에서 죽거나 불구의 몸이 된 사람이 한 해에도 14만 명을 헤아리고 있다. 이것도 잘 알려진 객관적 사실이다. 그러나 이러한 사실만으로는 우리나라 노동자들이 직면하고 있는 작업 환경의 열악성이 우리의 피부에 와 닿지 않을지도 모른다. 최근 일간 신문의 보도에 의하면 한국 노동자의 산재율은 미국이나 일본의 10배이고, 이른바 GNP가 한국보다 낮은 필리핀, 버마 등의 그것보다 서너 배가 높다는 것이다. 또 어떤 잡지와 신문은 한국전쟁 3년 동안에 전쟁에 직접 참가하지 않았던 비전투원의 사상사 수가 48만 얼마였는데, 1984~86년의 3년 동안 산업 현장에서 산재로 죽거나 불구의 몸이 된 노동자의 수는 50만을 넘고 있다고 보도한 바 있다.

이것은 우리나라 노동자들이 6·25전쟁보다 더 참혹한 노동 조건 속에서 하루 세끼의 밥과 잠자리를 얻기 위해 생사를 건 노동을 강요당하고 있다는 것을 보여주고 있다.

그런데 이처럼 참혹한 현실에 직면해 있는 노동자들이 최소한 정치적 자유와 최소한의 인간적인 삶을 유지하기 위해 민주노조를 결성하거나 집단적인 행동을 했을 때 국가 권력과 자본가들은 어떻게 대응했던가? 한마디로 말하자면 국가 권력은 법과 질서의 이름으로, 반공의 이름으로, 자유민주체제 수호의 이름으로 무자비한 탄압을 일삼았다. 그것은 지금 투옥되어 있는 수백 명의 노동자들이 증명하고 있다. 자본가들은 깡패들을 고용하여 '우리도 인간이다. 기계가 아니다. 노예가 아니다'고 외치며 몸부림치는 노동자의 등에 칼을 꽂고 몽둥이로 머리통을 까부수고 쇠파이프로 옆구리를 부러뜨리는 만행을 서슴치 않았다.

이런 그들이 적반하장격으로 '산업 평화'를 운운하며 정치적인 자유와 인간적인 삶을 요구하며 민주노조를 결성하려는 노동자들을 급진 폭력 세력으로 매도하고 반노동자 연대 투쟁을 선언한 저의는 분명하다. 노동자의 피와 땀으로 살찐 그들이 경제 위기의 책임을 노동자들의 임금 인상 투쟁에 돌리고 자본주의와 주기적인 불황을 보다 더 많은 노동자의 피땀으로 극복해보려는 속셈에서 나온 것이다.

그러나 노동자들은 더 이상 자본과 권력이 공동 연출하는 기만 술책과 공갈 협박극에 넘어가거나 굴복하지 않을 것이다. 노동자들은 압제와 착취의 세계에서 시달리면서 자기들의 사회적 계급적 존재를 자각하고 날이 갈수록 확대 심화되어가는 부익부 빈익빈 현상이 단순한 정책상의 잘못에서 비롯된 것이 아니라 노자간 모순의 필연적인 산물에 다름 아니라는 것을 인식하게 되었던 것이다. 독점 재벌과 그들의 재산과 생명을 지켜주느라 불철주야 노심초사하고 있는 국가 권력이 두려워하는 것은 노동자들의 이러한 인식과 자각일 터이고 바로 그런 인식에 기초하여 독점 재벌은 노동운동 세력에 대항하여 연대 투쟁을 선언하였을 것이며 국가 권력은 그에 장단을 맞춰 엄호 사격을 발사했을 것이다.

(『시와 혁명』, 207~209쪽)

제3부

서신[*]

---

* 엮은이 주 : 『산이라면 넘어주고 강이라면 건너주고』에 수록된 서신들인데, 그 외의 서신
들은 출처를 각각 밝힘.

아내

몸 전체가 평화요 사랑인 그대

원화(源花)에게.

그대는 내 안에 든 작은 새요, 내 품에 꽉 찬 작은 새란 말씀이오. 나는 그대의 이마며, 눈이며, 콧날이며, 입술을 공격하고 싶은 거요. 그러나 몸 전체가 평화요, 사랑인 그대는 내 곁에 없소. 이게 절망이 아니고 무어란 말이오! 나의 삶은 급하고 세월의 흐름은 너무 빠르고……. 이게 절망이 아니고 무어란 말이오!

어디를 가든 거기에 개인적인 이익이 있어서 가서는 안 되오. 이름을 빛내기 위해서도 안 되오. 거기에 인간적인 의무가 있기 때문에 그곳에 가야 하오. '거기'는 우리의 이상향이오. 미래의 자식들이 이제는 서로 울타리를 둘러치지 않고 살 수 있는 곳이오. 한 인간이 딴 인간을 누르거나 뜯어먹고 사는 그런 곳이 아니오. 재산과 명성과 권력의 미끼 및 무기로 하여 우리네 순박한 처녀들의 몸집을 망가뜨릴 수 없는 곳이오. 다시는 다시는 다시는…….

그대 부탁에 따라 한문 공부 열심히 하겠소. 대신 내 부탁도 들어주오. 일본말 배우시오. 배우기 쉽소. 우리말로 옮겨진 책은 사실 읽을거리가 거의 없다 해도 내 건방진 말은 아닐 것이오. 나는 그대가 어서 일본어를 배워 제3세계의 문학과 사상을 접해 봤으면 하오. 그리고 러시아 작가들 특히 고리키, 에세닌, 마야코프스키의 문학을!

특히 고리키의 『어머니』를 꼭 읽어 보아야 소위 리얼리즘 소설의 전형을 알게 될 것이오.

그대가 없이는 난 헛되이 봄을 기다리는 결과가 될 것이오.

종로 1가 소재 해외출판물 주식회사(일어 서점 : 광화문서점?)에 가셔서 『네루다 시집』이 있으면 사서 보내주시면 고맙겠소. 전에는 있었소. 2층에 있소. '정음사'간 『세계문학전집』 중에서 셰익스피어의 작품집도 사서 보내주시고요.

1980. 6. 21.

---

* 엮은이 주 : "원화(源花)"는 김남주 시인이 지금의 아내인 박광숙에게 붙여준 이름. 아내가 차입해준 책 『신채호』에서 "원화"라는 인물에 감동을 받아 그 이름을 명명했다고 함.

원화를 위하여

무엇보다도 건강해야 돼요. 강해져야 하오. 강해져야 하오. 이 지방에서 좋은 일을 하여야 할 사람은 자기 몸을 소홀하게 생각해서는 안 되오.

열 길 담장이 우리의 길을 가로막고 있지만 언젠가는 자욱한 안개 걷히고 그 담장 너머로 서로가 다문 입술, 붉은 볼로 떠오르는 태양을 볼 것이오. 기다려라 기다려라 기다려라. 오! 세월이여. 지금 시의 흐름, 인생의 흐름이 막혀 있지만 언젠가 제방이 터져 격렬하게 흘러내릴 때가 있을 것이오.

내 억센 농부의 팔뚝으로 나의 희망이요, 절망이요, 대지인 그대를 파헤쳐 튼튼한 아이를 태어나게 하고 싶소, 미래의 아이를.

몸을 아껴요, 힘을 축적해요. 지금은 지옥과도 같은 용광로 속에서 시련을 견뎌내야 할 때요. 언젠가는 타오르는 불꽃을 보기 위해서.

1980. 7. 8.

* 추신 : 이 편지 받는 즉시 와주시오.

모든 길은 그대에게로

모든 길은 로마로! 나는 이것을 다음과 같이 바꾸어서 생각해왔었소. 모든 길은 레볼루찌온으로! 그러나 이제는 또 바뀌어서 이렇게 명명하고 있소. 모든 길은 그대에게로! 라고 말씀이오.

왜냐하면 이제 그대는 나에게 있어서 로마이고, 레볼루션이고, 평화이고, 자유이고, 시이고, 생명이기 때문이오.

다시 말해서 나 자신이 그대이고 그대 자신이 나이기 때문이오. 나의 모든 것은 이제 오직 그대를 통해서만이 실현될 것이오. 나의 전신경, 나의 모든 힘줄, 나의 숨결 하나하나는 그대에게로 향할 것이며 그대의 신경과 결합하고, 그대의 힘줄과 합일하고 그대의 숨결과 화합하여 우리의 이상향을 창조하고 맥박치며 살아갈 것이오.

"님이 날 생각해도 긴가민가 하여라"고 그대는 탄했소. 그런데 나는 묻고 싶소. 내 이미 그대 이마 위에, 눈 위에, 콧날 위에, 입술 위에 내 입술을 포개어놓았는데, 내 이미 그대를 파헤쳐 대지 저 밑바닥에서 튼튼한 아이를 태어나게 하였는데, 더 이상 무슨 말을 하란 말이오!

그대가 나를 떠나, 그대 떠남으로 인해 나의 죽음을 재촉하지 말아주시오. 나는 성자도 신사도 아니고 아니 될 것이오. 나는 레볼루찌오니스트이며 시인으로서 죽어갈 것이며, 증오하고 사랑하며 살아갈 것이며, 노래하고 싸우다 죽어갈 것이오.

그대 만일 나를 떠나 나로 하여금 화나게 한다면 그때 나는 투석기의 돌이 되어 그대 머리 위에 부서질 것이며, 그때 나는 시위를 떠난 화살이 되어 그대 심장에 꽂힐 것이며, 암벽에 부서지는 파도가 되어 증오의 벽을 뒤엎고 죽을 것이오.

여백이 남아 있어 내 속마음 하나 적어놓으니 절실하게 받아주시오. 그대가 지금 걸치고 있는 실오라기 하나하나는 우리네 직녀들의 피와 땀과 눈물의 결정이라는 것을, 그네들의 피맺힌 한이라는 것을, 그대가 지금 먹고 있는 쌀 한 알 한 알은 우리네 농자(農者)들의 피요 땀이요 눈물이라는 것을, 우리의 모든 생각과 모든 행위와 행동은 이들 앞에서 결정될 것이며 이들만이 판단할 것이오. 이들이야말로 나의 희망이요, 길이요, 빛인 것이오. 와신상담으로 그대를 통해 내가 살고 더욱 튼튼한 몸으로 나가고자 하는 것도 모두가 한결같이 이들 때문이란 것을 꿈에라도 잊지 말기를 바라오. 이들이야말로 나의 유일한 판관이오. 농자와 직녀만이—.

1980. 7. 23.

* 추신 : 『셰익스피어 전집』이 있으면 차례대로 넣어주시되 제2권은 빼시오. 우선 『템페스트』를 보고 싶소. 그리고 책은 읽지 않은 채 많이 쌓여 있으니 셰익스피어 한 권씩만 가끔 넣어주시오. 한문 공부를 제대로 하려면 고사성어에 대해 앎이 있어야 할 것 같소. 일본 서점에 가면 좋은 것이 있으니 서둘 것은 없고 시간나면 구입해 넣어주시면…….

---

* 엮은이 주 : 김남주 시인은 이 편지 이후로 "윈화"에서 "광숙"으로 호칭을 바꿈.

산이라면 넘어주고, 강이라면 건너주고

내가 지금 처해 있는 위치 때문에 광숙이가 가족들로부터 여간 시달림을 받고 있지 않나 하는 생각이 드오. 이에 대해 나로서 이러쿵저러쿵 할 말이 없을 것 같소. 또한 그럴 성질의 것도 아닌 것 같고요. 다만 나로서 그대에게 보내고자 하는 말은 사랑이란 호락호락 쉬이 얻어지는 것이 아니라는 것이오. 한 산을 넘으면 바위로 험악한 또 하나의 산이 있고, 물을 건너면 파도로 사나운 또 하나의 바다가 있듯 우리의 사랑의 길은 고달프고 멀다는 것. 그러니 산이라면 넘어주고, 물이라면 건너주겠다는 심정으로 우리의 이 애틋한 사랑을 키워갑시다. 순간마다 나는 그대에게 입맞춤의 소낙비를 보내고 있소.

그대에게 내가 화를 냈다고 했는데 잘못된 것이오. 보다 그대를 사랑했을 뿐이오. 당신의 글에서 내가 조금은 섭섭하게 여기고 있는 것은 뿌리 깊은 그대의 관념성과 소시민성과 리버럴리즘일 것이오. 허나 이것 또한 나로선 자신 있게 말할 수 없는 것이오. 음악을 듣고 꽃을 노래하고 종교에 의지하고…… 어찌 내 이런 그대의 감성과 서정성을 탓이나 하겠소. 나도 어엿한 한 시인인데 말이오.

이 참에 내가 당신에게 부탁하고 싶은 것은 어떤 대상을 보는 데 있어서 관념으로써가 아니라 실제적인 구상으로써 사물과 인간을 체험하도록 노력해봤으면 하는 것이오. 그리고 어떤 사물과 인간을 체험하도록 노력해봤으면 하는 것이오. 그리고 어떤 사물과 인간을 보는 데 있어서도 물질적인 것과 경제적인 요인을 소홀히 하지 말라는 것이오. 아니 오히려 경제적인 요인을 주된 것으로 하여 관찰해보시오. 우리가 소위 인간을 해방한다고 입버릇처럼 말하고들 있지만 관념과 신과 신화로써 인간과 역사와 사회를 체험해 가지고서는 인간 해방은 불가능하리라는 생각이오. 우선 관념으로부터의 해방! 나는 이렇게 말하고 싶소. 그리고 인간 해방을 위한 처방을 천착해보자는 것이오.

그대 어린 시절의 추억들은 나로 하여금 내 어린 시절의 일들을 떠올리게 하였소. 기뻤소. 즐거웠소. 속편은 좀 길게 써서 보내주시오.

당신과 함께 옛 추억을 되살리며 시골의 들길을 걷고 싶소. 그때가 언제가 될런지 난 모르오. 난 모르오. 아, 그러나 이제 나도 이처럼 외로울 때, 고적할 때 잡을 손이 있고 부를 이름이 있다는 게 얼마나 다행이고 행복한가! 가뭄의 굵은 빗방울이 대지에 박히듯 내 뜨거운 입술이 그대 마른 몸에 박힐 날이 언제일런고!

1980. 8. 2.

그대의 꿈을 속삭여주오

요 며칠 동안 나는 당신의 옆모습이며 앞모습 그리고 뒷모습을 눈여겨보곤 하였소. 기다랗게 곡선을 긋고 완만하게 올라간 당신의 목줄기와 알맞게 살이 오른 당시의 귓부리와 그리고 새악시의 부끄러움으로 피어오른 당신의 빨간 볼에 별보다도 많은 키스의 세례를 퍼부었소. 나 또한 정면으로 당신을 보기가 부끄러웠소. 스무 살의 신랑처럼 말이오. 행복하오. 건강하소서 님이여!

요즘 무슨 일로 하루하루를 소일하고 있는지 알고 싶소. 잠은 몇 시에 자고 또 깨는지, 그대 꿈속의 나라에는 누가 살고 있는지 알고 싶소. 여전히 소설에의 꿈이 사라지지 않고 있는지…… 그대만이 간직하고 있을 꿈의 내용을 나에게 속삭여 다오. 비밀 속의 비밀을 내 귓부리에 뜨거운 입술로 속삭여 다오. 오, 내 사랑이여!

내 어딜가나 그대 생각으로 가득 차 강물 위에 떨어진 별빛으로 일렁일 것이오. 그대를 통해 실현될 우리의 꿈으로 만발할 것이오. 아, 그대가 만약에라도 만약에라도 내 곁을 떠나기라도 한다면 나는 파괴된 대지의 별이 될 것이오. 내 꿈은 봄날의 개꿈으로 울부짖을 것이오. 15년이란 세월은 나에게 있어서 뿐만 아니라 그대에게는 더욱 긴긴 세월이 아닐 수 없소. 이런 말을 내가 하게 된 것은 내가 그대를 의심해서가 아니오. 내 존재가 그렇기 때문이오. 즉 존재가 의식을 결정하기 때문이오.

내가 부탁한 네루다(ネルダ) 시집은 찾아보았는지 알고 싶소. 없으면 주문이라도 해서 꼭 구입하시오. 『셰익스피어 전집』이 있으면 한 권씩 틈을 두면서 넣어주시오. 그리고 2심이 끝나면 아마 대전으로 갈 모양이니 징역 준비를 해야겠소. 사랑하오. 건강하시오.

1980. 8. 14.

* 추신 : 시골에 있는 동생이 『브레히트(ブレヒト) 시집』 2권을 이곳에 보냈다는데 아직 닿지 않고 있소. 덕종이한테 편지해서 알아보도록 하시오.

어둠을 사르는 횃불을 들고

숙자에게.

뜻밖의 너의 출현에 난 어리둥절해 버렸었구나. 오랜만에 본 네 얼굴 참 깨끗하고 아름답더라. 남도의 따가운 가을 햇살처럼 고운 네 살결에 언제쯤이면 닿을 수 있을까. 내 손이 내 입술이 말이다.

나로 인해 괴로움도 쌓이겠지. 아무튼 몸일랑 성하고 가닥을 잡아 이 맹랑한 세파를 건너가거라.

15년이란 세월은 손꼽아 헤일 수도, 일월로 세일 수도 없는 시간이다. 독방에서 가끔 생각하는 것이 흡사 내가 끝이 보이지 않는 터널 속에 있는 짐승과 같더라. 어둡고, 괴롭고, 외로운 시간만은 아니다.

이런 생각도 해봤다. 한 손에는 어둠을 사르는 횃불을 들고 또 한 손에는 자유의 상징인 깃발을 치켜들고 민중을 이끌고 터널 저쪽 끝에 나타나는 네 모습을, 드라끌로와의 자유의 여신상 마냥 말이다.

숙자야, 내 어머니 얼굴 잘 보았지. 손끝이며 손바닥이며 유심히 잘 보았지. 돌아가신 내 아버지의 모습도 보았더라면……. 그들의 가뭄의 논바닥처럼 금이 쩍쩍 간 얼굴이며 손바닥이며, 손등에서 한 시대의 절규와 불만과 울분을 볼 것이다.

방금 점심이 도착했다.

시간이 없다.

다음에 또 쓰마.

모르간의 『고대사회』*(번역된 것)

1980. 9. 24.

---

* 엮은이 주 : 미국의 정치가이자 민속학자인 루이스 헨리 모건(Lewis Henry Morgan, 1818~1881)의 저서. 19세기의 진화주의에 큰 영향을 끼쳤고, 마르크스주의자의 고전이 되었다.

* 엮은이 주 : 직계 가족 외에는 편지가 허용되지 않는 교도소 규칙을 피하기 위해 누이동생인 김숙자의 호칭을 빌어 박광숙에게 쓴 것임.

민중과 더불어

광숙이가 소설 쓰는 요령에 대해 물어왔기에 몇 마디 거들어줄까합니다. 전번에 나는 소설의 기반을 이루는 것은 대지와 대지에 뿌리를 내리고 사는 민중이라고 했습니다. 여기에 구체성을 가하면 대지라고는 해도 인간과의 관계에서만이, 즉 민중 생활과의 관계에서만이 의미가 있고 중요성을 갖는다는 것과 민중이라고 내가 표현했지만서도 그 민중이란 이 대지 위에서 노동을 영위하고 사는 사람에 한하고 있습니다. 즉 자기 자신의 노동으로 인간적인 생활을 하는 사람입니다. 소설가 또는 문학자는 이 대지 위의 민중 생활사의 바른 이해자이고 바른 기술자(記述者)입니다.

특히 소설가는 자기 시대의 민중의 대변인이어야 합니다. 민중의, 즉 노동하는 대중의 절망과 희망, 분노와 침체, 강점과 약점을 '대상의 전체' 및 '행동의 총체성' 속에서 포착하여 묘사해야 합니다. 자기 시대의 구체적이고 역사적인 토대 위에서 소설의 줄거리를 전개해야 합니다. 그리고 이야기 속의 인물들의 묘사도 이 구체적이고 역사적인 생활 현실 속에서 포착될 때 비로소 생생한 것입니다.

그리고 무엇보다도 문학하는 사람은 올바른 역사관을 갖고 있어야 합니다. 올바른 세계관을 갖고 있어야 합니다. 신에 근거한, 관념론에 근거한 세계관이 되어서는 아니 될 것입니다. 반야심경에 수상행식(受想行識)이란 말이 있는데 바로 이런 인식론상에 기초한 세계관이어야 합니다. 행(行) 다음에 식(識)이 오고 있음에 주의를 환기시키고 싶습니다. 의식이 존재를 결정하는 것이 아니라 인간의 사회적 존재가 의식을 규제한다는 것을 잊지 말기 바랍니다.

다시 불교의 반야심경에 나오는 저 유명한 문구를 떠올리고 싶습니다. "아제 아제 바라 아제 바라승 아제 모지 사바하" 이 말을 좀 부연해서 설명하자면 실천이야말로 모든 진리의 기준이라는 것입니다. 방구석에 앉아서 세상을 다 통효하고 있는 듯이 말하는 사람처럼 어리석은 자는 없습니다.

극단적인 예가 되겠습니다만 나는 구체적인 상황을 조사하지 않는 사람은 발언권도 주지 않아야 한다고 생각합니다. 구체적이고 현실적인 사실의 바탕 위에 인간이 설 때 그는 살아 있는 민중의 대변자가 되는 것입니다. 민중과 더불어 민중의 이익을 위해 무엇을 어떻게 해야 할 것인가를 늘 생각하세요. 모든 역사적인 사건은 민중 생활에 기반을 두고 있다는 것을 지금까지의 모든 역사가 설명해주고 있습니다.

올바른 세계관, 올바른 역사관, 대지와 민중, 반관념, 대충 이런 것들을 염두에 두고 주변을 한번 살펴보시오. 노동을 사랑하는 사람은 아마 내 생각으로는 세상에서 가장 아름다운 것을 창조할 것입니다.

1980. 10. 27.

* 추신 : ① 셰익스피어는 8권까지 일주일 간격으로 부치고, 다음으로 내가 읽고자 하는 것은 괴테 작품이니 준비해 놓고 기다리시기 바라오. ② 『한국현대사』를 구입하기 어려우면 굳이 애쓸 필요 없습니다. 구입하면 두 권씩 보내시오. ③ 서울구치소에서 찾아간 네루다(ネルダ) 책 중 시집만 한 권 부쳐주십시오. ④ 책 말고는 필요한 것이 아직은 없으니 무턱대고 부치지 마소서. 도서출판 '새벽사'에서 막심 고리키가 나왔음. 곧 우송요. ⑤ 전번에도 부탁하였지만 '범문사', '범한사'에 가서 숄로호프의 『고요한 돈강』, 『열려진 처녀지』(아카데미 일어서점) 고리키의 작품집을 구할

수 있는가 여부를 금방 알려주면 좋겠음. ⑥『문예춘추』8월호나 9월호 있으면 선전 사진 삭제하고 곧 우송요. 또 스페인어 계통의 문학, 특히 라틴 아메리카 문학에 대해서 알고 싶으니 외대에 가서 조사해보기 바랍니다. 네루다의『깐토 헤네랄(Canto General)』*, 아스투리아스의『대통령 각하』, 라틴 아메리카의 근대 및 현대의 모든 시.

---

* 엮은이 주 : 칠레의 민중시인 파블로 네루다의 10번째 시집인『보편적인 노래』(김남주 시인의 번역을 따름). 15장 231편의 시로 구성된 서사시집으로 라틴아메리카의 지리, 역사, 자연, 인물 등을 노래했다. 1950년 멕시코에서 출간되었다.

그대가 있기에 봄도 있다

난 즐겁고 기쁘고 행복하답니다. 그대가 있기에 봄도 있다는 노래 가사가 있는데 내가 바로 누이가 있기에 봄이 있을 것입니다. 누이는 참 건강해보였어요. 사랑하고 있는 처녀인 양 갈수록 아름다워졌는가. 양볼에 뽀얀 살이 오른 것이 마치 우리 집 옆 담의 무르익은 대추볼 같았어요. 누이는 필시 겨울 달밤의 청죽마냥 굳고, 청솔밭에 쌓인 눈송이처럼 맑고 깨끗했습니다.

그런데 누이는 어딘가 고집이 센 모양 같았습니다. 다루기 힘든 양이라고나 할까요? 아무래도 좋아요. 난 누이를 위해, 누이는 나를 위해 화로 속의 잿더미 속에 숨어 있는 불처럼 서로의 사랑을 불태우고 있을 거니까요.

지난번에 이어 소설 쓰는 데 도움이 될 만한 얘기를 계속하겠습니다. 나는 누이동생이 역사소설에 취향이 있는지 모르겠지만 그쪽으로 소설의 주제를 찾아보면 어떨까 하고 생각하고 있습니다. 내가 만일 소설을 쓰고 싶다면 아마도 우리나라 역사적 시대에서 1894년을 전후한, 그러니까 봉건사회가 해체되고 근대사가 그 움을 트기 시작한 과도기적 현상으로서의 우리 농민들의 생활상을 올바른 역사관과 세계관에 비춰서 객관적으로 묘사해보려고 할 것입니다.

그럴려면 우선 역사를 보는 올바른 눈을 가져야 할 것입니다. 그것은 (눈)사적유물론(史的唯物論)의 입장일 것이고 자기 존재의 입장에서 사물과 인간을 볼 것이 아니라 객관적인 차원에서 시대의 현황을 그 본질에서 파악하려고 애쓸 것입니다.

그리고 나는 당시의 민중의 생활 풍속에 대해서 고증학적 · 자연과학적인 측면에서 대충 고찰하고 내가 살고 있는 입장, 즉 현재의 입장에서 과거의 역사를 보는 눈도 가져야 할 것입니다. 왜냐하면 역사란 우리시대의 거울일 때 비로소 그 가치가 있기 때문입니다. 어떤 교훈도 줄 것이기 때문입니다. 누이가 과연 역사소설을 쓰고자 생각하고 있다면 선인들의 모든 역사소설을 통독해야 할 것입니다. 해외 것이든 국내 것이든, 춘원이나 동인 것이든 읽을 가치가 있는지 모르겠으나……. 1894년을 무대로 한 것은 물론이고—.

인물의 묘사에 있어서 유의해야 할 것은 첫째 전형성입니다. 전형성이란 예를 들면 동시대의 모든 문제 : 모순 · 갈등 · 나약함 · 강함 · 결점 · 장점 · 분노 · 절망 · 아픔 등등을 한 몸에 체현하고 있는 사람입니다. 작가의 머리가 조작해내거나 이상화한 그런 인물이어서는 안 됩니다. 객관적인 현상 형태로서의 인물입니다.

가령 지금 시골에서 노동에 종사하고 있는 덕종이의 경우를 생각해보세요. 그는 아마 가장 갖고 싶어하는 것이 있을 것이고 가장 싫어하는 것이 있을 것이고, 누구를 증오하고 누구를 사랑하고, 무엇에 분노하고 무엇에 절망할 것입니다. 농민, 과연 그가 참된 농민이라면 무엇보다도 토지를 갖고 싶어할 것입니다. 그리고 그 토지에 자기 노동력을 가하여 수확을 거두고 그 수확이 남의 목구멍에 공짜로 들어가게 하고 싶지 않을 것입니다. 만일 들어간다면, 즉 자기의 노동의 대가가 빼앗기게 된다면 그는 분명히 화를 내든지 절망하든지 할 것입니다. 그는 또한 아주 소박한 우리의 농부가 그렇듯이 맑은 물과 푸른 하늘을 갖고 싶어할 것입니다. 즉 자연적인 휴식이 필요한 것입니다.

그러나 현실적으로 그렇지 못할 때 가지는 인간의 감정, 즉 노동의 압박에서 오는 중압감으로부터의 해방을 바랄지도 모릅니다. 이 다음에 계속하겠습니다.

1980. 11. 7.

* 추신 : 난 문학 수업을 근본적으로 철저하게 새로 하려고 합니다. 그래서 체계를 세워 고전적인 위대한 리얼리스트들의 소설을, 시를 샅샅이 읽어야겠습니다. 내가 읽고자 하는 책들은 셰익스피어, 괴테, 발자크, 스탕달, 톨스토이, 푸슈킨, 고골리, 고리키, 숄로호프(도스토예프스키는 위대한 작가이기는 하지만 썩 마음에 들지 않습니다. 그는 인간성 중에서 악성만을 너무 두드러지게 파내서 천재적으로 그려내고는 있습니다만, 글쎄 읽어보기는 보아야겠습니다.) 이러한 사람들의 작품이 시중에 있으면 번역본이 되었거나, 영어본이 되었거나, 일어본이 되었거나, 스페인어로 되었거나, 싹 모아놓기를 바랍니다.

---

* 엮은이 주 : 약혼녀인 박광숙을 누이처럼 호칭함.

화로 속의 불씨처럼

사랑스런 광숙에게.

오늘 당신을 보고 와서 지금 이렇게 편지를 쓰고 있소. 머리 모양이 앳되어 보여 귀염둥이 같다는 느낌을 받았습니다. 먼 길 날 보러와줘서 고맙다고 칭찬해주고 싶소. 건강한 모습이었소. 늘 건강에 전념하시다시피 하기를 바라오.

밤 들어 세상은
온통 고요한데
그리워 못 잊어 홀로 잠 못 이뤄
불 밝혀 지새우는 것이 있다
사람들은 그것을 별이라 그런다
기약이라 소망이라 그런다
밤 깊어
가장 괴로울 때면
사람들은 저마다 별이 되어
어머니 어머니라 부른다*

---

* 엮은이 주 : 김남주의 시 「별」 전문.

어떠오? 서정을 한번 노래해 보았는데 서툴지는 않소? 제목은 적당한게 생각이 안 나 그대로 두었는데 당신이 한번 붙여보오. 당신과 동고동락하게 될 날이 오면 자주 당신의 의견을 물어보아 시를 써야 할 터인데……

여자
역시 여자
어쩔 수 없이 여자일 수밖에 없는 여자
그러나 여자가 과연 여자일 때는
백치가 되어
전사의 피를 닦아주는 하얀 손수건일 때
천치가 되어
노동의 땀을 씻어주는 푸른 손수건일 때*

이것은 또 어떠오. 해학이요, 시니시즘이요. 여기서는 이런 방향의 시를 생각해낼 수밖에 없구려. 역시 제목은 아직이오.

앞으로 우리의 전통적인 것에 대해서 특히 민중의 애환이 듬뿍 담긴 것, 즉 설화나 민화나 민담이나 속담 등에 대해서 노력을 기울여야겠소. 당신은 국문학을 전공했으니까 이 방면에 대해서라면 해박한 지식을 갖고 있으리라 믿소. 이런 것들을 모집해 엮은 책이 있거든 장만해 놓으십시오. 가끔 가다 읽어야겠소. 서울서 형님이 사 넣은 판소리 전집이 어디엔가 있을 터이니 다시 돈 들여 살 것 없소.

오늘 말한 바 있지만 다시 일러놓는 게 좋겠소. 소위 사상 서적이란 것이 무슨 신서 무슨 신서라 해서 범람하고 있을 거요. 일체 난 배격하오. 첫째 여기서 나온 것은 정치적 한계 때문에 진짜는 못 펴내고 어정쩡한 것만 번역되

* 엮은이 주 : 김남주의 시 「여자」 전문.

거나 저술되고 있다오. 귀신 씨나락 까먹는 소리들뿐이라오. 역사에 관한 특히 근세사를 살살이 읽고 싶은데 국내에서 나온 것으로는 탐탁한 게 없는 것 같소. 지금 내가 읽고 있는 것은 사실(史實)을 그런 대로 많이 수록하고 있어 주문했던 것이오. 역사를 자기 나름대로 평해놓은 것도 나에겐 별 도움이 되지 않을 것이오. 왜냐하면 내 나름으로 구체적인 역사적 사실에 입각하여 해석을 내리고 주장을 해야 하기 때문이오. 형편이 닿는 대로 내가 책명을 적어 보낼 테니 좀 무리해서라도 주문해 놓으시오.

사실 지금 나의 처지로 근육의 힘을 기르는 데는 별 어려움이 없지만 뇌세포를 튼튼히 하기 위해서는 많은 어려움이 있소. 진리란 실천을 통해서 깊어지고 폭이 넓혀지는데 지금의 나의 처지로는 책을 통한 간접적인 실천밖에 경험할 수 없소. 당신이 더 잘 알고 있겠지만 난 편력 기사의 시절은 종지부를 찍고 이제 수업 시절에 임하고 있소. 이 수업에 당신은 절대적인 존재인 것이오. 잠시라도 헛눈을 팔거나 소홀히 해서는 안 되오. 그렇다고 해서 당신의 일상 생활이 나에게 매달리라는 것은 아니오. 규모 있게 질서 있게 나에 대해 신경을 써주라는 것이오. 민요 하나를 불러보겠소. 제목은 뱃사공들의 노래라오.

어기어차
어기어차
닻 감아라 어기어차
어기어차
어기어차
돛 달아라 어기어차
어기어차
어기어차
노 저어라 어기어차

어기어차

어기어차

어기어차

흰 구름 피어 오르고

수평선 넘어 저 멀리

바다의 보배 낚으러 가자

키를 바로 잡아라

어기어차……(반복)*

1981. 1. 23.

* 추신 : 전번 편지에 굿거리 구경에 대해서 얘기했는데 유익한 것이었소. 굿이 있을
  때마다(단, 큰 굿) 감상문을 적어 보내면 내 건강과 정서에도 약이 될 것이오. 남편
  잘 모시려거든 돈도 있어야 할 터인데 돈벌이에 대해서도 가끔 생각하고 있소? 무리
  한 일은 하지 마시오. 나에게 있어서 그대는 건강이 제일이니까. 철창으로 헤일 수
  있는 별의 숫자 만큼이나 입맞춤의 난무를 보내오.

---

* 엮은이 주 : 「수병의 노래-러시아의 민요 「뱃노래」의 가락을 빌려」로 완성되는데, 작품의
  전문은 다음과 같다. "어기여차 어기여차 닻 감아라 어기여차//어기여차 어기여차 돛 달
  아라 어기여차//어기여차 어기여차 노 저어라 어기여차//흰 구름 피어오르는/수평선 저
  멀리/민중의 원수 갚으러 가자/키를 바로 잡아라//일어나라 일어나라 형제들이여 일어나
  라//단결하라 단결하라 깃발 아래 단결하라//전진하라 전진하라 원수 향해 전진하라//붉
  은 피 끓어 들끓어/지평선 저 멀리/민중의 원수 갚으러 가자 총을 바로 잡아라"
* 엮은이 주 : "굿거리"는 데모를 뜻함.

다산의 허위

당신 편지 쭉 받고 있소. 아무 탈없이 건강하다니 우선 다행이오. 40년대를 시대적 배경으로 하여 글을 써보겠다는 당신의 의지에 격려를 보내오. 구체적 사실(史實)에 소홀함이 없도록 하시오. 어떤 인물을 추상화하는 것만큼 역사소설에서 해독을 끼치는 것은 없다오. 탄주곡(歎奏曲)을 청중 앞에 선보였다니 반가운 소식이었소. 우리가 그리는 궁극의 현실에 도움이 되는 것이라면 복궐상소곡(伏闕上疏曲)인들 어떻겠소? 나는 청교도적인 금욕주의자도, 주자학적인 명분론자도 아니오. 십자가에 스스럼없이 목을 들이미는 성자도, 빠져나갈 구멍이 있는 데도 의연한 자세로 독배를 마시는 철인도 아니오. 나는 그 모든 것이오. 우리가 바라는 궁극의 현실에 이익이 되는 일이라면……

당신은 다산(茶山)의 유배 생활을 추상화해서 얘기하였더군요. 그러나 당시의 유배 생활의 내용이란 지금의 나의 옥살이와는 하늘과 지옥의 차이라는 것을 알아야 하오. 고산(孤山) 같은 이는 유배지인 보길도에서 상놈들에게 노 저으라 해놓고 자기는 소위 유배 문학의 백미라고 떠들어대는 「오우가」를 지었다 하오. 그는 또한 양반 신분으로서 갖은 가렴주구 때문에 섬 국민들로부터 원성이 자자했다 하오.

당시의 유배 생활이란 요즘 우리가 말하는 주거 제한과 공민권의 박탈된 것밖에 없고 그 외는 양반으로서 갖은 향락을 누리고 살았던 것이오. 갖은 토색질을 다했던 것이오. 다산만 해도 생전 처음 보는 상놈 생활에 눈이 조금은 떠서 『목민심서』, 『경세유표』, 『흠흠신서』 등 위대한 유산을 남기긴 했으나 그 역시 양반으로서 상놈인 종을 시켜 가마를 타고 유배지를 전전했을 뿐만 아니라 또 종을 시켜 산을 파헤쳐 차[茶]밭을 만들어 상놈들은 생전 맛보지도 못한 차를 다려 먹어가며 다론(茶論)을 썼다 하오.

뿐인가! 당시 삼남지방에 민란이 곳곳에서 일어났을 때 그는 이것을 동정은 하나 지지할 수는 없다고 말했다 하오. 그의 시문학이란 것도 상놈들의 생활을 노래하기는 하였으나 양반이기 때문에 상놈이 쓰는 언문이 싫다 해서 한시를 읊었지 않소. 상놈에겐 아무 상관없는 문학 말이오. 역사적 인물을 결코 추상화하지 마시오. 관념이 얼마나 무서운 결과를 가져오는가는 차차 알게 될 것이오.

숙이, 한 사람이 아는 것은 극히 적다오. 겨우 열 길의 물 속을 알고 밑 모를 심연 속으로 빠지고 마는 게 사람이오. 겨우 열 폭의 바위를 알고 수길 낭떠러지로 떨어지고 마는 게 우리네 사람의 일이오. 이런 극히 작은 것도 아주 느리게나 알기 때문에 결국 질문만 하다가 죽고 마는 것이라오. 그래서 나는 광숙이에게 노래하는거요.

> 함께 가자 우리 이 길을
> 셋이라면 더욱 좋고 둘이라도 함께 가자
> 뒤에 남아 먼저 가란 말일랑 하지 말고
> 앞서가며 나중에 오란 말일랑 하지 말자
> 열이면 열로 손잡고 가자
> 천이라면 천으로 운명을 같이 하자
> 둘이라도 떨어져서 가지 말자

가로질러 들판 물이라면 건너주고

물 건너 첩첩 산이라면 넘어주자

고개 넘어 마른 고개 목마르면 쉬어 가자

서산낙일(西山落日) 해 떨어진다 어서 가자 이 길을

해 떨어져 어두운 길

네가 넘어지면 내가 가서 일으켜주고

내가 넘어지면 네가 가서 일으켜주고

산을 넘고 물을 건너

언젠가는 가야 할 길

누군가는 이르러야 할 길

가시밭길 하얀 길

에헤라, 가다 못 가면 쉬었다나 가지

아픈 다리 서로 기대며*

1981. 2. 27.

* 추신 : 월터 스콧, 괴테, 발자크, 톨스토이 등 러시아 소설이 있으면 있는 대로 한두
권씩 10일 간격으로 보낼 것. 『문예춘추』는 차례가 없다고 불허이니 다음번에는 그
대로 보내볼 것. 이 편지 받는 즉시 시골에 연락하여 『파리 코뮌(パリ・コミューン)』
I권만 우선 우송토록 할 것. 형에게 물어서 클라우제비츠의 『전쟁론』, 중국 『고사성

---

* 엮은이 주 :「함께 가자 우리 이 길을」로 완성되는데, 작품의 전문은 다음과 같다. "함께 가
자 우리 이 길을/투쟁 속에 동지 모아/셋이라면 더욱 좋고/둘이라도 떨어져 가지 말자/함
께 가자 우리 이 길을/앞에 가며 너 뒤에 오란 말일랑 하지 말자/뒤에 남아 너 먼저 가란
말일랑 하지 말자/열이면 열 사람 천이면 천 사람 어깨동무하고 가자/가로질러 들판 산이
라면 어기여차 넘어주고/사나운 파도 바다라면 어기여차 건너주고/산 넘고 물 건너 언젠
가는 가야 할 길/함께 가자 우리 이 길을/서산낙일 해 떨어진다 어서 가자 이 길을/해 떨
어져 어두운 길/네가 넘어지면 내가 가서 일으켜주고/내가 넘어지면 네가 와서 일으켜주
고/가시밭길 험한 길 누군가 가야 할 길/에헤라 가다 못 가면 쉬었다 가자/아픈 다리 서로
기대며"

어집』이 준비됐으면 한 권씩 부칠 것.

　광숙아 이런 말 하긴 과히 즐겁지 않다마는 사람이 말씀만으로는 살 수 없으니 돈 좀 부쳐다오. 내 생활을 네가 서울 서대문 생활과 같다고 생각 말아다오. 차이가 많다. 1.06평에서 한줌의 흙도 허용되지 않고, 한줄기 빛도 없다. 내 건강을 현상대로 유지하는 데 그치지 않고 더욱 튼튼한 몸으로 키워야 하지 않겠소? 모성애와 같은 너의 사랑으로 나를 보살펴야 하지 않겠소? 당신이 집행유예를 받고 서대문 구치소를 들어섰을 때의 기분은 어디 여관에라도 드는 기분이었겠지만. 10년, 15년, 무기, 사형을 받은 축들은 어떤 기분이 들었겠는가? 존재가 의식을 결정한다는 말은 잊어서는 안 되오. 내가 지금 2, 3년이라면 그리 기분이 무겁지는 않을 거요. 그렇다고 해서 내가 의기소침해 있다고 생각은 마오. 의연하게 살고 있으니 말이오.

관은 민을 딛고 일어서고

광숙에게.

책도 받고 돈도 받았습니다. 만해 스님의 책을 보내주신 분에게 고맙다고 전해주오. 우리들의 사랑은 늦가을 깊고 깊은 산중의 그윽한 향기로 피어오를 거요. 세월 가고 어느 가을 햇님이 산자락을 물들이면 그때 가서 우리 만납시다. 우리들의 사랑은 기중 밝아야, 달빛 아래라야 제격일 거요.

물찬 기러기 황혼을 날며, 금빛 나래 접고 달빛 머금은 갈잎 새로 갈매기 빗겨 날면 그때 가서 우리 만납시다. 님이여, 성숙한 밤의 포옹이여! 감기는 다 나았소? 밖에 독감이 돈다 해서 걱정하였는데 기어코 당하고야 말았군요. 당신 말처럼 건강이 없으면 아무리 위대한 이상인들 무슨 소용이겠소. 무리하지 말고 진지하게 살아가소. 소설은 진척이 돼 가고 있는지 궁금하구랴. 생각을 풀어나가고 재구성하여야 될 줄 아오. 갑신년(1884)을 전후한 한말의 정세에서도 좋은 소재가 찾아지리라 생각되오. 우리 시대와 가장 근접할 수 있는 동시대라 그러오. 가끔 이런 생각을 한다오.

> 고약한 시대 험한 구설을 만났다, 나는 버림받았다
> 황혼에 쓰러진 사자처럼 무자비한 발톱처럼 나는 누워 있다
> 비비댈 언덕인들 있으랴

잡고 일어설 풀 한 포기 없고
나무들 손을 내밀지만 부여잡고 사정하기엔
너무 좀스럽다
아서라 세상사 쓸 것 없다 이대로 내버려 둬라
때가 되면 일어나 포효하리니
고약한 시대 사나운 풍파를 만났다, 나는 버림받았다
아닌 밤 난파된 거함처럼 나는 버림받았다
닻 내릴 해안인들 있으랴
둘러 보아 사방 등불 하나 없고
종선(從船)들은 파도처럼 까불대지만……
아서라 세상사 쓸 것 없다, 이대로 내버려 둬라
파도 속의 독백으로 때가 되면 일어나 항진하리니*

숙이 나는 곧 당신이오. 모든 것을 당신에게 맡기오. 덜 된 글도 손질하여
완성시키는 것도. 서로 사랑의 얼굴을 쓰다듬어주듯이 말이오.

뜨거운 아랫도리 억센 주먹의 이 팔팔한 나이에
형제여, 산다는 것은 괴로운 일이다
사슬 묶여 쇠사슬 벽 속에 묻혀
노래하고 목청껏
힘껏 일하고
내달려 전진하고 기다려 역습하고
피투성이로 싸워야 할 이 창창한 나이에
엎어지고 뒤집어지고 승리하고 패배하면서
빵과 자유와 피의 맛을 보아야 할
이 나이, 이 팔팔한 나이, 이 창창한 나이

---

* 엮은이 주 : 마지막 행을 "파도 속의 독백으로/때가 되면 일어나 항진(抗進)하리니"로 행갈
이를 해서 「포효」로 완성함.

서른 다섯의 결정적인 순간에
긴 침묵으로 산다는 것은 괴로운 일이다
형제여!*

광숙이, 어제는 제법 봄날씨였다오. 세탁물을 널러 갔다 잠깐 동안이기는 하지만 봄볕을 쬐었소. 그렇게 봄볕 속에서 낮잠이나 한숨 푹 잤으면 하는 생각 굴뚝같았지만…….

어제는 장티푸스 예방주사를 맞았다오. 오만 삭신이 뿌듯하여 엉덩이가 빠져나갈듯 무거운 몸이오.

숙이, 내 건강은 염려 마오. 당신 말씀대로 짠 것이 나오면 일단 헹궈서 먹는다오. 요즘은 아침 저녁으로 취침 시간 전후해 냉수마찰하고 있소. 자주 까먹기는 하지만 당신이 일러준 대로 배꼽 부분을 시계바늘 방향으로 쿡쿡 눌러가면서 문질러준다오. 그때마다 당신 생각에 젖어들곤 함은 어찌할 수 없는 노릇인가보오.

갑오농민에게 소중했던 것 그것은
한술의 밥이었던가 아니다
구차한 목숨이었던가 아니다
우리 농민에게 소중했던 것 그것은
돌이었다 낫이었다 창이었다

---

* 엮은이 주 : 「동지여」로 완성되는데, 작품의 전문은 다음과 같다. "뜨거운 아랫도리 억센 주먹의 이 팔팔한 나이에/동지여, 산다는 것은 괴로운 일이다/사슬 묶여 쇠사슬 벽 속에 갇혀//목청껏 노래하고/힘껏 일하고/내달리며 전진하고 기다려 역습하고/피투성이로 싸워야 할 이 창창한 나이에/쓰러지고 일어나면서 승리하고 패배하면서/빵과 자유와 피의 맛을 보아야 할/이 나이에 이 팔팔한 나이에 이 창창한 나이에//서른다섯의 이 환장할 나이에/긴 침묵으로 산다는 것은 괴로운 일이다/동지여"

돌은 낫을 갈아 창을 깎기 위해
낫은 탐학한 관리들의 머리를 베기 위해
창은 횡포한 외적의 무리를 무찌르기 위해
소중했던 것이다*

  그때그때 떠오르는 시재(詩材)를 적어놓는 게 좋을 것 같아서 생각나는 대
로 간직해 놓았다가 전후좌우 살필 겨를도 없이 갈겨 쓰니 이리 난필이오.
이해하시오. 나의 삶은 급하오. 여울처럼 말이오.

  그 사진을 보면서 나는 여러 가지를 머리에 떠올렸다. 무엇보다도 당시 지
주들의 일을. 그들이 한 일은 크게 보아 두 가지, 먹어 조지는 것. 다산의 말
씀에 이런 것이 있습니다. 민은 전답을 딛고 일어서는데 관은 민을 딛고 일
어선다고, 아니 올라타고 흥청망청 놀아난 거지요. 건강을 결코 소홀히 마십
사고요.

1981. 3. 17.

  * 추신 : 이런 책이 있으면 준비해놓으시오. '창작과비평사'에서 나온 것으로 『목민심
  서』, 외국어대학에 가서 스페인어로 된 역사나 문학, 또는 라틴 아메리카의 역사나
  문학, 구하기가 어려우면 외대 스페인어과 민용태 교수께 한번 사정해보시오. 나도
  안면은 없지만. 『창비』로 등단한 시인이라서 혹시 나를 기억할지도 모르오. 도움을
  청해보심도 무리는 아닐 것이오. 당신 뜻대로 하시오. 4월 초순쯤에나 새 책 넣으시
  오. 지금 있는 것으로 그때까지 족할 것 같소.

---

* 엮은이 주 : 「돌과 낫과 창과」로 완성되는데, 작품의 전문은 다음과 같다. "갑오농민에게
  소중했던 것 그것은/한술의 밥이었던가 아니다/구차한 목숨이었던가 아니다/다 빼앗기
  고 양반과 부호들에게/더는 잃을 것이 없는 우리 농민들에게 소중했던 것/그것은/돌이었
  다 낫이었다 창이었다//돌은/낫을 갈아 창을 깎기 위해/낫은/양반과 부호들의 머리를 베
  기 위해/창은/외적의 무리를 무찌르기 위해/소중했던 것이다"

책을 읽다 말고
되돌아 책방에 가서
알면서도 짐짓 물어보았다(抗議)
왜 이 본문은 먹칠을 했냐고?
⋯⋯월남 망국사는 일제시대 때 금서였고
월남 승전사는 우리 시대의 저서라⋯⋯

***

주인이 종에게 ㄱ자도 모른다고 깔보자
바로 그 낫으로 종이 주인의 목을 베어버리더라*

---

* 엮은이 주 : 「종과 주인」으로 완성되는데, 작품의 전문은 다음과 같다. "낫 놓고 ㄱ자도 모
른다고/주인이 종을 깔보자/종이 주인의 목을 베어버리더라/바로 그 낫으로"

만인을 위해 내가 노력할 때

사랑하는 광숙.

당신이 접어준 책갈피 속에서 봄이 와 있음을 알았습니다. 그래서 속으로 고향 산천을 떠올렸다오. 철창 너머 담 밖에 와 있나보다 나하고는 무연한 것이, 봄이라고 하는 것이, 겨우내 얼어붙었던 강이 풀리고 골짜기마다에는 봄기운이 그윽하겠다. 겨우내 마른 풀들도 바람에 일어 봄처녀 반기고, 바람은 불어 강바람 새악시 앙가슴 헤쳐놓겠다. 만상이 다 풀리겠다. 흙이 풀리고 마구간에 겨우내 갇혀 있었던 송아지도 고삐 풀려 들판을 휘달리겠다. 아, 어느 해 우리에게도 봄이 와서 흙 묻은 손 새로 맞잡고 살찐 가슴이며 볼을 매만질 수 있을까!

광숙이, 난 3월 29일자 당신의 글을 받고 당신 손과 가슴이 봄눈 녹듯 풀려 당신이 쓰고자 하는 좋은 글이 씌어졌으면 하고 맘속으로 한없이 빌었다오. 한 가지 걱정되는 것, 건강을 해치지 않는 범위 내에서 말이오.

광숙이, 생활에 너무 쫓기지 마오. 여유란 게 있지 않소? 서둘지 말고 차분히 써내려가시오. 내 잘은 모르지만 소설이란게 시와는 달리 분석적인 머리가 요구되는 것이고 그렇기 때문에 사람의 정력을 깡그리 소모시켜 버려 기진맥진하게 만들지 않나 해서 당신의 무리한 작업으로 이 지상에서 가장 중요한 (나에게) 당신의 건강이 어떻게 되지나 않을까 여간 염려스럽지 않은 거라오.

그리고 내 걱정은 전혀 하지 않아도 되니, 오직 작품에만 몰두하시오. 모든 것이 완벽하오. 나는 부족한 것이 있으면 서슴지 않고 부탁하는 것이 내 성미니까 내 필요한 것이 있으면 말할 테니 그때까진 일체 맘 놓고……

29일자 당신의 글은 내 맘에 썩 들었다오. 그런 마음가짐으로 살아가기 바라오. 머리가 뒤숭숭하다거나 짜증나거들랑 부담 없이 홀랑 벗어 제치고 시골에 가서 휴식을 취하도록 해요. 남의 눈치 살피는 것도 좋은 일이기도 하겠지만 너무 신경질적으로 된다면 그것은 자기 발전에 장애 요인이 될 것 같소. 당신이 묘사해놓은 당신의 집을 내놓았다니 내 가슴 아픔은 무슨 연고인고! 팔리지 않기를, 팔지 않아도 살아나갈 수 있기를…….

> 만인을 위해 내가 노력할 때
> 나는 자유이다
> 땀 흘려 함께 일하지 않고 어찌 나는 자유이다라고 말할 수 있으랴
> 만인을 위해 내가 싸울 때 나는 자유이다
> 피 흘려 함께 싸우지 않고서야 어찌 나는 자유이다라고 말할 수 있으랴
> 만인을 위해서 내가 몸부림칠 때 나는 자유이다
> 피와 땀으로 눈물을 나눠 흘리지 않고서야 어찌 나는 자유인이다라고
> 말할 수 있으랴
> 사람들은 맨날
> 밖으로는 자유여, 형제여, 동포여, 외쳐대면서도
> 안으로는 제 잇속만 차리고들 있으니
> 도대체 무엇을 할 수 있단 말인가
> 도대체 무엇이 될 수 있단 말인가
> 제 자신을 속이고서.*

---

* 엮은이 주 : 「자유」로 완성되는데, 작품의 전문은 다음과 같다. "만인을 위해 내가 일할 때 나는 자유/땀 흘려 함께 일하지 않고서야/어찌 나는 자유이다라고 말할 수 있으랴//만인

당신은 능력의 한계 운운했는데 그런 안으로 기어들어가는 소리는 금물이오. 삶을 적극적으로 밀고 나가려는 태도를 가지셔요. 일을 하다보면 더 일을 잘할 수 있다는 자신을 갖는 게 바로, 인간의 모든 지혜란 경험과 행동 속에서 나온다는 것을 말하지 않겠어요? 무리하지 말고 꾸준히 애쓰셔요. 위대한 작품이 나오기까지는 수많은 원고지가 소모된다는 당신의 말은 진리일 것이오. 이 진리를 포기하지 말아다오. 건강을 가장 우선적으로 생각하면서 생활하기를 바라오. 사랑을 보내며.

1981. 4. 7.

* 추신 : 당신 엽서 두 장(운보작) 받았음. 『문예춘추』는 앞으로 넣지 마십시오. 시사성이 있다 해서 볼려고 했는데……. 『삼성 사상 전집』 중에서 막스 베버의 『사회경제사』, 『실학사상』, 창비신서 중에서 다산의 『목민심서』, '청목' 것이면 『철학사전』 주문하시기 바람. 어느 때 면회오게 되면 특별 면회를 신청해보세요. 일반 면회하기 전에. 그리고 그림엽서 될 수 있으면 자주 보내주세요. 메마른 이곳 생활에 윤택함을 준다오.

똥개는 주인이 따로 없다
난장이건 꺽다리건, 흰둥이건, 껌둥이건 그 똥자루를 쥔 자가 주인이다.
인간도 마찬가지인 것들이 있다

을 위해 내가 싸울 때 나는 자유/피 흘려 함께 싸우지 않고서야/어찌 나는 자유이다라고 말할 수 있으랴//만인을 위해 내가 몸부림칠 때 나는 자유/피와 땀과 눈물을 함께 나눠 흘리지 않고서야/어찌 나는 자유이다라고 말할 수 있으랴//사람들은 맨날/겉으로는 자유여, 형제여, 동포여! 외쳐대면서도/안으로는 제 잇속만 차리고들 있으니/도대체 무엇을 할 수 있단 말인가/도대체 무엇이 될 수 있단 말인가/제 자신을 속이고서"

온갖 균을 몰아내기 위하여

광숙에게.

보내준 편지와 책 또박 받고 있습니다. 새삼스러운 소리 같겠지만 당신의 편지를 받을 때마다 나는 당신에 대한 한없는 고마움을 느끼곤 합니다. 사실 메마른 이곳 생활에서 당신의 입김이 없다면 내 입술, 내 가슴은 얼마나 황량하게 될까? 생각만 해도 소름이 끼칩니다. 건강이 좋고 건강에 자신이 있고 건강에 소홀하고 있지 않다니 잔소리하지 않겠소. 난 당신의 큰 애정으로 여전히 몸 성하며 정신적 훈련도 게을리 하지 않고 있습니다.

광숙이, 언젠가의 당신 편지에서 당신은 나를 '문둥이'라고 했는데 이 말은 참 적절한 표현이오. 그러나 그 뒤로 당신은 또 우리 자신이 희망이라고 하였는데 이 말 또한 아주 좋은 표현이었다오.

그렇소. 나는 나 자신이 희망일 수밖에 없는 세태에 살고 있다는 것을 알고 있소. 그러니까, 온 놈이 온 말을 해도 난 끄덕하지 않소. 리버럴리스트, 소시민적 인텔리들. 나는 이들이 역사의 수레바퀴를 바로잡는데 일익을 담당하리라고는 추호도 생각하지 않고 있소. 그리고 또 지금까지의 역사에서도 단 한 번도 그들이 역사적 과업을 이룩한 것이라고는 없는 것이오. 그들은 역사의 소비품이요 쓰레기들인 것이오.

보세요, 그들이 어떤 이들인가를, 그들은 무슨 사건이 터지면 참새 떼처럼 입방아를 찧는, 왜 더 잘하지는 못했을까, 너무 경솔했다, 무모했다 등등……. 뜨겁지도 못하고 차갑지도 못하고 그저 미지근한 가슴의 친구들……. 나는 이들이 앉지도 못하고 일어서지도 못하고 엉거주춤한 자세로 세상을 살아갈 때, 그때 나는 그들의 엉거주춤한 엉덩이를 차버리고 싶을 때가 한두 번이 아니었다오.

광숙이 누가 무슨 말을 하더라도 우리는 우리 자신의 힘으로 일어서는 사람이라는 것을 보여주고 해야 해요. 광숙이 당신은 나의 미래이고 구원이어요. 약한 소리하거나 짜증을 냄으로써 나를 서글프게는 하지 않으리라 생각되지만 광숙이 자신이 강한 인간으로 되어야 해요. 그리고 당신은 참 방정맞은 소리를 했는데 다시는 입 밖에 그런 말을 내지 말아요. "3년간 내가 옥에 갇히게 된다면……" 운운 말이오. 나는 설혹 그럴 경우 뜻을 같이 하는 동지로서 당신을 사랑하고 위할 것이오. 난 인간이 되고자 하니까요. 사랑하오 광숙이—.

그러나 나는
관리가 되어 집안의 울타리가 되어 주지 못했다
황금을 갈쿠질한다는 금판사가 되어 문중의 자랑거리도 되어 주지 못했다
토지가 되어 식구들이 안심하고 누울 수 있는 잠자리도 만들어주지 못했다
나는 늘 이런 곳에 있고자 했다
누군가 힘이 되어주었으면 하고 기다리는 곳에
착취와 억압이 있는 곳에
승리의 바탕, 용기 있는 사람을 필요로 하는 곳
개인적인 이익이 아니라
인간적인 의무가 있는 곳, 바로 그곳에
이를테면 나는 빼앗긴 토지와 함께 있었다

스무 살로 10년 남의 집 머슴살이
토지 없는 농사꾼과 함께 있었다
에헤라, 서른 살로 또 10년
고기 없는 뱃놈이었다가, 불 없는 광부였다가, 생활 수단이라고는 나
날이
허물어져가는 육신밖에는 없는 노동자들……
평생 나라로부터 받아본 것이라고는
납세고지서, 징병 통지서밖에 없는
읽을 줄도 쓸 줄도 모르는 무지렁이들과 함께 있었다
왜냐하면 이들이야말로 나의 형제들이었기에*

***

나하고는 무연한 것이
창 너머 담 밖에 와 있나보다
봄이 자연이, 멀리에 가까이에
푸르고 푸른 나무들은
햇살 머금어 더욱 빛나고
하늘하늘 가지들은 바람에 일어 춤을 추겠지
그리고 산과 들에는 이름 모를 새들
날 저물어

---

* 엮은이 주 : 「그러나 나는」으로 완성되는데, 작품의 전문은 다음과 같다. "그러나 나는/면
서기가 되어/집안의 울타리가 되어 주지 못했다/황금을 갈퀴질한다는 금판사가 되어/문
중의 자랑도 되어 주지 못했다//나는 항상 이런 곳에 있고자 했다/인간적인 의무가 있는
곳에/용기 있는 사람이 필요로 하는 곳/착취와 억압이 있는 곳 바로 그곳에/말하자면 나
는 이런 사람과 함께 있고자 했다/해가 뜨나 해가 지나 근심 걱정 잠 안 오고/춘하추동 사
시장철 뼈 빠지게 일을 해도/허리띠 느긋하게 한 번 쉬어 보지 못하고/맘 놓고 허리 풀어
한 번 먹어 보지 못하고/평생을 한숨으로 지새는 사람들과 함께/읽을 줄도 쓸 줄도 모르
고/나라로부터 받아본 것이라고는/납세고지서 징집영장밖에 없는"

금빛 나래 접으며 황혼을 펼치겠지 부채살처럼

그러나 어디에 있는가 나의 날개, 나의 노래는

나의 햇살, 나의 바람, 나의 혼은

어디에 어디에 내가 있는가?

황혼에 쓰러진 거목이 되어 버림받고 있는가

고여 있는 바다 어둠의 뿌리가 되어 썩어가고 있는가

자유의 나무가 되어 피흘리고 있는가

마지막까지 남은 한 마리의 작은 새가 되어 절망을 노래하고 있는가

떨어진 대지의 별, 자기 땅에서 유폐당한 물이 되어 증오의 벽을 허물
고 있는가

태우기 위하여, 심장을

자연의 고질인 온갖 균을 몰아내기 위하여

살아남아 불씨로, 숨죽여 기다리고 있는가*

1981. 5. 19.

---

* 엮은이 주 : 「봄」으로 완성되는데, 작품의 전문은 다음과 같다. "나하고는 무연한 것이/창
너머 담 밖에 와 있나보다/봄이, 자연이, 멀리에 가까이에/푸르고 푸른 나무들은/햇살 머
금어 더욱 빛나고/하늘하늘 가지들은 바람이 일어 춤을 추겠지/그리고 산과 들에는 이름
모를 새들이/날 저물어/금빛 나래 접으며 황혼을 펼치겠지 부챗살처럼/그러나 어디에 있
는가, 나의 날개, 나의 노래는/나의 햇살, 나의 바람, 나의 혼은/어디에 어디에 내가 있는
가?/황혼에 쓰러진 거목이 되어 버림받고 있는가/고여 있는 바다 어둠의 뿌리가 되어 썩
어가고 있는가/자유의 나무가 되어 피 흘리고 있는가./마지막까지 남은 한 마리의 작은
새가 되어 절망을 노래하고 있는가/떨어진 대지의 별, 자기의 땅에서 유배당한 몸이 되
어/증오의 벽을 허물고 있는가/태우기 위하여, 심장을/자연의 고질인 온갖 균을 몰아내기
위하여/살아남아 불씨로, 숨죽여 기다리고 있는가"

당신이 보낸 사진

광숙에게.

시골로 편지 쓸 차례인데 그간 어떤 착오인지는 모르나 내 소식을 듣지 못
했을 것 같아 계속 쓰는 거요. 여전히 건강하리라 생각됨은 가을 하늘이 푸
르기 때문일 게요. 추석 전후해서 당신이 보낸 당신의 두 사진과 돈 잘 받았
어요. 사진은 이곳 생활에 도려 해가 되지 않을까 전에는 생각하고 있었는데
막상 당신의 고운 얼굴 대하고 보니 그것이 아니더구요. 울적하다거나 당신
생각에 마음이 아파올 때가 있는데 그런 때는 여간 도움이 되지가 않아요.
가끔 당신이 좋다고 생각되는 사진이 있으면 보내요. 사계에 한 장씩 찍어
보내면 가하리라 생각되오.

책은 위에서도 말했듯이 소설이나 넣고 간혹 당신이 보다 둔 월간이나 한
권씩 넣으세요. 『네루다 시집』 또 다른 이름 운운했는데 내 생각은 아직 굳어
지지 않았다는 것만 말해 두겠소. 적당한 때 적당한 곳에 있으면 얘기가 되
어야 하지 아무 때나 아무 데서나 운위할 성질의 것이 아닌상 싶으오. 당신
의 촌락 생활도 3개월이 다 되간 것 같은데 그간 소설 쓰는 일은 얼마나 진
척되었는지, 통 얘기가 없으니 답답하기까지 하다오. 금방 소식 전해주고 잘
진척이 안 되더라도 신경질낸다거나 낙담하지 말고 줄기차게 써내려가기 바
라오. 또 정 안 되면 어떠오? 무리해서 하지는 마오.

10월이나 11월에 이곳에 들리세요. 가을이라 그런지 당신 모습이 보고프오.
7월에 다음과 같은 시를 써 보냈는데 못 받았다니 섭섭한 바 있었소.

　　　당신은 나의 기다림
　　　강 건너 나룻배 지그시 밀어 타고
　　　오세요
　　　한줄기 소낙비 몰고 오세요

　　　당신은 나의 그리움
　　　솔밭 사이 사이로 지는 잎새 쌓이거든
　　　열두 겹 포근히 즈려밟고 오세요

　　　오세요 당신은 나의 화로
　　　눈 내려 첫눈 서둘러 녹기 전에
　　　가슴에 네 가슴에 불씨 담고 오세요

　　　오세요 어서 오세요
　　　가로질러 들판 그 흙에 새순 나거든
　　　한아름 소식 안고 달려오세요
　　　당신은 나의 환희이니까요*

　　　***

　　　눈이 내린다 하얀 눈
　　　감옥에도 한밤중에 내려 쌓인다

---

* 엮은이 주 : 3연 3행의 "네 가슴에"를 "당신 가슴에"로 바꾸어 「지는 잎새 쌓이거든」으로
　완성됨.

이 한밤, 어둠뿐인 이 한밤에
내가 철창에 기대어 그대를 그리워하듯
그녀 또한 창문 열고 나를 그리고 있을까

조국의 딸 나의 처녀여
전사의 팔에 안겨
부채살처럼 펼쳐질
꿈의 여인 나의 신부여*

                                        1981. 9. 17.

* 추신 : 편지를 얇은 종이에다 쓰는 습관이 있던데, 이곳 담당들이 읽기가 불편한가봐
  요. 양면지에다 쓰도록 하세요.

---

* 엮은이 주 : 1연 2행의 "이 한밤,"을 "이 한밤"으로 바꾸어 「하얀 눈」으로 완성됨.

사람이 사는 길

광숙에게.

해가 또 바뀌었소. 두려울 뿐이오. 좋은 때 다 지나간다는 생각에서도 그렇지만 꽃다운 당신이 늙어간다는 게 그렇소. 어떤 때는 우울하기도 하오.

광숙, 사람이란 게 요즘 세상엔 짐승과 별것(비교할 때) 아닌 성싶소. 짐승과 다른 것이 사람이란 품위를 지키면서 살 수 있다는 것일진대 어디 좀체로 그렇게 살 수 있는 세상이어야지요? 난 당신이 무엇보다도 인간으로서의 품위를 잃지 말고 살기를 바랄 뿐이오. 사람은 일하고 무엇과 싸우고 노력하고 그러다가 죽는 게 아니겠소. 만사를 무겁게만 생각하지 말고 여유를 지니면서 살아갑시다.

어느 날 나는 이런 생각을 한 적이 있었다오. 난 모든 것을 잃었다. 세계를 잃었다. 그러나 나는 동시에 한 여자를 얻었다고. 당신은 나에게 있어서 세계라고 할 수 있소. 나는 당신이 나의 세계관을 가지고 꿋꿋하고 성실하고 정직하게 살아가길 바라오. 그리고 무엇보다도 초지일관이 필요하오. 내가 왜 새삼스럽게 이런 말을 하는고 하니 기왕의 생각과 바람이 흔들리지 않기를 기원하는데서요.

나는 당신이 소설로써 우리의 세계관을 펼쳐 떨치기를 간절히 바라왔는데 아직 이렇다 할 성과를 당신이 내지 않고 있음에 조금은 불만이 없지 않아 있

는 것이오. 물론 억지로 되는 것이 아니오. 무리할 것은 없지만 불굴의 의지로
화산의 폭발과도 같은 열정으로 당신의 일을 해나가기 바라오.

국내에서 나온 시집은 일부러 사서 넣지 마시오. 낭비요. 당신의 평상 보
는 문예 잡지나 다달이 넣어주시오. 연극 관계(희곡), 브레히트, 푸슈킨의
『오네긴』, 『아시아 · 아프리카 시집』(권행)*, 『고리키 단편』(일본판, 권행), 『라
틴아메리카 소설집』(일어, 권행) '청목서점'에서 나온 『철학사전』, 『후기 자본
주의(The late capitalism)』(Mandel)* 복사판 등을 구입하는 대로 속속 넣어주면
고맙겠소.

1982. 1. 12.

---

* 엮은이 주 : "권행"은 김남주 시인의 후배 최권행. 그를 통해 책들을 구해 달라는 뜻임.
* 엮은이 주 : 『후기 자본주의』의 저자인 에르네스트 에즈라 만델(Ernest Ezre Nandel, 1923~1995)
　은 마르크스주의 사상을 합리적이고 대중적으로 펼쳐낸 독일의 정치경제학자.

나는 당신 위해 전사로서 여기 있고

광숙에게.

편지에 금년에는 무엇을 해볼까 하고 이것저것 궁리하고 있는가 보던데 결정된 것이 있나요. 대학원에 다니면서 차분한 마음으로 인생에 임해 보는 게 어떨까 하고 나름으로 생각해보았지만 이런 나의 생각은 이미 시효가 상실된 것이고…….

늘 주의를 하고는 있겠지만 우리에게 기중 귀한 것이 건강이니 몸 간수 잘하길 바라오. 언젠가의 편지에서 당신에게 내가 슬픔만을 주는 사람이라고 했는데 과연 그럴 것이오. 그래서 나 또한 동감하면서 이런 낙서를 해보았던 것이오.

나는 당신에게, 오직 슬픔만을 주기 위해
여기 있고
당신은 나에게
오직 고통만을 주기 위해
거기 있고
허나 어쩌랴
이념이 담이 계급의 벽이
이리 높게 이리 두텁게

나를 짓누르고 있는 것을
당신은 나를 위해
원군으로서 거기 있고
나는 당신 위해
전사로서
여기 있고*

나의 고통이란 가장 결정적인 시기에(나라의 형편으로나 나 개인의 형편으로나), 가장 한창인 나이에 속수무책으로 나라 돼가는 꼴을 바라보고만 있다는 데서 오는 것이라오. 10여 년 더 살면 뭣하고 덜 살면 또 뭣하겠소마는……. 극도의 중압의 시대에는 많은 지식인들이 어떤 형태로든 굴절하기 마련인데 당신이 보내준 시집들을 보면 많은 시민들이 신을, 꿈을, 직관을, 자연 현상을 통해서만이 세계를 인식하고 현실을 파악하려 들더군요.

다시 말해 이성과 합리주의가 아니라 순전히 생의 체험이라든가 그러기 때문에 비합리주의가 시의 내용을 지배하여 버리고 뚜렷한 세계관이 없는 불투명한 색조의 저항 비슷한 것이 넓두리를 외피로 하여 제멋대로 발산되고 있는 것 같습니다.

그러나 1970년대에도 그러했지만 1980년대에도 그들의 저항이란 게 얼마나 보잘 것 없고 공허하고 완벽한 무방비성이었던가를 나중에야 깨닫게 될 것입니다.

나는 당신에게 무엇을 하건 우선 확고부동한 세계관을 가지라고 말하는

---

* 엮은이 주 : 「사랑」으로 완성되는데, 작품의 전문은 다음과 같다. "나는 당신에게/오직 슬픔만을 주기 위해/여기 있고//그대는 나에게/오직 고통만을 주기 위해/거기 있고//그러나 어쩌랴, 잡을 수 없는 것이 세월인 것을/나는 갇혀 있는 것을, 속수무책으로 앉아/지는 꽃잎 바라볼 수조차 없는 것을//그대는 나를 위해/원군으로 거기 있고/나는 그대에게/자랑으로 여기 있고"

것이오. 『한 남자』의 주인공처럼 도스토에프스키적 니힐리스트란게 얼마나 무익하고 쓰잘 데 없는 사람인가를 알아야 합니다. 모든 것을 깡그리 부정해 버리고 도대체 무엇을 이루겠다는 것입니까. 이 따위 소설이 많이 읽혀지고 있는 모양인데 그것은 우리 시대의 당연한 귀결입니다.

> 바람은 불어서 봄바람
> 복사꽃 피고
> 너울너울 나비는 답청(踏靑)을 간다
> 아— 꽃 찾아 나비 날고 달마저 뜬들
> 어이하랴, 어이해 나는 갇혀서
>
> 바람 불어 갈바람
> 낙엽은 지고
> 하늘하늘 철새는 구천을 난다
> 아— 새도 가고 잎도 지고 님마저 가면
> 어이하랴 어이해 나만 남아서
> — 불란서 혁명 가요를 차용해서*

1982. 2. 9.

* 추신 : 희곡에 관해서 읽고 싶음. 『희곡의 이해(Understanding Drama)』, 버나드 쇼, 입센, 그리스 희곡 등 몽땅 차례차례로. 만델의 『후기 자본주의(The late Capitalism)』은 차입해주길.

---

* 엮은이 주 : 「봄바람— 불란서 혁명가요를 차용해서」로 완성되는데, 작품의 전문은 다음과 같다. "바람은 불어서 봄바람/복사꽃 피고/너울너울 나비는 답청(踏靑)을 가네/아— 꽃 찾아 나비 날고 달마저 뜬들/어이하랴, 어이해 나는 갇혀서//바람은 불어서 갈바람/낙엽은 지고/하늘하늘 철새는 구천을 나네/아— 새도 가고 잎도 지고 님마저 가면/어이하랴, 어이해 나만 남아서"

당신은 나의 샘이다가도 갈증

광숙에게.

지난번 면회 때 당신 모습은 참으로 싱싱하고 화사했습니다. 봄 기운이 물씬 풍겼습니다. 그런 당신은 나에겐 샘이다가도 갈증이었습니다. 지금은 영원한 탄달로스의 갈증만이 계속되리라는 불길한 예감입니다. 어떤 봄도 나를 위로해주지 않을 성싶습니다. 나 자신이 구원일 것입니다. 다만 그대의 편지로 하여 생활의 변화가 오기는 하지만.

나는 놓는다
그대가 부르는 모든 노래 위에
나의 시 나의 말을 놓는다

나는 놓는다
그대가 밟고 가는 모든 길 위에
나의 꿈 나의 날개를 놓는다

나는 놓는다
그대가 만지는 모든 사물 위에

나의 피 나의 칼을 놓는다*

***

나는 또한 파헤친다. 그대를
허구 많은 꽃들 속에서
그대 이름 하나로 내 모든 추억을 장식해주는 2월
허구 많은 술잔 중에서
그대 입술 하나로 나를 익사시키는 장미
허구 많은 여자들 중에서
그대 가슴 하나로 내 안에 가득찬 포옹
그대를 파헤쳐 나는
대지의 밑둥으로부터
미래의 자식을 튀어나오게 하고 싶다
그리하여 나는 그 아이가

---

* 엮은이 주 : 「나의 칼 나의 피」로 완성되는데, 작품의 전문은 다음과 같다. "만인의 머리 위에서 빛나는 별과도 같은 것/만인의 입으로 들어오는 공기와도 같은 것/누구의 것도 아니면서/만인의 만인의 만인의 가슴 위에 내리는/눈과도 햇살과도 같은 것//토지여/나는 심는다 그대 살찐 가슴 위에 언덕 위에/골짜기의 평화 능선 위에 나는 심는다/평등의 나무를//그러나 누가 키우랴 이 나무를/이 나무를 누가 누가 와서 지켜주랴/신이 와서 신의 입김으로 키우랴/바람이 와서 키워주랴/누가 지키랴, 왕이 와서 왕의 군대가 와서 지켜주랴/부자가 와서 부자들이 만들어 놓은 법이/법관이 와서 지켜주랴//천만에! 나는 놓는다/토지여, 토지 위에 사는 농부여/나는 놓는다 그대가 밟고 가는 모든 길 위에 나는 놓는다/바위로 험한 산길 위에/파도로 사나운 뱃길 위에/고개 너머 평지길 황톳길 위에/사래 긴 밭의 이랑 위에/가르마 같은 논둑길 위에 나는 놓는다/나는 또한 놓는다 그대가 만지는 모든 사물 위에/매일처럼 오르는 그대 밥상 위에/모래 위에 미끄러지는 입술 그대 입맞춤 위에/물결처럼 포개지는 그대 잠자리 위에/투석기의 돌 옛사랑의 무기 위에/파헤쳐 그대 가슴 위에 심장 위에 나는 놓는다/나의 칼 나의 피를//오 평등이여 평등의 나무여."

매듭이며 고리며 사슬이며 인습을
그 모든 것을 풀어주는 사람
해방자라 이름하고 싶다

***

당신은 나에게
서른셋의 여자
슬픔으로 거기 있고
나는 당신에게
서른일곱의 남자
고통으로 여기 있고
허나 어쩌랴
이리 높게 이리 두텁게
이데올로기의 담이 계급의 벽이
우리들 사이를 가로 막고 있는 것을

당신은 나를 위해
원군(援軍)으로 거기 있고
나는 당신을 위해
전사로서 여기 있고

　　소위 사랑을 주제로 해서 시란 것을 써보긴 했읍니다만 아무래도 나는 안
되는 모양이오. 다만 당신을 사랑하고 있다는 것만은 사실이니 안녕.

1982. 3. 5.

내가 드리는 사랑의 시

광숙에게.

고생이 많은 줄 알고 있소. 아침부터 시작하여 종일토록 뛰어다니고 있는 줄 알고 있소. 연주회의 성과에 너무 집착하지 말고 침착 기민하게 일에 임하기를 바랄 뿐이오.

그대만이
지금은 다만 그대 사랑만이
나를 살아 있게 한다
감옥 속의 겨울 속의 나를
머리 끝에서 발가락 끝까지
가슴 가득히
뜨건 피 돌게 한다
그대만이
지금은 다만 그대 사랑만이

그대는 내게 왔다 기적처럼
마지막 판가름 한판 승부에서
보기 흉한 패배로 내가 누워 있을 때

해적선의 바다에서
난파선의 알몸으로 내가 모든 것을 빼앗기고
떠돌 때
그대는 왔다
파도 속의 독백처럼
비밀을
비밀 속의 비밀을 속삭이면서

그때 내가 최초로 잡은 것은
보이지 않는 그대 손이었다
그때 내가 최초로 만진 것은
대낮처럼 뛰는 그대 젖가슴이었다
그때 내가 최초로 맛본 것은
꿈결처럼 감미로운 그대 입술이었다
그리고 나는 마지막 술잔으로 그대 이름을 떠올렸다

광숙이!
그대가 아녔다면
책갈피 속의 그대 숨결이 아녔다면
내 귓가에서 맴도는 그대 입김이 아녔다면
오 사랑하는 사람이여
지금의 내 가슴은 얼마나 메말라 있으랴
지금의 내 영혼은 얼마나 황량해 있으랴

세계를 잃고 그대 하나를 내 얻었나니
그대 이름 하나로 우주와 바꿨나니
나는 만족하나니
지금은 다만 그대만이 그대 사랑만이
내 안에 가득한 행복이나니
　　　　　　　　　　　—「지금은 다만 그대 사랑만이」 전문

사랑만이
겨울을 이기고
봄을 기다릴 줄 안다

사랑만이
불모의 땅을 갈아엎고
제 뼈를 갈아 재로 뿌리고
천 년을 두고 오늘
봄의 언덕에
한 그루의 나무를 심을 줄 안다

그리고 가실을 끝낸 들에서
사랑만이
인간의 사랑만이
사과 하나 둘로 쪼개
나눠 가질 줄 안다

— 서시*

그날이 오면
감옥이 열리고
하늘이 열리고

---

* 엮은이 주 : 「사랑 1」로 완성되는데, 작품의 전문은 다음과 같다. "사랑만이/겨울을 이기
고/봄을 기다릴 줄 안다//사랑만이/불모의 땅을 갈아엎어/제 뼈를 갈아 재로 뿌리고/천
년을 두고 오늘/봄의 언덕에/한 그루의 나무를 심을 줄 안다//그리고 가실을 끝낸 들에
서/사랑만이/인간의 사랑만이/사화 하나 둘로 쪼개/나눠 가질 줄 안다" 「사랑은」도 유사
한 내용인데, 전문은 다음과 같다. "겨울을 이기고 사랑은/봄을 기다릴 줄 안다/기다려 다
시 사랑은/불모의 땅을 파헤쳐/제 뼈를 갈아 재로 뿌리고/천 년을 두고 오늘/봄의 언덕
에/그루 나무를 심을 줄 안다//사랑은/가을을 끝낸 들녘에 서서/사과 하나 둘로 쪼개/
나워 가질 줄 안다/너와 나와 우리가/한 별을 우러러보며"

활짝 내 가슴 또한 열리고
새악시 붉은 볼이 되어
내 팔에 그대 안겨오는
그날이 오면
내 그대
번쩍 들어 올려
만인의 머리 위에서 빛나는
별이 되게 하리라
그날이 오면
한 사람이 아니라
한두 사람이 아니라
만인의 만인의 만인의
눈으로 들어차는
인간의 봄이 오면
사랑하는 사람이여!

—「그날이 오면」 전문

동해 바다
무한한 공간의 저 영원한 침묵
그대로 둬라
섭섭하거든 화가여
꼭 하나 무엇 그려 넣고 싶거든
화가여, 저 높은 곳에
천둥이나 하나 큼직하게 달아 놓아라
너무 빨리도 말고 너무 늦게도 말고
그것이 시인의 마음이나니

— 화가에게*

---

* 엮은이 주 : 완성된 「화가에게」의 전문은 다음과 같다. "동해바다/무한한 공간의 저 영원

내가 고생하고 있는 당신에게 줄 수 있는 것이 이런 시시콜콜한 사랑의 시 밖에는 없소. 항상 건강에 유의하길 바라오.

사회 현실을 인식하는 데 기초 과학으로서 경제학은 나와 같은 리얼리스트 시인에게 필수불가결한 학문이라오. 이 점 생각해서 책 넣으시오. 지면 부족으로 줄이오. 키스를 보내오.

1982. 4. 3.

한 침묵/그대로 둬라/섭섭하거든 화가여/무엇 하나 꼭 하나 그려넣고 싶거든/화가여, 저 높은 곳에/천둥이나 하나 큼직하게 달아놓아라/너무 빨리도 말고 너무 늦게도 말고/바로 지금/그것이 시인의 마음이나니"

* 엮은이 주 : "연주회"는 데모를 뜻함.

교도소 실태[*]

　지난번 편지에서 나에게 이곳에서의 '하루살이'를 구체적으로 적어 보내라고 부탁했습니다. 그 부탁을 오늘 이행하겠습니다. 하루살이를 얘기하기에 앞서 내가 거처하고 있는 사동과 방을 묘사해 보겠습니다.

　내가 수용되어 있는 사동은 소위 좌익수들이 감금되어 있는 특수 사동으로서 시멘트 복도를 사이에 두고 문패에 1.06평, 정원 3명이라고 씌어진 방이 서른여섯 개씩 있습니다. 평수가 1.06평이라 씌어져 있으나 방에 딸린 변소(뺑끼통)를 빼면 0.7평 정도밖에 안 되고 정원 3명이라 씌어져 있으나 특수한 경우가 아니면 한 방에 한 명을 수용하고 있습니다.

　이 사동을 일컬어 '특사'라 하기도 하고 '시베리아'라 하기도 하는데 그 까닭은 아마 이 사동에 수용되어 있는 수인들의 특수한 성격과 그 사동의 분위기가 한여름에도 찬바람이 이니까 붙여진 이름인 것 같습니다. '시베리아'라고 부른 또 다른 까닭은 이 사동이 정치범을 감금하고 있기 때문인지도 모르겠습니다.

　아무튼 이 사동은 일반 형사범들이 수용되어 있는 사동에 비해 엄격합니

---

* 엮은이 주 : 『한겨레신문』(1988년 8월 28일)에 발표되었다가 『산이라면 넘어주고 강이라면 건너주고』(72~76쪽) 및 『불씨 하나가 광야를 태우리라』(67~71쪽)에 재수록됨.

다. 형사범들의 사동에서는 심심하고 따분하고 답답하면 소리내어 노래도 부르고 옆 방 사람과 이런 얘기 저런 얘기를 주고 받을 수 있는데 여기 '시베리아'에서는 그런 것은 일체 금지되어 있습니다. 그러니까 교도관의 발자국 소리, 철문을 닫고 하는 소리 외에는 일체의 소리가 죽어 있는 공동묘지 같습니다.

감방의 묘사로 넘어가겠습니다. 복도에서 가로 1미터 세로 1.5미터 철문을 끌어당기고 들어가면 비좁은 공간이 강요하는 압력 때문에 금방 가슴이 답답해집니다. 그도 그럴 것이 천정이 바로 머리 위에서 누르고 양 옆의 벽이 바로 옆구리에서 조여오기 때문입니다. 방의 바닥이 세로가 1.5미터 가로가 1미터이고 천정은 2미터 높이에 있어서 나같이 체구가 작은 사람도 한 방 가득 차기 때문입니다. 거기다가 방에 붙어 있는 뺑끼통에서는 지독한 냄새가 코를 찌릅니다. 숨통이 막히는 것이지요. 그러나 인간의 환경에 대한 적응 능력이란 게 대단한 것이어서 얼마 지나지 않으면 죽지 않고 살아지기는 합니다. 이런 데서 십 년 이십 년 감금되어 있는 사람들의 말씀에 의할 것 같으면 닭이나 오리, 소나 말을 이런 곳에 처넣어 두면 며칠을 못 견디고 숨을 거둘 것이라는 것입니다. 사람이란 게 참으로 지독한 동물이라는 것입니다.

이 방에 허용되어 있는 생활 용품은 밥그릇 한 개, 찬그릇 두 개, 국그릇 한 개입니다. 밥과 찬과 국은 이방의 철문이 나 있는 '식구통'으로 들어오는데 밥은 일제시대부터 먹었다는 '가다밥'으로서 보리와 콩과 쌀로 범벅이 되어 있습니다. 찬 역시 일제 때부터 생긴 '옥용찬'으로서 한꺼번에 담갔다가 일년 내내 먹일 수 있을 만큼 짜디짠 무나 오이무침입니다. 도저히 사람이 입에 올릴 음식이라고 할 수 없습니다. 그래서 대부분의 수인들이 물에 빨아서 먹습니다.

국은 시래기국과 미역국이 주종인데 시래기국은 밭에서, 미역국은 바닷가에서 쓰레기를 주어 와 삶아놓은 것 같습니다. 흙탕물 같은 국물에 솔잎이 섞여 있는가 하면 담배꽁초가 떠 있고 어떤 때는 지푸라기와 머리카락이 '왕건지'에 얽혀 있습니다. 아마 돼지도 이런 구정물을 보면 고개를 홰홰 저을 것입니다.

이 외에 방에 비치되어 있는 것으로는 비와 티받이와 쓰레기통, 세수대야와 물주전자와 자수통이 있습니다. 관에서 넣어준 담요 한 장과 겨울 같으면 거적 한 장과 솜이불 한 개가 있고, 여름에는 파리채와 부채가 나옵니다. 철문 바로 위에는 나무판자로 선반이 하나 붙어 있는데 거기에다는 신이며 책 나부랭이를 올려놓습니다. 참 탐방긴가 탄반긴가 하는 것이 있는데 그것은 다름 아니고 플라스틱 바가지입니다. 자수통에서 물을 뜰 때 사용하라고 주는 모양인데 탐방긴가 탄반긴가 하는 그 개념이 무엇인지 모르겠습니다.

변소는 방 뒤에 붙어 있습니다. 방에 붙어 있는 투명한 문을 열면 거기에 소위 빵끼통이 있는 것이지요. '똥퍼'들이 자주 퍼가지 않으면 똥물이 엉덩이까지 차오르기가 일쑤고 냄새가 고약하여 머리가 띵할 정도입니다. 빵끼통에 발을 딛고 밖을 내다보면 하늘이 보이게 되어 있는데 무슨 심뽀로 그랬는지 철망으로 가린데다가 또 판자로 덧가려놓았습니다. 그래서 바늘구멍만 한 구멍으로 판자 사이의 틈으로 바깥 구경을 할 수밖에 없습니다.

방에서 나가는 시간은 하루에 30분의 운동 시간뿐입니다. 운동 시간은 수인들에게 황금 시간이고, 발과 겨드랑이와 손가락 끝에 날개가 달려 훨훨 날고 펄펄 뛰고 싶은 시간이고, 깊고 깊은 숨을 마음껏 내쉬고 들이킬 수 있는 시간입니다. 하루 중에 오직 기다려지는 시간은 이 시간뿐입니다.

이상으로 내가 수용되어 있는 사동과 방에 대한 묘사를 마치고 내 '하루살이'를 얘기하겠습니다. 위와 같이 최악의 주거 조건에서 사람이라면 누구나 우선 살아남아야겠다고 생각할 것입니다. 나도 예외는 아닙니다. 우선 살아남는 것이 수용 생활의 가장 중요한 관심사입니다. 특히 거의 평생을 이런 곳에 감금되어 있어야 할 사람에게 더욱 그렇습니다.

여름에는 여섯 시 반에 겨울에는 일곱 시 반에 기상 나팔을 부는데 나는 그 한 시간 전에 일어나 요가 몇 가지와 뜀뛰기를 하여 땀을 내고 곧장 변소로 들어가 냉수마찰을 한 30분 동안 합니다. 그러고 나서 배식이 뜰 때까지 방안을 서성이면서 이런 생각 저런 생각에 잠깁니다. 그 생각의 내용은 대개 하루의 일과에 관한 것입니다. '오늘은 교무과에 가서 불허된 책을 따져야겠다.' '달걀이 다 떨어져가는데 구매를 해야겠다.' '최근에 신입이 한 명 들어왔는데 오늘 운동 시간을 이용하여 어떻게 해서라도 접근하여 말을 걸어보아야겠다.' 이 따위 생각들입니다.

이런 생각하며 서성거리다 보면 사동에 배속된 청소(소지라고 흔히 부른다)가 "배식 준비" 하고 크게 소리치면서 각 방의 철문에 붙은 식구통을 따줍니다. 이어 수레에 실려 찬과 국과 밥이 연달아 식구통으로 들어오면 그것을 받아 바닥에 놓고 먹기 시작합니다. 관에서 나온 찬은 먹는 둥 마는 둥 하고 구매한 고추장이며 김치며 빠다로 콩밥을 비벼 먹습니다. 먹는 것도 오직 건강을 염두에 두고 한 입의 음식을 서른 대여섯 번쯤 씹었다가 삼킵니다. 관에서 주는 찬거리가 지랄같아서 그렇지 밥은 부족하지 않습니다. 꼭꼭 씹어 먹으면 그런 대로 맛이 있습니다.

건강을 위하여, 살아남기 위하여, 살아남아 뭔가를 다시 하기 위하여 나는 생활의 신조로 규칙적으로 일정량의 음식을 섭취하고 간식은 일체 금하고, 여러 번 적어도 서른 번 이상은 씹어먹고 조미료 같은 것은 일체 사먹지 않고, 입맛이 없어도 억지로라도 일정량의 음식은 먹어치우고 있습니다.

내가 이렇게 건강에 집착하는 것은 살아남기 위해서만은 아닙니다. 하루를 살더라도 건강하게 살아야 한다는 내 생각 때문만도 아닙니다. 육체가 건강하지 않으면 정신 또한 건강하지 않기 때문만도 아닙니다. 아무리 곧은 생각, 굳은 의지를 갖고 있는 사람도 육체가 생각대로 의지대로 움직여주지 않으면 어떤 일을 다부지게, 효과 있게 과감하게 실천하지 못하기 때문입니다.

육체적으로 나약한 사람은 무슨 일을 끈질기게 하지 못합니다. 행동도 나약하고 신경질적입니다. 바른 인식에 기초하여 바르게 실천하는 데 있어서 아무래도 한계가 있습니다. 육체적으로 건강한 사람에 비해서 말입니다. 사회에 좋은 일을 하고자 하는 사람은 자기의 건강을 소홀히 해서는 아니 됩니다.

다음에 이어서 쓰겠습니다.

1982. 5. 1.

당신의 아름다움은 소멸되어 가는데

광숙에게.

당신이 다녀간 지도 벌써 열흘이 지났군요. 아직도 당신의 더운 체취가 내 안에 남아 있는 성 싶소. 몸이 많이 축난 것 같았는데 건강에 유심하길 바라고 있소. 나에 대해서 건강상 염려할 것은 하나도 없소. 난 하루도 빠짐없이 같은 양의 운동을 규칙적으로 함으로써 미래를 위해 단련하고 있으니까 가끔 우스갯소리로 하는 것이지만 꽃피는 당신의 아름다움이 소멸되어 가는 데 대한 아픔이 있을 뿐 난 무사태평이라니까요.

달관의 경지에 사는 이들의 시늉을 내면서 우리들의 세계를 기다립시다. 당신과 나만이 만들어나갈 세계 말입니다. 아무도 끼어들지 못하게 해야지요. 아마 그 세계는 역사상 가장 위대한 것이 될 것임에 틀림은 없을 것입니다. 지금은 다만 당신에게 은밀하게 해두고자 합니다. 나는 가끔 이런 것을 당신에게 부탁해야겠다고 벼르곤 했습니다. 뭐냐 하니까, 나에게 편지를 쓸 때 아무렇게나 휘갈기지 말고 정성들여 쓰는 것입니다. 그 이유인 즉 훌륭한 서간 문학으로 남기기 위해서입니다. 내 생각이 타당하고, 그럴듯 하거든 이행하여 보시오.

변화와는 완전히 차단된 이곳인지라 털끝만한 움직임도 내겐 변화의 바람이고 그것은 내 가슴을 설레게 하기도 하고 피가 되게 하기도 합니다. 며칠 전에 당신이 서투른 솜씨로 타이프된 편지를 보냈는데 얼마나 신기롭던지! 다음 책을 주문하시오.

'가와데쇼보신샤(河出書房新社)' 간행의 『게오르크 뷔히너(ゲオルク・ビューヒナー) 전집』 한 권(단행본임). '가도카와 쇼텐(角川書店)' 간행의 『하이네(ハイネ) 시집』, 『세계 연애 명시집』 두 권, 그리고 전쟁에 관한 책, 이를테면 중일전쟁, 태평양전쟁, 1・2차대전, 청일, 노일전쟁 따위도 가능하면 구입 내지 주문하시오. 권행군 만나면 『로르카(ロルカ) 시집』, 『아시아・아프리카(アジア・アフリカ) 연구』, 『고리키(ゴリキ) 단편 선집』, 『아시아・아프리카(アジア・アフリカ) 시집』 등이 있으니 함께 보내기 바람. 한 달에 서너 권씩.*

당신의 건강과 나의 사랑을 보내며.

1982. 6. 21.

---

* 엮은이 주 : ① 카를 게오르크 뷔히너(Karl Georg Büchner, 1813~1837) : 요절한 독일의 천재적인 극작가. 대표작은 『당통의 죽음』(1835). ② 하인리히 하이네(Heinrich Heine, 1797~1856) : 독일의 시인, 평론가. 낭만적이면서도 냉혹한 현실에 대한 냉소와 편협한 독일 사람들을 풍자함. 작품으로는 『독일 겨울 이야기』 『파우스트 박사』 『아타 트롤』 『로만체로』 등. ③ 페데리코 가르시아 로르카(Federico García Lorca, 1898~1936). 스페인의 시인, 극작가. 스페인 내란 때 민족주의자들에게 암살당함. 대표작은 『집시 노래집』 등. ④ 막심 고리키(Maxim Gorki, 1868~1936) : 러시아의 소설가, 극작가. 작품으로는 『어머니』 『밑바닥에서』 등.

나는 이 땅에 저주받은 시인

광숙에게.

그대는 들에 핀 꽃의 이름인가. 오르막길 시오리 내리막길 시오리 한의 고개를 넘나드는 새의 이름인가 아니면, 이름 그대로 누리를 밝히는 빛의 이름인가. 아무도 거들떠보지 않는 자유, 나는 오랏줄에 묶여 있나니. 그대가 꽃의 이름이라면 나에게 다오 봄을, 이땅에 저주받은 시인 나는 어둠이고 망각이고 부재의 집이나니, 그대가 빛의 여인이라면 나에게 다오 등불을, 길은 막혀 험하고 까마득히 머나니, 여울처럼 나의 삶은 급하나니. 그대가 황혼을 나는 새의 이름이라면 나에게 다오 천의 날개를, 나에게 다오 님이여 투쟁은 나의 장소 나의 시간이나니. 죽음으로서만이 끝장이 나는 대지의 사닥다리나니 나에게 다오 벌판을, 새벽을 향해 달리는 말발굽 소리를. 나에게 다오 펜을, 옛 사람의 무기를 투석기의 돌을, 석궁(石弓)을, 화살과 창을, 나로 하여금 나의 피 나의 칼로 말하게 해다오. 그대가 과연 조국의 딸이라면 그대가 과연 전사의 아내라면, 오! 갈증이고 동시에 샘인 나의 처녀여.

광숙이, 동시대 최고의 인간이란 말씀이 있습니다. 누가 그런 인간인가요. 동시대 최고의 세계관을 웅변으로써 대변하고 문자로써 기명하고 행동으로써 대지 위에 그것을 실현시키는 자입니다. 무엇보다도 승패를 염두에 두지 않고 자기의 최선을 다하는 겁니다. 이 점 항상 잊지 말고 생활을 해야 할 것입니다. 우리가 어디에 있건. 건강 건강 건강!

1982. 9. 4.

그대를 생각하며 나는 취한다

광숙에게.

이 가을에
하늘을 보면 기러기 구천을 날고
진눈깨비 내릴 것 같은 이 가을에
잎도 지고 달도 지고
다리 위에는 가등(街燈)도 꺼진
이 가을에
내가 되고 싶은 것은
오직 되고 싶은 것은
새다

새가 되어
날개가 되어 사랑이 되어
불꺼진 그대 창가에서 부서지고 싶다
내가 걸어온 길
내가 걸어갈 길
내 모든 것을 말하고

그대 전부를 껴안고 싶다*

***

하루가 하루 위에 얹혀
15년의 무게로 나를 짓누르고 있다오
그대를 생각하며
미래를 생각하며
취하기도 하지만
그날이 그날이고 그날이 그날이라오

15년
말이 15년이오
처녀가 댕기를 풀고
신부가 아이를 갖고
아이가 학교에 갈 세월이오

3년, 15년의 5분의 1년이 지나도
끝이 보이지 않는 이 막막한 징역
사내는 여전히 묶여 있고
신랑은 여전히 갇혀 있고
아이가 없어 재롱을 받지 못한다오

참아야 한다오
세월이 주는 이 중압을
이겨야 한다오
감옥이 주는 이 한속 이 추위를

---

* 엮은이 주 : 김남주의 시 「새가 되어」의 전문.

새벽같이 일어나 새벽을 깨고

벌거숭이 온몸에 찬물을 끼얹고
싸워야 한다오 싸워야 한다오
씹고 또 씹어 골백번 되씹어
운동 부족 소화 불량의 이 섭생과
반복되고 되풀이되는 생활의 이 악순환과
단식 3일의 이 허기를

살기 위해
살아 남기 위해
살아 남아 살아 남아
다시 한 번 그대 입술 위에 닿기 위해
목놓아 다시 한 번 그대 이름 불러보기 위해
님이여

—「그대를 생각하며 나는 취한다」 전문

광숙이, 서정시를 가끔 써볼 작정이오. 뻣뻣한 사회적인 시만 골수에 박혀 있는 뇌수를 닦아내고 사랑으로 가득 채우고 싶소. 모든 것이 메마른 이곳에서 광숙이만이 나를 축축하게 해주는 이슬이오. 그대 입술이, 내 입술이 마르는 그때까지 사랑의 시를 써보아야겠소. 사랑으로 고약하고 험한 이 세파를 이겨 나갑시다. 다음 책을 구입하여 주면 고맙겠소. 해외출판물 주식회사에 가끔 들 려 읽을 만한 책 있으면 장만해놓으시오. 부탁이오.

그리고 일주일에 꼭 한 번씩은 편지주기 바라오. 답답할 때가 한두 번이 아니오. 소식 없으면⋯⋯.

1982. 11. 9.

* 추신 : 가도카와 쇼텐(角川書店) 판 『괴테(ゲーテ) 시집』『하이네(ハーイネ) 시집』『휘트먼
(ホイットマン) 시집』그리고 어제(11월 8일) 면회 때 부탁한 책 중에서 『Understanding』
『Spanish-English 사전』『시경』은 금년 안으로는 넣지 마시오. 책이 남아돌고 있으니
까요. 형님께 안부 전하지 못함을 대신 광숙이가 잘 말해주시기 바람. 몸 건강하고
열심히 살아보기를.*

---

* 엮은이 주 : ① 괴테(Johann Wolfgang von Goethe, 1749~1832) : 독일의 작가, 철학자, 과학
자 등. 작품으로는 『젊은 베르테르의 슬픔』『빌헬름 마이스터의 수업시대』『파우스트』
등. ② 휘트먼(Walt Whitman, 1819~1892) : 미국의 시인, 수필가. 작품으로는 『풀잎』『북소
리』등.

광숙은 나의 미래

광숙에게.

광숙이의 보살핌 속에서 한 3년을 살아왔소. 따뜻했고 보람찬 세월이었소. 늘 받아먹고만 살아야 하는 내 입장으로서는 때로는 조금은 미안하다는 생각이 안 드는 것도 아니었지만 광숙이 나름대로의 어떤 보람 같은 게 있을 것이라 지레 생각하기도 하였다오. 참기가 어려운 때가 많이 있었겠지요? 기다림처럼 사람을 못살게 구는 것이 없는 법인데……. 별로 건강하지 못한 광숙이가 큰 탈없이 이 3년간 나와 함께 있어 왔다는데 대해 나는 무한한 기쁨을 맛보는 바이오. 건강에 항상 유의하세요. 브레히트 시에 「아침에 저녁에 읽기 위하여」란 것이 있어요. 그걸 광숙이에게 번역해서 주지요.

> 내가 사랑하는 사람이
> 나에게 말했다.
> 그대가 필요하다고
>
> 그래서
> 나는 바짝 정신을 차리고
> 길을 걸으면서
> 빗방울까지 무서워한다.

그것에 맞아 죽어서는 안 되겠기에*

내가 언젠가 써 보낸 적이 있었던 것 같은데 '여자는 남자의 미래'이요. 광숙이라는 여자는 나에게 없어서는 아니 될 현재와 미래의 여자라는 것을 한시라도 잊지 말고, 매일매일을 부지런하게 건강하게 질서와 체계를 세워서 살아가길 바라는 바요.

이해를 넘기면서 내가 광숙이에게 가장 간곡하게 부탁하고 싶은 말은 내가 편지로 의뢰한 부탁들을 까먹지 말고 반드시 이행할 뿐만 아니라, 가령 무슨 책을 주문하라고 했는데 했으면 곧장 알려 달라는 것이오. 생활은 습관이어요. 되는 대로 살아가는 것이 소시민들의 편리한 생활 방법인데 그렇게 살아서는 안 된다고 생각되는군요. 무의식 대중과는 좀 다르게 살아야 할 것이오. 그래야 그들이 광숙이를 모범으로 하고 그들도 광숙이처럼 될 것이니까요. 이론이란 현실 속에서 구체적으로 생활화되지 않을 때는 아무짝에도 쓸모없는 것입니다. 어쩌면 그 이론을 말하는 장본인에겐 자기 기만일 수밖에는 없을 것입니다. 우리 같이 새해를 기대해봅시다.

1982. 12. 20

* 추신 : 『문예춘추』 그 달 그 달 가장 빨리 볼 수 있도록 해주세요. 그리고 『겐다이노메(現代の眼)』란 일본 잡지가 있는가 봐서 한번 넣어봐요.

---

* 엮은이 주 : 「아침 저녁으로 읽기 위하여」로 완성되는데, 작품의 전문은 다음과 같다. "내가 사랑하는 사람이/나에게 말했다./"당신이 필요해요"//그래서/나는 정신을 차리고/길을 걷는다/빗방울까지도 두려워하면서/그것에 맞아 살해되어서는 안 되겠기에."(김남주 옮김, 『아침 저녁으로 읽기 위하여』, 푸른숲, 1995, 121쪽)

잠자고 있는 자와 눈을 뜨고 있는 자

광숙에게.

삼 년이란 세월이 속절없이 흘러갔구려. 우리들로서는 어떻게 해볼 수 없는 세상사 누구를 탓하리오. 자신들의 힘없음을 탓한들 또한 무엇하리오. 그대 나이 이제 서른 셋이던가요? 속수무책으로 늙어가는 이 인생이 역겹기까지 하오. 에세닌 같은 소박한 시인은 "죽는다는 것이 그닥 새삼스러운 것도 아니고, 그렇다고 산다는 것 또한 별로 중요한 것도 아니다"라고 하면서 제 스스로 목숨을 끊었습니다만 어쩌면 언제 죽으나 한가지인 이 구차스런 목숨을 두고 괜히들 전전긍긍하고 있는지도 모르오.

더구나 제가 뭐 대단한 것인 양 우쭐거리며 꺼떡이는 사람들을 볼라치면 가소롭기까지 하는 것이오. 인류와 사회의 발전에 쓸모가 없는 것이 될 바에야 한시라도 이 사바에서 꺼져 버리는 것이 제 꼴사나운 모습을 더는 부끄럽게 하지 않는 상책일 것이오. 어려운 세상에 흔한 것으로서 현실과는 등을 지고 앉아서 '내 책임은 아니로다, 나는 깨끗하도다' 잠꼬대하면서 제법 군자연하고 초연한 시늉을 해보이는데 이것 또한 눈뜨고는 못 봐줄 꼴불견이 아니겠소?

그러나 가장 구역질나는 인간은 이런 것들이 아니겠소? 적과 일정한 간격을 유지하면서 훨씬 의로운 인간인 양 처신하는 족속들 말이요. 동시대의 핵심적인 문제는 사실 겁나기 때문에 지엽말단적인, 다시 말해서 그 정도는 아무리 지껄여도 나한테는 해될 것이 못되지 하고 지배자들이 생각하는 그런 일에 제법 당차게 달려드는 족속들 말이오. 이런 인종들을 일컬어 "제법 반항은 하지만 여전히 쓸모없는 지배자의 하인이다"라고 적절하게 꼬집은 사람도 있습니다만 괜한 소리를 내가 했나보오.

이 따위 말 집어치우고 광숙이 안부나 묻고 싶소. 그래 여전히 건강하고 금년에도 뭐 좋은 계획 같은 거 세우지는 않았소. 하기야 내가 나가서 그대 곁에 설 수 있는 것 말고 더 좋은 일이 뭐가 있겠을까요마는 힘없는 것들은 힘센 것들의 노리갯감 노릇이나 하는 것이 현실이니까 속는다고 속상해 하지 말고 내가 당신 곁에 하루빨리 있게끔 여러분들과 힘을 합하기 바라오. 당신이 바빠서 그런지 아니면 당신의 성격이나 건강탓인지는 내 자세히 알지 모를 일이로되, 당신이 어떤 일에 좀 소극적이라고들 합디다. 이런 소리를 들으면 내 기분도 썩 좋은 것은 아니란 걸 당신은 잘 알 것이오. 건강이나 바쁨 때문이라면 몰라도 성격탓이라면 고려해보아요.

그리스의 철인 헤라클레이토스 말씀에 "눈을 뜨고 있는 자에게는 공통의 길이 열려 있다. 그러나 잠자고 있는 자는 누구나 자기만의 세계만을 바라본다."고 했습니다. 참 기막힌 말씀이 아닐 수 없습니다. 어떤 사람들은 자기의 '내적' 세계에만 충실함으로써 자기가 가장 자유로울 수 있다고 생각하는데 사실은 그 반대라는 것을 모른다오.

즉 사회 전체의 입장에서 보면 책임 회피 내지는 방관자요 어떤 소수 그룹에게는 노예라는 것을 말이오. 혼자서는 자립할 수 없는데 자립한다고 생각하는 것 자체가 모순이 아니겠소? 이해에 광숙이 좌우명이라고 할까 지침이 되는 말 하나 선사하겠소. '이웃과 사회를 이루며 살 것이며 일하는 사람들 속에서 자기 자신을 발견하도록'

난 금년에 우리 민요, 판소리, 민속극에 관해 알아보아야겠소. 시조, 사설 시조도요. 도와주기 바라고 아무쪼록 건강하길 바라오.

1983. 1. 24.

강을 가장 잘 알기 위하여

광숙에게.

책 네 권 잘 받았소. 그간 몸 건강하며 가끔은 글도 써보고 있으리라 생각하오. 매사에 침착성을 잃지 말고 차분히 살아가길 바라오. 독립하여 생활하기에는 또 어떠한지……. 직장과의 거리 때문에 전혀 여유가 없는 나날을 보내다가 이제 시간에 그렇게 시달리지 않게 되었으니 다행이겠소만, 자칫 게을러지기가 쉬울 터인데 계획성 있는 하루하루가 되길 바라오.

최근 『실천문학』을 비롯하여 몇 가지 문예지를 읽었는데 이것이구나! 하고 감탄할 만한 글은 없었으나 열심히 살아가고자 하는 모습들이 보여 기뻤습니다. 어떤 사람들은 이 험난한 현실에서 문학이 무슨 일을 할 수 있겠느냐고 의심하기도 합니다만 그러나 현실이 막혀 있으면 있을수록, 눌려 있으면 있을수록 더욱더 문학은 필요한 것 같아요. 다만 문학이 현실을 바르게 반영할 때에 한해서입니다만요.

광숙이는 어떻게 하는 것이 현실을 바르게 반영하는 것이라고 생각하고 있소? 현실을 바르게 인식하는 기초가 무엇이라고 생각하고 있소? 제 방에 앉아 강을 바라보듯 저 높은 곳에 서서 현실을, 현실 속의 인간들을 굽어봄으로써 가능하다고 생각하고 있지는 않겠지요. 또는 강을 보다 잘 알기 위해 지도책에 나오는 교과서적인 지식을 동원하는 것으로 만족하지도 않겠지요.

강의 내용을 다 알았다고 우겨대지는 않겠지요. 모름지기 광숙이 자신을 강의 흐름 속에, 강의 변화 속에 놓음으로써 강을 가장 잘 알 수 있으리라 생각합니다.

내가 왜 이런 말을 하는가 하면 최근의 국내 시인들이 현실 참여적인 '삶의 문학' 내지는 '실천문학'을 한다면서 자질구레한 사회적 현상들만을 지저분하게 나열해놓음으로써 좀 더 좋게 말하면 분석함으로써 현실을 바르게 독자에게 보여주었다고 생각하고 있지 않나 하는 우려에서입니다. 강을 가장 잘 알기 위해서 광숙이 자신이 강의 흐름 속에 뛰어들어야 한다고 했는데, 이것은 우리 문학하는 사람들이 현실을 생생하고 풍부하고 역동적으로 묘사해내기 위해서는 현실 속에, 운동 속에 자기 자신을 놓음으로써만이 현실을 가장 잘 알 수 있고 가장 바르게 반영한다는 말과 같습니다.

편지 자주하고 책 자주 넣어주세요. 근간 시집 중에서 고은 선생 시집이 나왔으면 넣어 주고 『타는 목마름으로』도 넣어주세요. 그리고 덕종이한테 편지해서 『루카치(ルカチ) 전집』* 6권, 『월트 휘트먼(Walt Whitman) 시집』(영어) 우송하라 하고, 스페인어로 된 역사책이나 경제에 관한 책을 한두 권 넣어주세요. 새 살림살이에 대해서 이야기 들려주면 즐겁겠소. 사랑을 보내며……

1983. 4. 13.

---

* 엮은이 주 : 루카치(Gyorgy Lukacs, 1885~1971) : 헝가리의 철학자, 문예이론가. 저서로는 『역사와 계급의식』 『레닌』 『실존주의냐, 마르크스주의냐』 등.

만인이 가야 할 길에서 나만 탈락되어

광숙에게.

> 서리가 내리고
> 산에 들에 하얗게
> 서리가 내리고
> 찬 서리 내려 산에는
> 갈잎이 지고
> 무서리 내려 들에는
> 풀잎이 지고
> 당신은 당신을 이름하여 붉은 입술로
> 꽃이라 했지요
> 꺾일 듯 꺾이지 않는
> 산에 피면 산국화
> 들에 피면 들국화
> 노오란 꽃이라 했지요[*]

광숙이 이제도 여전히 꿋꿋한지요. 그대가 내게 꽃이라 했던 그때와 마찬

---

[*] 엮은이 주 : 김남주의 시 「산국화」 전문.

가지로. 그 후 어언 4·5년이 지났소. 총알과도 같은 세월의 흐름 앞에 나는 차라리 절망이오. 작년까지만 해도, 그러니까 독방에서 혼거방으로 옮기던 작년까지만 해도 앞길이 조금은 환한 것이었소. 그런데 그 후 1년이 다 되어 가는 지금에 와서는 캄캄한 절벽이오. 한치 앞의 전망도 없는, 답답하오.

징역살이하는 동안에 처음으로 감기가 들었소. 그것도 아주 심한 것이라 오. 일주일이 지났는데도 아직도 그 뿌리가 뽑히지 않고 있소. 오늘이사 좀 상태가 좋아져서 이렇게 광숙이한테 편지를 하게 되었소.

가을 한철 빼놓고 나머지 세 계절은 내내 아프지 않는 때가 없다고 광숙이 는 언젠가 내게 말한 적이 있는데 요즘에도 그런지, 아니면 이제는 사시장철 건강한 몸이 계속되는지 알고 싶으오.

지난번 면회할 때 보니 얼굴이 별로 좋은 편이 아니어서 내 마음도 좋지 않았소. 무엇보다도 건강에 유의하여주었으면 고맙겠소. 직장도 소설도 중 요하겠지만 우선 건강이 제일이라는 것을 명심하기 바라오. 시월 말에는 이 곳에 한 번 와주길 바라오. 올 때는 시집이나 소설책도 많이 갖고 오오. 생활 이 없는 이곳에서는 그런 것들이라도 읽으면서 메마른 감정을 윤택하게 해 야 할 것 같소. 가능하면 고전으로 해주오.

나는 당대 현실을 바르고 깊게 묘사해놓지 않는 소설이면, 또 리얼리스틱 하게 그려놓지 않으면 그게 아무리 멋드러진 말과 고상한 언어로 아름답게 묘사되었더라도 도시 읽혀지지가 않습니다.

그리고 그 소설의 내용이 일하는 이들의 생활 내용이 아닐 때 또한 읽혀지 지가 않아요. 요즘에는 리얼리즘에도 환상적이라든가 미술적이라든가 별별 형용사가 붙은 리얼리즘이 있는가본데 난 그게 다 우스울 뿐입니다. 우리 시 대의 가장 중대한 문제, 일하는 사람들의 문제를 단순하고 명확하게 그려놓 은 그런 소설을 써보도록 하시오.

1984. 10. 10.

봄은 다시 찾아오려나*

광숙에게.

"살랑살랑 봄바람 부니 엄동설한 다 물러가네. 그대 없는 이 가슴속에도 봄은 다시 찾아오려나" 선거철*을 만나 이 땅에 때아닌 봄바람이 제법 드세게는 불었다 합니다. 계절의 순환과는 달리 인간의 봄은 훈훈한 바람만으로는 가져오게 할 수는 없습니다. 그동안 추위에 얼어붙었던 사람들의 마음을 후련하게 녹여주었는지는 모릅니다. 그리고 추위가 물러가리라는 어떤 기대를 가질 수도 있겠지요. 그게 환상에 불과하다는 것을 뻔히 알면서도 말입니다. "○○○의 님은 어데 갔나. 총칼 메고 싸움터 갔지. 그대 없는 이 가슴에도 봄은 다시 찾아오려나."

지금은 손발이 묶여 속수무책으로 환장할 삶을 보내고 있지만 나도 한때는 이 땅에서 추위를 몰아내기 위해 칼바람 일으켜 도끼춤 추기도 했지요. 그것을 어떤 사람은 철없는 아이의 장난이라고 하고, 또 어떤 이는 제법 과학적인 용어를 구사하여 좌익 소아병이니 과격주의니 하고, 심지어 어떤 사람들은 우리의 실천적 운동이 현실 문제를 해결하는 데 오히려 방해 작용을

---

* 엮은이 주 : 「감옥에서 읽은 책들」(『불씨 하나가 광야를 태우리라』, 137~141쪽)로 재수록됨.
* 엮은이 주 : 1985년 2월 12일 제12대 국회의원 총선거.

했다고 하더군요. 여기서 이런저런 우리 일에 대한 비난이나 욕설에 반론을 펴지는 않겠습니다. 다만 우리의 노력이 무익한 것은 아니라는 확신뿐입니다. 희생 없이 선에 봉사할 수 없다는 상식적인 말을 해두고 싶을 뿐입니다.

6년째 접어들고 있는 징역살이입니다. 그동안 많은 책을 읽었습니다. 고전이라고 할 수 있는 것이라면 문학 분야건 사회과학 분야건 제법 읽은 편이니까요. 문학 책 중에서 내가 관심을 가지고 읽었던 것은 발자크, 셰익스피어, 하이네, 푸슈킨, 레르몬토프, 네크라소프, 고골리, 톨스토이, 숄로호프, 브레히트, 네루다, 체르니셰프스키, 루이 아라공, 마야코프스키, 루카치, 게오르크 뷔히너 등의 제 작품입니다. 그 중에서 특히 나에게 마음에 들었던 것은 시에서는 푸슈킨, 레르몬토프, 하이네, 네루다, 그리고 러시아 12월당의 몇몇 시인들의 작품이 있고 소설에서는 발자크와 톨스토이, 고리키, 숄로호프 등의 작품이 최고로 좋았습니다.

희곡은 역시 셰익스피어가 제일이더군요. 하우프트만의 『직공』이나 게오르크 뷔히너의 『당통의 죽음』은 나에게 시사해주는 바가 컸습니다. 브레히트의 시와 희곡은 목적 문학으로서는 큰 효과를 거둔 것 같지만 문학의 예술성의 측면에서는 좀 떨어지지 않을까 하는 생각을 했습니다. 뭐니뭐니해도 참된 문학을 내가 분별할 수 있도록 지도해준 사람은 게오르그 루카치 선생입니다. 나는 그 사람의 저작을 통해 하이네를 새로 알고 톨스토이를 다시 읽게 되고 에밀 졸라, 카프카, 브레히트 등의 실험 소설, 전위 문학을 비판적인 눈으로 볼 수 있게 되었습니다. 나는 그의 가르침으로 게오르크 뷔히너를 알게 되었고, 현실을 인식하는 기초 과학으로서의 경제학의 필요성을 절실히 느꼈습니다.

그의 리얼리즘론에서 작중 인물의 목적 의식적인 측면이 강조되어 있지 않은 점에 불만이 있기는 하지만 문학 작품에서 작중 인물이 어떤 이데올로기를 의식적으로 들고 나올 경우의 약점도 생각해보았습니다. 아직은 나로서는 해결되어 있지 않은 문제입니다. 광숙이가 소설을 쓰겠다니까 하는 말이지만 소설을 쓰기 위한 기본적인 작업으로서 경제학을 공부할 것, 위에서 열거한 작가들의 작품을 철저히 읽어볼 것을 권합니다. 내가 경제학을 공부하라고 함은 경제학이 현실을 이해하는 기초 과학이기 때문이고 자본주의 경제의 본질과 자기 운동 법칙을 모르고는 현실을 바르게 이해하지 못하고 그 현상을 본질인 양 오해하기 쉽기 때문입니다. 현실을 바르고 깊게 이해함으로써 좋은 문학 작품이 나오리라는 것은 당연한 일입니다

'자유실천문인협의'에서 펴낸 제1집 『민족의 문학 민중의 문학』은 불허되는 바람에 찬찬히 보지는 못하고 선 채로 건성건성 보았는데 책이 온통 싸움이더군요. 속이고 겉이고 갈피마다 숨가쁜 싸움의 숨결이더군요. 글자 하나하나가 싸움을 거는 총알이고 행마다 불붙는 도화선이더군요. 미래의 사람들을 위해 제 자신을 불살라 재가 되고 거름이 된 희생적인 전사들을 위한 추모시는 제 마음을 격하게 했답니다,

시인들이 그들의 이름을 불러주지 않으면 시인은 죄인일 것이라는 생각이 들었습니다. 시인이 그들의 이름을 불러줄 때 그는 그들의 형이고 아우이고 동지일 것입니다. 시인은 모름지기 현실을 변혁하려는 용기 있는 사람들의 곁에 있어야 할 것입니다. 그들과 함께 생활하고 사고하고 행동할 때 참된 문학, 민족과 민중을 위한 문학이 나올 것입니다. 참된 민족문학, 민중문학이 나올 수 있는 기반은 시인이 현실을 변혁하려는 사람들의 대열에 형제로서 어깨를 같이하고 생과 사를 함께 같이할 때입니다.

시인은 그들과 함께 행동할 뿐만이 아닙니다. 그들의 행동을 독려하는 나팔소리가 되어야 하고 북소리, 징소리가 되어야 합니다. 다시 말해서 원군의 역할을 해야 하는 것입니다. 이런 의미에서 하이네의 시 「경향」을 한번쯤 읽어봄 직하다고 여겨지는군요.

…(생략)

로테 한 사람에게 가슴을 태웠던
베르테르처럼은 이제 탄식하지 말아라
종을 어떻게 울릴 것인가 그것을 그대는
민중에게 고하지 않으면 안 된다
비수를 말하라 검을 말하라!

(중략)

불어라 울려퍼져라 우르렁 쾅쾅거려라 매일처럼
최후의 압제자가 도망칠 때까지—
노래하라 오직 이 방향으로만
그러나 명심하라 그대의 시가
만인에게 통하도록 가능한 한.*

지금은 시가 무기가 되어야 할 때입니다.

'일월서각'에서 나온 도서 목록을 보았더니 좋은 책이 막 쏟아져 나오고 있더군요. 밖에 있는 사람들은 참 행복하겠다는 부러움이 나더군요. 그중에서 내가 밖에 있을 때 읽었던 책으로 이런 책은 우리 말로 번역하여 독자들에게 읽히면 얼마나 좋을까 하고 혼자 안타까워 했던 것들이 번역되어 나와 있더군요. 만델의 『후기 자본주의』, 스위지·휴버먼* 공저의 『쿠바 혁명사』, 고리키의 『어머니』 등이 그것입니다. 우리 현실을 이해하는 데 도움이 크고

---

* 엮은이 주 : 전문은 이 책의 95~96쪽 참조.
* 엮은이 주 : 폴 스위지(Paul Malor Sweezy, 1910~2004). 미국의 경제학자. 마르크스주의 이론가. 리오 휴버먼(Leo Huberman, 1903~1968). 미국의 언론인, 학자, 노동운동가. 폴 스위지와 함께 세계적인 진보 저널인 「먼슬리 리뷰(Monthly Review)」를 창간함.

그 현실을 변혁하려는 성실하고 용기 있는 사람들의 모습이 생생하게 그려져 있으니 광숙이도 필히 읽어보기 바랍니다. 그리고 열여덟 개의 작은 출판사들이 어둠을 밝히는 작은 불씨로써만 만족하지 않고 하나로 뭉쳐서 거대한 횃불이 되겠다고 나섰던데 나는 이에 감격하여 그들에게 바치고 싶은 시가 씌어질 지경이었습니다. 멀리서나마 하나로 일어선 열여덟 작은 불씨들에게 찬사를 보냅니다.

자꾸 하는 말이지만 책 많이 보내주고 큰맘 먹고 편지도 한 번 써보세요. 가까운 시일 안으로 당신의 얼굴을 한 번 보았으면 합니다. 당신에게 할 이야기가 참 많이 있습니다.

1985. 2. 17.

엄지손가락을 걸어

광숙에게.

오늘 잠자리를 옮겼습니다. 이곳에서 말하는 전방이라는 것이지요. 네 평 남짓한 공간에서 일년 반 동안이나 아홉 명, 여섯 명이 우굴우굴 뒤섞여 지내다가 같은 넓이의 방을 혼자 차지하니 정말이지 살 것 같소. 새 장에 갇혀 있던 새가 창공을 만난 기분이랄까요. 이 가벼움, 이 기분, 우리에 웅크리고 살아야 했던 사자가 산하를 만난 것에 비유될게요. 이 비유는 결코 과장이 아닐 것이오.

좁은 공간에 억지로 갇혀 살아보지 않는 사람은, 불가항력 속수무책으로 손발을 묶임당해 보지 않는 사람은, 정신이 마비되고 영혼이 파괴당하고 매일 밤 가위 눌린 의식으로 악몽에 시달려보지 않은 사람은, 갇힘과 묶임에서 풀린 자유의 맛을 결코 알지 못할 것이오. 왜 어떤 사람들이 죽음을 불사하면서까지 자유를 쟁취하려고 했던가를 알지 못할 것이오. "자유 아니면 죽음을!"이 낡아빠진 구호의 참맛을 느끼지 못할 것이오.

며칠 전에 참 오랜만에 광숙이의 편지를 받았소. 반갑기 짝이 없고 대번에 기운이 솟아났다오. 갇혀 있는 사람이 바깥 사람과 접촉할 수 있는 경우는 세 가지로 면회, 편지, 책과 생필품 차입뿐이오. 이 세 가지 수단을 통해서 수인은 살아 있는 사람의 숨결을 들을 수 있고 살결을 느낄 수 있고 인정을 맛볼 수 있다오. 황량하기 그지없고 적막하기 비할 데 없는 이곳에서 책 받아 보는 일, 한 달에 한 번씩 잠깐 동안이나마 실물의 인간과 대면하는 일, 편지 읽는 일, 아니 편지 받는 것 그 자체 등은 수인에게 있어서는 사막의 오아시스라고나 할까, 가뭄으로 타들어가는 풀잎 위에 떨어진 단비라고나 할까, 아무튼 엄청나게 값나간 것이라오. 무엇과도 바꿀 수 없는.

　나 같은 사람을 풀어놓으라고 여러 입이 모여 고래고래 소리친 모양인데 잘되지 않는 모양이지요? 나야 갇혀 있는 상태가 더 계속되어도 별 고통이 될 것 없을 것 같습니다만 광숙이한테는 여간 미안하지 않습니다. 나 때문에 광숙이가 여러 가지로 괴롭받고 마땅히 누려야 할 생활을 희생한다는 것을 생각하면 내 마음 역시 괴롭다오. 그러나 한마디는 해두고 싶소. 세상에는 광숙이와 같은 사람이 있어야 한다고, 세상에는 광숙이와 같은 사람처럼 아름다운 사람은 없다고, 나는 감히 말하고 싶소. 정말 어려운 일이오. 나는 자랑할 것이 없지만 광숙이를 내 곁에 두고 있음을 자랑할 수 있을 것 같소. 광숙의 건강을 비오. 우선 건강이 제일이요.

　지금 다니고 있는 일터를 바꿔보겠다는 광숙이의 생각에 나로서는 이래라저래라 말하고 싶지 않소. 광숙이는 자유요. 지금 하고 있는 일이 보람이 없다고 했던 광숙이의 말에 나는 동감이요. 노동은 인간의 본질이라고 하는데 그 노동에 보람을 느끼지 못한다면 불행은 아니더라도 행복은 아니기 때문이오. 인간은 만인을 위해서 참된 행복감에 젖으리라는 생각. 제 노동의 산물이 만인의 손으로 입으로 들어가는 것을 볼 때 느끼는 인간의 기쁨.

　아, 내가 바라는 세상은 각자가 노동에서 즐거움을 느낄 수 있는 세상이라오. 먹고 살려니까, 누가 시키니까, 어쩔 수 없이 하는 노동. 그것은 고통의 세계입니다. 그런데 지금 우리 사회는 인구의 8·9할이 마지못해서 노동을 하고들 있습니다. 불과 손가락으로 셀 수 있는 극소수의 사람들에게 고용살이를 하고 있는 것입니다. 의식하고 있든 의식하지 못하든 그것은 노예의 삶

외 아무것도 아닙니다. 내게 자랑할 것이 하나 있습니다. 나는 어떤 놈에게
도 고용된 적이 없습니다. 그 어떤 놈에게 대들다 역부족으로 갇혀 산 적은
있지만 지금 갇혀 있기는 하지만.

　환경도 바뀌고 분위기도 좋아졌으니 새로운 기분으로 책을 읽고 생각을
깊이 해야겠소. 헛된 죽음을 당하지 않기 위해서는 각오를 단단히 해야겠소.
일분 일초를 내 피 한 방울 한 방울인 양 아껴서 써야겠소.

　좋은 책이 나오면 그때그때 볼 수 있게 해주고, 적어도 한 달에 한 번씩은
편지를 할 것이며, 계절마다 한 번씩은 이곳에 와주어야겠소. 우리 약속합시
다. 새끼손가락이 아니라 엄지손가락을 걸어. 사랑을 보내며.

1985. 6. 11.

* 추신 : 일본 서점에 가서 주문하시오.
　『하인리히 하이네(ハインリヒ・ハイネ)』, 이노우에 쇼조(井上正藏), 이와나미신쇼(岩波新
書). 『노래의 책(歌の本)』 상·하, 이노우에 쇼조(井上正藏), 이와나미신쇼(岩波新書). 『신시
집(新詩集)』, 반쇼야 에이이치(番匠谷英一), 이와나미신쇼(岩波新書). 『아타 트롤(アッタ·ト
ロル)』, 이노우에 쇼조(井上正藏), 이와나미신쇼(岩波新書). 『독일 겨울 이야기(ドイツ冬物
語)』, 이노우에 쇼조(井上正藏), 헤이본샤(平凡社). 『로만체로(ロマンツェロ)』 상·하, 正汲越
次, 이와나미 분코(岩波文庫). 『하이네(ハイネ) 연구』, 루카치(ルカーチ), 아오키 쇼텐(青木書
店). 『독일(ドイツ) 문학 소사(文學小史)』, 루카치(ルカーチ), 이와나미쇼텐(岩波書店).

단식은 수인에게 남은 유일한 무기

광숙에게.

지금 단식 중이오.

발단은 단순하오. 한 간수의 우리에 대한 기만과 우롱에 있소. 별것도 아닌 것을 가지고 뭘 그렇게 단식까지 하느냐고 시덥잖게 생각할 사람이 있을지도 모르지만 난 그렇게 생각할 수 없소. 인격에 대한 모독을 참는다는 것은 노예 근성인 것이오.

6년 남짓 옥살이를 하면서 참 많이도 단식했소. 오만가지 고욕과 육체의 학대를 당해왔소. 비인간적 처우, 악의에 찬 물리적인 탄압과 정신적인 고통 등이 우리로 하여금 그토록 자주, 그토록 격렬하게 단식 투쟁을 하게 했다오. 단식은 수인에게 남은 유일한 무기요.

지금은 조금 나아졌다고는 하지만 징역살이 초기에는 참으로 험악하고 참담했소. 음식은 돼지도 고개를 절로 젓고 마다할 그런 것이었고, 잠자리는 어떻게 보면 개집 같기도 하고 어떻게 보면 송장이나 쑤셔 넣어두는 관 속 같기도 하고⋯⋯. 30년 가까운 세월을 이런 곳에서 살고 있었던 어떤 사람은 이런 말을 했다오. "사람이니까 살아남아 있지 닭이나 오리를 이런 곳에 가둬놓았다면 그동안 수없이 죽어갔을 것이오."라고 말이오. 사람이란 참 무서운 동물인가보오.

연옥 끝에나 와 있다고 해야 할 이런 곳에서 살아남겠다고 나는 그동안 악착같이 나 자신과 싸워왔소. 일년 삼백예순 날 거의 하루도 빼먹지 않고 일정 량의 가벼운 운동, 요가, 냉수마찰을 해왔는데 이것이 내 건강을 살려왔나보오. 그렇지 않았으면 벌써 내 육체는 허물어졌을 것이란 생각이 드오.

이토록 집요하게 내가 건강의 유지에 매달려왔음은 그 이유가 다른데 있지 않소. 첫째는 내가 바라는 좋은 세상을 만드는 데 조금이나마 쓸모 있는 사람이 되기 위함이고, 둘째는 당신의 사랑에 보답하기 위함이오. 그 외 달리 내가 이 세상에서 바라는 것은 없소.

이 밤으로 단식 3일째가 끝나고 아마 내일쯤이면 어떤 물리적인 힘이 우리를 덮치게 될 것이오. 지겹고 소름이 끼치는 일이지만 담담한 기분으로 모든 것을 받아들이기로 했소. 아무런 저항도 이번에는 시도하지 않겠소. 탄압의 도구들에 대한 환멸감이 나를 지배하고 있소. 도대체 인간이란 것에 지쳤소. 자연 속에서 인간처럼 잔혹하고 야비하고 저속하고 이기적인 동물이 또 있을까요? 이리, 늑대, 여우, 재컬(여우와 늑대의 중간형으로 사자(강자)를 위해 짐승 사냥을 해준다는 짐승)까지도 제 종족만은 해치지 않을 것이오.

소위 만물의 영장이라고 하는 인간만이 제 사적인 욕망을 채우기 위해 제 종족을 학살하고, 속이고, 우롱하고, 억압하고, 천대하고, 경멸하고, 잡아먹을 것이오.

인간 일반에 대한 환멸은 아니요, 이기심이 본질인 자본주의 사회의 인간에 대한 환멸이오.

이번 단식을 계기로 하여 전향을 취소하는 투쟁을 해볼까 하오. 기만과 우롱을 당하고 사는 게 분하고 우새스럽소. 나에게 용기와 도움을 주기 바라오.

1985. 10. 13.

이상 사회를 위해*

광숙에게.

단식 일주일째로 접어들었소. 견딜만하오. 다리통은 손으로 재보니 새다리처럼 줄어들었지만 오히려 정신은 맑고 청정하오. 나는 지금 『파리 코뮌(パリ・コミューン)』이란 책을 읽고 있소. 1871년을 몸소 겪었던 사람이 쓴 것이라 생생하여 좋소. 『파리 코뮌』이란 책은 나와 인연이 깊은 책이오. 이 책을 대학생들과 같이 읽다가 나는 경찰에 수배를 받는 몸이 되었고, 서울로가서 전선에 가입하게 되는 계기가 되었소. 그때가 1978년 3월이니까 벌써 십년 가까운 세월이 지나갔소.

지난번 면회 때 당신은 내 시가 무섭다고 했소. 너무 한쪽으로만 치우친다 했소. 나는 그 지적을 전적으로는 아니지만 부분적으로 옳다고 받아들였소. 내가 생각하기에도 내 시는 지나치게 경향적인 데가 있소. 거기다가 역겨우리 만큼 전투적일 것이오. 그래서 당신 말대로 이 시대 어떤 사람들에게는 어떤 거부감을 주지 않을 수 없을 것이오. 당신의 내 시에 대한 불만에 대해 몇 마디 해보겠소. 수긍이 갈지도 모르겠소.

나는 전문적으로 시를 쓰자고 덤비는 소위 직업 시인은 아니오. 출발부터

---

* 엮은이 주 : 「시의 길 시인의 길」(『불씨 하나가 광야를 태우리라』, 90~93쪽)로 재수록됨.

가 그러했소. 나에게 있어서 시작 활동은 내 사회적 활동의 한 부산물 외 아무것도 아니었소. 다시 말해서 내가 바라는 이상 사회를 만드는 과정에서 여분으로 생긴 부산물 외 아무것도 아니었소. 단도직입적으로 말해서 나의 시는 혁명에 종속하는 것이오. 시가 먼저 있고 혁명이 있는 게 아니고, 혁명적 실천이 먼저 있고 시는 그 자연스런 산물인 것이오. 나에게 있어서 시는 혁명의 무기일 뿐이오. 적어도 내가 사는 이 사회가 계급 사회인 한에서는.

그래서 혁명적 싸움 없이 나는 한 줄의 시도 쓸 수가 없었소. 쓰고 싶지도 않았소. 싸움할 상대가 없어지면, 민족을 억압하고 민중을 착취하는 무리들이 없어지면 나의 시도 씌어지지 않을 것이오. 플라톤이 이상 국가에서는 시인은 추방될 것이라고 했다는데 의미가 없는 말은 아니오. 무계급 사회가 도래하면 시시비비거리가 없어질 것이기에 말이오. 그런 사회가 도래할 것인지 아닌지는 별문제로 해둡시다.

1980년대에 들어와서 시인이 부쩍 많이 생겼고 생산해낸 시의 양도 가히 엄청난 것이었소. 기뻐해야 할 일이오. 특히 생산 현장에서 노동하는 노동자들의 시가 나오기 시작했다는 것은 내 마음을 한없이 들뜨게 하오. 민중의 노래는 민중 자신이 지어서 자신의 입으로 불러야 하는 것이 원칙이겠지만 계급 사회인 자본주의 사회의 특수성을 무시할 수는 없는 것이오. 자본주의 사회에서는 글마저 하나의 상품이 아니 될 수 없기 때문에 글을 전문으로 쓰는 사람이 생기기 마련이고 그들에 의해 문화가 이루어지고 있소. 다만 그 문화가 지배 계급에 봉사하느냐 피지배 계급에 봉사하느냐에 따라 달라질 뿐이오.

지배 계급에 봉사하는 문학은 여기서 얘기할 건덕지도 없소. 피지배 계급에 봉사하는 문학, 요즘 확대 재생산 일로에 있는 이른바 민중문학에 대해 한마디 해보겠소.

한마디로 말해서 민중문학은 민중 생활의 기록이오. 민중 생활의 밝은 면과 어두운 면의 통일적인 기록이고 대립적인 기록이오. 그런데 최근에 나온 젊은 시인들의 시를 보면 어두운 면만을 과장해서 확대 생산한 감이 없지 않소. 그리고 민중의 부정적인 면과 긍정적인 면을 대립 갈등 속에서 통일적으로 그려야 할 것 같은데 그 긍정적인 면이 너무 소홀히 취급되는 것 같소. 민중은 절망하는 것만이 아니고 희망하고 있고, 민중은 퇴영적이고 보수적인 면이 있으면서도 진보적이고 혁명적인 데가 있는 것이오. 희망적이고 진보적이고 혁명적인 면에 대한 할애가 있어야 할 것 같소. 그리고 대부분의 시가 자본주의적 분업의 소산인 인간의 비인간화, 날이 갈수록 야수화되어가는 인간의 짐승화, 민중 생활의 자질구레하고, 구차스럽고, 미분화된 삶은 자연주의적 수법 내지는 몽타주 수법으로 나열한다든지 깁고 있는데 이 '누더기 같은 시'에 관해서도 한 번 반성해보아야 할 것 같소. 아마 이런 현상은 시인들의 '구체적'인 것에 대한 오해에서 오지 않나 생각되오.

문학은 구체적인 현실의 직접적 감성적 반영이고, 그러한 현실의 예술적 반영의 확대 재생산 외 아무것도 아니오. 그런데 많은 사람들이 '구체적'이란 개념을 잘못 이해하고 현상 하나하나를 개별적으로 파악하고 있는 것이오. 그리하여 대부분의 시인들이 현상의 세세함의 끝이 없는 지루한 나열주의에 떨어지고 있소. 그 결과 시인들이 시대의 중대한 문제와 그 본질적인 여러 특징들을 전형적인 상황에서 동적이고 응축된 형태로 그리지 못하고 자꾸만 피상적인 현상들만을 너저분하고 지루하고 길게 늘어놓는 데 그치고 있소. 시가 길어지다보니 긴장이 풀리고 긴장이 없다보니 충격과 경이가 있을 수 없는 것이오. 1980년대 이후 시가 그토록 대량으로 생산되고 있는 것은 분명히 사회적 분위기가 그토록 긴장되어 있고, 억압과 착취의 한계가 극한의 경지까지 와 있기 때문일 터인데, 그리고 문학의 장르 중에서 유독 시인이, 압축과 긴장을 그 생명으로 하는 시만이 이 격동기의 현실에서 가장 잘 대응할 수 있기 때문일 것이오. 시야말로 문학의 장르 중에서 현실을 가장 직접적으로 가장 감각적으로 가장 상징적으로 그릴 수 있는 효과적인 무기일 것이오.

여기서 '구체적'이란 개념에 대해서 한마디해야겠소. 마르크스의 표현을 빌자면 "그것은 많은 규정들의 총화이고, 따라서 다양한 것들의 통일이기 때문에 구체적인 것이다. 그러므로 그것은 사고에 있어서는 총괄의 과정으로서 또 결과로서 나타나는 것이지 출발점으로서 나타나는 것은 아니다." 이곳에서 우리가 주목해야 할 것은 구체적인 것은 출발로서가 아니고 결과로서, 과정으로서 나타난다는 것이오. 블라디미르 일리치도 "진실은 시작에 있는 것이 아니라 끝에 있다. 더 정확히 말하면 과정 속에 있다. 진실은 최초의 인상은 아니다."라고 했는데 이것도 마르크스의 구체성에 대한 개념 규정과 비슷하다고 할 수 있소. 많은 시인들이 개별적인 현상 그 자체를 구체적인 것으로 오해하고 있는데 이는 어서 빨리 지양되어야 할 문제요.

한마디 시에 관해 더 해두고 싶소. 그것은 시의 길이에 대한 것이오. 앞에서 나는 시는 압축과 긴장을 그 생명으로 한다고 했소. 그렇기 때문에 격동기에 가장 잘 대처한다고도 했소. 시는 긴 분석이 아니고 느슨한 산문적 이야기도 아니오. 현실의 변혁을 위한 무기로서 시는 촌철살인의 풍자이어야 하고 백병전의 단도이며 치고 달리는 게릴라전이오. 가장 길어야 옛 조상들이 사용했던 청송녹죽의 죽창의 길이요.

우리 시대 즉 세계의 모든 모순이 집중되어 있고 그것이 가장 첨예하게 대립되어 있는 우리 사회에 긴 시는 적합하지 않소. 길어야 백 행을 넘어서는 안 될 것이오. 시를 읽어내리는 호흡이 길어지면 길어질수록 그만큼 시의 긴장은 풀어져 버리고 그래서 시적 감흥은 그만큼 감소되는 것이오.

검방할 시간이오. 오늘은 이만 총총.

1985. 10. 18.

용기 있는 사람들[*]

광숙이에게.

징역살이 6년이 넘었소. 이 6년이란 세월은 내 생애에서 가장 값어치 있게 쓰여져야 했을 것인데 그렇지 못하게 되어 버렸소.

광숙이도 보아서 알고 있겠지만 그동안 내 머리는 반백이 다 돼 버렸소. 제대로 싸워 보지도 못하고 이렇게 반송장으로 늙어가니 원통하고 남에게는 부끄럽소. 광숙이게는 미안하고 괴롭소.

지난번 면회 때 광숙이에게 나는 이런 말을 했소. "나는 직업 시인이 아니다. 전사다. 내 시는 해방전사로서 내 사회적 실천의 산물에 불과하다."고. 그때 광숙이는 가소롭다(?)는 듯이 피식 웃어 버렸소.

광숙이, 사실 나는 전사에 값하는 그런 위인은 못되고 그 옆에 얼씬거리지도 못할 것이오. 뿐만 아니라 전사 생활 또한 극히 짧은 것이었소. 그러나 광숙이, 현실을 근본적이고 철저하게 변혁하려는 집단적인 싸움에서 나는 내 나름으로 최선을 다했소! 이 점은 인정해주길 바라오.

그리고 당신도 참가한 우리의 싸움이 어처구니 없이 끝났다 해서 우리가 계획한 사업을 도매금으로 매도하는 사람들이 있는가 본데 그것은 경솔한

---

[*] 엮은이 주 : 「진정 소중한 사람들」(『불씨 하나가 광야를 태우리라』, 72~75쪽)로 재수록됨.

행위입니다. 어떤 역사적인 사업이 패배로 끝났다 해서 사업 자체를 비웃음의 대상으로 삼아서는 안 될 것이오. 역사에서는 승리가 위대한 것이라면 패배도 위대한 그런 사업이 있는 것이오. 문제는 과연 사업의 계획이 바르게 설정되었느냐 그렇지 못했느냐, 설정된 계획의 실천에 최선을 다했느냐 그랬지 못했느냐가 있는 것이오.

내가 알기로는 우리의 동지들은 민족 문제를 바르게, 깊게 통찰했고 그 해결을 위해 최선을 다했으리라 믿어 의심치 않고 있소. 우리의 역량 부족에 대해서 아무리 호되게 비판해도 나는 달게 받겠소. 그러나 우리가 착수한 사업 자체에 대해서 무책임하게 왈가왈부한 것에 대해서는 참기가 어렵소.

광숙이, 그 짧은 전사 생활에서 나는 많은 것을 배우고 알았소. 아마 그것은 내가 전사가 되기 이전 30년 동안에 배우고 알았던 것보다 더 크고 깊은 것이었소. 나는 전사 생활을 통해 인간은 공동체의 선을 위한 집단적인 싸움 속에서 성숙하고 발전한다는 것을 피부로 느꼈소. 그것은 행복이었소. 이 행복은 내가 지금까지 맛보았던 어떤 행복보다도 더 깊고 큰 것이었소. 나는 또한 진리는 실천을(육체적) 매개로 해서만이 바르게 인식될 것이라고 믿게 되었소. 실천이야말로 진리의 척도인 것이오. 그래 나는 앞으로도 끊임없이 사회적 실천의 장에 있음으로써 내 자신의 행복을 찾고 세계에 대한 인식을 넓히고 깊게 해야겠소.

그 짧은 전사 생활을 통해서, 그 어처구니 없는 패배를 통해서 내가 가장 뼈저리게 깨달았던 것은 역사적인 사업은 '열정'만 가지고는 이루어지지 않는다는 것이오. 지혜가 필요했던 것이오. 물론 이것은 상식이오. 그러나 사람들은 상식을 소홀히 하기가 일쑤인 것이오. 현실을 깊고 바르게 볼 수 있는 혜안, 이것은 실천 속에서만이 얻어지는 것이오.

광숙이, 지금 우리 사회가 가장 절실하게 요구하고 있는 사람은 우선 용기 있는 사람이오. 다시 말해서 사회적 실천의 장에 자기 자신을 내던지는 사람

말이오. 부분적으로가 아니라, 전적으로 말이오. 지혜란 가만히 앉아서 얼굴을 찡그리며 머리 속에서 짜내는 것이 아니오. 실천의 과정에서 저절로 나오는 것이오. 다시 말해서 용기 있는 실천이 있고 나중에 지혜가 오는 것이오.

용기 있는 사람을 내 나름으로 규정해보겠소. 그는 가능성과 현실성 사이의 영역에서 자기의 최선을 다한 사람이오. 미래의 자손들이 그 열매를 따먹도록 오늘 나무의 씨가 되고 뿌리가 되고 거름이 되고자 하는 사람이오. 즉 그는 자기 안에 '희생'을 안고 있는 사람이오.

용기 있는 사람은 결정적인 순간에 결단을 내릴 줄 아는 사람이오. 결단이야말로 어떤 사람을 다른 사람과 구별케 하는 가장 좋은 인간적인 특성이 아닌가 싶소. 결단은 여럿 중에서 부차적인 것을 버리는 행위요. 버리지 않고는 인간은 한 발자국도 앞으로 전진하지 못하오. 역사적인 사업에 종사하고자 하는 사람은 사적인 이익의 일부 또는 전부를 포기해야 할 때가 있는데 그때 그것을 아는 사람이 다름 아닌 결단성 있는 사람인 것이오.

용기 있는 사람은 역사적인 사업의 달성을 위해서라면 모든 것을 해낼 수 있는 사람이오. 흔히 사람들은 사회 활동을 하는 데 남의 눈에 띄는 일, 그것도 좋게 보이는 일, 즉 인기를 얻을 수 있는 일만을 가려서 하는 것이오. 목적의 달성을 위해서 저 일을 해야만 하는데 그 일이 사회의 비난을 받을 일이면 사람들은 대개 하기를 꺼려하는 것이오. 용기 있는 사람은 큰 일이건, 작은 일이건, 인기를 얻을 일이건, 욕을 얻어 먹을 일이건 사업의 이익을 위해서라면 어떤 일도 기꺼이 서슴없이 할 수 있는 마음의 준비가 되어 있는 사람이오. 러시아의 혁명적 민주주의자 체르니셰프스키는 이런 말을 했소.

역사의 길은 네프스끼 광장의 탄탄대로와 같은 것은 아니다. 때로 그것은 광야를 횡단하고 어떤 때는 나락(奈落) 위를 넘는다. 여기서는 흙모래를 뒤집어쓰고 저기서는 진창에 빠진다. 흙모래 뒤집어쓰기를 두려워하고 자기의 신발이 흙탕물에 더럽혀지는 것을 꺼려한 사람은 사회적 활동에 관여하지 않는 게 좋다. 이것은 여러분이 진심에서 사람들의 행복을 생각한다면 한 번 해볼 만한 가치가 있는 일이다. 그렇다고 그것은 언제 어떠한 경우에도 손을 더럽히지 않고 해낼 수 있는 일은 아니다. 말하자면 도덕적 순결이라는 것도 여러 가지로 해석될 수 있는 것이다.

기회 있으면 '최선을 다한 사람'에 대해서 한마디하고 싶소. 오늘은 이만 그치오. 부디 건강하기를 바라면서.

1985. 11. 11.

『고요한 돈강』을 읽고*

광숙에게.

소위 새해 새 아침이오. 옥창을 여니 밤새 내렸는지 사동과 사동 사이의 좁다란 뜰에 눈이 소복하게 쌓여 있소. 그 위에 다시 소담스런 함박눈이 푸짐하게 내리고요. 광숙에게 축복이 있기를.

해가 바뀌었다고 해서 내게 좋을 것은 조금도 없소. 불안하고 환장할 노릇일 따름이오. 햇수로는 8년이고 7년째인 이 지겹고 무익한 징역살이가 언제까지 계속될 것인지 그냥 막막하기만 하오. 그렇다고 못 견딜 만큼 괴로운 것은 아니오. 광숙이가 내 말을 좀 잘 듣고 해서 금년에는 내 속 좀 덜 썩힌다면야 늙지 말고 건강하시오. 부탁이오.

요즘 와서는 죽자사자 소설만 읽고 있소. 독어·스페인어를 좀 해야겠다 해야겠다 하면서도 어쩐 일인지 그쪽으로 시간 할애하기가 아깝소. 지금은 『고요한 돈강』을 읽고 있소. 우리말로 번역되어 나왔다고 하던데 아무래도 그것을 한 번 읽어야겠소. 영어로 된 것을 읽자니 시간 낭비가 이만저만이 아니오. 이번이 세 번째 읽는 것인데도 진도가 더디오. 대신 맛은 좋소.

---

* 엮은이 주 : 「소설 『고요한 돈강』을 읽고」(『불씨 하나가 광야를 태우리라』, 162~164쪽)로 재수록됨.

이 소설에 에피소드로 안나와 분츄크의 사랑이 전개되는데 참 아름답소. 이토록 감동적인 사랑의 장면을 나는 어느 소설에서도 읽어보지 못했소. 혁명과 미래와 진실에 대한 헌신적 정열, 그 정열의 열기 속에서 타오르는 두 사람의 사랑은 가히 지상에서 가장 아름다운 별이고 불꽃이오. 별은 스러져 가지만 어둠의 세계가 닥치면 밤하늘에 다시 떠올라 만인의 가슴을 적시고, 불꽃은 사그라지지만 그것은 "타고 남은 재가 다시 기름이 됩니다." 안나의 죽음이 그런 것이 될 것이오.

『…돈강』의 주인공인 그레고르가 긍정적인 인물로 설정되었더라면 하고 아쉬워하곤 했는데, 달리 생각하면 부정적인 인물을 주인공으로 내세움으로써 현실에 대한 객관성을 작가는 확보하고 있지 않나 하는 것이오. 역사소설, 사회소설을 쓰는 사람들이 자칫하면 작가의 주관적인 이념을 작중 인물에게 무리하게 주입시킴으로써 소설을 망치는 경우가 많은데 숄로호프는 그런 점에서는 얄미울 정도로 냉정한 것 같소. 이 냉정이 지나쳐 어떤 때는 이데올로기에 관한 대화 장면이 중동무이로 끝나는 경우가 가끔 있기까지 하오.

무엇보다도 이 소설이 나의 흥미를 끄는 것은 주인공 그레고르의 말로요. 부정적인 인물인 그는 당연하게도 소위 영웅적인 죽음도 비극적인 죽음도 하지 않소. 작가는 이 인물을 비참한 몰락의 내리막길에 내버려두는 것이오. 이 점이 나에겐 중요하오. 격동의 시기에 있어서 어느 쪽에도 가담하지 못하고 동요하는 인간의 운명이 여기에 있소.

주인공을 죽이지도 않고 소생의 전망도 작가는 주지 않고 있는데 이는 작가의 무관심 내지는 잔인성에 있는 것이 아니고 역사의 필연성에 대한 작가의 믿음에 있소. 현실에 대한 한 인간의 불분명한 태도는 아무짝에도 쓸모없는 것이오. 동요하는 인간은 감상적인 독자의 동정이나 연민을 살망정 비극적인 감정을 불러일으키지는 않소. 죽일 가치마저도 없는 역사의 뒤안길에 내팽겨쳐진 버림받은 인간이 주인공 그레고르의 운명인 것이오.

블라디미르 일리치는 이런 말을 했소. 까마득한 옛날에 읽었는데 오늘 우연히 기억에 떠오르오.

예스냐 노우냐 그것은 당신 마음대로다
그러나 어떤 경우건 확고부동해라. 사내가 되어야지. 바람개비가 되지 말라.

그렇소, 사내가 되어야지 불굴의!

1986. 1. 1.

최선을 다한 사람[*]

광숙에게.

광숙이, 지난번 편지에서 나는 기회가 있으면 '최선을 다한 사람'에 관해서 한마디하겠다고 했소. 오늘 그 기회가 왔소.

'최선을 다한 사람'에 대한 규정은 여기서는 역사적으로 어떤 구체적인 상황에서 시대의 중대한 문제를 해결하기 위해 구체적으로 행동하는 사람에 한정하겠소.

일제시대에 우리 민족은 식민지 해방을 위해 수많은 사람들이 여러 가지 형태의 저항과 투쟁을 했소. 어떤 사람들은 교육을 통한 국민의 계몽으로 나라의 주권을 되찾으려고 했소. 어떤 사람은 외교적인 방법으로 독립을 얻어보려고 했소. 심지어 또 어떤 사람은 일본 사람들한테 '청원'을 해가지고 독립을 구걸하려고 했소. 이 사람들이 통째로 빼앗긴 민족의 독립을 되찾는 일에 최선을 다했다고 할 수 있겠소?

요정에 모여서 만세 삼창으로 독립 운동을 한 사람이 있소. 종교 집회에서 해학과 독설이 섞인 명강연으로 총독의 '간담을 서늘케 하는' 사람들도 있었소. 소위 평화적인 합법적인 수단으로 독립 운동을 해야 한다는 사람들이었

---

[*] 엮은이 주 : 「진정 소중한 사람들」(『불씨 하나가 광야를 태우리라』, 75~79쪽)로 재수록됨.

소. 총칼이 지배하는 살벌한 정세에서 이들의 일이 나라 찾기에 최선을 다했다고 할 수 있겠소?

고립해서 단독으로 적의 요인을 암살하는 열혈투사가 있었소. 아나키스트적인 수법인 무분별하고 무조직적인 파괴 활동을 하는 사람도 있었소. 자유주의적 인텔리겐치아도 있었소. 그들은 생각나는 대로, 기분 내키는 대로, 그때그때 깜빡깜빡했다가 이내 사그라져버리는 개똥벌레와 같은 사람들이었소.

엄청난 적의 인적 물적 폭력 앞에서 이들의 고립된 투쟁이 나라의 독립을 가져오리라 생각되오?

나는 여기서 이 세 부류의 '독립 운동가'들을 깎아내리거나 그들의 활동이 무익한 것이었다고 매도할 생각은 추호도 없소. 다만 묻고 싶은 것은, 누구나 다 각자의 위치에서(이 위치란 아마 생활의 터전에 계급적 위치를 부여함을 의미하고 있을 것이오.) 제 할 일 잘하면 된다고 했던 광숙이에게 묻고 싶은 것은 과연 위 세 부류의 '독립 운동가'의 활동이 당시 빼앗긴 조국의 강토를 되찾는 데 최선을 다했느냐는 것이오.

'독립 운동가' 개개인의 주관적인 판단은 그것이 '최선'이었다고 생각했을지 모르지만 나라 안팎의 객관적인 상황에서는 그것은 결코 '최선'을 다했다고 볼 수 없는 것이오. 지금에 와서 이것은 세 살 먹은 아이도 인정할 것이오.

일제 때 민족의 해방을 위해 최선을 다했던 사람들은 여러 가지 형태의 저항과 투쟁 중에서 무장 투쟁을 가장 우선했던 사람들이라고 생각하는 바요. 그것도 한 사람 또는 소수 정예에 의한 무장 투쟁이 아니라, 수백 수천이 한데 뭉쳐서 한 무장 투쟁이오. 다시 말해서 하나의 조직 속에서, 혁명적인 조직 속에서 말이오. 앞에서도 말했지만 나는 어떤 형태의 저항, 어떤 형태의 투쟁도 그 자체로서는 부정하지 않소. 다만 그 저항 그 투쟁이 개별적인, 고립 분산적인 것이냐 아니면 거대한 조직 속의 것이냐가 문제인 것이오. 고립 분산된 투쟁은 그것이 비록 솟아오르는 불꽃처럼 혁혁하게 보이기는 하지만 힘은 없는 것이오.

힘없는 투쟁은 무익한 것이오. 작은 투쟁도 조직 속에서 하면 엄청난 성과를 가져오는 것이오. 조직의, 혁명적 조직의 한 성원으로서 외교도 하고, 교육도 하고, 만세도 부르고, 강연도 하고, 암살도 하고 해야 힘이 생기는 것이오. 조직 속에서 조직의 방침에 따라 글을 써야 하고, 유인물을 뿌려야 하고, 평화적인 사업, 합법적인 투쟁을 해야 적에게 실질적인 힘을 가할 수 있게 되는 것이오. 만세를 한 번 부르더라도 조직의 성원으로서 불러야 최선을 다하는 것이 되는 것이오. 말 한마디하더라도 조직 사업의 일환으로서 해야 최선을 다하게 되는 것이오.

광숙이는 학교에 재직하면서 광숙이의 성격과 능력과 재질에 합당한 일을 했어야 한다고 했소. 그러나 광숙이가 조직과는 관계없이 하는 것과 관계를 가지고 하는 것은 엄청난 차이가 있는 것이오. 브레히트의 시에 이런 것이 있소.

> 개인의 눈은 하나
> 당의 눈은 천 개
> 당은 일곱 개의 국가를 보고
> 개인은 하나의 도시를 본다
> 개인이 갖고 있는 것은 자기의 시간
> 그러나 당이 갖고 있는 것은 많은 시간
> 개인은 사라지기도 하지만
> 그러나 당은 사라지지 않는다
> 생각하라 당은 대중의 전위
> 그들의 투쟁을 지도한다
> 현실이 지식으로부터 흡수한
> 고전적 이론가의 방법으로.
>
> ― 「당을 찬양한다」 전문

'최선을 다한 사람'의 전형적인 인물을 문학에서 그 예를 서너 개 들어 보겠소.

체르니셰프스키의 『무엇을 할 것인가』에 나오는 '특별한 인간'인 라프메토 프가 그 사람이오. 고리키의 『어머니』에 나오는 여러 주인공들이 그 사람들 이오. 『강철은 어떻게 단련되었는가』에 나오는 주인공이 그 사람이오. 『고요 한 돈강』에 나오는 분츄크가 그 사람이오.

이들은 하나같이 집단적인 삶과 엄격한 조직 생활 속에서 사고하고 행동 하는 사람들이오. 그들의 기본적인 생각과 생활상의 원칙은 생산적인 노동 에 참가하지 않는 인간을 필연적으로 정신적으로 타락한다는 것이오. 만일 을 위한 사회적인 노동이야말로 건강하고 정직하고 성실한 인간의 제일의 조건일 뿐만 아니라 인간으로서 개성을 갖추고 품위를 지키는 기반인 것이 오. 자본주의의 사적인 이익을 위한 노동이 아니라 만인을 위한 사회적인 노 동이야말로 개인과 사회의 번영과 행복을 위한 기초적인 조건이고 인간의 존엄성을 보지해주고 생활의 향수를 위한 불가결의 조건인 것이오.

이들은 이러한 삶의 터전을 만들기 위해 집단적인 조직적인 생활과 투쟁 속 에 뛰어든 사람들이오. 이들은 이상적인 세계의 창조를 위해 어떤 궁핍에도 어 떤 시련에도 참고 견딥니다. 재산과 목숨을 이 세계 건설에 바칠 뿐만 아니라 그것, 즉 재산과 생명을 이상의 실현, 지상에서 자유와 정의를 실현하기 위한 수단으로 여길 만큼의 가치밖에 없다고 생각하는 사람이고 실천하는 사람이 오. 그들은 한마디로 돈키호테와 같이 혁명적인 낙관주의자인 것이오.

'최선을 다하는 사람' 우리 사회에서 그 사람은 미일을 비롯한 제국주의자 들과 그 하수인인 매판자본가 · 군벌 · 특권 관료들을 박멸하기 위해, 뿌리째 뽑기 위해, 그 씨를 말리기 위해 혁명적인 실천을 하는 사람이오. 고립되어 단독으로 하는 것이 아니라 혁명적 조직 속에서 하는 것이오. 이들 소설 속 에 등장하는 인물과 같이 혁명적 인간들이 없다면 제국주의로부터의 민족의 해방도, 자본가로부터의 민중의 해방도 없을 것이오.

1986. 1. 29.

동지들께도 관심을

광숙에게.

나라 안팎이나 담 안팎의 되어가는 꼬락서니에 벨이 꼴려 그 심사 광숙이한테나 풀어볼까 하고 편지를 쓰려고 했는데 막상 또 쓰자고 덤볐더니 무슨 말부터 해야 할지 실마리가 잡히지 않아 그만둘까 하고 있는 참인데 마침 광숙이한테서 소포가 왔다는 것이오. 나가 보았는데 겨울 양말 한 켤레, 책 다섯 권이었소. 우선 반가웠소.

오늘은 우리 고유의 설. 다시 한 살을 먹었다고 생각하니 영 심사가 틀어지는 것이오. 항시 한탄하는 것이지만 이렇게 할 일이 많은 나라에서 생겨나서 제대로 하는 일 없이 속수무책으로 나이만 먹어가는 게 환장할 지경이라오. 광숙이는 나와 또 다른 이유에서 심사가 편치 않으리라 생각되는데 과연 그렇소? 항상 광숙이에 대한 나의 미안한 마음 어떻게 주체할 수가 없소. 진퇴유곡이오.

아무쪼록 금년에는 우리에게 반가운 해가 되고 건강한 삶이 되길 빌어보오. 악마가 아무리 버티고 서서 역사의 수레바퀴를 뒤로 돌릴려 해도 역사의 필연성 앞에서는 어떻게 해볼 수 없는 것이오. 너무 다급하게 마음 졸이지 말고 느긋한 기분으로 기다리기 바라오. 기왕지사 늦었으니 아주 늦어버리라고 마음 푹 놓아버리는 것도 괜찮을 것 같소.

최근 들어서 이곳 생활이 갈수록 어려워지고 있소. 지난 가을 단식 이후 관에서는 우릴 아주 깔아뭉개야 속시원한 모양이오. 조그만 일만 있으면 여러 가지로 애를 먹이고 비인간적인 처우를 하고 있다오. 영문을 알 수 없소. 우리와 무슨 철천지 원수진 것도 아닐 터인데 말이오. 운동 시간도 줄고 우리의 행동 반경도 여간 제한당하고 사는 게 아니오. 도대체 마음을 놓고 징역살이를 할 수가 없는 편이오. 우리 식구들 모두가 이곳을 뜨기를 바라고 있소. 이런 식으로 계속 나가다는 박관현 때의 사건이 일어나지 않으리라는 보장이 없소. 다들 그런 예감을 하고 있다오.

우리 가족들한테 부탁할 게 있소. 대구, 전주, 대전의 우리 형제들이 어떤 대우를 받고 있는지 한번 알아봐주기 바라오. 그리고 광숙이도 가능하면 빨리 한 번 와주었으면 하오. 그렇다고 서두를 것은 없소. 우리가 뭐 육체적인 고통을 당하고 있는 것은 아니니까.

도대체 앞으로 더 나쁜 처우를 받고 살지 않을까 하는 우려 때문에 맘이 놓이질 않는 것이오. 사방이 벽으로 막혀 있을 뿐만 아니라 열 길 담으로 사회와도 꽉 막힌 곳에서 살아야 하는 사람들의 심정이란 게 어떤 것인지 살아보지 않고는 모르는 것이오. 더구나 상대가 마음대로 처분할 수 있는 그런 내던져진 존재로서의 경우는 어떤 때는 죽음의 냄새마저 맡아지게 되는 것이오.

이런 곳에서 살고 있으니까 그러지 객관적으로 제삼자가 보면 지옥 같은 곳이오. 그래서 지금도 바깥 사람들은(아직 옥살이 경험이 없는 사람들은) 감옥을 무덤 같은 곳으로나 여기는 것이오. 사실이 또 그렇소. 인간적인 것은 거의 허용이 되지 않는 곳이 이곳이오. 밥 먹고 옷 입고 산다고 해서 사람 구실을 하고 있는 것은 아니오. 독립된 한 인격으로서 살지 못할 때 그것은 짐승이나 마찬가지인 것이오. 우리는 흔히 말하는 죄수가 아닌 것이오. 돈과 권력의 희생물인 것이오. 그런데도 우리는 한갓 죄수 취급을 당하며 살고 있는 것이오. 아니 그 이하의 취급을 받고 있다고 해야 될 것 같소. 분통이 터질 노릇이오. 이런 것 저런 것 생각하면 화통이 부글부글 끓소.

인간으로서 양심을 지켜 살려는 사람은 이 땅에서 서럽소. 개 돼지만도 못한 대우를 받으며 살아야 하는 것이오. 나라와 민족을 위해 목숨을 바쳐서 일하다가 이런 취급을 받고 산다고 생각하면 세상살이가 역겹기까지 하오. 차라리 이조 봉건사회가 좋았소. 그 당시는 때로 최소한도 지식인의 저항에 대해서는 신사적이었소. 유배라는 것이 그것인데 정치의 중심권에서 멀어져 살 뿐 사람 사는 모양은 크게 다르지 않게 살았소. 붓과 종이를 못 쓰게 하지도 않았고 아는 사람에게 편지하는 것을 금하지도 않았소.

그런데 소위 문명화된 지금은 어떻소? 가족 외에는 얼굴을 보지도 못하게 하고 글도 교환 못하게 하고 있소. 붓과 종이는커녕 진실이 담긴 책을 모조리 금서로서 취급되는 판이오. 이런 나라의 상황에서 절망하지 않고 지치지 않는 것이 오히려 이상할 정도요. 이게 무슨 나라라고 할 수 있겠소. 하도 화딱지가 나서 두서없이 적었소. 광숙이한테 말로 외에는 달리 풀 길이 없는 것이오. 부디 몸 건강하고 이곳에 있는 사람들에게도 많은 사람들이 관심을 좀 가져줬으면 하오.

1986. 2. 10.

시인에게 펜을*

내 나이 오늘로 마흔 살이 되었습니다. 흔히들 인생의 한 고비라 그러고 공자식으로 말해서 불혹의 나이겠지요. 속이 차고 철이 들고 줏대가 서는 그런 연령이라는 것이겠지요. 나로 말할 것 같으면 속이 차고 철이 다 든 것은 아니지만 줏대는 제법 서 있다고 생각합니다. 여기서 줏대란 철학적인 견해와 정치적인 입장과 계급적인 관점을 뜻합니다.

내가 가장 혐오하고 보잘것없이 취급하는 사람은 어중간한 사람입니다. 중간에서 오도 가도 못하고 동요하는 사람입니다. 둘 중에서 선뜻 하나를 선택하지 못하고 우왕좌왕하거나 절충하는 사람입니다.

소위 제3의 길 운운하는 사람입니다. 정치에서 거대한 두 세력 중 어느 쪽에도 속하지 않고 이른바 중립을 지킨다거나 절충주의 노선을 걷는다거나 침묵하는 사람은 지배 세력의 이익에 서게 됩니다. 자기가 의식하지 않아도 말입니다.

---

* 엮은이 주 : 『한겨레신문』(1988년 8월 27일)에 발표되었다가 『산이라면 넘어주고 강이라면 건너주고』(124~130쪽) 및 「시의 길 시인의 길」(『불씨 하나가 광야를 태우리라』, 98~104쪽)로 재수록됨. 김남주 시인의 이와 같은 고발 이후 재소자들의 신문 구독과 집필이 허가되었음.

지금 이남 사회의 모든 일들, 모든 투쟁은 지배 계급인 자본가와 피지배 계급인 노동자 사이의 갈등을 반영하고 있습니다. 다만 그것이 다른 언어로 표현되고 있을 뿐이지 본질에 있어서는 그렇다는 것입니다.

이 운동, 이 투쟁에서 침묵하거나 우왕좌왕하거나 제3의 길 운운하거나 절충론을 펴는 사람은 하나같이 자본가에게 이롭게 하는 것이고 자기도 모르게 반민족, 반민중, 반통일 세력에 가담하게 되는 것입니다.

하나를 선택해야 합니다. 선택하지 않으면 자기 생명의 유기입니다. 그 유기는 죄악이기도 합니다. 왜냐하면 선택 없이는 아무것도 할 수 없을 뿐만 아니라 악의 세력을 이롭게 할 뿐이기 때문입니다.

먼저 하나의 선택이 있고 소위 전략과 전술이 있는 것입니다. 이런 관계가 거꾸로 되면 인식과 실천에 있어서 오류의 악순환만 되풀이됩니다. 방향과 시각이 뚜렷하지 못한 사람처럼 가련한 사람은 없고 쓰잘데없는 사람은 없습니다.

내 나이와 함께 대한민국이란 공화국도 불혹의 나이입니다. 공화국의 시민들도 이제 좀 속도 차리고 철도 들고 줏대가 서야겠습니다. 자주적이고(대외적으로는) 창조적인(대내적으로는) 인간이 되었으면 합니다. 식민지 노예 근성에서 맹목적인, 노예적인 반공주의에서 깨어났으면 합니다. 똥인지 된장인지 모르고 아무거나 주는 대로 받아먹는 그런 줏대 없는 인간에서 벗어나야겠습니다.

그리고 나와 같은 잡계급의 지식인들도 우왕좌왕하지 말고 양쪽 모두 매도하지 말고 제3의 길 운운하지 말아야 합니다.

어느 사회고 완벽하고 순수한 것은 아닙니다. 문제는 본질적인 데에 있는 것입니다. 자유란 게 가진 자들이 제멋대로 사는 게 아닙니다. 이웃을 생각하지도 않고 자기 좋을 대로 사는 것이 아닙니다. 이런 것은 자유주의자들의 부정적인 사고의 산물 외 아무것도 아닙니다. 진정한 자유는 한 사람은 만인을 위해서, 만인은 한 사람을 위해서 일하고 노래하고 싸울 때 획득되고 향유되는 것입니다. 말 그대로 즐겨지는 것입니다.

자유는 인간의 본질인 노동이 생활의 으뜸가는 욕구일 때 최고봉에 이를 것입니다. 대한민국 인구의 절대 다수를 차지하고 있는 노동자나 농민에게 한 번 물어보십시오. 누구 하나가 자기 노동이 마지못해 하는 노동이 아니고 즐거워하는 것이라고 대답한 사람이 있는가. 얘기를 하다보니까 엉뚱한 방향으로 자꾸 빠진 것 같습니다.

오늘 책 때문에 교무과 전담반에 가서 대판 싸웠습니다. 대부분의 책이 불허되는 것이 이곳 실정이지만 이번에는 상식 이하의 짓을 했기 때문에 화가 머리끝까지 올라와 폭발해 버렸습니다. 세상에 소설을 다 불허했지 뭡니까. 그 소설 내용이 독립운동을 묘사했는데 말로 하지 않고 무력으로 했다고 말입니다. 기가 차고 숨통이 막히고 환장할 노릇입니다.

인간을 폭력의 대상으로 삼아서는 아니 되겠지만 정말이지 전담반 교회사들의 대갈통이 호박만 같아 돌로 쪼개 버리고 싶었습니다. 이런 경우는 오늘 하루에 한하는 것이 아닙니다. 거의 일상적입니다.

이들 교회사들이 책을 검열하는 모양을 내가 얘기해 볼테니까 한 번 들어 보세요. 그들은 책을 검열하는 과정에서 책 속에서 무슨 보물이라도 찾듯 뭔가를 꼼꼼히 찾습니다. 그러다가 책 어느 쪽에서 자기가 기대했던 무엇이 발견되면 깜짝 놀라는 시능을 하며 그걸 누가 엿보지는 않는가 하고 감추고, 지우고, 가위질하고 찢고 합니다.

그들이 감추고 지우고 가위질하고 찢는 것이 무엇인 줄 아십니까? 내 참 기가 막혀서…… 자유라든가, 해방이라든가, 민족이라든가, 통일이라든가, 노동이라든가, 민주주의라든가 하는 말들입니다. 이들은 이 따위 언어들이 무슨 폭탄이나 되는 양 무서워하고 무슨 살모사나 되는 양 질겁을 하고, 이런 말을 나 같은 사람에게 주면 자기 모가지가 열 개라도 모자를 것이라며 아양을 떨고 호들갑을 떨고 지랄발광을 하면서 이해를 구하고 합니다. 나는 여기서 이들 교회사들의 인격을 무시한다거나 깔보기 위해서 위와 같은 표현을 사용한 것이 아닙니다. 하도 어처구니가 없어서 하는 소리입니다.

이해 관계 때문에 누구와 싸우는 일처럼 나의 마음을 상하게 하고 불쾌하게 하는 것은 없습니다. 싸움에서 이기고 지고 간에 마찬가지입니다. 특히 교도소에서는 하찮은 일로 자주 싸우게 되는데 정말이지 지긋지긋하고 사람이 옹졸해지고 왜소해지기까지 한 것 같아서 서글퍼집니다.

그러나 그렇다고 해서 싸우지 않을 수도 없는 것이 싸우지 않으면 여기서는 책 한 권 제대로 읽을 수 없습니다. 말이 좋아서 사람들은 '대화를 통해서' 어쩌고 저쩌고 합니다만 그게 어디 통하는 말입니까. 가진 자들에게 무엇을 사정하는 것처럼 또 인간을 비굴하게 하는 것은 없습니다. 몇 안 되는 가진 자들에게 나라 인구의 태반이 머슴살이하듯 사는 이 사회가 어쩌면 노예사회가 아닌가 하는 서글픈 생각이 듭니다.

펜과 종이의 문제도 마찬가지입니다. 문명 사회에서 펜과 종이는 밥과 수저와 같이 생활상에 절박한 필수품입니다. 그런데도 어쩐 일인지 이 나라에서는 수인들에게, 특히 정치범에게는 펜과 종이를 허락하지 않습니다. 나는 이 문제로 과장이 바뀔 때마다, 건의를 하고 사정을 하고 했습니다. 그러나 그 누구도 시원한 답을 주지 않았습니다.

나는 이 문제를 제의할 때마다 시인에게 펜을 주지 않는 것은 시인 개인에게 손해일 뿐만 아니고 민족 문화에 큰 손실이라고 역설합니다. 그리고 정치범에게 필기 도구를 주지 않는 나라는 동서고금에 없는 야만적인 처사라면서 이것은 나라의 수치라고 윽박지르기도 했습니다. 그러나 소귀에 경 읽기였습니다.

'시인에게 펜을!' 이것이 내 절실한 요구입니다. 나의 이 절실함 때문에 언젠가 나는 모 교무과장에게 밥 한끼를 안 먹을 테니까 하루에 한 시간씩만 펜과 종이를 허락해줄 수 없냐고 제의한 적이 있습니다.

그리고 그 자리에서 나는 문학하는 사람에게 펜과 종이를 주지 않는 아니,

문인에게 펜과 종이를 빼앗아가는 나라는 동서고금에 없다는 것을 역사적인
예를 들어 쫙 늘어놓았습니다.

고대 노예제 사회에서도 정치범에게 펜을 앗아가지 않았다. 유린당한
조국을 해방하기 위해 일을 꾸미다가 투옥되었던 로마의 철학자 보에티
우스는 감옥에서 『철학의 위안』이란 저서를 썼다. 노예제 사회에서 말이
다. 그것도 민족의 침입을 받은 나라에서 말이다.

소위 인간사의 암흑기라고 하는 중세 농노제 사회에서도 정치범에게
서 펜과 종이를 빼앗아가지 않았다. 당신도 잘 알다시피 세르반테스는
이민족의 감옥에서 『돈키호테』를 썼고, 마르코 폴로는 베니스인가 베네
치아인가의 어떤 감옥에서 『동방견문록』을 구술하여 쓰게 했다.

뿐인가, 짜르 전제군주를 비판하다가 투옥된 러시아의 혁명적 민주주
의자 체르니셰프스키는 그 후의 러시아 혁명가들에게 결정적인 영향을
끼치게 했던 소설 『무엇을 할 것인가』를 썼다. 당국에서는 그 소설의 내
용이 '불온'한 것인 줄 빤히 알면서도 저자에게 펜과 종이를 끝내 앗아가
는 야만적인 조치는 취하지 않았다.

뿐인가, 영국의 식민지인 인도에서 네루는 제국주의와 싸우다가 투옥
되어 식민지 감옥에서 자기 딸에게 보내는 편지 형식을 빌어 『세계사 편
력』이란 역사책을 썼다.

그리고 일본 제국주의의 식민지였던 조선에서도 신채호는 여순감옥에
서 그의 불후의 명작 『조선상고사』를 저술하였고 만해 선사는 서대문 형
무소에서 『독립의 서』를 집필했다.

이런 식으로 일사천리로 늘어놓았더니 그 과장이란 사람이 하는 소리가
무엇인 줄 아십니까? 그때는 그때고 지금은 지금이 아니냐는 것이었습니다.
도대체가 씨가 먹혀들어가지 않습니다.

분통이 터질 일은 이것뿐이 아닙니다. 필리핀 2월 혁명 때 그곳 감옥의 정
치범들이 2월 혁명의 과정을 TV를 통해 소상하게 보았다는 얘기라든가, 금

세기의 가장 악독한 군사 독재자 피노체트의 지배하에 있는 칠레의 감옥에서 한 언론인이 신문을 보면서 타이프라이터로 기사를 친다는 얘기라든가 하는 책자를 읽었을 때 도대체 이놈의 나라는 어떤 나라인가, 이놈의 나라에서 사는 사람들은 어떤 사람들인가 하고 한탄을 하지 않을 수 없었습니다. 우물 안 개구리 하늘 보듯 이 나라 사람들은 정치범에게 펜을 주지 않고 신문이며 시사 잡지를 주지 않는 것이 세계적인 현상인 줄 알고 있는 것입니다. 그 우물을 만든 것은 물론 개구리가 아닌 것은 사실입니다.

문명 사회이고 야만 사회이고 식민지 사회이고 독립 국가이고 옛날이고 현대이고 민주 사회이고 독재 사회이고 그 사회가 국가의 성격에 관계없이 밥은 인간의 기본권 중의 기본권이고 밥에 대한 욕구는 인간의 기본권 중의 기본권일 것입니다. 그리고 필기 도구도 내가 앞에서 예를 들었듯이 밥과 마찬가지로 기본권 중의 기본권입니다. 그런데 명색이 독립 국가이고 민주공화국인 나라에서 시인에게서, 정치범에게서 펜과 종이를 박탈한다는 것은 어떤 명분으로도 납득이 가지 않는 야만적이고 비인간적인 처사입니다.

'시인에게 펜을!' 나는 이 슬로건 밑에서 싸우다가 죽을지언정 펜을 포기하지 않겠습니다. 하루 한끼가 아니라 세끼를 몽땅 굶는 한이 있더라도 굶어 죽는 한이 있더라도 펜의 자유를 위해 온갖 형태의 싸움을 할 생각입니다. 그 기회를 나는 엿보고 있습니다. 그 기회가 오면 바깥 사람들의 응원을 기대합니다.

내 나이 오늘로 마흔 살입니다. 마흔 살은 짧은 생애가 아닙니다. 나는 살 만큼 살았습니다. 40 고개가 인생의 한 고비라고들 옛 사람들이 했는데 그게 무슨 의미인 것인지 내 나름대로 해석해보면 이제 살 만큼 살았으니 죽어도 괜찮다는 여유가 아닌가 합니다. 내 이 세상에 와서 이루어 놓은 것이 아무 것도 없으되 바르게 살려고 내 딴에는 최선을 다했습니다. 이것으로 만족합니다. 건강과 건투를 바라면서.

1986. 4. 5.

전주교도소로 이감되면서

광숙에게.

어제 전주로 왔어요. 이감이란 게 항상 그런 거겠지만 정말 뜻밖이었어요. 7년 전엔가 서울에서 광주로 이감될 때도 비가 촉촉히 내렸는데 이번에도 목적지에 내리니 이슬비가 내렸어요. 착잡한 마음을 더욱 착잡하게 하는 것이었습니다.

우리 식구들 중에서 전주로 낙착된 것은 나 혼자였고 대전과 대구로 각각 갈라져 흩어졌어요. 세상에서의 헤어짐 중에서 이감 때 동지들과의 헤어짐처럼 오만가지 감정을 불러일으키는 헤어짐이 또 있을까요? 무엇보다도 먼저 가슴에 와 닿는 감정은 정과 정의 찢어짐에서 오는 뼈아픈 아픔일 것이오. 그래서 어떤 사람은 설움이 북받쳐 올라 울먹이게 되고 눈에는 눈물이 그렁그렁하지요. 나는 이별의 아픔을 태연한 듯 가장했지요. 나약한 내 모습을 보이기 싫어서였을 것이오.

"잘 있어" "건강해야 해" "가면 동지들에게 안부 전해줘" 우리는 이런 말을 중구난방으로 터뜨리며 수갑에 포승을 차고 뒤돌아보며 뒤돌아보며 헤어졌어요. 참 못할 징역살이오. 지금 내 옆방에 이광웅 시인이 계시는데 그분과 함께 전주로 왔답니다. 참 좋으신 사람이랍니다.

옥살이는 대한민국 어디를 가나 대동소이할 것이라는 생각이오. 광주에서의 옥살이와 다른 것이 있다면 그곳에서는 네 평 반 남짓한 방에서 넉넉하게 살았는데 이곳에서는 두 평도 못된 곳에서 살고 있다는 것이오. 앞으로 차츰차츰 이곳 징역살이를 익혀가면서 가능한 한도 내에서 시간과 장소를 넓혀가야겠지요.

부식은 그 내용이야 다른 것이 없지만 부식이 정갈해서 참 기분 좋답니다. 운동은 시간 반 정도 하는 모양이고, 아직은 잘 알 수 없지만 직원들도 인격적으로 대해주고 있어 이곳 옥살이에 큰 어려움은 없으리라는 예측입니다.

며칠 전에 광숙이가 보내준 책과 돈 잘 받았습니다. 왜 편지는 하지 않는지 알 수 없는 노릇이오. 내게 풍부하고 다양한 생활이 있다면 날마다 나는 광숙이에게 편지를 쓸 것이라는 생각이오.

이제 나에게는 생활과 투쟁에서 오는 인간적인 정서는 고목처럼 말라버렸어요. 불행이란 게 이런 것을 두고 말해야 할 것이오. 이게 징역이 주는 가장 큰 고통이라 할 수 있겠어요. 인간이 생활과 투쟁으로부터 멀어지면 멀어질수록 그는 인간 아닌 어떤 것으로 그만큼 가까워진다는 판단이오. 크게 틀리지는 않을 것이오.

부랴부랴 서둘러 몇 자 적었습니다. 난필이니 짜증내지 않기를— 시간나면 곧 이곳에 한 번 들리기 바라오. 올 때는 잊어버리지 말고 『세계 철학사』 I·II·III(녹두서점), 『볼셰비키와 러시아혁명』 I·II·III(거름신서)를 갖고 오세요. 그리고 세상사 쓸 것 없다 있다 하지 말고 작은 움직임이라도 약심 갖고 오고요. 건강을 빌며.

1986. 9. 2.

콩알 하나라도 나눌 수 있는 세상을 위해

광숙에게.

이곳으로 이감온 지도 벌써 반달이 지났소. 오자마자 광숙이한테 편지를 냈는데 아직 답장이 없소. 받았는지 못 받았는지 알 수가 없소. 덕종이에게 도 편지했는데 역시 답장이 없소. 참 딱한 노릇이오. 이곳 사람들의 표현으로는 나 같은 존재를 '내놓은 법무부 자식'이라고 한다오. 오갈 데 없는 것이지요.

지금 나는 병사 상층에서 독거하고 있소. 김병권 선생, 차성환, 이광웅 선생, 재일교포 등 다섯 사람이 함께 기거하고 있소. 교도소 측에서는 이곳이 가장 좋은 곳이라고 하지만 결코 한적한 곳은 아니고, 좀 시끄러운 곳이오. 그러나 견디지 못할 지경으로 소란스럽지는 않소. 이곳이 내게 가장 맘에 든 것은 철창을 통해서 하늘이며 달이며 들을 제법 넓게 볼 수 있다는 것이오. 내 방은 철창 친 서쪽으로 나 있는데 해질 무렵이면 산허리에 걸친 붉은 해가 그림처럼 아름다운 데가 있소. 복도에는 북으로 철창이 나 있는데 그곳을 통해서 나는 갑오농민전쟁 때 격전지였다는 완산칠봉을 바라볼 수 있고, 근경으로는 내가 자라고 생활했던 전형적인 시골 풍경이 펼쳐지고 있소. 거기에는 웅크린 채 가라앉아 있는 자그만 마을의 집들이 있고, 밭과 무덤으로 이루어진 비탈진 구릉이 있고, 누렇게 익어가고 있는 들녘에는 허수아비가 있소. 정말이지 이런 것들은 내가 칠 년 만에 다시 본 정겨운 풍경이오.

　욕심 많고 꿈 많다는 유년 시절과 청소년 시절에도 나는 평생을 시골에서 살았으면 했소. 지금도 그런 생각에는 변함이 없소. 지금은 추악하고 비인간적인 도시의 삶에 대한 환멸을 맛보았기에 그런다고 할 수 있지만 도시에 대한 동경으로 가득차 있어야 할 유년과 청년 시절에 왜 그런 생각을 하게 되었는지 도대체 모를 일이오. 당시 우리집 경제 형편이 의식주를 해결할 만큼 여유가 있었다거나 내 성격이 번잡한 것을 싫어했었기에 그런 생각을 가지게끔 되었는 게 아닌가 하오. 앞으로 내가 사회적인 활동을 하지 않게 된다면 반드시 나는 시골에서 흙을 만지며 살아가게 될 것이오.

　항상 내가 하고 싶은 말이지만 인간은 노동 특히 육체 노동에서 멀어질수록 짐승에 가까워진다오. 제 노동으로 하루를 살지 않는, 다시 말해서 남의 노동으로 살아가는 족속들을 보시오. 그들이 얼마만큼 추악하게 비인간적인 삶을 살아가고 있는가를. 나는 남의 노동의 대가로 호의호식하며 세상에도 희한하고 동물적인 쾌락을 즐기는 가진 사람들보다 그들 때문에 비인간적인 생활을 강요당하며 어렵게 어렵게 일하며 살아가는 못 가진 이들이 더 인간적이고 덜 불행하다고 생각하고 있소.

　심지어 나는 이런 생각까지 하고 있소. 주인이 되기보다는 차라리 노예가 되겠다고! 어떤 사람이 다른 사람을 부려먹으면 부려먹는 그 사람이 더 불행한 것이오. 우리 사회는 한줌밖에 안되는 부자들이 나라 인구의 절대 다수를 봉건시대의 머슴처럼 부려먹고 있다오. 이것은 결코 터무니없는 과장이 아니오. 도대체 누구 한 사람 부자들의 재산과 권력을 해치는 말과 행동을 하고 자유로울 수 있으며, 잠자리에서 편히 잠잘 수 있소? 함께 일하고 콩알 하나까지도 나눠 가질 수 있는 세상, 그런 세상이 오길 나는 바랐고 노래했고 싸웠던 것인데…….

　1980년대 초까지만 해도 나는 국내에서 발간되는 사회과학 서적은 거의 거들떠보지를 않았소. 현실을 왜곡시켜 보았기 때문이오. 기껏해서 괜찮다고 나온 것이 이편도 아니고 저편도 아니고 '객관주의적'으로 본 책들이 있었는데 그것은 저자의 주관과는 관계없이 객관적으로는 어느 한 편의 이익에 봉사하는 그런 것이기에 나는 그 따위 책에도 신물이 나 있었소. 강자와 약자가 맞붙어 싸우는데 누구의 편도 들지 않는다면 객관주의적인 입장, 다시 말해서 중립의 입장을 취한 사람은 결국 강자의 편에 선다는 것과 같은 것이 아니겠소? 요 일이년 전부터는 세계를 바르고 깊게 객관적으로 보는 책이 많이 나오고 있소. 그리고 지금은 이곳에서도 밖에서도 불허되지 않는 책은 거의 다 허가해주고 있소.

앞으로도 문학에 관한 서적은 계속해서 보아야겠지만 이제는 사회과학 서적을 집중적으로 읽어야겠소. 그러나 그 사회과학 서적은 내 구미에 당기는 것을 추려봐야겠기에 여기서 주문해서 읽어야겠소. 이를 위해 광숙이가 도움을 주어야겠소. 한 달에 대여섯 권은 사볼 수 있도록 배려해주면 고맙겠소.

주위 사람들은 나더러 좋은 시를 쓰라고 격려해주지만 이런 생활을 칠 년이나 하고 나니까 이제 시를 쓸 수 있는 재료가 동이나 버렸오. 나는 생활과 어떤 싸움 속에서만이 시를 쓸 수밖에 없는 사람이오. 생활과 싸움으로부터 유리된 시는 아무런 쓸모도 없는 것이오. 광주 옥살이 6년이 끝나고 전주 옥살이가 새로 시작되는 것이니까 내 각오도 새로워져야겠소. 그 각오란 게 앞에서도 말했지만 사회과학 서적의 집중적인 탐독이오. 도움과 응원을 보내주기를 바라면서.

1986. 9. 17.

토지의 자식들*

광숙에게.

서으로 나 있는 창문(유리로 되어 있소. 대부분 흐릿하고 칙칙한 비닐로 되어 있는데)을 열면 싸늘한 철창이 시야를 방해하고 있소. 나는 지금 철창을 통해서 바깥 세상을 구경하고 있소. 담 넘어 저쪽에는 누렇게 익은 벼논이 꽤 넓게 펼쳐져 있고 뭔가 형체를 분간할 수 없는 것들이 움직이는 것이 희미하게 보이오. 아마 그 뚜렷하지 않는 형체들은 들에서 일하고 있는 농민들일 것이오. 내가 가장 사랑하고 싶고 그들로부터 사랑받고 싶은 토지의 자식들이오.

나는 저 농민들과 생애의 반을 함께 보냈었다오. 내가 알기에 그들은 초가지붕 위의 박꽃처럼 소박했고, 비탈진 언덕을 짐을 싣고 꾸역꾸역 올라가는 황소처럼 어기차고 고집스럽고 부지런했다오. 그리고 그들은 세상에서도 가장 못 먹고 못 입고 못살았다오. 관리들을 보면 어떤 교활하고, 악랄하고, 포학하고, 탐욕스런 짐승보다 더 꺼려하고, 두려워하고 못 믿어 했다오. 그러면서도 그들은 이상하게도 그런 사람이 되었으면 하고 스스로 바빴고 그들의 자식들에게 그 희망을 가졌다오. 참 알 수 없는 일이오. 알다가도 모를 일

---

* 엮은이 주 : 「진정 소중한 사람들」(『불씨 하나가 광야를 태우리라』, 79~82쪽)로 재수록됨.

이오.

요즈음의 농민들 역시 위와 거의 마찬가지의 생각을 갖고 있을 것이오. 관리들에 대한 두려움이 조금 줄어들고, 포학성이 덜해졌는지는 모르겠소(농민들에 대한 관리들의). 그러나 교활하고 악랄하고 탐욕스런 점에서는 이전보다 더 심해졌으면 심해졌지 덜하지는 않을 것이오.

최근에 『농촌 현실과 농민운동』이란 책만 보아도 그것을 금방 알 수 있소. 지금 농민들은 이중삼중으로 빼앗기고 뜯기고 우롱당하고 기만당하고 있소. 그들은 그들의 피와 땀을 농약 장사치들, 농기구상들, 비료·제초제 제조자들에게 빼앗기고, 그들과 결탁한 정상배들의 갖은 농간, 오만가지 사기 등에 농락당하고, 외국의 다국적 기업들의 하수인으로 전락한 정책 입안자들의 농산물 수입에 의해 골탕먹고 있소.

작년(1985년) 한 해도 이러한 이중삼중의 착취와 수탈에 시달리다가 견디지 못하고 스스로 목숨을 끊는 농민이 수백 명에 이른다고 위의 책은 써놓고 있소. 우리 민족의 최악의 수난기였던 일제시대 때보다 더한 고통을 오늘의 농민들은 당하고 있지 않나 생각되는 것이오.

1970년대 이후부터 걸핏하면 '단군 이래 어쩌고 저쩌고' 하면서 집권자를 추켜세우곤하는 말버릇이 생겼는데 농촌에서 농사짓고 산다는, 살겠다는 그 이유 그 희망 때문에 농촌의 총각들이 장가를 못 드는 것이야말로 단군 이래 처음 있는, 아니 유사 이래 처음 있는 기괴망측한 현상일 것이오.

여러 가지 책자를 통해서 또는 나이 서른넷의 아직 결혼도 못하고 있는 시골의 동생으로부터 듣는 농촌의 현실은 어떻게, 어디서부터 손을 써볼 수 없을 정도로 어긋나 있고, 비틀어져 있고, 병들어 있고 빈사의 지경에 처해 있는 것 같소. 이런 최악의 상태에까지 와 있는 농촌의 현실을 되살리는 길은 달리 방법이 없는 것이오. 한 가지 길 말고는. 그 한 가지 길이란…… 내가 구태여 말하지 않아도 오늘의 현실을 조금만 바르게 인식하고 있는 사람이면 다 아는 것이오.

고리키의 『추억』에 다음과 같은 얘기가 있소.

나는 〈아파쇼나타〉만큼 아름다운 것을 알지 못한다네. 가능하다면 날
마다 듣고 싶다네. 정말 훌륭한 음악이지. 이 정도까지 되면 이미 인간의
것이라고 생각할 수 없다네. 어린애 같은 생각인지 모르지만 나는 자랑
스럽게 생각하고 있다네.(보라, '이렇게 뛰어난 것을 인간은 창조할 수 있
는 것이다'라고)

그러고 나서 그는 눈을 감고 미소를 지으며 슬프다는 듯이 덧붙였다.

그러나 나는 그때마다 음악을 들을 수 없다네. 음악을 듣고 있노라면
금방 나도 모르게 멍청해져서 어리석은 말을 늘어놓기가 일쑤라네. 더구
나 지옥과도 같은 이 세상에 살면서도 이렇게나 아름다운 것을 창조해낼
수 있는 인간의 머리를 쓰다듬어주고 싶기까지 하다네.

그러나 지금으로서는 무턱대고 사람들의 머리를 쓰다듬어줄 수는 없
다네. 그런 짓을 하는 사람이 있다면 팔을 비틀어버려야 하지. 머리를 때
려줘야 할 것이네. 사정없이 말일세.

내가 왜 이런 얘기를 끌어냈는가를 광숙이는 이해해주리라 믿소. 미래의
세계를 열기 위해 거리에 나선 사람은 개인의 사적인 욕망이며 바람이며 지
향하는 바를 일부 내지는 전부를 포기하지 않으면 안 될 역사적인 순간이 있
다오. 소시민적인 삶의 맛을 이것저것 고루고루 맛보면서 어떻게 공동의 목
표에로 정진할 수 있겠소.

나는 내 개인적인 바람이나 지향의 일부(솔직히 말해서 나는 사회적인 명
성이라든가 하는 것에는 전혀 관심이 없소.)를 완전히 포기했다고는 할 수
없으나 적어도 생각만으로는 공동의 목표에 내 사적인 것을 희생시키려고
노력하고는 있소.

이런 나에게 광숙이는 절대로 필요한 사람이오. 용기를 간단없이 불어넣

어주고, 나에게 유익하다고 생각되는 책이 있으면 그때그때 구입해서 넣어주고, 뿐만 아니라 어떻게 하면 나를 이롭게 해줄까 하고 항상 생각하고 염려하는 그런 당신이 나에게는 절대로 절대로 필요한 것이오.

지난달 광숙이가 이곳에 왔을 때 넣고 간 책 네 권을 모두 받았소. 새로 나온 소설이나 시집이 있으면 그때그때 보내주고, 이미 나온 것 중에서 『개척된 처녀지』(일월서각), 『그대가 밟고 가는 모든 길 위에』(창비), 『극동경제리뷰(Far Eastern Economic Review)』(박미옥 씨한테 알아보시오) 등을 보내주면 고맙겠소. 무엇보다도 광숙이의 건강을 빌며……

1986. 10. 20.

세월을 초침과 분침으로 재지 말고

광숙에게.

"청천 하늘에는 잔별도 많고 이 내 가슴에는 수심도 많다." 이 민요의 한 구절은 철창에 기대서서 밤하늘을 바라보고 있는 지금의 나에게 딱 어울리는 노랫말이오. 사실 난 요즘 근심과 걱정이 부쩍 많아졌소. 어디서 이런 감정의 심란한 변화가 오게 되었는지 알 수 없는 노릇이오.

나는 이 마흔 살은 흔히들 인생의 한 고비라고 하는데 내 감정의 변화도 그런 이유에서 오는 것인지, 담 밖의 세계에는 내가 할 일이 지천으로 깔려 있는데 꼼짝달싹 못하고 묶여 있는 데서 오는 것인지, 아니면 속절없이 나이를 먹어가는 광숙이에 대한 사랑 때문에 그러는지, 딱히 이것이라고 꼬집어서 말할 수는 없지만 아무튼 내 가슴에 수심이 깊어지게 하는 것은 주로 위의 세 가지가 큰 요인인 것임에는 틀림없소.

특히 지난 9월 광숙이의 몹시 달라진 얼굴을 본 뒤로는 오만가지 생각이 내 머리 속에서 교차한다오. 제발 부탁이니 만사를 제쳐두고라도 건강에 제일 주의하기 바라고 속절없이 흘려보내는 아까운 세월에 너무 집착한다거나 상심하지 말아다오.

광숙이, 세월을 초침과 분침으로 재지 말고 해와 달의 행로로도 헤아리지 말고 영원의 시간으로 가늠하시오. 문제는 생애를 어떻게 무엇을 하고 사느냐에 있소. 짧고 길게 사느냐에 있는 것이 아니라 어떻게 하면 단 한순간이라도 인간답게 사느냐에 있소. '지금 이곳'에서 다시 말해서 이방인과 그 꼭두각시들 때문에 썩고 병들고 짓밟혀 만신창이가 된 조국의 산과 들, 거리에서 어떻게 사는 것이 인간답게 사는 것인지 광숙이는 잘 알 것이오.

이 조국에, 날 낳아주고 날 키워준 이 조국의 논과 밭에 나는 시인으로서, 한 여인의 지아비로서 부끄럼없이 내 순결을 바치고 싶다오. 이 순결은 본능적으로 혁명적인 민중의 의식을 잠재우는 아편으로서의 종교에 물들지 않아야 하고, 가정이라고 하는 편협한 울타리 안에서만 인간적인 기쁨과 만족과 행복을 찾을려고 하는 소시민적인 에고이즘에 길들여지지 않아야 하고, 특히 나의 경우에는 인텔리겐치아들이 흔히 빠지기 쉬운 무정부주의적이고 자유주의적인 생활과 퇴폐적인 작품들에 유혹되지 않아야 할 것이오.

한마디로 말해서 내가 말하는 순결성은 혁명적인 휴머니스트로서의 그것이고 그렇기 때문에 전투적이고 조직적인 인간이어야 하는 것이오.

광숙이가 보내준 책 다섯 권과 돈 삼만원 받았소. 전번에 내가 편지에 『세계 철학사 Ⅲ』, 『볼셰비키와 러시아 혁명』은 이곳에서 구매하겠다고 써보냈는데 『세계 철학사 Ⅲ』권이 또 들어왔소. 편지를 못 받았는지 내 편지를 꼼꼼하게 읽지 않아서 그랬는지 알고 싶소. 『개척된 처녀지』와 『그대가 밟고 가는 모든 길 위에』도 넣어달라고 부탁했는데 아직 소식이 없는 것으로 보니 이도 또한 궁금하오. 『개척된…』, 『그대가 밟고…』는 다른 사람에게 빌려보겠으니 넣지 마시오. 대신 『청년헤겔』Ⅰ, Ⅱ(동녘), 『1917년 10월 혁명』(거름), 『레닌의 추억』Ⅰ, Ⅱ(?) 등을 넣어주면 고맙겠소.

최근에는 참으로 좋은 책이 파도처럼 밀려와서 감당하기가 벅차오. 미칠 듯이 이것저것 읽다보면 머리가 뒤숭숭할 지경이라오. 언제 바깥 세상을 구경하게 될지 모르지만 그날까지 열심히 읽어둬야겠다는 각오요. 밖에서는 이런 책들을 차분하게 읽고 앉아 있을 틈이 없을 것이기 때문이오. 광숙이도 시간 나는 대로 독서하는 줄로 알고 있겠소.

내가 갇힌 몸이 아니었을 때, 써두었던 시들이 비록 보잘 것 없더라도 이 사람 저 사람이 건네가며 읽어보도록 광숙이가 애써주길 바라오. 서랍 속에 갇혀 있는 시는 그것이 아무리 뛰어난 것일지라도 현실을 바르게 잡는 일에 그때그때 제 몫을 다하지 못한다면 쓰레기에 불과할 것이오. 우리 시대에 가장 절실하게 필요한 사람은 첫째 용기 있는 사람이되, 꾀가 함께하지 않으면 안 된다고 생각하오.

그리고 아무리 사소한 것도 벗이 어떤 일에 도움이 조금이라도 될 것 같으면 이용해 먹어야 하고, 그럴 때는 비록 그것이 하찮은 도움밖에 줄 것이 못 되더라도 먼저 질서와 체계를 세우고 침착 기민하게 처리하는 기술과 마음의 자세를 항상 갖추고 있어야 할 것이오.

세상을 쉽게 편하게만 살려고 하지 않고 어렵게 꾸준히 살려고 항상 노력하는 사람을 나는 좋아한다오. 사랑을 보내며.

1986. 11. 9.

시의 길 시인의 길*

광숙에게.

이런 저런 일로 해서 내가 장기간 옥살이를 하고 있으니까 호기심으로라도 내 시를 읽어보는 사람들이 가끔 생기나봅니다. 이런 사실을 담 안에 갓 들어온 젊은이들이 인사 치레로 하는 "선생님 글 읽어 봤어요."라는 말로 짐작되는 것이지만 그때마다 나는 낯이 붉어지고 어쩔 바를 모르고 허둥댑니다. 어쩐지 '시인'이란 칭호는 나에게 어울리지 않는 것같고 그래서 그런지 나는 여지껏 시인 행세를 해본 적도 없어서 그런가 봅니다.

나는 시라는 것을 내가 헤쳐가야 할 길을 위한 무기 이외의 것으로 생각해본 적이 없습니다. 그래서 나는 가능하다면 내 시에서 소위 서정성을 빼버리려고 의식적으로 애를 쓰기도 했는데 그것이 어느 정도 성공적으로 되었는지 모릅니다.

특히 내가 제거하려고 했던 서정성은 소시민적인 서정성, 자유주의적인 서정성, 봉건사회에서 자연스럽게 이루어진 고리타분한 무당굿이라든가 판소리 가락에 묻어나오는 골계적, 해학적, 한적 서정성이었습니다. 이런 전통적이고 인습적인 서정성이나 자유주의적 소시민적 서정성으로는 내가 바라

---

* 엮은이 주 : 『불씨 하나가 광야를 태우리라』(83~86쪽)에 재수록됨.

는 또는 그런 서정성을 옹호하는 사람들이 바라는 어떤 이상은 실현되지 않을 것입니다. 내가 시에서 무기로써 사용하고자 하는 서정성은 일하는 사람들의 서정성 중에서 진보적인 것, 전투적인 것, 혁명적인 것입니다. 일하는 사람들 중에서 이런 정서를 일상적으로 갖고 있는 사람은 많지 않을 것입니다.

그것은 현실입니다. 그러나 역사의 앞길을 그들이 밝히고 전진시켜 왔다는 것은 아무도 부인 못할 것입니다. 역사의 진보를 운운하면서 정서의 진보적인 측면, 전투적인 측면, 혁명적인 측면을 과소평가한다거나 역겹게 생각한다면 그는 사기꾼 아니면 겁보일 것입니다. 적어도 그는 객관적으로는 역사의 죄인으로 취급되어야 할 것입니다. 우리 사회의 글 쓰는 이 중에는 이런 부류들이 많이 있는 줄 압니다. 민중문학, 민족문학 운운하는 사람들 중에서 말입니다.

나의 시는 지금까지 내가 걸어온 삶의 발자국 그 이상도 이하도 아닐 것입니다. 나의 시에 깊이가 있고 넓이가 있다면 그것은 내 삶의 넓이와 깊이를 넘어서지 못할 것입니다. 그러므로 나의 시에 공감을 가지는 사람이 있다면 아마 그는 틀림없이 나의 삶의 발자국과 닮은 발자국을 이 땅에서 밟고 있는 사람일 것입니다.

소시민적인 사람이 소시민적인 삶을 거부한 사람의 글을 좋아할 리 없고 개량주의적인 사람이 혁명적인 사람의 글을 좋게 볼 리 없고 자유주의적인 사람이 조직적으로 어떤 일을 하려는 사람의 글을 제대로 보아줄 리 없을 것입니다.

나의 시에 조금이라도 관심을 가지는 사람은 적어도 내가 걸어온 길을 자기도 한번 걸어보겠다고 심중에라도 작심한 사람일 것입니다.

내가 걸어온 길은 글을 쓰는 사람들 중에서는 좀 특이한 길임에는 틀림없습니다. 나는 감히 말하겠습니다. 민중 민족을 운운하는 사람들이 많이 있습니다만 펜과 혀만 가지고 새 세상 오게 할 수 있다고 생각하는 사람이 있다면 그는 아마 바보일 것입니다. 그러면서도 자기가 인간적인 의무를, 자기 역사적인 사명을 다했다고 생각하고 있다면 그는 가련한, 넋빠진 사람입니다.

우리는 우리 역사에서 글쟁이들의 역할을 너무나 과대평가해 왔습니다. 다시 역사가 씌어질 때가 올 것입니다. 지금 오고 있습니다. 현실을 변혁하는 무기는 '바로 이것'인 줄 알면서도 '바로 이것'을 사용하지 않는 사람은 역사 앞에서 물음을 받을 것입니다. "당신은 그때 최선을 다했느냐"고. 최선을 다하지 않는 사람은 역사 앞에서 유죄입니다. 실패와 성공이 문제가 아닙니다. "문제는 누가 바른 길을 구체적으로 걸었느냐"에 있는 것입니다.

지식인의 나약성, 동요, 기회주의성, 소시민성, 자유주의적 작태 등을 비판하는 사람은 지식인들 자신이면서도 그들조차도 그 테두리를 나오려고 하지 않는 것이 오늘의 우리 현실이 아닌가 합니다.

기껏해서 무슨 무슨 선언서 하나 읊는 것으로 만족해 하고 또 그것이 대단한 것으로 인식되는 것이 우리 실정입니다. 물론 나는 이들의 실천을 추호도 과소평가하고 싶지 않습니다. 오히려 그것은 우리 현실에서 엄청나게 용기를 필요로 하는 대단한 일이라고 생각합니다.

그럼에도 불구하고 내가 불만인 것은 그들의 그런 실천이 고립 분산적이고 일회적이라는 것입니다. 지속성이 없고 조직성이 없다는 것입니다. 자기를 희생하지 않고 남을 도울 수 없습니다. 적당히 자기의 사적인 생활을 향수하면서 공적인 사업을 한다는 것 자체가 좀 우습습니다.

개인의 모든 것을 어떤 사업에 몰입하는 사람들의 집단이 아니고는 새 세상이 오지 않습니다. 그런 줄 알면서도 집단 속에 자기를 완전하게 던지지 않는 사람이, 거기에 완전히 헌신한 사람을 헐뜯는다는 것은 나쁜 일입니다.

나는 글을 쓰다가도 화가 치밀면 글이 두서없어지고 갈피를 못 잡게 되고 맙니다. 이런 것은 시정해야 한다고 늘 다짐하지만 그것이 잘되지 않습니다. 난필을 이해하시기 바랍니다.

1986. 12. 20.

나의 성장 과정과 남민전 참가 이유[*]

광숙에게.

'문학의 밤' 관계로 광주에 간다고 했는데 무사히 일 마치고 귀가하였는지요. '문학의 밤' 행사의 이모저모에 관해서 구체적인 얘기는 듣지 못했으되 대충은 알고 있습니다. 소책자 표지에 실린 내 얼굴도 보았습니다. 감개무량했지요. 십 년 전의 나를 객관적으로 보는 것이었지요. 십 년 후의 나와 비교해볼 수 있는 광숙씨의 기분은 어떤 것이었는지 알고 싶습니다.

10일에 서울에서 '문학의 밤' 행사가 있을 것이라고 말했는데 그 형식과 내용을 편지로 전해주시면 좋겠습니다. 석방의 전망에 관해서도 평가해서 얘기해주고요. 특히 남북관계에 변화의 조짐이 있으면 알려주세요. 우리가 기댈 곳은 거기밖에 없어요. 여야간의 힘의 관계가 역전되었다고 해서 크게 기대할 것은 못 됩니다. 우리를 놓고 입씨름하는 그들의 수작에 이제 신물이 납니다. 제발 좀 가만이나 있어주었으면 합니다. 오늘도 여당의 어떤 자가 누구누구는 검토해보겠으나 국가보안수, 방화범에 대해서는 부정적인 말을 했다고 들었습니다. 지긋지긋해요. 그자들 하는 짓거리가……

---

[*] 엮은이 주 : 「나는 왜 남민전에 참가했는가」(『불씨 하나가 광야를 태우리라』, 117~123쪽)로 재수록됨.

며칠 전에 어떤 잡지에서 나에 관한 글을 읽었습니다. 나의 성장 과정을 그려놓았는데 어떤 대목은 그럴싸하고 어떤 대목은 엉터리였어요. 사실이 아닌 대목은 고쳐야겠습니다. 내가 굳이 고치고자 하는 이유는 광숙씨가 그 글을 읽고 나를 알게 되었다고 말했기 때문입니다. 바르게 알고 있어야겠지요. 적어도 광숙씨 만큼은…….

그 글에는 내가 초등학교 때 글짓기 · 붓글씨 대회에 나가서 타온 상장이 우리 식구들이 그걸로 도배를 할 만큼 많았다는 거였어요. 전혀 엉터리예요. 붓글씨 대회에는 꼭 한 번인가 나갔는데 등수에도 들지 못했어요. 마찬가지로 글짓기에서도 그랬어요. 5학년 땐가 학교 근처의 산에 올라가서 글짓기 대회를 가졌는데, 아마 그때 나는 시를 썼을 거예요. 내가 지금에도 그것을 기억하는 것은 그 시 때문에 심사평을 했던 선생으로부터 톡톡히 창피를 당했기 때문이어요. 전교생을 운동장에 모아놓고 심사평을 했었는데 그 선생 말씀이 내 시(그는 나를 지목하지는 않았지만)가 자연의 아름다움을 더럽혔다는 것이었어요.

그때 나는 그게 무슨 뜻인지 몰랐어요. 나중에 크면서, 내가 글이란 것을 조금씩 알아가면서 생각해보았는데 찢어지게 가난한 내 삶을 자연에 빗대서 쓴 것을 가지고 그랬지 싶어요. 그 후 난 글이라는 것을 써본 적이 없었어요. 1974년 여름호 『창비』에 실린 시를 쓰기까지는.

국민학교 때 내가 상장을 많이 탄 것은 사실인데 그것은 국어, 자연, 산수 등 그런 과목의 시험에서 일등을 했기 때문이었어요. 아마 6년 동안 전교에서 쭉 일등이었을 거예요. 전교라고 해봐야 60여 명으로 구성된 한 학급이었습니다만. 중학교에서도 우등생이었어요. 어떤 때는 일등도 했어요. 그때는 한 학년이 여섯 학급이었을 거예요.

나는 국민학교 때고 중학교 때고 낮에 공부해본 적이 없었어요. 아침에 일어나면 학교 가기 전까지 소를 먹이거나 꼴을 베어야 하고, 학교가 파하면 곧장

집에 와서 역시 소를 먹이거나 꼴을 베거나 또는 높은 산에까지 지게를 지고 또는 망태를 메고 올라가 갈퀴나무며 풀나무를 해와야 했기 때문이지요.

밤이라고 해서 맘대로 공부할 수 있었느냐 하면 그것도 아녔어요. 기름이 닳아진다고 어서 불끄라고 잠자라고 어머니, 아버지가 성화였으니까요. 그래서 내가 중학교 다닐 때 가장 부러워한 것은 읍내 아이들이었어요. 우리 아버지가 얼마나 나를 지독하게 부려먹었는가는 다음의 예를 들어보면 알 것입니다.

어느 해 추석에 마을 앞산에서 소를 먹이다가 동무들과 황토길에서 구슬치기를 했어요. 소는 소나무에 댕댕하게 매놓고요. 그 모양을 아버지가 논에 다녀오다 보았던 것이지요. 그날 저녁에 아버지는 그런 나를 기둥에 새끼로 칭칭 감아놓고 매질을 했었지요, 무섭도록. 나는 지금까지 두 가지 추억을 잊지 못해요. 국민학교 때 시라는 것을 썼다가 선생님한테 창피당한 것과 기둥에 묶여 아버지한테 매맞았던 것과……

그 글에는 내가 고등학교를 중도에서 그만둔 이유를 6·3때 데모도 안한 학교에 실망했기 때문이라고 되어 있어요. 역시 사실이 아니어요. 그때 우리 학교에서는 격렬한 데모를 했어요. 교문을 박차고 나와 시내를 뺑뺑 돌아가면서 악다구니를 쳤으니까요. 난 그때 주동 학생은 아니었지만 뒷전에서 음모는 꾸몄어요. 키가 작기는 했지만 나이가 많았기에 나는 항상 키 큰 아이들과 함께 수업 시간이면 뒷좌석에 앉아 농땡이를 쳤고 그들과 못된 짓도 가끔은 했었는데 6·3때도 그 못된 짓의 연장선상에서 데모를 음모했던 것입니다.

내가 그 학교를 그만둔 것은 그해 10월이었는데(데모 때문에 방학이 10월까지 연장되었음) 이유가 있었다고 한다면 학교 공부란 것이 나와 무관한 것이었기 때문이었을 거예요. 무슨 말이냐 하면 나는 뭣이 되는 것을 싫어했어요. 뭣이냐 하면 관리 같은 것이, 무슨 회사 직원 같은 것이 맘에 들지 않았어요. 아침에 출근했다 저녁에 퇴근하는 그들의 기계적인 생활을 생각하면 숨이 막힐 지경이었어요. 도대체 그들에겐 자기의 삶이란 게 없는 것 같았어요. 일터에서의 그들의 인간 관계란 것은 또 얼마나 야비한 것인가! 천박한 것인가. 상명하복의 관계만이 있을 뿐이었어요.

훨씬 후에야 관리란 것의 정체를 알았습니다만 그들 관리에게는 '인격'이란 게 없다는 거였어요. 인격이 없기 때문에 삶 자체는 기계적일 수밖에 없는 것이었어요. 기계의 주인이 기름만 칠해주면 돌아가는 톱니바퀴와 같은 것이 그들의 일상이었어요.

나는 확신해요. 관리들은 그들의 주인이 누구이건 기름(봉급)만 주면 기계처럼, 기계의 톱니바퀴처럼, 톱니바퀴의 톱니처럼 돌아갈 것이라고. 주인이 뙤놈이건 왜놈이건 양놈이건 아프리카 어디의 식인종이건 상관하지 않을 것입니다. 종교인들이 신을 믿듯 나는 이것을 믿어요! 계급 사회에서 관리는 지배 계급의 기계예요. 그들은 인격을 갖춘 인간이 아니어요. 퉤! 퉤!

나는 시골에 가서 농사를 지으면서 살고 싶었어요. 그러나 그것은 아버지가 바라는 것이 아니었어요. 내가 대학교라는 곳엘 간 것은 순전히 아버지 때문이었어요. 배운 사람들한테 얼마나 시달렸으면, 그리고 배우지 못하여 얼마나 천대받고 못살았으면, 구박받고 학대받았으면 다음과 같은 말을 나한테 했겠어요.

면서기라도 되어서 우리 문중의 울타리 노릇을 해야 한다. 사람 구실하고 살려면 흙이나 파먹고 사는 굼벵이가 되어서는 안 된다. 누구 자식 아버지라고 면에 가면 의자라도 권하게끔 네가 알아서 해라. 소나무 생가지 하나라도 맘 놓고 꺾어 불 때도록 산감지기라도 되거라. 어디 글자 모른 사람들은 술이라도 몰래 해묵고 살 것이냐. 못 배운 집 나락은 어디 일등 수매해가더냐. 삼등 아니면 등외다.

이 따위의 말을 나는 자라면서 수없이 듣고 들었습니다. 나는 아버지의 소원을 무시할 수 있을 만큼 모진 인간은 아니었던 모양입니다.

고등학교를 그만둘 때까지도 그랬지만 나는 대학에 가서도 학교 교과서 공부라고는 아예 내팽개쳐 버렸습니다. 고등학교 때 나는 그 흔해빠진 참고서 한 권 사보지 않았습니다. 그래도 곧 죽어도 대학교는 서울대학교여야 했습니다. 오기였지요. 몇 번 떨어지고 전남대학교 영문과를 갔는데 웃지 마시오. 영문과에 전남여고생이 많이 온다고 해서 글로 택했어요. 이것은 이강이가 보증해줄 거요.

대학교에 가자마자 1학년 때부터 데모 주동했어요. 강이와 나와 주로 했어요. 삼선개헌 반대다, 교련 반대다, 뭐 반대다…… 4년 동안 데모 안 한 해가 없었어요. 그러다 당연한 귀결로 감옥에까지 가게 되었지요.

내가 교련을 안 받고 양키 선생 수업 시간에 안 들어가고 군대 기피하다 검사한테 불려간 것은 사실입니다. 그 글에는 내가 '생득적'으로 미국을 싫어했다고 씌어 있었는데 그건 옳지 않아요. 난 영어를 잘했는데 중학교 때도 고등학교 때도 영어라면 일등이었는데 고등학교 땐가 그 후엔가 『양키들아 들어라 (Listen, Yankee)』*란 책을 읽었어요. 그게 아마 내가 양키를 싫어하게 되고, 총잡는 것을 싫어하게 되고, 군대라는 것을 싫어하게 되었을 거예요.

『양키들아 들어라』란 책을 손에 넣게 된 경위가 참 아이러니컬해요. 나는 고등학교 때부터 시내 책방이나 남의 집 서가에서 책을 도둑질하곤 했는데 이 책은 광주미문화원에서 훔친 거였어요. 이상하지? 이런 책이 그런 곳에 있다니. 미국이란 나라는 참 엉뚱한 데가 있는 나라예요.

나는 또한 이 미국을 통해서 레닌을 알고, 메니페스토를 읽고, 모택동을

---

* 엮은이 주 : 「나는 왜 남민전에 참가했는가」(『불씨 하나가 광야를 태우리라』, 122쪽)에서 『양키들아 들어라』로 번역됨.

읽고, 게바라를 알고 했어요. 이강이가 카츄사에 있을 때 거기 미군 도서관에서 열심히는 훔쳐다주었지요. 나를 오늘 여기 이렇게 있게 한 것은 이강이 훔쳐다준 책 덕이 많았을 거예요.

내가 '남민전'에 들어간 동기도 이런저런 책에서 얻은 지식 탓이었어요. 특히 체르니셰프스키의 『무엇을 할 것인가』, 『레닌의 생애』, 스위지·휴버먼 공저인 『쿠바 혁명사』 등의 탓이 컸을 거예요. 한마디로 말해서 "혁명적 조직 없이는 혁명의 성공은 없다"는 명제를 내 나름으로 가슴 깊이 새겼기 때문일 거예요.

'남민전'에 내가 가입한 또 하나의 동기는 내가 세운 다음과 같은 명제를 실천하기 위해서였어요

"해방 투쟁의 과정에서는 많은 사람들이 죽어갈 것이다. 수천, 수만 명이 죽어갈 것이다. 그리하여 그 수만, 수십만 명의 죽음이 해방의 새날을 가져올 것이다."

솔직하게 말하겠어요. 나는 '남민전'에 들어갈 때에 이름도 없이 죽어가야 한다고 생각했어요. 왜 다른 사람이 죽어주기를 내가 바랄 수 있겠어요. 해방은 죽음 없이 오지 않는다는 것을 인식하면서 그 인식을 왜 내가 실천하지 않고 남이 해주기를 기다려야 되겠어요. 적어도 그때 나는 이렇게 생각했어요.

지금 이렇게 살아 있는 것을 다행으로 생각하고 있지 않습니다. 그 당시 싸움이 서툴렀다고 부끄러워하지도 않습니다. 해방 투쟁의 초기 과정에서는 어느 시기, 어느 나라고 다 그랬어요. 그것은 한 개인의 한계 때문이 아니고 운동 그 자체의 한계인 거예요. 그 시대의 운동 역량 말입니다. 불가피한 것은 불가피한 거예요. 피할 수 없는 것을 피하려고 해봤자 안 되는 거예요. 희생은 어차피 따르기 마련인 거예요. 자기 희생 없이 어떻게 남을 도울 수 있겠어요.

끝으로 내가 왜 시라는 것을 쓰게 되었는가에 대해서 말하겠습니다. 해방

투쟁을 이데올로기적으로 준비하기 위해서 그랬어요. 다른 의도는 없었어요. 나의 시는 해방 투쟁의 부산물에 다름 아녀요. 나의 시는 해방에, 혁명에 종속되어야 하는 거예요. 혁명에 문학이 종속된다고 해서 문학의 독자성이 훼손된다고는 생각하지 않습니다. 혁명에 봉사함으로써 문학은 보다 풍부해지고 깊어질 것입니다.

1987. 1. 10.

평범한 사람, 비범한 사람

광숙에게.

그제 광숙이가 보낸 꽤나 긴 편지를 서너 차례 읽었지만, 오늘 그에 답장을 쓰기 위해 다시 찬찬히 읽어 보았습니다. 편지 끝 부분에서는 지금까지 나에게 품어 왔던 '악감정'을 있는 대로 쏟아놓았다고 했습니다. 그것은 내가 교조주의적인 사람으로서 광숙씨를 만날 때마다 또는 수시로 '훈계조와 교육 일변도' 또는 '교양강좌 일변도'로 광숙씨를 대했다는 것, 그래서 광숙씨는 참을 수 없는 절망감을 맛보았다는 것이었습니다.

나는 광숙씨의 나에 대한 그런 악감정의 원인에 대해 수긍이 가지 않습니다. 나는 광숙이와 한자리에 있을 때나 편지를 할 때 광숙이의 말없음에 답답했고 편지의 답장 없음에 노여움을 갖기도 했습니다.

나는 광숙씨의 나에 대한 그런 태도가 어디에서 오는 것일까 하고 여러 가지로 추측하여 보았습니다. 혹시 자유주의적인 생활 방식 때문에서 오는 것이 아닐까? 자유주의적인 식자들에게 흔해빠진 것으로 매사에 적극적이지 못하고 무관심하고 무책임한 관습에서 오는 것은 아닐까? 혹시나 세상을 보는 눈이 나와는 다른 데서 오는 것은 아닐까?

예를 들면 어떤 일에 대처하는 방식이라든가 우리가 마침내 쟁취해야 할 궁극의 현실이라든가 또는 변혁 형태에 대한 견해 차이라든가 말입니다. 아무래도 나는 나의 추측에 기초하여 광숙씨에게 이런저런 문제를 조금은 귀찮을 정도로 되풀이해서 했을 것입니다. 그것을 간추려봅시다.

우선 아무리 사소한 일도 먼저 질서와 체계를 세우고 침착, 기민하게 대처할 수 있도록 항상 마음의 준비를 하라는 것. 정직하고 성실하게 사는 것으로 충분한 삶이 되는 것이 아니다. 적어도 낡은 것과 새것의 싸움에 참가하는 전사로서는.

어떤 새것의 실현을 위해서 우리가 취해야 할 기본 입장은 자주적인 입장과 창조적인 입장이 있다는 것을 잊지 말 것. 그리고 인간과 사물 등의 낡은 것을 새로운 그것으로 대체하기 위해서는 불굴의 의지, 초지일관의 신념과 천 고 비 만 고비의 시련의 늪 속에서도 결코 굴복하지 않는 낙천성을 가져라.

인간과 사물, 인간과 인간 관계, 사물과 사물 관계에서 어떤 운동, 어떤 행동, 어떤 결정 등을 내릴 때 조심해야 할 것은 인간과 인간 관계를, 사물과 사물 관계를 일면적으로 보지 말고 전면적으로 고찰하여 어떤 결정이나 행동을 하기에 앞서 모든 것은 적어도 스물네 가지 측면에서 충분히 검토할 것.

그리고 가능하면, 불가피한 경우가 아니면 여러 사람의 의견을 종합하는 과정을 반드시 거치라는 것. 한 인간의 능력이란 것은 우주의 그것 앞에서는 보잘 것 없다는 것.

낡은 것을 새것으로 대체하기 위해 사회적인 실천을 할 때 얼굴 빛내고 이름낼 수 있는 그런 것은 다른 이들에게 양보하고 귀찮고 까다로운 일을 해보아라. 누구의 눈에도 띄지 않고 눈에 띄더라도 누구 하나 알아주지도 않는 일을 꾸준히 하라는 것. 큰 일에 현혹되지 말고 작은 일을 지속적으로 끈기 있게 해내라는 것.

바로 이런 사람, 이름도 없이 얼굴도 없이 사소한 일을 끊임없이 실천하는 사람이야말로 변혁 운동의 가장 값진 보물이고 새것의 승리를 위한 가장 비옥한 거름이고 피며, 이런 사람의 역사적인 실천의 노고와 외로운 싸움 없이는 운동의 지속성과 그 승리는 꿈에도 생각할 수 없다는 것.

그러나 이런 사람을 두고 결코 평범한 사람이라고 부르지 말 것. 박해와 고난의 시대에는 불꽃처럼 찬란하게 타오르는 그런 사람이 필요하기도 하다. 그러나 낡은 것의 뿌리를 송두리째 뽑아버리는 그런 일에는 천하장사보다는 천하장사의 천 배 만 배의 힘을 가진 대중을 한데 묶어 세우는, 일을 할 수 있는 사람이 필요하다는 것.

변혁 운동은 밤하늘에서 화려하게 피어나는 불꽃놀이처럼 그렇게 즐거운 유희도 아니고 어느 날 갑자기 들이닥친 극적인 사건도 아니라는 것. 변혁 운동의 역사가 우리에게 실증적으로 보여주는 바는 정작 해방 투쟁이라는 전생애가 역사의 무관심 속에 묻혀 있었다는 것.

그렇기 때문에 그는 비상한, 그야말로 비상한 인내와 끈기, 헌신과 자기 희생을 필요로 한다는 것.

그러나 인간의 이런 자질은 하루 이틀 사이에 한두 해의 싸움으로 얻어지는 것이 아니라는 것. 전생애의 외롭고 피눈물나는 고투와 고난과 시련에 의해서 체질화된다는 것.

한마디로 실천적인 변혁 사업에서 우리 시대가 요구하는 사람은 불꽃같은 화려한, 극적이고 신화적인 그런 행동을 연출해내는 그런 인간이 아니고 위에서 말해진 것처럼 평범하면서도 비상한 그런 사람이라는 것. 그렇습니다. 평범하면서 비상한 사람. 이 말의 깊은 뜻을 헤아려보기를 바랍니다.

아마 위와 같은 얘기를 나는 광숙에게 조금은 짜증이 날 만큼 자주 했을 것입니다. 이런 내용의 말과 글에 광숙씨가 악감정을 품어왔다면 나로서는 여간 섭섭한 게 아닙니다. 다만 그 내용을 담아내는 내 표현의 그릇이 투박하고 거칠었기에 그랬다면 또 몰라도 말입니다. 그러나 그것은 지엽적인 문제입니다.

이런 얘기는 이제 그만둡시다. 광숙이도 이제 거의 폭발할 지경에까지 이르렀다 보고, 나 또한 지쳤으니까요. 광숙이란 사람에 대한 나의 생각도 고쳐야겠습니다.

나는 여러 가지 점에서 모자란 데가 많습니다. 나는 고전적인 일꾼들의 발뒤축도 못 따라가는 그런 사람입니다.

그러나 확실한 것은 적어도 그런 사람들처럼 되려고 내 나름대로 노력을 했다는 것. 앞으로도 피눈물나는 노력을 할 것이라는 것입니다. 나는 아마추어리즘에 굴복하지 않겠습니다. 나는 직업적인 일꾼이 되어야 합니다. 이것은 나라와 민족의 지상 명령입니다. 아마추어 천명보다 직업적인 일꾼 한 명이 이 시대는 더 큰 비중을 두고 있습니다.

나의 이런 각오와 신념 때문에 내 생각이 경직되고, 사고가 교조주의적으로 되고, 언행이 부드럽고 유연스럽지 못하고, 딱딱하고 거칠어졌는지도 모릅니다.

그러나 나는 성자도, 신자도 아닙니다. 나는 일꾼입니다. 거친 땅에서 낡은 나무의 뿌리를 뽑기 위해 연장을 휘둘러야 하는 몫이 무기를 이러쿵저러쿵 비판할 수는 있습니다. 또 해야 합니다. 그러나 유의해야 할 것은 무기의 비판과 비판의 무기를 혼동해서는 안 된다는 것입니다.

1987. 1. 23.

어떤 글이 감동적인 글인가?

광숙에게.

이곳 생활이 지루하고 따분하게 느껴지면 그때마다 나는 하이네의 풍자시나 연애시를 읽고는 합니다. 요즘 어지럼증으로 거의 한 달 동안이나 시달리면서 지금의 내 심정을 그대로 그려주고 있는 하이네의 시를 읽었습니다. 「그대의 눈동자를」 그런 제목이 붙은 것인데 그 첫 연이 이렇습니다.

> 그대의 눈동자를 보고 있으면
> 괴롬도 아픔도 가시고
> 그대의 입술에 입을 맞추면
> 금세 기운이 생긴다,

좀체로 편지도 해주지 않고, 천 번 만 번 부탁한 책도 넣어주는 둥 마는 둥하여 광숙이에 대한 불만과 악감정(?)이 쌓일 대로 싸여 있다가도 어느날 갑자기 면회온 당신을 보기만 하면 이 모든 것들이 씻은 듯이 사라져 버리는 것이 나라는 위인의 변덕인데, 하이네란 사람도 나와 비슷한 경험이 있었나 봅니다.

사실을 말하면 무슨 원인이 그러는지는 모를 일로되 최근 한 달 동안이나 어지럼증으로 여간 시달리지 않고 있습니다. 의무과에 있는 의사의 말이나 주변 사람들의 경험담에 의하면 위에 어떤 부작용이 있어서 그럴 것이라고도 하고, 달포 전에 안경을 바꿔 썼는데 그 때문에 그럴 것이라고도 그러고, 체한 것이 신체 어느 부위에서 막혀가지고 아직 그것이 내려가지 않아 혈액 순환을 막고 있기 때문이라고 그러고…….

아무튼 여러 가지 원인들은 말해주고 있으나 아직 확실한 것은 모르고 있습니다. 다행히 요즘은 어지럼증이 많이 가셔서 시간이 지나면 결국 없어지리라 낙관하고는 있습니다.

그러나 그 원인을 모르고 있으니 탈입니다. 아무도 돌봐줄 사람이 없는 곳에서 앓는 일처럼 서글프고 걱정되는 일은 없으리란 생각을 갖게 되었습니다. 칠 년 만에 이렇게 고생해보기는 처음일 뿐만 아니라 아마 세상에 태어나서도 처음일 것 같습니다. 이제 별 것 아닌 것 같고, 이야기가 길어졌습니다.

광숙이는 지난 연말 엽서에서 "좀은 지치고, 좀은 무심해지고 싶고 무관해지고 싶은 게 솔직한 심정이기도 합니다."라고 썼습니다. 나는 광숙의 이 심정을 알고 있어야 할 것입니다. 모르는 바가 아닙니다. 나에게 관심을 가져달라고 어린애가 어머니에게 보채듯한 나의 편지말에 신경 쓰지 말고 '솔직한 심정'대로 살아가십시오.

사실 난 누구에게 무엇을 강요할 위인도 못 되고, 그래서는 또 되는 것도 아니고 그럴 수도 없다는 것을 알고 있습니다. 책에 대한 나의 욕심, 오랜 옥살이에서 오는 피로가, 짜증이, 외로움이 나도 모르게 광숙이를 너무 졸랐나 봅니다. 이것 해주라 저것 해주라고 말입니다. 다만 '솔직한 심정'대로 살되 한 달에 2~3만원씩은 잊지 말고 우송해주기 바랍니다. 이곳은 묘한 곳이어서 돈이 떨어지거나 돈의 액수가 줄어들면 공연히 두려워지는 곳입니다.

고립되어 있다는 데서 오는 인간의 감정 때문인지도 모르고 살아남아야겠다는, 건강을 해치지 않고 살아남아서 일을 해야겠다는 욕심 때문인지 잘 모르겠습니다.

지난번 면회 때 금년 3월쯤에는 지금 나가고 있는 일터를 그만둘 것이라고 했습니다. 그만두게 되면 그 후에는 어떻게 되는지 알고 싶습니다. 자세한 것을 알려주기 바랍니다. 주위에서 광숙이에게 글을 써보라고 얘기해주는 사람이 있는가 본데 글 쓰는 문제에 대해서도 언제 한 번 단호하고 결정적으로 매듭지어 보기 바랍니다. 어정쩡한 상태가 지속되는 것처럼 사람을 못살게 구는 것도 없답니다. 글이란 게 참 묘한 것이어서 한 번 써야겠다고 작정하고 나면 안 쓰고는 못 배기게 하는 어떤 마력을 가지고 있는가 봅니다.

나의 경우는 우연히 시라는 것을 썼고, 그것이 소위 공인되었는데, 그 후 나는 몇 번이고 글 쓰는 일 집어치우고 '행동'에 집중해야겠다고 하면서도 글에 대한 미련을 버리지 못했습니다. 결국 나 자신과의 타협이 되어서 행동 속에서 쓰기로 하자, 일부러 억지로 쓰려고 하지 말고 사회적 실천을 하다보면 저절로 써질 것이니 그때그때 붓 가는 대로 맡겨 버리고 전문적인 글쟁이 짓은 그만두자고 했습니다.

그렇게 내가 나 자신과 타협한 것이 1978년 가을이었을 것입니다. 조직에 가입하기 바로 전이었을 것입니다.

광숙이도 어떤 강박관념에서 글을 쓰려고 하지 말아요. 지금까지 광숙이가 체험한 것을 붓 가는 대로 그냥 옮겨보세요. 문제를 특별하게 다루어야겠다거나 기발한 소재를 써야겠다거나 하지 말아요. 일하는 사람들의 일상 생활을 담담하게 써보세요. 요령을 피운다거나, 꾀를 부린다거나, 멋을 낸다거나, 기발한 착상에 골몰하지 말고 소박하고 단순하고 정직하고 성실하게 사는 사람들의 생활을 그대로 써보세요.

숄로호프의 단편 모음을 언젠가 보았는데 그 단순 소박한 생활의 묘사에 나는 놀랐습니다. 글의 힘이란 게 바로 이런 데서 나오는 것이로구나 하고 감탄했으니까요.

단순 소박한 사람들은 모두 노동을 하는 사람들입니다. 지적 노동보다 육체 노동 말입니다. 자본주의 사회에서는 특히 그렇습니다. 지적 노동을 하는 사람들은 대체로 인간의 위대함에서 먼 사람들이라고 나는 생각하고 있습니다. 그것은 그 사람의 본성이란 것이 틀려먹어서 그런 것이 아니고 그가 맺고 있는 인간 관계 때문입니다.

　　경제학 용어로 말하면 생산 관계 때문이겠지요, 생산 수단의 소유자도 아니고 그렇다고 그 적대적인 노동자도 아니고, 그 새에 낀 매개물이라는 데서 그는 인간적인 위대함에서 먼 사람입니다. 우왕좌왕하고, 동요하고, 약삭빠르고, 허약하고, 소심하고…… 그 중에서 낮다는 축이 겨우 이 정도일 것입니다. 이런 축들을 매도하고 비판하는 내용의 글도 좋은 글이 되겠습니다.

　　그러나 역시 감동적인 글은 일하는 사람들의 생활과 그 생활을 향상시키려는 사람들의 전진 운동 속에서 나올 것입니다. 자기의 체험과는 먼데서 글의 소재를 구하려 말고, 자기 바로 이웃에서 찾아보세요. 아니 찾는다기보다는 바로 자기 체험을 그냥 그대로 솔직 담백하게 쓰면 되리라 생각합니다.

　　빈 곳 메우기 위해 쓰잘 데 없는 소리 아무렇게나 지껄였습니다. 아무쪼록 금년에도 건강해야 할 것이며 기쁨의 해가 되기를 바랍니다. 안녕.

1987. 2. 1.

미래의 세계를 열어가는 자

광숙에게.

참으로 오랜만에 편지를 받아보게 되었소. 얼마만이었던가요. 광숙이로부터 이렇게 편지란 것을 받아보게 된 것은? 반가웠고 기운까지 나는 것이었소.

봄인지라 북으로 난 철창에 서면 저만큼 담 밖에는 복사꽃이 화사하고 미루나무의 우듬지는 새끼손가락 끝만한 움을 틔어올리고 있으며, 까치들은 무엇인가를 입에 물고 옛 둥지를 바지런히 드나들고 있소. 참 보기좋은 전경이오.

편지를 보니 광숙이는 '조그마한 일이지만 나 자신을 위한 것이 아닌' 어떤 일을 하고 싶다고 했더군요. 잘한 일이라 생각이 드오. 미래의 세계를 열고 그 세계를 아름답게 꾸미고자 바라는 사람은 사소한 일도 누구의 눈에도 띄지 않게 한 가닥 한 가닥씩 질서를 세워가며 꾸준히 해나가는 사람이라오.

거창하게 화려한 일만 하기를 바라고 작은 일은 성에 차지 않다 해서 팽개쳐 버리거나 콧방귀로 날려버리는 사람이 있는데 그래서는 안 될 것이라 생각되오. 앞으로 광숙이가 구체적으로 어떤 일을 하게 될지 모르지만 아무튼 열심히 해보기 바라오.

광숙이는 편지 끝에서 '광명의 날이 점점 더 멀어지지 않나' 하며 암담한 현실을 개탄했소. 현상은 분명히 어두운 색으로 짙어가고만 있소. 그러나 현상을 현상이게 하는 배경과 제 관계를 깊고 바르게 파악해보면 꼭 그렇지만은 않을지도 모르오.

죽어가는 환자는 백방으로 처방을 하기 마련이고, 길가에 있는 개똥까지 주어다 써보다가 그것도 효험에 닿지 않으면 숨을 거두게 된다오. 지금의 상황을 너무 어둡게만 보지 마시오. 이빨 빠진 사냥개는 사납게 짖어대기는 해도 물지는 못한다오. 물지 못하는 사냥개는 이미 사냥개로서의 구실을 다한 거나 다름이 없지 않겠소? 나는 그렇게 생각하오.

오월에 온다고 했으니 기다리겠소. 건강한 모습의 광숙이를 보고 싶소. 오기 전에 여기저기 알 만한 사람들을 만나서 뒤얽힌 세상풀이나 좀 하고 오오. 건강하시오.

1987. 4. 22.

철저한 사람이 되기 위해

광숙에게.

오월 달에 면회 온다기에 초순부터 기다렸습니다. 그런데 광숙이는 오월이 다 가도록 오지 않고 있습니다. 무슨 일이 있어서 오려다가 못 오고 있는지, 원래 월말쯤에나 오려고 해서 아직 안 오고 있는지 알 수가 없어 답답하여집니다.

전번 편지에서 광숙이는 내가 석 달인가 전에 써보낸 편지도 바빠서 찾아보지 않았다고 했는데 한 달 전에 써보낸 것이나 지금 쓰고 있는 것도 언제쯤 찾아보게 될는지…… 이렇게 편지는 쓰고 있어도 한심한 생각이 듭니다.

요즈음엔 과학적으로 현실을 파헤치고 객관적으로 서술한 책들은 거의 불허되고 있어 몇 권의 책을 읽고 또 읽습니다. 내 독서의 원칙은 현실을 이해하는 데 기본이 되는 것 외에는 가능하면 안 읽는 것이라서 책이 불허된다고 해도 크게 불편은 없으나 그래도 이곳의 생활이란 게 변화가 없는 것이어서 새로운 책이라도 가끔 읽어 기분풀이라도 했으면 합니다. 최근에 나온 문학 방면의 신간이 있으면 좀 넣어주기 바랍니다.

어떤 일을 하려면 다른 일은 하지 않아야 합니다. 두 가지 일을 한꺼번에 할 수는 없습니다. 이 상식적인 말을 광숙이에게 한 것은 지난번에 광숙이가 내 일이 아닌 다른 사람들을 위한 어떤 일을 해보겠다고 써보냈기 때문입니다.

나는 광숙이가 다른 일에 헛눈 팔지 말고 그 어떤 일에 최선을 다했으면 합니다. 이런 떡도 먹어보고 저런 생활도 즐겨보고 하면서 그 어떤 일을 한다면 그것은 결코 이루어지지 않을 것입니다.

자기 희생 없이 남을 위해 좋은 일을 할 수 있다고 생각한다면 그것은 자기 기만이고 허영일 뿐입니다. 나는 철저한 사람이 되고 싶고 그런 사람을 존경할 것입니다. 우왕좌왕하거나 하는 체 하는 사람은 오히려 어떤 일을 성취하는 데 있어서 장애가 될 따름입니다.

내가 가고자 하는 길은 여가선용도 아니고 자선사업도 아닙니다. 승리 아니면 죽음의 길입니다.

한마디 더 하고 싶습니다. 지식인의 역할은 어떤 새로운 사회를 만드는 데 있어서 선두에 서서 스스로 나아가는 데 있는 것보다, 근로 대중을 일깨워 그들 스스로 새로운 사회를 만들도록 과학적으로 도와주는 데 있다고 생각합니다. 실천에서 지식인이 그들과 밀접하게 결합되어야 함은 말할 나위도 없지요. 건강하게 열심히 사시기를 바라면서.

1987. 5. 25.

민족 문제란 무엇인가?*

광숙에게.

보내준 책과 돈 잘 받았습니다. 항상 못마땅한 것은 왜 편지는 빼먹느냐는 것입니다. 바쁘기 때문인 것만은 아닌 듯싶습니다.

정치범 석방 문제가 자주 정상배들의 입에 오르내리고 있는 모양입니다. 정치적인 흥정물로써 말입니다. 이런 문제에 대한 정치놀음에 신경을 아예 쓰지 않으려 해도 그게 그렇게 되지가 않습니다. 겉으로 떠도는 소문 말고 내부적으로 은밀하게 얘기되고 있는 것을 알고 싶습니다. 객관적인 전망 같은 것도 좋고요.

여러 정치 세력간의 역량 관계를 구체적으로 모르기 때문에 앞으로 정국이 어떻게 전개되고 당면의 임무가 무엇이어야 하는지 속단할 수 없지만 그대로 토막소식으로써 내가 접한 바에 의하면 현단계의 역사 발전에서 최우선적으로 실현해야 할 실천적인 문제는 군정에서 민정으로의 이행일 것 같습니다. 이 문제가 해결되는 것을 전제로 하고 다른 민주주의적 제 권리를 최대한으로 획득하는 방향으로 사회 운동을 풀어가야 할 줄 압니다.

시집을 내는 문제와 관련해서 한마디하겠습니다. 객관적인 정세를 잘 고

---

* 엮은이 주 : 「시의 길 시인의 길」(『불씨 하나가 광야를 태우리라』, 93~98쪽)로 재수록됨.

려해서 시집이 문제화되었을 때 누구도 다치는 사람이 없도록 했으면 합니다. 나 혼자만의 문제가 아니기 때문입니다.

시집에 실린 시들이 문제가 되었을 때 다시 말해서 그것들이 감옥에서 씌어진 것이 아니냐고 적이 물었을 때, 그에 대한 답은 내가 투옥되기 전에 광숙이한테 맡겨둔 것이라고 하세요. 어떤 경우라도 감옥에서 나간 것이라고 해서는 안 됩니다. 적들이 내가 자백했다고 유도심문할지도 모르니 뚝 잡아떼세요. 이 점은 덕종이한테도 일러주는 게 당연할 것입니다. 아무튼 시집이 나오기 전에 적의 공격에 대비해서 만반의 준비를 해야 합니다.

몇 차례 내가 광숙이한테 이야기해주었는데 어떻게 그것이 이행되고 있는지 모르겠습니다. 무슨 말인고 하니 지상에서 발표된 시 중에서 『진혼가』에 수록되지 않는 것이 몇 개 있는데 그것들을 찾아서 처리했느냐 하는 것입니다. 아직 미해결의 상태로 있으면 지금이라도 해결해주기 바랍니다.

확실한 연대와 달도 모르고 있으나 아마 1977년의 것으로 기억되고 있으니 다음과 같이 적어 보내니 번거롭겠지만 찾아내어 『진혼가』 증보판으로서 삽입시켰으면 합니다.

『씨알의 소리』 2~3편, 『세대』 1편, 『영남대학보』 1편, 『전남대 교지 용봉』 1편, 『주간 시민』 1편.

시인 이종욱 씨한테 네루다의 시집이 이것저것 있는 줄로 알고 있습니다. 그중에서 스페인어로 된 『보편적인 노래(Canto General)』이 있으면 복사해서 넣어주십시오. 내 번역 작업에 도움이 될 것입니다.

곧 답장주기 바랍니다. 어디서 무슨 일을 하고 있는지 통 알 수 없으니 답답해 죽을 지경입니다. 형님 집에도 거의 일년 동안 가보지 않는 모양이지요. 거기에 편지도 몇 개 있을 터인데 일년 동안 임자 없이 방치되어 있을 것을 생각하니 기막힐 노릇이오.

일년 전에 광숙이가 부탁했던 민족 문학에 대해 오늘 강령적으로나마 간단히 얘기해 보겠습니다.

민족문학은 민족 문제의 역사적 반영입니다. 역사적이기 때문에 그것은 당연하게 추상적인 반영이 아니고 구체적인 것이어야 할 것입니다. 이런 까닭으로 해서 민족 문학을 다루기 위해서는 먼저 민족 문제에 대한 언급이 선행되어야 합니다. 그러나 지금 이곳의 나는 민족 문학과 민족 문제 및 이 두 개념의 상호 연관에 대해 과학적 엄밀성을 가지고 체계적으로 다룰 만한 능력도 없고 그 능력을 보완할 자금도 없습니다. 그래서 광숙이하고만 사적으로, 그것도 아무도 모르게 귀엣말로 속삭이는 이야기 형식을 취해야겠습니다.

우선 민족 문제는 역사적인 범주의 문제입니다. 일정한 역사적 발전 단계, 가령 봉건사회가 붕괴되고 자본주의라는 새로운 생산 양식이 발생했을 때 그때 비로소 근대적인 민족이 형성되고 민족 문제라는 것도 생겨나게 되었습니다.

구체적으로 말하면 1789년 프랑스 대혁명 때 신흥 부르주아지가 봉건적 토지 귀족을 타도하고 지배 계급으로서 역사의 전면에 그 모습을 드러내면서 그에 따라 생기게 된 국내외적인, 사회적인 문제를 총체적으로 해결하기 위해서 자연히 오는, 필연적으로 대두된 문제일 것입니다.

그리고 그때 신흥 부르주아지들은 민족 문제를 구지배 계급에 대한 자기들의 헤게모니, 즉 부르주아 민주주의 혁명의 승리와 결부시켜서 이해했습니다.

그러나 일단 그들이 정치 권력을 장악하고 부르주아 사회의 지배 계급으로서 확고한 자리를 굳히게 되자마자 이전까지만 해도 사멸해가는 계급, 즉 봉건귀족을 전복하는 과정에서 그들이 보여주었던 진보적인 성격은 자본주의의 필연적 산물인 노동자 계급과 적대 관계에 놓이게 됨으로써 반동적인 성격으로 전화하게 됩니다.

1948년 프랑스 2월 혁명과 같은 해의 노동자들의 6월 봉기가 그 역사적인 전환점인데 그때 민족 문제는 질적으로 다른 단계로 접어듭니다. 다시 말해서 프롤레아리트가 계급으로서 역사의 무대에 모습을 나타내는 바로 그 순간부터 민족 문제는 사회주의 혁명과 결합하게 됩니다.

위의 두 역사적인 예에서 알 수 있듯이 민족 문제는 계급적인 문제입니다.

어떤 사회건 그것이 계급 사회인 한 각 계급은 어떤 사태와 사물에 대해 반드시 계급적인 입장을 취합니다. 다른 것은 그러한 계급적인 입장이 공공연하게 나타나느냐 은밀하게 나타나느냐의 차이밖에 없습니다. 이것이 유물론에서 말하는 당파성의 기본 원리로서 각 계급은 이 원리를 자기 안에 끌어안고 그것을 대자적으로 실천하는 것을 자기 의무로 하는 것입니다.

당파성의 원리는 민족 내부의 문제에만 적용되는 것이 아니고 민족 외부와의 문제에도 적용됩니다. 구체적인 예를 8 · 15 직후의 정세에 시각을 맞춰 고찰해봅시다.

일본 제국주의가 제국주의 전쟁에서 패망하고 승리자인 양키 제국주의자들이 조선의 38선 이남을 점령했습니다. 그 당시 우리 민족이 가장 우선적으로, 가장 시급하게 해결해야 할 민족적 문제 중의 하나는 친일 매국노들의 처리였습니다.

그런데 그 후 역사적 현실은 어떠했습니까? 양키 제국주의자들의 조종과 후압을 받은 이승만과 그 도당들(대부분이 친일 지주들로서 한민당이라는 반동집단을 이루고 있었음)은 민족의 이름으로 제거되어야 할 매국노들을 긁어모아 형식적으로는 독립국이지만 내용적으로는 정치 · 경제 · 사회적으로 완전히 예속된 괴뢰정부를 세웠습니다.

그리고 일제시대에 나라의 독립과 민족의 해방을 위해 재산과 목숨을 바쳐 평생 동안 희생적으로 싸웠던 애국 투사들은 매국노 집단의 관헌들에게 투옥되고 고문당하고 살해되었습니다.

그러면 그들이 민족의 이익을 팔고 제 동포의 고혈을 빨아 제 사욕을 채우고 이민족의 이익에 기꺼이 개처럼 봉사한 것은 인간으로서 그들의 본바탕이 개와 같았기 때문이냐 하면 절대로 그렇지는 않습니다.

계급적인 관점에서 그런 현상을 찾아야 합니다. 재산과 그 정치적 현상 형태인 권력은 인간적인 것과 민족적인 것의 배제에 그 존재의 근원이 있고 지속성이 있는 것입니다. 그렇기 때문에 지배 계급은 그들의 재산과 권력이 위협을 받을 때 그것들, 즉 재산과 권력을 유지시켜주는 어떤 세력과 야합하게 되는 것입니다.

그 어떤 계급은 아프리카의 흑인종이건, 문명국의 제국주의자들이건 상관없습니다.

한마디로 말해서 동전의 이면과 권력의 배후에는 인간성이라든가 민족성이라든가 하는 고상한 미덕은 존재하지 않는 것입니다.

그러므로 자본가나 그들의 재산을 지켜주는 권력의 두목들의 입에서 고상한 인간적인 말이나 민족적인 발언이 나온다손 치더라도 그것은 자기들의 특권을 유지시키려는 기만적 술수에 불과한 것입니다.

다음으로 민족 문제는 식민지 문제입니다. 앞에서 나는 민족 문제는 역사적인 문제라고 했습니다.

서구에서 자본주의는 19세기 1970년대를 전후로 하여 자본주의의 마지막 단계이자 최고 형태인 제국주의 단계로 접어듭니다. 이때 제국주의자들은 값싼 천연 자원을 찾아, 값싼 노동력을 찾아, 자국의 상품을 고가로 팔아먹기 위한 판매 시장을 찾아 또는 엄청난 초과 이윤을 찾아 사회가 전자본주의 단계에 머물러 있는, 경제적으로 후진성을 면치 못한 지구의 다른 지역으로 그 착취의 마수를 뻗칩니다.

지구의 다른 지역이란 말할 것도 없이 아시아 · 아프리카 · 라틴아메리카의 여러 나라들입니다. 그들은 경제적으로 후진 지역인 나라들에 들어가서 토지를 약탈하고 정치적으로 종속시킴으로써 그들 나라들을 식민지화합니다.

제국주의의 식민지 체제는 이렇게 하여 성립되는데 식민지에서 제국주의

자들은 봉건 지주와 토착 자본가들을 정치적 금융적으로 예속시킴으로써 그들을 제국주의에 봉사하는 직접적인 하수인으로 부려먹습니다.

그와 반면에 제국주의자들은 식민지 민중을 약탈적으로 착취하고 정치적인 권리 상태를 강요합니다.

이와 같은 조건에서 민족 문제는 식민지 문제로서 민족 해방 투쟁과 결부되는 것입니다. 이때 투쟁의 성격은 식민지의 경제 발전의 정도에 따라 다양하겠지만 대체로 반제 반봉건 투쟁이 됩니다.

마지막으로 민족 문제는 전략의 문제입니다. 앞에서 나는 민족 문제는 계급적 문제라고 했는데 여기서 말하는 전략의 문제는 문제 해결의 헤게모니를, 즉 지도권을 어떤 계급이 장악하고 어떤 계급을 동맹세력으로서 어깨동무하느냐의 문제입니다.

이것은 혁명의 내용과 관계되는 문제로서 예를 들면 반제 반봉건 부르주아 혁명의 단계에서는 노동자 계급의 지도하에 농민, 쁘띠부르주아지 등이 동맹 세력이 된다고 할 수 있습니다.

그러나 이 문제는 그렇게 단순하게 처리할 문제가 아닐 것입니다. 왜냐하면 식민지의 피억압 계급 중에는 앞의 계급들 외에 민족 부르주아 계급도 있고 농민들 중에도 여러 경제적 계층이 있기 때문입니다.

그러므로 반제 민족 해방 투쟁의 성격과 임무는 역사적 조건, 각 계급의 역량, 투쟁의 시기에 따라 상이하게 될 것이며 그때 그때의 전략도 변화하게 될 것입니다.

이상으로 민족 문제에 대한 이야기는 끝내고 다음에 기회가 있으면 이와 관련시켜서 민족 문학에 대해 이야기하기로 합시다.

동지여! 만일 반제 민족 해방 투쟁을 노래하지 않고 피착취 대중을 대변하여 그들의 입이 되어주지 않는다면 당신이 말하는 민족 문학이란 무엇이란 말인가?

1987. 8. 15.

당신을 위해서라면

광숙에게.

다른 어느 때보다 이번엔 실망이 컸으리라 생각됩니다. 서로가 적대감으로 팽팽하게 맞서고 있는 동안은 우리 같은 사람들이 햇볕을 보기가 어려울 것 같습니다. 광숙씨의 불행(?)의 원인이 되고 있다는 생각에 가끔씩 나는 괴로워합니다.

안팎의 사람들이 새로운 각오로 서로의 삶에 임해야 할 것 같습니다. 칼자루를 쥐고 있는 자들에게 어떤 선의나 인간적인 것을 기대한다는 것은 순진한 환상일 뿐입니다. 세력의 균형이 깨지지 않는 한 희망은 없습니다.

우연히 『새가정』이란 잡지를 보게 되었는데 거기에 광숙씨의 글이 실려 있었습니다. 반가왔습니다. 어디 다른 데 글을 실었으면 내가 읽을 수 있게 해주시오.

자기가 쓴 글에 긍지와 책임감을 가져야 하고 의무감도 가져야 합니다. 의무감이란 그 글을 가능한 한 많은 독자들에게 읽히게 하는 것입니다. 작가는 글을 쓰고 책을 내는 것으로 자기의 할 일을 다한 것이 아닙니다. 어떻게 하면 많은 사람들이 이 글을 읽게 할 수 있을까 하고 그 방법까지를 염려하고 발견해내야 합니다.

우리 사회에서 글을 쓰는 행위는 여간만한 용기를 필요로 하지 않습니다.

우리와 같은 사회에서 진실을 말하거나 문자화하는 데만도 엄청난 자기 희생을 감수해야 하는 용기가 필요합니다. 진실을 실천(행동화)하는 데서 오는 희생은 말할 것도 없고 말입니다.

글을 쓸 때 다음과 같은 점도 염두에 두면 좋을 것입니다. 대중이 알아먹을 수 있도록 표현은 쉽게 할 것. 사물과 인간을 보되 항상 계급적인 관점을 가질 것. 다시 말해서 자유주의적인 입장에서 벗어날 것.

왜냐하면 역사상의 또는 일상 생활에서의 크고 작은 사건은 그 내부에 항상 물질적인 관계가 잠복해 있기 때문입니다. 이 잠복된 것을 보지 못하고 그 현상만 본다면 그는 사건의 핵심에 접근할 수 없을 것입니다.

여기서 핵심이란 본질입니다. 강물의 깊이를 알려면 강물의 표면을 보고도 어느 정도 짐작은 하겠지만 정확하게 알기 위해서는 강물 속으로 들어가 봐야 하듯이 사건의 본질을 파악하기 위해서는 인간의 실천이 선행되어야 합니다. 실천이야말로 인식의 기초이니까요. 좋은 글 자주 쓰시고 그때마다 내가 읽어보도록 해주시면 고맙겠습니다.

작년 연말 이래 이일 저일로 신경이 곤두서는 때가 자주 있어서 그랬는지 아니면 건강이 약화되어서 그랬는지 소화 불량으로 조금 고생했습니다. 그래서 주위 사람들의 권유로 하루에 두 끼만 하는 식생활을 하여 보았습니다. 그러니까 아침을 거르고 점심과 저녁식사만 하는 것이지요. 아침에는 물만 마시고요. 이런 식생활을 한 지 넉 달이 되어가는데 그 효과 때문인지 건강 상태가 제자리로 돌아왔습니다. 지금도 '일일 이식'의 식생활을 계속하고 있고 어쩌면 쭉 계속해서 해볼 생각입니다.

징역살이 탓도 있겠지만 나이가 나이인지라 그런지 몸이 전과 같지 않습니다. 광숙씨도 나이를 염두에 두고 늘 건강에 유의해야겠어요. 과식을 하지 말고, 한 오십 번쯤 음식을 씹다가 삼키고, 규칙적으로 일정량의 운동을 하고 잘 먹고 잘 자야겠어요. 그런데 나의 경우는 위의 것들 중에서 잘 먹을 수만은 없으니까 충분한 잠으로 보충하고 있습니다. 하루에 일고여덟 시간은 자고 있습니다.

전번 편지에 광숙씨의 동생이 나와 같은 처지에 놓여 있다고 썼는데 지금도 그 처지가 여전한지요. 아니면 이번에 나왔는지요? 집안 식구들의 정신이 뒤숭숭하겠습니다.

바쁠 터이지만 언제 시간을 내서 한 번 와주시오. 광숙씨도 좀 보아야겠고, 이런저런 이야기도 좀 들어야겠고, 나도 할 말이 좀 있고 그러니까요.

그리고 앞으로 광숙씨와 나와 자주 편지를 주고 받아야겠습니다. 징역살이가 지루해졌기도 하지만 생활과 활력과 윤기를 좀 넣어야겠습니다. 메마른 삶에서는 메마른 생각밖에 나오지 않으니까요.

광숙씨는 내가 편지를 쓰라고 부탁하면 그때마다 쓸 재료가 없고 어쩌고 저쩌고 하면서 피해왔는데 앞으로는 그러지 말고 의무로라도 한 달에 서너 번씩은 내게 편지를 써 보내세요. 하고 싶은 일만 하고 하기 싫은 일은 하지 않는 그런 사람이 되어도 괜찮은 세상이 아니니까요.

변혁 운동의 한가운데 있는 사람은 인간 관계에서 권리보다는 의무가 앞서야 하고, 자기 만족보다는 자기 희생이 선행되어야 하리라 생각됩니다. 이렇게 말하고 보니 광숙씨에게 편지 쓰기를 강요하는 것 같습니다. 그러나 지금의 나는 강요라도 해야 할 형편입니다. 생활이 있어야겠어요. 간접적으로라도!

김명수 형에게 부탁해서 하이네 시집 일어판 『독일 겨울 이야기』 좀 구해주세요. 이종욱 형에게 부탁해서 네루다 시집 스페인 어판 『파블로 네루다 전집(Pablo Nerud, Obras Completas)』를 복사해서 넣어주세요. 종욱형에게 『네루다 최후의 시집』이 있으면 그것도 좀 부탁해보세요. 남은 징역살이를 외국어 학습으로 때워야겠습니다.

앞으로는 돈도 좀 규칙적으로 여유 있게 보내주세요. 힘을 내야겠어요. 정신적인 힘도 물질적인 힘이 있어야 쓰니까요. 힘을 내야 해요, 힘을!

　바람에 지는 풀잎이어서는 안 돼요. 흔들리는 버들가지여서도 안 되고 이놈 저놈의 손에 꺾이는 꽃이 되어서는 더욱 안 돼요. 부패와 타락이 그 본질인 부르주아 사회에서 깨끗한 사람은 좀 거만하게 굴어도 돼요!

　한없이 쓰고 싶지만 광숙씨는 이런 것을 좋아하지 않으니 그만 그치겠습니다. 광숙씨를 위해서라면 난 내가 하고 싶은 것도 참으니까요!

　건투를 빌겠어요.

1988. 3. 12.

아홉 번째 맞이하는 감옥 속의 봄[*]

광숙에게.

다시 봄입니다. 아홉 번짼가 맞이하는 감옥의 음산하고 울적하고 불안하고 희망이라고는 겨자씨만큼도 없는 그런 봄입니다. 8년 전엔가 나는 광숙이에게 썼겠지요. 아마 끝이 보이지 않는 터널 속에 사는 기분이라고 말입니다. 지금도 그 기분은 달라지지 않고 있습니다. 칠 년이란 세월은 마흔이 넘은 한 인간에게 엄청난 긴 세월이니까요.

요즘 철창 밖에서 내다보는 담 밖의 세계는 나를 묘한 생각에 잠기게 합니다. 부르면 들릴 듯한 마을길에는 출근하는 일꾼들, 등교하는 꼬마들이 보입니다. 황토밭에는 이른 아침부터 한 아낙네가 등에 약통을 짊어지고 만개한 복사꽃에 농약을 뿌리고 있습니다.

개울가에는 길쭉길쭉하게 자란 미루나무가 묵은 잎을 밀어내고 새 잎을 파릇파릇하게 내밀고 있습니다. 한길에는 버스와 택시와 트럭들이 수도 없이 오가고 뉘집 담벼락에는 선거 벽보가 노랗게 파랗게 붙어 있습니다. 담 하나를 사이에 두고 죄수와 죄수가 아닌 사람의 세계가 구분되고 있는 것입니다.

저들은 죄를 짓지 않았기에 담 밖에서 자유롭고 나는 죄를 지었기에 여기

---

[*] 엮은이 주 : 「당통의 죽음」(『시와 혁명』, 193~198쪽)으로 재수록됨.

이렇게 갇혀 있는 것입니다. 내가 지은 죄란 도대체 무엇이고 저들은 어떻게 살기에 죄 안 짓고 저렇게 자유로운 것인지…… 왜 죄라는 것을 지은 죄수에게는 인간 세계로부터만이 아니고 자연으로부터도 추방되어야 하는지…… 죄를 주는 자는 어떤 사람이고 도대체가 죄 그것은 누가 최초로 만들어 났는지…… 묘한 생각에 나를 잠기도록 합니다.

톨스토이의 소설 『부활』에 오만가지 유형의 죄수들이 나오지요. 그중 한 늙은 죄수의 분노가 내 기억 속에서 떠나지 않습니다. 그는 다음과 같이 노여움을 터뜨렸지요. "네놈들이 먼저 도둑질하고, 살인하고 빼앗아가고 이제 와서 무슨 있지도 않았던 법인가를 만들어서 도둑질하지 말지어다, 살인하지 말지어다, 남의 물건을 훔치지 말지어다, 그따위 황당무계한 흰소리를 씨부렁거리고 있지 않느냐."

동서고금을 막론하고 사람과 사람과의 관계를 좋게 해주기도 하고 나쁘게 해주기도 하고 친구 사이가 되게 하기도 하고 원수지간이 되게 하기도 하는 것은 물질적 이해 관계가 그 기초를 이룹니다.

감정이 상해서 또는 의견이 달라서 친구 사이가 뜨고 원수지간이 되는 경우도 근본에서 따지고 보면 그 배후에는 반드시 물질적인 것이 개입되어 있습니다.

하물며 인간 집단 상호간의 관계를 어긋나게 하는 그 배후에 있어서랴. 세상 사람들은 물질적인 것을 지배하기 위한 싸움에 너나없이 관계하고 있습니다. 물질적인 것의 지배자가 정신적인 것의 지배자가 되는 것입니다.

그러기에 정신적인 것을 지배하기 위해서는 먼저 물질적인 것을 지배해야 하는 것입니다. 이야기가 두서없이 이어지고 있습니다. 역사적인 예를 하나 더 들고 죄수와 죄수 아닌 사람의 세계에 관한 나의 묘한 생각을 그치기로 하겠습니다.

독일의 극작가 게오르크 뷔히너의 희곡 중에 『당통의 죽음』이란 게 있습니다. 그 속에 나오는 대사 몇 개를 적어보겠습니다.

시민 1 그래, 이 사람에게 칼을 주라고. 하지만 그 불쌍한 창부를 찌르게 해서는 안 돼. 그녀가 무얼 했다고. 아무 것도 한 것 없어! 배가 좀 고파서 몸을 팔아 구걸한 것뿐이야. 그러니까 말이야 칼은 우리들의 마누라와 딸의 육체를 돈으로 사가는 놈들을 찌르기 위해 있는 거야!

저주 있어라, 인민의 딸과 오입하는 놈들에게! 우리들의 배에서 쪼르륵 소리가 날 때 놈들의 배는 너무 처먹어서 터질 거야. 인민들은 굶어 죽어가고 있는데 놈들은 따뜻한 옷을 입고 있다구. 인민의 손에는 딱딱하게 못이 박혀 있는데 놈들의 손은 비단처럼 부드럽단 말이야.

무엇이냐 하면 우리들은 뼈빠지게 일하고 있는데 놈들은 손가락 하나 까딱하지 않고 놀고 처먹고 있다는 거야. 우리들이 뼈빠지게 빵을 벌어 놓으면 놈들은 그것을 도둑질해가는 거야.

그런데 말이야 우리 인민들이 그 도둑맞은 재산에서 동전 몇 닢을 되찾기 위해서 몸을 팔아야 하고 구걸 행각을 해야 하는 거야.

한마디로 놈들은 도적놈들인 거야. 모가지를 잘라야 할!

시민 2 놈들의 혈관에는 우리한테서 빨아먹은 것 외에는 한 방울의 피도 없어요. 놈들은 우리들에게 말했어요. 귀족들을 죽이라고, 그들은 늑대들이니. 그래서 우리들은 가로등에 귀족들을 매달아 죽였어요. 놈들은 우리에게 말했어요. 거부권(루이 16세는 거부권을 행사하여 인민의 결정을 무효화할 수 있었다.)이 우리들의 빵을 훔쳐먹고 있다고, 그래서 우리들은 거부권을 죽여 버렸어요.

그들은 우리들에게 말했어요. 지롱드 당원들이 우리들을 굶주리게 하고 있다고. 그래서 우리들은 지롱드 당원들을 단두대로 보냈어요. 그런데 놈들은 지금 우리가 죽인 자들의 옷을 빼앗아 입고 우리들은 벌거벗은 채 떨고 있단 말이어요.

자, 이제 우리가 놈들의 가죽을 벗겨 바지를 해 입읍시다. 자, 이제 우리가 기름기 도는 놈들의 살을 녹여서 스프를 만들어 먹읍시다. 전진합시다! 가서 때려죽입시다. 옷에 구멍이 나지 않은 놈들을!

시민 1 죽음 있어라, 읽고 쓸 줄 아는 놈들에게!

시민 2 죽음 있어라, 외적과 내통하는 반역자들에게!

시민들 죽여라! 죽여라!

* 여기서 놈들이란 당통 일파를 가리킵니다

　광숙이, 나는 부자들(현대의 부자들은 자본가들 외 아무 것도 아님)을 증오하고 저주하고 골려주고 때려눕혀 시궁창에 쑤셔박아 넣기 위해 존재하오. 내가 이 땅에 존재할 다른 이유는 없소.

　자본가들은 '머리끝에서 발가락 끝까지 모든 땀구멍으로부터 피와 눈물, 오물을 흘리면서' 태어났습니다. 놈들은 무고한 인민들의 수많은 희생에 의해 자신의 탄생을 고하고, 민중의 고혈을 빨면서 자라고, 무자비한 약탈과 노예화 그리고 살인에 의해서 자신의 힘을 강화한 괴물 외 아무것도 아니오.

　그들 자본가에게서 인간성을 기대한다는 것은 악마에게서 선의를 기대하는 것보다 더 어리석은 일입니다. 놈들은 타협이나 화해의 대상이 아니라 오직 타도의 대상일 뿐입니다. 놈들은 가난에 있어서 우리 민중의 불구대천의 원수입니다. 놈들은 외적의 앞잡이이고 해방과 통일의 길에 가로놓인 장애물입니다.

　이 장애물이 거대한 뱀이라면 우리 모두 식칼을 가지고 나와서 천 토막 만 토막으로 동강내 버려야 합니다. 이 장애물이 거대한 짐승이라면 우리 모두 낫을 들고 나와 천 갈래 만 갈래로 갈기갈기 찢어놔야 합니다. 이 장애물이 어디서 굴러온 바위라면 우리 모두 망치며 곡괭이를 들고 나와 천 조각 만 조각으로 조삼조삼 쪼아놔야 합니다. 이 장애물이 거대한 벌레라면 우리 모두 나와 발로 천 번 만 번 지근지근 밟아버려야 합니다.

　나는 확신합니다. 언젠가는 이놈들이 머리끝에서 발가락 끝까지 구멍이란 구멍에서는 피를 토하고 뻗으리라는 것을.

『나의 칼 나의 피』에 수록되어 있지 않는 시들을 서랍 속에 가둬놓지 말고 어떤 방법으로건 독자의 손에 닿도록 해야겠습니다. 그렇게 하기 전에 내가 한 번 다시 훑어보아야겠습니다.

광주에 있는 출판사 '남풍' 식구들에게 광숙이가 갖고 있다는 40여 편의 시를 전해주시오. 그러면 내가 받아볼 수 있으니까. 빠른 시일 내에 꼭 그렇게 해주시오.

그리고 또 '남풍'에서 『나의 칼 나의 피』에 실린 시를 교정해 둔 것이 있을 터이니 달라고 해서 '인동'에 갖다주시오. 꼭 좀 그렇게 해주시오.

그리고 내 시가 숨어 있을 만한 곳을 찾아보시오. 무슨 말인고 하니 상당한 수의 시의 행방을 알 수 없습니다. 다음 사람들한테 한 번 문의해보십시오, 임준열, 이강, 최권행 등에게. 이런 부탁을 수없이 했는데 아직 한 번도 그 확실한 결과를 접하지 못하고 있소.

밖에 있는 사람들이 바빠서 그러는지 게을러서 그러는지 또는 남의 일이라 무책임해서 그러는지 여간만 화나는 일이 아니오. 불쾌하기까지 합니다.

가타부타 결말이 있어야 할 것인데 끝이 없소. 특히 이강한테 이곳저곳 알아보라고 해서 강력하게 부탁해주시오. 속히 그 결과를 알려줘야겠소. 제발 좀 부탁합니다.

지난번 편지는 잘 받았습니다. 책 4권과 돈 4만 원도 받았습니다. 광숙씨 어머니가 하루빨리 완쾌하셔서 광숙씨가 이곳에 와주었으면 합니다. 오실 때 다음 책을 부탁합니다. 네루다의 『전집(Obras Completas)』, 이종욱 시인에게 부탁해서 복사해야 할 것이오. 『누가 그대 큰 이름을 지우랴』, 『변혁 주체와 한국 문학』(역사문제연구소), 『베트남의 별』.

건강을 바라오.

1988. 4. 22.

12 · 16 선거의 교훈

광숙에게.

어제 시골길을 걸었습니다. 풀의 새순이 파릇파릇하게 돋아난 논둑길 밭둑길을 걸으면서 못자리를 만들고 있는 농부의 흙묻은 다리도 보았고 보리밭에서 수건을 쓰고 밭매기 하는 아낙네들도 보았습니다. 보리피리도 만들어 불어보았습니다. 저만큼에 똥개가 한 다리를 들고 오줌을 싸는 것도 보았습니다.

오랜만에, 참으로 오랜만에 살찐 젖가슴과도 같다는 검은 흙도 만져보고 깊은 산골을 타고 내려와 시내에서 졸졸 흐르는 물에 발도 담궈보고 얼굴도 씻어보고 손바닥으로 표주박을 만들어 한모금 그 물을 입에 머금어 보았습니다. 황토밭 여기저기에는 복사꽃이 만발해 있는 것을 넋이 빠진 채 보기도 했습니다. 절로 가는 오솔길에서는 다람쥐들이 나무를 오르내리며 재롱을 피우고 있었는데 나는 그것을 보느라고 얼마나 걸음을 지체했는지 모릅니다.

찾아간 절은 전주에서 가깝다는 금산사였습니다. 미륵신앙인가 증산교인가 하는 소위 민중 불교의 본산이라고 일행 중 누가 설명해주었습니다. 일행 중에 마침 증산교 신자가 있었는데 그의 말을 따를 것 같으면 후천세계가 멀지 않았다고 했습니다. 의외로 빠를지도 모른다는 것이었습니다. 그는 절에 가더니 절간마다 들락날락하면서 정말이지 진지하게 합장하고 정성을 다해

절을 하고 성심성의를 다해 불교와 증산도와 서방정토와 후천세계에 대해 이야기했습니다.

그는 전주에서는 제법 생활이 윤택한 집안의 마누라이고 며느리이고 어머니였는데, 증산도를 믿음으로써 아픈 몸이 나았고 영혼과 육신이 그렇게 안온할 수 없다는 것입니다. 나는 종교에 관해서는 관심이 없기 때문에 그냥 흘려들었습니다. 아니 관심이 없다기보다는 허황된 것이었기에 호기심을 가지고 들었습니다.

금산사 구경을 하고 돌아오는 길에 궁벽한 골짜기 마을에 있는 퇴락한 절에 들렀습니다. 절 이름은 귀신사였습니다. 돌아올 귀 자에 믿을 신 자의 歸信이었습니다. 1979년 12월 26일에 박 아무개가 살해당하기 하루 전에 이 절의 부처님이 온몸으로 땀을 뻘뻘 흘렸다고 비구니가 우리 일행에게 들려주었습니다. 그래서 많은 사람들이 찾아온다는 것이었습니다.

이 궁벽한 마을에는 아이들 놀이터가 있었습니다. 미끄럼대도 있었고, 그네도 있었고, 이름을 모르는 다른 것도 있었습니다. 미끄럼을 타고 노는 대여섯 명의 아이들을 나는 유심히 보았습니다. 머리에는 기계충도 없었고, 배는 올챙이처럼 튀어나오지도 않았고, 얼굴에는 버짐도 피어나지 않았습니다. 하나같이 그들은 맑은 얼굴에 밝은 표정이었고 티없이 순결한 천사와도 같았습니다. 그들은 옛날 내 어린 시절의 내가 아니었습니다.

나는 그들 중 한 아이를 보듬고 말도 걸어보고 앞으로 무엇이 되고 싶으냐고 물어도 보았습니다. 그런데 내 마음에는 어두운 생각이, 그것도 아주 못된 것이 고이는 것이었습니다.

이 애들이 크면 어떻게 되는 것일까? 도시로 가게 되는 것일까? 도시로 가게 되면 어떻게 되는 것일까? 몸을 팔지 않아도 살아갈 수 있는 것일까? 잘사는 사람들의 종살이를 않고도 살 수 있을까? 나는 지금까지 걸어오면서 논둑에서 밭둑에서 논에서 밭에서 젊은 남녀를 보지 못했습니다. 허리 굽혀 일에 바쁜 사람들은 하나같이 중늙은이들이었다.

아이들과는 달리 어둡고 찌든 표정을 한 저 어른들처럼 저 애들도 어른이 되면 저렇게 되는 것일까? 나는 도시에서 비인간적인 나날을 보내고 있는 수많은 윤락 여성과 노동자들과 빈민들의 모습을 떠올리지 않을 수 없었습니다.

밑도 끝도 없는 이야기에 짜증이 나고 당황했으리라 믿습니다. 실은 오늘 교도소 일의 한 관례로 '사회 견학'을 했던 것입니다. 한 해에 한두 번씩 담 밖으로 나가서 이렇게 절도 구경하고 저수지도 구경하고 또는 공장 같은 데도 가보는 것입니다. 수인복으로 나가지 않고 새마을복을 걸치고 말입니다. 쌀밥에 고기맛도 이런 때는 본답니다. 그러나 이런 때 가장 신나는 것은 사람 구경하고 자연에 접해본다는 것입니다. 보는 것 듣는 것 모든 것이 신기할 뿐이랍니다.

선거가 끝나고 그리고 그 결과가 자기들한테 만족할 만한 것이어서 그런지 우리 수인들을 '계오'한 교도관들의 입에서는 선거 결과를 놓고 많이들 이야기하는 것을 들었습니다.

전라도에서는 평민당이 독식했다느니, 집권 여당이 의석의 과반수에 훨씬 미달한 것은 역사상 처음 있는 일이라느니, 안보, 안보, 지랄 발광하면서 민주주의고 뭐고 자유고 뭐고 지근지근 밟아내고 맨날 공갈에 협박에 총질이나 하던 놈들이 이제 코가 석 자나 빠지게 되어서 시원하다느니, 지금까지는 안정 속의 성장이니 민주화니 했던 말들이 쏙 들어가고 민주화 없는 안정이고 개나발이고 없다는 것이 국민 일반의 여론이라느니, 앞으로 여야 간의 혈투가 예상된다느니, 전라도에서 이렇게 평민당이 독차지한 것은 지방색이나 감정이 아니고 그동안 30여 년 동안 경상도 정권의 편파적인 경제 정책과 전라도 국민에 대한 야수적인 탄압을 한으로 가슴에 심고 있던 전라도 사람들이 이번 선거에서 한꺼번에 폭발한 것이라느니…… 끝없이 늘어놓고 있었습니다.

나는 선거 결과에 대해서 구체적으로 또는 전체적으로 아는 바가 없기 때문에 무어라 말할 수 없습니다만, 한 가지만 사실인 것 같습니다. 여당인 민정당이 국회의석의 과반수에 훨씬 미치지 못했다는 것과 전라도에서는 평민당이 한 석도 다른 당한텐 안 주고 그야말로 독차지했다는 것입니다.

교도관들 말대로 8 · 15 이후 처음 있는 일이고 특히 전라도 현상은 '공포의 현상'이기도 합니다. 학대받고 천대받고 못살고 억눌려 산 사람들이 어떤 계기가 주어졌을 때 자기들을 그렇게 학대하고 천대하고 못살게 굴고 억눌렀던 자들에 대한 증오의 불길이 얼마나 거세게 타오르느냐를 실천으로써 보내준 예가 이번 징후인 것 같습니다.

나는 무서움에 몸서리를 칩니다. 안정 속의 어쩌고저쩌고 하며 민중을 기만하고 협박했던 자들이 이번 선거에서 패배한 것은 하나의 부정할 수 없는 사실이니까 민족 민중 운동하는 사람들은 목적 의식적으로 소위 안보 이데올로기의 파탄을 선언하고 나서야 할 것입니다. 민주주의 없이 안보고 안정이고 성장이고 있을 수 없다는 논리를 정립해야 할 것입니다, 이번 선거에서 뚜렷하게 드러난 이 차이를 어떻게 해서든지 대중 의식 속에 심어주어야 합니다.

기왕에 선거 얘기가 나왔으니 지난 대통령 선거에 대해서도 좀 늘어놓겠습니다. '6 · 29선언'을 나는 군사 파쇼 정권의 사망 신고서로 받아들였습니다. 그 이유를 몇 가지 들겠습니다.

그 하나는 1986년인가 1987년 4월에 시거란 자가 '한미협회'에서 한 연설입니다. 그는 한국에서 군사 정권을 매개로 해서는 더 이상 무리없이 한국 민중을 기만하거나 착취하거나 탄압할 수 없으니 이제 '문민 정권'으로 갈아치워야겠다는 요지의 말을 한 것으로 알고 있었습니다.

그 둘은 미국의 소위 저강도 정책의 일환으로 1980년대 중엽부터 필리핀을 비롯해서 라틴아메리카 몇 나라의 군사 정권을 민간 정권으로 갈아치웠습니다.

그 셋은 한국의 민족 민주 운동 세력과 민중들의 정치 역량과 수준입니다. 이것은 첫째 이유와 밀접한 관계가 있습니다만 1980년 5·18 광주민중 항쟁을 계기로 군사 정권의 배후에 숨어 있던 양키 제국주의자들이 모습을 드러냄으로써 전 아무개 정권의 성격을 간파했을 뿐만 아니라 그 비도덕성, 그 비정통성, 그 야수성, 그 기만성을 전국민이 인식하기에 이르렀던 것입니다.

이러한 나의 판단은 잘못이 있다는 것이 '12·16선거'를 통해 입증되었습니다. 그리고 동시에 내가 세웠던 정식— 선거를 통해 군사 독재 정권을 민간 정권으로 대체한다는 것은 불가능하다. 그러나 가능할지도 모른다, 희귀하게 특수하게. 그것은 어떤 나라가 신식민지 종속 상태에 있을 때에 한한다 —도 실천을 통해 잘못되었음이 검증되었습니다.

내가 희귀하게 특수하게 가능할지도 모른다고 한 것은 신식민지 종주국이 군사 깡패들을 매개로 해서는 종속국 민중들을 지배하는 데 한계를 느끼고, 민간 정권으로 갈아치울 의지가 있을 경우를 말하는 것입니다. 그런데 지난번 '6·29선언'이 나오게 된 배경에는 이런 의지의 결과가 아니라 교활한 사기극이었던 것이 판명되었습니다.

지금 와서 나는 이런 생각도 해봅니다. 나의 정식이 파탄되었지만 그러나 완전히 그런 것은 아니다라고. 미국이 신뢰할 수 있고 사랑하는 자가 종속국에서 선거를 통해 대통령이 될 수 있는 민간 정상배가 있다면 당분간은 써먹을 수도 있다고 말입니다. 지난번 선거에서 김영삼 씨가 당선 가능성이 보였다면 (김대중 씨와의 대결로) 어쩌면 군사 깡패들을 퇴진시켰을지도 모릅니다.

그러나 양키 제국주의자들로서는 아무래도 위험스런 존재인, 뿐만 아니라 민족 민주 운동 세력의 절대적인 지지를 받고 있는, 대중의 사랑을 받고 있는 김대중 씨를 민간 정권의 우두머리로 세워 요리하기에는 벅차다고 판단했을 것입니다.

다른 사람들은 어떻게 생각하고 있는지 모르지만 나는 두 김씨에게는 뚜렷한 한 가지의 차이가 있다고 봅니다. 그것은 김영삼 씨는 양키 제국주의자와 그 주주인 군사 파쇼 정권과 언제라도 타협할 가능성이 있다는 데 반해 적어도 김대중 씨는 자기를 사랑하는 대중을 배반하고 제국주의자들과 그 앞잡이인 매국노들에게 자기를 팔 가능성은 없다는 것입니다.

김대중 씨는 앞으로 진보적인 정치가로서 성장할 전망을 나는 보고 있습니다. 이것은 내 개인적인 희망이기도 합니다만 객관성도 없지 않을 것입니다.

다만 내가 아쉬운 점은 그가 미국의 신뢰를 받음으로써 권력을 쥐려고 하는 경향이 아직도 있다는 것입니다. 지난번 선거를 계기로 하여 그런 경향이 어느 정도 없어졌는지 모르겠습니다. 지난 '12·16선거'를 계기로 해서 우리는 다음과 같은 교훈을 얻었습니다. "신식민지 종속국에서 선거라고 하는 합법적인 절차를 통해 민주주의 정권이 들어선다는 것은 거의 불가능하다. 그것은 물질적인 힘에 의해서만이 가능하다. 그리고 물질적인 힘은 광범위한 대중을 기반으로 해서만이 현실적인 것으로 된다. 그리고 그 이데올로기는 반제 반파쇼 민중 민주주의가 될 것이다."

우리는 또한 다른 나라(쿠바, 베트남, 이란, 니카라과)의 역사적인 경험에서도 교훈을 배워야 할 것입니다. 그것은 신식민지 종속국에서 민족이 해방되고 민주주의가 실현되고 노동에 대한 자본의 지배가 종식되는 과정에서 군정이건 민정이건 어떤 형태의 민주주의 정권도 그 형식적인 것마저도 없었다는 교훈 말입니다.

신식민지 종속국의 토착 정권은 그 성격이 어디까지나 괴뢰 정권입니다. 그것이 민간 정권이라고 해서 달라지는 것이 아닙니다. 그래서 나는 다음과 같은 생각을 가지게 되었습니다. 신식민지 종속국에서 대중의 신뢰와 사랑과 지지를 받아 합법적인 절차로 대권을 장악하려고 생각한 사람이 있다면 그는 소박한 공상가이라고 말입니다.

신식민지에서는 신식민지 종주국의 신뢰와 사랑과 지지를 받는 사람이 대권인가 하는 것을 잡게 되는 것입니다. 특히 우리나라와 같은 분단 국가에서는 거의 완벽하게 이 말이 적용되리라는 것입니다.

지난 '12·16선거'는 양키 제국주의자들과 그 앞잡이들인 매판 관료, 매판 자본가, 군사 파쇼 정권을 한 편으로 하는 세력과 민족 민중 세력의 투쟁이었습니다. 결과는 후자가 전자에 의해 패배당했습니다. 선거라는 절차에 의해서 이제 남은 길은 명약관화입니다. 우리는 그 길로 나아가야 합니다. 달리 길이 없습니다. 그 남은 길밖에는.

최근의 두 차례에 걸친 선거 결과는 이남에서 소위 민주주의가 개량화 국면에 접어들었습니다. 이 개량 국면에 매몰되어서는 안 될 것입니다. 이 개량화 국면을 지혜 있게 활용하면서 근본적으로는 물질적인 힘의 축적(대중에 기반을 둔)에 주된 노력을 기울여야 할 것입니다. 작은 변화는 위대한 혁명의 적일 수도 있다는 말을 항상 상기하여야 합니다.

건강과 건투를 바랍니다.

1988. 4. 29.

부르주아 정치의 본색과 무기한 단식 계획

광숙에게.

한 10년 가까이 징역살이를 하노라니까 바깥 세계에 대한 그리움이랄까 하는 것이 거의 없어져갑니다. 솔직하게 말해서 바깥에 광숙이란 여자가 없다면 이런 데서 그럭저럭 살아질 것 같습니다. 20년, 30년, 평생을 말입니다. 사람의 의식이란 게 어딘가 노예적인 데가 있는가 봅니다.

이번에도 여간 실망이 크지 않았겠지요. 여느 때와는 달리 객관적인 조건이 석방될지도 모른다는 기대를 갖게 했을 터이니까요. 나도 혹 했지요. 그러나 혹 했지 철석같이 믿지는 않았어요.

이번에 좌익수로서 출소한 사람들을 대강 검토해보았더니 나라 안팎에 연줄이 있거나 배경이 있는 사람들이었습니다. 항상 그러는 것이지요.

20년 만에 바깥 공기를 쏘이게 될 오병철 선생님은 얼마 전에 소위 'T.K군단'을 구성하는 경북고, 서울대 동창생들이 면회왔었지요. 그래서 그는 어쩌면 석방될 것이라고들 했는데 과연 그렇게 됐어요. 얼마나 다행이고 기뻤는지 모르겠어요.

재일교포가 몇 명 석방되었는데 이곳 전주에서 나간 윤정현이란 학생(지금은 35세)은 아버지가 여당 의원을 한 사람 매수(?)해서 일을 보고 있다고 그러던데 그 일이 잘 되어서 나갔다고들 합니다.

그리고 김근태씨는 아무래도 미국에서 제법 힘깨나 쓴다는 케네디가의 인권상인가를 받았기 때문에 석방됐을 거고요.

나의 경우도 최근 여기저기서 떠들고 해서 석방될 거라고들 했지요. 그러나 식민지 지식인들의 입김이란 게 별 힘이 안 되나 보지요. 너무 실망마세요. 머지 않아 좋은 일이 우리에게도 있겠지요.

광숙이도 여러 번 겪어봐서 익히 알고는 있겠지만 소위 양심수들은 부르주아 정상배들의 정치적인 농락물이오. 부르주아 사회에서 정치적인 문제는 좋은 말로 타협에 의해서 해결된다고 하지만 그 타협이란 게 협잡, 음모, 상거래 야합에 다름 아닙니다.

요즘 야당에서 구속자 석방 특별결의안을 내겠다고 호언하고 있는 모양인데 기대하지 마세요. 아마 틀림없이 여당측에서 보따리에 몇 명의 구속자 대가리를 싸들고 야당 총무들을 찾아가 거래 조건을 제시할 것이고 그러면 야당측도 그에 응할 것이니까요.

한마디로 말합시다. 부르주아 정치의 본질이 타락이고 부패이니까 어쩔 수 없는 것이지요.

8월 28일 세계 펜대회를 겨냥하여 나는 몇 가지 계획을 품고 있습니다.

하나는 교도소 내의 비인간적인 태도와 처우를 폭로하는 것입니다. 폭로의 내용은 동서고금에 그 예가 없는 펜과 종이를 불허하는 데 대한 항의, 신문과 정기 간행물을 열독할 수 있게 하라는 것, 면회장을 개선하라는 것 등입니다. 나는 이들의 관철을 위해 무기한 단식을 할까 합니다.

다른 하나는 전주에 와서 그동안 자작시 오륙십여 편을 썼고, 번역시를 100편 가까이 내보냈는데 그것을 출판할 셈입니다. 그런데 시집 출판 문제는 나 개인만의 문제가 아니고 해서 동료 문인들의 견해를 미리 알아보아야겠습니다. 8·28 이전에 내가 석방될 가능성이 애매하거나 거의 없을 경우에는 이유 없이 시집을 출판했으면 하는 것이 내 의견입니다.

광숙이가 할 일은 창비측 문인들 중 아무라도 만나 나의 이 계획을 말씀 드리고 의견을 모아주는 것입니다. 모아진 의견은 '남풍'에 전하면 내게로 오게 되어 있습니다. 시집 출판에 대해서는 극비로 하여 주었으면 합니다.

부탁이 또 있습니다. 광주에서 내가 써 보낸 시들 중 『나의 칼 나의 피』에 끼지 않는 것이 광숙이나 또 다른 사람에게 몇 편이나 있는지 꼭 알아야겠습니다. 내 추량으로는 50편 내지 100편 그 어중간이 될 것입니다. 내보낸 시가 없어져 버렸다는 소식을 들을 때면 맥이 확 풀리고 살 맛이 없어집니다. 보잘것없는 것이지만 나의 피, 나의 투쟁의 분신이라 생각하시고 단단히 간수해주시기 바랍니다. 번거롭더라도 복사해서 또는 배껴서 분산시켜 간수해야 할 것입니다.

성실하고 정직하고 선량하게 사는 것만으로 우리의 삶이 다하는 것은 아닙니다. 사물과 사물, 인간과 인간 관계에 치열함과 끈질김과 사려 분별과 초지일관이 있어야 하겠습니다. 맺고 끊는 데가 있어야 하겠습니다.

애매한 상태나 자세처럼 한 인간을 쓸모없게 하는 것은 없습니다. 우유부단, 결단력 없음, 동요 이런 것들의 틈으로 적은 들어옵니다. 그때 이쪽은 속수무책인 것이지요. 우리는 적들의 치밀성, 악착성, 계획성 등에 비해 너무나 무질서하고, 너무나 안일하고, 너무나 순박하고, 너무나 비과학적입니다. 적은 그야말로 우리를 향해 죽기 아니면 살기로 덤비는데 우리는 그렇지를 못해요.

우리도 이제 죽기 아니면 살기로 적과 대치해야 합니다. 일각의 방심도 한 치의 틈도 적에게 주어서는 안 됩니다. 일반 사람들의 느긋하고 여유작작한 생활도 즐기면서 변혁 사업을 하다가는 우리는 싸워서 판판이 패배할 것입니다.

나는 적을 쓰러뜨리고 승리하기 위해서 싸우는 것이지 그냥 자유주의자들처럼 싸우는 것은 아닙니다. 자유주의자들의 싸움은 이기고 지고가 큰 관심이 아니고 그냥 불의라든가 비양심적인 것이라든가 하는 추상적인 것들과 싸울 뿐입니다. 그것도 조직적으로 칼을 들고 싸우는 게 아니고 무정부주의적으로 입으로 펜으로 싸울 뿐입니다.

정치 권력을 장악하려는 강고한 의지 없이 싸우는 싸움은 모두가 자유주의자들의 유희에 다름 아닙니다. 혁명적 조직을 가지고 싸우지 않는 싸움은 정치 권력의 장악과는 아무런 관계가 없는 싸움입니다. 수천 수만의 자유주의자들보다 한줌의 혁명적 민주주의자들이 더 정치 권력의 장악에 접근해 있습니다. 역사의 발전 법칙은 철의 필연성을 가지고 관철됩니다. 우리는 철의 규율로써 이 역사 법칙의 필연성을 자유의 왕국으로 실현시켜야 합니다.

1988. 7. 5.

7 · 7선언의 허위성과 진정한 통일 운동

광숙에게.

편지 잘 받았어요. 이번에 내가 나가지 못한 데 대해 실망이 컸으리라 생각됩니다. 나는 기대는 했지만 크게 하지는 않았기에 그저 덤덤했어요. 저들의 인간성이나 선의에 호소하거나 기대하지 마세요. 권력에는 인간성이나 인간의 도덕 및 선의 따위가 비집고 들어갈 틈이 없답니다. 불의의 방법으로 약탈한 권력에 있어서는 더 말할 것도 없겠지요.

평범한 사람들은 자기들의 존재 양식이 빚어낸 의식 수준에서 사물과 인간을 생각하는 버릇이 있는데 그것은 잘못된 사고 방식입니다. 계급을 떠나서 계급 의식은 존재하지 않는답니다. 내가 석방되고 안 되고는 나와 안팎의 문인들이 권력에 가하는 힘의 강약에 의해 결정될 것입니다. 앉아서 기다리는 자에게는 천벌이나 떨어지겠지요. 석방 운동을 할 바에는 다부지게 해야 할 것입니다. 광숙씨가 맨 앞장에서 해야겠지요. 무슨 일이든지 철저하게 해 보려고 노력하세요. 어중간한 상태는 강한 자에게 이용되거나 노리개감밖에 안 되는 것이니까요.

'7 · 7선언'은 통일에 대한 관심의 민중적 확산을 저지하기 위해 취해진 사기극 외 아무것도 아닐 것입니다. 통일의 성취를 위한 본질적인 접근 — 휴전 협정의 평화 협정으로서의 전환, 군축, 상호 불가침 조약, 외국군 철회 — 은 없고 지엽적인 것만 구태의연하게 나열해놓고 있을 뿐입니다.

경제인, 문인, 예술인, 체육인, 학생 등의 인적 교류의 가능성은 이북이 받아들인다면 일정 수준에서 있을 것이라 봅니다.

물론 이런 교류는 정부가 주관하는 형식과 내용을 취하겠지요. 그러나 이런 교류의 의도를 잘 파악해야 할 것입니다. 통일이라고 하는 민족의 지상 과제를 근본적으로 해결하기 위해서가 아니고 방해하기 위해서 저들은 이 교류를 써먹을 것입니다. 저들— 자본가들, 매판 관리들, 정상배들— 은 나라가 통일됨으로써 얻을 것이 전무하기 때문입니다. 자본주의 방식으로는 결코 통일되지 않으리라고 저들 자신이 잘 알고 있기 때문입니다.

저들의 통일론은 양체제를 영원히 유지하는 것입니다. 영원히 통일 안 된 상태에서 저들만 잘 먹고, 잘살자는 것입니다. 이런 통일론은 미국과 일본의 자본가들의 이해 관계와 예속적으로 관계되고 있는 것입니다.

이런 관점에서 볼 때 우리 이남 민중의 통일론은 계급적 시각에 기초되어져야 한다는 결론이 나옵니다.

나는 확신합니다. 우리가 지금 실천하고 있는 통일 운동은 노동자 계급이 계급적 입장에서 기초하여 주도권을 장악했을 때 통일은 가능성의 문턱을 넘어설 것입니다.

그 외의 어떤 통일 운동도 운동으로 그치고 통일의 문턱 근방을 서성일 뿐입니다. 우리는 항상 어떤 일을 할 때 먼저 실현 가능성부터 따져봐야 합니다. 바른 문제 제기 없이는 바른 문제 해결은 있을 수 없습니다. 어떤 일이 그냥 좋은 일이기 때문에 그 일에 덤비는 것은 좋지 않는 현상입니다.

'빼앗기고 짓밟힌' 사람들과 고통을 함께하고 있는 광숙씨에게 격려와 건투를 빕니다. 광숙씨가 지금 함께 생활하고 있는 도시 빈민들— 날품팔이, 행상, 노점상, 야바위꾼, 윤락 여성, 목수, 도배장이—은 소위 룸펜 프롤레타리아로서 계급의 찌꺼기들입니다. 이들은 자본주의 사회가 필연적으로 양산해내는 계급의 패잔병들입니다. 이들 패잔병들은 사닥다리와도 같은 계층 상승을 꿈꾸지만 우연에 의해서 한두 명은 그 꿈의 실현을 보게 될 뿐 대부분은 전생애를 사회의 밑바닥에 앙금처럼 침전된 찌꺼기로 남게 됩니다.

자본주의 사회에서는 아무도 이들을 구제하지 못합니다. 타인에 의해서뿐만 아니라 자기 자신의 노력에 의해서도 구제되지 못합니다. 특히 제국주의의 신식민지에서는 더욱 그렇습니다.

제국주의자들은 식민지에서 값싸고 풍부한 노동력을 약탈함으로써 초과이윤을 얻어 자국의 노동자들을 부패시키고 계급 의식을 마비시킬 뿐만 아니라 도시 빈민들에게 빵부스러기라도 좀 여유 있게 뿌려줌으로써 사회 문제를 어느 정도 해결합니다. 그러나 끊임없이 노동력을 착취당하고 있는 식민지 종속국에서는 끊임없이 도시 빈민들을 대량으로 양산시키지 않을 수 없는 것입니다. 그래서 항상 사회는 소위 '혼란'의 도가니 속입니다.

나는 앞에서 자본주의 사회에서는 그 누구도 이들 룸펜 프롤레타리아들을 구제하지 못한다고 했습니다. 그렇습니다. 기독교인의 자선 남비도, 자선가의 후덕한 손길도, 빈민 운동가의 인간적인 배려도, 심지어 그 자신의 피나는 노력도 그들 도시 빈민을 구제하지 못합니다.

이들의 자기 구제는 오직 한 가지 방법이 있을 뿐입니다. 임금 노예상태에서 자기를 해방하려는 노동자 계급이 자본가 계급에 대한 투쟁에 협력할 때입니다. 달리 방법이 없습니다. 그러나 이 협력 또는 동맹이란 것이 과연 현실성이 있는 것인가를 생각해봅시다. 나는 없다고 말하겠습니다. 이들은 노동자 계급의 협력자이기는커녕 그 반대물로 전락할 것입니다. 이들은 너무나도 지쳐 있기 때문에, 너무나도 가난하기 때문에, 너무나도 타락해 있기 때문에 무엇보다도 먼저 돈의 유혹에 빠져버리고 맙니다. 그 유혹의 손길은 자본가들이고, 자본가들의 정치적 두목인 대통령입니다. 자본주의 사회의 대통령이 어떻게 이들 빈민들을 이용해 먹는가를 프랑스의 역사에서 그 예를 찾아봅시다.

　　자선 단체를 창설한다는 구실로 파리의 룸펜 프롤레타리아트들을 비밀 분파로 조직하였는데 각 분파는 보나파르트의 대리인에 의해 지도되었으며 보나파르트파의 한 장군이 전체 조직의 두목이었다.

　　불안정한 생계 수단과 애매한 기원을 가진 부패한 무위도식자들 그리고 파산한 부르주아 계급의 탈락자들과 더불어 부랑아, 제대 군인, 전과자, 탈출한 강제노역자, 사기꾼, 협잡꾼, 거지, 소매치기, 사기도박사, 노름꾼, 뚜쟁이, 짐꾼, 포주, 문인, 거리의 악사, 넝마주이, 칼 가는 사람, 땜장이, 요컨대 애매모호하고 뿔뿔이 흩어져 여기저기에 던져져 있는 대중, 불어로 말하면 방랑자라고 불리우는 대중, 이 다종다양한 분자들로 보나파르트는 12월 10일회의 핵심을 구성했다.

　　이 자선 단체는 보나파르트와 마찬가지로 그 모든 성원들이 노동하는 인민들의 비용으로 자신들의 이득을 보려는 욕구를 느끼는 한에서 자선 단체였다. 스스로 룸펜 프롤레타리아의 두목이 된 보나파르트, 대중적 형태 속에서 자신이 개인적으로 추구하는 이해만을 재발견할 수 있었던 보나파르트, 모든 계급을 거부하고 이러한 계급으로 인정하는 보나파르트, 이것이야말로 보나파르트의 진면목이며, 보나파르트의 핵심이다.

　　　　　　　　　　　　　　　　　　　—『루이 보나파르트의 브뤼메르 18일』

　지난해 가을과 겨울 동안의 선거 시기를 생각해보세요. 여당의 후보가 만들었던 '자원봉사대'란 다름 아닌 깡패들, 공수부대 제대자들, 사기꾼들, 협잡꾼들, 건달들, 가난뱅이들 등으로 이루어진 폭력 집단에 다름 아니었을 것입니다. 그리고 여당 후보가 대도시에서 매수 대상자로 찍었던 사람들은 누구였겠습니까.

　바로 광숙씨가 지금 함께 고생하고 있는 도시 빈민들이었을 것입니다. 여당 후보(지금의 대통령)는 극소수의 자본가들과 이들 룸펜 프롤레타리아 두목에 다름 아닙니다. 이 사실을 놓쳐서는 안 됩니다. 앞으로도 그러겠지만 파쇼 정권의 사회 경제적 기반은 바로 이들 극소수의 자본가 계급과 대도시에 쓰레기처럼 널려 있는 룸펜 프롤레타리아입니다.

나는 광숙 씨의 이들 도시 빈민에 대한 사랑과 연민을 나무랄 수 없습니다. 다만 내가 하고 싶은 말은 그들에 대한 사랑과 연민이 그들의 생활을 좋게 해주지 못할 것이고 인간성을 바로잡아주지도 못할 것이라는 점입니다. 물론 수천 수만 명의 그들 중 한두 사람은 좀 더 나은 생활을 할 수 있게 될 것이고 사람다운 사람도 될 수 있겠지요. 그러나 문제는 한 개인의 문제가 아닙니다. 사회 전체의 문제입니다. 이 전체적인 문제를 바르게 해결하려면 앞에서도 말했듯이 자본가 계급에 대한 노동자 계급의 투쟁이 있을 뿐입니다.

그래서 나는 광숙씨에게 동지로서 제의합니다. 빈민굴에서 발을 빼고 노동자의 세계로 들어가라고, 공장 노동자의 세계로. 이것은 광숙씨더러 직접 노동자가 되라는 것은 아닙니다. 그것이 또한 최선의 것도 아닙니다. 노동자를 혁명적 이데올로기로 각성시키고 그들을 조직적으로 묶어세우는 일 그런 일에 최선을 다해보라는 것입니다. 글을 쓰기 위해서라도 그렇게 해야 합니다. 노동자와 함께 가는 길이 우리 민족 해방의 길이고 민주주의를 실현하는 길이고 통일의 길입니다. 다른 길은 없습니다.

최근에 마르크스주의의 원전들이 많이 나오고 있습니다. 읽어보세요. 사회적으로 중대한 문제를 바르게 제기하고 바르게 해결하는 시각(perspective)을 광숙씨에게 줄 것입니다.

언제 광숙씨와 머리를 맞대고 이런저런 사회적인 문제를 놓고 이야기를 나눌 수 있는 날이 올까? 그날은 저들에 의해서 주어지지 않는 것이라는 사실을 명심하세요. 빼앗긴 것은 빼앗아야 합니다. 우리 진영의 사람들은 저들에 비해 너무나 순박하고 너무나 선량하고 너무나 안일해요. 저들을 인간이라고 착각해서는 안 돼요. 우리가 고안해낼 수 있는 모든 수단과 방법을 동원하여 타도해야 할 괴물이어요. 인간의 탈을 쓰고 있는 괴물이어요. 안녕.

1988. 7. 18.

* 추신 : 황금수 선생님의 이 치료 문제는 바깥에 계신 '우리 식구'들이 공동으로 추진시켜주었으면 합니다. 그게 가장 좋은 방법입니다. 여유가 많은 사람은 많은 대로 적으면 적은 대로 참여하여야 공정한 것입니다. 무슨 일이든지 자선 사업가적인 방법으로 처리해서는 안 됩니다. 가능하면 여럿이 함께 참여하여 고락을 나눠가지는 방향으로 일을 처리하도록 해주세요. 광주에 있는 박석률 동지의 건강이 좋지 않다고 들었습니다. 관심을 가져주어야겠습니다. 그외 우리 식구들 중에 어려운 사람이 있으면 돕기 바랍니다. 여럿이서 말입니다.

시인은 싸우는 사람*

광숙에게.

편지 잘 받았어요. 지금 다니고 있는 일터가 마음에 들지 않는 모양이지요. 일터가 성에 차지 않다고 아무 때라도 그만둘 수 있는 여유가 있다면 그래도 광숙씨는 다행한 사람인 걸요. 이 나라에는 작업 조건이 지옥 같아도 하루 세끼를 걱정해야 하기 때문에 죽기 아니면 살기로 버텨내야 하는 사람이 수두룩하니까요. 어떤 책에 보니까 인구의 0.3퍼센트가 하는 자들이 GNP의 태반을 독차지하고 있고 99.7퍼센트의 사람들이 나머지를 놓고 아귀다툼한다 했던가요. 참 대단한 나라입니다. 외국의 어떤 저널리스트가 이 나라의 이런 상태를 보고 이건 나라가 아니라 했다지요. 민주주의고 개나발이고 따질 게재도 못되는 나라라 했다지요.

나는 자본주의를 종교인들이 이단자를 저주하는 것 이상으로 저주합니다만 재산의 불평등의 엄청난 차이 때문만은 아닙니다. 내가 자본주의 사회를 저주하는 첫째가는 이유는 이 사회의 본질이 부패와 타락이기 때문입니다.

특히 성도덕은 완전히 포르노 영화입니다. 이 사회는 인간성의 공동묘지이고 도덕과 윤리의 집단 무덤입니다. 이런 현상은 한 지도자의 잘못으로,

---

* 엮은이 주 : 「시의 길 시인의 길」(『불씨 하나가 광야를 태우리라』, 86~89쪽)로 재수록됨.

국민 각자의 탓으로 돌려버릴 수 없는, 자본주의라고 하는 계급 사회의 필연적인 산물입니다. 누구도 이 필연적인 현상을 구제할 수 없는 것입니다. 사유재산 제도에 기초한 계급 적대가 존재하는 한……

내가 이렇게 말한다고 나를 공산주의라고 오해하지는 마십시오. 나는 그냥 시인이고 전사이고 무난히 이 시대에 어울리게 말해서 혁명적 민주주의자입니다.

시인이라는 말이 나왔으니까 한마디하고자 합니다. 러시아의 한 시인의 말에 이런 말씀이 있어요. "시인은 싸우는 사람과 동의어다"라고. 나는 이 말씀이 썩 맘에 듭니다. 이렇게 생각하고 보니 정말이지 러시아의 고전적인 시인들은 하나같이 자기 시대의 문제와 싸운 사람이었어요. 푸슈킨이 그랬고, 레르몬토프가 그랬고, 네크라소프가 그랬어요. 그리고 시월 혁명 전후에서는 마야코프스키가 그랬고요. 아마 러시아에서처럼 혁명을 이데올로기적으로 준비하는데 문학이 기여한 나라는 없을 겁니다.

극도의 억압 사회에서 시는 생활을 직접적으로 묘사하여 근로 대중 앞에 드러내 보여주는 가장 적합한 문학 장르이기 때문일 겁니다. 러시아의 혁명가들의 전기를 읽어보면 그들은 하나같이 제 조국의 시인들의 시를 꿰고 있습니다.

나는 데카브리스트 당원의 한 사람이었던 르이레프의 시를 어딘가서 몇 편 읽은 적이 있는데 러시아 인텔리겐치아의 사회 혁명에 대한 헌신과 자기 희생정신에 감복했습니다. 아, 그들의 혁명에 대한 순결성은 얼마나 나의 가슴을 두근거리게 했던가. 아니 얼마나 나의 낯을 부끄럽게 했던가. 나는 거기에 미칠려면 까마득해요. 나는 자본주의 사회의 이기주의적 계산에 너무 많이 오염되어 있어요. 똥바다에 빠지지 않고 누구도 이 사회에서 순결하게 살 수 없어요. 불행한지고!

시인은 싸우는 사람, 전사라고 했습니다. 이에 관해 더 얘기합시다. 그러면 싸움의 대상은 무엇일까? 그것은 시대의 중대한 문제입니다. 민족과 민족의 절대 구성원인 민중의 생활에 절실한 그런 문제 말입니다. 그러면 이 시대의 중대한 사회적 문제는 무엇입니까? 바로 지금 이 땅의 현실에서 벌어지고 있는 노사간의 문제, 제국주의와 우리 민중간의 문제, 반핵 문제, 반독재 민주화 문제, 남북 문제, 인권 문제, 수입개방과 농산물 수입 문제 등입니다. 그러면 시인은, 전사는 이런 문제와 어떻게 싸워야 합니까? 물론 시인의 무기는 펜이니까 글로써 싸워야겠지요. 시인은 또한 가인(歌人)이니까 노래로써 싸우기도 하겠지요.

그러면 어떻게 하면 시인은 글로써 노래로써 이들 문제와 가장 잘 싸울 수 있을까요? 위에 열거한 노사간의 투쟁에, 반제 반파쇼 투쟁에, 반핵 운동에, 통일 운동에, 인권 운동에, 한마디로 말해서 민족 해방과 민주주의 투쟁에 시인 자신이 몸소 뛰어들어야 합니다. 달리 방법이 없습니다. 한 시인이 이들 투쟁과 운동에 깊게 참가하면 할수록 폭넓게 참가하면 할수록 그가 쓰는 시와 그가 부르는 노래는 그만큼 폭이 넓을 것이고 깊이가 있을 것입니다.

그리고 계급 사회에서 모든 투쟁과 운동의 배후에는 계급간의 이해 관계가 은닉해 있다는 것을 시인은 놓쳐서는 아니 될 것입니다. 허위의 세계를 들추어내어 진실을 밝히는 것이 시인의 펜이라고 할 때 그 펜 끝에는 계급간의 투쟁이 흘리는 피가 묻혀 있지 않으면 그는 제대로 진실을 캐내지 못한 시인일 것입니다.

뚜렷한 시각 없이(굳이 사회주의적인 시각이 아니라도 좋습니다) 무방향으로 화살을 쏘아봐야 별 볼일 없는 싸움일 수밖에 없습니다. 추상적인 자유, 추상적인 정의, 추상적인 평화를 노래한 시의 무의미함이여! 허공에 헛되이 주먹질한 것과 무엇이 다르겠습니까! 진실은 구체적입니다. 이 말은 누구나 알고는 있습니다. 그러나 실은 모르고 하는 사람이 태반입니다. 진실이 구체적인 것은 틀림없지만 그것은 다양성의 통일이라는 것을 잊어서는 아니 됩니다.

진실은 또한 사물과 인간에 대한 첫인상이 아닙니다. 그것도(첫인상) 자연주의이고 신즉물주의이고 표현주의입니다. 현상과 본질을 혼동해서는 아니됩니다. 소위 직관을 통해서 사물의 본질을 꿰뚫는다고 합니다만 그것은 자기 과신이고 기만입니다. 진실은 첫인상도 아니고 사실의 나열도 아닙니다. 진실은 부단한 실천의 행로 속에 있습니다. 진실을 생명으로 하는 시인이 사회의 중대한 문제와 격투해야 하는 까닭이 바로 여기에 있습니다. 싸우면서 사고하고 사고하면서 싸우고 그러는 과정에서 시인은 진실을 구체적으로 포착하는 것입니다.

　그러나 조심하십시오! 진실을 발견했다고 그것이 저절로 시가 되는 것은 아닙니다. 형상화가 있어야 합니다. 형상화 그것은 다름 아닙니다. 다양성의 통일입니다. 보편성과 일반성, 특수성과 보편성의 통일입니다. 구체성과 추상성의 통일입니다. 어느 한쪽으로 치우치면, 시의 균형은 깨지고 시의 힘이요, 목숨이라고 할 수 있는 긴장도 느슨해져 버려 지루한 또는 메마른 언어의 모음집이 되어 버립니다. 시에 대해서 내 나름으로 좋은 말이 많습니다. 오늘은 그만둡시다. 건강을 빕니다.

1988. 7. 30.

함께 가자 우리 모두 해방의 길이다 출전이다
붉은 피가 끓는구나 가슴 속의 조국이여
발을 굴러 땅을 치며 어둠에 묻혀 사라진 길을 열고
전위대는 강을 건넌다 새벽을 향해 산을 넘는다

동지들이 흘린 피를 헛되이 말아라 출전이다
동편 하늘에 해가 뜨고 그 얼굴이 떠오른다
조국 해방 부르며 죽은 가신 님들의 거룩한 길을 따라
전위대는 강을 건넌다 원수를 찾아 산을 넘는다

—「출전가」

우리 손을 맞잡고 싸울 수 있는 날

광숙에게.

엊그제 광숙이가 써보낸 꽤 긴 편지를 서너 번 읽었습니다. 그에 답하기 위해 오늘 다시 한 번 읽는 중입니다. 광숙이는 그동안 나로 인해 묻어두었다는 불만과 악감정을 생각나는 대로 붓가는 대로 쏟아놓았다고 했는데 그 불만과 악감정이란 것이 별 거 아녔습니다.

그리고 광숙이가 나를 향해 쏜 불만과 악감정의 화살은 대부분 빗나간 것이었고 더구나 내 심장의 근처에도 미치지 못한 것이었습니다. 나로서는 퍽이나 다행스런 일이었고 광숙에게는 화나는 일이겠지요. 언제 기회가 나면 광숙이의 나에 대한 비판을 재비판할 것을 약속합니다. 오늘은 사무적인 용건만 몇 자 적어보냅니다.

보내준 책 세 권 아니 네 권 잘 받았고 돈도 수령했습니다. 그런데 『여성운동과 문학』은 소포에 들어 있지 않았습니다. 편지 내용과는 달랐습니다. 광숙이의 글이 실린 그 책을 보고 싶으니 곧 우송해주시오. 『재혼』과 『로포』는 참 재미있게 읽었습니다. 이 두 글에 대해서도 좋은 기회를 내서 몇 마디 소감을 적어 보내겠습니다.

나는 요즘 광숙이가 자주 글을 발표하니 한결 마음이 편합니다. 광숙이 때문에 사실 나는 괴로울 때가 자주 있으니까요. 나야 이곳에 언제까지 있어도 별로 괴롭지 않아요.

광숙이, 우리가 손을 맞잡고 열린 들판을 가로질러 강을 건너고 산을 넘으며 노래하고 싸울 수 있는 날은 하루하루 가까이 오고 있습니다.

그동안 나 때문에 다른 생각 말고 좋은 글 많이 써서 나를 즐겁게 해주시오. 이곳에서 가장 기쁜 것 중의 하나는 이제 광숙이의 문학을 감상하는 일이 될 것입니다. 글 쓰는 일로 건강을 해치지 말 것을 당부하면서.

1988. 10. 4.

나의 시의 한계를 단정하는 당신에게*

광숙에게.

이번 겨울로 꼭 10년째의 겨울 징역을 살게 됩니다. 머리는 하얗게 늙어버리고 기력은 쇠잔해지고 이빨의 기능마저 전과 다릅니다. 괜히 서글퍼집니다그려. 건강이 악화되어서 그러는지 작년부터는 계절이 바뀔 때마다 감기 때문에 여간만 성가신 게 아니오.

엊그제는 기온이 급강하하는데도 체온 조절을 잘못했던 탓인지 금년 들어 두 번째 감기 침입을 받았소. 이놈의 적과 싸우느라 너무 무리했던지 어제 아침에는 그만 코피를 흘리고 말았소. 이삼 년 전까지만 해도 감기란 놈이 쳐들어 올 기미만(코나 목으로) 보이면 미리 단단히 대처하면 물러나고는 했는데 이제는 내가 지기가 일쑤라오. 광숙이는 이 겨울을 감기 한 번 걸리지 않고 보내길 바라오. 자기 건강을 소홀히 하는 그런 어리석고 무모한 사람이 되어서는 아니 되겠소.

나는 광숙이의 건강한 모습만 보면 그동안에 쌓였던 시름도 가시고 징역살이의 고달픔과 서러움 같은 것들도 잠시나마 잊어버린다오, 지난번 면회 때의 광숙이의 모습은 건강한 편이 아니었소. 내 마음이 아팠음은 물론 기분이 언

---

* 엮은이 주 : 「시의 길 시인의 길」(『불씨 하나가 광야를 태우리라』, 104~112쪽)로 재수록됨.

짧았소, 어떤 때는 얼굴이 맑고 곱고 하다가도 다른 때는 그러지 않았는데 난 그 이유를 모르고 있소. 언제나 곱고 맑은 광숙이의 모습을 보고 싶소.

지난번 면회 때 광숙이는 나에게 다음과 같은 말을 하고 갔소. "남주씨의 시는 독자가 제한되어 있고 운동권 학생들이나 선진적인 노동자들은 몰라도 후진적인 노동자들이나 일반 독자들은 남주씨의 시를 읽으면 거부감을 느끼고 있어요."라고요.

나는 광숙씨의 말에 이렇게 대답했습니다. "모든 사람을 만족시킬 수는 없는 것이지. 치정관계를 다룬 연애소설, 황당무계한 괴기소설, 흥미위주의 탐정 및 추리소설 등을 제외하면, 계급 사회에서 모든 계급과 계층을 만족시킬 수 있는 소설이나 시는 있을 수 없을 것이기 때문이오."

『춘향전』을 읽고 양반들이 재미있어 하거나 감동을 받지 않을 것이오.『흥부전』을 읽고 부자들이 좋아할 리 없고 즐거워할 리 없을 것이오. 우리가 고전이라고 이름할 수 있는 문학 작품은 그것이 희극이건 비극이건 소설이건 운문이건 거기에 진실한 인간의 삶이 있기 때문입니다.

그 진실은 어디에서 오겠습니까. 그것은 당대 현실을 바르고 폭넓고 깊게 묘사했기 때문입니다. 현실을 바르고 깊게 묘사한다는 것은 무엇을 뜻합니까? 그것은 적어도 계급 사회에서는 인간 관계를, 사물과 사물과의 관계를, 사회적인 사건을 계급적 입장에서 구체적으로 그려내는 것입니다.

소설 같으면 작중 인물의 성격을 구체적인 상황에서, 상황의 변화에 상응하여 변증법적으로 구성해내는 것입니다.

인간은 객관적인 상황의 지배를 받으면서도 그 상황을 자기에 유리하게 변혁시키기도 하는 사회적 존재라고 할 때 계급 사회의 인간은 여러 계급과 여러 계층 사이의 모순 속에서 자기 자신이 규정되면서 모순의 해결을 위해 적극적으로 또는 창조적으로 노력하기도 하고 모순의 해결이 아니라 모순의 악순환을 심화시키는 작업을 하는 게 아니겠습니까. 어느 경우건 소설 속의 인물은 이 계급 관계에서 벗어나서는 설 자리가 없는 것입니다. 그런 사람이 있다면 그는 이미 현실의 역사적인 인간을 그만두는 것이겠지요.

이야기가 길어졌습니다. 다시 원점으로 돌아가봅시다.

광숙씨의 나의 시에 관한 그런 평가에 나는 "모든 사람을 만족시킬 수 없는 일이지"라고 대답하면서 나는 다음과 같이 질문하는 것을 잊어먹었습니다. "내 시의 독자가 제한되어 있고, 후진적인 노동자나 일반인들은 거부감을 느낀다고 했는데, 광숙씨는 그것을 구체적인 검토를 거쳐 확인하였습니까?"라고요. 이 나의 질문에 광숙씨가 "그렇다"고 대답할 경우가 있고 "그렇지 못했다"고 대답할 경우가 있을 터인데 나는 그 두 경우에 대해서 내 견해를 말해 둬야겠습니다.

첫째 그렇지 못했습니다의 경우부터 얘기해봅시다. 즉 검토하지 않고 그냥 광숙씨의 추측으로 그런 말을 했을 경우인데 그것은 말할 나위도 없이 광숙씨가 광숙씨(소시민적 지식인이나 자유주의적 식자로서) 자신의 견해, 의식, 정서, 세계관을 다른 사람들(후진적인 노동자, 일반 독자들)의 그것과 기계적으로 등치시킨 것입니다.

바로 이러한 경향 때문에 이데올로기의 허위성이 조장되는 것입니다. 사회적 존재가 의식을 규정하는 것이지 의식이 존재를 규정하지 않는다는 것은 이제 하나의 상식이 되어 버린 마당에서 우리는 좀 솔직해질 필요가 있습니다.

나는 감히 말할 수 있습니다. 후진적인 노동자들 중 절대 다수가 내 시를 읽고 거부감을 느끼지 않을 것이라고. 그들은 틀림없이 내 시를 읽고 깨달은 바가 컸으리라 믿어 의심치 않습니다. 소시민적 지식인들이 변혁 운동에서 자기의 계급의 한계를 극복하는 경우는 드뭅니다. 그들은 항상 우왕좌왕 동요하고 적의(지배 계층의) 물질적 힘에 쉽게 굴복하고, 노동자 계급의 혁명적 폭력에는 겁을 집어먹고 개량주의자의 품속으로 도망치는 것이 다반사입니다.

그러면서 그들은 피지배 계급의 혁명적 활동을 관념적 급진성이라 매도하고 적의 폭력 앞에서는 노예처럼 굴종하기 일쑤입니다. 그들은 지배자와 피지배자와의 관계가 원만하기를 바라며 날카롭게 대립되는 것을 혐오합니다. 그들의 이데올로기란 게 화해와 중용의 이데올로기고, 싸우더라도 적당히 싸우는 것입니다. 입으로, 글로, 글로 싸우더라도 부드럽게 점잖게 신사답게 싸우는 것입니다. 그들은 모순의 해결이 아니라 모순의 화해를 추구합니다. 그들은 노동자가 자본으로부터 해방되는 것이 아니라 돈 몇 푼 더 받는 대우받는 노예이기를 바라는 것입니다. 그것을 그들이 의식했건 의식하지 못했건 결과는 그것입니다.

나는 광숙씨에게 부탁합니다. 인간과 사물, 사회적인 사건을 판단할 때 항상 계급적 관점을 견지하고 구체적인 상황 속에서 구체적으로 검토할 것을.

다음은 그렇다고 대답했을 경우, 즉 구체적으로 검토해본 결과 남주씨의 시는 독자가 제한되어 있고 후진적인 노동자들은 거부감을 보이더라는 것이 확인되었을 경우입니다.

나는 앞에서 그렇지 않을 것이라고 부인했습니다만 광숙씨의 말이 사실이라면 나는 다음과 같이 말하겠습니다. 나는 의식 수준이 낮은 대중의 꽁무니나 따라다니는 꽁무니주의자는 아니라고. 나는 노동자들이 자기들의 직업상의 요구, 생활상의 절박한 일상적인 요구, 기껏해야 노동력의 판매 조건이나 작업 환경의 개선에만 국한시키는 노동자들의 경제적, 제도적인 요구 등에 굴복하지는 않는다고.

나는 낡은 사회의 뿌리를 통째로 뽑아버리는 혁명적 민주주의자라고. 노동자들이 어쩔 수 없이 죽지 못해서 강제적으로 자기의 노동력을 팔지 않을 수 없는 그따위 사회 체제는 근본에서부터 변혁하는 것이 나의 사명이라고.

그리고 나 같은 사람들은 바로 그 때문에 노동자가 그네 노동력의 대가로

한푼 더 받는 그런 싸움 즉 경제 투쟁, 제도 개선 투쟁에 자기 투쟁을 한정시킬 수 없을 뿐만 아니라 노동자들로 하여금 계급적 정치 의식을 갖도록 이데올로기적인 투쟁을 하는 것을 자기 임무로 해야 할 것입니다.

한마디로 말해서 나는 혁명적 민주주의자로서 노동자 계급뿐만 아니라 전체 피압박 계급의 대변자이지 편협한 노동조합국의 회계사가 아닙니다.

나는 그리고 내 시가 선진적인 노동자나 운동권 학생들을 위해서만 쓴 것이 아닙니다. 오히려 나는 후진적인 노동자들을 위해서 썼던 것입니다. 나는 나의 시의 내용이 후진적인 노동자의 의식 수준으로 내려가는 것을 용납하지 않습니다. 후진적인 노동자의 의식 수준을 적어도 나의 정치 의식 수준으로 끌어올리는 것이 나의 계산입니다.

나는 백 명의 바보와 열 명 남짓한 현자 중 어느 쪽을 택할 것이냐는 문제가 제기되었을 때 서슴없이 후자를 택할 것입니다. 나는 어중간한 것을 싫어합니다.

가능하면 아니, 의당 최고 수준의 전사가 되어야 하고, 되도록 노력해야 합니다. 적당히 먹고 입고 살 만한 사람들의 어중간한 삶의 태도와 방식을 나는 여간만 혐오하지 않습니다. 그런 사람들이 사회 변혁에 대해서 이러쿵저러쿵 떠들어대는 소리에는 더욱 혐오감을 느낍니다. 특히 지배 계층의 착취와 탄압과 기만과 배신이 극에 달해 숨조차 제대로 쉴 수 없는 그런 상황에서 어중간한 백 명의 바보는 아무 쓰잘 데 없는 것입니다.

왜냐하면 그런 바보들은 적에 의해서 금방 처치될 것이기 때문입니다. 협박과 공갈에 주눅들기 쉽고 물질적인 힘에 굴복하기 일쑤고 간교한 감언에 넘어가기 쉽고 돈에 매수되는 것입니다. 그런 바보들을 그대로 방치해 두는 것은 혁명 운동가에게 있어서 직무 유기이고 역사 앞에서 유죄입니다.

그러면 이런 바보들(자본가들에게 돈이나 몇 푼 더 받고 폭군에게 제도적인 개선 따위를 하사받는 것으로 만족해 하는 경제주의자들)을 현자(착취와 억압에 기초를 둔 지배 계급의 사회 구조 전체를 송두리째 파괴함으로써만 이 노동자의 해방은 가능하다고 주장하는 혁명적 민주주의자들)로 끌어올리기 위해 시인인 나는 무엇을 어떻게 해야 하는가?

우선 노동자들을 계급적 정치 의식 수준으로 끌어올려야 합니다. 여기서 계급적 정치 의식이란 혁명적 민주주의 의식을 뜻합니다. 다시 말해서 과학적·혁명적 사상입니다.

노동 운동은 이 과학적 사상과 결합될 때만이 자기의 최종적인 결론을 얻습니다. 즉 이 경우에만이 노동 운동은 자기 운동의 완결성을 획득하고 노동자들은 마침내 대지와 인류의 해방자로서 자기 위치를 확보하는 것입니다. 노동자들이 변혁 운동의 지도자가 되어야 한다면서 운동을 자기의 직업상의 문제에만 국한시킨다는 것은 우스꽝스러울 만큼 자기 기만입니다.

변혁 운동의 지도자가 되기 위해서는 마땅히 노동자들은 운동의 모든 전선에서 선두에 서야 합니다. 반제 민족 해방 전선의 선두에, 반파쇼 민주 전선의 선두에, 반핵 반전 전선의 선두에 서야 합니다. 농민의 축산물 수입 반대 투쟁의 선두에, 여성들의 여권 신장과 여성 해방 투쟁의 선두에, 빈민들의 철거 반대 투쟁의 선두에 서야 합니다. 언론인의 언론 탄압 반대 집회의 선두에, 학생들의 학원 탄압에 반대하는 투쟁의 선두에, 심지어는 특정 교인들에 대한 정부의 차별 대우와 은밀한 압력을 반대하는 투쟁의 선두에 서야 합니다.

되풀이 말해서 노동자는 해방 투쟁의 모든 전선에서 선두에 서야 합니다. 자기 계급의 배타적이고 이기적인 울타리에 갇혀서는 안 됩니다.

시인은 노동자들의 이런 모든 투쟁을 지원하기 위해서 전면적인 정치 폭로를 해야 합니다. 시인은(노동자 시인일 경우 특히) 공장 생활과 그것의 개선 등에 한정해서 시를 써서는 안 됩니다.

그런데 불행하게도 우리나라의 노동자 출신의 시인들은 거의 하나같이 공장 안의 작업 조건과 자본가들의 비인간적인 처우와 생활상의 어려움과 노동력 판매 조건의 개선 등에만 자기 시의 내용을 국한시키고 있습니다. 그밖으로는 거의 한 발자국도 나아가지 못하고 있습니다.

심지어는 외부에서 경제 투쟁을 넘는 어떤 투쟁을 가지고 들어가려고 하면 그것을 배격하기까지 하는 실정입니다.

소위 편협하고 옹졸하고 한심한 노동자주의입니다. 노동자는 자기 자신만을 자본가로부터 인간적인 대우를 받음으로써 자기 자신을 해방시키는 것이 아니라 피억압 민중 전체를 해방시킴으로써 비로소 자기를 해방하는 것입니다.

이것은 지금 노동 운동이 그 근본적인 경제 투쟁 단계에 국한되어 있고 그것을 뛰어넘는 것을 두려워한 상태에서 특히 중요합니다.

다시 말해둡니다. 노동자는 전 인류의 해방자로 떨쳐 일어서서 싸울 때 자기 해방도 가능한 것이지 자기의 계급적인 편협함에 사로잡혀 전 인류의 행복을 망각하면 자기 자신의 행복도 획득하지 못합니다.

물론 나도 바보가 아니기에 경제 투쟁이 해방 투쟁의 기초라는 것은 알고 있습니다. 그리고 노동자가 가장 관심을 가지는 것은 생활상의 절실한 요구라는 것도 알고 있습니다. 그러나 내가 반대하는 것은 경제 투쟁에 국한시키는 것, 정치 투쟁을 경제 투쟁의 테두리 안에 가두는 것, 다시 말해 혁명적 정치 투쟁을 노동조합주의적 정치 투쟁으로 타락시키는 것입니다.

나의 이런 입장을 어떤 사람들은 러시아의 볼셰비키처럼 현실의 혁명화가 아니라 혁명의 교조화라고 비난할지 모릅니다. 그러나 이것은 말장난에 불과합니다. 볼셰비키들은 그들의 속물 근성과 부르주아에 대한 노예적인 굴종 때문에 노동자들의 희망을 바르게 깊게 읽어내지 못했습니다. 이것은 속물적인 러시아 인텔리겐치아로서의 자기 한계의 폭로였습니다. 그들은 노동자들이란 손에 무엇인가 확실한 것이 잡혀야, 즉 몇 푼의 돈, 빵 부스러기가 손에 잡혀야 무엇인가 하려고 앞으로 나아간다고만 이해했습니다. 그래서 그들은 정말이지 경제주의자들의 훌륭한 알뜰한 후예들답게 "모든 노동자들의 생활 조건의 개선이라는 노동자들의 보편적(필자) 이익을 위한 정치 투쟁"으로 노동자들을 매진시킨다는 것이었습니다.

이것이야말로 악명 높은 부르주아 냄새가 아니고 무엇입니까. 이것이야말로 저 악명 높은 부르주아지의 앞잡이 '페이비언협회'의 명사 사회주의자들의 속물 근성이 아니고 무엇입니까.

"경제 투쟁 자체에 정치적 성격을 부여하라!" 아, 얼마나 솔깃하고 속아 넘어가기 쉬운 구호냐?! 얼마나 얼마나 현학적인, 그래서 노동자들에겐 납득이 안 가는 헷갈리기 쉬운 말장난이냐?! 아 얼마나 소시민적인 인텔리겐치아에게 입에 딱 맞는 개떡이냐? 아 얼마나 노골적인 부르주아 이데올로기에 굴복하는 아첨의 말이냐!

진실로 혁명적 지식인이 노동 운동에서 해야 할 것은, 그리고 혁명 시인이 노동자들을 경제 투쟁의 감옥에서 끌어내어 정치 투쟁의 광야에서 휘달리게 하기 위해 해야 할 일은 후진적인 노동자들이 작업장에서 또는 노동조합 회관에서 결코 배울 수 없는 것, 그 무엇을 외부로부터 가져다주어야 합니다.

그 무엇이란 게 무엇입니까? 그것은 계급적 정치 의식입니다. 맹아 단계의 정치 의식을 더욱 부채질하여 고무 고양시키고 거기에 이론과 조직을 부여하는 것입니다. 노동자의 자생성 굴복하지 말고 따라만 가지 말고, 발맞추어만 가지 말고, 혁명적 사회주의적 의식으로 치켜올려야 합니다. 안 들으면 채찍으로 때려서라도 각성시켜야 합니다.

그러기 위해서 혁명 시인은 노동자들에게 자본주의의 일체의 모순, 즉 생산 관계의 모순, 인간 관계의 모순을 폭로해야 합니다. 모든 계급 모든 계층의 속마음을 청천백일하에 드러내고, 그들의 숨은 욕망과 기만을 샅샅이 밝혀야 합니다. 그들의 가면을 벗겨 그들의 본색을 낱낱이 뜯어내야 합니다.

특히 자본가의 착취와 억압을 신비의 베일에 싸서 합법화하는 법의 망토를 벗겨내고 그 진실을, 속셈을, 위선을 폭로해야 합니다. 자본주의 사회에서 군대와 경찰과 감옥의 역할이 누구의 이해 관계를 관철시키기 위한 것인가를 피투성이로 밝혀내야 합니다.

노동자들이 이 모든 모순·위선·기만·폭력·속임수 등을 계급적인 사회 구조적인 측면에서 이해하고 있지 못하면 결국 노동자들의 투쟁은 정치적인, 혁명적인 투쟁이라고 말할 수 없습니다. 급진적인 격렬한 투쟁이 혁명적인 투쟁인 것이 아니라 과학적인 투쟁이야말로 혁명적인 투쟁인 것입니다.

다음 기회에 또 보겠습니다.

1988. 11. 13.

세상에서 가장 아름다운 사랑*

오후 한 시, 감옥의 운동 시간입니다. 이 시간만큼 이른바 죄수들에게 귀중하게 기다려지는 시간은 없답니다. 그래서 우리는 이 순간을 일 분 일 초라도 더 늘이기 위해 감옥측과 끊임없이 싸운답니다.

오늘의 이 운동 시간은 별나게 고귀하고 신나는 시간입니다. 왜냐하면 우리는 30분 운동 시간에서 5분을 더 늘이기 위해 그동안 일주일 동안 0.7평짜리 감방에서 한 순간도 나오지 못하고 단식 투쟁을 했으니까요. 단 5분의 시간을 쟁취하기 위해 일주일 단식이라!

광숙이, 이곳저곳 안팎의 투쟁 속에서 나는 우리를 억누르고 있는 세력으로부터 인간적인 대우를 받고 살기 위해서는 그들에게 저항하는 길 외에는 없다고 신앙처럼 믿게 되었습니다. 돈이나 권력을 독점하고 있는 자들에게 인간적인 선의를 기대한다는 것은 환상이라는 것도 확신하게 되었습니다. 그들 자산가와 권력에 혈안이 되어 있는 자들이 가끔씩 인간의 얼굴을 하거나 몸짓을 하는 경우가 있는데 그것은 그들로부터 박해를 당하고 사는 사람들의 저항의 결과이지 결코 그들의 자발적인 발로의 산물이 아닌 것입니다.

---

* 엮은이 주 : 『불씨 하나가 광야를 태우리라』(113~116쪽)에 수록됨. 서신의 발신 날짜를 알기 어려움.

이 점을 분명하게 인식해야 하겠습니다.

아무튼 우리는 그동안 일주일 내내 한 순간도 바깥 공기며 햇살을 받아보지 못하고 갇혀 있다가 지금 하늘 아래 땅 위에 서 있는 것입니다. 마침 계절은 가을이고 거기다가 남도의 시월 하늘인지라 구름 한 점 없이 맑고 신선합니다. 그리고 열 길 담 너머에는 담보다 높다랗게 자란 미루나무의 잎이 노랗게 단풍이 들어 있는데 그게 햇살을 받아 미풍에 하늘거리며 은빛으로 빛나고 있습니다.

광숙이, 나는 오늘 이 순간에 문득 윤동주의 「서시」를 떠올렸습니다.

> 죽는 날까지 하늘을 우러러
> 한 점 부끄럼이 없기를
> 잎새에 이는 바람에도
> 나는 괴로워했다.
> 별을 노래하는 마음으로
> 모든 죽어가는 것을 사랑해야지
> 그리고 나한테 주어진 길을
> 걸어가겠다.
>
> 오늘 밤에도 별이 바람에 스치운다.

6년 전 광숙이는 법정에서 최후 진술을 하면서 이 시를 울먹이며 읽었지요. 그때처럼 지금도 광숙이의 마음은 한 점 부끄러움이 없는 저 파란 가을 하늘이겠지요?

윤동주의 시, 특히 이 「서시」를 읽노라면 탁한 시류에 물들지 않는 그의 맑고 고운 얼굴이 떠오르고는 합니다. 어떤 아픔이 있으면 그것을 바깥으로 내비치지 않고 안으로 안으로만 삭여 다지는 깐깐한 성격의 소유자라는 것을 알게 되기도 하고요. 무엇에 저항을 하되 그는 누구와 열렬하게 전투적으로 하지 않고 홀로 지사적(志士的)으로, 종교적으로 또는 순교자적으로 하는 여리고 슬픈 시인임을 알게 합니다. 이런 그의 시가 광숙이에게 감동을 주었겠지요. 그러나 나에게 있어서 그의 시는 크게 가슴에 와 닿지 않은 점도 있답니다.

광숙이, 세상에는 다양한 죽음이 있습니다. 내가 진정으로 바라는 죽음은 적극적인 삶과 노동과 투쟁 속의 죽음입니다. 이 어려운, 고난의 시대에 나는 조용한 죽음보다 떠들썩한 죽음을 택합니다. 안락의자는 적어도 우리 시대에는 가시방석이고 무덤입니다.

단식을 끝내고 오늘 시를 하나 만들어 보았습니다. 다분히 상투적인 발상이어서 내게도 썩 마음에 들지 않습니다.

> 겨울을 이기고 사랑은
> 봄을 기다릴 줄 안다
> 기다려 다시 사랑은
> 불모의 땅을 파헤쳐
> 제 뼈를 갈아 재를 뿌리고
> 천년을 두고 오늘
> 봄의 언덕에
> 한 그루 나무를 심을 줄 안다
>
> 사랑은
> 가을을 끝낸 들녘에 서서
> 사과 하나 둘로 쪼개
> 나눠 가질 줄 안다
> 너와 나와 우리가
> 한 별을 우러러보며

세상에서 가장 아름다운 사랑은 노동의 열매와 투쟁의 과실을 공유하는 행위라고 나는 생각합니다. 그리고 그때야말로 사람들 사이는 좋은 사이가 되고 아름다운 사이가 되는 것입니다. 지금 우리는 비록 조그마한 것이지만 투쟁의 과실을 나눠 가지고 있습니다. 푸르고 푸른 가을하늘 아래서.

가족

어머니 언젠가 제가 집으로 돌아가면

어머님께.

어머니 건강하십니까. 그동안 오랫동안 편지 드리지 못해 죄송합니다. 전번에 덕종이가 이곳에 왔길래 어머님의 건강을 물었더니 어머니 스스로 건강 관리를 잘하고 계신다고 그랬답니다. 신경통은 여전하시지만 그것은 나이 때문에 어쩔 수 없지 않겠느냐고 하고요. 일손이 딸린다 해서 무리하게 일하지 말고 쉬엄쉬엄 운동삼아 하세요. 저는 어머니가 외할머니를 닮으셔서 한 백 살은 사실 것으로 믿는 답니다. 무리한 일만 안 하시면 말입니다.]

어머니, 언젠가 제가 집으로 돌아가게 되면 어머님께 효도 한 가지 해야겠다고 마음먹고 있습니다. 그것은 다름이 아니고 어머님께 제가 조선말을 배워드리는 것입니다. 아마 어머니는 제가 미쳤다고 웃으시겠지요. 늙어 죽을 판에 웬놈의 글을 배워야 한다며 말입니다.

제가 알기로는 어머니는 자기 이름도 쓸 줄 모르시고 읽을 줄도 모릅니다. 완전히 까막눈이지요. 이것은 한 인간에게 있어서 큰 불행이고 그 불행의 책임은 자식들한테도 있다는 생각입니다. 그렇다고 이제 와서 제가 그 책임감에서 해방되려고 어머님에게 글을 배워 드리려는 것은 아닙니다.

제가 갑자기 어머님께 글을 배워 드려야겠다고 생각한 까닭은 어머니의 자식인 제가 십년 넘도록 징역을 살아야 하는데 왜 징역을 살아야 하는 이유를 어머니가 몰라서는 안 되겠기에 그러는 것입니다.

　물론 말로도 그 이유를 설명할 수 있고 글을 써서 다른 사람이 읽어주게 해서도 할 수 있겠지만 지금 제 생각은 굳이 어머니가 직접 글을 읽음으로써 아셔야겠다는 것입니다.

　그래서 제가 집에 가면 우선 낫 놓고 어머님께 ㄱ자부터 배워드리고 호미 놓고 ?표도 배워 드려야겠습니다.

　그리고 어느 정도 ㄱ, ㄴ, ㄷ, ㄹ……과 ㅏ, ㅑ, ㅓ, ㅕ……를 해독하시게 되면 맨 먼저 저를 낳아 주신 어머님의 이름 석 자를 배워드리고 제가 그 이름들 때문에 이렇게 옥살이를 하게 된— 세상에서도 가장 아름다운 이름들 — 자유·조국의 통일·민족의 해방·계급의 해방 등의 이름을 배워드리겠습니다.

　어머니, 저의 이런 생각을 철부지 없는 생각이라고 웃어 넘기지 마세요. 저는 틀림없이 건강한 몸으로 우리 집으로 돌아가 건강한 어머님 앞에서 무릎 꿇고 이 아름다운 말들을 배워드릴 것입니다. 기대해주세요.

　그럼 어머니, 오늘은 이만 줄입니다. 건강하세요, 건강하세요, 건강하세요.

1988. 7. 5. 자식 드림

예술은 노동의 산물

형님 전 상서

계절상으로는 분명한 겨울인데 이곳 날씨는 여전히 가을 하늘 그대로 따사롭고 푸르고 맑습니다. 오전에는 팬티만 걸치고 20평 남짓의, 볼록으로 칸이 막힌 운동장에서 약 30여 분 동안 뜀뛰기를 하였습니다. 사람이 활동할 때처럼 자유스런 기분을 맛보는 경우가 없으리라는 생각과 함께.

형님, 서양의 어떤 사람은 '나는 생각한다. 고로 나는 존재한다.'라고 했습니다. 또 '나는 반항한다. 고로 나는 존재한다'라고 했습니다. 그러나 지금의 내가 있는 것은, 지금의 나는 '나는 사랑하고 증오한다. 고로 나는 존재한다'라고 말할 수 있을 것 같아요.

여기서 내가 사랑한다고 했는데, 그 대상자는 노동하는 사람입니다. 즉 자기의 일상 생활이 노동에 의해서 영위되는 사람입니다.

그리고 증오하는 것은 그 반대의 쪽에 있는 사람입니다. 즉 타인의 노동의 대가를 이용하여 살아가는 사람입니다. 그것은 독충이랍니다. 그것은 기생충이랍니다. 마치 우리네 농촌에서 흔히 볼 수 있는 거머리나 진드기와 같은 해독적인 존재들입니다. 이런 존재들은 하루 빨리 이 지상에서 사라져야 할 것입니다.

그러나 불행하게도 스스로는 사라지지 않는 것이 바로 이런 존재들이랍니다. 더욱 불행한 것은 이들을 그대로 방치해 두면 질병처럼 만연하여 전 인류에게 전염시킨답니다. 근절시키려는 능동적인, 행동적인 태도를 가진 사람이 필요한 것입니다. 다행스럽게도 저의 부모 형제들은 하나같이 노동을 사랑하고 스스로를 키워왔습니다.

그런데 누이동생은 지금까지 이 성스러운 노동의 대열에서 조금은 뒤처진 사람이 아닌가 싶습니다. 우리가 입버릇처럼 뇌까리는 그 인간적이란 말이란 게 다름 아니라, 어떤 사람이 노동과 밀접한 관계하에서 생활을 할 때 쓰는 말에 불과할 것입니다. 난 누이동생에게 노래해주고 싶어요. 일을 하라고, 노동의 즐거움을 만끽하라고, 노동하는 사람들과 손을 잡고, 가슴을 맞대고 호흡을 하며, 노래하고 춤추고 싸우라고. 소설, 아니 문학 일반 자체가, 예술 자체가 노동의 산물 외에 아무 것도 아니라고.

누이가 쓰고자 하는 소설의 내용이 인류의 어머니인 대지에 그 기반을 두고 그 기반 위에 뿌리를 내리고 노동을 하며 삶을 영위하는 민중의 현실적인 삶일 때, 그리고 그 대지, 그 민중의 현실적인 삶이 구체적인 역사적, 사회적인 배경에서 예술적으로 형상화될 때 비로소 위대한 리얼리즘의 문학이 되리라고 생각합니다. 그리고 누이의 소설 속에는 의당 노동을 사랑하고, 행동하고, 사건의 역사적 사회적 발전 단계에 부응하여 발전되는 작중 인물이 묘사되리라 생각합니다.

문학적 교양이란 무엇일까? 무엇보다도 우선 참된 인간적 위대함에 대한 양식(Sense)입니다. 그것이 비록 눈에 띄지 않고, 불완전하고, 아직 명확한 표현으로까지는 나타나지 않는 형태일지라도 생활 속에서 실제로 나타나는 모든 장소에서, 인간적 위대함을 포착할 수 있는 능력입니다. 인류의 성장을 예리한 눈으로 꿰뚫어볼 줄 알고 내면적인 이해로 이것을 공동 체험하는 능력입니다. 새로운 것, 미래를 잉태하는 것을, 그 최초의 증후가 싹트자 확실하게 지배하기 위한 폭넓고 깊은 생활에 대한 인식을 의미합니다.

동어반복이 됩니다만 이러한 인식을 위해서는 반드시 올바른 세계관과 역사관을 가져야 할 것입니다. 그러므로 나는 누이동생이 우리 역사는 물론 세계 역사에 대해서는 조예가 깊어지기를 바랍니다. 또 그 세계관, 역사관 역시 관념이 아니라……

형님 지금 제게는 부족한 것이 없습니다. 여러분의 사랑 때문이라 생각합니다. 그 사랑에 못지않게 건강에 유심하시고 인간적인 수업에도 정진하겠습니다. 별고 없으시기를 진심으로 바랍니다.

1980. 11. 18.

* 추신 : 누이에게 전해주세요. 틈나는 대로 여유를 가지고 내가 부탁한 책들을 탐방하라고요. 아스투리아스의 『대통령 각하』 번역본 및 원어본, 박경리의 『토지』가 좋다고들 하니 안 읽어 보았으면 읽어보고 나도 읽도록 해달라는 것. 내가 부탁한 책들에 대한 탐방기를 신속 정확하게 알려 달라는 것. 내 생일에 올 시에 『문예춘추』 최신호가 나왔으면 갖고 올 것. 항상 건강에 제일 우선하여 유의하고 무리한 작업일랑 삼가할 것.

늘 말하지만 사소한 일에도 먼저 질서와 체계를 세우고 침착 기민하게 처리할 수 있는 방법을 고려할 것. 이러한 것이 생활 속에서 훈련되어야 할 것. 언제, 어디서나, 누구와 있을 때나 나의 누이, 나의 사랑스런, 자랑스런 누이라는 것을 잊어서는 아니 된다는 것, 소시민적인 에고이즘과 자유주의적인 생활 작태가 잔존해 있으면 그것마저 뿌리째 뽑아버릴 것. 일꾼의 동생으로서 흠잡을 데 없어야 할 것. 이러한 나의 바람이 다만 노파심에서 만은 아니라는 것을 명심할 것.

---

* 엮은이 주 : "누이"는 박광숙을 지칭함.

새벽의 햇살을 보기 위해

형님 전 상서

어제는 찬바람에 눈이 내렸습니다. 어린 시절의 추억과 고향 산천이 떠올랐습니다. 새벽에 일어났더니 눈이 마당 뒤뜰에 함빡 쌓여 있었는데 밖으로 뛰쳐나가 강아지처럼 껑충껑충 뛰어보고 싶은 충동을 느꼈습니다.

형님 그동안 안녕하셨습니까? 형수님, 조카들도 건강하시며 공부 열심들인지요? 석유 값이 17퍼센트나 올랐다고 하던데 운전 사업에는 지장이 없으신지요? 길이 미끄러워 위험할 터인데 항상 조심하셔야 해요. 다음에 제게 편지하실 때는 한 달 형님의 벌이가 얼마나 되는지 알려주세요.

왜 제가 알고 싶어 하냐 하면 경제적인 것을 통해서 경기의 부침을 짐작할 수 있어서예요. 광숙이가 이곳을 다녀간 지 2주일이 다 되어가는데 통 연락이 없습니다. 여간 궁금하지 않습니다. 어디 아픈 데가 있어 그러는지 또 다른 이유가 있어서 그런는지……. 여기서는 조그마한 변화에도 신경이 쓰여지고 답답해집니다. 모든 것을 분명하게 알려주세요. 세상에서 기다리는 것처럼 사람을 애태우고 초조하게 하는 것은 없답니다. 그리고 애매한 상태처럼 사람을 못살게 굴고 속 태우는 것은 없답니다.

형님 이달 초순 즈음에는 대법 재판이 끝날 것 같다는 예측들입니다. 그러면 이 나라의 또 다른 곳으로 옮겨야 할지도 모릅니다. 왜 내가 이처럼 푸른

옷에 싸여 오랏줄에 묶여 이곳저곳으로 끌려다녀야 하는지……. 도대체 제가 한 일이라는 게 하나같이 이웃에 대한 절절한 애정 때문이 아니었을까요……. 나 개인의 이득을 생각해서 그런 일을 했다고는 추호도 생각되질 않습니다. 그런데 왜 나는 이곳에서 이렇게 살아야 하는지요……. 알 수 없는 노릇입니다. 아니, 알고는 있어요. 다만 말할 수 없을 뿐이지요.

형님, 옛 중국 속담에 우공이산(愚公移山)이라는 고사성어가 있습니다. 풀어서 말씀드리면 옛날 중국 어느 곳에 농부가 하나 살았는데 그는 사랑하는 두 자식을 두었습니다. 그런데 그 농부의 집은 남향받이로 지어져 있었는데도 앞에 거대한 산이 버티고 있어 일년 열두 달 내내 따사로운 햇빛 한 번 받아보지 못했습니다. 그래서 농부는 바재기*에 그 산의 흙을 담아 매일처럼 옮기는 작업을 했습니다. 말하자면 바재기로 그 산 전체를 옮기겠다는 것이었습니다. 당연히 마을 사람들은 그 노인을 어리석다고 말들하였습니다. 누가 생각하더라도 당연히 불가능한 일일뿐더러 터무니없는 일이었기 때문입니다. 그러나 그 농부의 생각은 마을 사람들과는 다른 것이었습니다. 즉 자기가 못하면 자식들이, 자기 자식들이 못하면 자기 손주들이……. 이런 식으로 끈질기게 꾸준히 해나가면 어느 세월엔가는 그 거대한 산이 없어지고 따사로운 햇살이 자기 집에 들어온다는 것이었습니다. 이러한 노인의 성실성과 미래에 대한 희망에 감동한 하느님께서 마침내 그 산을 옮겨주었다는 이야기입니다.

형님, 우리는 우리의 조상들이 심어놓은 나무에서 그 열매를 따먹으며 살고 있습니다. 우리도 우리의 자식들을 위해 매일처럼 땀을 흘리고 있는 것입니다. 더 폭넓게 말하자면 우리는 우리 개인 또는 가족들만을 위해서 나무를 심는 일을 하지는 않습니다. 우리가 알지도 못하는 사람들로 하여금 따먹을

* 엮은이 주 : 바지게.

수 있도록 하기 위해 우리는 나무를 심고 기르고 가꿉니다. 나 또한 이러한 생각에서 어떤 일을 했는데 지금에 와선 이런 신세가 되었습니다. 그러나 형님 난 결코 후회하거나 실망 따위는 하지 않습니다. 아니, 오히려 이 고통의 생활을 기꺼이 감내하고 있습니다. 새벽의 햇살을 보기 위해서 우리 인간은 밤의 어둠 속을 헤매어야 하는 것입니다. 시련 속에서 단련되지 않고서야 어찌 이 지상에서 위대한 일을 해낼 수 있다고 생각이나 할 수 있겠습니까.

집에 있는 책 중에서 『브레히트(ブレヒト) 시집』 우송해주시고 『한국현대사』도 사서 넣어주시면 고맙겠습니다. 안녕히 계십시오.

1980. 12. 5.

누이의 혼사

형님께

　그간 안녕하십니까. 형수님도 그리고 조카들도 다들 별고 없고요. 저는 요즘 모처럼의 감기로 약간 시달리고는 있으나 이제 다 나았습니다. 감기 따위야 하고 가볍게 보았던 게 탈이었나 봅니다. 하찮은 것에도 깔보거나 소홀해서는 안 되겠다는 생각입니다.

　숙자는 이번에도 성사가 안 되었다고 여간 실망해 마지 않았습니다. 자기가 지니고 있는 결점은 어디를 가나 떠나질 않아 숙자 자신을 괴롭힌다고 불만이었습니다. 그 결점이란 게 배움이 적었다는 것과 과년하다는 것과 그리고 나 같은 사람을 오빠로 갖고 있다는 것 등등일 것이라 생각하니 내 마음도 여간 무겁지가 않습니다.

　가을이 끝나고 서울로 곧 올라가서 있겠다고 그러던데 제발 그렇게 해서 금년 안으로는 어떻게 해서라도 숙자 결혼 문제가 해결되었으면 합니다. 형님이나 유순이나 집안 식구나 모두 만사 제껴놓고 숙자 결혼 문제를 해결하는 데 힘을 모아주었으면 합니다. 그리고 어머니 거취 문제도 가능하면 빠른 시일 안으로 결정하도록 형님과 어머니, 덕종이가 잘 의논하였으면 하고요.

　강호는 금년에 어떻게 할려고 하는지요. 전문학교를 보낼까 생각하시는 모양이던데 듣기로는 별로 탐탁하지 않은 곳인가 봅니다. 물론 사람 나름이

기도 하겠지만요. 금년에 예비고사 성적이 어지간하면 아무 데라도 좋으니 4
년제 대학에 적을 두도록 하면 어떨까 합니다만. 아무튼 금년에는 강호 문제
도 원만히 해결되기를 바랍니다.

　'삼중당문고'에서 나온 다음 책을 구입하여 넣어주시면 고맙겠습니다. 『두
도시 이야기』, 『체홉 희곡선』, 『인형의 집 · 유령』, 그리고 '동아출판사'에서
펴낸 국어사전 중에서 『신크라운 국어사전』(값 8,000)도 하나 사 넣어주세요.
이보다 좀 작은 것으로 신콘사이스가 있는 모양인데 혼동하지 마세요.

1984. 10. 10.

돈 버는 사람들

보내주신 편지 오늘 받았습니다. 참 오랜만에 받아본 형님의 편지였습니다. 그동안 저도 편지가 뜸했습니다. 답장이 없고 보니 이쪽에서도 하기가 그랬나 봅니다. 덕종이한테 형님 형편은 가끔 듣고는 했습니다. 살기가 어렵다는 소식뿐이었습니다. 요즘은 좀 살림이 넉넉하여졌는지요. 그리고 개인택시는 나왔는지요. 궁금합니다.

형님 몇 해 전에 형님과 형수님이 면회오셔서 제게 부탁한 것을 들어주지 못해 죄송스러웠고 그것이 지금까지도 무겁게 제 가슴을 누르고 있습니다. 그러나 한편으로는 그때 제가 형님의 부탁을 거절한 것이 꼭 잘못되었다고만은 생각이 들지 않습니다. 개인택시가 나오지 안 했다 해서만은 아닙니다. 논 몇 마지기가 아까워서 그런 것도 아닙니다. 형님이 어떤 일에 임하는 자세가 너무 안일하고 낙천적이고 거기에다 일에 매달리는 의지가 또한 집요하지 못한 편이신데 그 원인 중의 하나가 어떤 일이 실패해도 고향에 가면 땅이 있다는 생각이 은연중에 형님의 머리 속에 잠재해 있기 때문일 것이라고 저 나름대로 판단했기 때문입니다.

형님, 우리 3형제는 사람이 너무 좋아서 돈버는 일에는 적합하지 않는가봅니다. 우리 사회에서 돈을 벌자면 구두쇠처럼 인색해야 하고 정나미가 떨어질 정도로 모질어야 하고 심지어는 자기의 이익을 위해서는 남을 속일 줄 알아야 하고, 남의 신세마저 망쳐 먹어도 눈 하나 까딱하지 않을 만큼 독해야 하니까요.

아버지가 한창 재산을 모을 그런 시대만 해도 세상이 이렇게 못돼먹지는 않았겠지요. 피땀 흘려 밤낮으로 일하면 조그마한 것이기는 하지만 재산을 모아 여기저기 전답 몇 마지기는 장만했습니다. 다만 그때도 못 입고 못 먹고 못 살면서 일은 소나 말처럼 해야 했지요. 남처럼 먹을 것 다 먹고 입을 것 다 입고 허랑허랑 하루하루를 보내면서 서민들이 돈을 모은다는 것은 하늘에 별 따기보다 어려운 일이겠지요. 한꺼번에 떼돈을 벌어야겠다고 조급하게 맘 잡수시지 마시고 능력과 정도에 맞게 살아 가세요. 돈 많은 사람들이 꼭 행복한 것만은 아닐 것입니다.

좋은 세상이 와서 나 같은 사람도 바깥 구경을 하게 될 것이라고들 주위 사람들이 말하고 있습니다. 그랬으면 좋겠습니다만 어디 이런 경우가 한두 번입니까? 나가야 나가는 것이 이곳이고 이 나라의 정치란 것이 하도 변덕스러워서 하루 앞을 가누지 못하는 것이니까요. 언제 또 군인이 아닌 밤중에 홍두깨로 나타나 길가는 행인을 빨갱이라 때려 눕히고 내가 왕이다! 하고 선언할지 모르니까요. 8 · 15 이후 40여 년 동안 그래 왔으니까요.

강호, 응상, 진관이는 어떤 생활을 하고 있는지요. 형수님께도 안부 전해 주세요.

1987. 7. 14.

농촌의 기막힌 현실

덕종*에게.

요즘 세상은 시골에서 싱싱한 건강과 아름다운 영혼을 지니며 살려는 젊은 남녀들을 가만두지 않는다. 어떻게 해서든지 탐욕으로 질척거리는 도시의 뒷골목으로 끌어들여 타락의 쓰레기통으로 처박아놓든지, 공장지대의 그으름으로 더럽혀진 굴뚝 속으로 쳐박아 넣어 버린다. 그리고 싱싱하고 아름다운 사람은 도대체가 오래 살 수 없는 곳이 우리 사회의 거짓 없는 현상이다. 이 현상이 도시로 도시로 농촌의 건강한 젊은 남녀들을 흡사 자석으로 끌려가듯 이끌어가서 가혹한 노동과 비인간적인 거래가 악귀처럼 날뛰는 거대한 괴물과도 같은 세계에 매몰시켜 버리고 만다. 오직 돈과 관계되는 추악한 육욕적인 사랑만이 지고의 가치로 변해 버린 사회이다.

지금 너도 바야흐로 이런 세계에 뛰어들지 않을 수 없는 형편에 이른 것 같다. 이것은 너의 뜻과는 전혀 반대로 이 사회가 강요하고 있는 것이다. 다시 말해서 농사를 짓고 살다가는 인간의 가장 기본적인 행위, 즉 결혼마저 불가능한 상태에서 너는 더 이상 견딜 수 없어 결단을 내려야 할 때가 온 것이다. 아마 5천년 우리 역사에서 이렇게 농민이 불행한 처지에 놓인 적은 아

---

* 엮은이 주 : "덕종"은 김남주 시인의 친동생인 김덕종.

마 없으리라. 기막힌 현실이 아닐 수 없다. 도대체가 농사 짓고 산다고 하면 결혼해줄 여자가 없다니!

덕종아, 지금 이 순간이 너는 물론이고 어머니와 숙자에게도 중요한 순간이다. 되는 대로 일을 처리하다가는 큰일날 일이 앞으로 있을지도 모른다. 모든 일을 가닥을 잡아서 처리해 가야만 할 것이다. 특히 아버지가 그야말로 손톱 발톱 다 달아지게 마련해놓은 농토를 자식들이 야금야금 팔아먹고 있는 우리집의 경우에는 더욱 그렇다. 신중에 신중을 기해서 일을 추려나가야 할 것이다. 어제 네가 다녀간 뒤로 앞으로의 우리 집안 식구들의 앞날을 생각했는데 결코 밝은 것이 아니란 추측에서 돌아가신 아버지에게 죄스럽고 살아 계신 어머니에게 죄스럽기 짝이 없었다. 아마 어머니는 지금 되어가는 집안 꼴을 보고 당신의 앞날을 두려운 마음으로 초조해 하실 것이다.

지면이 부족해서 네게 몇 마디 권하고자 한다. 가령 시골에서 살 수 없고 가령 광주 같은 곳에서 네 생활 근거지를 마련해보려고 한다면, 우선 당장에라도 광주에 와서 생활 경험을 해보아라. 내년 농사철이 시작될 때까지, 그러니까 한 3, 4개월 정도 이곳에서 고생을 해보란 말이다. 무슨 일이든지 한번 결단해서 시작하면 무서운 집념과 노력을 기울이지 않으면 속고 속여야 살아남을 수 있는 도시 생활에서 낙오되기 십상이다. 당장에라도 광주에 와서 네 스스로, 누구의 도움이 있으면 그 도움을 받아가며 일자리를 구하는 어려움부터 도시의 쌈터에서 너 자신을 길들여보아라. 그리고 자신을 갖도록 해라. 꼭 답장 바란다. 너에게 도움이 되어주지 못한 내가 한스럽다. 어려운 일 있으면 그래도 물어와주려므나.

1983. 11. 18.

노동이야말로 인간의 본질

덕종에게.

며칠 전에 박 선생이 이곳을 다녀갔다. 지금까지 한 오 년 다녔던 직장을 일주일 전에 그만두었다고 하더구나. 이제 무슨 일을 하려고 하느냐고 물으니까 주위에서 부추김도 있고 해서 소설이나 써볼까 한다고 막연한 대답이더라. 늘 글이란 것을 써야겠다고 벼르면서도 그 일이 잘 안 되고 있는 줄 알고 있다만 이번에는 어떻게 될는지 두고 볼 일이다. 글이란 게 쉽게 씌어지는 것이 아니어서 말이다.

박 선생을 만날 때마다 형님 집에 가끔 들려보라고 부탁하고는 하는데 그때마다 그의 대답은 들려보고 싶지 않다는 것이다. 형님 집에 가면 갑갑하다는 것이 그 이유인 것 같다. 형님 사는 것이 딱하고 그래 형님네 식구 대하기가 자연스럽지 못하고 민망하다는 것이었다. 지금 형님 나이 오십 언저리일 디인데 아마 힘 펴고 살 가망이 없는 것 같구나. 고향 땅에서 내몰려 서울살이한 지가 이십여 년 가까운 세월 동안 살아보려고 무던히도 애쓰고 갖은 고생을 다한 줄 아는데 세상 일이 어디 뜻대로 되는 것이랴. 노동력이 있는 조카들이 셋이나 있으니 형님 내외의 건강이나 늘 좋았으면 하는 것이 나의 바람이다.

박 선생이 전하는 바에 의하면 '청사' 출판사에서 낸 시집이 조금 팔려 인세를 받았고 선후배 문인들이 나더러 쓰라고 얼마안의 돈을 주었다는 구나. 고마운 사람들이다. 그리고 일본에서 내 시집이 번역되어 나왔다고 하더라. 시집이 팔리고 새로 나오면 누구나 우선 기쁘기 마련일 터인데 나는 그렇지가 않구나. 오히려 부끄러움이 앞서고 심지어는 죄스러움마저 드는구나. 그것은 내 시가 결점투성이고 거기다가 시로서 거의가 미완의 것이기 때문이다. 어떤 기회가 있으면 그것들을 손질해서 다시 독자들에게 보여줘야 면목이 설 텐데 그럴 기회가 언제쯤이나 오게 될는지……. 아직은 캄캄한 밤이다.

덕종아, 인간은 자연을 자기에게 이롭게 바꾸는 노동을 해오면서 인간 자신도 바뀌어왔다고 한다. 다시 말해서 인간은 자발적으로 능동적으로 자연과 싸우면서 성장해왔다는 것이다. 여기서 싸운다는 것은 자연에 인간의 노동을 가한다는 것이겠다. 그리고 인간은 어떤 일(노동)을 하건 혼자서 하는 것은 아니고 또 할 수도 없는데, 그래서 반드시 여럿이서 협동으로 노동을 하기 마련인데, 언제부터인가 노동의 협동에서 빠져나온 인간이 있게 되었다는 것이다. 아마 그는 집단에서 가장 힘이 센 사람이었겠다. 처음에는 육체적으로 나중에는 정신적으로 말이다. 그리하여 그는 제 스스로의 노동으로 하루하루를 살아가지 않고 타인의 노동의 산물로 살아가게 되었다 한다. 한마디로 말해서 역사의 어느 단계에서 제 노동으로 하루하루를 사는 사람과 남의 노동을 빼앗아 먹고 사는 사람으로 갈라지게 되었다는 것이겠다. 아니 이 말은 정확한 것이 아니다. 제 노동으로 살아가는 사람은 제 노동의 산물을 빼앗기면서 살아갔다고 해야겠다.

내가 왜 여기서 이런 말을 하냐면 위 글 속에서 내가 이곳에 갇혀 살게 된 이유와 원인을 찾을 수 있기 때문이다.

우리 사회를 볼 때, 덕종아, 가진 사람들은 우리가 뿌리를 내리고 사는 자연과 사회를 자기들 유리하고 편리한 대로만 개조하려고 하더구나. 그리고 가지지 못한 사람들이 자기들 유리하고 편리하게 자연과 사회를 변혁하려고 하면 인간이 지금까지 고안해낸 모든 수단 모든 방법을 동원하여 그들을 억압하더구나. 간단히 말하자. 나는 어느 편이냐 하면 가지지 못한 사람들의 편이다. 앞에서 나는 인간은 노동을 해오면서 성장해왔다고 했는데, 즉 이것은 노동이야말로 인간의 본질이라는 것인데, 이렇게 볼 때 지금 우리 사회는 비인간적인 사람들이 인간적인 사람들을 지배하는 사회가 되는 것이다. 내가 제 노동으로 겨우겨우 살면서 제 노동을 빼앗기고 있는 가지지 못한 사람들을 옹호하고 그들과 함께 고통을 나눠 갖고자 함은 그들이 비인간적이기 때문이다. 다른 이유는 없다. 쓸데없는 말을 길게 늘어 놓았다는 느낌이다. 그만하자.

1987. 6. 3.

* 추신 : 1987. 6. 3. 11시 '가족 좌담회'에 어렵더라도 참석해주기 바란다.

아우야, 어머님께 전해주렴*

덕종아, 다시 봄이다. 아홉 번째 맞는 감옥의 봄은 여전히 음산하고 불안하고 희망이 없다. 며칠 전에 박 선생한테서 편지가 왔는데 금년 8월에 '국제펜대회'가 한국에서 열린다며 은근히 기대하고 있더라만 모르겠다.

과연 그게 기대할 만한 것인지. 또 이런 이야기를 하고 있는 사람도 있더라. 전-노의 권력 암투가 끝나고 노가 기반을 확고히 하면 올림픽 전후해서 풀려 나갈지 모른다고. 그럴듯한 얘기같기도 하다만 크게 기대할 것은 아니다. 우리가 나가고 안 나가고는 권력을 쥐고 있는 자들의 선의에 딸린 것이 아니고 민주주의를 위해 싸우고 있는 사람들의 힘에 의해서 결정될 것이다. 이것이 기본 시각이고 또한 바른 시각이기도 하다.

어머니 건강은 어떠시냐. 5년 전엔가 광주옥에선가 보고 못 보았다. 보고 싶구나. 그때 모습은 여전히 고우시고 건강해보였는데 일흔 살이 넘으신 지금은 어떤 모습을 하고 계시는지…….

덕종아, 어머니께서는 내가 이곳에 9년 동안이나 갇혀 있는 이유를 아시더냐? 네가 혹시 가르쳐 드렸느냐?

---

* 엮은이 주 : 「나는 왜 남민전에 참가했는가」(『불씨 하나가 광야를 태우리라』, 123~124쪽)로 재수록됨.

이를 테면 독재 정권과 싸우다가 그랬다든지, 민주주의를 위해 투쟁하다가 그랬다든지 하고 말이다. 아마 어머니는 이런 식으로 말하면 무슨 소린지 구체적으로 모르실 것이다. 독재 정권이란 게 나쁜 것이고 민주주의란 게 좋은 것이고 하는 정도겠지.

어머니에게 언제 한 번 가르쳐 드려라. 당신의 자식이 무슨 일로 9년씩이나 아니 15년 씩이나 감옥에 갇혀 있어야 하는지를. 그게 자식된 도리일 것 같다.

덕종아, 나는 말이다. 독재자 따위에는 사실 별로 관심이 없다. 그런 것들이야 동서고금에 흔해빠진 인간 말종들이다. 그들은 한마디로 말하면 어릿광대들이지. 미치광이들이지. 나라 안팎의 자본가들의 재산을, 생명을 지켜주고 그 댓가로 패륜 행위를 자행하는 권한을 부여받은 괴뢰들이지. 어느 시기에 자본가들의 재산과 생명을 지키는 일을 서투르게 하면 다시 말해서 어릿광대짓과 미치광이짓을 잘못하면 내쫓기고 마는 불쌍한 인간들이지.

나는 이 따위 패륜아들에게 오히려 인간적인 동정까지 느끼고는 한단다. 보아라, 이 아무개, 박 아무개, 전 아무개 등을. 죽기가 무섭게, 권좌에서 내쫓기기가 무섭게 개 돼지 취급을 당하는 꼬락서니를. 실컷 못된 짓 하여 쾌락을 만끽하다가 여차하면 한 보따리 챙겨가지고 도망치는 것이 그들의 유일한 목적이란다. 도망치지 못하고 현장에서 살해되면 목적이 실패하는 것이고 도망치는 일에 성공하면 성공하는 것이지. 전 아무개는 그런 뜻에서 성공한 것이라고 보겠지. 아마 그는 그동안 빼돌린 재산으로 이국에 가서 오만 가지 못된 짓을 해가며 소위 인생을 즐기겠지.

덕종아, 어머니에게 말씀해 드려라. 나는 이 따위 개망나니들 때문에 9년 동안 갇혀 있는 것이 아니라고. 내가 9년 동안 옥살이하고 있는 것은 이들 산적들을 개망나니들을 패륜아들을 앞세워 그 이면에서 노동하는 민중들의 고혈을 빨아먹고 있는 자본가들을 증오하고 저주하였기 때문이다.

이들 자본가들에게는 조국이 없다. 조국이 없으니까 동포도 없고 민족도 없단다. 자기들 자본을 지켜주는 자가 자기들 형제고 동포란다.

이를테면 노동자들이 자본가의 재산을 위협하는 어떤 행동을 했다고 생각해보라. 틀림없이 그들은 노동자들을 적으로 삼고 싸울 것이다. 힘이 부족하면 그들은 틀림없이 외부의 도움을 요청할 것이다. 외부의 힘이 제 동포인 노동자를 때려눕혀 줄 수 있는 자라면 그게 깜둥이건 흰둥이건 쪽발이건 가리지 않을 것이다. 갑오농민전쟁 때 일본군과 청국군을 불러들여 우리 농민들을 학살케 했던 양반과 부호들을 보아라.

부자들이란 자기들 재산을 지키기 위해서는 나라와 민족과 겨레 따위는 아무것도 아닌 것이다. 오늘날의 대한민국 자본가들을 보아라. 그들은 우리 노동자들이 자기들의 재산을 말썽 없이 증식시켜주는 동안만은 제 동포고 제 형제고 심지어는 제 가족이라고 떠벌린다.

그러나 노동자들이 제 노동의 과실을 정당하게 요구하여 어떤 행동을 하면 좌경이다, 불순분자다 하며 원수 취급을 한다. 아마 그들은 아니, 아마가 아니라 틀림없이 그들은 부자들의 재산을 지키기 위해서라면 무슨 짓이든 할 것이다.

예를 들면 다시 일본군을 끌어들여서라도 노동자들을 살해케 할 것이다. 그리고 왜놈들을 자기 은인으로 섬길 것이다. 일본 제국주의 시대를 상기해보아라. 일제가 망하던 날 그들은 일제의 패망을 땅을 치며 통곡했단다. 이제 봐라. 언젠가 미제가 망하면 이들 부자들은 또 통곡할 것이다. 땅을 치고 가슴을 치며.

그런데 덕종아, 자본가들의 재산은 누가 만들어주는 것이냐. 노동자들이다. 농민들이다. 노동자와 농민만이 이 땅에서 인간답게 살 권리가 있음에도 불구하고 그들은 노동의 과실을 자본가들에게 빼앗김으로써 비인간적인 삶을 살고 있다. 기가 찰 일이 아니냐. 노동자들과 농민들은 인류가 생활상에서 필요로 하는 일체의 것을 생산해서 자본가들에게 빼앗기고 자기들은 물질적으로 굶주리고 정신적으로 빈곤을 면치 못하는 생활을 할 뿐만 아니라 인간적으로도 자본가들의 천대와 학대를 당하고 산단다.

모든 것의 주인이 될 위치에 있는 노동자가 오히려 종으로 되어 노예적인 삶을 강요당하고 있는 것이지. 기계며 공장이며 원료며 생산의 기본적인 구성 요소를 제 노동으로 만들어놓고 우리 노동자는 그 기계 그 공장 그 원료의 종살이를 하고 있는 것이지. 과거의 노동이 현재의 노동을 지배한다든지, 죽은 노동이 산 노동을 지배한다든지 하는 말이 있는데 바로 이런 경우를 두고 하는 말이겠지.

농민의 경우도 마찬가지지. 황무지를 일구어 논과 밭을 만들어놓고 그 논과 밭의 주인으로 행세하지 못하고 지주의 머슴이나 소작인이 되어 종살이를 하고 있지. 요즘 세상에는 지주가 사실상 존재하지 않는다고는 하지만 지주 대신으로 자본가들이 농민들을 수탈하고 압박하고 있다. 무슨 말이냐 하면 농약, 기계, 농산품과 공산품의 가격차, 또는 정부를 매개로 해서 직간접적으로 농민의 피와 땀을 갈취해간다는 것이다.

이렇게 표현할 수 있겠다. 우리 농민들은 토지를 소유하고는 있으나 그게 실은 자본가의 것이나 마찬가지이다는 것이다. 지주와 농민과의 관계에서는 농민은 자기 땅이 아닌 남의 땅에서 노동하여 노동의 과실을 빼앗겼지만 자본가와 농민과의 관계에서는 농민은 자기가 소유하고 있는 토지에서 노동하여 노동의 과실을 땅의 주인이 아닌 자본가에게 빼앗기고 있는 꼴이라는 것이다. 참 희한한 일이지! 자기 토지에서 결국 남의 종살이를 하고 있으니 말이지.

어머니에게 쉽게 이야기해 드려라. 자본가들은 거머리들이라고. 어머니가 모심기할 때 허벅지에서 떼어내고는 했던 피둥피둥 살이 찐 그 징그러운 흡혈귀 말이다.

자본가들은 진드기들이라고 말해 드려라. 소의 뒷다리에 붙어 소의 피를 빨아먹고 있는 그 징그러운 흡혈귀 말이다.

이들 거머리와 진드기가 없으면 세상은 좋아질 일이고 우리 농민들은 물론 노동자들도 제 피와 땀을 자본가들에게 빨리지 않고 건강하게 살아갈 것이다. 이들 흡혈귀들이 없어지면 산적과도 같은 저 독재자들도 없어질 것이다.

어머니에게 얘기해 드려라. 내가 감옥에서 9년 씩이나 15년 씩이나 갇혀 있어야 하는 것은 이 진드기들, 이 거머리들, 이 흡혈귀들을 증오하고 저주했기 때문이라고. 꼬챙이를 낫으로 깎아 이놈들을 찔러죽이라고 노동자와 농민들에게 호소했기 때문이라고. 이놈들 때문에 우리 민족은 남의 나라의 식민지가 되어 치욕의 대상이 되어 있고, 이놈들 때문에 한 나라가 두동강으로 갈라져 있고, 이놈들 때문에 통일이 안 되고, 이놈들 때문에 민주주의가 안 되고 있다고.

덕종아, 인간은 그 노동 때문에 동물과 구별된단다. 노동, 특히 육체 노동이야말로 인간을 인간이게 하고 인간의 자질을 높여준다. 나는 그래서 주문처럼 외우고 있단다. "노동에서 멀어질수록 인간은 동물에 가까와진다"는 말을. 노동이 고역이 아니고 생활의 으뜸가는 기쁨인 사회를 만드는 게 내 유일한 희망이란다.

그렇게 하기 위해서는 남의 노동으로 기생충 생활을 하고 있는 거머리와 진드기를 이 지상에서 없애야 한다. 이들 기생충들은 자연의 고질일 뿐만 아니라 사회의 고질인 것이다. 박멸하자! 이 기생충들을.

이번 국회의원 선거의 후보 명단을 보았는데 내가 아는 사람이 여럿 있더구나. 나는 그들이 모두 당선되기를 기원한다. 그들은(부패와 타락이 본질인) 부르주아 사회에서 썩지 않고 건강하게 의원 생활을 할 것이다.

그들은 용기를 가지고 민중의 아픔과 바람을 공공연하게 선전하고 민중의 적을 적나라하게 폭로해줄 것이다. 세상이 많이 달라져가고 있구나. 기쁘구나.

5월 아니면 6월에 '가족 좌담회'란 것이 있을 것이다. 그때 즈음해서 내가 알릴 터이니 오너라. 너에 대해서, 우리 집안 형편에 대해서 편지하거라. 이만 그친다. 건강한 생활을 바란다.

1988. 4. 24.

아무리 작은 일이라도 한번 마음 먹었으면

숙자* 보아라.

때답지 않게 비가 억수로 쏟아진 모양인데 금년 농사에 큰 타격이나 안 입히고 있는지 모르겠다. 이놈의 날씨가 다된 밥에 코풀어놓기지. 다 지어놓은 농사에 무슨 심보라고 억수 소낙비란 말이냐. 농사 짓고 사는 사람들 애간장이 여간만 타지 않겠다. 풍년 들어도 별 볼일 없는 일일 터인데 말이다.

어머니는 건강하신지, 요즘도 과로로 인해 건강에 무리를 하시는지, 이번 비로 얼마나 속상해 하고 계신지 여러 모로 걱정이 되는구나. 그리고 덕종이는 어떻게 지내는고, 전번에 네가 이곳에 다녀간 뒤로 곧 그의 생활 태도를 고치고 가정에 관심을 가져주었으면 하고 부탁했다만 그 후로는 좀 나아졌는지……. 숙자 너는 일 때문에 눈코 뜰 새가 없겠지? 남자들이나 해야 할 일을 네가 대신할 수밖에 없다고 너로부터 이야기를 들었을 때 내가 무슨 죄나지은 사람처럼 마음이 무겁더라. 그러나 이것은 우리집 처지로서는 피할 수 없는 가보다. 당분간은 꾹 참고 해내야 할 일이다 생각하고 마음 가볍게 먹고 사는게 상책이 아닌가 보다. 쓰잘데 없는 걱정이 오히려 부담감만 더 주리라 생각도 들어 나 또한 민망스럽구나.

내일 모레가 추석이고 추석이 지나면 곧 가을걷이를 해야 할 테고, 앞으

---

* 엮은이 주 : "숙자"는 김남주 시인의 막내 여동생인 김숙자.

로 한 달 동안은 정말 바쁘게 손발을 움직여야 할 철이 되겠다. 전번에도 누누이 부탁했듯이 가을걷이가 끝나면 서울로 가서 내년 봄까지 그곳에서 지내거라. 그럴려면 어머니 걱정도 되고 또 서울 사람들에게 폐라도 끼치지 않을까 마음이 내키지 않을지도 모르겠다만 이번만은 눈 꼭 감고 내가 하라는 대로 결행을 해라. 형님께도 내 편지 올려서 숙자 네 문제를 진지하게 서둘러서 해결해주십사고 신신 부탁 드려야겠다. 그러나 서울 올라갈 것을 미리 작정하고 그동안 시골일일랑 조금이라도 마음 안 쓰이게 처리해놓도록 하여라. 무엇보다도 어머니의 마음을 서운토록 해서는 아니 되니 충분히 이해가 가도록 말씀 여쭈어라. 우리집 살림 형편이 어떤지도 내 자세히는 모르지만 정작 먹고 살기에는 부족함이 없으리라 생각된다. 그러니 서울갈 때 너무 돈에 인색하게 굴지 말고 좀 흡족하게 갖고 가서 서울서의 한철 생활에 불편함이 없도록 하여라. 덕종이에게 이 문제를 놓고 상의를 하면 내 의사에 따르리라 생각된다. 아무리 작은 일이라도 한 번 마음먹었으면 다부지게 치켜들어야 한다. 이것 저것 거치는 것이 있다 하여 우왕좌왕했다가는 아무 일도 되는 것이 없다. 어떤 일의 해결에는 그 해결로 말미암아 딴 일에 좀 무리가 가더라도 과감하게 그딴일일랑 희생시켜도 큰 잘못은 아니다. 지금 우리집에 가장 중요한 문제는 네 결혼 문제다. 이 점을 각별히 명심하고 어머니 덕종이 네가 한데 모여 의논하고 좋은 방안이 나와 잘되기를 바란다.

가능하면 가을걷이를 일꾼을 사서 하고 어머니가 너무 고되지 않도록 해라. 적은 돈도 아껴야 하겠지만 그러나 더 중요한 것은 건강이다. 건강이 없이는 만사가 아무런 의미도 없게 되는 것이 우리네 인생살이가 아니냐.

어머니와 덕종이와 너의 건강을 빌면서 이만 줄인다.

집에 있는 시집을 있는 대로 보내라. 국어판이건 일어판이건 영어판이건 가릴 것 없이.

1984. 9. 5.

지인

염무웅 선생님께

형은 읍내에서 장사하다 망쪼들어 서울로 내뺐습니다. 여동생 둘이 있는데 둘 다 서울로 보따리를 쌌습니다. 큰것은 어떤 녀석과 결혼하다고 돈을 달라는 편지가 오고 작은것은 어느 음식점에 있다고, 춥다면서 다시 집에 오고 싶은데 허하여 주십사고 편지질입니다. 60이 넘은 부모는 찌그러진 가정을 일으켜 세운답시고 새벽부터 밤까지 일손을 놓지 못하고 안간힘을 쓰고 있습니다. 저는 알량한 시골 대학생, 앉아서 준 밥 얻어 먹기가 미안하고, 저 노인들이 차라리 죽어나주었으면 하는 못된 생각을 하곤 합니다. 불효 막급합니다.

괜히 선생님께 엉뚱한 소릴 해서 부끄럽습니다. 하도 답답하여 이렇게라도 누구에게 호소 비슷한 푸념을 해야 좀 풀릴 것 같아서 선생님께 다짜고짜 털어 놓았습니다. 이해를 바랍니다.

그간 안녕하십니까. 하도 어수선한 판국이라 궁금합니다. 백(白) 박사*께서 허허 웃으시고 계시겠지요. 시골에 남아 서울을 보기란 여간 괴로운 게 아닙니다. 금방이라도 가서 서울의 풍경을 보고 싶어도 누가 여비를 선뜻 줘야죠. 도시가 그립습니다. 먼 곳에서나마 창비 가족의 안녕과 건투를 빌고자 합니다.

『부산일보』와 『세대』 12월호에 실린 선생님의 글월 읽고 기뻤습니다. 모두가 선생님의 저에 대한 사랑이라 생각하면 그에 응하지 못한 제 재질과 힘이 부끄럽습니다. 서두르지 않고 열심히 공부하겠습니다.

---

* 엮은이 주 : "백(白) 박사"는 1974년 12월 당시 『창작과비평』 편집인이자 문학평론가인 백낙청.

이 겨울에는 책이나 하나 우리말로 옮겨 볼까 합니다. 『스페인의 유서(スペインの遺書)』입니다. 혹시 영어판이 선생님께 있으면 잠깐 빌려주십시오. 일본판을 번역할려니 여러 가지 까다로운 데가 있고 또 어색한 생각이 들어서 그럽니다. 염치없지만 겨울호 『창비』도 한 권 보내주시면 고맙겠습니다.

억지로 쓰려고 덤비니까 그런지 시가 통 되지 않습니다. 분개만 앞서고, 도저히 가라앉은 후로는 쓸 수가 없으니 탈입니다. 많은 경험과 많은 책을 읽어야 한다고 생각합니다. 선생님의 고언(苦言)을 기다리겠습니다.

오늘은 금년의 마지막 날입니다.

새해에 복 많이 있기를 빕니다.

1974. 12. 31 김남주 올림

※ 제게 글 주실 땐 "하라"체를 하여주십시오.
　쑥스럽게 생각되고 어색할 것 같아 그렇습니다.
　남주 너 시라는 것을 알고 쓰냐, 모르고 쓰냐…
　이런 식으로 말입니다.

(염무웅 소장)

동지애의 노래

강*이에게.

6년의 세월이 흘렀네. 자네가 그동안 어떻게 변해 있고 지금쯤 무엇을 하고 있는지 궁금하네. 담 하나를 사이에 두고 어쩌면 이리도 우리 사이가 멀고 캄 캄하단 말인가? 세 자식과 처의 가장으로서 자네가 져야 할 짐의 무게가 자네 를 압박하고 자네의 행동과 사고의 자유를 어느 정도 제약하고는 있을 것이지. 그러나 내가 아는 자네는 그런 것에 여간 둔하지 않았었지. 그 둔함은 공통의 일에 대한 자네의 엄청난 열정 때문이 아니었던가.

만인이 가야 할 길에서 나만 탈락되어 이렇게 오랫동안 그 길에서 벗어나 있어야 한다니! 기가 막히고, 괴로움 참기 힘드네. 정신은 고여 있는 웅덩이 속의 물, 소나기라도 좀 쏟아져야 살 것 같네. 의식은 굳어지고 마비되어 주 위 사물, 사건에 대한 판단이 알쏭달쏭해졌네. 영혼은 황폐될 대로 황폐되어 버렸다네. 징역 초기에는 철창 너머로 보이는 달이 제법 서정을 자아내기도 했는데 이젠 그것이 아무리 밝고 아름다워도 별 감각이 없다네. 30년 가까이 옥살이를 하고 있는 어떤 분의 말대로 나 또한 '밥 먹고 똥 싸는 기계'로 전락 되어 가는가 보네. 무섭네. 서글프네.

---

* 엮은이 주 : "강"은 김남주 시인의 죽마고우인 이강.

4년 동안의 독방 생활, 1년 반 동안의 복잡스런 혼거 생활, 이것이 나를 망쳐 놓았네. 소위 인생의 황금기를 부자들한테 통째로 빼앗기고 살다니! 그 원한, 골수까지 사무치네. 그러나 원수는 갚으라고 저기 있고 나는 아직 쓰러지지 않고 여기 칼을 갈고 있네. 나의 하루 스물네 시간은 그 칼을 어떻게 잘 들게 가느냐에 쓰여지고 있네. 꿈 속에서도 나는 그 칼을 심장에 대고 갈고 있다네. 와신상담, 권토중래, 나는 이 고사를 한순간이라도 잊고 지낸 적이 없다네.

날 믿어주게, 벗이여!

3일 전에 소위 전방을 했네..다시 혼거에서 독거로. 네 평 남짓한 마루방을 독차지하게 되었네. 날 것 같은 기분이네. 쉬이 갇힌 몸이 풀릴 것 같지 않으리라는 내 나름대로의 판단이 서서 이래서는 안 되겠다 싶어 부랴부랴 옮겼던 것이지. 이제부터 정신을 새로 가다듬고 책을 읽어야겠네. 이곳에서는 책 읽기 말고는 더 보람 있는 일은 없지. 시 쓰려는 것도 집어치웠다네. 무슨 생활이란 게 있어야 시라는 것도 생겨나는 법인데. 이게 무슨 생활인가! 반죽음 상태지.

강, 자네가 날 발벗고 도와줘야겠네. 근사한 내 생각을 어떤 전차에 싣고 적진을 향해 밀고 나가느냐, 이것이 지금부터 내가 관심을 가져야 할 것이네. 말하자면 형식의 문제지. 이 방면의 책을 자네가 백방으로 손을 써서 내 손에 오게 해야겠네. 이 글을 자네에게 전해준 이에게 부탁하여 내 손에 오기만 하면 보안 문제는 탈이 없게 할 수 있네. 안심하게. 우선 『중국공산당사』, 『중국의 붉은 별』, 『아리랑』을 당장 내 손에 넣게 해주게. 그리고 독일 갔던 위상복이가 귀국한 모양인데 거기에 내 것인 루카치 전집 중에서 『젊은 헤겔』 상하권 두 권이 있네. 찾아서 차입해주면 내가 볼 수 있을 것이네.

아주 오래된 얘긴데 일본으로 주문하라고 내가 부탁한 책들은 어떻게 되었는지 여간 궁금하지 않았네. 그것도 속히 알려주게. 세상 돌아가는 얘기도 가끔 듣고 싶네. 이것은 정말 중요하니 신경을 좀 써서 해주게. 그 방법이야 자네가 잘 알아서 할 것이라 믿네.

나는 깨닫고는 했지. 노동과 투쟁을 통해서 사람들은 성장하고 발전하고 순간마다 깨어난다고. 그리고 현실에 대한 바른 이해도, 세계를 바르게 인식하는 것도 오직 인간의 사회적 실천을 통해서 이루어진다고. 지금 그렇지 못한 나는 불행하네. 그러나 그런 사회적 실천을 보다 알차고 실수 없게 하기 위하여 내용과 형식 면에서 준비하고 있음으로써 최소한의 보람을 맛봐야겠네. 자네를 믿네.

가는 길 험난하다 해도
시련의 고비 넘으리
불바람 휘몰아쳐 와도
생사를 같이 하리라
천금 주고 살 수 없는
동지의 한없는 사랑
다진 맹세 변치 말자
한 별을 우러러 보네

「동지애의 노래」란 노래라고 하네. 참 감동 깊은 가사더군

1983. 7. 6.

용기 있게 살다 간 사람들

권행*에게.

가난한 이들에게 진실을 말해주고 나는 부자들이 지어 놓은 감옥에 갇혀 있네, 6년 동안을. 약한 이들에게 단결하라 호소하고 나는 강자들이 만들어 놓은 감옥에 갇혀 있네, 반백이 되도록. 이 내가 이곳에서 할 수 있는 일이라고는, 새 세상을 만드는 데 쓸모 있는 사람이 되기 위해 내가 해야 할 일은, 육체가 허물어지지 않게 하는 일과 원수들을 어떻게 하면 통쾌하게 때려눕힐 것인가에 대한 연구이네. 이 두 가지 일을 위해 나는 최선을 다해 왔네. 이를 앙다물고 말일세.

그래 건강은 좋은 편이네. 6년 동안 감기 한 번 앓아보지 않았다면 건강에 대한 내 노력이 어떠했겠는가를 짐작하겠지. 요 6년 동안 일요일을 제외하고는 하루도 빼먹지 않고 냉수마찰을 했네. 미래를 위해 좋은 일을 해보겠다고 나선 사람은 제 몸을 소홀히 해서는 안 된다네. 몸이 있고 정신이 있는 것이지. 아무리 훌륭한 생각을 갖고 있어도 몸이 말을 들어주지 않는다면 그 좋은 생각 무슨 소용이겠는가.

허약한 사람은 어떤 생각을 실천에 옮길 때도 그 실천이 당차고 다부지지

---

* 엮은이 주 : "권행"은 김남주 시인의 후배인 최권행.

못하고 미지근하고 시원스럽지 못하다네. 그리고 어떤 때는 일을 자기 행동에 옮길 때 내팽개치듯 신경질적으로 하기 십상이네. 이래서야 어디 좋은 일꾼이라고 할 수 있겠는가. 좋은 일꾼이란 쉬임 없이 끈질기고 강력하게 어떤 생각을 실천에 적용해가는 사람이 아니겠는가. 그럴려면 바위 같은 단단한 육체와 강철 같은 의지가 있어야 한다네.

그런데 안타까운 것은, 거의 미칠 지경으로 나를 안타깝게 하는 것은 원수들을 때려 눕힐 기술을 연구해야겠는데 그에 도움이 되는 책을 여기서는 통볼 수가 없다는 것이네. 요즘은 나라 안에서도 좋은 책이 많이도 번역되어 나오고 있던데 여기서는 읽을 만한 것은 사그리 불허라네. 이렇게 지배자들의 철저한 악랄함은 내 처음 본 것 같네.

매달마다 이런 책 저런 책은 우리한테 읽히지 말라는 불허 목록이 하달된다고 하네. 이곳 관리들과 싸움도 많이 하지만 소득이 별로 없네. 지독한 놈들이네. 노예 근성이 골수에까지 박혀 있지 않고서야!

그래 자네한테 부탁하네. 자네가 독일로 가버린 뒤로 쓸 만한 책은 영 볼 수 없네. 팔방으로 손을 써보지만 잘되지 않고 있네. 우선 독일어로 된 루카치 저작집을 몽땅 구입하여 주게. 자네 덕분에 네루다의 시를 어느 정도 스페인어로 읽고 있고 있네만 네루다 시집도 어떤 국어로 된 것이든 모조리 구입해서 넣어주면 고맙겠네. 위 두 작가가 내겐 기중 맘에 든다. 참으로 소박하고 단순하고 깨끗한 사람들이네. 복잡하고 추하고 비인간적인 사회에서 깨끗하고 단순하고 소박하게 살아간 사람들을 나는 사랑한다네. '용기 있게' 살다 간 사람들을 나는 사랑한다네.

자네 독일에서 무엇을 얻어 갖고 왔는지 참 궁금하다네. 자네 안사람은 또. 자네 부부야말로 정말 멋지고 이상적인 한 쌍이네. 적어도 나는 그렇게 생각하고, 나는 기쁘네. 나는 자네가 창조적인 문필 활동을 했으면 하네. 자네에게 문학적인 소질이 많다는 것은 여러 사람이 인정하는 바가 아닌가. 하나를 거머쥐고 성실하고 줄기차고 용기 있게 밀고 나갔으면 하네. 기회 있으면 진즉 얘기해주었을 것을 하고 아쉬워했네만 이제도 늦지 않으리라 생각하며 말하네.

루카치를 읽어보게. 그 사람의 가르침을 받아 그에 못지않은 사람이 되어보겠다는 욕심을 부려보게. 우리에게 가장 필요한 사람은(문학계에서) 혁명적 민주주의자이네. 진실을 실천에 옮기는 데 무서워하지 않는 용기 있는 문필가이네. 진실을 바르게 인식할 수 있는 지혜 있는 사람이네. 그 진실의 씨를 대중 속에 뿌리는 기술을 아는 사람이네. 이런 사람을 우리 사회는 가장 절실하게 요구하고 있네. 이 요구에 게을리하는 사람, 두려워하는 사람, 불성실한 사람은 죄인이네. 역사 앞에서 유죄란 말일세. 적당히 살아갈 시대가 아니네. "체르니셰프스키는 혁명하는 사람이다. 그의 생애, 그의 작품 속에는 모든 것이 혁명에 종속하고 있다." 이런 사람이 되어주게. 해방 투쟁의 이데올로기를 준비하는 사람, 그런 사람이 되어주게. 부탁이네.

권행이, 허송세월을 해서는 아니 되네. 일분일초를 제 피 한 방울처럼 아껴써야 하네. 미래의 자식들이 자유롭고 행복하게 살도록 하기 위해 우리는 우리의 죽음까지도 불사해야 하지 않겠나? 이곳에 들어오기 전까지만 하더라도 난 참 한심한 녀석이었지. 그것은 자네가 제일 잘 알 터일세. 부끄러웠네. 아이같이 순진무구하기만 했던 자네를 가끔 떠올리고는, 자네 있는 데서 했던 내 행위를 생각해내고는 정말 나는 쥐구멍이라도 찾아야 했다네. 이제는 새로운 사람이 되어 있으니 안심하게.

사람은 집단적인 실천과 시련을 통해 새로운 인간으로 성장해가는 것 같은데, 나는 나의 패배를 나의 지금을 후회하고 싶지 않다네. 생애의 전기로서 얼마나 다행인지 모르겠네. 사람다운 삶을 위한 변혁의 투쟁 속에 있을 때 인간은 행복을 느끼네. 나는 행복하네.

앞으로 또 얼마나 옥살이를 해야 할지 모르겠네. 사는 날까지 건강한 몸으

로 좋은 책, 많이 읽고 싶은 것이 내 욕심이네. 내 읽었으면 하는 책이 나오
거들랑 넣어주게. 무리는 말고.

　서둘러 몇 자 적었네. 두서없는 난필을 용서하게나.

1985. 6. 22.

* 추신 : 자네 부인한테 권하고 싶은 말이 있는데 괜찮을지 모르겠네. 독일어에는 기
　　똥찬 사람일 터이니 독일에서 혁명적인 작가 · 시인들의 작품을 번역해보았으면 하
　　네. 내가 알기로는 게오르크 뷔히너, 하이네, 하인리히 만(특히 『노동자의 길』), 포히
　　트 방거 등이 그런 사람들이라고 알고 있네. 그리고 내가 자네들 두 사람에게 간곡
　　히 부탁하고 싶은 것은 루카치 저작집을 몽땅 번역하여 출간했으면 하네. 평생을 두
　　고 한 번 해볼 만한 작업이 아닌가 하네. 브레히트 저작품도 물론 번역해볼 만하겠
　　지. 브레히트 저작품 중에서 시집을 구해주었으면 고맙겠네. 조기례 선생에게 전해
　　주게.

그 스승에 그 제자

박석무 형님께.

형님, 안녕하십니까? 이렇게 형님이라고 불러본 것도 참으로 오랜만의 일이고 그것도 감옥에서 불러본다는 것은 묘한 감정을 자아내게 합니다.

제가 형님과 헤어진 것은 아마 오륙 년 전 그러니까 1980~1981년의 광주옥에서였으리라 기억됩니다. 그때 형님은 순천옥으로 이감되셨구요. 그러니까 형님을 못 뵌 지가 어언 5, 6년이 되는 셈이지요. 그동안 물론 형무소 내의 이 사람 저 사람들을 통해서 형님의 근황을 물어 알고 있었고 또 가끔 형님이 '다산'에 관해서 기고하신 잡지나 책자를 통해서도 형님의 체취를 접하고는 했지요.

요즈음은 어떻게 지내십니까? 여전히 생활의 한 방편으로 변두리 중학교에 다니시는지요. 아니면 변화가 있었는지요. 제가 이곳 전주옥으로 이감오고부터는 광주에 대해 소식이 캄캄합니다. 한 십년 가깝게 형수님께 폐를 끼쳤는데 그동안 그분께서도 별고 없으시겠지요? 아이들도요.

광주옥에 있을 때는 강이와 정길에 관해서도 가끔 근황을 파악하고 있었습니다만 요즘 그 녀석들은 어떻게들 살고 있는지요. 강이 녀석은 뭐 대리점인가 뭔가 하는 모양이던데 글쎄 녀석이 그걸 잘해내고 있는지요.

그리고 정길이는 송정리 근처라든가 어디에서 타이어 재생공장인가 뭔가 하나 차렸다고 들었는데 도대체 나는 그 녀석이 사업한다면 믿기지가 않는답니다. 번번히 돈이나 날리고는 했기 때문이죠. 그러나 아무튼 하는 일이 잘되기만을 빌고 있다고 전해주세요. 그리고 참 정길이는 아직도 미혼인지요. 아마 마흔 살이 다 돼갈 터인데 부모님도 좀 생각해 드려서 아직 결혼 안 했으면 생각을 바꾸라지요.

저로 말씀드릴 것 같으면 어디 아픈 데 없이 건강하되 머리가 하얗게 세어 버렸습니다. 별로 고생스런 옥살이도 아닌데 왜 이러는지 모르겠어요. 집안 내림인 것 같기도 합니다만 아무튼 좋은 일은 아니고 부끄러울 뿐입니다.

형님, 낼 모레가 내 징역살이 8년이 다 돼가는데 금년이나 내년 초에 내가 햇볕 쬘 기미라도 보입니까? 솔직히 말씀 드려서 이제 좀 지루하고 더 이상 여기 있을 아무런 이유도 없어졌습니다. 이게 무슨 말씀인고 하니 그래도 지금까지는 내 나름대로 책도 읽고 시라는 것도 써보았는데 이제 이런 일에 신물이 났다는 것입니다.

나갈 때가 되니까 이런 생각도 생기는지는 모르되 정말로 나가게 되면 시 같은 것, 책 같은 것은 지금까지 쓰고 읽은 것으로 그만해 두고 본격적으로 일 좀 해보아야겠습니다.

여기서 내가 본격적이라고 하는 것의 의미는 조직적입니다. 그동안 8년 동안 생활과 사회적 실천을 통해서 형님이 쌓으신 경험이 제게 큰 도움이 되리라 믿어 의심치 않습니다. 많은 배움을 기대합니다.

형님한테 꼭 알리고 싶은 사실이 하나 있습니다. 그것은 뭣인고 하니 다름 아니고 내가 그동안 징역살이 하면서 수많은 학생들을 접하게 되었는데 그중에 형님이 고등학교 재직 때의 제자들이 참으로 많다는 사실입니다.

광주옥에서 전주옥에서 내가 확인한 수만 해도 열 손가락은 넘을 것입니다. 그런데 전국에 소재해 있는 감옥에도 많이들 갇혀 있을 것인데 그 수는 엄청나리라 생각됩니다.

이런 현상은 소위 오송회사건으로 투옥된 군산고등학교 선생님들의 제자들에게도 해당되는데 그 스승에 그 제자들이라는 표현이 딱 들어맞는다고나 할까요? 참으로 교훈적인 사례가 아닐 수 없습니다. 학교에서 스승이 제자들에게 미친 영향의 넓이와 깊이가 어느 정도이냐를 알게 하는 좋은 예라 아니할 수 없습니다.

몇 가지 점에 관해서 형님께 여쭈어보겠습니다. 시간 나시면 답해주시고 형편상 어려우실 것 같으면 그만두셔도 좋겠습니다.

앞으로(적어도 2~3년 후에는) 노동자들이 계급으로서 그리고 해방 투쟁의 전위로서 역사의 무대의 전면에 등장하리라는 것은 객관적으로 명확한 사실이라고들 합니다. 과연 그러는지요. 그리고 과연 그렇다면 지금의 단계에서 노동자 계급의 역량과 의식의 수준은 어느 정도인가요? 과연 일부 학생들이 주장하는 것처럼 '군사 정권'을 타도하고 민중이 주체가 되는 '혁명 정부'를 수립할 정도인가요. 아무래도 저는 믿어지지가 않습니다. 계급으로서의 노동자 계급의 전위단이 부재한 조건에서 노동자 계급의 역량과 의식 수준 여하만으로 민중이 주체가 되는 혁명 정부의 수립은 비현실적일 테니까요.

민중의 적은 엄청난 파괴력의 물리적인 힘을 가지고 있는데 이쪽에서는 전혀 그런 힘이 부재하다면 더욱 그렇구요.

지금 노동자들과 청년 학생들이 할 일은 부르주아 민주주의의 한계 내에서 민중의 권리를 헌법에 최대한으로 관철시키고 내부적으로는 노동자 계급의 역량을 조직적으로 확대 강화시키는 것이 아닐까요. 물론 노동자 계급의 혁명적 의식의 고양도 포함시켜서 말입니다.

아무튼 제 질문에 대한 형님의 의견을 듣고 싶습니다. 다음은 미국의 대한반도 정책의 새로운 변화의 조짐이 있는가 본데 그 내용에 대해서 알고 싶습니다. 특히 북이 제시한 제네바에서의 소위 3자회담의 성립 여부에 대해서 알려주시면 좋겠습니다.

마지막으로 군사 파쇼 집단으로부터 자유주의 부르주아 집단으로의 정권 이양은 큰 무리 없이 이루어질 것이로되 '88 이후가 위기라고들 하는데 이에 대한 배경 설명을 듣고 싶습니다.

두 김씨의 후보 단일화 문제도 쉽게 풀리지 않는 모양인데 앞으로 어떻게 결착될 것인지요? 그외 형님이 제게 도움이 되리라고 생각되는 시사적인 것이 있으면 적어 보내주십시오. 제 석방 문제에 관계되는 것도요.

이만 오늘은 줄이겠습니다. 건강하시고 건투하시길 빕니다.

1987. 9. 14.

출판을 부탁하며

석영*이 형님께.

그간 안녕하십니까. 형수님도 잘 계시고 아이들도 공부 잘하고요. 저로 말씀드릴 것 같으면 내일 모레가 징역살이 6년인데 건강이 썩 좋은 편이다는 것입니다. 머리가 반백이 되어 좀 부끄럽기는 하지만서두요. 옥살이에서 가장 괴로운 것은 젊으나 젊은 나이에 속수무책으로 허송세월을 해야 한다는 것입니다. 그리고 한 여자가 괜히 보잘 것 없는 나 때문에 속절없이 늙어간다는 것입니다. 솔직히 말씀드려서 나 자신의 고생이야 아무것도 아니고, 이곳에서 죽더라도 별로 인생에서 섭섭한 게 없습니다. 원래가 난 욕심 따윈 없는 놈이었으니까요.

그런 대로 최악의 조건에서 제가 이만큼의 건강을 유지하고 있는 것은 어떻게 해서라도 다시 바깥에 나가겠다는, 나가서 다시 한번 이제는 좀 다부지게 싸워보겠다는 각오와 의지 때문이 아닌가 합니다. 그 각오와 의지란 게 다름 아니고, 매일 일정한 운동을 할 것, 하루도 빼먹지 말고 냉수욕을 할 것, 밥을 꼭꼭 씹어 먹을 것, 절대로 과식하지 말 것 등등의 내 나름대로의 생활 원칙을 철저하게 지키는 것입니다. 그러나 이곳 음식이란 게 하도 형편

---

* 엮은이 주 : "석영"은 소설가 황석영.

없는지라 기본 체력을 최소한으로 유지하기란 참으로 어려운 실정입니다. 기본 체력이 달리니까 기운이란 게 생기질 않고 일상의 행동 반경에서 조금만 벗어나도 금방 피로가 오고 몸에 이상이 온답니다.

그래서 건강 관리에 여간 신경을 쓰지 않으면 큰 탈이 나고는 하는 곳이 이곳 생활이랍니다. 힘이 불끈불끈 솟아서 읽고 싶은 책도 약심 읽고 싶지만 지구력이 없어 오랫동안 책을 볼 수 없는 게 불만이기도 합니다. 이놈의 곳은 다른 것은 그런 대로 사 먹을 수 있는데 왠지 고기는 일체 팔지를 않습니다. 일주일에 사람 엄지발가락만한 돼지고기 한 점과 역시 일주일에 10~15명 앞으로 닭 한 마리 정도 나오는 게 고작입니다. 그래 가끔 고기나 실컷 먹어보았으면 하는 생각이 들고는 합니다.

이번에 형한테 두 가지를 부탁합니다. 무리한 것인 줄 빤히 알고 있습니다만 무엇보다도 그게 필요하고 또 안팎이 그렇게 되어가야 하겠다는 생각에서 맘 크게 먹고 하는 부탁이오니 신중하게 처리해주시면 고맙겠습니다.

그 하나는, 이 꽉 막힌 귀에 바깥 바람을 좀 쏘여달라는 것입니다. 강이와 찬성이를 만나셔서 의논하면 뾰쪽한 수가 나올 줄 압니다. 특히 남북관계가 앞으로 어떻게 전개될 것인지, 현 깡패 집단의 앞날에 대한 점치기, 읽을 만한 책 넣기, 사실 이곳에서는 읽을 만한 책은 몽땅 불허되는 바람에 사람이 거의 바보가 될 지경입니다. '노동'이란 말만 들어가도 그 책은 안 된다는 것입니다. 소설 제목이 '피'자가 있다고 불허되는 판국입니다. 심지어는 소설은 소설인데 전쟁을 묘사했다고, 그 전쟁이 폭력 전쟁이라고 불허시키는 경우가 있답니다. 콧구멍이 두 개니까 살 수 있지 답답해서 죽을 지경 1초 전입니다.

그 둘째는, 틈을 노려서 그동안 하이네, 아라공, 브레히트, 네루다 등의 시를 한 백여 편 번역했습니다. 이것을 출판해 달라는 것입니다. 작가들이 좀 말썽 있는 사람들이라서 쉬운 일은 아닌 것 같습니다만 요즘 사회과학 서적

나오는 것을 보면 꼭 그렇다고 만은 생각되지 않습니다. 다른 사람의 이름으로 내도 좋고 내 이름으로 내도 좋은데 만약 후자로 할 경우면 제가 밖에 있을 때 번역해 놓은 걸로 하면 될 것입니다. 그것을 형에게 맡겨 두었다고요. 1978년 1월 무렵이라고 해두지요. 형님이 우리 집에 와서 이걸 출판했으면 쓰겠다 싶어 가져 갔다고요. 뭐 문제될 것도 없겠지만 만약의 경우에 항상 대비해 둬야 되겠기에 공연히 하는 말씀입니다. 그리고 번역에 오자가 있거나, 표현의 서투름, 문제점이 있으면 형이 적당히 고치십시오. 가령 '인민'을 '민중'으로 바꾼다거나 하는 것 말입니다.

제가 왜 위험을 무릅쓰고 네 시인의 시를 번역하고 그것을 활자화하려면 그것이 이 땅에 필요한 것 같기 때문입니다. 달리 이유는 없습니다. 하나 있다면 제게 돈이 또한 필요하기 때문입니다. 아마 시국 되어가는 꼴로 봐서 제 징역살이가 장기화될 것 같은데 그에 대비해야 될 것입니다. 건강을 위해서, 책을 사보기 위해서 말입니다.

최근에는 통 책이 들어오지 않고 영치금도 들어오는 것이 뜸해졌습니다. 나를 뒷바라지해주고 있는 분들도 이제 지쳐 있겠지요. 당연한 일입니다. 만약 시집이 간행된다면 그 고료는 박광숙이란 여자한테 주세요. 부탁에 대한 해답을 속히 기다리면서 이만 줄입니다. 안녕.

1985. 9. 10.

혁명의 시인들

권행에게.

어제 교무과에 불려갔는데 우연하게도 거기서 덕희를 만났네. 이곳에서 가톨릭 교리 학습을 맡고 있는 분과 함께 있더군. 반갑기 그지없었다네. 덕희는 내가 영세받은 줄 알고 있었네. 그렇지 않다고 했지. 그럴 생각도 없고. 계를 하나 만들었는데 그 자리에서 내 얘기가 나왔다고 덕희가 그러기에 책이나 약심 넣어 달라고 했네. 어떤 책이 내 구미에 맞는가는 권행이가 제일 잘 알 것이니 그 녀석에게 전하라고 했네. 그동안 자네가 넣었음에 틀림없는 책들은 잘 받아 잘 읽고 있네.

네루다의 시집, 『고요한 돈강(And Quiet flows The Don)』, 『고향 바다로 흘러드는 돈강(The Don Flows Home To the Sea)』 등등. 그리고 최근에 네루다의 회고록『내 삶을 고백한다(Confieso Que He Vivido)』도 받았네. 몇 년 전, 그러니까 자네가 서독 가기 전에 넣어주었을 것으로 여겨지는 영어로『네루다 회고록』도 받아 보았다네. 이 보잘것 없는 사람에 대한 자네의 변함없는 사랑에 탄복하고 있다네.

스페인어는 처음에 몇 달 하니까 산문은 얼렁뚱땅 해독이 되었는데 요 2, 3년간은 통 거들떠보지 않았더니 다시 생소해졌네. 이번을 계기로 해서 다시 해보아야겠네.

우선 한 가지 부탁하네. 백방으로 손을 써서 네루다의 시집을 있는 대로 구해보게. 특히 『보편적인 노래(Canto General)』를 외대에 민용태 스페인어 교수가 있는데 그분한테 문의해보면 어떤 소득이 있을 것이네. 일어나 영어로 된 네루다의 시집도 어디 있나 탐색해보게.

네루다 못지 않게 내가 좋아한 시인은 하이네네. 그 전집이 내게 있기는 한데 독어 실력이 별것 아니라서 그 맛을 제대로 모르고 있다. 다음 것들을 주문해주게.

『하인리히 하이네(ハインリヒ·ハイネ)』, 이노우에 쇼조(井上正藏) 저(箸), 이와나미신쇼(岩波新書)

『아타 트롤(アッタ·トロル)』, 이노우에 쇼조(井上正藏) 저, 이와나미신쇼(岩波新書)

『독일 겨울 이야기(ドイツ冬物語)』, 이노우에 쇼조(井上正藏) 저, 이와나미신쇼(岩波新書)

『하이네(ハイネ) 연구』, 루카치(ルカーチ), 아오키 쇼텐(靑木書店)

이곳에서 단편작이나마 금세기 최대의 혁명 시인이라고 할 수 있는 시인들의 작품을 읽어봤네만 그중에서 나는 하이네와 네루다를 기중 좋아한다네. 마야코프스키의 어떤 시는 기막히게 좋은 것도 있지만 터무니없이 길고 과장이 심하네. 초기의 미래파 시인으로서 데카당스적인 기질이 후기에도 많이 남아 있어 난해한 데가 있어서 좀 짜증이 난다네. 브레히트의 시는 감성보다는 이성에 호소하는 시네. 그는 직접적으로, 공공연히 노골적으로 시를 혁명의 도구로 사용하고 있다네. 적어도 내가 읽은 시는 그렇다네. 아라공의 시는 문화적 전통과 사회적 배경 내지는 역사적 단계가 우리와 달라서 그런지 쉽고 단순하면서도 내 가슴에 크게 닿지 않네.

내가 네루다 시를 가장 좋아한 것은 아마 그가 처한 사회가 나와 비슷한 것이기 때문일세. 제국주의의 신식민지 내지는 식민지적 상황이 그렇고 사회의 계급적인 차원에서도 그렇고 말일세. 그리고 하이네의 지배 계급에 대한 실천적 전투적인 시가 나는 마음에 드네. 귀족과 승려 계급에 대한 풍자는 가히 촌철살인이네.

나는 이들 시인들과 그리고 19세기 러시아의 리얼리스트들 푸슈킨, 레르몬토프, 네크라소프, 고골리, 고리키, 톨스토이, 숄로호프의 작품을 읽고 느낀 것은 예술의 위대함은 단순과 소박에 있다는 것이네. 생활의, 특히 민주 생활의 리얼리스틱한 재현에 있다는 것이네. 여기서 '리얼리스틱'이란 말에 주의해주게. 그것은 현실을 있는 그대로 역사와 사회의 총체성 속에서 객관적으로 구체적으로 재생산해내는 것이네. '객관적'이라고 내가 말했는데 그렇다고 해서 당파성을 부정하는 것은 아니네. 오히려 그 반대네.

레닌은 어딘가에서 "유물론자는 어떤 사태를 평가할 때 직접적으로 공공연히 특정의 사회적 집단의 입장에 서는 것을 자기 의무로 한다."고 했는데 굳의 의무라고까지는 하지 않더라도 인간은 어차피 자기의 계급을 초월할 수 없는 것이네. 태어나면서부터 아니 어머니의 뱃속에서부터 인간은 계급의 낙인이 찍혀 나오는 것이네. 소위 객관주의자들이 있는데 그들의 실증적 주장이라는 것은 자기 기만이고 허위이고 엉터리라네.

그래서 나는 엥겔스가 발자크에게 안겨주었던 저 유명한 말, '리얼리즘의 승리'에 대해서 납득이 가는 데가 있네. 정말이지 이것은 내게 있어서 큰 골치덩어리라네. 시에서라면 당파성의 문제가 그리 난잡한 문제가 아닐 것 같네.

시인이 자각적으로 자기의 세계관을 작품 속에 투사해도 시의 예술성이 손상된다고는 보지 않네. 억압과 착취의 시대에 있어서 혁명적 저항시가 해방 투쟁을 이데올로기적으로 준비하고 민중을 전투에로 인도했음을 문학의 역사가 말해주고 있네. 그런데 소설에서는 그게 그렇게 단순한 문제가 아니라는 것이네. 러시아의 혁명적 민주주의 평론가 도블로류보프는 "예술 작품이 어떤 일정한 이념의 표현일 수 있는 것은 작가가 창작에 임할 때 그와 같은 이념을 품고 있었기 때문에서가 아니고 그 이념이 그곳에서 저절로 생겨나도록 현실의 제 사실이 그에게 인상을 새겨넣었기 때문이다."고 했는데 이 말이 나에게 설득력을 갖고 있네. 그러나 발자크처럼 작가가 반동적인 사상을 가졌기 때문에 당대 현실을 보다 객관적으로 바르고 깊게 재현할 수 있었다는 주장에는 선뜻 공감이 가지 않는단 말일세.

이 문제를 계속하자면 끝이 없을 것 같을 뿐만 아니라 해결이 날 것 같지도 않으니 여기서 그치기로 하세. 다만 여기서 내가 확신을 가지고 말할 수 있는 것은 작가가 의도적으로 자기의 세계관을 작품 속으로 갖고 들어갔던 작품은 나에게 예술적인 감동의 측면에서 그렇지 않는 작품에 미치지 못한다는 것이네. 이것은 순전히 내가 읽은 소설들의 감정의 소산이네. 이 문제에 대해서 권행이 자네도 깊은 연구가 있기를 바라마지 않네. 중대한 문제네.

권행이 자네에 대해 나는 관심이 많네. 그래 내가 여기 갇힌 뒤로도 자네에 대해서 제법 알고 있네. 물론 단편적인 것이고 현상적인 것이긴 하지만 말일세. 나는 자네가 이 거꾸로 서 있는 우리 사회를 바로 세우는 데 어떤 역할을 해주기를 은근히 기대하고 있다네. 그것은 꼭 자네가 혁명적인 조직에 몸을 담으라는 것은 아니네. 다른 길도 많이 있을 것이네. 자네의 죽음에 값할 만한 그 무엇을 하나 거머쥐고 정진하기 바라네. 건투를 비네.

1985. 12. 29.

* 추신 : 국내에서 나온 책은 여기서 구매해 읽을 수 있네. 자네가 도와줄 일은 외서를 구입하는 것이네. 귀찮겠지만 수고를 아끼지 말아주면 고맙겠네.
『독일(ドイツ) 문학 소사(文學小史)』, 루카치(ルカーチ), 이와나미쇼텐(岩波書店)
『현실의 도피(現實と逃避)』, 루카치(ルカーチ), 헤이본샤(平凡社)

『병든 예술(病める藝術)』, 루카치(ルカーチ), 헤이본샤(平凡社)

『히크메트(ヒクメット) 시집』, 히크메트(ヒクメット)*, 이즈카쇼텐(飯塚書店)

『아시아 · 아프리카(アジア · アフリカ) 시집』, 히크메트(ヒクメット), 이즈카쇼텐(飯塚書店)

『베트남(ベトナム) 시집』, 히크메트(ヒクメット), 이즈카쇼텐(飯塚書店)

『게오르크 뷔히너(ゲオルク · ビューヒナー)』, 게오르크 뷔히너(ゲオルク · ビューヒナー), 가와데쇼보신샤(河出書房新社)

무적에게[*]

 인동에서 나온 시집을 보았네. 남풍에 그 시집에 나온 시들을 교정해놓은 것이 있을 것인데 그것을 인동에 갖다 주었으면 하네. 인동의 시집에 실리지 않은 시가 적어도 백여 편 더 있을 것으로 추측이 가는데 그것을 누가 가지고 있는지, 모아졌으면 하네. 박광숙 씨가 갖고 있는 것이 사십여 편 된다고 들었네. 그것이 모아지면 남풍에 있는 것과 함께 복사해서 내가 한번 보도록 해주게. 사정 봐서 취사선택해 공개하든지 지하로 돌리든지 해야 할 것 같네. 나는 이 시대를 위해서 쓴 것이지 사후의 시대를 위해서 쓴 것이 아니네. 지금 써먹지 못하면 아무 소용 없는 종이쪼각에 다름없네. 이 부탁 꼭 이행해주면 고맙겠네.

 하이네 시를 번역하고 있네. 내가 좋아한 것만을 골라서 말일세. 브레히트, 네루다, 아라공, 마야코프스키 등의 것을 번역해서 한 백여 편 되면 시집으로 낼까 하네. 이 시대를 위해서 필요한 것 같기 때문이네. 내가 전에 부탁한 이들 시인들의 시집을 구해주면 좋겠네. 영어나 독일어나 스페인어나 일어 등으로. 당장에 구입해줘야 할 것은 하이네의 『독일 겨울이야기』 일어판이네. 마야코프스키와 아라공의 것은 일어판밖에 없네. 그것도 아라공의 것은 각천서점(角川書店)에서 나온 『세계의 시집 3 아라공 시집(アラゴン詩集)』뿐이고 마야코프스키의 것은 반총서점(飯塚書店)에서 나온 『마야코프스키 시집(マヤコフスキ詩集)』 Ⅰ · Ⅱ · Ⅲ권뿐이네. 중복이 안 되도록 하게. 요즘 원전(原典)이 더러 번역되어 나오는 모양인데…… 『국가와 혁명』 『제국주의론』도 나온 모양인데 보고 싶다네.

---

[*] 엮은이 주 : "무적"은 김남주 시인의 후배인 최권행.

나 때문에 여러 가지로 수고하신 남풍 여러분께 감사드리고 싶네. 남풍과 자네에게 일러두고 싶은 것이 있네. 내가 보낸 글쪼가리는 출판사나 집에 보관하지 말고 엉뚱한 곳에다 간수하길 바라네. 그리고 복사해서 만일의 경우에 대비도 하고. 어려운 조건에서 어렵게 어렵게 나가는 글이 없어졌다는 소식을 들었을 때 맥이 빠졌고 그 생각만 하면 다신 이런 어려운 작업 할 의욕이 싹 사라져버리고는 한다네. 작은 일도 성실하게 분별 있게 해내는 사람이 좋은 일꾼이고 그런 사람을 이 시대는 필요로 한다네. 혁명적 언사나 남발하고 다니는 사람이 훌륭한 일꾼은 아니라네. 아무도 모르게 숨어서 일하는 사람 그런 사람이 참으로 훌륭한 일꾼이라고 할 수 있네.

1988. 3. 9. 솔연(牽然)*

(김남주, 『나와 함께 모든 노래가 사라진다면』, 창작과비평사, 1995, 207~208쪽)

---

* 엮은이 주 : "솔연"은 김남주 시인이 광주교도소에 수감 중일 때 작품 발표에 따른 문제들을 피하기 위해 본명 대신 쓴 이름. 1985년 4월 창작과비평사에서 간행한 16인 공동 시집 『그대가 밟고 가는 모든 길 위에』(신경림·이시영 엮음)에 "김솔연"이라는 이름으로 작품을 발표한 바 있음. 또한 「솔연(牽然)」이라는 시작품을 발표했는데, 전문은 다음과 같다. "대가리를 치면 꼬리로 일어서고/꼬리를 치면 대가리로 일어서고/가운데를 한가운데를 치면/대가리와 꼬리가 한꺼번에 일어서고//뭐 이따위 것이 있어/그래 나는 이따위 것이다//만만해야 죽는 시늉을 하고 살아야/밥술이라도 뜨고 사는 세상에서//나는 그래 이따위 것이다". 이 작품에서 "솔연"이란 『손자병법』에 나오는 상산(常山)의 뱀을 가리킨다. "솔연"은 세계 최초의 공산주의 국가인 '소련'으로 읽을 수도 있다.

남풍에게*

요즘 와서 시가 마구 씌어집니다. 두렵기까지 합니다. 두려움이란 내용에서 오는 게 아니고 형식에서 옵니다. 잠시 시 쓰는 일을 그만두어야겠습니다. 그동안 씌어진 시들을 모아 독자들에게 보여야 할 일이 남았는데 어떤 방법으로 보여야 할지 망설여집니다. 공공연하게냐 은밀하게냐를 놓고 말입니다. 내 생각은 시작업을 계속하기 위해서 은밀하게 하는 쪽으로 기울어지기도 합니다. 공개적으로 꼭 해야겠다면 꾀가 있어야 할 것입니다. 나는 나 자신이 드러나는 것을 원하지 않습니다. 나는 숨어서 일하는 것을 좋아합니다. 일의 효과에 너무 집착하다 보면 일의 지속성이 없어지기 때문입니다. 그뿐만 아닙니다. 은밀하게 해도 공공연하게 하는 만큼의 효과를 낼 수 있다면 전자를 택하는 것이 좋은 일꾼이 취해야 할 태도라고 생각하기 때문입니다.

꾀를 하나 냅시다. 시집을 내는 꾀 말입니다. 나는 비합법적으로 독자의 손에 전달되는 것을 바라지만, 그쪽에서 꼭 합법적으로 해야겠다면 시집의 저자는 다음과 같이 하는 것도 고려해보십시오. '김남주 외'라고요. 적을 감쪽같이 속이기 위해서, 그리고 적으로부터의 공격에 대비해서 그 방법이 괜찮다고 생각됩니다.

다시 말해서 적이 어떤 시를 문제를 삼으면 그건 나의 것이 아니라고 강변할 수 있도록 말입니다. 지난해 가을에도 내 시집 문제로 관의 조사를 받았는데 그때도 나는 그렇게 강변했습니다. 운동권 학생들이 내 이름을 도용해서 선전의 효과를 노리려고 그런 모양이라고 말입니다. 가령 책 이름이 『시

---

* 엮은이 주 : "남풍"은 김남주 시인의 시집 『조국은 하나다』 등을 간행한 도서출판 남풍의 대표인 정진백.

와 혁명』이라면 저자는 '김남주 외'라고 써주시는 것을 고려해주십시오.

번역시 문제로 돌아갑시다. 시집 이름을 『아침 저녁으로 읽기 위해서』라고 하면 좋겠습니다. 나는 그 시들을 '싸우는 사람'들이 일상적으로 보아주기를 바랍니다. 틀림없이 힘이 되어줄 겁니다. 각 시인에 대한 약력과 시에 대한 해설을 생각해보았습니다만 그만두기로 했습니다. 범죄가 너무 완벽하고 치밀하면 오히려 의심받을 소지가 커지기 때문입니다. 꼭 부탁드리고 싶은 것은 시집을 내기 전에 내가 교정쇄를 보도록 해주십시오. 혁명적 금언 몇 개 적어봅니다.

1. 아무리 사소한 일도 먼저 질서와 체계를 세우고 침착 기민하게 대처할 수 있도록 항상 마음의 준비를 하고 있자.

2. 적을 공격하기 전에 반격에 대한 백퍼센트의 준비 없이는 공격을 개시하지 말자.

3. 방심은 최악의 적이다. 주변 정리를 잘하자.

4. 나는 하나의 길 또는 다른 길로 발걸음을 내딛기 전에 사물의 스물네 가지 측면을 검토한다.

용기와 지혜와 건투를 빕니다.

1988. 4. 21. 솔연(率然)

(김남주, 『나와 함께 모든 노래가 사라진다면』, 창작과비평사, 1995, 208~210쪽)

시집의 발문을 부탁드리며*

염무웅 선생님께

안녕하십니까 선생님, 남줍니다. 엉뚱한 데서 그것도 처음으로 선생님께 편지를 쓰게 됩니다.

어떻게 지내고 계신지요. 대구에 계신 줄은 오래전부터 알고 있습니다. 건강은 좋으신지요. 가끔 선생님의 글을 접합니다만 자주 쓰신 편은 아니더군요. 제가 미처 읽지 못한 것도 있겠지요. 솔직히 말씀 드려서 백낙청 선생님과 염무웅 선생님이 1980년대에 제도권 학원으로 복귀하신 것에 대해 저로선 불만이었습니다. 19세기 중엽 러시아에서 체르니셰프스키와 도블로류보프가 러시아 혁명의 발전에 기여했던 역할을(혁명적인) 두 평론가가 해주기를 은근히 기대했기 때문입니다. 기대했다기보다는 마땅히 그러했어야 했겠지요. 두 분께서 그런 역할을 못했다는 투정은 아닙니다. 제도권 밖에 있었다면 보다 전투적으로 하실 수 있을 터인데 하는 아쉬움이 남는 것이지요. 특히 우리 역사에서 1980년대가 가지는 의미는 엄청난 것이 아니겠습니까. 침묵은 죄입니다고 저는 감히 말씀드리고 싶습니다.

---

* 엮은이 주 : 원래는 서신의 제목이 없으나 엮은이가 임의로 단 것임.

저는 장기수로서 건강한 편입니다. 머리가 반백이 되어 있는데 부끄럽습니다. 싸움도 제대로 못하고 징역만 잔뜩 살고 있는 것도 부끄럽고요. 그러나 무엇보다도 부끄러운 것은, 죄스럽기까지 한 것은 오자투성이고 문장도 제대로 되어 있지 않은 미완의 시들이 활자화되어 버젓이 세상을 떠도는가 하면 그것들이 이번에는 시집으로까지 묶여 나왔다는 것입니다. 시의 그런 결함들을 내가 처해 있는 상황의 탓으로 돌려 버릴 수도 있겠지만 반드시 그럴 수만은 없을 것입니다.

엊저녁에(지금은 새벽입니다)『창비』여름호에서 선생님이 제 시를 읽으시고 써주신 글을 오매조매한 마음으로 읽었습니다. 선생님의 평론에 임하시는 자세와 태도가 엄격함을 익히 알고 있어서겠지요. 더구나 결함투성이들의 시들인『나의 칼 나의 피』를 어떻게 읽으셨을까 하고 생각할 때는 가슴이 뜨끔할 정도였습니다. 다행히 그에 대한 구체적인 언급은 없어서 한숨 놓기는 했습니다만.

선생님, 저는 문학에 대해서 별로 아는 바가 없고 시 쓰는 재주도 없습니다. 이것은 겸손에서 나오는 건방진 말이 아닙니다. 다른 시인들의 언어를 구사하는 재주에 저는 매번 감탄을 금치 못하니까요. 저는 애시당초부터 시를 변혁 운동의 일환으로 쓰기 시작했습니다. 최초의 나의 시를『창비』의 편집진, 특히 염무웅 선생님이 수용한 것도 당시 사회적 분위기의 덕택이 아니었나 하는 생각을 저는 늘 갖고 있습니다. 그래서 시가 잘 안 되고 에이 이놈 짓 못하겠다 싶을 때 저는 염 선생님을 원망하기까지 했습니다. 왜 나 같은 사람을 명색이 시인으로서 문단에 올려놓았을까 하고요. 선생님은 기억하실런지 모르겠습니다만 언젠가 제가 창비사에 찾아갔을 때 선생님이 저더러 좋은 시 많이 쓰라고 했을 때 저는 무의식적으로 시 해서 뭣합니까 했지요. 그때 선생님의 표정을 지금도 선명하게 기억하고 있지요. 사실 저는 시 쓰는 일에 자신이 없었을 뿐만 아니라 시의 사회적 기능에 대해서도 여러 번 회의적이었습니다. 앞에서도 말씀 드렸습니다만 저는 해방 투쟁을 이데올로기적으로 마련하는 일환으로서 시를 썼고 투쟁 그 자체를 제 첫째 가는 의무로 여겼으니까요. 그리고 사회적 실천으로서의 시는 사회적 실천 운동 속에서 나올 수밖에 없다고 제 나름대로 생각하고 있었습니다. 이 생각은 지금도 변함이 없습니다. 쓰잘 데 없는 말을 한 것 같습니다. 아무튼 감사합니다. 어떤 기회가 있기만 하면 그것을 활용하셔서 제게 관심을 가져주시는 선생님의 애정어린 배려에.

오늘 제가 선생님께 굳이 이런 데서 글월을 드린 것은 부탁이 있어서입니다. 하나는 제가 이곳에서 써보낸 시가 수십 편 있는데 어떤 출판사에서 그걸 시집으로 엮을 계획인가 봅니다. 그 시집의 발문을 선생님이 써주시면 얼마나 좋을지 모르겠습니다. 그리고 지금 담 밖에서는 선배, 동료 후배 문인들이 저를 위해 여러 각도에서 석방 운동을 하고 있는 줄 알고 있습니다. 과연 이런 때에 시집 내는 일이 바람직한 것인지 그것도 선생님이 판단하여주시길 바랍니다.

오는 8월 28일에 서울에서 국제 펜대회가 열린다고 들었습니다. 그것을 계기로 해서 이곳에서 싸움을 할 작정입니다. 내용은 정치범에게 펜과 종이를 허가하라는 것이고 형식은 단식입니다. 선생님 동서고금에 이런 나라, 정치범에게서 펜과 종이를 빼앗아간 나라가 또 어디 있을까요. 제가 알기로는 노예제 사회인 고대 로마에서도 이런 야만적인 짓을 하지 않았습니다. 왜냐하면 민족의 침입에 저항하다가 투옥된 철학자 보에티우스는 감옥에서 『철학의 위안』을 썼으니까요. 암흑기라고 흔히 말하는 중세 농노제 사회에서도 정치범으로부터 펜과 종이를 앗아가지 않았습니다. 세르반테스는 감옥에서 『돈키호테』를 썼고 마르코 폴로는 역시 감옥에서 『동방견문록』을 구술했다니까요. 저 악독한 제국주의 식민지 시대에도 정치범에게서 펜과 종이를 박탈하는 비인간적인 짓은 하지 않았습니다. 영국의 식민지 인도에서 네루 같은 사람은 자기 딸에게 보내는 편지 형식으로 『세계사 편력』을 썼고 세계에서도 그 악독하고 잔인하기가 으뜸이었다는 일본 제국주의 시대에도 한용운 시인, 홍명희, 신채호 같은 분들은 펜과 종이를 빼앗기지 않았습니다.

선생님, 정치범에게서 펜과 종이를 빼앗아간다는 것은 인간에게서 밥과 숟갈을 빼앗아간 것 이상으로 비인간적이고 야만적인 처사입니다. 저는 이런 처사에 더 이상 굴복할 수 없습니다. 마침 좋은 기회가 있기에 야만적이고 비인간적인 행위를 만천하에 폭로해야겠습니다. 저의 이런 의도에 관해서도 선생님이 동료 문인들과 논의하여주시면 고맙겠습니다. 저의 싸움이 타당한 것이라고 판단되었을 때는 응원도 해주시고요.

끝으로 한 가지만 더 말씀 드리겠습니다. 밖에서는 제가 여섯 개 외국어를 한다는 소문이 있는가 봅니다. 엉터리입니다. 그 따위 소문의 진원지가 어딘지 모르겠습니다.

혹시나 고은 선생님의 그 특유하신 과장법에서 나온 것이 아닌가 생각도 해봅니다만 아무튼 사실 아닌 것이 떠도는 데는 유쾌한 것은 아닙니다. 제가 이곳에 와서 한 외국어는 스페인어 하나밖에 없습니다. 그것도 밖에서 후배가 스페인어 교과서와 사전을 넣어주어서이고 그 실력 또한 초보 단계에 머물고 있습니다. 영어와 일어와 독어는 제가 밖에 있을 때 한 것이고요. 기왕 외국어 얘기가 나왔으니까 하는 말씀입니다만 저는 외국어를 통해서 세상에 눈을 떴습니다. 무슨 말씀인고 하니 외국어로 된 서적을 읽고 세계를 바르게 인식했다는 것입니다. 1980년대 들어와서야 용기 있고 전투적인 청년 학생들에 의해서 이런 저런 사회과학 서적이며 문학 서적이 번역되고 있으니까 외국어의 필요성이 그리 절박한 것은 아닐지 모르지만 1970년대까지만 해도 우리 국어만 가지고는 역사와 세계를 바르게 알 수 없었다는 것은 누구나 인정할 것입니다. 학문과 사상의 자유가 철저하게 봉쇄되고 있는 나라에서 외국어는 나라 안팎의 사정을 아는 데 있어서 절실하게 요구되는 매개물이 아닌가 합니다.

방금 저는 외국어를 통해서 세계를 바르게 인식했다고 말씀 드렸습니다만 그 바른 인식의 내용은 구체적으로 말씀드려서 인간 관계와 사물과 사물과의 관계를 유물변증법적으로, 계급적인 관점으로 보게 되었다는 것입니다. 문학의 방면에서 특히 저는 그러했습니다. 하이네, 아라공, 브레히트, 마야코프스키, 네루다(주로 이들의 작품을 일어와 영어로 읽었지만)의 시작품을 통해서 저는 소위 시법이라는 것을 배웠습니다. 그것은 현실을 물질적인 관점에서 그것도 계급적인 관점에서 묘사하는 것이었습니다. 저는 그들의 작품을 읽으면서 다음과 같은 생각을 가지게 되었습니다. "문학의 생명은 감동에 있다. 그런데 그 감동은 어디서 오는가? 그것은 진실에서 온다. 진실은 그러면 어디서 오는가? 적어도 계급 사회에서 그것은 계급적인 관점에서 인간과 사물을 읽었을 때이다."라고 말입니다. 문학의 예술성이 언어에 힘입은 바 절대하다 할 정도는 아니라도 대단하기는 하지만 그 언어 자체도 계급적인 각인이 찍혀 있는 것입니다. 그래서 저는 문학의 예술성에도 위의 제 생각이 일차적으로 적용되어서는 안 되는가 하고 생각합니다.

그리고 또 저는 외국어를 배우면서 우리의 현실을 잘 이해하게 되었고 이해된 현실을 잘 묘사할 수 있게 되었습니다. 여기서 잘 이해하고 잘 묘사할 수 있었다는 것은 바르게 이해하고 바르게 묘사했다는 뜻입니다. 선생님 마르크스는 「루이 보나파르트 브뤼메르 18일」에서 이런 말을 했습니다. "새로운 언어를 배우기 시작한 초보자는 항상 외국어를 일단 모국어로 번역하지만, 그가 새로운 언어의 정신에 동화되고 그래서 그 언어로 자신을 자유롭게 표현할 수 있게 되는 것은 새 언어를 사용했는데 모국어를 떠올림이 없이 그 언어 속에서 나름대로의 길을 찾고 새로운 언어 사용에서 자신의 모국어를 망각하는 경우일 뿐이다." 저는 하이네, 브레히트, 마야코프스키, 네루다, 아라공 그 외 러시아 고

전 시인들의 작품을 번역하면서 마르크스의 말이 진실임을 확인했습니다. 제가 시에서 제 나름대로의 길을 찾게 된 것은 순전히 이들 시인들의 작품을 읽고 번역한 덕분이 아닌가 싶습니다.

선생님 건강에 항상 유의하십시오. 건강을 잃으면 아무리 사회에 유익한 일을 하고 싶어도 못하게 되니까요. 하더라도 나약한 몸으로는 나약하게밖에 못하니까요. 정신적인 힘은 물질적인 힘에서 나온다는 것을 체험을 통해서 통감했습니다. 오기란 것이 있는데 그것은 진정한 힘이 아닌 것 같아요. 그것은 나약한 자의 신경질적인 발작 외 아무것도 아닐 것입니다. 선배, 동료, 후배 문인들께 안부 전해주십시오. 저도 건강하게 열심히 징역살이하겠습니다. 아무렇게나 휘갈겼습니다. 용서해주세요.

그럼 선생님의 건강과 건필을 빌면서.

1988. 5. 23. 솔연

(염무웅 소장)

남풍에게

번역 시집의 이름을 『해방 시집 1』로 하고 '아침 저녁으로 읽기 위하여'는 부제로 해주십시오.

앞으로 계속해서 외국시를 번역하여 『해방 시집』 1 · 2 · 3으로 엮어볼 생각입니다. 2는 러시아편, 3은 제3세계편이 될 것입니다. 러시아의 고전시인들, 푸쉬킨, 레르몬토프, 네크라소프 등의 시집을 일역이나 영역본이 있으면 준비해보십시오. 제3세계 시집도 준비해보시구요. 일본 서점에 가서서 문학 관계 관련 도서 목록이 있으면 한 권 사서 보내주시면 고맙겠습니다. 이런저런 책을 주문하고 싶으니까요. 우리는 각자 처해 있는 조건에서 최선을 다해야 할 것입니다. 최선을 다하지 못하는 사람은 역사와 민중 앞에서 유죄입니다. 일상적으로 작은 일을 꾸준히 해내는 사람이야말로 변혁운동에서 필요한 사람입니다. 공허하고 과장된 혁명적 언사나 뇌까리고 다니는 사람보다.

건투를 빕니다.

1988. 6. 18 솔연

(김남주, 『나와 함께 모든 노래가 사라진다면』, 창작과비평사, 1995, 210~211쪽)

특별한 인간*

— 체르니셰프스키의 『무엇을 할 것인가』를 읽고

권행에게.

최근에 체르니셰프스키의 『무엇을 할 것인가』를 읽었다. 이 소설은 19세기 1970년대 이후의 러시아 혁명가들에게 지대한 영향을 미쳤을 뿐만 아니라 이 소설에 삽화적인 인물로 잠깐 등장하는 '라프메토프'라는 '특별한 인간'의 모습은 레닌을 비롯한 뭇 혁명가들의 모범이 되었다고 한다. 그러면 우선 이 책을 읽고 당시 혁명가들이 어떤 반응을 보였는가를 한두 사람의 예를 들어 알아보자.

이 유명한 소설을 되풀이해서 읽지 않았던 사람이 있을까? 이 소설의 영향으로 보다 순결하게, 보다 선량하게, 보다 용감하게, 보다 대담하게 되지 않았던 사람이 있을까? 주인공들의 도덕적인 순결성에 감동되지 않았던 사람이 있을까? 이 소설을 읽고 자기 자신의 생활을 반성하고 자기가 지행하는 바나 습성에서 엄격한 비판을 가하지 않았던 사람이 있을까? 우리는 너나 할 것 없이 이 소설에서 정신의 힘, 미래에 대한 확신을 섭취하고 있었던 것이다. 러시아에 인쇄기가 설치되고 오늘에 이르기까

---

* 엮은이 주 : 『시와 혁명』(101~121쪽) 및 「소설 『무엇을 할 것인가』를 읽고」(『불씨 하나가 광야를 태우리라』, 165~185쪽)로 재수록됨.

지 이 소설만큼 위대한 성공을 거둔 작가는 없다.

이것은 우리가 익히 알고 있는 러시아 최초의 마르크스주의자이며 그 자신이 혁명가였던 플레하노프의 말이다. 다음은 러시아 혁명의 지도자이며 위대한 승리자일 뿐만 아니라 국제 프롤레타리아 계급의 가장 신뢰할 수 있는 동지이며 식민지 피압박 민중의 강고한 동맹자인 레닌의 회상을 들어보자.

마르크스 이전의 사회주의자로 최대의 그리고 가장 재능이 풍부한 대표자인 체르니셰프스키의 소설을 유치하고 재능이 없는 작품이라고 부르는 것은 기괴하고 바보 같은 생각이다……. 이 소설의 영향으로 수백 수천의 사람들이 혁명가가 되었다. 재능이 없고 유치한 소설이라면 그와 같은 일은 없었을 것이다.

가령 나의 형— 알렉산더 울리아노프(1866~1887) 그는 1887년 페테르부르크대학 재학 시절에 짜르 암살을 기도하다가 발각되어 주모자로 처형되었다—도 이 소설에 몰두해 있었고 나도 그랬다. 이 소설은 나를 완전히 바꾸어 놓았다.

이 소설은 매우 복잡하고 많은 사상을 가득 담고 있어서 소년 시절에 내가 이것을 바르게 읽었다고는 평가할 수 없다. 내가 최초로 이것을 읽은 것은 열네 살 때였는데 그때 나는 그것을 전혀 피상적으로밖에 이해하지 못했다. 형이 죽은 후 나는 이 소설이 그의 애독서 중의 하나였다는 것을 알고 진지하게 이것을 다시 읽기 시작했다. 그리고 며칠이고 몇 주일이고 되풀이해서 읽었다. 그때 가서야 나는 비로소 이 책의 깊이를 알았다. 이것은 내 생애에 있어서 인간 행동의 원동력이 되었던 것이다.

그리고 크룹스카야(레닌의 처이자, 동지이고 비서였다)는 그녀의 회상에서 소설 『무엇을 할 것인가』는 레닌의 애독서였다고 하면서 "나는 그가 이 소설의 세세한 묘사까지 기억하고 있는 데에 경탄했다."고 한다.

그러면 『무엇을 할 것인가』의 저자 체르니셰프스키는 어떤 사람인가? 루카치의 표현을 빌어 말하면 그는 "혁명하는 사람이었다. 그는 자기의 문필 활동을 혁명에 종속시키는 사람이었다." 철학자·문예비평가·작가로서의 그는 베린스키, 도블로루보프와 더불어 동시대의 가장 선진적이고 가장 급진적인 혁명적 민주주의자였다.

19세기 중엽에 러시아의 인텔리겐치아들은 농노제의 폐지와 그에 이어지는 사회 개혁의 내용과 형식을 둘러싸고 크게 두 파로 갈라져 있었다. 즉 자유주의적인 인텔리겐치아 그룹과 혁명적 민주주의자의 그룹으로 갈라져 있었는데 체르니셰프스키는 후자의 이데올로기적 지도자였다.

가령 자유주의자들은 혁명적 민주주의자들과 마찬가지로 농노제의 폐지를 주장하였으나 그들의 궁극적인 이상은 현실적으로 지배 계급인 토지 귀족들의 정치적·경제적 특권을 해치지 않는 범위에서 토지 개혁을 한정시키고 따라서 당연하게도 개혁의 방법도 짜르의 절대 권력과의 타협에 기초하고 있었다.

이에 반하여 체르니셰프스키를 지도자로 하는 혁명적 민주주의자들은 농노의 해방을 단순히 법적인 그것으로 그칠 것이 아니고 기층 민중의 사회적·정치적인 해방을 의미하는 것이었고 피착취 대중의 지금까지 착취 계급으로부터 당해왔던 경제적·윤리적 압박으로부터 완전하고 전면적인 해방을 의미하는 것이었다. 그래서 정당하게도 이러한 해방을 실천하는 방법에 있어서 그들은 불굴의 전투적인 정신을 가지고 임했으며 지배 계급과의 어떠한 타협도 거부하는 자세를 취하지 않을 수 없었다.

체르니셰프스키의 농노해방과 혁명에 대한 이와 같은 이해와 그것을 실현시키려는 전투적인 자세는 그대로 그의 문예 비평과 창작에도 이어진다.

다시 말해서 혁명의 내용과 형식이 문학의 내용과 형식을 규정하게 된다. 그렇다고 체르니셰프스키가 도식적이고 기계적으로 혁명과 문학의 문제를 설정했다거나 문학을 혁명의 사회적 실천을 위한 도구로 이해했다는 것은 아니다. 물론 엥겔스가 발자크의 소설을 분석한 대목에서 저 유명한 말, '리얼리즘의 승리'라는 명칭을 체르니셰프스키에게도 적용시킬 수는 없겠지만 그러나 그의 문학적 동지인 도블로루보프의 다음과 같은 언급은 의미심장한 바가 있다.

> 작가나 한 작품의 가치는 그들이 얼마나 한 시대나 민족의 진정한 지향을 표현해낼 수 있었는가에 의하여 측정된다.

여기에는 엥겔스가 발자크의 소설을 리얼리즘의 승리라고 한 말의 의미와는 정반대의 입장이 표현되어 있다. 내가 알기로는 엥겔스의 '리얼리즘의 승리'가 의미하는 것은 왕당파요, 반동적인 세계관의 소유자인 발자크는 의식적으로 자기의 세계관에 조응하는 소설을 써야겠다고 의도했는데 결국 자기의 의도와는 위배되는 결과를 가져오고 말았다는 것, 그런데 그것이 오히려 더 폭 넓고 깊이 있는 어떤 위대한 문학적 형상화로 나타났다는 것, 그 이유는 다름이 아니라 바로 작가 정신— 현실을 있는 그대로 객관적으로 파악하고 묘사하려는—이 작가의 세계관을 압도했기 때문이라는 것이었다.

그런데 도블로루보프는 분명히 한 시대나 민족의 진정한 지향을 표현해야만 문학하는 사람도 그의 어떤 작품도 가치가 있다는 것으로 되어 있다.

내가 엥겔스의 말과 도블로루보프의 말을 바르게 이해하고 있는지 그렇지 않은지는 차치하고 작가가 자기의 작품에 자기의 세계관을 갖고 들어가느냐 들어가지 않느냐가 위대한 리얼리즘의 성패를 가르는 기준은 될 수 없다는 것이다. 물론 작가는 살아 있는 인간과 현실의 인간 관계 그리고 자연과 사회의 관계를 있는 그대로 충실하게 객관적으로 묘사해내고 형상화함으로써 위대한 리얼리즘 문학의 기반을 확보하리라는 것은 두말할 필요도 없는 진리이다.

그러나 그렇다고 해서 앞의 객관성이라는 철학적 개념이 당파성을 배제하는 것은 아니다. 아니 오히려 객관성은 당파성의 원리를 적극적으로 자기 안에 끌어담음으로써 진정한 객관성을 보장하는 것이 아닐까 한다. 적어도 내가 생각하기에는 계급 사회에서는 물론이거니와 완전한 공산주의가 이룩되지 않는 사회주의 사회에서도 당파성을 자기 내부에 끌어들이는 객관성이야말로 현실을 이해하는 바른 기초가 될 것으로 확신한다. 무당파성은 계급 투쟁의 최전선에서 나약하고 비겁한 자, 자본가에 고용된 어용 이데올로그들, 소시민적 자유주의자들이 항용 쓰기 마련인 자기기만, 자기 위장의 가면적 표현 수단에 다름 아니다. 레닌적 의미에서의 진정한 혁명적 민주주의자는 "어떤 사태를 평가할 경우에도 직접적으로 공공연하게 특정의 사회적 집단의 입장에 서는 것을 자기 의무"로 해야 한다.

체르니셰프스키는 혁명적 민주주의자였다. 그는 러시아의 농민을 짜르의 전제 지배로부터 전면적으로 해방시키고, 공상적이기는 하지만 나아가서는 자본주의의 착취와 억압과 부패와 타락으로부터 미리 러시아 민중을 구제하기 위해 자본주의를 거치지 않고 곧바로 사회주의 공화국을 건설하기 위해서 헌신적으로 해방 운동을 실천한 전투적인 인간이었다.

그는 후진 러시아의 박토에 혁명의 씨앗을 뿌리는 순박한 농민이었고, 자기 자신이 러시아의 대지에 묻히는 씨앗이기를 거부하지 않았던 희생적인 전사였고, 자기 희생 없이는 민중적인 선과 행복과 자유에 봉사할 수 없다고 자각한 최초의 병사였고, 자기의 죽음이 무익하게 끝나지 않을 것이라는 것을 확신한 낙천적인 투사였다.

바로 이런 생각을 가지고 있었기 때문에 그는 전생애를 오직 혁명의 실천에 바칠 수 있었고 누가 뭐라고 하건 그따위 것에 개의치 않고 철학자로서 문예 비평가로서 심지어는 본의 아니게 소설가로서 혁명에 헌신하였던 것이다.

이것으로 어리숙하고 부족하게나마 체르니셰프스키의 사람됨과 생각에 대한 언급은 끝내고 이제 애초에 내가 의도했던 본론으로 들어가기로 하자.

그것은 체르니셰프스키의 저작 전반에 대한 내 나름의 생각을 개진하는 것도 아니고 내가 최근에 읽었다는 그의 소설 『무엇을 할 것인가』 서평도 아니다. 내가 애초에 의도했던 것은 이 소설에 삽화적인 인물로 잠깐 등장했다가 사라지는 '특별한 인간' 라프메토프에 대한 내 나름의 고찰이다. 내가 진실로 바라는 것은 나 자신이 라프메토프와 같은 '특별한 인간'이 되는 것이고 다른 많은 사람도 그와 같은 인물이 되어 우리 시대의 가장 중대한 문제를 해결하는 데 없어서는 아니 될 역할을 해주었으면 하는 것이다.

앞에서도 언급했지만 체르니셰프스키가 본의 아니게 소설가가 되어 『무엇을 할 것인가』를 쓰게 된 것은 첫째, 혁명이라는 대의에 어떤 방법으로는 봉사하기 위해서였다. 둘째, 그는 1862년에 혁명 사상을 유포시켰다는 혐의로 체포되어 감옥에 갇히는 몸이 되었는데 당국의 검열 때문에 문화적 장치를 사용하지 않고는 자기의 사상을 인민 속에 퍼트리는 것이 불가능하였기 때문이다.

그래서 그는 마르크스나 레닌이 필요한 경우에 그러했듯이 소설의 요소요소에 '노예의 언어'를 도입하였다. 즉 반어법·암시·상징, 심지어는 갑자기 침묵의 언어를 사용해야만 했다. 이 소설을 되풀이해서 읽어야 하고 세세한 부분에까지 주의를 환기시켜야 함은 바로 이 때문이다. 셋째, 문학은 생활의 생생한 반영으로서 혁명의 실천을 구체적으로 독자에게 전달할 수 있었기 때문이다.

민중은 이론 그것만을 통해서는 아무리 그것이 자기 자신의 이해에 관계되는 것이고 평이한 말로 씌어졌다 하더라도 쉽게 자각되는 것이 아니다. 민중은 생활을 통해서, 집단적인 노동과 투쟁을 통해서 현실의 계급적 관계를 이해하고 그것의 역사적 실천을 자기 임무로 해야 한다는 것을 깨닫게 되는 것이다. 물론 노동자의 계급적 자기 성찰과 사회주의적 각성에 대한 논의는 역사적으로 큰 쟁점이 되어온 것은 사실이지만 말이다.

아무튼 체르니셰프스키의 이 소설은 그가 미결수로서 감옥에 갇혀 있을 때 씌어져서 여러 가지 경로를 거쳐 가까스로 일반 독자의 손에 들어가게 되었다. 말할 것도 없이 당국은 이 책을 발매 금지시켰지만 민중은 그들의 지혜와 용기로 그것을 필사본으로 제작하여 비합법적으로 읽어나갔다.

이 소설을 읽는 독자들은 "이 소설은 체르니셰프스키가 옥중에서 보낸 유언이다."라고 생각하면서 한 자 한 자 빠짐없이 읽어갔다. 그들은 이 소설의 주인공들이 사는 것처럼 살려고 도시와 농촌에 협동조합이며 코뮌을 조직했으며, 처녀들은 여주인공 베라 파블로브나처럼 자립적·독립적인 삶의 길로 나왔고, 사적인 생활의 편협적이고 이기적인 욕망으로부터 벗어나 사회에 유익한 일을 해보려고 노력하기도 했다.

그러면 이 소설을 쓰게 된 배경 설명과 이 소설이 독자에게 미친 영향에 대해서는 이만 줄이고 이 소설의 핵심이라고도 할 수 있는 '특별한 인간'의 장에 나오는 라프메토프의 인간적 특질에 대해서 이야기하기로 하자.

1. 라프메토프는 새로운 사회 건설을 위해 자기의 모든 재산을 바친다

라프메토프는 농노 2천5백 명을 부리는 지주의 아들로서 그는 8명의 자녀들 중 끝에서부터 두 번째였다. 그 때문에 그가 받은 유산은 별로 많은 것이 아니었다. 그가 아버지로부터 받은 유산은 4백 명 정도의 농노와 7천6백 헥타르의 토지였다. 그가 대학에 들어갔을 때는 열여섯 살 때였다. 3년 동안 대학을 휴학하고 그러니까 다시 복교하여 대학 2학년 때에 그는 자기의 소유지로 가서 후견인의 반대를 거절하고 1천6백 헥타르의 토지만 남겨두고 나머지는 처분해버렸다. 당연하게도 그의 형제들은 그와 의절했고 자매들에게는 그의 이름을 입에 올리지 못하도록 했다. 라프메토프는 처분하지 않고 남겨 둔 토지에서 연간 3천 루블의 수입을 올렸다. 그는 1년 동안의 자기 생활비 4백 루블을 빼놓고 나머지는 공적인 생활로 돌렸다. 그는 나머지 돈으로 몇 명의 청년들의 학비를 대주었다. 그들 중 두 명은 카잔 대학에, 다섯 명은 모스크바 대학에 다니고 있었다.

그는 노동하는 민중들의 생활을 익히고 몸소 그 생활에서 민중들과 고락을 같이해야 할 필요성 때문에, 그리고 견문을 넓히고 시야를 확대해야 할 필요성 때문에 나라 안팎을 여행하고는 했는데 독일을 방문했을 때 한 철학자가 빈한하기 짝이 없는 생활을 하고 있다는 소문을 듣고 그에게 거금 3만 루블을 주겠다고 제의했다. 그러나 그 철학자가 그것을 받지 않으려 하자 라프메토프는 "당신의 저작물의 출판을 위해서입니다."라고 말하면서 막무가내로 그 철학자 앞으로 은행에 예금하여 버렸다. 그 철학자는 소설에 명시되어 있지는 않지만 "19세기 유럽의 최대의 사상가이고 새로운 철학의 창설자"로서 포이어바흐라는 것이 암시되어 있다.

앞에서도 말했듯이 이 나라 저 나라를 두루두루 여행하는 것은 "비교 연구를 위해 필요하기 때문"이라고 라프메토프는 습관적으로 말했다. 그런데 우리가 여기서 유의해야 할 것은 라프메토프라고 하는 '특별한 인간'의 행동은 완전히 비밀이라는 것이다. 토지의 처분도, 학자금의 급여도, 철학자에의 헌금도 완벽한 비밀로 행해졌다는 것이다.

라프메토프는 페테르부르크 대학에 다니고 있었는데 그의 친구들 중 아무도 그의 이런 행위와 친척 관계 그리고 생활의 경제적 측면을 모르고 있었다. 다만 그들이 그에 대해서 알고 있는 것은 그에게 붙여진 두 개의 별명뿐이었다. 하나는 '엄격주의자'라는 별명이었고 다른 하나는 '니키토시카 로모프'라는 별명이었다.

2. 엄격주의자 라프메토프

'특별한 인간' 라프메토프는 자기 소유지로 가서 토지를 처분하고 나라 안 팎을 여행하기 이전부터 물질적·정신적·지적 생활에서 독특한 원칙을 세 워 그것을 불굴의 의지를 가지고 철저하게 이행하고 있었다. 그는 자기의 이 런 엄격한 생활 태도를 놓고 자기 비판을 하기도 했다. "이런 너무나 극단적 인 것은 불필요하다. 왜 이런 것을 결정할 필요가 있을까?" 하고 회의해보는 가 하면 "아니다. 이것은 필요하다."라고 반문하기도 했다.

> 우리들은 사람들이 생활을 충분히 향수하게 되기를 요구한다. 우리들
> 이 그것을 요구하는 것은 개인적 욕망의 만족을 위해서도, 자기 자신만
> 을 위해서도 아니고 인류 전체를 위해서라는 것, 이것은 틀림없는 원칙
> 의 문제이고 개인적인 욕망이 아니라 확신에 기초한 것이라는 것, 이것
> 을 우리들은 자기 자신의 생활로써 실증하지 않으면 안 된다.

라프메토프는 엄격주의자로서 "나는 한 방울의 술도 마시지 않기로 한다." "나는 여성과는 관계를 갖지 않기로 한다."는 원칙을 세웠다. 그가 여성과의 관계를 거부한 이유는 한마디로 말해서 행동의 자유가 구속당하기 때문이라 는 것이었다. 어떤 우연한 계기로 라프메토프는 한 여자를 위기에서 구해주 게 되었다. 자기 스스로 중상을 입을 정도로 위험스런 순간에 뛰어들어 위기 에서 구해주었는데 구원받은 그 여자로부터(그 여자는 열아홉 살의 청상과 부로서 재산도 있고 현명했으며 모든 점에서 완전히 독립된 생활을 하는 입 장에 있었다.) 구혼을 받았을 때 다음과 같은 말로 거절한다.

> 나는 당신에게 누구보다도 솔직하게 말할 수 있었습니다. 잘 아시고
> 계시겠지만 나와 같은 인간은 자신의 운명이 타인의 운명에 얽매이는 것

을 허락하지 않습니다. 나는 내 마음속의 연애 감정을 지워버리지 않으면 안 됩니다. 당신에 대한 나의 사랑은 두 손을 묶게 될 것입니다. 그것을 푸는 데는 시간이 걸립니다. 내 두 손은 이미 묶여져 있습니다. 그러나 나는 이것을 풀어야 합니다. 나는 연애를 해서는 안 됩니다.

이와 같은 혁명하는 사람들 사이의 사랑과 결혼의 문제는 고리키의 『어머니』에 제기된다. 내 기억으로는 『어머니』에 나오는 두 주인공 파베르와 소러시아인 사이의 대화에서 논쟁적으로 제기된 것 같은데 거기서도 역시 결혼과 처자식이 딸린 가정 생활은 경제적인 문제를 비롯하여 여러 가지 이유로 부정적으로 이야기된다. 한마디로 말해서 결혼과 가정 생활은 행동의 자유뿐만 아니라 심리적인, 정서적인 측면에서도 혁명적 실천을 제약하는 굴레가 된다는 것이다.

엄격주의자 라프메토프는 책을 읽는 데도 사람을 만나는 데도 하나의 원칙을 세워 놓고 그것을 실천해나갔다. 먼저 독서에 대해서 이야기해보자. 그는 책을 읽되 기본적인 책이 아닌 것은 읽을 필요가 없다는 것이었다. 그런 책을 읽는다는 것은 시간 낭비라고 했다. 그러면 그가 말하는 기본적인 책은 어떤 책인가? 그의 대답을 직접 들어보자.

어떤 영역의 문제에도 기본적인 저작이라는 것은 극히 적다. 이들 기본적인 저작 이외의 모든 저작은 기본적인 저작 속에서 훨씬 안전하고 분명하게 서술되어 있는 것을 반복하거나 천박하게 하거나 왜곡시키거나 할 뿐이다. 그러므로 이러한 기본적인 저작만을 읽을 필요가 있다. 그 외의 독서는 시간 낭비이다. 러시아 문학을 예로 들면 나는 무엇보다도 먼저 고골리를 읽을 것이다. 그밖의 수천 권의 소설은 아무렇게나 다섯 군데를 다섯 줄씩 읽으면 거기에는 고골리를 서투르게 흉내내고 있다는 것을 알 것이다. 왜 그런 것을 읽을 필요가 있겠는가? 학문의 경우에도 마찬가지이다. 학문에 있어서는 이 차이가 오히려 더욱 확실하다. 아담

스미스, 맬더스, 리카도, 밀 등의 저작들을 읽으면 이 파의 알파와 오메가는 다 읽게 된다. 경제학에 대한 그밖의 수백 권의 저작들 중 어느 하나도 읽을 필요가 없다. 다섯 군데를 다섯 줄씩만 읽으면 그곳에 새로운 사실은 하나도 없고 모두가 모방과 왜곡이라는 것을 알 것이다. 나는 독창성이 있는 것만을, 이 독창성을 알기 위해서만 읽는 것이다.

다음에는 그가 만나는 인간에 대해서 이야기하자. 그는 이 문제도 독서와 똑같은 원칙을 세워 지켜나갔다. 즉 부차적인 인간을 만나기 위해서 시간을 낭비해서는 안 된다는 것, 기본적인 인간만을 상대로 한다는 것, 그렇게 함으로써 부차적인 인간의 문제는 저절로 해결된다는 것이었다.

예를 들면 자기의 서클에 소속된 사람들을 제외하고는 그는 다른 사람들에게 영향력을 갖고 있는 인간만 사귀기로 하고 있었다. 몇 사람에 대하여 권위를 갖고 있지 않는 인간은 어떤 수단을 써서라도 그와는 말도 하지 않았다. 그런 인간에 대해서는 그는 "죄송합니다. 나에게는 시간이 없습니다."라고 말하면서 그 곁을 떠나버렸다. 그러나 자기 쪽에서 사귀고 싶다고 생각되는 인물은 어떤 수단을 써서라도 그와 사귀는 것을 피하지 못하게 했다. 그는 그런 인물 앞에 직접 나타나서 "나는 당신과 사귀고 싶습니다. 이것은 필요한 일입니다. 지금 시간이 없으시면 다른 시간을 정해주십시오."라고 전제하고 나서 용건을 꺼냈다. 그리고 그는 스스로 중요하다고 생각되는 문제에는 누가 부탁하지 않아도 기꺼이 개입했는데 그는 그것을 자기의 의무라고 규정했다.

라프메토프에게 있어서 사적인 일은 체조·독서·체력의 단련을 위한 노동이 거의 전부였다. 이러한 개인적인 용무는 그의 시간의 4분의 1을 차지할 뿐이었고 나머지 시간은 '누구를 위한 것도 아닌 사업'에 사용했다. 말할 것도 없이 여기서 말하는 '누구를 위한 것도 아닌 사업'은 혁명이다. 혁명에 임하는 라프메토프의 이와 같은 엄격주의에 대해 어떤 사람은 이것이 현실에서 한 인간에게 가능한 일이겠느냐고 반문할지도 모른다. 나는 그게 가능하다고 말하지 않겠다. 다만 그것은 꼭 필요하다고 주장해야겠다.

예를 하나 들어보자. 혁명적 조직 생활에서 비판과 자기 비판의 문제는 엄청난 중요성을 갖는다. 이것이 조직원들 사이에서 철저하게 이행되지 않는다면 조직은 살아남지 못할 것이다. 그런데 현실적으로 많은 사람들은 어떤 동지가 잘못을 저지르고 있음에도 그것을 지적하여 바로 잡아주지 않고 그냥 지나쳐버리거나 눈감아준다.

어떤 사람은 잘못을 저지른 동지가 자기의 동향인이라고 해서 그럴 수 있을 것이고, 또 어떤 사람은 그가 자기의 학교 선배라고 해서 그럴 것이고, 또 어떤 사람은 그가 자기의 죽마고우여서, 또는 연장자여서, 애인이어서 그럴 것이다. 이런 현상은 미묘한 인간 관계에서 생기는 것이다. 어쩌면 이것이 오히려 인간적인지도 모른다. 자질구레한 잘못 같은 것이야 눈감아주고 지나쳐버려도 큰 문제는 없을 것이라는 생각 말이다. 그러나 조직 생활에서 작은 일이라 해서 원칙을 무시한다거나 소홀히 해도 된다는 법은 없는 것이고 또 있을 수도, 있어서도 안 되는 것이다.

혁명적 인간은 무슨 일을 할 때건 철저해야 하는 것이다. 처음과 끝이 분명해야지, 유야무야하거나 불분명한 상태로 머물러서는 안 된다. 특히 혁명의 초기 단계와 적의 탄압이 물샐틈없이 집요하고 악랄할 때와 혁명의 급격한 전환기나 퇴각기에는 엄격주의자의 존재는 절대적인 가치를 갖는 것이다.

3. 민중으로부터 사랑과 존경을 받는 라프메토프

나는 앞에서 라프메토프의 친구들이 그에게 '니키토시카 로모프'라는 별명을 붙여서 부른다고 썼다. 그러면 그는 어떤 사람인가? 그는 볼가강의 뱃사공으로 헤라클레스와 같이 힘센 사내이다. 그는 키가 2미터를 넘었고, 가슴은 떡벌어져 있고 몸무게는 240킬로그램이었다. 체격은 완강하나 뚱뚱한 것은 아니었다. 그가 어느 정도 힘이 센가는 4인분의 노임을 받는다는 한 가지 사실만으로도 알 수 있다. 배가 항구에 도착하여 그가 시장— 볼가강 지방의 말에 의하면 바자르—에 나타나면 이곳저곳의 골목에서 젊은이들이 환성을 질렀다. '니키토시카 로모프가 왔다!'고. 그리고 모든 사람들이 부두에서 바자르로 통하는 길을 내달리는 것이었다. 그리고 그들은 무리를 지어 자기들의 영웅의 뒤를 따라갔다.

그래서 라프메토프도 친구들이 자기를 '니키토시카 로모프'라고 부르면 여간 기뻐해 하지 않는 것이었다. 그도 그럴 것이 그 이름은 수백만의 사람들 사이에서 알려져 있는 이름이고 그가 그 명예스러운 이름으로 불려지는 권리를 갖기에 이른 것은 생득적인 것이 아니라 그의 강한 의지의 힘에 의한 것이었기 때문이다.

사실 라프메토프는 열여섯이 되어서 페테르부르크에 갔을 때는 키도 꽤 크고 체격도 좋은 보통의 젊은이였지만 체력이 특별나게 뛰어난 것은 아니었다. 그러나 열일곱 살쯤 되었을 때 그는 체력을 강화해야겠다는 필요성을 느끼고 신체를 단련하기 시작했다. 처음에는 체조에 열중했다. 그렇지만 이 것은 힘을 세게 할 뿐 힘을 비축하는 것은 아니라고 판단하고 체조에 소비하는 두 배 시간의 힘을 필요로 하는 육체 노동자로서 일하기로 했다. 그리하여 물을 나른다든가, 장작을 팬다든가, 나무와 돌을 자른다든가, 흙을 파고 대장간 일을 한다든가 등등 아무튼 노동하는 사람들에 끼어 육체 노동을 했다. 그는 일을 자주 바꾸어서 했는데 그것은 일을 바꿀 때마다 근육의 다른 부분을 새롭게 단련시킬 수 있기 때문이었다. 그는 또한 권투하는 사람과 같은 식사를 하기로 했다. 체력을 강화시켜준다고 정평이 나 있는 음식, 무엇보다도 비프스테이크, 그것도 날것에 가까운 비프스테이크를 먹기로 했다.

이런 생활을 시작하고 나서 한 일년 후 여행을 하면서도 체력의 증강에 도움이 되는 생활을 하게 되었다. 그는 농부가 하는 일, 목수가 하는 일, 무엇을 운반하는 일, 그밖의 건강에 도움이 되는 노동을 했으며 어떤 때는 자신이 뱃사공이 되어 볼가강의 전 연장을 노저어 가기도 했다. 만약 그가 뱃사공을 자기 직업으로 하고 싶다고 선주한테 말했다면 선주도 다른 뱃사람들도 그것을 곧이곧대로 받아들이지 않았을 것이다. 그래서 당연히 그는 고용되지 않았을 것이다. 그는 승객으로서 배를 타고 노동자들과 좋은 친구가 되어 배를 저어가는 데 도움을 주기 시작했던 것이다. 그리고 일주일 후에는 본직이 뱃사람인 그들과 동무가 되었다. 인부들은 그가 힘이 엄청 센 것을 보고 그와 줄다리기 시합을 했다. 그때 그의 나이 스무 살이었다. 확실히 그가 강력한 체력의 소유자가 되었던 것은 길고 험한 단련의 결과였다.

그는 스스로에게 이렇게 속삭였다. '민중들로부터 사랑받고 존경받기 위해서는 이것이 정말 필요한 것이다. 이것은 언젠가 좋은 데 쓰여질 것이다.'라고.

위에서도 언급되어 있듯이 라프메토프는 어떤 필요 때문에 쇠고기를 주로 먹었다. 그는 쇠고기 외의 음식에는 동전 한 푼도 쓰지 않았다. 쇠고기는 특별히 주문하여 최량의 것을 먹었으나 그밖의 음식은 언제나 가장 싼 것만 먹었다. 그는 흰 빵은 먹지 않았다. 검은 빵만 먹었다. 설탕은 몇 주일이고 한 조각도 입에 대지 않았으며 과일이며 송아지 고기 거세된 닭고기는 몇 개월이고 먹지 않았다. "구미가 당긴다고 해서 귀중한 돈을 들여 먹지 않아도 건강에 지장이 없는 것을 사먹을 권리는 나에게 없다."라고 그는 생각했다. 그러나 그는 어렸을 때부터 사치스런 음식을 먹으며 자랐기 때문에 식사에 대해 상당히 세련된 취미를 갖고 있었다. 이것은 요리에 관한 얘기가 나왔을 때 그가 사용한 언어를 보면 알 수 있다. 그는 누구에게 초대되어 식사를 할 때에 자기가 평소에 입에 대지 않는 요리도 기꺼이 먹고는 했다. 그러나 이런 자리에서도 전혀 손을 대지 않는 요리도 있었다.

이와 같은 구별의 규준에는 근거가 있었다. 라프메토프는 다음과 같이 생각하는 것이었다. "민중이 때때로 먹을 수 있는 것은 나도 기회가 있으면 먹어도 좋을 것이다. 그러나 민중의 손이 결코 미치지 못하는 것은 나도 먹어서는 안 된다. 이것은 그들의 생활이 나의 생활에 비해서 얼마나 고통스러운 것인가를 조금이라도 아는 게 나에게 필요한 것이다. 그 때문에 과일이 나올 경우에는 반드시 사과를 먹는다. 결코 살구는 먹지 않는다. 오렌지 종류는 페테르스부르크에서는 하층 민중도 이것을 먹으나 지방에 있을 때는 먹지 않았다. 그것은 페테르부르크에서는 하층 민중도 이것을 먹으나 지방에서는 먹지 않기 때문이다." 그밖의 모든 측면에 있어서 그는 스파르타적인 생활 형식을 지켰다. 가령 그는 항상 잠잘 때 요 같은 것을 깔지 않고 펠트제의 모포 위에서 잤다. 그것도 두 겹으로 해서 잔 적이 없었다.

마르크스는 어딘가에서 이런 말을 한 것으로 기억된다. "비판의 무기는 무기의 비판으로 대체되어서는 안 된다. 물질적인 힘은 물질적인 힘에 의해서만 전복되는 것이다. 그러나 어떤 이론도 대중을 사로잡을 때에 비로소 물질적인 힘이 된다." 혁명가는 대중을 떠나서는 어떤 힘도 발휘하지 못한다. 대중이야말로 혁명을 추진시키는 원동력인 것이고 혁명을 떠받쳐주는 기반인 것이다. 그리스 신화에 나오는 거인 안테우스도 그의 발이 대지에서 떨어졌을 때는 어떤 힘도 쓸 수 없었던 것이다. 그의 발이 대지에서 떨어지면 어린 아기가 손가락으로 슬쩍 건드리기만 해도 그는 쓰러져버렸을 것이다.

그러면 물질적인 힘의 주체로서 대중을 사로잡기 위해서 혁명가는 어떻게 해야 하는가? 민중으로부터 사랑받고 존경받는 사람이 되어야 하는 것이다. 그러면 민중으로부터 사랑받고 존경받기 위해서 혁명가는 어떻게 해야 하는 것일까? 라프메토프와 같이 해야 하는 것이다. 먼저 대중으로부터 존경받고 사랑받고 신뢰받는 사람이 된다. 그리고 대중의 발에 혁명의 씨앗을 뿌리는 파종가가 된 다음 그들을 조직으로 묶는다. 이것이 혁명적 인간의 일이다.

대중, 조직, 지도자 이 세 요소는 혁명의 승리를 위한 전제 조건인 것이다.

4. 의지를 시험하는 라프메토프

라프메토프에게는 킬사노프라는 친구가 있었다. 어느 날 이 친구는 라프
메토프로부터 하나의 부탁을 받았다. "날카로운 칼 끝 때문에 입은 상처를
치료하는 연고를 조금 주지 않겠습니까?" 이런 부탁이었다. 킬사노프는 목
수 조합 아니면 일의 성질상 찰과상을 당하기 쉬운 직인 조합에 그것을 가져
가려고 그럴 것이라 생각하고 커다란 항아리에 그 약을 가득 담아 건네주었
다. 그런데 어느 날 아침 라프메토프가 세들어 살고 있는 하숙집의 아주머니
가 어쩔 줄을 모르고 당황해 하면서 킬사노프에게 달려왔다. "선생님, 우리
집에 세들어 살고 있는 사람에게 무서운 일이 일어났어요. 아침이 되어도 좀
체로 일어나지 않길래 문이 잠겨 있어서 열쇠 구멍으로 들여다보았더니, 그
사람이 피투성이가 되어 침대에 누워 있지 않겠어요. 소리를 질렀지만 문 안
으로부터는 아무런 기척도 없었어요. 도와주세요. 그 사람이 죽을지도 몰라
요. 제 몸을 조금도 소중하게 여기지 않는 사람이라니까요." 이렇게 사정하
는 것이었다.

킬사노프가 달려가서 보니까 라프메토프는 조용하게 웃으면서 문을 열었
다. 킬사노프가 목도한 정경은 굳이 하숙집 주인이 아니라도 누구나 깜짝 놀
랄 정도의 것이었다. 라프메토프가 입고 있는 셔츠의 등과 옆구리 부분은 피
로 물들어 있었다. 침대 밑에도 피가 떨어져 있었고 그가 깔고 있었던 펠트
도 피투성이었다. 그런데 펠트의 표면에는 많은 못 끝이 2센티미터나 돌출해
있었는데 그 수는 백 개 정도 되었다. 라프메토프는 밤새 그 위에서 누워 있
었던 것이다. "이거 웬일이십니까? 라프메토프."라고 킬사노프가 놀라서 묻
자 라프메토프 다음과 같이 대답하는 것이었다. "시험해보았습니다. 이런 것

도 필요합니다. 어리석은 짓이라고 말할지 모르겠습니다만 만일의 경우에 필요합니다. 견뎌낼 수 있다는 것을 알았습니다."

여기서 만일의 경우는 말할 것도 없이 혁명가가 경찰서 같은 데에 끌려가서 고문을 받게 되는 경우를 말한다. 혁명가는 항상 만일의 경우에 대비해서 자기 자신의 육체뿐만 아니라 자기의 의지, 자기의 주변을 정리하고 그것을 실천적으로 점검해둘 필요가 있는 것이다. 일을 당하고 나서 후회한다거나 서둘러 임시방편으로 대처해봤자 이미 늦은 것이고 제대로 될 리도 없다. 루카치는 레닌의 혁명가적 특질을 '준비성'이라 했는데 이것은 옳은 말이다. 적어도 큰 오류를 치명적으로 범하지는 않을 것이다.

5. 라프메토프의 인간 관계

윗글에서 언급했지만 라프메토프는 사람을 만나 어떤 이야기를 할 때도 기본적인 대화와 기본적인 인간만을 상대로 했다. 라프메토프는 친구와도 그 친숙한 관계를 유지하는 데 필요한 범위 밖에서는 관계를 갖지 않았다. 그리고 일정한 사람들과 어떤 관계를 가지는 것도 혁명의 필요에서였지 자기 자신의 여흥이나 소일거리로 관계한 적은 없었다. 그는 이렇게 생각했다. "출석한 것은 필요하다. 일정한 사람들의 집단과 밀접한 관계를 갖는 데서 생기는 이익은 우리들 일상 생활의 경험에서 볼 때 명확하다. 다양한 정보의 출처를 항상 손에 넣고 있다는 것은 필요하다."고. 그렇기 때문에 그는 혁명에 이익을 가져다주지 않는 사람과는 결코 만나는 법이 없다. 그는 아무런 용무(혁명적)도 없이 찾아오는 사람은 결코 받아주지 않았다. 용무가 있어서 찾아왔을 경우에도 그 용무에 필요한 시간보다 5분 이상 머물게 하지는 않았다. 그는 자기 집에 찾아오는 손님에게 다음과 같은 원칙을 정해놓고 그것을 지켰다. "우리들은 당신의 용건에 관해서 이야기를 나눴습니다. 이제 나로

하여금 다른 일을 하도록 해주시오. 나는 시간을 중요하게 사용하지 않으면 안 된답니다."

라프메토프와 대화를 나눈 적이 있는 사람은 누구나 그의 거친 행동거지 에도 불구하고 더할 나위 없이 사려 깊고 가식이 없음에 감동한다. 무섭게 신랄한 말이나 대단히 엄격한 비판도 그의 입을 통해서 나오면 이성적인 사 람은 아무도 그것에 화를 낼 수 없게 된다. 외면적으로는 거칠었지만 본질에 있어서 그는 아주 섬세한 인간이었다. 그는 상대와 이야기할 때 그리고 어려 운 문제에 대해서 설명할 때 우선 다음과 같은 식으로 말한다.

알고 계시겠지만 나는 개인적인 감정은 조금도 없이 이야기합니다. 내 말에 기분이 상하게 되면 용서해주십시오. 그러나 결코 당신을 욕되게 하려고 해서가 아니라 필요에 의해서 선의로 이야기하고 있기 때문에 화 를 낼 아무런 이유도 없을 것입니다. 그리고 내가 하는 말을 계속해서 듣 는 것이 무의미하다고 생각되시면 나는 곧 그만두겠습니다. 나는 그렇게 해야 한다고 생각할 때에는 어떻게 해서든지 나의 의견을 말합니다. 그 러나 결코 그것을 강요하지는 않습니다. 이것이 나의 원칙입니다.

실제로 그는 상대에게 자기 견해를 억지로 강요하여 받아들이게 하지 않 았다. 그러나 자기의 견해를 꼭 피력해야겠다고 생각하고 있었을 때는 아무 도 그것을 못하게 할 수 없었다. 그는 필요한 용건에 대해서 상대가 이해할 수 있도록 아주 간단하게 말했다. 그리고 상대에게 묻는다. "이것이 이야기 의 내용입니다. 이 점에 있어서 나와 이야기하는 것이 유익하다고 생각하십 니까?" 상대가 "아니"라고 대답하면 그는 "실례했습니다"라고 인사하고 떠 나는 것이었다.

그에게는 용무가 많았다. 그것도 그 개인에게는 전혀 관계가 없는 것뿐이 었다. 그것은 모든 사람이 알고 있었다. 그러나 그의 용무란 것은 도대체 어떤 성질의 것인가? 그것은 그의 주위의 누구도 모르는 것이었다. 그가 바쁘다는 사실만은 누구의 눈에도 분명했다. 그는 좀체로 집에 있는 적이 없다. 언제나 외출 중이었다. 하지만 그의 집에는 많은 사람들이 찾아왔다. 늘 찾아오는 사람도 있고 새로운 얼굴도 있었다. 그는 손님을 맞이하기 위해 오후두 시부터 세 시까지 집에 있기로 했다. 이 시간에 집에 돌아오지 않는 때도자주 있었다. 그럴 때는 그 대신으로 그의 친구 중 한 사람이 방문객을 맞았다. 이 사람은 물론 몸과 마음으로 그를 믿고 있을 뿐만 아니라 만일의 경우에 부딪쳤을 때는 무덤처럼 입을 다물고 있을 수 있는 청년이었다.

시간이 없다. 간단히 말하자. '특별한 인간' 라프메토프는 혁명에 이익을 가져오는 일은 어떤 수단을 써서라도, 생명을 걸고서라도 수행할 수 있는 각오가 되어 있는 불굴의 강철과도 같은 의지의 사람이었다. 한마디로 말해서 러시아 혁명의 승리를 결정적으로 있게 한 볼셰비키적 인간의 전형이다. 『무엇을 할 것인가』의 저자 체르니셰프스키가 '특별한 인간'의 장 결론 부분에서 말하고 있는 것처럼.

그와 같은 사람은 많지 않다. 그러나 그들 덕분에 만인의 생활이 꽃을 피우는 것이다. 그들이 없으면 사람의 생활은 시들고 쇠잔해버린다. 그들의 수는 적으나 그들이 있음으로 해서 수많은 사람이 숨을 쉬고 살 수 있는 것이다. 그들이 없으면 사람들은 숨을 쉬고 살아갈 수 없는 것이다. 정직하고 선량한 사람은 많이 있다. 그러나 라프메토프와 같은 사람들은 많지 않다. 그들은 차(茶) 속의 틴이고, 최상급 포도주의 향기이다. 그들이 있음으로 해서 선량한 사람들의 힘과 매력이 태어나는 것이다. 그들은 뛰어난 사람들 중에서도 핵심이고 원동력의 원동력이고 소금 속의 소금이다.

어둠의 바다에서도*

권행에게

광주에서 쫓겨나고 꼭 일 년이 되었네. 그동안 나는 많은 것을 배웠네. 책에서는 읽지 못한 것, 일상의 사물과 인간 관계에서는 체험하지 못한 것을 참으로 많이 배웠네. 이런 의미에서 나를 광주에서 쫓아낸 사람들에게 감사하고 있네. 자본가들에게, 자본가들의 재산을 지켜주기 위해 불철주야 노심초사하고 있는 독재자와 그 하수인에게 축복 있을진저!

자본가와 독재자와 그들 하수인들이 왜 나를 광주에서 쫓아냈는지 그 이유를 확실히 모르고 있네. 내가 학생들을 모아놓고 학습을 했다는 것이 그 이유가 될 수 있을까? 학생들에게 『파리 코뮌』을 강독했다고 해서, 아니 하려고 마음먹고 있었다고 해서 그랬을까? 아니면 또 내가 왼쪽 손을 들고 빈자의 편에 서 있다는 것을 부자들이 아니꼽게 생각해서일까? 아무튼 나는 그 이유를 아직도 분명하게 모르고 있네.

나는 앞에서 일 년 동안 많이 배웠다고 했고, 그렇게 된 데 대해 자본가와 독재자와 그 하수인들에게 감사하다고 했는데, 그러면 그 배움이란 게 도대

---

* 엮은이 주 : 『시와 혁명』(199~202쪽)에 수록됨. 보낸 연도와 날짜를 정확히 알기 어려운데 편지의 내용으로 보아 1979년 2~3월쯤으로 추정됨.

체 무엇인가? 그것을 말해야겠네.

그것은 한마디로 동지애였네. 알게 모르게 뜻을 같이 한 사람들이 나에게 쏟은 애정이었고 염려였고 격려였네. 나는 이전까지만 해도 세상은 적막하고 쌀쌀맞고 자기 중심적인 추잡한 이기심이 가득찬 것으로 해석했고, 그 속에서 나는 외로운 존재라고 자탄하고는 했는데 그것은 관념적인 자기 환영의 산물일 뿐이라는 것을 깨달았네. 이번에 나는 그것을 뼈저리게 눈물겹게 인식했네. 나는 나 혼자가 아니었네. 세상은 나를 나 혼자이게 두지도 않는다는 것이네. 이것은 마치 밤의 거대한 어둠이 혼자이고자 할 때 숲속에는 어둠을 꿰뚫어보고 있는 부엉이가 있고, 풀밭에는 섬광을 발하면서 자기 존재를 알리는 개똥벌레가 있고, 산길과 들길에는 길손을 안심시키는 등불이 있고, 하늘에는 수천, 수만, 수억의 별들이 어둠이 무색할 정도로 화려하게 수놓고 있는데, 이것들이 잠시도 어둠을 내버려두지 않으려는 것과 같네.

그동안 꼭 일 년 동안 내가 어둠의 바다를 떠돌 때 수많은 별들이 내 머리 위에서 빛을 발해주었네. 수많은 부엉이들이 내가 보지 않는 곳에서 나를 지켜보고 있었다는 것도 나중에는 알게 되었고 반딧불과 등불들은 내가 허방을 딛을까 염려하며 길 안내를 해주었네.

나는 그들의 따뜻하고 포근한 밤의 담요에 싸여 이 집 저 집으로 안전하게 옮겨다녔고, 그들의 헌신적인 배려로 어둠 속에서도 빛의 일을 할 수 있었네. 그들은 내가 기차나 버스를 탈 때면 안쓰럽고 아쉬운 눈으로 나를 바래다주었고, 그들은 내가 길을 떠날 때면 아무도 모르게 내 바지의 뒷주머니나 손에 수 겹으로 접은 지폐를 넣어주었고, 그들은 내가 어느 약속한 지점에 닿으면 말없는 목자와 같이 내 차가운 손을 어디론가로 이끌어주었네. 정말이지 나는 그들의 헌신적인 동지애에 오히려 황송해서 부끄러워 죽을 지경이었다네.

아니 그것은 꼭 동지애만은 아니었네. 거꾸로 된 세상에서 바르게 살려고 생각은 하고 있지만 아직은 행동에 못 나서고 있는 사람들이 먼저 자그마한 것이라도 행동에 옮긴 사람들에게 보이는 인간적인 애정이었다고 해야겠네. 그러니까 그 애정을 보이는 사람은 어딘가 애처로운 데가 없지 않았고, 그것을 받아들이는 쪽 또한 부담이 없는 것은 아니었다네. 더구나 받아들이는 측의 행동이 보잘것없는 것이었을 때는 더욱 마음 무거웠고 쑥스럽기까지 하는 것이었네.

이런 속에서 남모르게 빛의 일을 하고 있는 부엉이와 개똥벌레와 등불과 별들의 도움을 받아가면서 나도 어둠을 조금이라도 물리치는 데 도움이 되는 빛의 일을 해야겠다고 어느 날 생각하게 되었는데 나에게 있어서 그것은 마땅한 일로 시를 쓰는 일, 시를 번역하는 일이었네. 그래서 나는 그동안, 꼭 일 년 동안 형편 닿는 대로 시를 써보기도 하고 내가 좋아하는 시인의 시도 번역해보았네. 여기 자네에게 보내는 것들이 바로 그것들인데 나는 이 시들을 싸구려 여인숙의 이불을 뒤집어쓰고 번역하기도 했고, 어떤 것은 처음 안내된 집의 다락방에서, 어떤 것은 폐결핵 환자들의 요양소에서, 어떤 것은 두메산골의 굴속 같은 암자에서, 어떤 것은 갓 결혼한 신혼부부 방의 곁방에서, 어떤 것은 산동네의 수돗물도 없고, 변소도 없고, 부엌도 없고, 마루도 없는 젊은 노동자의 자취방에서 쓰기도 하고 번역하기도 했네.*

이 시들을 내가 자네에게 보낸 까닭은 굳이 말하지는 않겠네. 다만 글이란 것은 어떤 목적이 있어서 씌어지는 것이라는 것만 알아주면 되겠네. 그리고 그 목적은 적절한 수단과 적절한 장소를 만나야 가장 잘 달성된다는 것도 알아야 겠네. 나는 자네에게 목적을 내놓았고 자네는 그것을 달성하기 위해 수단과 때

---

* 엮은이 주 : 김남주 시인은 『파리 코뮌』 강독이 문제되어 서울에 피신 중일 때 프란츠 파농의 『검은 피부 흰 가면』을 1978년 8월 『자기 땅에서 유배당한 자들』(청사)로 번역해서 출간했다.

와 장소를 고르는 것이네. 한 가지 빠졌네. 어떤 글이 제 목적을 이루는 데는 수단과 때와 장소 외에도 적절한 사람을 만나야 한다네. 모든 계급의 사람이 두루두루 읽을 수 있는 글도 있고 그렇지 않은 글도 있다네.

글은 어떤 사람에게는 화를 돋우지만 어떤 사람에게는 흥을 돋우게 한다네. 어떤 사람에게는 쓰지만 약이 되고, 어떤 사람에게는 달지만 병을 주기도 한다네. 모르면 몰라도 아마 내가 좋아서 번역한 시나 내가 쓴 시는 지금은 세상을 거꾸로 살고 있으나 앞으로 바르게 살려고 하는 사람에게는 조금은 쓸모가 있는 약이 될지도 모르네. 시를 휴지로 쓸 것 같은 사람에게는 주지 말아야 하고 약으로 써먹을 사람에게만 주어야 경제적인 사람이라네.

언제 내가 자본가와 독재자와 그 하수인들의 손에 떨어질지 그것은 알수 없네. 그들의 손에 잡히는 날이면 어쩌면 나의 이마에는 천형(天刑)의 딱지가 붙여질지도 모르네. 왜냐하면 자본가와 독재자와 그 하수인들은 먹을 것, 못 먹을 것 죄다 처먹고 배탈이 나면 할 짓, 못할 짓 죄다 해놓고 뒤탈이 나면 이 사람 잡아다가 왼쪽 옆구리에는 좌경이라는 고약을 붙이고, 저 사람 잡아다가 앞에 용공이라는 고약을 붙이니까. 만병통치약의 고약 말일네.

잘 있게, 내가 잡히는 그날까지.

그날이 오면 우리 만나세. 법정에서라도! 감옥에서라도! 무덤에서라도!

허위가 판을 치고 있는 세상에서 진실이 웃을 수 있는 곳은 그곳뿐이라네.

제4부

일기

1990년 10월 29일 ~ 1993년 12월 4일*

1990. 10. 29.

이제까지 내가 쓴 시 참 보잘것없다.

내 나이 마흔다섯, 이제 시작이다.

내년부터는 생활 속으로 들어가자. 거기 가서 끝간 데까지 사랑하고 증오하자. 중용은 시가 아니다. 그것은 성자들이나 할 일이다.

시인은 성자가 아니다. 혁명하는 사람 그가 시인이다.

1993. 11. 18. 빛고을 자연건강회 단식원에서

인간의 성장과 발전에는 시련과 고통이 반드시 필요하다고 나는 인식해왔다. 또 하나의 시련과 고통이 나에게 주어졌다. 자 그것을 받아들이자. 그리고 그 극복을 위해 싸우자.

나는 자라면서 오늘날까지 수없이 많은 사람들로부터 도움만 받고 베풀지는 못했다. 아니 안했다. 건강이 좋아지면 우선 베푸는 사람이 되어야지.

---

* 엮은이 주 : 김남주, 『나와 함께 모든 노래가 사라진다면』, 창작과비평사, 1995, 204~206쪽.

1993. 11. 21. 5시

'호박 + 미꾸라지 +황토' 반사발을 먹기 시작하고 한 시간 후에 오줌을 싸 보았더니 오줌발이 세차졌다. 기분만은 아닌 것 같다.

1993. 11. ○.

금년에 내릴 첫눈은 탐스럽기도 하다.

이 눈을 보고 토일이가 제 어미에게, 엄마, 아빠 빨리 나으라고 눈이 많이 오지? 라고 한다. 신통하다. 네살배기 아이가 어떻게 눈 오는 것을 보고 이런 말을 할 수 있지?

이 고통을 참자. 마땅한 것으로! 나의 지난 오년 동안의 생활은 너무나 불성실했고 건강에 대한 소홀은 너무나 지나쳤던 것이다.

1993. 11. 27. 7시 10분

양의의 처방과 한의의 처방 사이에서 오락가락 선택을 못하고 있다가 후자를 따르기로 했다. 어젯밤 9시에 한약을 먹고 새벽 1시 반쯤에 심한 등의 통증과 함께 변을 보았다. 버끔과 검은 노폐물이 섞인 누리끼한 똥이 서너 차례 아침까지 나왔다. 숙변을 제거하는 첫 과정인 듯하다. 배는 쓰라리지만 속은 편하다.

1993. 12. 1. 밤 12시 무렵

진리는 단순하다. 이 단순에 도달하는 과정이 복잡하다면 복잡하다. 나는 오늘밤 진리에 도달했다. 내 병은 내가 고친다는, 내 병의 근원은 내 몸속에서 독기를, 노폐물을 빼내는 데 있다는 것을. 아, 자신을 갖자. 기쁘다!

고통에는 끝이 있다. 이 통증을 이기자. 고환을 돌 위에다 놓고 망치로 깨버리고 싶은 이 고통의 극한이여!

1993. 12. 4. 새벽 4시 30분

어머니 아버지 노동으로 먹고 자라고 학교도 다녔다.

광주에서 학교 다닐 때는 친구나 선배의 집에서 먹고 자고 했다.

감옥에 다녀와서는 글 몇자 쓰고 1만원도 받고 5만원도 받고 말 몇마디 하고 3만원도 받고 30만원도 받고 하면서 식구들 먹여 살렸다.

나는 이날 이때까지 다른 사람의 신세만 지고 산 셈이다. 아주 쉽게, 노동의 고역도 없이.

앞으로 내가 건강을 되찾는다면, 그리하여 내 손으로 노동의 연장을 들고 논과 밭에 설 수 있다면 열심히 일해서 남에게 베푸는 사람이 되어야겠다. 받아먹고만 사는 그런 사람이 아니라 베풀면서 사는 그런 사람이.

기압의 영향 때문인가? 꼭 밤이면 등의 통증이 오기 시작해서 날이 샐 때까지 이어진다. 밤이 무섭다.

박철 시인이 새벽 3시에 집에 왔다. 술이 취해 있었다. 울면서 갔다. 그 눈물을 내 손으로 닦으면서. 그도 한때 죽음의 고비를 넘나드는 경우가 있었으니 동병상련인가? 사람은 같은 처지를 당해봐야 상대를 가장 잘 이해한다.

제5부

대담

노동해방과 문학이라는 무기[*]

손지태 (문학평론가)

　겨울을 다 보내고도 제법 매운 바람이 음산하기조차 한 2월 하순의 어느 저녁 무렵, 오랜 영어 생활에서 이제 우리 곁으로 돌아온 김남주 시인을 찾아나섰다. 시인을 만나러 가는 차 안에서도 라디오는 여의도의 농민 시위를 매도하기에 급급한 지배 계급의 논리를 앵무새처럼 되뇌이고 있었다. 그 무렵, 남쪽 울산의 분노한 노동 형제들은 구사대의 식칼과 쇠파이프에 머리가 깨지고 배가 갈라지는 참혹한 고통의 한 고비를 넘고 있었다.

　시인의 모습은 강파른 우리시대의 고난과 투쟁을 통해 오히려 담대하고 후덕해진 듯했다. 그러나 그는 시인이라기보다 민족해방 · 노동해방의 전사로 불리워 마땅한 사람이다. 무엇이 시인을 전사로 떨쳐 나서게 했는가? 시인과 나누어야 할 대담의 첫마디는 이것일 수밖에 없었다.

　선생님은 한 탁월한 시인이시기도 하지만 남조선민족해방전선 준비위원회의 전사로서 우리에게 더욱 선명히 기억되고 있습니다.

---

* 엮은이 주 : 『노동해방문학』(1989년 4월호)에 게재되었다가 『불씨 하나가 광야를 태우리라』(251~265쪽)에 재수록됨.

제가 남조선민족해방전선 준비위원회의 일원으로 활동하게 되는 과정은, 어쩌면 당연한 것이기도 하지만, 혁명 운동 그 자체에 대한 각성과 다르지 않았습니다. 제 나름의 고전 학습을 통해 저는 두 가지의 명제를 인식하게 되었습니다. 그것은 혁명 운동이 승리하기 위해서는 조직 건설이 필연적으로 요구된다는 사실, 그리고 혁명 운동의 과정에서 수없이 많은 사람의 희생이 불가피하다는 점이었습니다. 그런데 이 양자를 관념적으로는 승인하면서도, 스스로 실천할 의무를 외면한다면 위선에 지나지 않는다는 생각이 엄습해왔지요. 혁명을 승리로 이끄는 길에서 말없이 스러져가는 전사들 가운데 나만 예외일 수 있다는 식의 발상이 시인으로서, 또한 한 사회적 인간으로서의 양심에 비추어 결코 용납될 수 없었습니다. 그러나 당시의 저는 그것을 의무로서만 받아들였을 뿐 완전한 자기 실현이 주는 희열로까지 긍정해내지는 못했던 것 같습니다. 혁명의 과정에서 제 나름의 몫을 최선을 다해 감당한다는 생각 정도였지요.

현단계 민주 변혁의 성격과 과제

일전의 한 인터뷰에서 선생님께서는 현재 우리 사회 지배 계급을 여러 범주로 나누어 미제와 결탁한 군벌(장성), 미국에서 교육받은 고급 관료, 부르주아 정치가, 매판·예속 자본가 등으로 규정하신 적이 있으신데 그 점과 관련하여 질문을 드리고자 합니다. 「시와 혁명」이란 글에서 밝히셨듯이, "시의 내용이 혁명의 내용을 규정하는 것이 아니라 혁명의 내용이 시의 내용을 규정한다"고 했을 때 자신을 시인이기 이전에 전사라고 하신 선생님께서는 그 혁명의 내용을 어떻게 파악하고 계신지 대단히 궁금합니다. 현단계 민주 변혁의 성격과 과제에 대해서는 어떻게 생각하는지 말씀해주실 수 있을는지요.

현단계 민주 변혁의 과제나 성격을 말하기 위해서는 우리 사회의 성격부터 이야기되어야 할 것입니다. 이 성격을 놓고 소위 사회 구성체 논쟁이라고 해서 논쟁거리가 되어 있기도 하지요. 저로서는 한국 사회, 아니 이남 사회라고 해야 옳겠지요, 이남 사회가 생산 양식상으로는 자본주의적 생산 양식이 지배적으로 관철되고 있으며 그 발전 단계에 있어서는 국가 독점 자본주의이되 제국주의 세계 체제에 편입되어 있어 예속성을 면치 못하고 있다고 봅니다. 그렇기 때문에 이남 사회의 성격을 신식민지 국가 독점 자본주의 사회로 규정하는 데에 동의하고 있습니다.

그런데 선생님의 시편들 가운데 「어머님께」와 같은 시에서는 이 사회의 전선이 "좌익이냐 우익이냐라든가 보수냐 진보냐" 하는 데 있는 것이 아니라, 오직 "애국자냐 매국노냐" 하는 데 있다고 하셨는데요.

그러니까 그것은, 자본주의 사회의 기본 모순이 임노동과 자본의 모순인데 이른바 주요 모순을 두고 여러 입장 간에 쟁점이 형성되고 있는 것과 관련이 있지요. 저는 일단 우리 사회의 주요 모순을 민족 모순이라고 보았기 때문에 친미 매국 지배 계급과 애국 민중 간의 모순에 주목하였습니다. 그래서 그런 표현이 나온 거지요. 그러나 민족 모순을 주요 모순으로 규정하더라도 거기에 있어서 계급적 시각을 놓쳐서는 안 되겠다는 것이 제 기본적인 입장입니다. 우선 민족이란 어휘 자체만 하더라도 부르주아 민족주의라는 오해를 초래할 소지가 있지 않습니까? 민족 문제를 계급적인 시각에서 보지 않으면 항상 분명해지지 못할 위험이 있습니다.

바로 그러한 시각, 즉 올바른 계급적 관점에서 민족 · 민중 문제를 본다고 하는 것은 프롤레타리아 국제주의라는 보다 넓은 전망을 획득하는 데로 나아가는 것이겠는데요.

그렇습니다.

그럴 경우 국내적으로 봉건적 지역성이라든가 민중을 이루는 여러 계급 계층간의 이해가 일치하지 않는다든가 하는 문제에 있어서도 남한 노동 계급의 전국적 정책 전망에 입각해야 한다는 요구가 당연한 것이 될 터입니다. 그런 한편에서 또 소비에트 내의 민족 자치 혹은 독립의 요구 같은 것을 올바로 파악하는 관점이 요구되기도 하구요. 민족 형성의 역사적 과정에서 일정 시기에 작용한 부르주아적 기초라든지 민족주의 일반이 포함하고 있는 소시민적 요소 등을 염두에 둘 때 노동 계급 국제주의와 민족 문제간의 위상 정립이 아직은 철저히 천착되지 못한 상태입니다만.

저 역시 그 문제에 관해 완전히 정립된 견해를 제시할 형편은 못 됩니다. 그러나 소비에트에서 생기는 민족 갈등의 저변에는 종교적 배경이 강하게 작용하고 있음을 놓치지 말아야 하겠지요. 지역적으로도 민족적 성격이 강한 회교도 지역에 집중되어 있구요.

계속 이어지는 질문이 되겠습니다만, 선생님께서는 여러 곳에서 정치 권력을 장악하는 정치 투쟁으로서의 계급 운동이 혁명의 과정에서 다양하게 전개되는 사회운동, 이를테면 농민운동이라든가 민족해방 투쟁, 노동운동, 학생운동 등을 포괄하는 큰 흐름일 뿐만 아니라 그 가운데에서 가장 중심적인 지위를 차지하는 것이라고 항상 강조해오셨습니다. 그런데 최근 변혁 운동 진영 일각에서는 민족해방 투쟁이 "자신의 일상적, 경제적, 계급적 요구를 쟁취하기 위해 벌이는 계급 투쟁과는 달리, 추상적이며 보편적인 목표를 내거는 투쟁이기 때문에 (보다) 높은 단계의 투쟁"이라고 규정하기도 합니다.

역시 이 문제에 있어서도 우리 사회의 주요 과제인 민족 해방을 계급적 관점에서 바라보아야 한다는 원칙이 다시 한 번 확인될 필요가 있겠습니다. 제국주의가 신식민사회를 지배함에 있어서 피지배 사회의 계급적 관계를 통해 그 지배를 실현시킨다는 점은 두말할 나위가 없을 테니까요. 최근 우리 문학운동에서도, 다소 문제가 있는 표현일지는 모르지만 '민족주의적' 편향이라 할 만한 점이 느껴집니다. 정도상 같은 작가의 몇몇 작품은 바로 그런 예이지요.

「남민전」 사건의 의의

그렇게 볼 때 선생님께서 그 일원으로서 활동하셨던 남조선민족해방전선 준비위원회가 우리 혁명 운동의 역사에서 차지하는 의의에 대해 어떤 평가를 내리실지 궁금한데요. 『사회와 사상』과의 인터뷰에서는 남민전 사건을 넓은 의미에서의 반독재 민주화 운동의 일환 정도로 총괄하셨는데…….

그 대담에서는 충분히 밝히지 못한 점이 좀 있지요. 남민전 성원들 내부에서 평가 작업을 계획하고 있기도 해서 제 개인적으로 섣불리 거론할 단계가 아닌 것 같기도 하구요. 그러나 이런 정도는 말할 수 있으리라고 봅니다. 남민전의 지도부는 1960년대 베트남 민족해방 전선을 실천과 이론에서 모델로 삼아 조직 사업을 구상했었다고 하지요. 그런데 당시의 베트남 민족해방 전선의 이론적 기초를 살펴보면 우리와 같이 민족이 분단된 현실에서 특히 북베트남과의 관계를 어떻게 설정할 것인가 하는 문제가 심각하게 제기됩니다. 베트남의 경우에는 북베트남의 베트남 민족해방 전선에 대해 당적인 지도를 행사한다는 것이 원칙으로 되어 있었어요. 그래서 이 모델을 그대로 수용할 것인지의 여부가 논란이 되었다고 합니다. 한데 최근 출판된 북한 관계 자료에 따르더라도 1970년대 북한의 대남혁명전략 가운데 해방전선에 대한 입장은 '자력갱생의 원칙'으로 정리되고 있었습니다. 즉 남한 사회의 혁명은 남한민중의 힘에 의해 이룩되어야 한다는 관점이 뚜렷이 세워진 것이지요. 1976년 이후 남민전 준비위 사업이 본격화되었는데 당시의 지도부는 남한 혁명의 주요 과제를 미일 신식민주의와 그 앞잡이인 박정희 유신 독재를 타도하고 민족 자주 정권을 수립하는 것으로 일단 설정하였습니다. 그리고 이러한 과제를 실현할 전략적 수단으로는 노동 계급의 제네스트와 민중의 대중적 봉기, 그리고 전위조직으로서의 해방군, 이 세 가지를 결합시키는 것이 되어야 한다고 보았습니다. 물론 해방군 같은 것은 구상 단계였지만요. 그런데 여기서 한마디 해둘 것은 지난번 대통령 선거 투쟁 과정에서 많은 논란이 있었고 남민전에 대한 평가와도 관련된 것인데, 혁명 과정에서의 민간 정부 문제입니다. 미제로부터 해방된 나라들인 쿠바, 베트남, 니카라과, 이란 등의 역사적인 경험에 비추어서도 (신)식민지에서 민주정권이란 것은 그것이 군사정권이건 민간정권이건 간에 불가능하다는 점을 분명히 인식해야 할 것입니다. 대통령 선거 투쟁 당시의 저로서는 신식민지 민주 변혁의 과정에서 그 한 단계로서 부르주아 민간 정권은 가능성도 희박하지만 결코 바람직하지도 않다고 결론을 내렸었습니다. 비록 외부에 명확히 천명할 수는 없었지만, 결국 그렇게 볼 때 신식민지 사회에서의 민족해방이란 제국주의로부터의 고리를 끊어내고 최종적 변혁을 이룰 때까지 민족 모순의 격화 과정을 계속해 나가는 것이지 부르주아 민주주의 단계를 경과한다든가 하는 것은 있을 수가 없다는 거지요.

그런데 이미 통일혁명당 시기를 전후한 1960년대 중반 이후, 우리 사회의 비합법 지도 조직 건설 운동에는 전략적 사고의 중심을 어디에 두는가에 따라 일정한 분화가 있었던 것으로 보입니다. 다분히 추론에 의한 것이긴 합니다만 대중적 정치투쟁, 전위당과 유격전 및 무장투쟁, 혹은 노동자 계급과의 결합 등이 크게 보아 각각의 갈래를 형성시킨 핵심 사안이었던 것 같습니다. 선생님께서 활동하신 시기의 경험이나 이론적 검토에 비추어 당대 혁명 운동의 여러 경향, 그리고 그 현실화 정도를 말씀해주실 수 있는지요.

전혀 모른다고 해야 옳겠습니다. 우선 잘 모르기도 하거니와 올바른 평가를 할 만큼 준비가 되어 있지도 않구요. 최근에 나온 통일혁명당에 관한 자료집(『통일혁명당』, 나라사랑, 1988)의 경우에도 상당히 문제가 많다는 평가를 받고 있는 걸로 압니다. 앞서도 말했다시피 1968년의 통일혁명당 사건 이후 북한은 남한 혁명에 있어 '자력갱생의 원칙'을 분명히 했지요. 그런데 그 자료집의 경우 구체성을 내세우면서도 이같은 기본적인 문제를 분명히 하지 않음으로써 현상적인 사실 나열에 머물렀다고들 합니다. 아마도 그것은 독자들이 혁명 운동의 근본 문제에 접근하는 데 아무런 도움이 되지 않았을 뿐만 아니라 오히려 불필요한 호사가적 관심으로 초점을 흐려 놓았다는 지적인 것 같습니다. 그러니까 혁명 운동의 근본 문제라 할 혁명의 대상, 성격, 원동력 등을 과학적으로 이론화시킬 수 없는 틀 속에서 이런저런 사실들을 그야말로 '자연주의적'인 방식으로 다룬 것은 아무 의미도 없다는 것이지요.

이제 애초의 질문으로 다시 돌아가보도록 하겠습니다. 현단계 민주 변혁의 성격과 과제를 해명함에 있어서 변혁의 대상과 성격에 대한 견해는 어느 정도 밝혀주셨다고 봅니다만, 변혁의 원동력이랄지 주력군을 중심으로 한 세력 배치 문제에 대해서는 어떻게 보시는지요.

혁명의 주력은 말할 필요도 없이 노동자 계급이고 그 동맹 세력으로서는 농민 일반— 우리 사회에서는 빈농 혹은 소농 등으로 되기보다 농민 일반이 옳다고 보지요. 다음으로 도시 빈민 일반을 동맹 세력으로 설정하는 것은 얼마간 문제가 있다고 느낍니다. 이른바 도시 반프롤레타리아트라 할 계층이 지금까지는 비조직성, 주변 계급적 특성 등으로 말미암아 오히려 지배 계급에 의해 왜곡되고 이용당한 사례가 많았기 때문에, 확고한 생각은 아니지만 과연 혁명 운동에 일관되게 긍정적인 역할을 할 수 있을지 의심스럽습니다. 제휴 세력으로서는 혁명적 지식인, 전투적인 청년학생, 쁘띠부르주아 일반이 되겠지요. 그런데 우리 현실에서 소위 보수 야당을 어떻게 설정할 것인지가 또 문제인데, '선거 혁명'이란 관점에서 보자면 일정 시기까지 제휴 세력으로 인정될지 모르지만, 물질적인 힘에 의해 지배 계급을 타도하는 것을 원칙으로 견지할 때는 제휴 세력에서 제외시켜야 하겠습니다. 물론 이러한 주력군 형성의 원칙은 민중민주주의 단계까지만 유효한 것이지요. 보다 높은 수준의 변혁 단계에서는 농민에 있어서도 빈농이 동맹군이 될 것이고 쁘띠부르주아, 혁명적 지식인, 청년학생 등은 견인 혹은 무력화의 대상이 되는 거지요.

혁명적 문학의 영혼

그럼 이제 혁명의 문학, 선생님 글의 제목을 빌자면 "시와 혁명"이란 주제에 관한 질문으로 나아가보겠습니다. 선생님께서는 혁명적인 시의 중심 원리로 대중성과 당파성을 거듭 강조하셨습니다. 그리고 대중성 또한 전투적이자 계급적인 개념임을 분명히 하셨구요. 그러나 혁명적인 시에 있어 '양자가 통일되어야 한다든가 양자 모두가 필요하다라고 하는 것'하고 '무엇이 더 관건적인 요소인지를 분명히 가려보는 것'하고는 좀 다른 차원의 문제가 되겠는데요.

여기서 우선 전제되어야 할 것은 혁명의 과정에서 가장 극명하게 드러나지만 대중이란 본질적으로 혁명적이라는 점입니다. 그런데 대중운동과 현실 속에서 이러한 당파성을 포착하고 구현해내는 데 필요한 것은 바로 구체성의 원리입니다. 이미 다른 곳에서도 밝힌 바이지만 구체성이란 어떤 현상이나 사물의 주요한 측면·경향을 일컫는 말입니다. 그런 까닭에 대중의 생활 현실과 투쟁을 당파성의 원리에 입각해 표현한다는 것은 양적으로 그러한 것들이 얼마나 발전했는가에 주목하기보다 노동 계급의 관점에서 현실의 계급 투쟁이 어떤 방향으로 또 어떤 속도로 전개되고 있는가를 파악하는 일이 되지요. 문학 활동이나 예술 일반에 있어서도 당파성의 원리는 이와 마찬가지입니다. 뿐만 아니라, 작가는 이러한 현실의 혁명 투쟁에 몸소 참가함으로써 이러한 시각을 더욱 구체화시킬 수 있고 작품도 그에 합당한 만큼 씌어지는 것이지요.

그런데 현단계 문학 운동의 지도 이념을 둘러싼 일련의 논쟁 과정에서도 이 점이 다소간 논란이 되고 있습니다. 한편에서는, "노동 계급의 세계관을 지도 원리로 하는 민중성"이 당파성의 현실적 규정이라고 봅니다. 그런가 하면 다른 한편에서는, 민중 범주가 지닌 계급 연합으로서의 성격에 주목하면서 민중 형성의 역사적 과정이 그러하듯이 분화와 대립 속에서의 통일이란 문제를 노동 계급 지도성이란 관점에서 분명히 규정해야 한다는 입장을 견지하고 있지요.

혁명의 승리를 담보하는 중심 요소가 지도, 조직, 대중이라고 할 때, 이 문제 역시 지도의 관점이 빠져서는 안 되지요. 민중 개념이 무원칙하게 일반화될 경우 추상성을 면치 못할뿐더러 계급적 관점을 흐리게 할 우려마저 있어요. 앞서 말한 주력군의 편성 문제라는 것도 노동 계급을 중심으로 한 배치 계획이었듯이 문학 운동에 있어서도 노동 계급의 지도성이 분명히 세워져야 할 것입니다.

지금까지 문학의 혁명적 내용에 관한 말씀을 계속해주셨습니다만 올바른 형식의 문제 역시 소홀히 할 수 없는 대목이 아니겠습니까. 선생님의 시에 대한 여러 논자들의 평가 중에는 시적 형식을 서구의 민중시 내지 교훈시의 전통과 결부시켜본 경우가 적지 않았습니다. 그러한 평가가 과연 정당한 것인지, 또 우리 시대가 요구하는 민족적 형식이란 어떠한 것일지에 대해 말씀해주셨으면 합니다.

제가 시를 쓰는 데 있어서 브레히트, 네루다, 아라공, 마야코프스키, 하이네 같은 시인들의 영향이 컸지요. 그러나 그들에게서 배운 것은 형식적 측면이라기보다 내용의 측면, 즉 세계와 인간을 계급적인 시각에서 보았다는 점이지요. 정확하게 기억할 수는 없지만 마르크스의 말 가운데 '외국문학을 번역함으로써 자기 민족 문제의 내용을 보다 구체적으로 알고 그 내용을 민족적 형식에 결합시키면 뛰어난 민족문학이 될 수 있다'는 요지의 언급이 있습니다. 그것이 바로 내 시에도 적용되는 것 같아요. 문제는 우리 시대가 요구하는 올바른 민족 형식을 발견해내는 것일터인데, 그 중요한 질적 요소를 꼽아본다면 우선 전투적이어야 하고 대중이 곧바로 섭취하고 향유할 수 있을 정도로 단순, 명확해야 합니다. 다른 말로 하자면 압축과 긴장의 형식이 요구된다는 것입니다. 특히 여기서 민족적 전통 가운데서도 진보적이고 적극적인 것만을 수용해야 한다는 점이 중요합니다. 1970년대 민족문학운동에 남다르게 기여한 바 있는 김지하 시인이 바로 민족적 형식과 내용이 지닌 양면성을 단적으로 보여주는 예입니다. 그의 「오적」, 「비어」, 「분씨물어(똥바다)」 같은 담시들은 민중적 형식의 힘을 당대로서는 가장 진보적인 내용으로 바꾸어낸 예라 할 수 있지요. 그러나 그가 우리 사회 민족·민주운동의 질적 전환점이라 할 1980년 이후 거의 아무런 역할도 하지 못한 점을 상기해볼 필요가 있습니다. 물론, 그의 문학적, 사상적 모색이 가벼이 보아 넘길 수만은 없는 것일지도 모릅니다. 『대설─남』과 같은 시도가 어떤 결실을 맺을지 쉽게 단정할 시점도 아니구요. 그러나 그가 말하는 생명사상이란 것이 어느 사회에나 적용될 수 있을 정도로 몰계급적인 것은 의미심장하다고 봅니다. 벅찬 형식을 끌고 나갈 사회·역사적인 전망이 확보되지 못한 것도 같구요. 최근 여러 시인들이 시도하는 장시들에서도 비슷한 문제가 느껴지기는 마찬가지입니다. 마지막으로 가장 중요한 것은 낙관적 전망의 문제입니다. 그런데 이것과 관련하여 북한문학이라든가 사회주의권 일반의 문학 작품을 수용하는 문제도 세심한 분별을 필요로 하는 것이라고 봅니다. 북한 사회의 경우만 하더라도 이미 사회 성격과 발전 단계가 우리 사회와 판이하게 다르고 그러한 사회적 내용이 작품에 반영되어 있습니다. 그러나 남한 사회는 자본주의적 계급 갈등과 분화가 심각하게 진전되어 있는 까닭에 문학의 형식과 내용도 그러한 토대에 의해 규정받고 있습니다. 남한 사회의 혁명적 문학이 바로 그 현실 속에서 고투하는 민중 각 계급의 고통에 찬 경험을 담아낼 수 있는 것이어야 한다는 점은 재론할 필요도 없을 것입니다.

노동 계급 문학의 과제

선생님께서는 언젠가 박노해 시의 경향을 노동조합주의 내지 경제주의의 테두리를 벗어나지 못한 것으로 평가하셨지요. 그 점을 좀 더 구체적으로 설명해주시겠습니까.

박노해의 시편들을 감옥 안에서는 단편적으로밖에 읽지 못했습니다. 그 단편적인 독서에서 받은 인상으로는 노동자의 삶이 지닌 곤궁함, 비참성을 드러내는 데 머물러버렸다는 것이었습니다. 또 정치사상적으로도 경제주의 내지는 경제 투쟁의 테두리를 크게 벗어나지 못하고 있구요. 적어도 『노동의 새벽』 그 시집에 관한 한 이러한 평가가 타당하다고 봅니다. 그런데 그 이후에 접한 여러 시편들에서는 그러한 점들을 뛰어넘은 것들이 많았어요. 「씨발이타령」 같은 작품은 전투성, 선동적 효과의 측면에서도 아주 큰 성과를 이루었어요. 노동운동이 아무리 낮은 단계라 하더라도 정치 투쟁을 방기할 수는 없다는 관점에서 본 평가입니다.

그렇지만 『노동의 새벽』에서 단초를 보였던 노동 계급 당파성의 맹아가 그 이후의 여러 가두시편들, 이를테면 「민주의 나라」 같은 시적 성취로 발전해 나간 점도 소홀히 보아서는 안 될 것입니다. 저희들이 보기에는 선생님의 「민중」이라든가 「희망에 대하여」 같은 작품들과 박노해의 그런 시편들이 아주 접근하는 측면이 있다고 보입니다만.

저는 제 시들 가운데에서 「사료와 임금」을 우선 꼽고 싶습니다. 그 시에서 자본과 임금노동 간의 모순 관계를 계급적 시각에서 제 나름대로는 극명하게 그렸다고 생각하고 있습니다만 그 시가 노동 형제들과 선진적인 활동가들 사이에서 어떠한 평가를 받고 있는지도 궁금하구요.

선생님의 시편들을 한 측면에서만 편향되게 고정시켜 파악하려는 경향이 강하다고 느낍니다. 민족해방, 반외세 자주화의 시인으로 선생님을 평가함에 있어서도 바로 그 '노동 계급의 시인'이라는 시각은 곧잘 빠져버리구요.

그건 제 의도와는 다른 것 같아요. 민족 문제를 다룸에 있어서도 계급적 관점을 일관되게 유지하려고 노력해왔었는데 그러한 점을 제대로 포착한 평가는 보지를 못했어요. 제 시들도 「노동과 그날 그날」 같은 작품들이 많이 읽혔으면 하는 바람이거든요. 물론 삶의 구체성이 많이 탈각되어 있다는 점이 문제이긴 하지만.

노동 계급의 시인으로서 선생님께서 보시기에 현재의 노동 계급 운동이 당면한 요청을 무엇이라고 보시는지요.

노동 계급의 과학적 사상과 노동운동이 결합되었을 때만이 노동 계급의 궁극적인 해방은 가능한 것입니다. 그리고 노동자 계급이 변혁 운동의 지도자가 되기 위해서는 모든 부분 운동의 과제에 대해서도 가장 선도적으로 투쟁해나가야 한다는 점입니다. 그런데 이 점은 적어도 실천 면에 있어서는 아직까지 구체화되지 못하고 있는 것이 아닌가 생각합니다. 현재의 여러 부분 운동, 이를테면, 반제 자주화 투쟁, 반파쇼 민주화 운동, 반전반핵 투쟁, 여성운동, 민중 생존권 투쟁, 나아가서는 자유주의 부르주아들이 벌이는 인권 운동에 이르기까지 우리 사회의 모든 과제를 노동 계급이 가장 철저하게 추구하고 실천·이론적으로 지도할 수 있어야 한다는 것입니다. 현재 우리 사회의 노동 계급이 자기 계급의 이해라는 협소한 울타리를 넘어 이것을 분명히 자각할 뿐만 아니라 현실 운동에서 실제로 지도적 역할을 수행하는 일은 결코 차후의 과제가 될 수 없습니다. 지금까지의 노동 계급 운동이 진전된 상황을 정확히는 모릅니다만 아직은 이 점이 불철저한 것 같습니다. 만약 그렇다면 노동 계급 운동의 발전에 있어 시급히 해결해야 할 걸림돌이 바로 이것이 아니겠습니까.

노동 계급의 입장에서 과학적 사상과 변혁론을 올곧게 재정립하는 일은 우리 민족·민주운동의 대오에 선 모든 일꾼들에게 새삼 절실해지고 있는 문제입니다. 한 선진적 지식인으로서 선생님의 사상적 성장 과정에 큰 영향을 끼친 것들을 다시 한 번 되짚어보는 것도 뜻깊으리라 생각합니다.

제 자신도 요즈음 그것을 새삼 돌이켜 생각해보곤 합니다. 그런데 반생을 머슴으로 살아오셨던 아버님의 생애가 저의 사회적 의식 형성에 큰 영향을 미치기도 했지만 그보다는 청년기에 읽은 여러 저작들을 통해 사상적으로 단련된 부분이 더 많습니다. 1970년대 초반기에 어렵사리 구한 외국어 서적, 특히 혁명 운동의 역사나 이론을 다룬 책들과 혁명적 고전들이 저의 선생이었던 셈입니다. 그러나 학문적 관심에서가 아니라 활동의 물기가 절실해서 이루어진 학습인 까닭에 철학적 저서들보다는 정치 저작들이 대부분이었습니다. 1979년 4월부터 6개월여 동안 수배 상태에 놓여 피신생활에 들어갔을 때는 레닌의 정치 팸플릿들을 거의 다 읽을 수 있었습니다. 그 가운데 가장 큰 영향을 준 것은 아무래도 『무엇을 할 것인가』이지요. 한편, 전사로서의 제 생활의 수범이 된 것은 『레닌의 생애』, 그리고 체르니셰프스키가 쓴 소설 『무엇을 할 것인가』에 등장하는 라프메토프의 삶이었습니다. 실제로 레닌을 비롯한 러시아 혁명 운동가들 사이에서 이 부분은 거듭 읽혀졌다고 하지요. 저도 이번에 라프메토프가 나오는 '특별한 인간'이란 장에 대해 편지글 형식의 서평을 써보았습니다. 여러 동지들에게 얼마간이라도 도움이 되었으면 합니다.

　마지막으로 선진 문예활동가의 조직화 과제에 대한 견해를 문제 제기의 형태나 조언의 차원에서라도 말씀해주셨으면 합니다.

　그 점에 대해서는 아직 구체적으로 생각이 미치지 못해서 드릴 말씀이 없군요. 그러나 제 자신의 활동 경험에 비추어 조직 사업 일반에 두루 적용될 수 있는 원칙의 문제만큼은 몇 마디 덧붙이고 싶어요. 우선 가장 중요한 것은 사상적 통일이 조직의 토대가 되어야 한다는 점입니다. 나아가 정세관이라든가 현실 분석의 과학적 준거 같은 것들이 철저히 일정한 일치를 본 다음 실제적인 조직 사업을 해나가야 한다는 것입니다. 우선 많은 사람을 모아야 한다는 발상은 오히려 일의 진전을 늦추게 되는 결과를 빚습니다. 그리고 모든 운동이 그렇지만 비합법 부분의 핵심은 가능한 한 단련된 소수여야 합니다. 특히 지식인 출신 운동가들이 지닌 자유주의적 조직관은 엄중히 경계해야 마땅할 것입니다. 그리고 대중 사업에 있어서는 광범위하게 사업을 전개하되 소수의 통일된 집단이 오히려 지속적이고도 효과적으로 대중 사업을 지도할 수 있다는 점을 잊지 말아야 합니다. 대중성에 대한 강조가 결코 양적 다과의 문제로 전도되어서는 안 되겠습니다. 마지막으로 조직의 힘과 지도성을 집단적으로 구현하는 일입니다. 개인은 조직에 공헌함으로써만 자신을 실현시킬 수 있는 것이지요.₩

시인은 사회 변혁의 주체*

차 미 례 (자유기고가)

우리가 지켜야 할 땅이

남의 나라 군대의 발 아래 있다면

어머니 차라리 나는 그 아래에 깔려

밟힐수록 팔팔하게 일어나는 보리밭이고 싶어요

날벼락 대포알에도 그 모가지 꺾이지 않아

남북으로 휘파람 날리는 버들피리이고 싶어요

우리가 걸어야 할 길이

남의 나라 병사의 군화 밑에 있다면

어머니 차라리 나는 그 밑에 밟혀

석삼년 가뭄에도 시들지 않는 풀잎이고 싶어요

---

* 엮은이 주 : 1988년 12월 27일 대담해서 『사회와 사상』(1989년 3월호)에 게재했고, 『시와 혁
명』(213~235쪽) 및 『불씨 하나가 광야를 태우리라』(226~250쪽)에 재수록됨. 이 전집에서
는 틀린 사실들을 바로잡았음. 가령 김남주 시인의 수감 생활 기간(9년 2개월 → 9년 3개
월), 옥중시 편수(250여 편 → 350여 편), 남민전 사건 체포일(10월 14일 → 10월 4일), 출생
연도(1946년 → 1945년), 가족 관계(3남 3녀중 둘째 → 3남 3녀 중 셋째), 전남대 입학 연도
(1968년 → 1969년), 전주교도소 이감 날짜(1986년 1월 → 1986년 9월) 등.

우리가 이루어야 할 사랑이
남의 나라 돈의 무게 아래 있다면
어머니 차라리 나는 그 아래 깔려
고향 버린 누이의 식칼이고 싶어요 등에 꽂혀
가슴에 꽂히는 옛사랑의 무기이고 싶어요

—「조국」 중에서

　　반독재 반외세의 치열한 투혼으로 분단 조국의 아픔과 민족 통일·민중 해
방의 염원을 줄기차게 노래해온 시인 김남주(43) 씨가 수감 생활 9년 3개월 만
에 가족들의 품으로 돌아왔다. 1979년 10월 세칭 '남민전'(남조선민족해방전선)
사건과 관련, 국가보안법 위반과 강도 혐의로 구속돼 15년 형을 선고받았던 그
가 국내외 문인, 양심 세력의 끈질긴 석방 운동과 정국의 변화에 힘입어 지난
해 12월 21일 전주교도소의 무거운 철문을 나선 것이다.

　　출옥하자마자 광주 망월동 묘역을 참배한 뒤 양심수 전원 석방을 요구하
는 각종 행사에 참가하고 있는 김남주 씨를 만나기 위해, 27일 하오 '광주학
살 5공 비리 책임자 처벌 및 양심수 전원 석방을 위한 석방자 대회'가 열리고
있는 연세대학교를 찾아갔다.

　　혹한의 매운 바람과 얼어붙은 대지를 무색케 하는 뜨거운 열기가 이 대학
대강당 안팎을 압도하고 있었다. 전국 각지에서 모여 든 노조 대표들과 노동자
들, 각 대학 대표들, 종교계, 학계 등 사회 각 분야의 민주화 투쟁 세력들이 저
마다의 주장과 호소를 담은 현수막과 구호, 각종 유인물을 준비하고 양심수 전
원 석방을 외치면서 석방자들을 열띤 함성으로 환영했다.

　　그동안 얼굴 없는 뜨거운 목소리로 민주화 민중 운동의 선도역을 해온 김
남주 시인은 말없이 긴장된 표정으로 단상에 앉아 있었다.

　　현대·삼성·대우 등 재벌기업 파업 노조 대표의 근황 발표, 석방자 소개, 전
경 해체를 요구하는 전경 양심선언자들의 인사, 민가협과 의문사유가족회 어머

니들의 이야기, 양심수 석방을 요구하는 미석방자 가족들의 눈물겨운 호소가 진행되는 장시간 동안, 그는 미동도 하지 않은 채였다. 남민전사건으로 함께 투옥되었던 석방자들과 더불어 인사를 하는 순서에서만 잠시 앞으로 나서, 환호하는 노동자, 학생들을 향해 두 손을 번쩍 들어 인사했을 뿐이다.

강산도 변한다는 10년의 세월에 걸쳐 억울한 옥살이를 하면서도 끊임없이 350여 편의 시를 쓰고 이를 감옥 밖으로 '밀반출'시켜, 그동안 세 권의 시집을 생산해낸 김남주 씨, 옥중옥이라는 정치범 특사에서 외로운 독방생활을 해오면서도 그 시심(詩心)과 투혼이 시들어지기는커녕 더욱 맑고 힘찬 목소리로 시를 통해 대중과 교감해온 사람. 그는 그 폭발인 군중집회의 단상에서 무슨 생각을 하고 있었을까. 나는 행사에 방해가 되지 않도록 끈질기게 기다린 끝에 그의 다음날 하루 시간을 독점할 수가 있었다.

시인은 억압이 있는 곳에 있어야

옥중에서 가장 오랜 세월을 보낸 한국 시인으로 기록되실 것 같습니다. 그동안 시집 『진혼가』(1984년), 『나의 칼 나의 피』(1987년), 『조국은 하나다』(1988년) 등 세 권이 나온 것을 알고 있습니다. 1960년대 이래 반외세 반독재 투쟁에 앞장선 문인·지식인들도 많았지요. 그러나 '해방전사' '해방시인'으로 알려질 만큼 선명하고 힘찬 표현으로 38선과 미국을 저주하고, 민족 통일을 저해하는 제3세계적 상황과 노동자 농민의 참상을 직설적으로 노래한 분은 선생님이 처음일 것입니다. 출옥한 지 일주일이 되어가는데, 그동안 무엇을 생각하고 느꼈습니까?

많은 세월의 변화를 느꼈습니다. 앞으로 내가 걸어가야 할 길이 어떤 식으로 나타날 것인가를 생각해보았는데, 그건 너무 오래 세상과 격리되어 있었기 때문에 사회에서 투쟁해온 실체험자들에게 배워가며 결정하게 될 것 같아요. 그러나 앞으로 어디 가 있든 '시인은 억압과 착취가 있는 곳에 있어야한다'는 옥중에서의 신념엔 변함이 없을 것입니다. 가장 감동적인 것은 그동안 여러 곳에서 목격한 민주화 투쟁의 광범위한 확산이었습니다. 어제만 해도 그처럼 수많은 분들의 민주화 투쟁 열기에 완전히 압도되는 느낌이었어요. 특히 대학생, 지식인들과 자리를 함께한 가운데 노동자 대표들이 보여준 그 당당하고 의연한 모습에서, 이제는 그들이 관념적인 주체만이 아니라 현실적인 주체라는 뜨거운 감동을 느꼈습니다.

시인으로서 필화사건에 의한 국가보안법 위반 혐의가 아니라 '남조선해방전선'이라는 당시만 해도 생경한 제목의 반국가 단체 조직 혐의로 투옥된 점에서 여러 가지 이야기가 더 많을 것 같습니다. 체포 당시 상황에서부터 길고 긴 옥중 생활, 시인으로서의 투쟁과 시적 세계의 성숙 과정, 그동안 시작(詩作)과 사색을 통해 얻어지고 정리된 생각 등을 모두 듣고 싶습니다. 체포되신 것이 1979년 10월이었지요?

정확히 10월 4일, 서울 잠실 아파트의 은신처(함께 체포되어 옥사한 이재문 씨 집)에서 있었습니다. 10 · 26사태가 일어나기 불과 3주 전이었지요. 수사 과정에서 10 · 26사건을 알고, 당시 연행된 모든 사람들은 참을 수 없이 억울한 심정을 느꼈습니다. 3주일만 더 있었더라도 아예 검거되지 않았거나 검거됐더라도 불구속으로 끝났을 테니까요. '역사란 한 순간에 역사적으로 결정되는 것이구나' 하는 생각이 들었어요.

젊은이들에게는 생소한, 나이든 이들에게는 희미한 이름이 되어가는 '남민전사건'이 그럼 정부 발표처럼 북한의 지령에 따라 움직이는 반국가 단체가 아니라, 박정희 대통령의 생사에 따라 처리가 달라질 반체제 운동에 불과했다는 뜻인가요?

그렇습니다. 간첩단으로 조작된 수많은 사건과 마찬가지로 그것은 반유신 투쟁의 일환이자 박정희 장기 독재에 대항하는 조직이었으며, 1960~1970년 대에 사회 변혁을 이룩하고 있던 라틴아메리카 등 제3세계 민중의 민족 해방 투쟁과 보조를 맞추려고 한 시도였습니다. 한마디로 반제·반파쇼 투쟁을 위한 운동이었고 통일을 염두에 두어 미군정 당시만도 보편적인 명칭이었던 '남조선'이란 말을 사용했는데 그것이 보안당국이 사건을 확대, 검거자를 84 명의 광범위한 직업과 연령층까지 확산시키는 데 호재(好材)가 되었던 것이 지요. 남민전사건에 대해서는 얼마전에 나온 『김남주론』(도서출판 광주)에 자세히 서술되어 있어요. 그보다 먼저 제가 반유신 운동에 관여하게 된 이야 기부터 시작해 볼까요?

1945년 전남 해남에서 농사꾼 김봉수 씨(1979년 김남주 씨의 도피 당시 70 세로 작고)의 3남 3녀 중 셋째로 태어난 김남주 씨는 해남 삼화국교와 해남 중학교를 거쳐서 1964년 광주제일고등학교에 입학했다. 그러나 당시의 획일 적인 교육에 반대, 2학년 때 자퇴하고 검정고시를 거쳐 1969년 전남대 영문 과에 입학, 3선개헌 반대 투쟁, 교련 반대 시위에 주도적으로 참여하면서 반 독재 투쟁에 앞장서기 시작했다.

1972년 전국 최초의 반유신 지하신문 『함성』을 제작 배포, 1973년에는 지 하신문 『고발』을 제작한 사건으로 15명이 구속돼 10개월 가까이 옥고를 치 르다가 집행유예로 풀려난 적이 있지요?

시작은 소박하고 단순한 것이었어요. 유신 당시 나는 고향에 내려가서 농 사를 짓고 있었는데 '유신'을 선포하는 라디오 방송을 듣게 되었지요. 다음 날 어린 시절부터 죽마고우인 이강(당시 전남대 법대생, 남민전사건에서도 함께 투옥됐다)의 집에 놀러가서 이런저런 이야기를 하다가 '군사독재 세력이 해도 너무나 멋대로 한다. 아무도 아무 행동도 안 하고 있는데 이래서는 안 되며 이건 나라의 수치'라는 데 합의를 보았습니다. 그래서 유신의 사회적 배경, 경제적 상황과 유신을 하지 않을 수 없는 점, 미국과의 관계 등을 국민 앞에 폭로하기 위한 지하신문을 제작하게 된 거지요. 생각하면 젊은 혈기 외에 별게 아니었던 것 같아요.

1974년부터 시 쓰기 시작

그러나 파문은 컸지요. 그 『함성』지 사건은 민주화 투쟁의 새로운 전술을 수많은 사람들에게 시사해주었던 것 같아요. 그런데 말씀하신 유신과 미국의 관계는 어떤 식으로 규정했었나요? 시에도 일관되게 나타나는 반미감정 같은 것이 작용하지는 않았습니까?

쿠바 혁명, 알제리, 베트남 등 미국과의 관계에 있어서 우리하고 같은 카테고리라고 생각되는 경우들을 국내에 소개하는 데 주력했어요. 특히 『들어라, 양키들아』라는 책을 읽고 미국이 행한 경제적 착취뿐 아니라 특히 쿠바에서의 그들의 인간적 추악함과 비인간성에 대한 증오를 느꼈지요. 그 당시의 감성적 증오는 제가 군산, 송정에서 본 미군들의 모습, 술과 여자에만 혈안이 되어 한국 여자라면 노소와 미추를 가리지 않고 장소도 없이 '매가 병아리 덮치듯'하는 그네들의 행동에서 더욱 강화되었습니다. 그러나 그때는 감각적인 증오에 차 있었고, 나중에 저의 시에 나타나는 것 같은 사회과학적 인식에는 도달 못했던 것 같아요.

시는 언제부터 쓰기 시작했습니까?

『함성』지 사건으로 광주옥에서 10개월간 있다가 나온 뒤 농촌 생활을 하면서 농민의 비참함에 대한 지식인으로서의 자책감 같은 것을 시로 표현하기 시작했습니다. 1974년 『창작과비평』 여름호에 「잿더미」 등 7편의 시가 실리면서 말하자면 데뷔라는 것을 한 셈이지요. 당시의 시는 첫 시집 『진혼가』에 실린 대부분으로, 농민의 참상을 노래하면서 나 자신의 무기력함과 자책감, 온몸으로 싸우고 조직적 물리적으로 투쟁 일선에 나서야 한다는 당위성을 노래한 것이 많았어요.

　　총구가 나의 머리 숲을 헤치는 순간
　　나의 양심은 혀가 되었다.
　　허공에서 헐떡거렸다 똥개가 되라면
　　기꺼이 똥개가 되어 당신의
　　똥구멍이라도 싹싹 핥아주겠노라

　　(중략)

　　삽살개 삼천만 마리의 충성으로
　　쓰다듬어주고 비벼주고 핥아주겠노라
　　더 이상 나의 육신을 학대 말라고
　　하찮은 것이지만 육신은 나의
　　유일할 확실성이라고 나는
　　혓바닥을 내밀었다 나는

　　무릎을 꿇었다 나는
　　손발을 비볐다 나는

　　　　　　　　　　　　　　　　　　　―「진혼가」 중에서

　　만인을 위해서 내가 일할 때
　　나는 자유이다

땀 흘려 힘껏 일하지 않고서야
어찌 나는 자유이다라고 말할 수 있으랴
만인을 위해 내가 싸울 때 나는 자유이다
피 흘려 함께 싸우지 않고서야
어찌 나는 자유이다라고 말할 수 있으랴
피와 땀과 눈물을 나눠 흘리지 않고서야
어찌 나는 자유이다라고 말할 수 있으랴
사람들은 맨날
겉으로는 자유여, 형제여, 동포여! 외쳐대면서도
안으로는 제 잇속만 차리고들 있으니
도대체 무엇을 할 수 있단 말인가
도대체 무엇이 될 수 있단 말인가
제 자신을 속이고서

— 「자유」 전문

　얼핏 모순되는 듯한 이런 양면은 지식인의 양심으로 민주화 투쟁에 투신
한 『함성』지 사건, 그 수사 과정과 옥중 생활에서 혹독한 육체적 가혹 행위
앞에서 살아남기 위해 양심과 자존심을 훼손당해야 했던 일 때문이지만, 패
배와 좌절감 속에서 그는 새롭게 단련되고 강화된다.

　짓밟힌 양심이 반전하여 압제자를 치고 나서는 무기로 변하는 회복 과정
이 시인의 양심선언과도 같은 두 시를 통해서 선명한 대조를 이룬다. 신체적
고통과 좌절이 오히려 결연한 투쟁 의지를 강화시킨다. 그는 시를 무기 삼
아 온몸을 내던져 싸우기로 결심한다. 이 글 처음에 인용한 「조국」이란 시에
서처럼, 그는 시인의 몸과 시가 죽창과 식칼과 낫의 살상 무기가 되어 처절
한 일전을 치러야 함을 노래하기 시작한다. 그 이후의 많은 시들이 피비린내
와 비장한 자기희생의 분위기를 풍기는데, 이러한 요소들은 '남민전'에 관여
하는 시인 자신의 행동과 나눌 수 없는 안팎을 이루고 있다고 보인다. 조국

통일과 민중 해방을 위한 투쟁(혁명)의 선도역에 나서는 결의가 그렇고, "폭력을 사용해서라도 혁명 자금을 조달하기 위해서" 모 재벌의 회장 집에 선물 상자를 들고 칼을 품고 들어가는, 불처럼 단순하고 단호한 실천력이 그렇다.

광주 소식 듣고 철창 잡고 울부짖다

1979년 당시 체포됐을 때 이처럼 장기간의 수형을 예상했습니까?

남민전사건은 발표문상으로만 관련자가 73명에 이른 큰 사건이었어요. 3년 이상의 형량을 선고받은 사람만도 40여 명에 달했는데, 대개는 집행유예로 석방되었고 어떤 사람은 형량의 절반에서 5년까지를 복역했지요. 나는 15년 선고량의 절반인 7~8년 정도면 나오게 되리라고 어림했습니다.

그런 계산의 근거는 무엇인가요?

글쎄요. 사건 자체가 정치적인 성격이었으니까 막연하게나마 한미관계의 변화나 우리 사회의 발전과 민주화 등 정치 상황의 변동에 따라 나오게 되지 않을까 했던 거죠.

1980년 5월 광주민주항쟁의 소식을 알고 계셨나요?

형이 확정되기까지 서울구치소에 있다가 1980년 9월에 광주로 이감되었고 다시 1986년 9월에 전주교도소로 이감되었는데, 서울구치소에 있을 때 누군가가 '광주에선 한 집 건너 울지 않는 사람이 없다'며 학살 소식부터 전해주었어요. 저는 광주 전체가 살육으로 초토화된 것으로 알고, 철창을 붙잡고 얼마나 울었는지 모릅니다. 제가 생각할 때 저의 시의 세계가 변화했다고 느낀 것은 감옥 밖에서의 시, 감옥 안에서의 시가 분기점을 이룬 것 같았는데, 광주항쟁의 소식을 알게 된 얼마 후 광주감옥으로 이감된 것도 적잖은 영향을 미쳤던 것 같아요.

그동안 감옥에서 「학살」*, 「학살」(1~3) 등 정권 유지를 위해 내 나라 내 민족의 사람들을 학살한 자들에 대한 증오의 노래들을 탄생시켰습니다. 이 시들의 특징은 단순히 학살 원흉들의 가공할 만한 범죄만을 미워하는 게 아니라, 외적들과 손을 잡고 있는, 내 민족에게 총을 겨누는 자들이 바다 건너 '아메리카'의 회심어린 원격 조종을 받고 있다는 반외세·반미 시의 전형을 보여주고 있는데 당시의 살벌한 분위기 속에서 어떻게 다음과 같은 시를 쓰고 사회로 내보낼 수가 있었나요?

> 한 나라의 대통령이라는 자가
> 외적의 앞잡이이고
> 수천 동포의 학살자일 때
> 살아남은 사람들이 있어야 할 곳
> 그곳은 어디인가
> 전선이다 감옥이다 무덤이다
> 도대체
> 동포의 살해 앞에서 저항하지 않고
> ― 「살아남은 자들이 있어야 할 곳」 중에서

> 학살의 원흉이 지금
> 옥좌에 앉아 있다
> 학살에 치를 떨며 들고 일어선 시민들은 지금
> 죽어 잿더미로 쌓여 있거나

---

* 엮은이 주 : 「살아남은 자들이 있어야 할 곳」으로 개작함.

감옥에서 철창에서 피를 흘리고 있다
그리고 바다 건너 저편 아메리카에서는
학살의 원격 조종자들이 회심의 미소를 짓고 있다

당신은 묻겠는가 이게 사실이냐고

나라 국경 지킨다는 군인들이 지금
학살의 거리를 누비면서 어깨 총을 하고 있다

— 「학살 3」 중에서

광주 이감 후에 주로 많은 시를 쓰게 되었지요. 보통은 외우고 있다가 면회 온 외부인사나 가족, 출감하는 학생과 민주인사들에게 구술해서 전해주거나 아니면 우유곽을 해체했을 때 나오는 은박지에다가 못으로 썼습니다. 은박지만을 얇게 떼어내서 부피를 최소화한 다음 뺑기통(변기) 안에다 감추는 등 며칠 만에 한 번씩 들이닥치는 검방 때 들키지 않게 애를 썼지요. 사실 안 들키려고 어찌나 신경을 많이 썼던지, 그래서 이렇게 백발이 된 것 같아요.

감옥에서 건강관리법*

구속 당시만 해도 검고 숱이 많았다는 머리가 흰 서리가 내린 것처럼 백발이 성성한 것을 가리키며 쓸쓸하게 웃는다.

광주교도소에서 그는 '시베리아' '냉동실' '납골당'의 별명으로 불리는, 정치범용의 옥중옥이랄 수 있는 '특사'에 있었다. 복도 양편으로 총 70개쯤의 독방(벌방)이 줄지어선 그곳은 0.75평의 운신도 하기 힘들 만큼 좁은 감방으

---

* 엮은이 주 : 원본에는 중간 제목이 「시는 '나의 칼 나의 피'」로 되어 있으나 대담의 내용을 고려해 엮은이가 임의로 바꾼 것임.

로, 큰 병은 없으나 건강한 편은 못 되었던 김남주 씨에게는 여간한 고통이 아니었다고 한다. 단기수와 장기수는 그 생활 태도부터가 다르다. 단기수는 보통 3년까지의 형량으로, 첫째가 학습, 둘째가 건강, 셋째가 처우 개선이나 사회 문제를 위한 옥중 투쟁에 치중하는 데 반해서, 장기수는 건강을 가장 최우선으로 하고 독서나 지적인 학습을 다음으로 친다.

감옥에서 건강 관리를 어떻게 하셨나요?

우리는 스스로를 혁명 전사로 생각하면서 건강을 해치는 것을 하나의 이적 행위로 여겼습니다. 자신을 투쟁의 도구로 생각하니까 그렇지요. 저도 장기수로 버티기 위해서 보통 겨울이면 일곱시, 여름엔 여섯시 반으로 되어 있는 기상 시간보다 한 시간쯤 빨리 일어나 요가와 제자리 뛰기 1,000개씩으로 체력을 단련했어요. 오전 또는 오후에 운동 시간이 30분 내지 두 시간 허락되는데 보통은 최소 허용치인 30분만 주니까 왕복시간을 뺀 근소한 시간 동안에만 햇빛과 하늘을 보며 운동을 할 수가 있지요. 처음엔 운동장에도 10여 평씩 칸막이를 해서 독방처럼 운동을 시켰는데 우리가 투쟁해서 뜯어 없앴어요.

시는 '나의 칼 나의 피'

그가 가장 괴로웠던 것은 수감자들에게는 어떠한 자율 행동도 허락되지 않는 것, 모든 것이 교도관이 뒤에 서서 앞으로 몰고 가는 세상이라는 점이었다고 한다. 10년의 견디기 어려운 긴 세월 중에서도 처음 몇 년이 가장 답답했다고 그는 말한다. 그런 느낌을 읊은 것이 「어머님에게」, 「담 하나를 사이에 두고」 등의 작품들이다. 「어머님에게」에서는 감옥의 환경과 매일 되풀이되는 한심스러운 일과를 묘사하고 있고, 「담 하나……」와 「이 가을에 나는」에서는 간혀 있는 젊은이의 답답한 마음과 수인이 되어 가을걷이가 한창인 들판을 가로질러 호송되어가는 그가 농촌의 일하는 모습을 보면 "아 내리고 싶다 여기서 차에서" 하고 외치는 가슴 아픈 정경이 드러나고 있다. 그는 미칠 듯한 답답함, 바깥 소식을 들으면서 끓어오르는 증오와 슬픔, 변화가 있을 수 없는 매일매일의 수감 생활, 고요한 독거에서 머리에 떠오르는 온갖 생각들과 스스로를 다져가려는 의지를 시에 담았다. 시는 그의 시 제목 그대로 '나의 칼 나의 피'였다. 그의 시는 증오의 칼, 독전의 칼로 번득였다.

무엇이든지 글을 쓴다는 것 자체가 금지돼 있는 한국 감옥의 비인도적인 환경 속에서는 한 편 한 편의 시가 시인의 피일 수밖에 없었을 텐데요?

그 속에서 특별하달 것은 없지만 저의 시 쓰는 스타일이 결정된 것 같습니다. 감옥이란 특수 상황 속에서는 어떤 시상을 머릿속에서 잘 굴리고 있다가 담당이 없고 불이 켜 있는 밤을 이용해서 번개같이 적어둘 수밖에 없었어요. 그러니까 나중에 다듬고 고칠 수도 없고, 대개는 초고일 수밖에 없습니다.

그러면 선생님 시의 간명성도 그런 상황의 결과입니까? 아니면 이념적인 이유 때문에 여러 가지로 해석될 수 있는 문학적 은유나 상징적인 어휘를 의도적으로 피하신 것입니까?

처음에는 앞의 이유였고, 나중에는 뒤의 이유였던 것 같아요. 저는 위대한 예술은 단순, 소박, 분명해야 한다고 생각합니다. 그런데 그것은 민중의 구체적인 삶을 묘사할 때 가능합니다. 따라서 시가 예술이라면 노동을 통한 민중의 구체적인 삶과 사회의 여러 문제를 투쟁적으로 해결하려는 시각에서 씌어져야 한다고 생각해요. 사실 사물의 현상이나 사회적인 문제, 인간 관계란 계급적인 관점에서 보면 지극히 단순합니다. 계급이라는 것을 무시하고 존재하지 않는 것으로 설정하는 부르주아 학자들의 구분이 복잡한 것이지요. 저는 제 시의 언어가 소박하고 극명한 것이 되기를 원했고, 그렇게 써왔습니다.

　그런 생각을 시가 아닌 글로 정리해서 쓴 적이 있나요? 그리고 미발표시도 상당히 있다는 이야기를 들었는데 다 어디에 있습니까?

발표한 적은 없지만 1987년 원고지 50~60매 정도로 초를 잡아둔 「시와 혁명」이란 글이 있습니다. 그리고 시는 그동안 나온 시집에 웬만큼 수록되었지만 아직도 100여 편의 시가 미발표 상태로 떠돌아다니고 있어요. 그것을 구술하여 전하도록 한 사람들이 돌아다니고 있기 때문이죠. 물론 어떤 시가 어디 있는지는 다 알고 있습니다.

시인은 해방 전사와 동의어

　선생님의 시는 한스러운 옥중 생활을 통해서 해가 묵어질수록 더욱 빛나는 작품이 되어 나왔다는 평이 있습니다. 그리고 너무나 잘살면서 그 언어에 있어서만 피가 튀고 불꽃과 연기가 피어오르는 민중시를 쓰고 있는 세칭 민중시인들(물론 이 어휘는 정확한 검증을 거친 것은 아닙니다)에 비해서, 선생님의 선명하고도 결연한 의지에 넘치는 시편들은 민주화투쟁의 거센 움직임이 표현화된 1980년대 후반의 정서에 정확하게 부합되는 것이라고 해석하는 이들도 많은 것 같습니다. 그동안 시를 통해서만 발언을 해오셨고, 친지들의 글이나 작품 해설을 통해서만 시론이 알려져 왔는데, 그처럼 오랫동안 걸쳐 생각해오신 시와 시인의 의무에 대해서 직접 말씀해주시지요.

계급 사회에서 시인의 의무란 첫째, 가난하고 착취당한 피지배 계급에게 지배 계급이 저지른 죄악상을 폭로하는 것이라고 생각합니다. 말하자면 이데올로기의 대중화에 기여해야 한다는 것이죠. 둘째, 폭로에 끝나서는 안 되고 의식화된 대중을 조직으로 묶어 세우는 데까지 기여해야 합니다. 그러므로 '시인은 해방 전사와 동의어다'라고 생각해요. 공부하던 시절에 러시아어로 '시인'은 '싸우는 사람'과 동음이라는 글을 어디선가 읽었어요. 그런데 시인이 무엇과 싸우는가가 중요합니다. 자신에게 가장 중요한 문제, 부분적인 문제에서 전체적인 문제를 향하는 것이 필요합니다.

시가 변혁 운동에 도움이 될 것인가

우리 문학의 한 시대를 지배했던 순수·참여 논쟁을 새삼 끌어내려는 것은 아니지만, 많은 시인들이 자기 갈등의 극복, '내면의 투쟁'을 통한 만인 공유의 미학적 가치를 창조하는 것을 내세워왔습니다. 사회 투쟁을 하고 있는 시인들의 경우에도 창작의 어려움이나 표현의 문제에서는 같은 것은 느낀다고 합니다. 그러한 시인의 자기 투쟁은 반드시 극복되어야 하는 것일까요? 반드시 '전체적인 문제'를 향해야만 하는 것입니까?

물론 어떤 시인이나 내면의 갈등과 투쟁이 있습니다. 문제는 그런 자기투쟁이 어떤 명칭으로든 추상화되어 공중에 뜨는 것이 곤란하다는 것이지요. 그것은 주로 자본주의 사회의 분화와 팽창 속에서 노자(勞資) 적대 계급의 싸움이 심화될 때 무기력을 느끼는 시인들 가운데서 나옵니다. 시인들 자신이 자본주의 비인간성에 굴복하기 때문에 그런 말로 변명과 탈출구를 찾는다고 생각합니다. 저는 시인으로서 이전에 사회 변혁 운동의 주체가 되어야겠다고 결심하고, 이를 실천에 옮기며 살아왔습니다. '계급 사회에서의 시는 변혁 운동에 봉사해야 한다'는 게 제 신념입니다. 변혁 운동 자체가 내 생활이었고, 시는 그 과정에서 자연스럽게 생산된 것이라고 봐야 할 거예요. 그래서 저는 시를 쓰면서도 시는 늘 이 시가 변혁 운동에 도움이 될 것인가를 생각해왔습니다. 언젠가 출옥하면 그런 일을 하고, 그런 시를 쓰리라 생각하며 살아왔지요.

분단 문제를 다룬 일련의 군대시들

생각할 시간이 너무도 많았던 세월이었다. 시의 낮 시의 밤, 시의 달과 해가 흘러가는 동안 김남주씨는 단순함의 강렬함을 깨달았고 변혁 운동의 무기로서 그런 시어를 숫돌에 갈았다. 그동안 시인들이 너무 고상하지 못했다 해서, 거칠다 해서, 위험한 용어라 해서, 사회적(정치적)으로 금기시되어왔다 해서 쓰지 않던 기피 용어들이 서슴없이 그의 시 구절 속에 동원되었고, 문장의 전후 관계 속에서 빛나는 시어로 자리잡았다. 특히 '부자' '미국놈'에 대한 노골적인 증오의 표현은 해방 이후 아무도 시도한 적이 없는 것이었으며, 가려운 곳을 남겨두고 변죽만 긁어대는 시들에 비해서 후련한 공감으로 민중에게 다가갔다. 김남주 씨 자신은 미국에 대한 그런 미움은 초기의 정서적인 것에서 민족 분단을 초래한 38선, 거기서 동족끼리 총을 겨눠야 하는 군대의 당위성 문제 때문에 더욱 극대화되었다고 말한다.

눈이 내린다 삼팔선의 밤에
하얗게 내린 눈은 북풍한설에 날리고
바람은 울어 바람은 울어
가시철망 분단의 벽에서 찢어진다
내 귀에 와서 고막에 와서 아픔으로 터진다

눈은 밤새도록 내릴 것 같은 눈은
북을 향해 치달리다 허리가 끊긴 철길 위에도 내린다
눈은 하염없이 내리는 눈은

총을 메고 북을 향해 서 있는 보초병의 철모 위에도 내린다
눈은 이제 바람이 자고 소리없이 쌓이는 눈은
병사와 나를 잇는 뜨거운 시선 위에도 내린다

병사여 나는 불러본다 그대를
어디서고 볼 수 있는 내 이웃의 얼굴 같기에
병사여 나는 불러본다 그대 이름을
부르면 형 어쩐 일이오 하고 반겨올 것 같기에
서울로 팔려간 서림이의 작은오빠 같고
빚에 눌려 홧김에 농약을 마셨다는 서산마을 농부 같고
아무렇게나 불러도 좋은 다정한 동무 같기에

병사여 그대를 믿고 나는 물어본다
그대가 지키고 있는 이 밤은 누구의 밤이냐
호미댈 밭 한뙈기 없어
이 마을 저 마을로 품팔이하고 다니는 그대 어머니의 밤이냐
일자리 빼앗기고 거리에서 거리로
허공에서 허공으로 헤매는 그대 누이의 밤이냐
누구의 밤이냐 그대가 지키고 있는 이 밤은
미제 총을 메고 그대가 지키고 있는 이 밤은
그대 나라의 국경선이냐, 그렇다면 그렇다면
누구를 위한 국경선이냐 저 삼팔선은

병사여 그대를 알고 나는 물어본다
그대는 누구의 밤을 지키는 용사냐
고향에 돌아가면 일구어야 할 땅 한뙈기 없는 병사여
제대하면 누이를 찾아 가난의 거리를 헤매야 할 병사여
그대가 지켜야 할 땅은 재산은 어디에 있느냐
남의 나라 총을 메고 이 밤에 삭풍의 밤에
북을 향해 그대가 겨누고 있는 것은 무엇이냐

그대에게도 저 너머 삼팔선 너머 조선의 마을에
자본가가 이를 가는 노동자의 세계가 있느냐
그대에게도 저 너머 삼팔선 너머 조선의 도시에
아메리카합중국이 초토화시키고 싶은 증오의 대상들이 있느냐
그대에게도 저 너머 삼팔선 너머 조선의 금수강산에
압제자들이 찢어죽이고 때려죽이고 싶은 사람들이 있느냐

눈이 내린다 삼팔선의 밤에
하얗게 내린 눈은 북풍한설에 날리고
바람은 울어 바람은 울어
가시철망 분단의 벽에서 찢어진다
내 귀에 와서 내 고막에 와서 아픔으로 터진다

눈은 밤새도록 내릴 것 같은 눈은
눈은 하염없이 내리는 눈은
눈은 이제 바람이 자고 소리 없이 쌓이는 눈은
병사의 철모 위에도 내리고 내 발목 위에도 내리고
병사와 나를 잇는 뜨거운 시선 위에도 내린다

— 「병사의 밤」 전문

김남주 씨는 「삼팔선의 밤에」, 「병사의 밤」을 비롯한 일련의 군대시(?)들이
분단 상황에 희생자인 우리 민족과 남쪽 땅 젊은이들의 어처구니없는 상황
에 정면 도전한 작품들이라고 들려준다. 거기로부터 출발한 삼팔선 시들 외
에 미국에 대해서 최초로 구체적으로 쓴 시인 「달러」이 있다. 아시아·아프
리카·라틴아메리카 등 제3세계에 대한 미국의 경제적 침탈을 그린 「월가의
총잡이」 등이 달러를 통해 회화적으로 묘사한 시들이다. 이 두 갈래의 시 작

품들이 거의 정점에 이른 것이 「쓰다 만 시」와 「다 쓴 시」라고 한다.* 이 짤막한 시들은 그 간명한 표현과 메시지의 치열함으로 하여 수많은 민주화·자주화 운동의 자료에 즐겨 인용되었고, 심지어 민중 만화나 정치 풍자 만화에까지 곁들여진 삼팔선·부자·미국으로 연결되는 역사 및 사회 의식을 고취하는 데 크게 기여한 바 있다.

> 미국이 있으면
> 삼팔선이 든든하지요
> 삼팔선이 든든하면
> 부자들 배가 든든하고요
>
> 미군이 없으면
> 삼팔선이 터지나요
> 삼팔선이 터지면
> 부자들 배도 터지고요
>
> —「삼팔선」 전문

종교가 고통을 완화시키는 아편

지금 말씀하신 시들 외에도 분단의 고착으로 인한 한국 사회의 이데올로

---

* 엮은이 주 : 「쓰다 만 시」의 전문은 다음과 같다. "미국이 있으면/삼팔선이 든든하지요/삼팔선이 든든하면/부자들 배가 든든하고요." 「다 쓴 시」의 전문은 다음과 같다. "미국이 없으면/삼팔선이 터지나요/삼팔선이 터지면/대창에 찔린 깨구락지처럼/든든하던 부자들 배도 터지나요." 1985년 『실천문학』(여름호)에 발표한 뒤 시집 『나의 칼 나의 피』(인동, 1987, 65~66쪽), 『조국은 하나다』(남풍, 1988, 274~275쪽)에 수록했으나 옥중 시선집인 『저 창살에 햇살이 1』(창작과비평사, 1992, 230쪽)부터 두 작품을 합쳐 「삼팔선」으로 개작했다.

기적인 경직성과 패쇄성을 빗댄 「삼팔선은 삼팔선에만 있는 게 아니다」 등 많은 시에서 선생님이 미국을 사회과학적인 존재로 파악하고 계신 것이 드러나고 있습니다. 그러한 인식과 기초가 마련되었던 계기, 특히, 1970년대만 해도 파농 등 지극히 제한된 저작물들을 통해서만 부분적으로 알려지고 있던 제국주의의 속성요.

짐작하시겠지만 그것도 책을 통해서입니다. 일본 '아시아 아프리카 연구소'에서 낸 소책자 『아시아 아프리카 연구』를 읽었는데, 그 지역에서 각국 정권의 성격과 미국이 거기서 어떤 역할을 하는가가 명확하게 밝혀져 있더군요. 미국 식민지로 두드러진 나라들로 베트남, 한국, 팔레비의 이란, 촘베의 콩고 등이 꼽히고 있는데 충격을 받기도 했지만, 제가 최초로 미제국주의 신식민지 정책의 실상을 알게 된 것은 그런 책자를 통해서였습니다.

제3세계의 공통적인 현상이고 우리나라에서도 가톨릭과 양심적인 기독교 세력들이 그동안 해온 역할입니다만, 인권 문제와 민중 해방, 민주화와 사회 정의 구현을 위해서는 종교 세력의 힘도 무시할 수 없는 것으로 보입니다. 그러나 선생님의 시에는 어떤 종교의 흔적도 찾을 수 없습니다. 구태여 찾아본다면 한용운 선생 시에서의 '님'과 비슷한 분위기로 사용된 '어머니'가 눈에 띨 뿐인데, 오랜 고통의 세월을 참아오는 동안 종교에 귀의할 생각은 없었나요? 아니면 의도적으로 종교적 색채를 배제한 것인가요?

사실은 그렇습니다. 저는 뭐든지 사회운동의 시각에서 사물을 보는데 그렇게 본다면 종교는 사회운동에 도움은 되나 궁극적으로 노동자·농민의 세계를 이루는 데는 방해가 됩니다. 자본주의 사회내에서 인권과 민권쟁취에 도움은 되나 궁극적으로 종교는 지배 계급이 피지배 계급을 착취하는 근본 구조를 개혁한 적이 없습니다. 그 고통을 완화시키는 아편 역할을 해왔을 뿐이지요. 저의 시에 나타나는 어머니는 흔히 말하는 종교적인 것의 의인화나 구원의 여인상 같은 게 아닙니다. 나의 어머니, 대지의 어머니, 토지의 어머니의 가슴을 말한 것입니다.

미국과 더불어 선생님의 시에 자주 등장하는 미움의 대상인 '부자'는 구체적으로 누구이며 어디까지입니까?

한마디로 사회 변혁 운동에 방해가 되는 악덕 지배 계급을 말합니다. 우리나라 경우에는 ① 미국에서 훈련받고 미국 이익을 최전선에서 지키는 군벌(정치 군인에서 군사 독재자로 변신합니다)과 장성 등 ② 미국과 이해를 같이하는 자본가들로 50대 재벌쯤(?) ③ 보수 정객과 고급 관료들입니다. 특히 기술 관료들은 미국서 교육받고 미국의 재단이나 대학의 혜택을 받아 그 하수인이 된 자들입니다. 미국이 수카르노를 제거할 때 요소요소에 박아놓은 그런 기술 관료가 무기보다 더 큰 역할을 한 건 아실 겁니다. 그들은 신선한 학자와 필자의 얼굴로 나타나 한국 사회에서는 감히 거론할 수 없는 얘기를 들고 나와서 지식인 학생들을 현혹하며 사람을 끌어 모읍니다. 그러나 몇 년 지나고 보면 독재 정권의 하수인으로 가면을 벗고 나섭니다. 아마 우리 대학이나 연구소의 80~90퍼센트는 그런 사람들일걸요.

노동운동은 정치 투쟁이 절대적이다

1980년대 중반부터 일어난 우리 사회의 사회 구성체 논쟁을 기점으로 문학의 주체가 누구여야 하는가가 끊임없이 우리 문학계의 논점이 되어왔습니다. 특히 최근 2~3년간 양산된 노동자 자신들의 손으로 쓴 '노동시'는 상업적으로도 성공을 거둘 만큼 시의 대중화와 민중운동의 확산에 크게 기여해왔습니다. 평단조차도 민중문학의 시대라는 대전제를 받아들이면서 문학의 담당 주체가 누구여야 하는가로 의견이 양분되고 있고, 대논쟁이 벌어지기도 했습니다. 작품 가운데 '노동시'라 할 만한 현장의 묘사도 등장하고, 또 노동자와 농민의 비참하고 억울한 상황이 많이 나오는데, 노동 현장에 가본 적 있습니까?

부끄럽지만 아직 기회가 없었습니다. 그러나 제 시집의 한 장을 차지하는 「노동과 그날 그날」에 실린 40여 편의 시는 현장의 모습보다는 이념의 뼈만 있는 교육적인 시라고 말할 수 있습니다. 앞으로는 두 발로 뛰어다니며 대중과 더불어 생활하고 사고하여 구체성을 갖는 시를 쓸 결심이고 다른 분들도 그렇게 격려해주십니다. '노동시' 또는 노동자들이 현장시에 대해서는 제가 무척 많이 읽어봤습니다만 비판적으로 볼 수 있는 부분이 있는 것 같아요. 아직도 노동운동을 노동조합주의, 노동자 이기주의에 빠진 시각으로 보고 있는 거지요. 계급적인 관점에서 자기 세계를 보지 않으면, 노동자의 일상 생활을 노래하거나 현장에서 애환을 '묘사'하는 시들은 별 의미가 없다고 봅니다. 박노해 씨 같은 분의 시도 노동자의 구체적 삶을 여실히 묘사는 했으나 계급적 정치적으로 보지 못한 것 같아요. 이는 우리 운동의 한계이기도 하고, 시인들의 한계이기도 한 거겠지요. 노동자들은 근로 조건이나 노동력의 가격을 흥정하는 데 그쳐 노동해방에 이르지 못하고 있습니다. 노동운동은 절대 경제주의의 울타리에 갇혀서도 안 되고 경제주의에 굴복해서도 안되며, 정치 투쟁이 절대로 중요하다고 봅니다. 아직은 경제 투쟁의 단계라고 주장하는 건 기회주의자들입니다.

자본의 냉혹성을 다룬 작품

김남주 씨는 그런 자기의 생각이 담긴 시들이 「노동의 가슴에」, 「깃발」, 「노동과 그날 그날」, 「오늘이 그날이다」 1·2·3 등이며 자본의 논리, 자본의

냉혹성을 극렬한 노사대결을 통해 묘사한 최근작 「사료와 임금」 등이 대표
적인 작품이라고 말했다.

사료를 먹여
자본가 김씨가 닭을 치는 것이나
임금을 주어
자본가 이씨가 노동자를 부리는 것이나
속셈에 있어서는 같다
닭이 김씨에게 알을 까주기 때문이고
노동자가 이씨에게 제품을 만들어주기 때문이다

어디가 아프거나 늙어서 닭이
알을 까지 못하거나 까더라도 그 알이
자본가 김씨에게 이윤을 내주지 못하거나 할 때
어디가 아프거나 늙어서 노동자가
제품을 만들지 못하거나 만들더라도 그 제품이
자본가 이씨에게 이윤을 내주지 못하거나 할 때
어떻게 되는 것일까 닭과 노동자는
모가지가 비틀어져 닭은 통조림 공장으로 보내질 것이다 아마
모가지가 잘려 노동자는 공장 밖으로 내동댕이쳐질 것이다 아마

오 닭이여 그 울음으로
하루의 시작을 알리던 생활의 고지자여
자본의 세계에 와서 그대는
알이나 까는 기계로 전락하게 되었구나
그 알이 자본가의 배를 채워주는 동안에만
그대의 목숨을 붙어 있게 되었구나
오 노동자여 그 노동으로
인간의 새벽을 열었던 대지의 해방자여

자본의 세계에 와서 그대는
말하는 도구로 전락하게 되었구나
그 도구가 자본가의 배를 채워주는 동안에만
그대의 목숨은 붙어 있게 되었구나

— 「사료와 임금」 전문

이 시는 알을 못 낳게 된 늙은 닭과 일을 못 하게 된 병들고 다친 노동자들이 똑같이 모가지가 비틀려(잘려) 내동댕이쳐지는 상황을 묘사하면서 '도구화한' 노동을 곡(哭)하고 있다.

앞으로 어디로 가실 겁니까?

당분간 정리 기간을 갖고 싶어요. 지금 한반도의 상황은 '우리'가 주체가 되어 해결해야 할 복잡하고도 중대한 시점에 와 있는 것 같습니다. 좀 더 세상 돌아가는 사정을 파악하고 결정을 해야지요. 고향에 내려가서 심신을 좀 쉰 다음 다시 행동에 나설 것입니다.

문학은 노동과 투쟁 속에서 솟구친다

— 김남주 시인과의 인터뷰

김준태(시인)

1960년대 한국시의 정점을 김수영, 신동엽이 이루었다면, 1970년대는 김지하, 그리고 1980년대는 김남주라 할 수 있다.

이들은 한결같이 역사와 현실로부터 조금도 비껴서지 않았으며, 자신의 온몸을 거기에 쏟아부은 시인들이다.

오늘 우리가 만나보는 시인은 김남주. 그는 일찍이 '함성지 사건'과 '남민전 사건'으로 통합 10여 년 이상을 옥살이하다가, 지난해인 1988년 12월 21일 전주교도소를 허연 반백(半白)의 모습으로 나왔다.

'반외세 민족 자주화, 반파쇼 민주화'로 일관돼온 그의 옥중 투쟁은, 이윽고 제3세계 시인들 중에서 가장 훌륭한 시인으로 추앙받기에 이르렀다. '시인에게 펜을!'이라고 끊임없이 외쳤던 그는, 옥중 생활의 온갖 탄압 속에서도 무려 3백50여 편의 탁월한 시들을 '바깥 세상'의 우리들 앞으로 내보내어 실로 커다란 '힘'이 돼주었음은 이 땅의 젊은이라면 누구나 알고 있는 사실이다.

전주교도소 옥문을 나서던 날, "양심수들을 더 이상 정치적인 밑천으로 삼지 말라."고 외친 김남주. 오랜만에 가까이 만나보니 그의 야윈 몸과는 달리 두 눈은 형형하게 빛나고 있었다.

출감한 지가 벌써 한 달이 다 되었군요. 그동안 어떻게 지냈습니까?

정신없이, 바쁘게 보냈습니다. 보고 싶은 사람들, 고마운 사람들을 만나뵈오려고 사방을 돌아다녔습니다. '남민전 사건'으로 저와 같이 구속되었다 사형 집행당한 신향식 씨의 묘소(경기도 광주)와, 서울구치소에서 옥사한 이재문 씨(인천 근교)의 묘소도 둘러보았습니다. 만보(晚步)를 한 셈이지요. 그러느라 심한 감기도 걸렸습니다. 역시 '바깥 공기'도 차겁긴 차겁습니다.

결혼 날짜를 받아놓으셨단 얘기를 들었는데, 언제 어디서 하게 되는지요?

백낙청 교수께선 민족문학작가회의의 주도로 결혼식을 올리자 했습니다. 그러나 저는 고향 가까운 곳인 조용한 산사(山寺)를 택했습니다. 증심사 부근 문빈정사에서 양력 1월 29일 혼례를 올리게 됐습니다. 신부 될 사람은 저와 남민전 사건에 같이 연루됐던 박광숙 씨이고…… 고은 선생님께서 내려와 주례를 서주실 것 같습니다.

오랜만에, 실로 오랜만에 세상 공기를 쐬시고 계시는데, 출감 후 느끼신 문학 동네에 대한 소감은?

풀빛출판사에 들러 평론가 김명인 씨에게도 말했지만, 민중적 민족문학이니 민주주의 민족문학이니 하는 것들이 잘 구분이 안 됩니다. 최근(1987년도 이후)의 문학 논쟁에서 잡히는 것이 확연하게 없다는 말인데, 그들 젊은 사람들의 논쟁이 너무 관념적인 것들이 아닌가 합니다. 소시민적 문학인들에게 충격을 준 것은 사실이지만, 어떤 대안도 없고, 자기 주장도 사실은 없고…. 제 생각으론 우리의 민족 문학은 계급 이해 관계보다는 민족 이해 관계를 선정해두고 씌어져야 한다는 것입니다. 그리고 민중문학에 대해서도 말한다면, 지식인이 썼느냐 노동자 출신이 썼느냐 하는 것보다는, 어떤 입장에서 작품을 썼느냐가 더 중요하다고 봅니다. 혁명적 비판의식이 문제이지, 계급적 지위만을 가지고 그 작가를 민중문학 작가냐 아니냐 따지는 것은 그릇된 생각들이라 보아집니다. 사실 우리가 민중적 작가군으로 분류하는 고리키나 브레히트, 네루다나 아라공도 신분상으론 소시민적 지식인이 아니었습니까. 또 사실 역사적인 경험으로 볼 때, 노동자 출신의 작가가 뚜렷이 없어요. 노동자 출신이 글을 쓰면 그 역시 지식인이라 볼 수 있지 않습니까.

그러나 지식인 문인이 소시민적 한계를 벗어나려면?

대중적 조직적 전투적 운동에 참여할 때 벗어날 수 있습니다. 제 경험으론 그렇습니다. 아마, 나는 남민전에 참가함으로써, 「나의 칼 나의 피」, 「조국은 하나다」와 같은 작품이 나올 수밖에 없었을 것입니다. 『대지의 저주받은 자들』이란 책에 나오는 아프리카 시인 쌔쿠뚜레 말이 떠오릅니다. 그는 '민족문학은 관념적일 때는 안 나오지만 민족 해방 투쟁에 참여할 때 비로소 민족문학으로 나온다'고 했습니다. 나는 그의 말에 전적으로 동의합니다.

민중문학과 민족문학의 관계랄까, 차이점이 있다면?

우리의 정치 상황으로 봤을 때, 민중문학 논의 이전에 민족문학이 더 중요한 위치로 받아들여져야 합니다. 구태여 민중적 민족문학 하면서 민족문학 앞에다 민중적이란 개념을 붙이면 더 혼란스러워집니다. 민중문학도 일단은 민족문학을 바탕에 깔고 계급적 시각으로 보았을 때 그 설득력과 힘을 갖게 됩니다. 우리 사회를 구별하는 것은 간단합니다. 즉 매국 세력과 애국 민주 세력으로 구별할 때 자연히 저네들 매국 세력들의 부패와 타락상을 구분하기 쉬워진다 그 말입니다. 그래서 우리의 민족문학도 애국 민주 세력에 힘을 결집시켜 나가야 합니다. 계급적 지위가 높은 사람들은 민족 통일이 껄끄러운 것입니다. 그들의 재산이 흔들리기 때문입니다.

　　김지하 시인의 생명사상을 많은 사람들이 관심을 가지고 여러 각도로 말들을 하는데, 김남주 시인의 생각은?

　　김지하 시인의 '생명론', 못마땅하게 느껴집니다. 감옥에서도 그랬고, 바깥에 나와서도 그렇습니다. 김지하 시인은 종교적, 원시종교인 강증산교(姜甑山敎)에 너무 기울어 있습니다. 생명에 존엄성을 가진 것은 누가 비난할 것은 못 되지만 그런데 왜 생명이 파괴되었는가를, 김지하 시인은 소홀히 하고 있습니다. 슈바이처, 예수 등의 성자들이 하였던 것처럼 김지하 시인의 이야기는 보편적인 의미로밖에 들리지 않습니다. 그러니까 김지하 시인의 「생명론」은 하나마나한 이야기입니다. 문제 의식이 바르게 설정되어야 생명에 대한 해결책이 나오는 것입니다. 내가 수없이 반복하고 싶은 얘기지만, 계급적인 시각에서 보지 않으면 모든 것이 그렇고 그렇게 보인다는 것입니다. 진리란 구체적인 것, 구체성이 없는 진리란 붕 뜬 것이나 다름없어요. 증산교가 일제시대 때 살아남아 있었다는 사실을 중요시해야 합니다. 일제는 오히려 증산교를 권장하며, 잘한다 잘한다 했거든요. 그것은 민족의 역량을 신비화로 대치화시켜버리는 작전이 아니었겠습니까. 역사적으로 볼 때, 종교의 신비주의는 '피지배 민족의 저항 의식을 잠재우는 역할' 그것이었습니다. 그래서 마르크스는 종교에의 지나친 귀의를 일컬어 '아편 복약'과도 같은 것이라 했습니다. 우리들은 알아야 합니다. 우리 사회는 자주 독립의 국가가 아니라, 신식민지 계급 사회입니다.

그럼 우리에게 있어 시인은 누구이고, 무엇입니까?

시인은 우선 시대의 중대한 문제와 싸우는 사람이 되어야 합니다. 그래야 우리가 바라는 민족문학이 올바르게 나타날 테니까요. 러시아 쪽의 사전적 의미론, 시인은 싸우는 사람과 동의어(同義語)입니다. 시인은 민중 생활에 중대한 영향을 끼치고…. 그러니까 시는 싸우는 사람의 산물에 불과합니다.

김남주 시인은 앞으로 생활은 어디에서 하실 예정입니까?

고향에 내려가서 흙의 노동을 할 것입니다. 건강과 시를 보살피기 위해서도 그렇습니다. 문학의 힘은 노동과 투쟁을 통하여 솟구치는 것인데 문학은 이를테면 민중 생활과 직결된 것이지요. 그리고 대지에서, 흙에서 발바닥을 뗀 문학은 힘이 없는 법입니다. 아무리 힘센 거인이라도 땅위에서 발이 떨어졌을 땐 힘없이 넘어지게 마련입니다. 문학 역시 대지와 노동에서 발을 뗐을 경우 저절로 힘이 빠져버림을 우리는 알아야 합니다. 인간이 인간이 된 것은 노동 때문입니다. 다시 말해서 원숭이류에서 인간으로 바뀌어진 것은 노동 때문이라는 것입니다. 인간은 노동에서 멀어질수록 짐승에 가까워집니다. 우리 사회에서 일하지 않고, 남의 것을 착취하고 비인간화되는 사람들을 볼 때 그것을 알 수 있습니다.

김남주 시인은 우리 사회가 올바로 가야 한다고 지금까지 변혁 운동을 부르짖어 왔습니다. 그러면 여기에 필요한 훌륭한 일꾼이 되는 기본적 자질은?

저는 기본적 자질을 갖추는 일로 세 가지를 듭니다. 첫째 불의에 대한 민감한 반응을 보여야 한다는 것, 둘째 불의를 당하고 사는 민중에 대한 애정을 확실히 가져야 한다는 것, 셋째 민중의 적들에 대한 뜨거운 증오가 있어야 한다는 것이 그렇습니다. 불의에 대한 증오심을 갖는다는 것은 혁명적 재질의 하나입니다. 목가적인 환상을 가지고 변혁 사회에 대처하다가는 큰일입니다. 그리고 한마디. 내가 '계급…, 계급' 하는 것은 우리가 계급 투쟁을 하자는 것 아니고, 또 지금 우리 사회가 그런 단계가 아닙니다. 내가 계급을 내세워 말하는 것은 다만 계급적인 시각을 통해서 민중 문제를 보고 민족 문제를 보고, 민주주의 문제를 보자 이겁니다. 가진 자들에게는 민중 문제, 민족 문제, 민주주의 문제가 눈에 안 들어올 수밖에 없습니다.

후배 문인들에게 끝으로 하고 싶은 얘기가 있다면?

자본주의 사회에선 모든 것이 분업화, 상품화, 시인도 전문화돼 가고 있지 않습니까? 이럴 때 후배들은 작품을 쓰는 데 너무 초조하지 말라는 것입니다. 자기 생활의 과정으로서 자기 생활의 터전으로서 작품을 써야 합니다. 민족·민주 현장에 살면서 대중들과 더불어 행동하고 사고하고 그리고 함께 통일의 길을 가면서 써야 할 것입니다.

(『전남일보』, 1989년 1월 15일)

제6부

강연

시적인 내용은 생활의 내용*

여기 오늘 이 시간에 앉으실 분이 안 오셔가지고 대신 제가 앉게 된 것 같습니다.

오늘 제가 여러분들과 나누어가질 이야기의 주제는 이렇게 정했습니다. 첫째 시적인 내용은 생활의 내용에 다름 아니다. 둘째 모든 시는 상황의 시이다. 셋째 시인은 싸우는 사람이다. 이런 소주제를 중심 고리로 이야기하겠습니다. 다만 저는 이야기를 논리적으로 할 수 있는 재주를 가지고 있지 않기 때문에, 이런 세 가지 소주제를 제 삶과 시를 아우러서 이야기하기로 하겠습니다.

첫째 시적인 내용은 생활의 내용에 다름 아니다부터 시작하겠습니다. 방금 전에 제가 말씀드린 것을 좀 더 심각하게 들어주시기 바랍니다. 한 인간이 성장하는데 어떤 발전 같은 것이 있다면 그 과정에는 자기가 태어난 장소 또는 환경이 상당한 영향을 미치는 것 같아요. 그래서 제 개인적인 이야기를 좀 해야겠습니다.

---

* 엮은이 주 : 1993년 7월 시와사회사 주최 '여름문학학교'에서 강연한 것임. 생전의 마지막 강연이었음.

저는 이곳으로부터 한 천오백 리 떨어진 저 남도의 어느 궁벽한 농촌 마을에서 태어났습니다. 제 아버지는 일제시대 때 태어나 거의 삼십 년간을 남의 집 머슴살이를 했습니다. 꼴머슴에서 시작해서 중머슴, 상머슴에 이르기까지 청춘을 거의 종으로 살았죠. 제 아버지가 마지막으로 머슴살이했던 바로 그 주인집의 딸과 결혼을 했습니다. 여러분이 보시다시피 제 자신의 모습에서, 종된 자식으로 어떻게 부잣집 딸과 결혼을 했는가가 조금씩 납득이 갈 것입니다. 잘생긴 것도 아니고 허우대가 큰 것도 아닌데 어떻게 해서 종이 주인의 딸과 결혼을 하게 되었는가, 이것은 간단합니다. 예나 이제나 돈을 가진 부모들이 불구된 여식이나 아들을 여울 때 재산의 일부를 떼어서 보내죠. 제 아버지도 마찬가지였죠. 어머니는 한쪽 눈이 불구였어요. 그래서 제 아버지가 머슴살이했던 집의 주인이 밭 몇 떼기를 떼어서 그 딸을 시집 보낸 거죠. 제가 왜 이런 말씀을 하느냐 하면 제 핏속에는 제가 알게 모르게 어떤 인간적인 권리도 없는 그런 삶을 살았던 사람에 대한 애정이랄까 안타까움의 정서가 흐르고 있는 것 같아요. 그와 반면에 제 아버지와 같은 사람을 종살이시켰던 그 대상과 그런 사회에 대한 어떤 악감정, 이를테면 적개심 같은 것이 나도 모르게 어렸을 때부터 내 몸속을 흐르고 있었지 않나 생각합니다. 내가 철이 들면서 그것이 이제 의식적으로 되었을 뿐이죠.

어느 부모나 마찬가지지만 자기 자식이 공부를 제법하면 성공하기를 빕니다. 특히 1950년대, 1960년대, 1970년대를 살았던 농촌 마을의 어르신들은 관리가 되기를 바랐습니다. 저도 또한 제 아버지나 어머니 또는 문중으로부터 이런 말을 귀에 못이 박히도록 들었어요. 우리 집에서도 사람 하나 나야지, 다시 말해서 농사꾼이 되지 않고 뭔가 다른 일을 하는 사람이 되기를 바랐습니다. 그 뭔가 다른 사람이란 게 뭐냐 하면 그 당시 농촌 사람들에게는 관공서 출입하는 사람이었습니다. 우리 농촌 사람들에게 가장 근접해 있는 관공서 출입자들은 세무서 직원 또는 면서기, 군서기, 산림계 직원 또는 금융조합 직원 그런 분이었습니다. 그런 사람이 되기를 바랐죠, 저도. 농촌 사람들이 왜 그런 사람이 되기를 바랐냐 하면 그 사람들로부터 많은 시달림을 당해오면서 살았기 때문이죠. 일제시대 때부터 적어도 1970년 이전까지는 그들은 선망의 대상이었을 뿐만 아니라 또한 우리 농민들에게 공포의 대상이었습니다. 그들은 농민들로부터 뭔가는 가져가는 사람으로 여겨졌어요. 예를 들면 솔가지를 꺾어서 아궁이에 지피면 그게 이제 금기 사항이 돼 가지고 벌을 받게 됩니다. 산림계 직원이 나와서 솔가지를 하나 이렇게 들춰내가지고 위협을 주면 마을 이장집에 가서 소주잔을 벌여놓고 또는 씨암탉을 삶아놓고 어떻게 어물쩍 넘어갑니다. 역시 소주잔과 씨암탉을 가져가는 사람이죠, 관이라는 것은. 또 옛날에 쌀이 귀할 때 그러니까 식량이 귀할 때는 쌀이나 보리를 가지고 농민들이 술을 해먹을 수 없게 돼 있었어요. 밀주라고 해서 또 처벌의 대상이 되었습니다. 그러나 일을 하기 위해서는 술을 먹어야 했죠, 그 당시 형편으로 봐선. 그래서 몰래 술을 해먹다 들키면 또 씨암탉을 빼앗기죠. 주머니 돈을 빼앗기고. 그래서 제가 어렸을 때의 기억입니다만 저 동구 밖에 양복쟁이만 나타나면 마을에선 그 양복쟁이를 제일 먼저 본 사람이 외칩니다.

"양복쟁이 나타났다!"

그러면 그 순간부터 온 동네는 아주 아수라장이 돼요. 어머니는 솔가지 어디 있나 두리번거리며 보다가 하나라도 찾으면 그것을 두엄 속에 묻습니다. 그리고 또 아버지는 어디다 숨겨놓은 술동이나 그와 비슷한 것이 있으면 대밭으로 숨긴다든지 또는 밀밭이나 보리밭으로 숨깁니다. 그리고 할머니는 할머니 나름대로 또 허둥댑니다. 그러면 또 애들이 어머니 아버지 할머니가 허둥대니까 또 저절로 공포에 질려서 앙앙 울죠. 온통 집과 마을이 공포의 도가니 속으로 빠져듭니다.

그래서 자기 자식이 사람이 되라, 그것은 관리가 되라는 건데, 관리가 됨으로써 고달픈 삶을 벗어나야겠다는 그런 간절한 희망 때문이었어요.

저는 국민학교, 중학교, 고등학교, 대학까지 제법 공부를 했습니다. 그래서 남달리 제 문중이나 아버지 어머니로부터 기대가 컸는데 대학을 다니면서부터 그런 기대를 저버리는 그런 삶을 살게 되었습니다. 다시 말해서 학내 문제가 있을 때 거기 관여를 하게 된 거죠. 또는 정치적인 문제에 관여를 하게 되고 그러다보니까 학교 공부가 제대로 되지 않았고 그러다보니까 졸업하던 해에 학점이 안 나와가지고 졸업을 못 하게 되었습니다.

1972년 10월 어느 날로 기억되는데, 그때가 이제 졸업을 해야 될 해인데 학점이 안 나오니까 저는 어디 갈 데가 없어요. 항용 시골에서 태어난 사람들이 고달픈 삶을 어쩌지 못했을 때 '에라 모르겠다 가서 농사나 짓지' 그런 말을 하지 않습니까? 저도 그런 심정으로 시골로 내려갔습니다.

저는 항시 밤에 집을 찾는데 그 이유는 다른 데 있는 것이 아니고 그 당시 대학생인 저를 마을 사람들이 바라보는 눈이 예사가 아니었습니다. 자기들과는 뭔가 다른 인종으로 우러러봤던 거죠. 시선을 도저히 돌릴 수가 없었어요, 마을 사람들 앞에서. 그래서 대낮에 마을을 가로질러 우리 집으로 들어가지 않고 밤을 틈타서 몰래 사립문을 열고 들어가곤 했습니다. 대학생으로서 제 존재가 떳떳한 것이 아니라 오히려 부끄러움으로 받아들여졌던 것이죠. 그들의 삶의 모습을 제 눈으로 보았기 때문에. 왜냐하면 대학교를 나오면 나는 그들을 고달프게 하는 존재로 살아야 하기 때문입니다. 그렇지 않습니까? 지금도 마찬가질 것입니다만 그 당시는 더욱 그랬습니다. 배운 자들 가진 자들은 배우지 않은 자들과 가지지 못한 자들에게 아주 삶을 시달리게 하는 존재였죠. 그런 것을 제 나름대로 자각한 저는 마을 앞에 제 모습을 떳떳하게 보여줄 수 없었던 것입니다.

아무튼 어찌할 바를 몰라서 시골로 낙향을 하는데, 밤에 하는데, 우리 집으로 꺾여가는 한길에 저만큼 웬 농부가, 하얀 옷을 입은 농부가 소달구지를 끌고 올라가는 거예요. 언덕배기 길을. 혼자 올라갔다 내려갔다 실랑이를 벌이는 거죠. 짐이 무거워서. 그래 저는 발걸음을 재촉해가지고 가서 그 달구지를 밀어주었어요. 그래서 언덕을 오르고 난 그 농부가 한숨을 휴우, 쉬는 소리가 들리는데 그 소리가 제 아버지의 목소리 같아요. 그래 찬찬히 보니까 역시 제 아버지예요. 그때가 10월 며칠이었는데 아마 추곡 수매를 하러 갔다가 그게 퇴짜를 맞아서 벼 가마니를 되싣고 이제 집으로 가는 중이었던 거죠. 저는 집에 가서 제 아버지한테 사람이 되라, 사람이 되라 그 말을 또 들었습니다. 우리 집안에 사람이 하나 났으면 이런 퇴짜 맞는 일은 없었을 것이다, 내가 배워가지고 나락을 검사하는 사람들한테 술 한 잔을 사줬으면 이런 경우는 없었을 것이다, 내가 배운 게 없어가지고 어떻게 할 바를 모른다 이거죠. 남들은 어떻게 연줄이 닿고 어찌해서 일등도 맞고 이등도 맞고 삼등도 맞는데 하여간 인덕을 모르는 무지렁이 제 아버지는 그렇게 할 수가 없었다는 거죠. 그래서 자기의 그런 소망을 자식을 통해서 실현시키고자 하는 자연스런 욕망이 있었던 거죠. 그런 제 아버지 앞에서 대학을 졸업하지 못한 내 존재는 참으로 답답하고 참담했습니다.

1970년 10월 17일에 제가 시골의 들에서 일을 하다가 집에 돌아와서 라디오를 틀어보니까 여러분들이 잘 아시는 박정희씨가 유신을 선포한다는 방송을 하더라구요. 저는 저도 모르게 속으로 중얼거렸어요. '이런 개싸가지 없는 새끼가 있는가?'

그 자에 대한 제 시야는 아주 단순했습니다. 첫째 박아무개는 일제시대 때 일본군 밑에서 군대 생활을 하면서 만주에서 독립운동을 하는 사람들을 쫓아다닌 그런 사람이었다는 것. 또 하나는 1960년 4월 19일을 전후해서 청년 학생들이 못된 정권을 때려눕혔을 때 그리고 새로운 정부를 수립했을 때 또 그 정권을 때려눕힌 자가 바로 박아무개였다는 그런 아주 서사적인 역사성이 그런 점을 지적하고 있습니다. 그렇지 않아도 평소에 그 자에 대한 감정이 좋지 않았는데 또 그런 일을 저지르니까는 자연스럽게 상놈의 자식으로, 이런 쌍놈의 새끼가 있는가 그런 말이 저절로 나온 것 같아요. 그래 저는 바로 그 앞날 18일이죠. 광주에 내려서 제 가장 절친한 친구와 의논을 해가지고 박정희의 이런 폭거에 저항하는 어떠한 형태의 일이라도 해야 되지 않겠느냐고 의논을 했죠. 그건 시대인으로서 이자와 어떤 형태로든 대응하지 않고는 제가 인간적인 존엄성의 손상에서 오는 어떤 참담함 때문에 견딜 수가 없었습니다. 저런 자를 저대로 두고 산다는 것이 한 인간으로서 참담했다 이거죠. 이기고 지고 간에 뭔가 저자하고 내가 싸움을 해야겠다. 그래서 유신을 반대하는 유인물을 만들어 가지고 12월에 가서야 시내 일원에 살포하게 되었죠. 그러니까 제가 유인물을 만들기 전에 제 어떤 나약한 마음을 좀 더 단단하게 해서 제 가장 절친한 친구와 정신적인 지주가 될 만한 어떤 역사적 현장을 쭉 답사를 했습니다. 그게 어디냐 하면 1894년에 우리 농민들이 양반과 부호들의 시달림을 받다가 더 이상 살지 못할 것 같아서 결국 들고 일어선 그런 곳이죠. 전주 어디에 있는 황토현이라든지 백산이라든지 우금치 같은 데예요. 그곳을 돌아다니면서 이 어려운 시절에 우리 사람들은 어떻게 대응했던고, 그런 생각을 하게 된 거죠. 그럼으로써 힘도 좀 얻고 배우기도 좀 하고 그럴 심산이었죠.

그리고 또 제가 다음으로 간 곳이, 1948년에 이승만 정권과 그 주위 사람들이 남한만의 단독 정부를 수립한다기에 뜻이 있는 사람들이 거기에 반대를 했는데, 이를테면 김구 선생이나 여운형 선생 같은 분은 그런 과정에서 암살을 당했지 않습니까? 그리고 집단적으로 전화한 곳이, 최초로 전화한 곳이 여수와 순천 지역이었어요. 그래서 여수 순천 지역을 또 저희들은 갔습니다. 그때 1948년에 여수와 순천 지역에서 일어났던 이 일을 저에게 전해준 사람이 있었어요. 그 이야기를 여기서 할 수는 없고 그때 유행했던 노래가 있는데 그 얘길 좀 하지요. 제목이 「부용산」이란 노래였어요.

이 노래는 제가 알기로는 원래 유행가였습니다. 목포의 어느 고등학교인가 중학교의 오누이가 선생을 하고 있었어요. 그런데 누이가 폐병으로 요절을 하게 되죠. 그래서 그 학교 교장이 아마 음악에 조예가 깊었는지 오누이의 애틋한 사랑과 죽음, 이별 그런 것을 주제로 해서 작곡을 하고 작사를 하고 했다 이거죠.* 이게 이제 1948년을 전후로 해서 산에서 산 사람들도 그러한 경우가 있었던가 그 유행가가 그대로 불려졌어요. 가사 하나만 이렇게 변경되었어요. 이를테면 '붉은 장미는 병들고' 이렇게 원 가사는 되어 있는데 산사람들, 산사람 아시죠 파르티잔이라고. 그런 사람들 사이에서 불려질 때는 붉은 장미가 이렇게 바뀌어졌드라고요. 그때 제가 이 노래를 듣고 아주 큰 감명을 받았어요. 그래서 이 자리에서 한번 불러볼까 하는데 그런 감정이 여기서 나올까 싶어서.

내가 노래를 부르기 전에 계기를 잠깐 이야기하도록 하겠습니다. 그때 순

---

* 엮은이 주 : 「부용산」의 유래와 사연은 다음과 같다. 일본 관서대학 영문학과에서 공부한 박기동 시인(1917~2004)이 귀국해 벌교에서 교편을 잡고 있을 때인 1947년 누이동생(박영애)이 스물넷의 나이로 벌교에서 세상을 떴다. 일본 동방음악원에서 공부한 안성현 작곡가(1920~2006)의 누이동생(안순자) 역시 열다섯의 나이로 광주에서 세상을 떴다. 박기동 시인은 누이를 벌교의 부용산에 묻고 돌아와 「부용산」을 썼고, 안성현 작곡가는 슬픔을 가슴에 묻었다. 1947년 안성현이 목포 항도여중(지금의 목포여고)의 음악교사로, 이듬해 박기동이 순천사범에서 항도여중으로 옮겼다. 그때 문학적 재능을 지닌 애제자 김정희 학생(3학년)이 폐결핵으로 세상을 뜨자 박기동과 안성현이 함께 「부용산」을 만들었다. 이 노래는 1948년 4월 목포 평화극장에서 열린 학예회 때 배금순 학생(5학년)이 처음 불렀고, 안성현의 두 번째 작곡집에 실렸다. 그 후 빨치산들이 즐겨 불렀는데, 안성현이 한국전쟁 때 월북했다는 이유로 금지곡이 되었다. 1980년대 대학생들 사이에 널리 퍼졌고, 안치환·한영애 등의 노래, 정도상·최성각의 소설, 노래비 건립 등으로 조명되고 있을 뿐만 아니라 호남 지역에서 널리 사랑받고 있다. 곽병찬, 「'부용산'을 기억하시게, 누이의 애가를」, 『한겨레』, 2013. 6. 18(http://www.hani.co.kr/arti/opinion/column/592304.html#14194923023121&id%3Drecopick_widget%26has_recom%3D0)

천에 여중인가 중학교에 남녀 선생이 있었어요. 두 선생은 어떤 관계냐 하니까 그 당시 역사적인 의식이 있었던지 단독 정부를 반대하는 그런 일에 관여했던 사람이죠. 그래서 시내 어느 곳에서 단독 정부에 반대하는 궐기대회를 했는데 그곳에 갔다는 것은 곧 정부로부터 탄압의 대상이 된 것이 아닙니까. 요즘 전교조 선생들이 그런 것과 마찬가지로. 그래서 두 선생이 이제 학교에서 쫓겨납니다. 남 선생은 저기 벌교 어디에 있는 산으로 가죠. 거기에 산사람들이 살고 있었습니다. 그리고 여 선생은 병약해가지고 시내에 머물면서 산사람들을 도와주는 그런 일을 하고 있었어요. 그러다가 그 여 선생이 요절을 하게 된거죠, 어느 날. 그래서 그 여 선생과 생각이 같았던 사람들이 가족들에게 그 여 선생의 시신을 똘똘 말아가지고 산으로 오르면서 불렀다 그래요. 벌교 어디에 가면 부용산이라고 있는데 그 부용산에 묻었다고 그럽니다.

노래를 불러 보겠습니다.

> 부용산 오리길에 잔디만 푸르러 푸르러
> 솔밭 사이 사이로 회오리바람 타고
> 간다는 말 한 마디 없이 너는 가고 말았구나
> 피어나지 못한 채로 붉은 장미는 시들어지고
> 부용산 오릿길에 하늘만 푸르러 푸르러*

이게 그 노랜데 제가 부른 노래는 제가 듣기에도 맛이 안 나요. 그 가사만 여러분들이 한번 되새겨보세요.

나는 이 세상에서 가장 아름다운 것 중에 하나가 남녀관계라고 봐요. 그 남녀관계에서도 가장 아름다운 게 사랑의 관계고 더 아름다운 것은 어려운

---

* 엮은이 주 : 원래의 노랫말은 "병든 장미"(4행) "부용산 봉우리"(5행)이지만 시인의 감정을 살리고자 그대로 둔다.

시절에 그 어려운 시대를 이겨내기 위한 그런 관계이면서도 서로 사랑을 하는 관계, 다시 말해서 순천중학교의 두 선생의 관계, 동지이면서도 연인인 관계, 그런 관계처럼 어려운 시대에 아름다운 인간 관계가 있겠는가, 그런 생각을 했어요. 지금도 마찬가지입니다. 저는 불행하게도 그런 관계를 맺어보지 못했으니까 우리 도종환 선생처럼 애절한 사랑의 시도 못 쓰고 그저 악이나 빡빡 쓰는 거칠고 말이죠 쇳소리나는 그런 시를 쓴 것 같아요. 제가 왜 이야기 도중에 노래를 부르냐 하면 저는 그렇게 배웠어요. 원래 시라는 것은 노래로써 존재했다 그런 말이 있어요. 그렇죠. 문자 이전에 노래로써 존재했던 것입니다. 나는 이것이 지금 우리 시대에도 적용된다는 거죠. 노래로서 불려질 수 있어야 한다 이거죠. 그냥 그 시가 훌륭하다 이거죠 나는. 노래로서 불려지지 않고 읽어도 읽어도 알 수 없는 그런 시는 나는 인정하지 않습니다. 솔직하게. 읽어도 읽어도 알 수 없는 시 그것은 뭐냐하면 생활의 내용이 없다는 것을 증명하는 거 아닙니까? 그렇죠. 다시 말해서 평이해야 될 어떤 인간의 상상력을 아름다운 그 언어로 치장하다보니까 공허할 뿐이고 이해가 안 된다는 것이다 이거죠. 그래서 괴테가 말한 시적인 내용은 생활의 내용에 다름아니다는 그 명제에 저는 전적으로 동의하고 그 명제에 따라 시를 썼고 또 쓰려고 하고 있습니다.

순천에서 다음으로 제가 간 곳이 어디냐 하면 인천 앞바다에 있는 월미도예요. 지금은 육지로 되어버렸지만 그 당시는 섬이었어요. 그 월미도는 역사적으로 어떤 곳이었냐 하면 1950년에 남북간의 전쟁이 일어났지 않았습니까. 그래서 북쪽의 군대가 순식간에 서울을 장악하고 남쪽으로 남쪽으로 내려갔죠. 이것을 지켜보고 있던 외국 군대가 작전을 세우지요. 인천에서는 맥아더 장군이 쳐들어오고 남쪽에서는 우리 이남 군대와 미군이 합동작전을 해서 쳐들어오고, 다시 말해서 독안에 든 쥐를 만든 거죠 저쪽의 군대를. 그래서 저쪽의 사령관이 빠져나갈 구멍을 만들고 시간을 벌어야 하는데 여의치 않아요. 그래서 월미도에 주둔해 있던 자기 군대 1개 중대에게 명령을 내리죠. 맥아더 군대가 대대적으로 상륙을 하고 있으니 그 사람들을 어떻게 하든지 오래도록 저지시키라. 가능하면 버텨달라 한 거죠. 다시 말해서 일본식으로 표현하자면 옥쇄하라는 그런 거죠. 1개 중대면 한 2~30명인데 1개 중대에 고향이 월미도인 한 소년병이 있었어요. 열예닐곱 살 먹었나 봐요. 그 소년병이 최후를 맞이해서, 다시 말해서 참호에서 총구를 외군에게 들이대고 최후를 맞이하면서 동지들과 함께 죽기 전에 불렀던 노래가 있어요. 그 노래도 제가 한 번 해야겠어요. 왜냐하면 시가 되니까요.

봄에는 사과꽃이 하얗게 피어나고
가을에 황금 이삭 물결치는 곳
아아 내 고향 푸른들 한줌의 흙이
목숨보다 귀중한 줄 나는 나는 알았네

불타는 저 못가에 노을이 비껴오면
가슴에 이 가슴에 새겨보는 곳
아아 내 고향 들꽃 피는 그 언덕이
둘도 없는 조국인 줄 나는 나는 알았네

살아도 그 품속에 죽어도 그 품속에
언제나 사무치게 그려보는 곳
아아 어머니여 푸르른 나의 조국이
가신 님의 그 품인 줄 나는 나는 알았네

되풀이해서 말씀을 드립니다만 저는 시가 본디 노래라 노래로 돼서 불려지고, 또 누가 낭송했을 때 그 의미를 금방 알아먹고, 좋으면 가슴을 적신다거나 뜨겁게 한다든지 위안을 준다든지 그래야지 읽어도 읽어도 그 의미를 알 수 없는 것은 시로 인정을 않는다 그거죠.

이렇게 세 군데 역사적 현장을 돌아보고 그것을 유인물로 만들어서 뿌렸습니다. 당연히 죄가 되지 않겠어요. 그래서 국가보안법 및 반공법에 저촉이 되어가지고 10개월 동안 옥살이를 했습니다.

옥에 갇혀 있으면서 처음으로 시라는 것을 한 번 써보겠다 생각했어요. 그 계기가 뭐냐 하면, 어떤 다른 사람의 시에 있기도 하지만 그때 제가 느꼈던 바의 정서입니다. 참담의 정서가 시를 쓰게 했습니다. 흔히 쓰지 않고는 배기지 못할 때 시를 쓰라고 했잖아요. 그런 정서인 것 같아요. 그때 체험이 깊어서 절실해가지고 금방 떠올랐을 때, 그것을 쓰지 않고는 견디지 못했을 때 시를 써야 한다, 저는 그런 절박한 상황에 있었어요. 수사를 받으면서 감옥에 있으면서 그러면서, 제 주변 사람들을 생각하면서 그때 썼던 시가, 처음 쓴 시는 아닙니다만 「편지」라는 시였습니다. 제가 제 몸으로 편지를, 또 제가 시를 쓴 것도 아니고 어머니나 아버지한테 쓴다는 그런 생각을 하면서 「편지」라는 제목을 붙였죠. 그래서 여러분들이 저와 같은 체험을 했다면 나도 쓸 수 있겠구나 하는 생각을 하게 될 거예요.

제 어머니가, 제가 광주 감옥에 수감되어 있을 때 면회를 오게 됩니다. 마을에서 출발해서 한길로 나와가지고, 한길에서 읍내로 하루 한두 차례 있는 차를 타고 나오겠지요. 그리고 배를 타기 위해서 목포 쪽으로 가는 버스를 탑니다. 거기서 배를 타고 목포로 오죠. 목포에서 또 열차를 타고 광주역에 오겠죠. 광주역에서 교도소로 오겠죠. 그런데 그 길이란 게 우리 어머니는 혼자서 어떻게 올 수가 없는 길이죠. 물어물어서 오는 것 아니겠습니까. 그리고 자식을 보기 위해서 철창 앞에 서게 되는 것이죠. 옷가지라든지 떡 같은 것을 이렇게 가지고 왔더라구요. 그런 생각을 하니까 기가 막히더라구요. 저에 대한 기대를 제가 배반했고 거기다가 감옥까지 갔다, 어떻게 생각할까. 그 당시 감옥이라는 것은 어마어마하게 생각되었죠. 지금은 사람들이 하도 들락날락하니까 큰집처럼 되어버렸지만 그 당시 농민들에게 감옥하면 곧 죽음의 장소였습니다. 그리고 그 당시 감옥에 간 사람은 학생들은 거의 없었어요. 적어도 1970년대 중반까지는 데모를 그렇게 해서. 그때 제가 제 어머니한테 쓴 「편지 1」를 읽어 드리겠습니다. 이게 이제 모 문예지에 시라고 실렸거든요. 아무튼 그러니까 시가 된 거 아닙니까.

산길로 접어드는
양복쟁이만 보아도
혹시나 산감이 아닐까
혹시나 면직원이 아닐까
혹시나 순사가 아닐까
가슴 조이시던 어머니
헛간이며 부엌엔들
청솔가지 한 가지 보이는 게 없을까
허둥대시던 어머니
빈 항아리엔들 혹시나
술이 차지 않았을까
허리 굽혀 코 박고
없는 냄새 술냄새를 맡으시던 어머니

늦가을 어느 해
추곡 수매 퇴짜 맞고
빈 손으로 돌아오시는 아버지 앞에
밥상을 놓으시며 우시던 어머니
순사 하나 나고 산감 하나 나고 면서기 하나 나고
한 집안에 세 사람만 나면
웬만한 바람엔들 문풍지가 올까부냐
아버지 푸념 앞에 고개 떨구시고
잡혀간 아들 생각에
다시 우셨다던 어머니

동구 밖 어귀에서
오토바이 소리만 나도
혹시나 또 누구 잡아가지나 않을까
머리끝 곤두세워 먼 산
마른 하늘밖에 쳐다볼 줄 모르시던

어머니 어머니 어머니
다시는 동구 밖을 나서지 마세요
수수떡 옷가지 보자기에 싸들고
다시는 신작로 가엘랑 나서지 마세요
끌려간 아들의 서울
꿈에라도 못 보시면 한시라도 못 살세라
먼 길 팍팍한 길
다시는 나서지 마세요
허기진 들판 숨가쁜 골짜기 어머니
시름의 바다 건너 선창가 정거장엘랑
다시는 다시는 나오지 마세요 어머니

　이것이 어머니한테 처음으로 쓴 편지예요. 이게 시가 됐다고 내로라하는
평론가들이 실어줬다 이겁니다. 여러분들 어떻습니까? 이렇게 시가 쉬운 것
을 아마 예전엔 미처 몰랐죠, 예?
　자기 삶의 내용을 시로 써야 한다는 그런 생각을 애초부터 했더라면 우리
가 다 시를 쓸 수 있을 텐데, 우리 교과서에 실린 시라는 게 삶의 내용을 노래
한 그런 시가 아니고 이 대지의 삶에서 떠난 먼 세상의 것, 또 우리 생활과는
거리가 먼 대상을 노래한 시가 지배적이지 않습니까. 그렇기 때문에 우리들
은 시에 대해서 어렵게 생각을 하게 되고 시적인 언어가 따로 있는 것처럼 생
각하게 되고 그것을 찾기 위해 발버둥을 쳐도 잘 안되고, 그렇기 때문에 시를
포기해 버리는 경우가 있어요. 제가 학교 다닐 때 학교 공부를 안 했고 그런

패악의 피해를 못 입어서 이런 시를 쓴 것 같아요.

'생활의 내용이 시의 내용이다'라는 그 말을 좀 더 구체화시키고 또 여러분들께 신뢰가 가게 하기 위해서 제가 말하는 것보다도 뛰어난 시인들의 말을 인용하는 것이 좋겠어요.

여러분들이 하이네 시를 많이 읽었겠고 연애시의 한 대명사로 알고 있습니다. 그런데 제가 그 시인의 생애를 대충 읽어보니까 그것만은 아니예요. 하이네가 뛰어난 연애시인이기도 하지만 그 반생을 비인간적인 대상과 싸웠던 그런 사람이었고 그 싸움의 내용을 시로써 읊었던 사람이더라구요. 그 사람이 이런 말을 했어요. 거인 안테우스는, 안테우스는 그리스 신화에 나오는 인물입니다. 대지의 신입니다. 대지에 발을 딛고 사는 신. "거인 안테우스는 그의 발이 어머니인 대지에 닿아 있는 동안에는 무적의 막강한 힘을 쓸 수 있었으나 헤라클로스가 그를 들어올리자마자 그 힘을 잃어버리고 말았다. 시인도 마찬가지입니다. 현실의 대지를 떠나지 않는 한 막강한 힘을 내지만 공상에 빠져서 이리저리 떠돌아다닌다면 바로 그 순간에 무력해지고 말 것이다." 저는 이런 데서 시를 배웠습니다. 이런 데서. 이런 데서 아 이렇게 시를 써야겠구나 하고 배웠어요.

또 고리키는 이런 말을 했어요. 한 소설 작가가, 선생님은 어떻게 소설을 쓰시기에 그런 감동적인 글을 쓰시냐고 물었습니다. 그 대답이 다음과 같았습니다. "나는 내가 아랍의 경주마라고는 생각하지 않습니다." 그러죠. 경마장에 가면 경주마의 치장이 대단합니다. 옛날 러시아 시대 때 귀족들이 즐기던 경긴데 경마장의 분위기며, 말을 타고 있는 기수며 말이며 그 치장이 아주 화려합니다. 그건 알고 계시죠. "나는 내가 아랍의 경주마라고는 생각하지 않습니다. 나는 짐마라고 생각합니다. 짐을 끄는 말. 나의 성공은 타고난 재능이라기보다 나에게 노동할 능력이 있고 노동에 대한 애정의 덕분이라는 것도 잘 알고 있습니다." 그리고 또 다음과 같이 말했습니다. "나는 유희적이고 신기를 자랑하는 공상이라든가 완전한 허무의식 또 그게 천재성을 나타내는 현대적인 특징을 시적 재능의 중심이라고는 간주하지 않습니다. 나는 나 자신을 내 노동 그 자체의 산물이라고 간주할 뿐만 아니라 내 노동의 산물 때문에 나의 시가 나왔다고 생각합니다." 그런 말씀을 하셨어요. 나는 이런 선배들의 말이 나의 시를 규정하는 하나의 원리가 되었습니다.

생활의 내용이 시의 내용이다 했을 때 그 생활이란 시에서 무엇을 말하냐 하면 저는 세 가지로 크게 나누고 싶습니다. 첫째 먹고 살기 위한 노동입니다. 식의주를 해결하기 위한 인간의 노동이야말로 우리 문학의 내용이 되어야 한다 그거죠. 그러지 않습니까? 먹고 살기 위해서 우리가 노동을 하면서 오만가지의 정서를 우리가 떠올리고 생각하게 됩니다. 바로 그런 생각과 정서야말로 먹고 살기 위한 노동의 과정에서 생긴 그런 정서, 감정, 생각이야말로 시의 내용이 되어야 한다는 거죠. 하나는 투쟁이라고 생각합니다. 일해도 일은 이게 말이죠. 먹고 살 수가 없어요. 그래서 왜 그런고 고심하다보니까 뭔가, 아 이 때문에 우리가 못사는구나, 이겁니다. 누가 이것을 가져가기 때문에, 이런 노동의 산물을 누가 가져가는구나, 그러면 가져가는 자들과 우린 싸운다 이겁니다 그렇죠? 그래서 투쟁도 생활의 내용에 가장 중요한 부분의 하나이죠.

또 하나는 휴식이라고 봐요. 우리는 노동과 투쟁만 하고 살 수는 없잖습니까? 우리는 또 쉬어야 합니다. 다음날을 위해서. 그래서 생활의 내용 중에서 가장 중요한 요소라고 할 수 있는 것이 먹고 살기 위한 노동, 그리고 노동의 산물이 누구에 의해서 가져가졌을 때 그것을 되찾으려는 싸움, 그리고 휴식, 이것이야말로 시의 내용이 되어야 한다 이거죠.

제가 방금 말씀드린 생활이 시의 내용, 그리고 생활이란 것이 삶과 노동과 투쟁과 휴식이라고 했는데 그것을 아주 종합적으로 노래한 시를 내가 발견했어요. 12세기 프랑스의 어떤 시인이 쓴 거예요. 나는 그 시인이 노동자 출신인지 지식인인지 모르겠어요. 그 시인의 이름은 지금 기억이 안 납니다.
시의 제목이 「셔츠의 노래」라고 되어 있어요, 영어로는, 우리말로 하면 샤쓰
의 노래? 내의의 노래라고 할까요? 그냥 「셔츠의 노래」라고 합시다 영어로.
한번 읽어볼게요. 나는 이 시를 읽고 박노해의 「가리봉」이란 시를 연상했어
요. 똑같애요 그 내용이. 「가리봉」이란 시를 읽어보신 분은 한 번 그 시를 아
우러가면서 생각해보세요.

날마다 날마다 비단 옷을 짜지만
고운 옷 한 벌 해입지 못하네
날마다 날마다 가난하고 헐벗어
마시지도 먹지도 못한 우리들
아무리 악착같이 벌어도
배부르게 한 번 먹은 적 없네
날마다 날마다 모자라는 빵
아침 세 입 저녁에는 한 입
참새 눈물만큼의 임금으로는
겨우겨우 살아갈 수도 없고
무엇 하나 되는 일도 없네
일주일 내내 일한 대가는
고작해서 모기 눈물만큼의 임금
말로는 이를 수 없는 이 쓰라린 삶을
세상 사람들은 알기나 하는지
죽자사자 일해서 받은 돈은 겨우 20불
그 이상은 아무도 받지 못한다네
그 이상은 모두 영주가 가져간다네
밑바닥 인생을 사는 우리들
기름진 음식으로 살이 찐 자는
우리를 혹사시킨 주인 나으리

밤마다 밤중까지 일하며
아무리 악착같이 벌어도 생활이 되지 않네
쉬고 싶어도 쉴 수 없고
쉬고 싶은 사람은 손발의 뼈를 꺾어
쉬게 해주겠다고 영주는 협박하네

이게 「셔츠의 노래」 전문인데 이 시를 보면 말이죠. 시적인 표현이란 게 참 새 눈물만큼의 임금 또는 모기 눈물만큼의 임금, 그 정도의 전부가 우리가 생활하며 쓸 수 있는 언어입니다. 그렇죠. 비유 같은 것도 이 정도 참새의 눈 물만큼의 임금, 이상한 거죠.

불란서 사람들의 비유나 우리 비유나 이렇게 비슷합니까? 양이 적다는 것 이 참새 눈물만큼, 모기 눈물만큼, 그것도 일상 생활에서 우리 민중들이 사 용하는 비유입니다. 이 흑색 비유도. 그래서 나는 시적인 언어라는 것은 생 활의 언어에 다름 아니다, 그렇게 보지, 생활에서 동떨어진 어떤 이상한, 해 괴 망칙한, 아름다운, 기발한, 발랄한 그런 언어를 일부러 만드는 것이 아니 다 이거죠. 생활 속에서 우러나오는, 민중들이 사용하는 비유 그 자체가 시 적 언어다 이거죠. 그랬을 때 우리에게 그 비유가 아주 절실하게 다가오는 것이지 느닷없이 말을 만들어 가지고 지랄개병을 하는데 그거 안 되는 것 같 아요.

아까 제가 시를 쓰게 된 계기 중의 하나가 참담한 자기 심정을 그리고 싶 은 것도 있다고 했나요. 그런 예를 하나 들겠습니다.

비안간적인 대상에 저항한 사람들은 고초를 겪게 마련 아닙니까. 저도 많 이 맞았죠. 마지막 순간에 사건을 마무리하기 위해서 어떤 부서로 가서 검증 을 하더라구요. 정보부에서 온 분이 뭐라고 뭐라고 하다가 분이 안 풀리던지 제 머리에 권총을 들이댔어요. 그래서 주저앉아버렸습니다. 정신을 잃고 혼 비백산 해가지고. 온몸에서 힘이 빠지고 무릎이 꺾인 거죠. 주저앉아버렸어요. 똥은 안 쌌습니다만, 똥을 쌌는지도 모르겠어요. 제 정신으로 돌아와서 이런 생각을 했어요. 나라는 인간이 참 이렇게 허약한가? 내간엔 고등학교, 중학교, 대학을 다니면서 뭐 정의니 자유니 반독재니 하면서 시위도 하고 또 그런 과정에서 우쭐해서, 나 괜찮은 놈이다, 그런 생각을 했는데 총구 앞에서 이렇게 허무하게 무너지는 자신을 의식하고는 참 참담했습니다, 인간으로서. 한 인간이 다른 인간 앞에 강제로 무릎을 꿇는 것도 참담한 광경 아닙니까? 수모죠. 이렇게 수모를 당했을 때 그 수모를 준 사람은 영원히 잊혀지지 않습니다, 내가 기억하기로는. 저도 모르게 무릎을 꿇었을 때 이건 더 참담한 수모 아니겠어요. 이럴 때 자연스럽게 저 자신을 표현해보고 싶은 욕구가 생긴 거죠. 제 자신의 이런 참담한 혼을 위로하기 위해서 「진혼가」라는 이름을 붙였어요. 저 같은 체험을 한 사람은 틀림없이 저와 같은 시를 쓸 거예요. 제가 한 번 좀 길지만 읽어보겠습니다.

1

총구가 내 머리숲을 헤치는 순간
나의 신념은 혀가 되었다
허공에서 허공에서 헐떡거렸다
똥개가 되라면 기꺼이 똥개가 되어
당신의 똥구멍이라도 싹싹 핥아주겠노라
혓바닥을 내밀었다

나의 싸움은 허리가 되었다
당신의 배꼽에서 구부러졌다
노예가 되라면 기꺼이 노예가 되겠노라
당신의 발밑에서 무릎을 꿇었다

나의 신념 나의 싸움은 미궁이 되어

심연으로 떨어졌다
삽살개가 되라면 기꺼이 삽살개가 되어
당신의 발가락이라도 싹싹 핥아주겠노라

더 이상 나의 육신을 학대 말라고
하찮은 것이지만
육신은 유일한 나의 확실성이라고
나는 혓바닥을 내밀었다
나는 무릎을 꿇었다
나는 손발을 비볐다

    2
나는 지금 쓰고 있다
벽에 갇혀 쓰고 있다
여러 골이 쑥밭이 된 것도
여러 집이 발칵 뒤집힌 것도
서투른 나의 싸움 탓이라고
사랑했다는 탓으로 애인이 불려다니는 것도
숨겨줬다는 탓으로 친구가 직장을 잃은 것도
어설픈 나의 신념 탓이라고
모두가 모든 것이 나 때문이라고
나는 지금 쓰고 있다
주먹밥 위에
주먹밥에 떨어지는 눈물 위에
환기통 위에 뺑기통 위에
식구통 위에 감시통 위에
마룻바닥에 벽에 천정에 쓰고 있다
손가락이 부르트도록 쓰고 있다
발가락이 닳아지도록 쓰고 있다

혓바닥이 쓰라리도록 쓰고 있다

공포야말로 인간의 본성을 캐는 인간의 가장 좋은 무기이다라고

3
참기로 했다
어설픈 나의 신념 서투른 나의 싸움은 참기로 했다
신념이 피를 닮고
싸움이 불을 닮고
자유가 피 같은 불 같은 꽃을 닮고 있을 때까지는
온몸으로 온몸으로 죽음을 포옹할 수 있을 때까지는
칼자루를 잡는 행복으로 자유를 잡을 수 있을 때까지는
참기로 했다

어설픈 나의 신념
서투른 나의 싸움
신념아 싸움아 너는 참아라

신념이 바위의 얼굴을 닮을 때까지는
싸움이 철의 무기로 달구어질 때까지는

이것이 그 전문입니다. 제가 오늘의 소주제를 세 가지로 잡았는데 시간이 너무 많이 걸리는 것 같아요. 그래서 소주제 중에, 시적인 내용은 생활의 내용에 다름아니다, 거기까지만 하고 여러분들의 질문이 있으면 답변해드리겠습니다. 이상으로 제 이야기를 마치겠습니다.

해방의 투사로, 혁명의 전사로 일관되게 살아오셨는데, 그럼에도 불구하고 이 1990년대의 상황은 개량과 사정으로 얘기되는 그런 정국으로 치닫고

있습니다. 선생님의 말씀 중에 시는 혁명을 이데올로기적으로 준비하는 수단이어야 한다는 말이 있는데, 지금 상황에 맞는 시의 형식은 성실한 삶이 문제이어야 된다는 관점에서 볼 때 그 시의 형식이라든가 내용에 있어서 달라진 점은 없으신지, 아니면 현 혼란기 상황을 꿰뚫어가는 발표되지 않은 아주 명쾌한 시가 있다면 지금 이 자리에서 발표해주시면 고맙겠습니다.

저는 최근에 이렇게 저를 자주 규정하곤 해요. 나는 개똥벌레다. 한때나마 밤이 이슥할 때 깜박깜박이다가도 낮이 되면 스러지는 개똥벌레이다. 그러나 이제 날이 밝았다고 사람들은 이야기하지 않습니까? 그러니 나 개똥벌레 소리의 존재마저 이제 잃어버리는거죠. 세상이 좋아졌다 이거죠. 객관적으로 그것이 사실인지 어떤지 모르지만 아마 일반적으로 그렇게 생각하고 있는 것 같아요. 시는 자기 주관만 가지고 쓸 수는 없습니다. 나는 그렇지 않아, 열 사람 중에 아홉 사람이 세상은 이제 말이지 좋아졌는데, 그렇게 말할 때 내 주장만 확성기에 대고 펼 수가 없어요. 아무도 들어주는 사람이 없어요. 적어도 신정부가 들어선 후로 내가 1970년대 1980년대에 썼던 그런 시를 쓴다면 어떤 사람의 가슴도 귀도 울리지 않을 거예요. 다 닫아버릴 거예요. 지겹다 이거죠. 아닌 밤중에 홍두깨 격이라느니 뭐 그런 소리를 하겠죠. 제가 시를 썼던 연대는 1970년대 1980년댄데 그 연대를 나는 이렇게 어느 책에서 규정한 바 있습니다. '피의 학살과 저항의 연대였다'고. 바로 그 연대를 저는 저 잔인한 벽 뒤에서 한 십여 년 가까이 살았습니다. 아까 소주제 중의 하나에서 모든 것은 상황의 시이다라고 했을 때, 저는 바로 그 상황에서 그 상황에 내 나름대로 대처하다가 투옥됐고 그런 상황에 대처했던 내 생활의 능욕을 글로 썼을 뿐입니다. 다만 어떤 시는 관념적이고 도식적인 데가 있긴 하지만 그건 그렇게 생각하고 쓴 것이죠. 그런데 신정부가 들어선 이후의 상황에서 저는 어떤 생활도 없어요. 지금 신정부의 정치적인 행위에 대해서 제가 반성도 하지도 않고 동요도 하지도 않고 그저 게으름을 피고 있다던지 또는 뭐 좋은 말로 해서 모색을 하고 있다던지 뭐 그런거죠. 삶의 실체가 지금 없는거죠. 그러니까 제가 시를 쓸 수가 없어요. 이건 제 솔직한 심정입니다. 그래서 질문하신 분의 글 질문에 제가 마땅한 답을 못 해줘서 죄송합니다. 대신에 질문하셨기 때문에, '모든 것은 상황의 시이다'를 잠깐만 아까 안 했기 때문에 해야겠어요.

가장 극적인 게 최근의 일로써 1980년 오월 어느날이라 했습니까, 이건 상황입니다. 아주 극적인 상황입니다. 이 상황에 사람은 각자 다르게 대응합니다. 그 대응하는 방법이 다른 것은 그 사람이 사회에서 차지하는 지위가 다르기 때문에 다르게 만나지 않겠어요? 그렇죠? 인간 일반이란 것은 추상적인 것이 없어요. 구체적인 인간이 있어요. 상인이면 상인, 지식인이면 지식인, 노동자면 노동자, 자본가 등 사회적인 지위가, 생산에서 차지하는 지위가 다름에 따라서 어떤 상황을 서로 다르게 생각하고 서로 다르게 행동에 옮기는 겁니다. 그런데 그런 학살의 참극이 있을 때 아마 나같이 소심한 사람은 현장에 있었더라면 창구멍을 뚫어놓고 엿보고 있었을 거예요. 또 연약한 어떤 여인은 이불을 뒤집어쓰고 경악을 금치 못했을 거예요. 또 어떤 사람은 거리에 나가서 구경이라도 했을지 모르고 또 어떤 사람은 직접 무기를 들고 학살의 당사자에게 벼르기도 했을지 모르죠. 저는 학살의 현장에 있지 않았습니다. 다만 간접적으로 감옥에서 학살의 전개 과정을 듣고 그것을 그대로 옮겨놓은 시가 있어요. 그래서 나는 내가 직접 체험하지는 않았지만 내가 직접 체험한 것처럼 해야 독자가 더 절실하게 받아들이기 때문에 나라는 1인칭을 쓴 것뿐이죠. 그리고 가능한 한 객관화시켰습니다. 그거 한 번 제가 읽어볼게요. 밤이 이슥한데 이거 괜찮을까?

오월 어느날이었다
80년 오월 어느날이었다

광주 80년 오월 어느날 밤이었다

밤 12시 나는 보았다
경찰이 전투경찰로 교체되는 것을
밤 12시 나는 보았다
전투경찰이 군인으로 교체되는 것을
밤 12시 나는 보았다
미국 민간인들이 도시를 빠져나가는 것을
밤 12시 나는 보았다
도시로 들어오는 모든 차량들이 차단되는 것을

아 얼마나 음산한 밤 12시였던가
아 얼마나 계획적인 밤 12시였던가

오월 어느날이었다
1980년 오월 어느날이었다
광주 1980년 오월 어느날 밤이었다

밤 12시 나는 보았다
총검으로 무장한 일단의 군인들을
밤 12시 나는 보았다
야만족의 침략과도 같은 일단의 군인들을
밤 12시 나는 보았다
야만족의 약탈과도 같은 일단의 군인들을
밤 12시 나는 보았다
악마의 화신과도 같은 일단의 군인들을

아 얼마나 무서운 밤 12시였던가
아 얼마나 노골적인 밤 12시였던가

오월 어느날이었다
1980년 오월 어느날이었다
광주 1980년 오월 어느날 밤이었다

밤 12시
도시는 벌집처럼 쑤셔놓은 심장이었다
밤 12시
거리는 용암처럼 흐르는 피의 강이었다
밤 12시
바람은 살해된 처녀의 피 묻은 머리카락을 날리고
밤 12시
밤은 총알처럼 튀어나온 아이의 눈동자를 파먹고
밤 12시
학살자들은 끊임없이 어디론가 시체의 산을 옮기고 있었다

아 얼마나 끔찍한 밤 12시였던가
아 얼마나 조직적인 학살의 밤 12시였던가

오월 어느날이었다
1980년 오월 어느날이었다
광주 1980년 오월 어느날 밤이었다

밤 12시
하늘은 핏빛의 붉은 천이었다
밤 12시
거리는 한 집 건너 울지 않는 집이 없었고
무등산은 그 옷자락을 말아올려 얼굴을 가려버렸다
밤 12시
영산강은 그 호흡을 멈추고 숨을 거둬버렸다

아 게르니카의 학살도 이렇게는 처참하지 않았으리
아 악마의 음모도 이렇게는 치밀하지 못했으리

           —「학살 1」전문

그래서, 자기가 어떤 대상과 상황과 대응한 만큼 대응하면서 느낀 만큼 생각한 만큼 써야지, 시는 이렇게 써야 한다, 이 시대가 요구한다 이것을, 거기에 준해서 써가지고는 시가 공허해지고 소위 말하는 강령화된다 이거죠. 그런데 제 시에는 그런 시가 많이 있어요. 직접 제가 몸소 체험하지 않은 삶을 노래한 시가. 제 시의 결점이란 것이, 삶은 다양하고 폭넓은데 1970년대, 1980년대의 비인간적인 상황에만 대응한 그런 시를 써가지고 아주 시의 폭이 좁다는 것이지요. 여러분들은 그래선 안 될 것입니다. 상황이 또 그렇게 되면 또 그렇게 몰릴지도 모르지만 폭넓게 삶을 살면서 그 삶의 과정에서 느꼈던 바를 생각했던 바를 우리가 일상적으로 사용하는 언어로 쓰면 아주 훌륭한 시가 되리라고 봐요.

노래도 잘 들었구요 조금 전의 시낭송은 시 이상으로 감명이 깊었습니다. 대학교 졸업 못 하신 거 말고도 고등학교 때도 휴학하신 걸로 알고 있는데, 그때도 현실 인식 같은 걸로 인해서 그러셨는지 하고요. 공부를 많이 하신 걸로 아는데 그런 과정에서 얻으신 민중의 개념 혹은 체험에서 얻으신 민중의 개념도 좀 정리해주시고 끝으로 도종환 선생님뿐만 아니라 선생님께서도 절절한 게 남으실 걸로 아는데 사모님 안부 좀 묻고 싶습니다. (일동 웃음)

고맙습니다.

제가 고등학교를 다니다 자퇴를 했습니다. 시골에서 중학교를 다니고 광주일고라고 명문고를 들어갔습니다. 명문고 가니까 너무나 사람들이 이기적이에요. 일류 대학을 가기 위해서 밤잠을 안 자고 너무 책버려지구요. 인간과 인간 사이에 정이 통하지 않아요. 그런데 저는 태어난 곳이 시골이고 또 고등학교 2학년까지 시골에서 다녔기 때문에 공동체 정서가 몸에 배어 있었어요. 삭막한 도시의 정서에 어울릴 수가 없었어요. 재미가 없는 거예요. 그것이 아마 내가 학교를 그만두게 된 가장 큰 이유일 거예요. 사회적인 의식은 없었습니다. 다만 한일회담을 하는 과정에서 참여라기보다 시위를 했지요. 그때는 고등학교도 시위를 했고 저도 동료들을 따라서 거리에 나섰는데 의식이 있다기보단 그냥 따라서 한거지요.

다음에 뭐였지요?

민중의 개념—

민중의 개념 — 글쎄요. 제가 민중의 개념을 여기서 과학적으로 얘기해봤자 도움이 될 게 없어요, 책에 다 나온 것이니까. (웃음) 다만 제가 바라는 세상이란 이런 것이거든요. 제 시에도 이와 비슷한 표현이 있습니다만.

> 추수가 끝난 들녘에서
> 사과 하나 둘로 쪼개 나누어 가질 때
> 우리 사이 좋은 사이
> 우리 사이 아름다운 사이—

예? 그렇죠? (일동 박수)

인간의 불평등의 기원을 물적인 것에서 찾아야지 다른 데서 찾으면 그건 공자왈 맹자왈밖에 안 돼요. 공자가 태어난 이래, 예수가 태어난 이래, 석가가 태어난 이래 그 좋은 말이 얼마나 많습니까? 그러나 세상은 더 좋아지기는커녕 나빠졌어요. 다시 말해서 인간과 인간 사이는 더 나빠졌지 좋아지지는 않았어요. 그 사람들은 구원을 찾지 못했던 거예요. 물질의 불평등에서 인간의 좋고 나쁨을 찾아야 할 텐데 엉뚱한 소릴 했던 거지요. 그래서 저는 종교를 안 믿습니다. 그 사람들이 나빠서 그런 게 아니라 근본적인 해결책을 제시해주지 못하기 때문이에요. '민중' 할 때는, 노예제 시대에는 노예였고 봉건제 시대에는 농노였고 우리나라에선 종살이였고 이제는 노동자, 농민이죠. 다시 말해서 우리들에게 가장 기본적인 세 가지 해결거리인 먹을 쌀과 입을 옷과 살 집을 마련해주는 사람들이야말로 민중들인 거죠. 그 외는 나는 민중이라고 취급하지 않습니다. 소시민을 민중이라고들 하는데 그 사람들은 민중의 편에 곁다리로 선 사람들이지 민중은 아니예요. 식의주야말로 인간이 뭔가를 하기 위해서 기본적으로 있어야 할 것입니다. 그거 없으면 아무것도 못해요. 굶주린 상태에선 어떤 생각도 못 합니다. 아무것도 전혀 불가능합니다, 먹지 않으면. 그런데 바로 이 기본적인 것, 생존의 가장 기본적인 것을 만드는 사람, 이 사람들이야말로 저는 민중이라고 규정하고 싶어요.

그리고 안부를 물어주셔서 고맙구요.

사회 : 그런데 안부가 어떻습니까? (웃음)

오랜 시간을 감옥에서 산다는·건 아까 선생님이 강의하신 내용처럼 그 자체가 생활이거든요. 그 생활의 내용이 감옥에선 이루어질 리가 없는 삶이잖아요. 그 안에서의 제한된 생활이, 아까 분류하실 때 노동과 투쟁과 휴식이라고 하셨던 생활의 내용 중 가장 선명하게 드러내 보일 수 있었던 것은 투쟁의 측면, 그 투쟁에 대해서 생각하고 그 폭을 증폭시켜 나가는 과정이었고 그게 시대적으로 맞았다고 생각이 들거든요. 그랬을 때 현재 선생님의 생활은 선생님이 말씀하신 것처럼 그런 시를 쓸 수 있는 생활이어야 되잖아요. 근데 시를 지금 못 쓰시고 있단 말이에요. 그러면 생활이 안 되고 있다는 얘기잖아요. 생활을 못 만들어나가고 있다는. 아무리 시를 못 써도, 저도 괴로운 1980년대를 보냈지만 전부 다 괴로운 것만은 아니거든요. 그 가운데는 위험하고 괴롭기는 하지만 영예도 있었고, 영예에 대한 추억도 있었고, 가슴 아픈 번민도 있었고, 이런 복잡한 감정들을 갖고 있어도 그것이 제가 시를 쓸 수 있는 정도까지는 못 가지만 이런 것이 정말 선생님에게 필요한 게 아닌가요?

글쎄 저도 그렇게 하고 싶은데 경색된 한 십여 년의 삶을 객관적인 조건이 바뀌었다고 해서 금방 그게 안 바뀌어져요. 이런 생활도 생활인데, 이것도 시로 써야 하는데 안 써져요, 잘. 생활의 미세한 결 있잖아요. 우리 신경림 선생님이 그런 말씀을 자주 하시는데, 그런 것을 저도 시로 써야 하는데, 사람이란 게 성격이란 게 있잖아요. 자기가 잘 쓰는 시가 있잖아요. 그런 시는 잘 안 써져요. 그런 생활이 없는 게 아닌데도 불구하고.

연애를 한번 해보시지 그러세요. (웃음)

지금 오십이 다 돼가는데 누가 연애해줄 사람도 없구 말야. (웃음) 사랑의 시처럼 아름다운 게 없어요. 그걸 못 쓰는 게 참 안타까워요 못 해보니까. 「한 여자가 나를 기다리고 있다」, 그런 시가 저에게 있거든요. 제 옥바라지를 십 년 가까이 해주었던 여자를 두고 위안 삼으라고 일부러. (웃음) 이것처럼 내가 사랑을 했던 것이 아니라 일부러, 그럴 필요도 있잖아요?

한 여자가 나를 기다리고 있다
세상 모든 여자들 중에서
첫 키스의 추억도 없이
한 여자가 나를 기다리고 있다

어디로 갔나 그 좋은 여자들은
바위산 언덕에서 풀잎처럼 누우며
아스라이 멀어져가는 천둥소리와 함께
소낙비의 내 정열을 받아들였던 그 여자는
어디로 갔나 황혼의 바닷가에서 검은 머리 날리며

하얀 목젖을 뒤로 젖히고 내 입술을 기다렸던 그 여자는
뭍으로 갓 올라온 고기처럼
파닥이며 솟구치며 숨을 몰아쉬며
내 가슴에서 끝내 자지러지고 말았던 그 여자는

지금쯤 아마 그들은 어느 은밀한 곳에서
나 아닌 딴 남자와 마주하고 있겠지
사내의 유혹을 예감하며 술잔을 비우고
유행가라도 한가락 뽑고 있을지도 모르지
이윽고 밤은 깊고 숲속의 미로에서
비밀 속의 비밀을 속삭이고 있을지도 모르고……
죽일 년들! 십 년도 못 가서 폭삭 늙어
빠진 이로 옴질옴질 오징어 뒷다리나 핥을 년들!
아 그러나 철창 너머 작은 마을에는 처녀 하나 있어
세상 모든 남자들 중에서 나 하나를 기다리고 있나니
이 밤이 처음이자 마지막인 양 그렇게 안아주세요
속삭일 날의 기약도 없이 나를 기다리고 있나니

이런 시가 있습니다.

　사회 : 여러분들이 묻고 싶은 얘기가 많으실 거라고 생각되는데, 예정된
시간보다 너무 지체되어 뒤풀이 시간에 미진한 얘기를 듣기로 하고 이만
마치는 걸로 하지요.

1945년(1세) 10월 16일 전남 해남군 삼산면 봉학리 535번지(봉학길 98)에서 아버지
김봉수, 어머니 문일님 사이에 3남(남식, 남주, 덕종) 3녀(남심, 유순, 숙자)
중 둘째 아들(셋째)로 태어나다(호적상 생년월일은 1946년 10월 16일).

1960년(15세) 삼화국민학교를 졸업하다.

1963년(18세) 2월 15일 해남중학교를 졸업하다. 해남중 때부터 이강과 교유하다.

1964년(19세) 1년 동안 재수하여 광주제일고등학교에 입학하다. 특별활동부서로 영
어회화반에 들어 양호한 활동을 보이다. 생활기록부에는 1학년 상황
만 기재되어 있으나 이강의 증언에 따르면 2학년 9~10월경 자퇴하다.
시작품 「그러나 나는 잘된 일인지 못된 일인지」에서도 2학년 때의 학
업이 소개되고 있다.

1966년(21세) 10월 대입 검정고시에 합격하다. 이후 해남에서 머물다.

1969년(24세)   3월 6일 전남대학교 문리과대학 영어영문학과에 입학하다. 3선개헌
반대운동과 교련 반대운동에 주도적으로 참여하다.

1972년(27세) 10월 17일 박정희 정권이 10월유신을 선포한 것을 고향의 집에서 라디
오 방송을 통해 듣다. 광주로 올라와 죽마지우인 전남대 법대생 이강을
만나 10월유신에 반대하는 행동에 나서자고 결의하다. 투쟁의 결의를
다지고자 이강과 함께 전봉준 장군의 생가(전북 정읍군 이평면 조소리),
동학농민군의 집결지인 백산(전북 부안)과 동학농민군의 최초 전승지로
동학혁명 기념탑이 있는 황토현 등 갑오농민전쟁의 전적지를 거쳐 마이
산(전북 진안군)에 들어가 천지신명에게 민족의 염원을 빌고 광주로 돌
아오다. 여순항쟁이 발생한 여수와 순천, 한국전쟁 당시 격전지인 인천
월미도 등도 돌아보고 오다. 1929년 광주학생 항일운동 당시의 지하 신
문과 러시아 혁명기의 지하 신문에 대한 연구를 한 뒤 비록 규모는 작지
만 목소리가 거족적으로 울려 퍼져야 한다는 의미로 『함성』이라는 제호
를 붙이다. 책을 팔고 이강의 전세금을 사글세로 전환하고 친하게 지내

던 두 명의 여대생(이경순·강희순)으로부터 용돈과 졸업기념 금반지의 도움을 받아 마련한 자금으로 줄판(일본말로 가리방) 등 용품을 구입하여 유인물 제작에 들어가다. 한국민권협의회라는 이름으로 전국 최초의 반유신 투쟁 지하 신문(유인물)인 『함성』 500매를 제작해 12월 9일 전남대, 광주 시내 5개 고교(광주고, 광주일고, 광주공고, 광주여고, 전남여고)에 400매를 살포하다. 중앙정보부와 경찰의 수사가 시작되자 서울로 피신해 이강의 6촌 동생인 이개석의 자취방에서 머물다.

1973년(28세) 2월 반유신 투쟁을 전국적으로 확산하기 위해 이강과 다시 모의하다. 지하 신문(유인물)의 전국적 확산을 위해 제호를 『고발』로 바꾸다. 『함성』의 여분 100매와 새로 제작한 『고발』 500매를 이강이 이불 속에 숨겨 서울의 김남주에게 수하물로 탁송하다. 이때 수하물과 별도로 "각 학교에 배포하기 바란다."라고 쓴 이강의 편지가 중앙정보부의 검열에 발각되어 본격적인 수사가 개시되다. 3월 21일부터 김남주·이강을 비롯한 전남대생 이평의·김정길·김용래·윤영훈·이정호 등과 서울대생 이개석, 석산고 교사 박석무, 김남주의 동생 김덕종, 이강의 동생 이황 등 15명이 광주경찰서 대공분실과 중앙정보부 광주지부로 연행되다. 5월 4일 김남주 등 9명이 국가보안법 및 반공법 위반 혐의로 구속, 기소되다. 유신체제 선포 이후 광주에서 발생한 최대 규모의 시국사건을 맞아 홍남순·이기홍·윤철하·권신욱 변호사가 공동 변호인으로 활동하다. 7월 18일 전남대에서 제적되다. 9월 25일 광주지법 재판부는 반공법 위반 혐의에 대해서는 무죄를 선고하고, 국가보안법 위반 혐의를 적용하여 김남주·박석무에게 징역 2년형을, 이강에게 징역 3년형을 선고하고, 그밖의 관련자는 집행유예로 석방하다. 12월 20일 전남대생 1,023명이 박석무·이강·김남주의 석방을 요구하는 탄원서를 국무총리에게 제출하다. 12월 28일 항소심 판결이 내려져 박석무는 무죄를 선고받고, 김남주와 이강은 징역 2년에 집행유예 3년을 선고받다. 검찰의 상고 대상자여서 석방되지 않다가 12월 28일 1인당 공탁금 3만원을 납부하고 수감된 지 9개월 만에 광주교도소에서 석방되다.

1974년(29세) 해남으로 낙향하여 농사일을 거드는 한편 중앙정보부에서 겪은 가혹한 고문 체험과 농민들의 생활상을 시로 쓰는 데 전념하다. 『창작과비평』 여름호에 「잿더미」·「진혼가」 등 8편의 시를 발표하다. 염무웅 주간으로부터 "뚜렷한 방향 감각과 확고한 역량을 갖추고 있어 앞으로의 활동이 크게 기대된다."(편집 후기)는 평을 받다. 김덕종 동생의 회고에 따르면 1만 5천원 정도의 원고료가 든 전신환을 우체국에 가서 현금으로 바꿔 술과 약간의 안주를 마련해 아버지를 대접하다. 11월 18일 서울에서 결성된 자유실천문인협의회(자실)의 창립 회원이 되다.

1975년(30세) 이강과 함께 광주 유일의 운동단체로 결성된 전남민주회복구속자가족협의회의 창립에 관여하다. 11월경부터 광주 시내 궁동 광주MBC 인근에서 새로운 사상을 널리 보급하고 최소한의 생계를 유지하기 위해 사회과학 전문서점인 '카프카'를 운영하다. 이후 '카프카'는 광주 지역 운동권의 구심체이자 문단의 사랑방 역할을 하다. 문병란·송기숙·김준태·양성우·송기원·윤재걸 시인 등과 친교를 맺고, 후배인 황지우와 뒷날 〈5월시〉 동인으로 활동한 박몽구·이영진·나종영·나해철 등이 이곳에서 문학적 세례를 받다. 1년 만에 서점의 운영이 어려워져 문을 닫고 광주 봉림동의 봉심정(전남대 후배인 김정길의 집)에서 칩거하다. 한 달 동안 머무르다가 해남으로 귀향하다.

1977년(32세) 농사일을 하면서 정광훈·홍영표·윤기현·박경하·전광식 등 농민들과 『한국일보』에 「장길산」을 연재하던 황석영, 광주YMCA의 최우열 목사 등과 '사랑방 농민학교' 운동을 시작하다. 11월 하순경 해남군 기독교 농민회와 해남YMCA 농어촌 분과위와 함께 지역 문화 운동의 일환으로 제1회 해남 농민 잔치를 서림공원 단군전 광장에서 개최하다. 행사장에서 시작품 「황토현에 부치는 노래」를 낭독하다. 이 행사를 기반으로 한국기독교농민회의 모체가 되는 '해남농민회'를 결성하다. 광주로 다시 돌아와 12월경 황석영·최권행의 주축으로 개설된 '민중문화연구소'의 초대 회장을 맡다. '자실'의 대표간사인 고은 시인과 백범사상연구소의 백기완 소장을 초청하여 민중문화연구소 개설 기념 강연회를 열다.

1978년(33세) 이강의 집에서 생활하다. 민중문화연구소 활동의 일환으로 김상윤이 운영하는 '녹두서점'에서 전남대 후배들(노준현·박현옥·안길정 등)에게 일어판 『파리 코뮌』을 강독한 것이 문제가 되어 2월 중앙정보부의 피습을 받고 수배령이 내려지다. 프란츠 파농의 『세계를 뒤덮은 10일간』『스페인 대란』 등 사과 궤짝 한 상자 가량이나 되는 번역 원고와 시작품을 빼앗기다. 윤한봉의 소개로 전남 무안군 삼향면 나환자촌 의사로 있는 여성의 도움을 받아 가명으로 피신하다. 정보부의 신원 파

악으로 서울로 피신하다. 4월 24일 서울 성공회 대강당에서 자유실천
문인협의회와 백범사상연구소의 공동 주최로 열린 '민족문학의 밤' 행
사장에서 전남민주회복구속자가족협의회에서 알게 된 박석률과 상면
하다. 그를 통해 '남조선민족해방전선 준비위원회'(남민전)의 가입을
두 차례에 걸쳐 권유받다. 8월 15일 프랑스로부터 알제리의 해방을 위
해 투쟁한 프란츠 파농의 저서 『자기 땅에서 유배당한 자들』(청사)을 번
역해서 출간하다. 9월 4일 '한무성(韓茂成)'이라는 조직명으로 '남민전'
에 가입하다. 이 조직 산하의 민주화투쟁위원회(민투)에서 지하 신문
인 『민중의 소리(民聲)』 편집자로 각종 유인물을 제작하거나 '땅벌작
전'을 수행하는 등 전위 조직의 일원으로 활약하다.

1979년(34세) 2월 임헌영이 편역한 갓산 카나파니의 『아랍 민중과 문학 : 팔레스티나
의 비극』(청사)에 다수의 작품을 번역해서 싣다. 4월 아버지가 별세하다.
10월 4일 '남민전' 사건의 총책인 이재문 등과 잠실의 아파트에서 체포
되다. 내무부는 10월 9일 1차 발표를 시작으로 3차에 걸쳐 이 사건에 대
한 수사를 발표하다. 11월 13일 3차 발표 때 "남민전은 민중 봉기로 국
가 변란을 획책한 지하 조직이자, 북괴와 연결된 간첩단 사건"이라고 용공
조작하다. 남민전 사건으로 신향식 · 안재구 · 임헌영 · 이재오 · 박석률 ·
이학영 · 최석진 · 박광숙 등 80여 명이 체포되어 치안본부 대공분실에서
60일 동안 가혹한 고문 수사를 받다.

1980년(35세) 2월 4일 남민전 사건에 대한 첫 공판이 시작되어 5월 2일 1심이 선고되
다. 9월 5일 항소심에서 이재문 · 신향식에게 사형, 안재구 · 박석률 ·
최석진 · 임동규 등에게 무기징역형이 선고되다. 김남주는 1, 2심에서
징역 15년형을 선고받고, 9월 10일 광주교도소로 이감되다. 12월 23일
대법원에서 징역 15년형이 확정되다. 1981년 11월 22일 이재문은 중앙
정보부의 가혹한 고문 수사의 여파로 서울구치소에서 옥사하고, 1982
년 10월 8일 신향식은 사형이 집행되다.

1984년(39세) 12월 10일 첫 시집 『진혼가』(청사)가 출간되다. 12월 19일 자유실천문인
협의회(자실)가 서울 흥사단 강당에서 재창립되다. 이후 '자실'을 중심
으로 김남주 석방 운동이 서울, 광주, 부산 등에서 전개되다. 12월 22일
자유실천문인협의회 · 민중문화운동협의회 · 민중문화연구회 · 전남민
주청년운동협의회의 공동 주최로 '옥중 시인 김남주 시집 『진혼가』 출

판기념회'가 광주 가톨릭센터 강당에서 개최되다.

1985년(40세)   3월 15일 자유실천문인협의회 · 민주언론운동협의회 · 민중문화운동협의회 · 민중문화연구회의 공동 명의로 서울에서 이태복 · 이광웅 · 김현장 등과 김남주 시인의 석방 촉구 성명서가 발표되다. 4월 27일 '김남주석방위원회'가 발기되다.

1986년(41세)   독일 함부르크에서 개최된 국제 펜대회에서 '김남주 시인 석방 결의문'이 채택되다. 9월 전주교도소로 이감되다.

1987년(42세)   9월 17일 민족문학작가회의 창립 총회에서 김남주 석방 촉구 성명서가 발표되다. 11월 15일 옥중시를 묶은 제2시집 『나의 칼 나의 피』(인동)가 고은 · 양성우 엮음으로 출간되다. 시집 『농부의 밤』(일어판)이 일본에서 출간되다. 일본 펜클럽 명예회원으로 추대되다.

1988년(43세)   2월 1일 고은 등 문인 502명이 서명한 김남주 석방 촉구 탄원서가 법무부장관 등에 제출되다. 3월 8일 미국 펜클럽이 김남주 시인을 명예회원으로 추대하다. 3월 25일 미국 펜클럽의 수잔 손택 회장을 비롯하여 펜클럽 국제본부의 명의로 청와대에 김남주 석방 촉구 서신이 발송되다. 5월 4일 광주전남민족문학인협의회와 광주민중문화운동연합 공동 주최로 광주 가톨릭센터 강당에서 옥중 시인 김남주 석방 결의대회가 개최되다. 5월 10일 서울 여의도 여성백인회관에서 민족문학작가회의 주최로 '김남주 문학의 밤'이 개최되다. 이후 부산과 전주에서도 석방 촉구 문학의 밤이 개최되다. 8월 25일 옥중 시편을 묶은 제3시집 『조국은 하나다』(남풍)와 번역 시집 『아침 저녁으로 읽기 위하여』(남풍)가 출간되다. 9월 1일 김남주 시인의 시세계 등을 수록한 『김남주론』(광주)이 김준태 · 이강 등의 참여로 출간되다. 9월 1일 민족문학작가회의 주최로 국내외 문인들이 참석한 가운데 서울 여의도 여성백인회관에서 '88서울민족문학제'를 개최하여 김남주 등 옥중 문인들의 석방을 촉구하다. 12월 21일 국내외의 지속적인 석방 운동에 힘입어 구속된 지 9년 3개월 만에 형집행 정지 조치로 전주교도소에서 석방되다. 석방 직후 광주 망월동의 윤상원 열사 묘소 등 5 · 18묘역을 참배하다.

1989년(44세)   1월 29일 광주 문빈정사에서 지선 스님의 주례와 고은 시인의 축사, 이강 친구의 사회로 '남민전'의 동지이자 약혼녀인 소설가 박광숙과 결혼식을 올리다. 4월 5일 옥중 서한집 『산이라면 넘어주고 강이라면 건너주고』(삼천리), 4월 10일 시선집 『사랑의 무기』(창작과비평사)를 출간하다. 4월 24일 혼인신고를 하다. 11월 25일 제4시집 『솔직히 말하자』(풀빛)를 출간하다.

1990년(45세) 1월 12일 아들 토일 태어나다. 만국의 노동자가 금·토·일요일은 쉬기를 바라는 마음에서 이름을 '金土日'로 짓다. 5월 18일 광주항쟁 10주기를 맞아 시선집 『학살』(한마당)을 출간하다. 한국민족예술인총연합(민예총) 주최로 광주항쟁 10주년 기념 전국 순회 행사를 갖다. 민족문학작가회의 민족문학연구소장(1992년 12월까지)으로 활동하다. 한국문학학교(임헌영 대표)에서 박몽구 시인과 함께 시반 담임(1993년까지)을 맡아 강은숙, 강재순, 김선우, 김환, 박민규, 이윤하, 이재윤, 이태희, 조은덕, 조현설 등의 시인을 배출하다.

1991년(46세) 3월 13일 흥사단 3층 강당에서 반전반핵 평화군축운동의 대중적 전개를 목적으로 창립된 반핵평화운동연합의 공동의장을 김현 원불교 총무와 함께 맡다. 4월 제9회 신동엽창작기금을 받다. 8월 10일 하이네의 정치 풍자 시집인 『아타 트롤』(창작과비평사)을 번역해서 출간하다. 11월 15일 시선집 『함께 가자 우리 이 길을』(미래사), 11월 25일 제5시집 『사상의 거처』(창작과비평사), 12월 25일 산문집 『시와 혁명』(나루)을 출간하다.

1992년(47세) 3월 25일 제6시집 『이 좋은 세상에』(한길사)를 출간하다. 5월 제6회 단재상 문학 부문을 수상하다. 10월 5일 옥중 시전집 『저 창살에 햇살이』 1~2(창작과비평사)를 출간하다. 전국의 대학과 사회단체 등에 초청되어 왕성한 강연 활동을 하다.

1993년(48세) 1월 사면 복권되다. 1월 16일 민족문학작가회의 상임이사, 한국민족예술인총연합(민예총) 이사로 선임되다. 5월 제3회 윤상원상을 수상하다. 7월 24일 '시와사회사'가 주최한 여름 문학학교에서 문학 강연을 하다. 생전의 마지막 강연이었다. 11월 15일 췌장암 말기 선고를 받고 투병 생활에 들어가다. 12월 15일 시집 『나의 칼 나의 피』(실천문학사) 및 『조국은 하나다』(실천문학사)를 개정판으로 출간하다. 12월 23일 서울 여의도 여성백인회관 강당에서 시집 『나의 칼 나의 피』 및 『조국은 하나다』 재출간 기념과 쾌유를 기원하는 '김남주 문학의 밤'이 개최되다.

1994년(49세) 2월 13일 새벽 2시 30분 서울 고려병원(서울특별시 종로구 평동 108–1

번지. 현 강북삼성병원)에서 별세하다. 유족은 부인 박광숙과 아들 토일(土日). 2월 15일 시집 『진혼가』(연구사)가 개정판으로 출간되다. 2월 16일(수) 오전 8시 '민족시인 고 김남주 선생 민주사회장' 영결식이 경기대 민주광장에서 거행되다. 오후 5시 전남대 5월광장에서 노제를 치른 뒤 광주 망월동 5 · 18묘역(구묘역)에 안장되다. 2월 19일 민예총은 김남주 시인에게 민족예술상을 수여하다. 4월 2일 불교인권위원회 · 실천불교승가회 · 선우도량 공동 주최로 '민족시인 김남주 선생 49재 천도법회'가 대각사에서 치러지다. 4월 20일 산문집 『불씨 하나가 광야를 태우리라』(시와사회사), 5월 20일 김남주의 삶과 문학을 담은 『피여 꽃이여 이름이여』(시와사회사)가 출간되다.

1995년 2월 1일 유고시집 『나와 함께 모든 노래가 사라진다면』(창작과비평사)이 출간되다. 2월 6일 번역 시집 『은박지에 새긴 사랑』(푸른숲) 및 『아침 저녁으로 읽기 위하여』(푸른숲)가 출간되다.

1997년 김남주기념사업준비위원회 주최로 3주기 추모제(5 · 18묘역) 및 '시인 김남주를 기리는 고향 그림전'(고향 유정)이 광주 송원백화점 갤러리에서 열리다.

1999년 1월 28일 김남주 시인의 아내이자 소설가인 박광숙이 남편에 대한 그리움과 강화에서의 삶을 그린 산문집 『빈 들에 나무를 심다』(푸른숲)가 출간되다. 2월 3일 『산이라면 넘어주고 강이라면 건너주고』가 『편지』(이룸)로 재출간되다. 2월 18일 시선집 『옛마을을 지나며』(문학동네)가 출간되다.

2000년 4월 김남주기념사업회에서 『김남주 통신 1』을 발간하다. 김남주의 시 13편에 곡을 부친 안치환의 헌정앨범인 〈Remember〉가 발매되다. 5월 8일 김남주 시인 추모 6주기 기념 산문집 『내가 만난 김남주』(이룸)가 황석영 외 21인의 참여로 출간되다. 5월 20일 민족시인김남주기념사업회 · 광주전남민족문학작가회의 공동 주최로 김남주의 대표시 「노래」를 새긴 김남주 시비(詩碑)(홍성담 설계 제작, 홍성민 글씨, 김희상 흉상)가 광주 비엔날레공원에 건립되다. 11월 어머니가 별세하다.

2003년 광주광역시 북구 주최, 광주전남민족문학작가회의 후원으로 '민족 시인 김남주—그 문학과 삶'이 북구향토문화센터에서 전시되다. 해남군 주최, 민족시인김남주기념사업회 주관으로 해남군 문화예술관에서도 전시되다.

2004년 2월 서울 · 광주 · 해남에서 민족문학작가회와 민족시인김남주기념사업회 주최로 10주기 추모문화제 '이 두메는 날라와 더불어'가 개최되다. 2월 2일 강대석 지음으로 『김남주 평전』(한일미디어)이 출간되다. 5월 14일 시선집 『꽃 속에 피가 흐른다』(창비)가 출간되다. 11월 24일~12월 8일 민주화운동기념사업회·민족문학작가회의·한국민족예술인총연합 공동 주최로 김남주 시인 10주기 추모 행사인 '김남주의 삶과 문학'(12월 3일) 심포지엄과 '시대의 벼리, 시인 김남주' 전(展)이 민주화운동기념사업회에서 개최되다.

2006년 3월 민주화 운동 관련자 명예회복 및 보상심의위원회는 '남민전' 사건에 대해 유신체제의 권위주의적 통치에 항거한 민주화 운동으로 재평가하고, 관련자 29명을 민주화 운동 유공자로 인정하다. 5월 18일 강대석 지음으로 『가난한 사람들을 사랑한 시인 김남주』(작은씨앗)가 출간되다.

2007년 5월 27일 민족시인김남주기념사업회 주최, 해남군·광주전남작가회의 후원으로 김남주 시인 생가 준공식이 열리다.

2010년 6월 8일 전남대학교가 개교 58주년을 맞아 김남주 시인에게 명예졸업장을 수여하다. 아울러 전남대 총동창회는 김남주 시인을 모교의 명예를 빛낸 동문으로 선정하여 '용봉인 명예대상'을 수여하다.

2012년 5월 24일 김남주 시인 헌정시집 『어디에 있는가, 나의 날개, 나의 노래는』(삶이보이는창)이 백무산 외 57명의 시인들 참여로 출간되다.

2014년 2월 12일 김남주 시인 20주기를 맞아 실천문학사 주최로 경향신문사 강당에서 심포지엄이, 2월 28일 한국작가회의 주최로 연희문학창작촌에서 '김남주를 생각하는 밤'이 개최되다. 아울러 『김남주 시전집』(창비)과 『김남주 문학의 세계』(창비)가 염무웅·임홍배 엮음으로 출간되다. 9월 20일 김남주기념사업회 주최 및 한국작가회의 등의 후원으로 민족시인 김남주 20주기 추모문화제가 해남문화예술회관에서 개최되고, 추모 시집 『자유의 나무 한 그루』(문학들)가 출간되다. 9월 26일 광주전남작가회의 주최로 5·18기념문화센터 야외광장에서 김남주 시인 20주기 추모문화제가 개최되다. 10월 6일 『김남주 시전집』으로 제3회 파주북어워드 특별상을 수상하다. 12월 12일 김남주기념사업회는 김남주 시인의 생가 개방을 추진해 게스트 하우스를 열다.

2015년 2월 13일 김남주 시인 21주기를 맞아 『김남주 산문 전집』(푸른사상)이 맹문재 엮음으로 출간되다.

살아가는 기술

날이 흐리고
바람만 불어도
두리번거리는 눈으로
발길을 재촉하는 것이 오늘을
살아가는 우리의 기술이라고 하지만

바람이 불고
진눈깨비만 흩어져도
우려하는 눈초리로
잽싸게 우산을 펼치는 것이 오늘을
살아가는 우리의 기술이라고 하지만

그러다가 당돌하게
우박이라도 떨어지면
늠름하던 친구들!

소스라치게 놀라 갑자기
성인군자가 되어
얌전하게 굴고 마는 것이 오늘을
살아가는 우리의 기술이라고 하지만

얼어붙은 거리를
달리는 기술 달리면서

비칠대다가 거꾸러지는가 했더니
거꾸러져 다시는 일어서지 못하는가 했더니
부릅뜬 두 눈 한 입의 아우성으로
피와 함께 일어서고 마는
이것은 또한
내일을 살아가는
우리의 기술이 아니냐,

(『용봉』 제6집, 1975년 12월 1일)

돌멩이 하나가

돌멩이 하나가
무심코 집어든 돌멩이 하나가
무심코 던져버린 돌멩이 하나가
강물 위에 떨어진 돌멩이 하나가
강심(江心)으로 파고드는 돌멩이 하나가

저렇게 커다란 파문을 일으킬 줄이야
저렇게 조용한 아우성으로 흔들릴 줄이야

나는 몰랐네
아무도 몰랐네 강물만이
온갖 더러움 바닥으로 깔고
온갖 역겨움 옆구리로 감추고
밤으로 모르게 흐르는
강물만이 알았네
그 혼자만이 알았네

(『영대신문』, 1977년 5월 25일)

목소리

이제 우리는
씨앗이 되고자 한다
어둠으로 묻혀 썩어 문드러져
나무의 생명을 지속시켜주는
뿌리가 되고자 한다
그 성장을 돋아주는
흙이 되고 거름이 되고자 한다
비가 되고 눈이 되고 바람이 되고자 한다
죽음으로 살아나는 싹을 위하여
그늘이 되고 햇살이 되고자 한다
뻗어가는 가지 열리는 열매를 위하여
우리는 질긴 껍질이 되고 단단한 살이 되고
이 모든 것이 되고자 한다
아, 얼마나 신나는 일이냐
뿌리에서 뿌리가 돋아나고
그 하나하나가 새끼를 친다는 것은
바닥으로 사방으로 뻗치는 일은
가지에서 꽹이가 생기고 꽹이에서 가지를 치고
하늘을 온통 덮는 일은
가지마다 꽹이마다 알알이 지천으로
열매로 열린다는 것은
빨갛게 여물게 익어간다는 것은……
그러나 누구를 위한 열매였더냐

그러나 누구를 위한 나무였더냐
그러나 누구를 위한 땅이었더냐
한 사람을 위한 땅이었더냐
몇 사람을 위한 나무였더냐
모든 사람을 위한 열매였더냐
말해다오 바람이여 새여
말해다오 그늘이여 햇살이여
말해다오 별이여 장군이여
모리배여 정상배여 사기꾼이여
바람이여 바람의 시인이여 말해다오

(『주간시민』, 1977년 6월 27일)

그들

비밀이 있었구나
고약한 시대 험한 구설을 만나
죽음처럼 잠잠한 줄 알았더니
그들에겐 비밀이 있었구나
겨자씨처럼 단단한 비밀이 있었구나
만나고 만나지 않는 비밀
헤어지고 헤어지지 않는 비밀
비밀 속의 속삼임이 있었구나
어둠의 인내로
바다에서 다시 만나는
지하의 강물이 있었구나
강물의 속삭임이 있었구나

밤으로의 긴 작업 그리하여
새벽을 알리는 일 아
한낮의 적(敵)의 시야에서
그들이 사라진 것은
무기를 고쳐 잡기 위해서였구나
무기를 바로 잡기 위해서 그들은
전선(戰線)에서 잠시 물러나 있었구나

(『세대』, 1977년 10월호)

부서지는 파도로 밤은 더욱 빛나고

부서지는 파도로
밤은 더욱 빛나고
바위로 그늘진 야산에서
나는 본다
땅으로 열리는 새벽을
산불 쓴 눈으로 나는 본다

그 자리에 지난 여름
누군가의 힘으로 싹둑
모가지가 짤린 바로 그 자리에서
싹은 다시 돋아 파릇하게 돋아나
더욱 튼튼한 몸으로 자라고 있다는 것을
그 자리에 지난 겨울
누군가의 무게로
풀은 다시 일어나 무성하게 어우러져
더욱 팔팔하게 나부끼고 있다는 것을

(『주간시민』, 1977년 12월 12일)